ORO E ZAFFIRI

-

Il tesoro degli Zar

FRANCO CONTON

A mia moglie Daniela e ai miei figli, Sofia,
Alvise, Riccardo, per l'incrollabile sostegno.
A loro dedico questo libro

Anche se ispirata a eventi storici realmente accaduti
questa è un'opera di fantasia.
Ogni riferimento a fatti o persone è puramente casuale.

INDICE

FRANCO CONTON

La macchia di sangue si allarga sul gilet. Sbottonato questo, come poi la camicia, qualcuno tenta di tamponare il fiotto che sgorga dal foro di proiettile. Lui sente i rumori degli spari in lontananza e le voci, dal senso incomprensibile, vicino. Guarda a occhi sbarrati il cielo sereno con le striature viola oro del rosso tramonto: che bella giornata per morire!

PARTE I

BARBA E PARRUCCA FINTI

Giovedì 15 marzo 1917, Pietrogrado

La tipografia del quotidiano *Izvestija*, Notizie, *del Soviet di Pietrogrado dei deputati operai e soldati* stampa a ritmo serrato il numero che annuncia la formazione del governo.

Pubblico Annuncio della formazione del Primo Governo Provvisorio:
Il Comitato temporaneo dei membri della Duma con l'aiuto dell'esercito e degli abitanti della capitale, ha ottenuto un così ampio successo sulle forze oscure del vecchio regime che è ora possibile per il Comitato procedere all'organizzazione di un potere esecutivo più stabile.
Ministro Presidente e Ministro dell'Interno il principe Georgij Evgen'evič Lvov.

Mercoledì 28 marzo 1917, Pietrogrado

Assorto in cupi pensieri per gli affanni della carica che ricopre, il principe Georgij Evgen'evič Lvov si ferma per ripercorrere mentalmente gli appuntamenti della giornata, primo fra tutti quello di poco conto ma con una persona indisponente, la baronessa Theodora de Luteville, dama di compagnia della zarina.

È, seguendo gli insegnamenti di Lev Tolstoj, un sostenitore della lotta pacifica che sogna di rinnovare gradualmente il sistema sociale, amareggiato dalle difficoltà, dai problemi e dalle sofferenze del popolo. Un proprietario terriero che ha condiviso la vita con i contadini in un villaggio della provincia di Tula. Un liberale di cui tutti riconoscono l'onestà. Preferisce convincere piuttosto che comandare e per questo ha sollecitato l'incontro invece di imporlo.

Aspira l'aria del primo mattino, guardando la facciata rosa brunita caratterizzata da colonne corinzie della sua sede di lavoro, il palazzo Mariinsky, sede del Governo provvisorio, sul lato meridionale di piazza Sant'Isacco.

Entrato nel suo ufficio, appoggia la pesante borsa di cuoio piena di scartoffie e fa introdurre la dama di compagnia.

"Prego baronessa. Mi scusi se l'ho convocata ma non le farò perdere molto tempo".

"Non c'è bisogno che si scusi, signor primo ministro. Immagino che abbia altro da fare".

"Sarò breve. Stiamo vivendo una crisi sociale e politica che covava da lungo tempo ma la situazione è deflagrata con il veleno e i colpi di pistola, che nella notte tra il 29 e il 30 dicembre 1916 hanno messo fine alla vita di Rasputin, il monaco siberiano. Per fortuna è stato fermato. La famiglia imperiale si rivolgeva a quel pazzo lussurioso, affidandosi ai suoi consigli spirituali e politici per prendere le più importanti decisioni".

Il primo ministro concorda con le parole del ministro degli esteri del precedente governo, Sergei Sazonov: *L'imperatore regna, ma l'imperatrice, ispirata da Rasputin, governa.*

La cinquantenne siede impettita, mani giunte in grembo e schiena eretta, gli angoli della bocca leggermente piegati verso il basso, i capelli raccolti in una crocchia sulla nuca. Le guance leggermente cascanti sovrastano mascelle squadrate che sono segno di determinazione, al meglio, di cocciutaggine, al peggio. Sospira prima di rispondere.

"Signor primo ministro, lei si intende più di me delle questioni politiche. Sicuramente ha ragione, anche se personalmente trovavo affascinante la personalità magnetica di Rasputin".

Il ministro, in disaccordo e infastidito da quella petulante dama di corte, cerca di rasserenarsi guardando le tele di Giovanni Bellini, Raffaello, Lotto che, da appassionato dell'arte, ha fatto appendere ai muri del suo ufficio. Gli interni del maestoso edificio sono decorati nello stile di un palazzo italiano. *Che donna di poco giudizio! Ne ho però bisogno per far arrivare un messaggio all'ex zarina Alexandra.*

"Vede, baronessa, lo zar purtroppo ha sempre seguito i consigli della moglie che sua volta seguiva quelli del suo confessore dalla personalità magnetica, come dice lei. La zarina Aleksandra Fëdorovna della Casa d'Assia e di Renania viene considerata tedesca, quindi nemica, dal popolo. D'altronde non ha mai fatto nulla per ingraziarselo, mantenendo un atteggiamento freddo e ostile. Da ultimo, ha mandato ai soldati al fronte, affamati e male armati, casse piene di bibbie invece che generi di sussistenza o almeno la tanto desiderata vodka, dimostrando il totale distacco dalla realtà".

A capo di una organizzazione di assistenza all'esercito, impegnata nell'equipaggiamento di ospedali e treni sanitari, nella fornitura di abbigliamento e calzature, il primo ministro considera inopportuno, anzi controproducente, l'intervento miope e bigotto della zarina.

"La zarina ha ubbidito al marito che ha emanato un editto per proibire vendita e produzione di bevande alcoliche: come primo ministro dovrebbe saperlo. Inoltre la zarina è molto devota e gli uomini hanno bisogno di conforto religioso e non alcolico. Non vorrà che i soldati si ubriachino al fronte?"

La baronessa non si sente a disagio a cospetto del capo di governo. In cuor suo gli rimprovera di aver rinnegato le sue origini principesche dedicandosi ad attività commerciali. Pensa che un vero signore non dovrebbe abbassarsi a vendere frutta e verdura. Quella barbetta ben curata e quegli occhi intelligenti che la fissano le ricordano Lenin, il demonio in terra, con i suoi ideali infuocati e la retorica aggressiva. Il contrario di chi le sta davanti, persona cortese e conciliante, a cui viene rimproverata semmai l'indecisione e la poca risolutezza non consone a consentire la ripresa economica e politica del paese.

"Certo, certo, si capisce. Ma cerco di delineare un quadro in cui il comportamento della zarina è risultato fatale alla monarchia e ora invece bisogna placare gli animi. Lo zar ha abdicato e questo governo provvisorio, che ho l'onore e la responsabilità di presiedere, porterà quelle riforme tanto richieste dalle masse e che la nobiltà, non solo lo zar Nicola, ha ignorato".

Lo punge ancora il ricordo del fallimento della missione in Siberia e in Estremo Oriente per lo sviluppo della Russia e il ruolo dei coloni. I suoi studi e proposte su quelle terre e sulle pessime condizioni delle famiglie contadine lì emigrate dall'ovest non avevano sortito effetto.

Ora è nella posizione di portare un cambiamento. Confida nelle sue forze, nelle proprie doti organizzative, nella generale stima e fiducia che gli viene accordata.

Prende un attimo di pausa, gli pare che le colpe della nobiltà ricadano interamente sul suo capo.

"Ora dobbiamo capire e provvedere. Dobbiamo recuperare il tempo, perduto per restare aggrappati ai nostri privilegi mentre gli uomini al fronte, un fucile in due, hanno lasciato i campi. La scarsa produttività unita alle difficoltà logistiche fanno sì che i rifornimenti non arrivino. Non bisogna lasciare che il malcontento esploda".

"Ci sono uomini senza Dio che si scagliano contro la famiglia imperiale con un'avversione particolare verso la zarina, ottima moglie e madre, devota cristiana, saggia consigliera del marito".

Continua imperterrita nella difesa di casa Romanov. "E se alcuni si lamentano dei bassi stipendi al contempo con questi possono acquistare più beni che in Inghilterra e Francia. Grazie allo zar Nicola in questo inizio secolo la Russia è al quarto posto tra i paesi industriali".

Il primo ministro trattiene a stento un moto di fastidio: quella donna proprio non capisce quali conseguenze hanno scatenato i comportamenti autocratici della coppia Romanov indifferente alle misere condizioni dei lavoratori! Si accarezza la barba curata. Il vento delle idee progressiste, che soffia sul grande paese, non la sfiora. *Crede di far parte della casta aristocratica mentre non è che una cameriera di corte. Cerchiamo di essere chiari e di concludere ché ho ben altro da fare.*

Volutamente trascura il titolo di baronessa. "Signora, deve capire. Le famiglie prive degli uomini mandati a morire al fronte soffrono per le peggiori condizioni di vita. La famiglia imperiale, famosa per la più ricca collezione di gioielli in tutta Europa, viene guardata con sempre maggior disapprovazione e anche per questo ha perso il favore del popolo".

"Sono onorata di averne visto qualche pezzo. Sa, la zarina mi accordava molta fiducia. Quando mi mostrò l'uovo dei mughetti di Fabergé..."

Viene interrotta da un primo ministro sempre più spazientito

"Per non parlare delle voci su conti astronomici detenuti su banche estere. Questo non può più essere. Non è opportuno e corretto che la famiglia Romanov continui a dar sfoggio di ricchezza". L'ultima frase, detta con tono risoluto, non consente repliche. Si zittisce la dama di corte in attesa del prosieguo.

"Le chiedo pertanto di farsi latrice di questa raccomandazione presso la signora Romanova: profilo bassissimo, gioielli non esibiti, nessuna ostentazione. La famiglia è in stato di detenzione. Tra poco si ricongiungerà con il colonnello Romanov a Carskoe Selo, dove sarà assistita da una piccola parte del personale tra cui anche lei. Lì una parola sbagliata anche nella stretta cerchia famigliare, riportata in qualche modo all'esterno, può avere ripercussioni inaspettate e spiacevoli".

"Farò avere il suo consiglio alla zarina".

"Ex zarina. Un consiglio anche per lei: non esibisca quella spilla con lo stemma imperiale. Potrebbe averne qualche noia".

"Questo mai. Ne vado fiera e lo considererei un tradimento verso la famiglia Romanov".

Dopo un breve commiato di circostanza la dama si avvia per riferire la preoccupazione e il consiglio di Evgenij Vladimirovič all'ex zarina, ora signora Romanova.

Mercoledì 25 luglio 1917, Tarnopol

La città russa viene presa dalla 2ª armata austro-ungarica, dove combatte il 97° Reggimento di fanteria Freiherr von Waldstätten. Composto da italiani e sloveni del litorale adriatico non cova nessuna ostilità nei confronti del popolo russo. La reputazione di codardia da parte degli alti comandi contrasta con il grosso contributo di sangue versato nei combattimenti in Galizia di fine agosto 1914 e negli anni successivi.

Spicca nelle prime fila vittoriose il colore rosato distintivo del reggimento. Ma una decina di soldati del 97°, nell'enfasi dell'attacco si spingono troppo innanzi e vengono catturati dai russi. L'ufficiale Pesavento, che li ha inseguiti per richiamarli indietro, fa parte sconsolato del gruppo.

Martedì 21 agosto 1917, Pietrogrado

Nel palazzo che era stato di Pavel Nikolayevich Demidov al n. 43 di Bolshaya Morskaya, ora ambasciata italiana, il capitano dei carabinieri Manera esterna la sua preoccupazione al marchese Carlotti di Riparbella, ambasciatore.

"Son riuscito a raggruppare duemilasettecento prigionieri italiani, ho l'autorizzazione dei russi, posso farli tornare in Italia, ma con l'instabilità politica, con questa anarchia, che blocca tutto, non riesco a partire. Tra pochi mesi, inoltre, il porto di Arcangelsk sarà sarà stretto nella morsa dai ghiacci".

"Conosco il suo operato, capitano. So che ha organizzato il campo di Kirsànov come centro di raccolta della maggior parte dei circa venticinquemila prigionieri italiani in divisa austriaca. Ottimo lavoro di cui il governo le è grato".

Sono austroungarici formalmente, ma di lingua italiana, abitanti in terre di confine non ancora riunite alla madrepatria.. Gli irredenti con opportuno giuramento al re sabaudo potrebbero combattere gli austriaci.

Continua il marchese Carlotti. "Ma, capirà, ormai la situazione è gravissima. Le stazioni sono controllate dalle guardie rosse. I militari si ribellano ai loro ufficiali. Da quando Lenin è tornato la situazione è precipitata, nonostante egli stesso abbia invitato all'ordine e alla non violenza".

"Inviti inascoltati. I bolscevichi distribuiscono armi agli operai e molti reparti militari partecipano alle manifestazioni di massa. Ma pur in questa situazione, dobbiamo fare qualcosa".

"L'impegno dell'ambasciata è continuo e indefesso". Difende l'ambasciatore il suo operato. *Crede forse mi sia disinteressato perché hanno cittadinanza austriaca? Sto facendo il possibile per rimpatriarli.*

Vorrebbe mostrare al carabiniere elenchi di prigionieri con nomi e località di detenzione, lettere inviate ai responsabili dei campi, ordini e direttive, mappe e cifre, le decine di relazioi e telegrammi scambiati con il ministro degli Esteri Sonnino a Roma.

Sottolinea le difficoltà che rendono inani gli sforzi fatti. "Dobbiamo confrontarci con nuovi interlocutori, che hanno ben altri affanni che non sia il rientro dei nostri militi". Precisa, lasciando trasparire un'impercettibile smorfia: "Ovvero italiani militanti nell'esercito dell'imperatore d'Austria e re di Ungheria". *Gente non iscritta all'anagrafe italiana!*

"Anni di governo zarista non si cancellano in poco tempo e in modo indolore". Non esprime giudizi di merito il capitano, come non rivela simpatie politiche di nessun genere, ma il disastro perpetrato da una cattiva gestione pubblica, indifferente ai bisogni del popolo, è evidente.

"Guardi, io sospetto che qualche agente straniero riesca a impedire la distribuzione di farina per spingere alla rivolta. Ne ho fatto partecipe il ministro Sonnino". Rimarca l'ambasciatore il filo diretto che lo lega al Ministero.

"Favorito da stranieri o no, il malcontento poggia su basi concrete e fa il gioco delle frange estremiste. Nonostate il cambio di governo, la rabbia popolare monta ogni giorno".

"Ancora a marzo il capo della polizia mi sconsigliava di uscire per strada. In tali condizioni l'Ambasciata riesce a fare poco". Leggermente a disagio di fronte a quel militare dallo sguardo severo che indossa l'uniforme grigio-verde del Regio Esercito Italiano, l'ambasciatore, che invece indossa un completo di ottima fattura, si aggiusta il nodo della cravatta.

"La burocrazia russa è lenta e complessa e lottiamo contro sentimenti panslavisti che non vedono di buon occhio gli irredenti italiani".

"Obiettivamente ci sono difficoltà notevoli, che però non possono inficiare la mia missione di portare i prigionieri in Italia. Ho già condotto un gruppo facendolo imbarcare a ovest, ad Arcangelsk.Vorrà dire che il prossimo lo porterò a est, al porto di Vladivostok. Mi servirò della Transiberiana, che è ancora funzionante".

"È un percorso molto lungo, capitano. Pieno di pericoli".

"Ci riuscirò. Sono un Carabiniere Reale. Sento questa responsabilità di fronte al re Vittorio Emanuele III di Savoia che ci guarda e giudica". Indica il grande ritratto reale nella foto incorniciata alle spalle dell'ambasciatore.

Si alza tirando fuori da una delle due tasche sul petto un foglio che appoggia sul tavolo.

"Questo è l'elenco dei prigionieri che mi seguiranno".

Carlotti non può che augurargli buona fortuna.

In strada il carabiniere viene quasi travolto da una fiumana di manifestanti ai quali si sono aggiunti i soldati del 1° e 2° reggimento mitragliatrici e i marinai di Kronstadt. Agitatori bolscevichi distribuiscono volantini.

Li lascia passare, poi si scosta dal muro e si gira a guardare pensieroso lo stemma savoiardo sopra il portone. L'ambasciatore fa quel che può, tra l'altro è in attesa di avvicendamento.

Le 94mila lire in oro con cui era arrivato quasi un anno prima son finite da un pezzo. Occorrono finanziamenti e contatti giusti. A chi rivolgersi? Conosce Vigilio Ceccato, presidente dell'organizzazione culturale internazionale Dante Alighieri, membro della Camera di Commercio Italo-Russa. In qualità di presidente della Società Italiana di Beneficenza ha già dimostrato generosità nel campo delle opere caritatevoli a favore degli internati italiani. Si dirige in direzione della casa di questo.

Lunedì 22 ottobre 1917, Pietrogrado.

Le strade sono percorse da gruppi armati di operai e di marinai, capannelli guardano e commentano manifesti rivoluzionari, nascono assemblee spontanee. Gli scioperi si susseguono e le manifestazioni raccolgono migliaia di persone che sfilano in gran tumulto. Tra tanti, alcuni facinorosi si infiltrano per alimentare la tensione e altri approfittano per saccheggiare appartamenti privati e derubare negozi. Agitatori arringano il popolo, i borghesi insultati si nascondono negli androni, i nobili sono arroccati nelle case e guardano preoccupati dalle grandi finestre. In ogni angolo un comizio rivoluzionario e un'assemblea dove operai e soldati esprimono la propria volontà.

Il malcontento esplode contro lo zar e contro la nobiltà e la borghesia conniventi: per questi la festa è finita.

Ormai la rivoluzione è inarrestabile e guidata dai bolscevichi di Lenin. Sono pochi ma molto determinati e cavalcano il malcontento, trascinando con loro i menscevichi riformisti che guardano ai modelli socialdemocratici europei, i socialisti rivoluzionari che hanno salda presa nelle campagne e i cadetti liberal moderati, di cui fa parte il primo ministro Aleksandr Fëdorovič Kerenskij che da luglio ha sostituito Lvov. Distaccamenti di operai armati, creati sin da febbraio dai bolscevichi come autodifesa e protezione delle fabbriche, costituiscono le cosiddette Guardie rosse e con i marinai della Flotta del Baltico pattugliano le strade.

Un giovane attacca un manifesto di protesta a un muro, mentre il suo compagno canticchia.

Mangia ananassi e mastica fagiani, più non ti resta, borghese, un domani.

"Bene così, bravo! Parole a effetto". Lo incita l'attacchino.

"Grazie, ma non è farina del mio sacco. È una frase di Vladimir Vladimirovič Majakovskij, il pittore e propagandista".

"Lo conosco. Un giornalista e poeta, che mette le parole e l'arte al servizio della rivoluzione".

Altri si uniscono nello scandire lo slogan.

Vengono dispersi da una pattuglia di poliziotti che intervengono a colpi di fischietto. Non serve sfoderare le sciabole o estrarre dalle fondine le Colt. Viene trattenuto il dobermann, cane addestrato per il mantenimento della pubblica sicurezza. Sono ancora ubbiditi ma sempre meno temuti. Dipendono dall'unica istituzione non passata dalla parte dei rivoltosi e tentano di garantire l'ordine con sempre maggior difficoltà.

Si allontanano i manifestanti e le voci si affievoliscono.

Mangia ananassi...

...e mastica fagiani....

Poi riprendono consistenza: lo spirito rivoluzionario spira su un nuovo capannello, le cui fila si ingrossano riavvicinandosi. I poliziotti sparano in aria alcuni colpi, ma di fronte alla folla sono costretti a ritirarsi.

Martedì 6 novembre 1917, Pietrogrado

Sulla strada una folla inquieta canta l'Inno della Russia Libera composto dal poeta simbolista Konstantin Balmont.

Viva la Russia, un paese libero!
Una natura libera è il destino del grande paese!
Filtrano le voci del popolo attraverso le finestre.

Due soldati stanno di guardia a una porta del Palazzo d'Inverno, progettato in stile barocco dall'architetto Bartolomeo Rastrelli, sede ufficiale del governo russo. Forse al di là si sta riunendo il Consiglio dei ministri. Si lamenta uno dei due che solo qualche centinaio di cosacchi e di cadetti, qualche decina di soldati ciclisti, oltre al battaglione femminile della morte costituito da centocinquanta soldatesse volontarie, protegga il governo provvisorio guidato da Kerenskij.

Lvov l'aveva detto: *Per salvare la situazione, dobbiamo disperdere i sovietici e sparare al popolo. Non posso farlo io. Kerensky può.*

Anche Kerensky può fare ben poco. Nella mattinata aveva lasciato la capitale per chiedere a difesa del governo l'intervento del Corpo di Cavalleria, dislocato fuori città.

"Compagno Vladimir Il'ič, con la parrucca e la barba finta sei irriconoscibile". Costretto a camuffarsi, Lenin esce dal nascondiglio. Si reca al quartier generale bolscevico, l'istituto Smolnyj, opera dell'architetto veneziano Giacomo Quarenghi. Si assicura che i rivoltosi abbiano il controllo dei punti nevralgici e che il comitato rivoluzionario militare abbia quello della guarnigione di Pietrogrado. Ordina che il Palazzo d'Inverno venga circondato da squadre armate. Alle 9,40 della sera l'Incrociatore Aurora, ormeggiato sulla Neva, spara il colpo di cannone che è il segnale per l'inizio dell'assalto.

Mercoledì 7 novembre (25 ottobre del calendario giuliano) 1917, Pietrogrado

Viene conquistato facilmente il palazzo e arrestati i ministri lì trovati. Nella sala delle Colonne dello Smolnyj il II congresso panrusso dei soviet annuncia l'istituzione di un governo rivoluzionario presieduto da Lenin, l'inizio della rivoluzione mondiale e quindi la necessità di trattative di pace tra i popoli belligeranti. Viene nominato un nuovo governo: il Consiglio dei Commissari del Popolo, che due settimane dopo comincerà le trattative per la firma di un trattato di pace con gli Imperi centrali. Verrà sancita la vittoria di questi, la resa e l'uscita della Russia dalla guerra e l'indipendenza di Estonia, Lituania, Lettonia, Finlandia, Polonia, Ucraina.

La Germania ne trae un vantaggio enorme in quanto può distogliere le forze dal fronte russo e inviarle su altri fronti, quello italiano per esempio.

Martedì 15 gennaio 1918, Trieste

Un postino consegna un telegramma al Comune di Trieste.
Protocollo n. 2621. Pregasi comunicare alla famiglia dell'ufficiale Pesavento Mario, *del 97° Reggimento di fanteria Freiherr von Waldstätten la notizia perve-*

nutaci dalle Autorità Russe che egli trovasi prigioniero dal 14-11-1917 internato a Kirsànov in buona salute. Con osservanza. Croce Rossa, Commissione Prigionieri di Guerra.

Dopo la cattura e gli interrogatori in un primo centro di detenzione, Pesavento aveva compiuto un lungo viaggio verso il campo assegnato, con frequenti fermate per dare la precedenza ai treni diretti al fronte.

Mercoledì 15 maggio 1918, Campo di prigionia di Kirsànov

Distante 500 km circa da Mosca, in direzione sud-est, il campo è una sterminata distesa polverosa o fangosa a seconda delle stagioni. Malandate baracche offrono scarso riparo dai rigori del clima e servizi insufficienti dove latita l'igiene. Poche guardie sorvegliano i prigionieri che gironzolano a gruppi. Due di questi chiacchierano tra loro, la giornata di sole permettendo di stare all'aperto.

"Siamo finiti in un buon campo. Bisogna riconoscere che noi italiani siamo trattati con umanità. Anche tu sei trentino come me, vero?"

"Sì, della Val di Non. Anche se indossiamo la divisa austroungarica i russi non ci trattano male come invece fanno con i tedeschi o gli austriaci. Per noi la sorveglianza non è dura e qualcuno può andare a lavorare in città o nelle fattorie, dove c'è penuria di uomini".

"Forse così trova anche degli affetti. Soffriamo della nostalgia di casa e le donne russe soffrono di quella dei loro uomini al fronte". Nascono legami sentimentali che possono portare a forme di reprimenda sociale per le donne anche se la rivoluzione sta formando una nuova moralità. Queste situazioni vengono quindi sempre più capite e accettate.

Si passano a turno un mozzicone di sigaretta.

"Hai ragione. Nonostante le privazioni della prigionia, non possiamo lamentarci del trattamento. Qui nel campo l'ambasciatore italiano di Pietrogrado è riuscito perfino a farci avere alcuni strumenti musicali. Grazie a questo è nata la piccola orchestra che accompagna il coro. Terrà un concerto la prossima settimana".

"A proposito", aspira una boccata di fumo, "ho sentito che è arrivato un ufficiale italiano da Pietrogrado".

"Si. È nella baracca del tenente".

"Forse è venuto per organizzare il rimpatrio di un altro gruppo. Ma chi dovesse partire ora troverebbe condizioni ben peggiori di quelle trovate dal capitano Manera alla fine dell'altr'anno. La situazione sta peggiorando. Arrivano notizie di massacri tra le due parti in guerra".

"Per la libertà e il rimpatrio devi dichiarare di essere italiano irredento. A quel punto ti mandano a combattere per l'Italia contro gli austriaci o contro l'armata rossa. Il gruppo portato a est da Manera credo sia stato tutto arruolato. Inoltre se vuoi tornare in Italia non puoi lasciare il campo e lavorare raggranellando qualche soldo. Credo che aspetterò la fine della guerra in questo campo. Di rischiare la pelle non ne ho voglia".

"Non ti do torto. Senz'altro si è più al sicuro qui che non fuori. Questo mi ha tolto la voglia di entrare volontario nell'esercito italiano. Inoltre mi dispiace rinunciare al rancio di carne e zuppa, che i russi non passano a quelli che desiderano partecipare alla guerra".

"Ho sentito che il nostro governo asburgico, per via della mancanza di farina, fornisce ai prigionieri, i nostri nemici, anche italiani un pane fatto di ghiande, paglia, segatura e una brodaglia di cavolo e bucce di patata". L'altro fa un gesto come per mandarlo al diavolo, infastidito dal fatto di essere suddito dell'imperatore e contemporaneamente considerato nemico.

"In confronto qua almeno non moriamo di fame. *Quel che va zo per la pel, fa luser el buel*".

Il buon cibo fa stare in piedi: si consolano così per mitigare la monotonia delle lunghe e grigie giornate.

Nella baracca l'ufficiale arrivato da Pietrogrado e il tenente Mario Pesavento, portavoce degli internati italiani, sono seduti attorno a un tavolo. Su questo e in terra sono ammonticchiati i pacchi portati dalla vecchia capitale. Contengono coperte, berretti, sciarpe, generi alimentari, libri, una fisarmonica, le tanto desiderate sigarette.

"Con la rivoluzione scoppiata a Pietrogrado e a Mosca e che sta divampando nel Paese, non riusciremo a portare altri prigionieri in patria. Piccoli gruppi hanno raggiunto il porto di Arkangels e la colonia italiana di Tien Tsin. Ma non sarà facile ripetere l'operazione".

"Qui al campo tutti conoscono i risultati ottenuti dal capitano dei carabinieri. Ben sappiamo del vostro impegno per portare tutti noi in salvo. Ci avete sostenuto integrando le nostre razioni, fornendo abiti caldi e gli strumenti musicali per allietarci con la musica. Addirittura i mezzi per stampare il settimanale *La nostra Fede* e un quotidiano *Bollettino di guerra*. Di questo vi ringraziamo".

"Per carità, è stato un lavoro corale che ha visto la fattiva partecipazione, oltre che di Manera, dell'ambasciatore, del presidente della società Dante Alighieri, di una contessa, di un giornalista, di tanti altri. Io stesso son venuto su un camion messo a disposizione dalla Camera di Commercio Italo-Russa. Purtroppo sono ancora moltissimi i prigionieri rimasti qui e nei campi delle più lontane provincie. Omsk e Samara per esempio".

"Anche in quei campi fanno affidamento su persone come voi, che qui rappresentano l'Italia, per poter rivedere i loro cari".

L'ufficiale del reggimento di fanteria austriaca, dagli occhi intensi in un volto magro, ossuto, al cui pallore fa contrasto il nero dei capelli lisci, sottolinea le aspettative che gli internati ripongono nelle istituzioni italiane operanti in territorio russo.

"Vi assicuriamo che ci stiamo impegnando con tutte le nostre forze perché questo avvenga. Ma a Pietrogrado comandano i Soviet e la situazione è precipitata. I nostri normali canali di comunicazione sono stati azzerati. Stiamo cercando di stabilire rapporti con le nuove autorità".

Attua le direttive dell'ambasciata italiana: sottolineare le difficoltà e al contempo gli sforzi per superarle.

"In qualità di ingegnere navale tra poco andrò a Kazan per lavorare al porto. La città non dista molto da Samara. Cercherò di mettermi in contatto con i prigionieri lì internati. Ma per dire cosa? Capisco che difficilmente saranno organizzati altri gruppi per il rientro in Italia". Mario.

"Non tutti sono smaniosi di essere imbarcati per l'Italia ed essere inviati al fronte o restare in Siberia a combattere contro i rivoluzionari". L'inviato consolare.

Mario lascia che reciti cose che sa fin troppo bene, in attesa di capire dove vuole andare a parare.

Continua l'altro. "Nella vostra nuova destinazione cercate di individuare chi è interessato a lasciare i campi detentivi. Verificate che possibilità ci sono di intavolare trattative per il rilascio. Avviate la costituzione di gruppi che poi ci comunicherete e da Pietrogrado potremmo, sottolineo il condizionale, tentare di prelevare e condurre in salvo".

"Qui gli italiani lavorano soprattutto nei campi o nel taglio della legna. Quelli, che parlano lo sloveno e un po' di russo, possono uscire e prestare la loro opera, dietro piccolo compenso, per privati e amministrazioni pubbliche. Uno sta lavorando in questo periodo all'ufficio postale in città. Non è una prospettiva allettante rinunciare a una relativa tranquillità per una remota possibilità di rimpatrio. E tornati da irredenti corrono il rischio di non trovare la propria casa perché confiscata dall'Austria per aver tradito la patria".

Pesavento ha ragione. *Chi vorrebbe tornare in prima linea, magari nello scannatoio delle Alpi?* Ma il rappresentante consolare insiste per non perdere possibili combattenti in grigio verde e fallire il primo obiettivo della sua visita. La consegna dei generi di conforto resta il secondo.

"È meglio stare in un campo recintato da filo spinato con poco o niente da mangiare, malattie, noia e depressione? Se arrivano i bolscevichi, il trattamento dei prigionieri cambierà in peggio: non si potrà lasciare il campo perché a un centinaio di metri vi spareranno. Altroché andare a lavorare in città. E se i bianchi affidassero la sorveglianza ai cechi o ai cosacchi, quelli per un nonnulla usano il knut, lo staffile col manico di legno da cui partono strisce di cuoio ruvido. Adesso son rose e fiori ma prossimamente possono esserci solo spine". Ha dipinto un quadro a fosche tinte. "Verificate cosa anima il cuore dei nostri uomini a Kazan,

Samara, fin dove potete spingervi, e riferite. Soprattutto su eventuali arruolamenti volontari. L'ambasciatore Carlotti sarà informato della vostra dedizione, di cui anticipatamente vi ringrazio".

L'ufficiale italiano in divisa perfetta, solo un poco spiegazzata per il viaggio, guarda i resti di quella austroungarica portata dal suo interlocutore, il viso smagrito, la barba non perfettamente rasata, la postura stanca. Capisce le ragioni che frenano il desiderio di tornare: la libertà implica la scelta di divenire combattente italiano o prigioniero austriaco. In ambedue i casi si rivedranno i famigliari solo alla fine della guerra. Solo il carabiniere Manera era riuscito a organizzare il viaggio di qualche migliaio di volontari.

Un Pesavento disilluso soppesa chi gli sta davanti, apprezza gli sforzi di rendere la prigionia meno dura, di ricondurli a casa. Allettandoli magari per inviarli al fronte. Al contempo sa che, nonostante le rassicurazioni, ben scarso è lo spazio di manovra dell'ambasciata in un contesto di guerra civile su un territorio immenso. I due ufficiali, pur parlando la stessa lingua indossano divise diverse, come diverse sono le condizioni. Non cede allo scoramento, cerca di trovare soluzioni ai problemi posti dalla vita.

Lo spirito pratico, che lo ha spinto a scegliere gli studi ingegneristici, gli fa valutare imparzialmente i dati di fatto per individuare la strada da intraprendere. Se lascerà la prigionia e tornerà in patria, quella italiana, sarà solo per merito dei propri sforzi. Stringe la mano che gli viene porta e finge di credere a una prossima liberazione.

Mercoledì 3 luglio 1918, Ekaterinburg

I Romanov sono tenuti prigionieri nella palazzina del mercante Nikolaj Ipat'ev, confiscata per l'occasione e rinominata *casa a destinazione speciale*.

Marija Nikolaevna e Tat'jana Nikolaevna, figlie dello zar, parlano nel giardino sorvegliate dalle guardie, ucraini e lettoni per lo più, al comando del soviet locale. Spesso questi si rivolgono loro quando passeggiano nel giardino con modi bruschi e sorrisi di scherno. Le ragazze non vi badano e continuano a conversare. Tat'jana si distingue per un carattere morbido e docile ed è molto legata, come sua sorella Olga, alla più giovane Marija. Non molto lontano l'ex imperatore Nicola gioca col figlio; insieme segano un tronco. La palizzata molto alta, alla siberiana, è stata costruita per isolare dal mondo esterno.

"Ho sentito due guardiani, che parlavano liberamente non credendo che ascoltassi, dire che Lenin e il governo sovietico vorrebbero portare papà a processo a Mosca, con Trotsky come giudice. Forse è una cosa buona, papà avrebbe occasione di difendersi".

Risponde Tat'jana. "Non credo proprio. Sarà un processo farsa dall'esito scontato: la condanna. Lui giustiziato e noi tutti in prigione".

Parlano sottovoce per non farsi sentire dalle guardie ma soprattutto dalla sorellina Anastasia che cammina al loro fianco. Le ragazze hanno sempre amato passeggiare nei giardini di corte e anche ora girano nello spazio all'aperto. Mentre sorridono alla piccola il cuore è gravato da fosche previsioni.

All'interno della casa l'ex zarina Aleksandra Fëdorovna Romanova si rivolge alla dama di compagnia, la baronessa de Luteville. Alta e seria, un'espressione triste la caratterizza sempre e non solo in questo momento tremendo, in contrasto col soprannome Sunny con cui veniva chiamata da bambina. Un rossore, dovuto all'emozione, contrasta l'usuale pallore dovuto alla preoccupazione, imporporando le guance.

"Temo che l'avanzata della legione cecoslovacca, invece di offrirci una speranza, affretti la decisione di questa gentaglia di eliminarci. Lo zar si illude che la situazione sia sotto controllo, ma a breve le nostre pene termineranno con la nostra morte. Non voglio angustiare la famiglia, ma questa certezza mi accompagna notte e giorno".

"Ma no, mia signora, che dice? Dio non può abbandonare il suo paladino, l'imperatore cristiano della Russia. Vedrete: le Potenze occidentali interverranno a vostra difesa e questi miscredenti saranno costretti a rilasciarvi. Lenin dovrà chinare la testa se non vorrà essere schiacciato dagli eserciti di tutto il mondo".

"Mi auguro che quel che dici si avveri. Ma in ogni modo ti chiedo un favore".

"Senz'altro. Cosa posso fare?"

"Qualsiasi cosa succeda porta la testimonianza della nostra fede in Dio".

È una fervente ortodossa, decisamente bigotta, che spesso stigmatizza la frivolezza e la licenziosità della corte russa.

"E rassicura la zarina Maria Feodorovna, madre dello zar Nicola II, che i nostri ultimi giorni sono stati sereni seppur consapevoli della tragedia che si addensa su noi. Porta con te questa parure di zaffiri appartenente a lei". La collana, detta di schiavitù, è costituita da catene in cui sono fissati zaffiri, di cui uno grande centrale, e da diamanti.

"Ho avuto l'onore e il piacere di ammirarla al collo dell'imperatrice".

"La zarina vedova portava i cinque medaglioni collegati da catene a simbolo di sottomissione a Dio e ai doveri imposti dal governare l'Impero Russo. La parure è composta anche da diadema, bracciale e orecchini, sempre con zaffiri. Ti affido tutto. So che è in buone mani. Io e le mie figlie abbiamo cucito sotto gli abiti alcuni preziosi, ma questa è la più significativa tra tutti. La zarina Maria vi era molto affezionata essendole stata regalata per la nascita del figlio".

La baronessa accetta chinando il capo.

Continua la ex zarina: "Ogni giorno vengono a portarci il cibo due novizie dal convento e portano via gli avanzi e i piatti a fine pasto. Ho parlato con loro e, illuminate dalla fede in Cristo, hanno accettato di portare fuori della casa le gioie nascoste negli avanzi del pasto di stasera, un pasticcio di pesce. Le consegneranno non appena superato l'ultimo posto di controllo dei nostri carcerieri e tu, con l'aiuto di Cristo Salvatore e di San Giorgio, lo consegnerai alla madre dello zar, che si è rifugiata in Crimea in attesa di ricongiungersi con il nipote in Danimarca. Lì la raggiungerai".

La baronessa, gravata da questa fiducia, assicura totale dedizione alla missione. Mentre esprime qualche parola di conforto e rassicurazione, la zarina le prende la mano tra le sue e continua.

"Ancora una cosa ti chiedo. Nell'esilio a Tobolsk ci siamo rivolti alla santa Chiesa. Riferisci questo alla zarina madre: la badessa Druzhinina del monastero Ioanno-Vvedensky custodisce notevole parte dei nostri gioielli per consegnarli al legittimo rappresentante di casa Romanov. Generose e riconoscenti suore, come quelle di qui. Se non fosse per loro dovremmo accontentarci delle magre razioni militari che i bolscevichi si degnano di passarci. Ti consegno i documenti per ritirare le gioie di Tobolsk".

Commozione e tristezza si mescolano nelle parole di commiato. La dama si inginocchia nel saluto all'imperatrice.

Quella sera due giovani suore escono da casa Ipat'ev con le borse contenenti i piatti sporchi e gli avanzi della cena dei Romanov. Non vengono controllate in quanto facenti parte della routine quotidiana. Fingono di non udire qualche commento grossolano delle guardie.

Fatte alcune centinaia di passi, non più in vista dalla casa, si fermano dinanzi una figura uscita dall'ombra. La baronessa de Luteville si fa consegnare un cestino.

IL TESORO DI KAZAN

Venerdì 5 luglio 1918, Ekaterinburg

Con le prime ombre serali si trova furtivamente con altri poveracci che scappano verso Samara. Salendo sul camion malandato crede di riconoscere un vecchio dalla folta barba tolstoiana, lunga fino al petto, e la giacca nera. Gli si siede accanto.

"Anche lei qui, principe?"

L'ex primo ministro Lvov si volge verso la baronessa sorpreso e, riconoscendola, risponde.

"Principe? Sono un prigioniero in fuga. Dopo le mie dimissioni dal governo, alla fine di febbraio fui catturato a Tjumen dal primo distaccamento punitivo navale settentrionale. Ne era comandante il diciottenne commissario Zapkus. All'arrivo a Tyumen ha dichiarato la legge marziale e ordinato ai cittadini di consegnare oro e argento, minacciando di giustiziare chi non avesse obbedito. Ne ha ucciso subito trentadue presso la stazione a dimostrare che non scherzava. Un ladro violento".

"Un ladro che non voleva che altri rubassero. Gira voce che abbia sparato al suo aiutante per essersi appropriato di un orologio d'oro durante una perquisizione. Le sue nefandezze sono note".

"Mi ha arrestato senza motivazioni e condotto a Ekaterimburg. Qui la sorte si è ribaltata: lui incarcerato per i suoi abusi e per appropriazione indebita, io rilasciato in attesa di processo. Il suo destino è sconosciuto e non oso pensare alle torture a cui è sottoposto perché confessi dove ha nascosto il frutto delle depredazioni. Ora mi dirigo a Omsk per incontrare dei rappresentanti del movimento bianco. Sicuramente non resto qui ad attendere il processo. E lei, baronessa?"

"Vado a est per mantenere una promessa. Una missione di grande impegno che devo onorare a tutti i costi. Confesso che sono molto spaventata dal viaggio che mi aspetta".

Solo diciassette mesi prima Lvov si rapportava con la baronessa in tono di cortese autorità, poggiata sulle differenze sociali. Ora sono su un piano paritetico, compagni di viaggio uniti dal timore. Anzi guardando gli abiti, dignitosi e ben tenuti quelli di Theodora, sporchi e consunti dopo mesi di prigionia quelli del principe, le classi sociali sembrerebbero invertite. Chi li avesse visti avrebbe pensato a una signora che dialoga col servitore. Ma ormai è usuale vedere ex aristocratici vestiti di cenci vendere i loro ultimi averi ai mercati.

Nelle pause dei sonni agitati, continuano a spizzichi la conversazione, per ingannare il tempo e non pensare troppo ai pericoli incombenti. Si chiedono anche dove avrà nascosti il giovanotto Zapkus gli oggetti di valore predati a Tyumen dal distaccamento punitivo e mai arrivati a Ekaterimburg.

Valori di ben altra consistenza vegono in mente al principe. *Sarà al sicuro l'oro fatto confluire a Kazan?* Con l'avanzata delle truppe tedesche nel 1917 il governo aveva ordinato che le riserve auree fossero portate via da Mosca, Tambov, Kozelsk e altre città verso una città da dove fosse facile trasportarle ad est lungo la Transiberiana e custodite in una banca moderna con ampio caveau.

Martedì 25 luglio 1918, Kazan

Nella sede consolare francese.

"Buongiorno signore. Disperavo di vederla". L'attendente si rivolge al capitano che torna dopo qualche giorno di assenza.

"Francamente, se non fosse stato per l'intervento di quel commerciante italiano, io e il viceconsole saremmo ancora in galera. Pronti magari per essere giustiziati".

"Qualcosa da bere?"

"Si, bisogna brindare. Chiama il console e tira fuori una bottiglia. Di champagne, non del solito vinaccio".

Allude a un pinard francese, miscela mediocre di vini rossi, dalla bassa gradazione di 9 gradi. Il fante di trincea lo apprezza molto e le gerarchie militari ne favoriscono il consumo per infondere coraggio ai combattenti.

Poco dopo, col bicchiere in mano il capitano Joseph Bordes relaziona al console.

"Ho sentito dai carcerieri, che parlavano liberamente, dandomi già per morto, che stanno evacuando l'oro. Bisogna sollecitare i cecoslovacchi e le truppe bianche di Kappel perché conquistino la città, prima che ci riescano".

"Non sarà facile. La città è difesa da due reggimenti di fucilieri lettoni molto agguerriti, un reggimento socialista musulmano, il battaglione internazionale Karl Marx, un battaglione tataro baschiro, e altre formazioni".

Scrivono insieme il testo e lo passano all'ufficio cifrario affinchè venga trasmesso in codice ai cecoslovacchi.

"Posso immaginare cosa volessero i comunistri da lei".

"Ovviamente la confessione del nostro coinvolgimento nell'insurrezione dei cechi a Chelyabinsk. L'italiano ha portato a nostra difesa la testimonianza di altri prigionieri austro ungarici di etnia italiana. Hanno raccontato del tentativo di sobillazione, ignorato da loro ma forse non dai cecoslovacchi, da parte del terrorista Savinkov per conto degli inglesi. I sovietici già sospettavano un complotto inglese per eliminare Lenin e hanno messo in conto anche la rivolta ceca".

"Beh, allora, un brindisi all'italiano. Come si chiama?"

"Andrea Compatangelo".

Sabato 3 agosto 1918, Kazan

"Caro zio Piero, come stai e come sta la zia? Pur in questo tempo di guerra, il brutto sembra essere passato. La disfatta di Caporetto ormai sanata, le nostre truppe in costante rimonta. Le notizie arrivano anche qui e sono buone. Le lettere di casa ai commilitoni sono tutte piene di speranza anche se lamentano la lunga assenza dagli affetti famigliari. Anch'io desidero molto vederti e sedermi con te e la cara zia Anita davanti al camino a raccontare le nostre vicissitudini, a chiacchierare tranquilli. Come pure andrò a trovare la cara signorina Olga, a cui, tu ben sai, sono molto affezionato. Mi ha scritto che mi aspetta. Desidero molto vederla, e vederla nella terra natia liberata, ormai italiana. Qui prosegue la mia vita da prigioniero semilibero. Ho un lavoro, che mi piace, al porto fluviale. Condivido con altri due ufficiali un alloggio pulito e discreto. Nei momenti liberi mi incontro con i prigionieri istriani, trentini, dalmati. Mi informo per conto dell'ambasciata, per quel poco che questa può fare, se qualcuno ha veramente il desiderio, il coraggio direi, di raggiungere la libertà attraversando la Russia infiammata dalla guerra civile. Pare ci sia un commerciante che dispone delle conoscenze tra le autorità locali e le doti organizzative per condurre un piccolo gruppo verso la zona controllata dalle Potenze Alleate. Mah! Vedremo. Cerco di non angustiarmi e vivere tranquillamente alla giornata. Le donne sono belle, alcune anche molto eleganti, raffinate. Ma bada bene: nessuna avventura, mi conosci. Mi sento impegnato sentimentalmente con la signorina di cui sopra. Nonostante la guerra i teatri sono aperti, i ristoranti pieni, la gente passeggia senza apparenti preoccupazioni. Eppure arrivano notizie quotidiane di battaglie, fucilazioni, efferatezze anche contro i civili. Nelle campagne le requisizioni di cibo e la resistenza dei contadini portano a incendi di villaggi, uccisioni, stupri. Non voglio angustiarti. Sta tranquillo per me: io sono al sicuro.

A presto, spero. Mario"

Pesavento, curvo sulla lettera appena scritta, la rilegge andando col pensiero alla sua famiglia, di cui resta solo lo zio ultracinquantenne, che conduce una vita tranquilla a Trieste. Ambedue fieri irredentisti triestini, sperano che quanto prima le terre di confine tornino all'Italia. Quasi sovrapensiero comincia a disegnare con la matita il volto dello zio, rifinendolo con un tratteggio uniforme. Si dedicava con piacere a qualche acquerello e dipinto ad olio nella sua amata Trieste. Una matita sostituisce ora gli attrezzi mancanti. Abbozza svagato qualche disegno, senza neanche il desiderio di riprendere in mano i pennelli.

Poi si alza, ma ciò nonostante rimane sempre un po' curvo. La sua struttura da spilungone lo porta a rivolgersi agli altri incurvandosi e poco a poco l'atteggiamento è diventato una costante. La sua postura potrebbe suggerire una certa umiltà, ma allo stesso tempo si nota una sicurezza interiore che gli consente di esprimersi con convinzione e determinazione. La sua passione per l'apprendimento non gli impedisce di godere della vita e dei suoi incontri, sempre alla ricerca di nuovi stimoli.

Lo sguardo, ora perso nei ricordi, è normalmente vivace, attento, e denota un'intelligenza concentrata che ha trovato naturale applicazione negli studi di ingegneria navale, messi a frutto nel lavoro di un'impresa portuale triestina.

Lavoro lasciato per indossare la grigia azzurra uniforme del 97° Reggimento di fanteria Freiherr von Waldstätten dal nome del generale che lo fondò nel 1883.

Ha ventinove anni, un po' vecchio per la guerra, ma nel 1915 l'età dei richiamati è stata estesa dai 18 ai 50 anni dall'Austria-Ungheria anche per far fronte all'entrata in guerra dell'Italia.

Lunedì 5 agosto 1918, Samara

Al tavolo di una sala da tè, si confidano due belle donne poco più che ventenni; una bionda con un taglio di capelli corto alla francese, l'altra mora con occhi color nocciola, profondi, e una spessa treccia nera dall'aspetto liscio e lucido. Alcune efelidi adornano la pelle del naso e delle gote donandole un'aria di naturalezza e semplicità. Spicca nel volto ovale, con lineamenti ben definiti, la bocca dalle labbra morbide e invitanti.

Questa, dagli abiti più sobri, ben tenuti e che ne fanno risaltare la figura leggiadra, si rivolge all'amica.

"Cara Tata, ho il cuore schiacciato dalla disperazione. Lui è a Simbirsk. Tu sai quanto dolore mi ha causato il suo abbandono, repentino, senza giustificazioni. Quasi sprezzante, oserei dire, ma forse così pavento il mio animo. Non potevo tuttavia volgermi altrove a cercare quella serenità che mi aveva negata. Il pensiero, il cuore, tutta me stessa mi riportavano a lui. A lui e al suo sguardo, dalle mille lusinghe. Lo cercai, a lungo, disperatamente, ossessivamente, e lo trovai. Dovevo parlargli, svelargli il mio sentimento, ricondurlo a me. Dovevo sapere. Andai a Simbirsk e lo attesi ore, giorni, davanti al suo alloggio. Confidavo nel suo carattere ch'io seppi buono, nel caldo sentimento nei miei confronti. Te lo dissi: le sue mani scaldavano la mia pelle, i suoi occhi bruciavano di desiderio. Non ho immaginato quei momenti di passione, mia e sua. Desideravo una parola di spiegazione, a cui poter ribattere, sostenere ragioni, quelle del cuore, contro una scelta che cancellava le mie speranze. Non me ne davo pace. Finché, ecco, lo vidi, ma insieme a due donne, che però dell'amore avevano fatto mestiere. Vestiti vistosi, imbellettate, modi sguaiati, ridevano mentre lui le palpeggiava spudoratamente. Mi avvicinai, mi guardò. Mi disse di andarmene, non c'era futuro per noi. Voleva non essere soffocato da vincoli. Le donne guardavano sbeffeggiandomi, che vergogna provai. Si girò, le prese sottobraccio e se ne andò. Ti puoi immaginare come feci il viaggio di ritorno. Ho pianto tutte le mie lacrime".

"Gli uomini! Che mascalzoni!! Il lupo si era ben mascherato da agnello: pareva così dolce, così innamorato di te."

"Quel lupo mi ha sbranato. Ora sono in uno strato di prostrazione che mi rende pesante l'aria che respiro. Voglio cancellare tutto. Andarmene. Cercare la serenità, che qui non potrò mai avere. Raggiungere Vladivostock da dove salpare verso il continente lontano dove già mia sorella mi aspetta. Ti prego quindi, se hai cara la mia felicità, di sondare le possibilità di trovare qualche onesto compagno di viaggio. Non son momenti in cui una donna possa viaggiare sola. Come alternativa potrei seguire il mio eventuale accompagnatore anche a Harbin in Cina. Lì vi sono consolati, moltissime banche, imprese industriali e commerciali, dove sostare prima di intraprendere la traversata dell'oceano".

Si interrompe Svetlana e sorride all'amica.

"Che sciocca. Non ti chiedo neanche come stai, dopo mesi che non ci vediamo. Ma ti raffiguro sempre spumeggiante e circondata da ammiratori. A proposito quel bel spasimante italiano è sempre ai tuoi piedi?"

"Mantengo un po' le distanze. È un mio punto fermo: mai aprire il cuore troppo a qualcuno, si rischia di romperlo. Preferisco storie sentimentali di passaggio, senza impegno. Così evito delusioni e sofferenze". La bionda Natascha.

"Tenendoli sulla corda chissà quanti avrai illuso. Come lui ha fatto con me!" Avvilita, scuote la testa.

La bionda capisce il desiderio di allontanare brutti ricordi e propone di uscire e far spese. Comprare un vestito nuovo, nella nuova foggia rivoluzionaria, può essere per l'amica fonte di rasserenamento.

"Ora però usciamo, andiamo a far compere. Su Sveta, devi farti bella per te stessa".

Escono a braccetto nella calda aria estiva, spalla a spalla. Hanno la stessa statura, leggermente più alta della media. È l'ora del passeggio.

Sveta trae un profondo respiro e porta la mano alla treccia, assicurandosi con gesto inconscio che sia ben raccolta. Confidarsi con l'amica le ha fatto bene. Si sente sgravata da un peso che la spossa notte e giorno.

Nel negozio della modista prova un tailleur dal colore sobrio e dalla gonna al ginocchio che lascia esposte le snelle gambe. La modista consiglia un piccolo cappellino, essendo tramontati i grandi elaborati cappelli di epoca zarista.

Preferisce invece acquistare delle scarpe, comode con un tacco basso, e una camicetta. Natasha le propone qualcosa di più sofisticato che ne sottolinei la femminilità.

"Sono una ragazza semplice, mi conosci, lo son sempre stata. Questo capo è più adatto ad una diva del cinema. Non fa per me. Ora soprattutto non è tempo di frivolezza. Si deve prendere coscienza del nuovo ruolo che la storia assegna alla donna, libera e indipendente. I capi di vestiario si adattano alle nuove esigenze, devono diventare più pratici e confortevoli, di semplice fattura".

Insiste l'amica Natasha, detta Tàta.

"Ma cara, scegli un abito che ti metta in risalto, che attiri l'attenzione di qualche bel giovanotto"

Accenna a una complice strizzatina d'occhio.

Interviene la modista, indirizzandosi alla possibile acquirente.

"La signora ha ragione. Ora vengono preferiti i tailleur, a cui magari applicare delle tasche, i colori meno squillanti. Niente di vistoso. Le gonne e le maniche vanno accorciate; vede questi modelli? Tutti di tessuti più resistenti e al contempo economici. Questa è la nostra rivoluzione nella moda".

Con gli uomini impegnati nella rivoluzione e nella guerra civile, ora sono le donne che si occupano dei lavori nei campi o nelle fabbriche o nei servizi terziari. Divengono contadine, operaie, conduttrici di tram, segretarie, contabili. A Pietrogrado, negli ultimi tre anni le operaie sono arrivate a costituire un terzo della popolazione attiva. L'economia del paese in guerra, qui come altrove, viene portata avanti dalle donne che diventano una nuova importante forza sociale, libere di mostrare la loro femminilità anche nell'abbigliamento.

"Guarda! Prova questo reggiseno: un simbolo di emancipazione femminile. Butta questa sottoveste e anche questo corpetto. Fa risaltare il tuo bel corpo".

Col suggerimento di Tàta, alla fine viene presa anche della biancheria intima, optando per quella diavoleria americana, il reggiseno.

Più libera nei movimenti con il nuovo abito, più sollevata nell'animo per lo svago dell'acquisto e per la compagnia dell'amica, si avvia a passo aggraziato verso la sterminata piazza. Sguardi maschili la seguono. Potrà mai ricambiarne uno senza timore?

Martedì 6 agosto 1918, Samara

Con altri due uomini sta mangiando alcune fette di torte salate accompagnate da bicchieri di limonata nel ristorante, arredato con piante tropicali, dell'Evropeiskaya Hotel al n. 81 di Piazza Alekseevskaya.

È Andrea Compatangelo, libero imprenditore italiano, un quarantenne dal colorito olivastro, grandi baffi molto curati, mani nervose che gesticolano denotando la passione messa nelle frasi. Indossa un abito grigio con panciotto scuro; è un abito da tutti i giorni, sobrio e confortevole. La cravatta anch'essa scura è stata allentata, in fin dei conti si trova con amici. Questi indossano la giacca grigio azzurro degli ufficiali austroungarici, con l'ultimo dei sei bottoni aperto. I pantaloni e le scarpe forniti nel campo di prigionia suppliscono parti della divisa.

"Non credo di poterlo fare, Mario. È un'impresa rischiosa e soprattutto perché? Perché dovrei lasciare una città dove sto bene, sono conosciuto e rispettato. Ho un buon lavoro e alcune gentili signore mi concedono i loro favori". Si rivolge all'amico con un'espressione cordiale, tuttavia venata dall'insofferenza. Nonostante i lunghi anni di soggiorno all'estero si può ancora individuare l'accento dell'Italia meridionale che fa accorciare le vocali e allungare le consonanti.

A lui risponde con rispetto e amichevole cameratismo un giovanotto biondo dai lineamenti regolari, un bel viso ovale dallo sguardo deciso, Mario Gressan.

"Perché, Andrea, siamo in mezzo a una guerra civile. Ora siamo tranquilli, ma se arrivano i bolscevichi non si sa come si mette per noi. Siamo prigionieri austroungarici e non abbiamo quindi nessuna tutela. Tu, poi, hai lavorato a Kazan come contabile nella missione militare francese e i francesi ora comandano la legione ceca che è una spina nel fianco dell'esercito bolscevico. Potresti essere considerato collaborazionista delle forze a loro ostili".

Gressan con la pulita e consunta giacca e le braghe scure è un prigioniero in regime di semilibertà, mezzo militare e mezzo libero cittadino.

"Non penso che..." Inizia a ribattere Andrea.

"Scusa se ti interrompo, ma vorrei aggiungere un'ulteriore motivazione alla scelta di abbandonare la città".

A supporto del camerata interviene Carlo Re, un altro prigioniero, che cerca di spingere Compatangelo verso una assunzione di responsabilità collettiva. "Bisogna considerare che i francesi hanno ottima considerazione di te. Ne hai salvato due dalla prigione, e probabilmente dalla morte, a Kazan quando comandavano i rossi. Dovevano essere personaggi di spicco: non offrono a tutti di potersi accodare alla potente legione cecoslovacca che si sta dirigendo a est verso il porto di Vladivostok. Da lì i cechi e noi potremmo ritornare nelle rispettive patrie".

I camerieri vanno e vengono per soddisfare le esigenze di parecchi commensali venuti per degustare i piatti preparati dallo chef. Dall'alta volta pendono lampadari imponenti. La luce esterna si diffonde forte dalle ampie vetrate. Il sordo brusio provocato dalle conversazioni permette la riservatezza del discorso.

"A me non interessa". Dice Compatangelo. "Non sono un ex combattente e sono di Benevento, lontano da problemi irredentistici. Che ci vengo a fare in Italia? Qui sto bene. Per voi è diverso. E magari le cose vengono risolte dalla diplomazia. Mi ricordo che ancora nell'autunno del 1914 lo zar Nicola II in persona aveva dichiarato che avrebbe mandato i prigionieri austriaci di origine trentina, friulana, giuliana, dalmata in Italia nel caso che questa si schierasse a fianco dell'Intesa. Probabilmente stanno organizzando i rimpatri".

"In parte è vero". Continua Re. "Sappiamo tutti e tre che un capitano dei carabinieri sta portando dal campo di Kirsànov verso Vladivostok gruppi di prigionieri italiani. Ma son poca cosa in confronto alla moltitudine degli internati. E qui tu puoi fare qualcosa".

"Di questo capitano, Cosma Manera, me ne ha parlato anche un prigioniero triestino che lavora al porto di Kazan. Anche costui mi spinge a intraprendere l'impresa". Andrea sorseggia un po' di limonata prima di proseguire.

"Il carabiniere era a capo di una Commissione, composta da ventuno ufficiali, creata con lo scopo di organizzare la ricerca dei prigionieri italiani, servendosi anche di intermediari russi. E nonostante fosse supportato dalle istituzioni diplomatiche e militari non ha avuto viaggi facili. Partito in treno verso Vladivostok, è stato costretto a ripiegare verso la Concessione italiana di Tien Tsin, in Manciuria, raggiungendola a piedi, nel febbraio di quest'anno. E lì sono ancora. Io non so neanche come si chiami l'ambasciatore a Pietroburgo, non ho appoggi ufficiali, non faccio parte dell'esercito italiano. Cosa pensate possa fare io?"

"Allora..." Si interrompe Gressan.

Entra nella vasta sala un uomo a cui non si possono dare più di venticinque anni. Senza giacca, con un gilet marrone chiaro di velluto di cotone sbottonato, con un ricamo di color rosso cupo a forma di cuore situato in corrispondenza dell'organo vero. I pantaloni grigi di canapa terminano su un paio di lapti, le tradizionali scarpe russe realizzate con la rafia di betulla. Un abbigliamento fantasioso che però non stupisce gli amici, conoscono il tenente istriano, che abbina l'intelligenza a uno spirito bohémien. Un personaggio originale che si diletta di pittura. Tiene cordiali rapporti con tutti i prigionieri e con le persone del posto, uno spirito aperto e gioviale. Possiede una discreta cultura artistica e la conversazione leggera, ma non frivola, curiosa e divertente, lo rende un buon interlocutore. Di media statura, una lanugine biondastra gli incornicia il volto, con capelli lisci dello stesso colore. Si dirige verso il gruppo con fare sciolto.

"Signori, buongiorno".

"Buongiorno a lei, Dal Bon. Prego si accomodi e ci racconti le ultime novità". Compatangelo.

"Novità non ne ho, a parte le solite voci che danno gli eserciti rivoluzionari alle porte della città. Questo lo sapete bene anche voi".

"Sappiamo anche che lei mantiene ottimi rapporti con i soldati cechi, parlandone bene la lingua. Magari da loro ha sentito qualcosa". Sempre Andrea.

Oreste Dal Bon parla senza timore di essere udito da altri, sapendo che la lingua italiana non è conosciuta tra la gente del posto.

"Girano voci, sia tra i nostri che tra i cechi, che lei stia pensando di lasciare Samara alla guida di un gruppo di ex prigionieri. In questo caso chiederei di potermi unire al gruppo in partenza. Lo chiedo per spirito cameratesco e confidando nella solidarietà tra noi esuli".

Compatangelo lo guarda quasi imbarazzato dalla richiesta e incerto sulla risposta.

"Ci conosciamo da tempo ormai ed è nato un rapporto, credo di poterlo affermare, di reciproca stima. Posso chiamarla per nome? Cortese Oreste, ha ragione:

le voci girano, ma sono infondate. Lavoravo in qualità di contabile e ora mi occupo di commercio di pellicce e di grano. Non sono un militare e quindi, come stavo dicendo agli amici qui presenti, il tenente Mario Gressan e il sottotenente Carlo Re, che lei conosce, non mi sento di avere nessun obbligo e nessuna responsabilità che mi spingano a guidare qualsiasi gruppo in un viaggio pericoloso, in territorio battuto da bande armate e truppe di ogni genere, a temperature polari. Tra l'altro dovrei essere inglobato nel contingente militare cecoslovacco apertamente in guerra coi bolscevichi".

"Certo che al momento la legione ceca è considerata l'unico esercito organizzato in Russia essendo l'Armata Rossa poco sviluppata e male armata". Conferma Carlo.

Prosegue Andrea.

"Dovrei quindi spingere un manipolo di ex prigionieri, che ne hanno patita a sufficienza di guerra e di prigione, a riprendere le armi? Perché? E per chi? Per l'Austria? Si sentono italiani. Per l'Italia? Appartengono a un esercito nemico, l'austroungarico, al ritorno verrebbero magari imprigionati. E insomma no, non sono sicuro che sia una soluzione, né per me né per loro. E di loro comunque continuerò a occuparmi. Nel caos in cui è finita la Russia, qui mi sento tranquillo. Intrattengo buoni rapporti con i francesi e con l'autorità del *Komuch*, che gode di una certa popolarità nei territori controllati direttamente".

"Popolarità dovuta al fatto che il governo Komuch sostiene un programma di socialismo agrario, introducendo importanti riforme economiche, soprattutto a favore dei contadini. La Sanità, l'istruzione e i mezzi di trasporto pubblici sono gratuiti". Dà Re un giudizio estremamente positivo. *Fosse così anche in Austria e Italia!*

Gressan completa con una dolente precisazione. "Un governo che riceve aiuti finanziari dal servizio di spionaggio francese, instaurato da giugno sulle baionette della legione ceca. Quando la legione lascerà la città arriveranno i bolscevichi. Non ci sarà tranquillità per nessuno allora".

Stanno gravando di responsabilità il commerciante, che fino al giorno prima non ne era minimamente sfiorato. Beh, non deve decidere su due piedi, ci avrebbe pensato. I quattro, Oreste viene invitato a fermarsi, chiacchierano volutamente di cose che non riguardano la loro instabile situazione.

"Mi complimento per l'originalità del suo gilet. Impreziosito da quel ricamo. Segno di qualche cuore infranto?" Sorride Compatangelo, sornione, lisciandosi i baffi.

Con un sorriso velato da un po' di imbarazzo, Dal Bon ammette.

"Veramente ho dovuto nascondere una macchia che non se ne voleva andare. Una signora, a cui sono amichevolmente vicino, ha insistito per ricamarci sopra. Il disegno non cela nessun significato amoroso".

"Suvvia, è risaputo che quel suo fare trasognato, da artista alla ricerca di ispirazione, affascina le donne, solletica il loro lato romantico. Son sicuro che il ricamo non nasconde nessuna macchia, ma testimonia un cuore che palpita per lei".

Si schermisce Oreste, un timido in fondo, e cambia discorso. Li tien occupati occupati per un bel po' la discussione sulla guerra civile in corso e sulle divisioni interne alla forze controrivoluzionarie. A Omsk era stato creato il *Governo provvisorio siberiano*, antagonista al *Komuch*. I

"Dovrebbero unire le forze, e invece ...". Compatangelo.

"Avranno buon gioco i Rossi contro un nemico diviso". Re.

Nel tardo pomeriggio, nella grande cucina dello stesso hotel dove aveva pranzato, Compatangelo si dedica alla preparazione di un piatto che un po' per gioco un po' perché ne sentiva la mancanza, stava insegnando al cuoco. Andrea bazzica spesso le cucine per carpire i segreti della cucina russa, ma qualche volta per offrire un piccolo suggerimento. Si è procurato dei succosi pomodori dalla polpa carnosa e compatta e ha preparato un classico della cucina partenopea. Si rivolge al cuoco.

"Non bisogna dimenticare i due fattori fondamentali, la pasta e la cottura. Abbiamo già provato questo piatto tipico delle mie parti: gli spaghetti alla napoletana, c'a pummarola in coppa. Ora passiamo all'esecuzione finale. Ho invitato gli amici a cena e non devo sfigurare".

"Non è stato facile fare questa pasta a mano. Ora son fatti, che fatica! Vediamo come tengono la cottura". Si preoccupa Nicolai.

Mentre la pasta vien messa nell'acqua bollente, Andrea assaggia il sugo, giudicando che vada bene nonostante diffidasse dell'olio reperito. Vuole fare una sorpresa agli amici quella sera. È riuscito a trovare del buon vino da abbinare al piatto nella fornita cantina.

Intanto si sfoga.

"Che strana piega ha preso la mia vita, quella di un povero ragazzino meridionale. Mi sono intestardito nell'intraprendere un viaggio che mi avrebbe portato nelle fredde e sconosciute terre russe. Non nella capitale, Pietrogrado, la splendida città di Pietro il Grande, adorna di monumenti di architetti italiani e frequentata da una società cosmopolita e dalla nobiltà zarista, ma a Kazan crocevia tra occidente e oriente. Sono stato contabile, commerciante, giornalista. Come corrispondente estero del giornale del Partito Socialista Italiano, l'*Avanti,* ho anche pubblicato articoli sullo scoppio della guerra civile e l'adesione ferma ed entusiastica dei proletari alla causa rivoluzionaria. Il mio partito d'altronde condanna l'intervento delle forze dell'Intesa per soffocare il regime dei Soviet, mentre la volontà del mio governo è di appoggiare l'Armata Bianca".

"Capisco il tuo dilemma. Devi ubbidire alla tua Nazione rinnegando il sogno di un socialista rivoluzionario".

"No, solo socialista. E non vedo gli Alleati ansiosi di gettarsi nella bolgia di una guerra civile. Mi viene chiesto di guidare i miei compatrioti verso un porto sicuro, aggregandomi alla legione cecoslovacca, unica in grado di combattere i rivoluzionari. Ora devo decidere che fare. Lasciare il freddo russo e tornare al caldo italiano, che celebro con questo piatto, cancellando anni di lavoro?"

"Resta, se posso permettermi un consiglio. I bianchi ti apprezzano e i rossi non hanno nulla contro di te. So, in parte me l'hai raccontato omettendo i nomi, che a qualche signora piace la tua compagnia. Ti sei fatto una solida posizione economica e non ultimo devi insegnarmi quella ricetta particolare per un dolce".

"Mi sento però moralmente impegnato con quella ottantina di italiani irredenti. Hanno cultura e lingua italiana ma sono soggetti al dominio dell'Austria, abitanti di quelle terre di confine che ti mostrai giorni fa sulla carta geografica: Trentino, Friuli, Istria, Dalmazia. Li aiuto, alcuni anche economicamente, soprattutto rappresentandoli da libero cittadino di fronte alle autorità. In questa opera di intermediazione ne son diventato quasi il tutore. Mi sento obbligato a continuare su questa strada. Non posso lasciarli soli come prigionieri destinati al lavoro nelle fattorie o nelle poche fabbriche, in balìa dei vari governi che si avvicendano di continuo. Una settimana comandano i rossi, la settimana dopo i bianchi, e in ogni cambio di potere una moltitudine di gente viene uccisa o gettata in prigione".

Nella camera di un altro albergo, nello stesso caldo pomeriggio con il sole ancora alto nel cielo, Oreste Dal Bon si toglie gilet e lapti. Distesosi sul letto a mani incrociate dietro alla testa, è incerto se tentare di terminare il quadro che sul cavalletto lo invita a porre le ultime pennellate. L'atteggiamento fantasioso, originale che gli viene attribuito, poggia su una vera indole artistica. Si dedica alla pittura. È più che un passatempo. Ha avuto, prima di essere chiamato alle armi, anche la soddisfazione di esporre i suoi quadri in una mostra personale che aveva ottenuto un certo successo. Aveva lasciato gli ideali artistici viennesi della Gesamtkunstwerk, l'opera d'arte totale, per seguire i futuristi italiani, ma guarda anche con interesse all'avanguardia russa, con Wassily Kandinsky, Kazimir Malevich, Natalia Goncharova. Pare il riepilogo della sua vita: mitteleuropeo con anima italiana in Russia.

L'opera è ferma, senza vita, arenata sulla secca dell'ispirazione. Niente da fare. Meglio considerare se conviene lasciare il paese. Dilemma principale è cosa deciderà Compatangelo: dovrebbe lasciare i suoi affari ben avviati a Samara?

A Kazan, dove dirigeva l'amministrazione della missione militare francese, gli era stata proposta, vista la sua professionalità e serietà, l'opportunità di continuare la collaborazione a Samara come consulente esterno, cosa che gli consente di agire anche da libero imprenditore.

La città, diventata la capitale di diverse province occupate dai cechi e dalle forze controrivoluzionarie, ricevuto lo status di capitale temporanea della Russia, offre molteplici possibilità per il commercio. Giacché cominciano a venire le rappresentanze dei Paesi stranieri, si può perfino pensare alla costituzione di un'agenzia per gli affari esteri, voluta dall'amministrazione borghese liberale che protegge la proprietà e il commercio. E Compatangelo ben si muove in questo ambiente.

Lui stesso, lavorando presso un artigiano, ha lasciato il campo di prigionia. Con i proventi di questo lavoro e della vendita di alcuni dipinti conduce in città una vita modesta ma piacevole. Pensa a Tamara, la cameriera dell'albergo, e alla nobildonna Elsa Petrovna, che gli ha commissionato due ritratti. *Non dimentichiamo l'attrice, con quella risata deliziosa.* Donne che rendono liete le sue giornate. Forse dovrebbe contare anche quella sartina. No, quella non l'ha più vista. Lascia incompleto l'elenco perché il pensiero allettante di Tamara non vuole andarsene. La chiama e si fa portare un tè.

Finchè aspetta stila mentalmente il programma per l'indomani. Le prime ore del mattino dedicarsi alla tavolozza e finire il quadro. Andare col caldo della giornata inoltrata sulle rive del Volga a vedere lo scorrere delle acque e i bagnanti, meglio le bagnanti, che approfittano della breve estate. Nel pomeriggio passare in sartoria chiedendo della giovane sartina. Cena in taverna con gli amici per concludere.

Viene interrotto nei suoi pensieri da un discreto ma deciso bussare. È Tamara che gli porta il tè.

"Entra, mia cara".

La giovane cameriera tradisce le sue origini contadine. Occhi azzurri dallo sguardo vivo, un'espressione di attenta e cordiale premura, una ciocca bionda che fuoriesce dalla cuffia, la figura dal portamento aggraziato nonostante la solidità della struttura, rovinate dai lavori pesanti le mani che porgono la tazza. E una di queste, libera dopo aver posato il vassoio, Oreste prende tra le sue e con la sua bella voce tenorile attacca:

Che gelida manina!
Se la lasci riscaldar.
Cercar che giova? Al buio non si trova.
Ma per fortuna è una notte di luna,
e qui la luna l'abbiamo vicina.
Aspetti, signorina,
le dirò con due parole
chi son, che faccio e come vivo. Vuole?

Cambia le parole di Rodolfo e il poeta diventa pittore.

"Chi son? Sono un pittore".

Ovviamente Tamara non capisce le parole italiane de *La bohème*, ma la voce dalla tenorile mascolinità, l'espressione seducente, il piacevole contatto delle mani dell'uomo le fanno apparire un timido sorriso e non si ritrae. Lui parla appassionato e lei, pur non capendo, intende bene il progetto voglioso del bel giovane e lo asseconda avvicinandosi. Tolto il grembiule e la camicetta bianca, la passione del capitano comincia ad arrossargli il viso e il sangue a circolare velocemente nel corpo. Anche lei arrosisce, e prende ad accarezzargli timidamente le spalle Lui la bacia trovando labbra piene, un po' screpolate, la cui delicatezza contrasta il vago odore di cavolo. Lei si affida al desiderio virile che la lusinga. Azzarda veloci carezze, affondando le dita nei capelli di lui. Avvicina la testa verso di sé e caldi fiati escono dalle bocche desiderose.

Lui a quel punto la solleva con un movimento trattenuto, delicato, e la porta verso il letto, dove toglie l'ultimo indumento.

Venerdì 9 agosto 1918, Samara

Oreste accompagna il tè della colazione con pane, burro e zucchero. Entrata nella saletta, Tamara gli chiede: "Vuole qualche *syrnik* con un buon *tvorog*?"

"No, grazie, non voglio appesantirmi con le tue deliziose frittelline di formaggio".

La cameriera indica con lo sguardo le lucide scarpe nere.

"Niente scarpe di rafia stamani?"

"Sono costretto a un abbigliamento classico. Vedi? Per un appuntamento". Indica la giacca appoggiata sullo schienale di una sedia.

"Qualche bella signora?"

"Appuntamento ben più noioso. Devo accompagnare un amico dal direttore di banca".

Erano saltati i programmi con cui si trastullava la sera precedente.

Continua a chiacchierare piacevolmente con la giovane, che dimostra una certa cultura sebbene poggiante su un'istruzione incompleta. *Tamara è una gran brava persona: intelligente, lavoratrice, allegra, dai modi franchi.* Una personalità solida su cui può contare chi ha accesso alla sua fiducia. Farebbe la fortuna di qualsiasi uomo volesse condividere la vita coniugale. Per smania di fantasticherie pensa a come sarebbe la sua vita da sposato. *Sposato con Tamara!* Sorride soppesandone l'assurdità.

Si affretta per raggiungere Andrea Compatangelo, che, salutatolo, affretta il passo, timoroso di far tardi all'appuntamento col direttore della Banca di Stato e capo del Consiglio finanziario del Komuch, Alexander Konstantinovich Ershov. Lo stesso edificio, con un balcone sopra il portone d'ingresso, è sede della banca e del Ministero delle finanze del Comitato dei membri dell'Assemblea costituente, il Komuch.

Avrebbe preferito Oreste intrattenersi ulteriormente con la dolce cameriera o dedicarsi alla tavolozza e pennello, ma si sente in dovere di fare quanto possibile per il buon Andrea, che destina tempo e denaro, mettendoci la faccia, per il benessere degli italiani in terra straniera. Gli aveva chiesto:

"Per favore, venga con me, Oreste. Mi sarebbe d'aiuto in qualità di interprete e penso sia meglio essere in compagnia di persona fidata andando a un incontro di cui non capisco l'urgenza. La richiesta è stata cortese ma ferma per una questione della massima riservatezza".

All'entrata della banca li aspetta un impiegato che apre i portoni, li accompagna attraverso una imponente sala dalla copertura in vetro e li introduce immediatamente alla presenza del direttore. Nell'ampio ufficio, illuminato dalla luce solare diffusa da una grande finestra, è presente un signore distinto che, come aveva anticipato il direttore stesso, è l'ambasciatore cecoslovacco in Russia, Bohdan Pavlu: ecco il perché della presenza di Dal Bon come interprete ceco - italiano. Dopo le presentazioni e le consuete frasi di circostanza, Ershov entra subito nel vivo della questione.

"Signor Compatangelo la metto al corrente di cose strettamente riservate di cui la prego non fare assolutamente menzione con nessuno: il suo interprete vorrà attenersi alla stessa riservatezza. Dunque lei ben sa che da poco è stata presa Kazan dalle nostre forze".

"Ne sono perfettamente informato. Il 7 agosto un distaccamento del colonnello Vladimir Kappel della Guardia Bianca e le truppe ceche del qui presente ambasciatore hanno preso Kazan, travolgendo l'ultima resistenza dei fucilieri lettoni, combattenti per i rivoluzionari. Il 25 luglio i bianchi erano entrati a Ekaterinburg, solo qualche giorno dopo lo sterminio della famiglia imperiale nella stessa città. Per la mia natura e per il mio lavoro essere informato dei fatti assume naturale importanza".

"Bene, bene. Sa molto ma non tutto. Non credo sappia che nella banca statale di Kazan erano ammassate le riserve auree dello zar. Se permettete vi illustra la situazione il mio contabile".

Chiamato, si presenta il contabile Mikhail Gaysky, un giovane dall'aria grave, il mento adornato da una barba a punta ben curata, che espone quasi recitando.

"A metà dello scorso secolo, circa il 50% dell'oro mondiale veniva estratto nel nostro Stato. Ciò portò a un aumento delle riserve auree, che nel 1914 avevano raggiunto il valore di un miliardo e 695 milioni di rubli. Le riserve auree dell'Impero russo erano le più grandi al mondo. Con l'inizio della guerra, quantità significative di oro, garantendo il pagamento di prestiti militari, furono esportate in Inghilterra e altri milioni di rubli furono trasferiti in Canada. Di conseguenza, quando è stato depostolo zar, le riserve auree della Russia ammontavano a circa 1.300 milioni di rubli. Tuttavia, i bolscevichi non si sono impossessati di tutto il capitale. La metà dell'oro era stata portata a Kazan durante la guerra".

"Caspita!" Esclama Dal Bon. Un'occhiataccia di Andrea lo zittisce.

"E non solo". Prosegue Gaysky. "Nei sotterranei della banca c'erano centinaia di casse piene di gioielli e diamanti, vari preziosi, paramenti sacri, una quantità enorme di valuta estera e titoli, obbligazioni e cambiali".

"Grazie, Gaysky. Molto preciso come sempre. Non la trattengo. Può andare".

Continua Ershov, uscito il contabile. "Le unità rosse sono fuggite da Kazan così in fretta che sono riuscite a portare con loro solo 4 tonnellate d'oro abbandonando durante la ritirata gli oggetti di valore e lasciandoli preda dei saccheggi".

Volge uno sguardo d'intesa col cecoslovacco.

"Eccoci signori, il punto è questo: bisogna trasportare questo tesoro in un posto più sicuro ovvero nei locali corazzati di questa banca. Si tratta di quasi 550 tonnellate di lingotti d'oro per un totale di circa 650 milioni di rubli, argenteria, preziosi. Un telegramma del comandante Kappel comunica la cattura della riserva aurea e ne precisa l'entità".

"Sono trasecolato. Un simile tesoro, qui. Mi compiaccio con lei direttore che avrà a disposizione tale somma. Ringraziandola per la fiducia, non vedo perché mi mette al corrente di ciò". Afferma perplesso Compatangelo.

Si parla in russo, che tutti sembrano capire. Fa un palesemente falso colpo di tosse Dal Bon giusto per significare la sua presenza e la disponibilità a una eventuale traduzione. Non la considera necessaria Pavlu che si rivolge direttamente a Compatangelo.

"Vede, la riserva aurea viene consegnata al legittimo potere russo rappresentato dal Komuch che ha sede in questa città. Può darsi che in seguito possa essere trasferito ancora per sicurezza verso est. Sorveglierà il trasporto e ne garantirà la sicurezza la legione ceca, al momento forte di 60.000 uomini bene armati, unica in grado di contrastare con successo l'esercito bolscevico ancora disorganizzato. È una grossa responsabilità di fronte al governo e di fronte alle forze alleate che hanno deciso un intervento in Russia, in seguito alla pace di Brest-Litowsk tra gli Imperi centrali e il Governo rivoluzionario. Una responsabilità che è per noi lo sprone a dare il massimo. Vorremmo che il nostro operato fosse testimoniato da osservatori facenti parte dei governi alleati. L'Italia è tra questi".

"Se ben capisco vorreste, Komuch e legione ceca, che la presenza italiana fosse a testimonianza di generosi intenti e buone procedure".

"Si. Non solo. Vogliamo anche dare l'opportunità di unirvi voi italiani alle nostre forze e di arrivare a Vladivostok, utilizzando i nostri treni. Ex soldati austro ungarici di lingua ceca e slovacca con ex soldati austro ungarici di lingua italiana".

Interviene Oreste, dopo un'occhiata al compagno che risponde affermativamente.

"Capisco. Fino a un certo punto. Questa testimonianza non può essere offerta dai francesi, la cui missione è qui riconosciuta e accettata, piuttosto che da prigionieri italiani?"

"Testimoni e collaboratori in quanto una piccola parte dell'oro verrebbe affidata a voi. Il nostro Masaryk, ottenuto in America il riconoscimento del governo provvisorio cecoslovacco, è volato a Mosca per concludere un accordo a tre. Il governo francese, quello russo e il Consiglio nazionale cecoslovacco hanno concordato che i volontari cecoslovacchi saranno trasferiti in Francia e costituiranno il nucleo dell'esercito cecoslovacco. Potranno così continuare a combattere contro gli Imperi Centrali. Per questo la Francia ci finanzia e fornisce gli ufficiali superiori. La Francia testimonierebbe quindi a favore di sé stessa".

"Ma l'Italia qui non ha forze militari". Compatangelo.

"Col suo ascendente, capitano, farà presto a costituire una piccola forza militare reclutando quell'ottantina di prigionieri italiani che già, come mi dicono, sta aiutando. Finanziariamente la sosterremmo noi cechi e il Komuch le aprirà tutte le porte. E col suo piccolo distaccamento farà onore all'Italia!"

Compatangelo, insignito del grado capitano, resta incerto sulla risposta da dare. Prende tempo e si riserva di dare presto risposta.

"Faccia presto però". Esorta Ershov.

"Il direttore della filiale kazana della banca Petr Maryin si sta già occupando del trasferimento dell'oro sui battelli a vapore della flottiglia bianca del Volga. Non manca molto all'inizio del trasporto".

Spesso Oreste ama passeggiare sulla riva sinistra del Volga, uno dei posti più attraenti della città che permette di ammirare il magnifico paesaggio e lo scorrere calmo delle acque, in quella stagione fiorite a causa del galleggiamento di piante acquatiche e alghe. Dall'altra parte del Volga fanno da sfondo i verdi monti Zhiguli. Nel breve periodo estivo la temperatura massima solitamente non supera i 26 gradi. Rinfresca piacevolmente il pomeriggio una lieve brezza che sale dal fiume. Si sarebbe immerso volentieri nelle fresche acque, dato che sulle spiagge rivierasche è consuetudine degli abitanti prendere il sole e fare il bagno. Si deve fare attenzione a non spingersi troppo lontano dalle rive sia per il pericolo della forte corrente sia per il traffico di imbarcazioni.

Incrocia il padrone del birrificio Zhigulevskiy l'austriaco Alfred Filippovich von Wakano. Si conoscono perché Oreste gli ha dipinto un quadro con veduta del birrificio e lo sfondo del fiume, dove naviga la nave a vapore *Zhigulevskiy Zavod* della stessa fabbrica.

Dopo i saluti decidono di fare due passi insieme.

Il settantunenne mastro birraio von Wakano, fondatore del birrificio, membro della Società della Croce Rossa russa, aveva donato alla città un ospedale da trentacinque posti letto. Fa notare che in quell'estate c'è un discreto volume di scambi commerciali tra il nuovo stato, il Komuch, Bianco, e la Repubblica Sovietica, i Rossi. Il trasporto delle merci, che entrambe le parti sono interessate a non interrompere, avviene con le navi a vapore che viaggiano tra Astrakhan e Kazan attraversando liberamente Samara, difesa dai cechi.

"Guardi la mia nave", Wakano indica con soddisfazione il piroscafo ormeggiato a un molo, "che rifornisce di birra le truppe sia bianche che rosse. Eppure con lo scoppio della guerra ero stato esiliato nella città di Buzuluk, perché sospettato di spionaggio per l'Austria Ungheria. Il governo bianco insediatosi in città ha convocato una riunione di rappresentanti di banche e circoli commerciali e industriali informandoli della restituzione della proprietà nazionalizzata dai sovietici. Allora sono stato richiamato dall'esilio e con altri ho istituito un Consiglio finanziario per la raccolta di fondi a sostegno del governo".

Continua con soddisfazione.

" Ora mi sto ampiamente rifacendo dell'esilio e dei soldi dati. E lei dipinge sempre? Molti si complimentano del suo quadro esposto a casa mia. Anzi qualcuno mi ha chiesto se fosse possibile per lei dipingere qualche quadro su ordinazione".

"Molti pittori hanno messo la loro arte al servizio di committenti, pubblici e privati, molti religiosi. Ma non so se starò ancora per molto a Samara".

"Come mai? Mi pare che lei qui stia bene".

"C'è l'intenzione di formare un gruppo di ex prigionieri di lingua italiana e portarli verso est ricongiungendoli con l'esercito regio italiano lì sbarcato con le truppe delle potenze alleate. Nel qual caso ho chiesto al futuro comandante, il capitano Compatangelo, di farne parte anche se, come ha detto lei, qui in fin dei conti mi trovo bene".

"Ci pensi. Le conviene attraversare la Siberia in preda alla guerra civile? Anche se qui dovessero tornare a governare i rossi, per i prigionieri non cambierebbe molto. Invece io dovrei partire e lasciare la mia fabbrica, avendo collaborato con il Komuch".

Percorrono il vecchio lungofiume, che parte dalla stazione fluviale per arrivare al birrificio, dove negli ampi spazi esterni è stato allestito un piccolo ospedale a supporto di quello cittadino.

"È ancora tutto molto incerto. Dipende da cosa deciderà Compatangelo. Molti italiani gli chiedono di portarli con sé, un'ottantina con cui tiene rapporti regolari, ma ce ne sono ben di più. I russi non hanno nessuna difficoltà a lasciarli andare: in cambio del lavoro che svolgono portano grattacapi per una amministrazione sia rossa che bianca, che ha ben altro a cui pensare".

"Conosco il commerciante Compatangelo. Brava persona, imprenditore affermato. Chi glielo fa fare di mettersi a capo di un gruppo armato in mezzo a eserciti che si massacrano?"

"Stanno tentando di convincerlo alcuni suoi amici e molti altri prigionieri. A questi ultimamente si sono aggiunti i cechi e l'attuale autorità cittadina. Sollecitano che si costituisca una piccola forza militare italiana che affianchi la legione ceca nel controllo e difesa della Transiberiana".

Tace sul trasporto delle riserve auree.

"Vi auguro che possiate fare quel che desiderate. Ah, eccoci arrivati alla mia fabbrica. Posso offrirle un bicchiere di birra?"

Oreste declina l'offerta, deve affrettarsi per andare a teatro.

Prima passa in albergo per indossare abiti più formali. Niente gilet, ma la giacca militare ben lavata e stirata, su cui i bottoni argentati rilucono. Le calzature di rafia vengono abbandonate per un paio di pelle nera, un po' scalcagnate ma lucidate con cura. La lucidatura e stiratura, fatte da Tamara, gli permettono di ben figurare.

Gli spettatori si avviano alle uscite confabulando amabilmente e lodando il dramma. Oreste si alza dal posto in platea che la sua amica attrice gli ha procurato. Ha intravisto Compatangelo nel suo solito palco, ma non lo raggiunge, si dirige invece verso i camerini. Conosce bene la strada. Bussa alla porta ed entra.

L'attrice indossa una tunica in seta Delphos, dalle innumerevoli plissettature trattenute da fili di perle di Murano, un modello ideato da Mariano Fortuny e molto apprezzato da Gabriele D'Annunzio raffinato intenditore del mondo femminile.

"Buonasera, cara Natascha. Bravissima come sempre. Direi sublime. Questo elegantissimo Delphos si adatta benissimo alla tua figura, esaltata dalla sua linea morbida. Ti ho portato questi pasticcini Belevskaya e una bottiglia di ottima vodka".

La donna l'accoglie con un sorriso aperto, velato appena dall'ironia.

"Caro Oreste, se non ti conoscessi, penserei che vuoi approfittare di una giovane donna vincendone le resistenze con l'alcol. Grazie comunque. L'abito che ti piace tanto è stato adottato nella vita e sulla scena dalla Duse a cui mi ispiro. Accomodati. Dimmi se ti è piaciuto lo spettacolo. Hai sentito qualche commento tra gli spettatori?"

"Tutti lodavano il tuo metodo di recitazione, taccio i commenti ammirati sulla tua avvenenza".

"Sai che voglio immedesimarmi nel personaggio. Lo studio ed entro nella sua pelle. Seguo, te lo ricordo, il metodo Stanislavskij: lascio che parli l'espressione. Il gesto plateale lo lascio ad altre".

"Certo, si capisce benissimo".

Appassionato cultore delle arti in genere, Oreste tuttavia di recitazione e teatro non capiva un bel niente.

"Oh, caro. Parlare con un intenditore fa sempre piacere. Adoro la tua conterranea, la divina Duse. Stanislavskij afferma di aver tratto ispirazione da lei per la creazione del Teatro d'Arte di Mosca. Čechov scrisse alla sorella di averla vista nella Cleopatra di Shakespeare. Pur non conoscendo l'italiano, gli sembrava di comprendere ogni parola".

Oreste poggia lo sguardo sulle spalle rotonde e le forme morbide, il seno pieno messo in risalto dalla scollatura a V, i bei riccioli. Si sofferma sulle labbra leggermente carnose nel viso sensuale dall'espressione schietta, benché appesantito da un trucco forse ancora di scena. Si prodiga in apprezzamenti lusinghieri sulla sua recitazione, frutto di studio e di applicazione. Ma, si affretta a dire, poggiante su doti naturali, che in poche attrici aveva riscontrato. Inconsciamente lo sguardo torna a posarsi sul bel seno.

Allora, con un sorriso, l'attrice lo interrompe.

"I tuoi occhi parlano per te. Grazie dei complimenti sinceri".

Gli manda un bacio. E riprende.

"La mia cara amica Sveta, Svetlana Aleksàndrovna Kolobukhina, infermiera presso l'ospedale cittadino desidera raggiungere la sorella emigrata in Canada col suo sposo. L'unica possibilità è via mare dal porto di Vladivostok. L'amica soffre molto per una delusione sentimentale, causata da uno spregevole individuo. Io stessa le consigliai di cambiare aria. Farebbe bene a molti di questi tempi. Per cercare di riparare il cuore infranto è meglio non essere costretta nei luoghi e tra le conoscenze che le ricordano il passato. Ho promesso che ne avrei parlato con un ufficiale, questo sei tu, in ottimi rapporti con il capitano Compatangelo che sta per guidare un gruppo militare verso la stessa direzione".

"Anche tu, mia cara amica, gentile Tàta, ci dai in partenza. Girano velocemente le voci in questa città!"

Continua dichiarandosi incerto dei progetti del capitano. Promette che, qualora si fosse confermata la partenza, l'avrebbe avvisata per fissare eventualmente un incontro con l'infermiera Svetlana.

Attende che si cambi d'abito dietro il paravento dai disegni orientaleggianti, chiacchierando del più e del meno. Quando escono dal camerino la bionda prende sottobraccio il visitatore, premendogli contro il florido petto. Approfitta della situazione di vantaggio, sa che il cavaliere non è insensibile alle grazie muliebri, per magnificare le doti dell'amica Sveta. Oreste per prolungare il piacere di quel contatto è disposto a sorbirsi qualsiasi parola esca dalla bella bocca.

Venerdì 9 agosto 1918, Kazan

Approfittando dell'assenza di chi divide con lui la stanza, scrive il triestino Mario Pesavanto, ex ufficiale austroungarico. Sul tavolo una vecchia copia de *La nostra fede*, giornale stampato a cura di ufficiali triestini per mantenere viva l'attenzione dell'opinione pubblica italiana sulla loro condizione di prigionia, ma anche per propagandare la causa irredentistica.

"Mia cara sig.na Olga, da molto non ho Sue notizie. Non me ne dispero, sapendo che in questi tempi le lettere percorrono strade tortuose con tempi biblici, ma ne soffro. L'ultima Sua mi arrivò dopo tre mesi circa dalla spedizione, la busta coperta di timbri di tutte le località per cui era transitata. Mi immagino sempre i suoi bei lunghi capelli, gli occhi espressivi che tanto mi incantarono, le agili bianche mani. Come sta? Come stanno le sue sorelle, a cui Lei vuole così tanto bene? Mi ricordo il nostro primo incontro a Trieste, all'Antico Caffè San Marco, dove poi ci incontrammo sempre con la garbata compagnia della piccola sorellina Noemi. Il caffè a me caro già da prima in quanto ritrovo per giovani irredentisti, combinava la passione patriottica all'affettuoso sentimento che da subito ho provato per lei. Le notizie che giungono dalla guerra in Italia, sono rassicuranti. Le nostre truppe in rimonta. Qui la situazione è caotica. L'amministrazione prima era in mano ai rivoltosi,

ora in quelle delle forze lealiste supportate dalle baionette cecoslovacche. Ma i rivoluzionari rossi stanno convogliando le forze verso la città per riprenderla. Io con la qualifica di ingegnere navale presto servizio presso l'amministrazione portuale sul fiume Volga e vengo lasciato tranquillo. Il porto è di grande complessità. Su questo fiume passano molte imbarcazioni per il trasporto merci e anche passeggeri. Condivido una piccola stanza con altri due prigionieri giuliani in una laterale della più bella via della città chiamata Bolshaya Prolomnaya. Siamo tutti e tre graduati e i russi trattano in maniera molto diversa i prigionieri a seconda che siano soldati semplici o ufficiali. Godiamo dell'esenzione dall'obbligo del lavoro, di un trattamento economico e di un regime di libertà di gran lunga superiori a quello della bassa forza dell'esercito. Io lavoro per mia scelta: desidero fare qualcosa di utile mettendo a disposizione le mie conoscenze professionali. Appartengo a un gruppo abbastanza unito di talianski, come ci chiamano qui. Alcuni di noi fanno riferimento a un'ottima persona il sig. Andrea Compatangelo, commerciante. Scrive, o scriveva, sul giornale Avanti! del Partito Socialista Italiano. Forse anche per questo è ben visto dall'amministrazione cittadina composta in particolar modo dai Socialisti Rivoluzionari. Ora devo andare. Mi chiamano i compagni talianski per un caffè. Non assaggio un caffè da due anni. Corro. La saluto caramente.

Suo devoto
Mario Pesavento".

Purtroppo la corsa si risolve con una totale disillusione. Con gli amici è stato invitato dal gestore del vicino ristorante, dove spesso consumano i pasti. L'ospite versa nelle tazze il liquido fumante.

"Prego signori. Ecco anche il miele per addolcire, lo metto qui. Per voi che siete sempre gentili con me e mi raccontate della vostra terra lontana, ecco il mio miglior servizio. La miscela assicura il buon risultato: una parte di vero caffè e tre parti del nostro".

"Del vostro? Cosa fate, lo tostate voi stessi?" Chiede Mario.

"Certo. Tre parti di ottime ghiande tostate".

"Ghiande?"

"Son anni dai rifornimenti precari ed è diventata consuetudine preparare la miscela di ghiande. Puliamo i frutti di quercia, li tagliamo e li asciughiamo su un forno, cotti a vapore con acqua bollente e asciugati di nuovo li tostiamo a fuoco basso. Così tostati li maciniamo e aggiungiamo un pizzico di vero caffè per l'odore. Oggi per voi un quarto di miscela è di caffè. Prego servitevi". Invita con un sorriso soddisfatto.

Per non offendere l'ospite russo, sapendo che il caffè d'altronde viene ancora percepito come una bevanda d'élite, sconosciuta alla maggioranza della popolazione che non le riserva molta attenzione, fanno buon viso a cattivo gioco e si complimentano per la bontà della bevanda.

Il gusto non ricorda minimamente quello assaporato nel Caffè San Marco, dove lo sorseggiava in compagnia della signorina Olga. Lei con una fetta della classica torta viennese, la sacher, tradiva lo spirito italiano del locale dalle decorazioni con foglie di caffè verdi, fasce d'intorno bianche, rossi i chicchi.

Spalmandosi di miele una fetta di pane Mario si considera un fortunato, godendo del buon trattamento riservato agli ufficiali dallo Stato russo.

Prima di raggiungere le sedi di lunga permanenza, tutti i prigionieri delle Potenze centrali fanno obbligatoriamente sosta per ulteriori interrogatori e perquisizioni nella fortezza di Kiev e, per quasi tutti, un periodo di isolamento nel campo di Darnitsa, sempre in Ucraina. Le condizioni dei prigionieri cambiano a seconda della nazionalità d'origine.

I prigionieri tedeschi, austriaci, ungheresi, turchi sono considerati inaffidabili dal governo russo. Vengono inviati in parti remote dell'impero: negli Urali, in Siberia e nel Turkestan. Soffrono di condizioni di prigionia peggiori di quelle in genere riservate a quelli di lingua italiana. Quelli di lingua slava vengono trattati quasi amichevolmente.

Lo Stato zarista impone l'obbligo del lavoro a tutti i soldati semplici, la cui condizione è equiparata a quella del misero soldato russo. La truppa può finire stipata in stanzoni freddi con vestiti e abiti stracciati e puzzolenti, in precarie condizioni igieniche. A cui si aggiungono frequentemente scarsa e cattiva alimentazione, topi, malattie infettive, tra cui il tifo che anche al di fuori dei campi di prigionia è endemico. Le epidemie di tifo sono così forti e frequenti che Lenin dichiara che o la rivoluzione avrebbe sconfitto i pidocchi o i pidocchi avrebbero sconfitto la rivoluzione.

Già dai primi giorni di guerra le condizioni hanno avuto un peggioramento e con la presa del potere da parte dei rivoluzionari le cose non sono migliorate, anzi. Il Soviet impone l'abolizione della proprietà privata degli immobili nelle città. I proprietari vengono espropriati e le loro abitazioni vengono requisite dalle autorità cittadine: queste decidono chi ha diritto di avere un'abitazione e dove. Per i proprietari non c'è modo di opporsi. Il 14 giugno nella fabbrica Berezovsky vicino a Ekaterimburg i lavoratori avevano organizzato una manifestazione contro le azioni dei commissari bolscevichi, accusandoli di aver sequestrato le migliori case della città. Il distaccamento della Guardia Rossa aveva aperto il fuoco sui manifestanti e quindici persone erano rimaste uccise.

A conoscenza del fatto, Mario ringrazia col pensiero il governo locale per una politica delle abitazioni che non prevede requisizioni e l'autorità portuale che gli ha offerto un alloggio confortevole.

Dispone di tempo e lo impiega per tenere i contatti con altri ex combattenti, in questo seguendo quanto gli è stato chiesto per conto dell'ambasciatore di Pietrogrado. Ce ne sono molti in zona. Uno di questi lo ha seguito dal campo di Kirsànov, un sempliciotto che lo segue come un cane. Scipio Poret non si rende conto di essere sgradevole, con un carattere litigioso e irascibile. Anzi la presunzione delle sue qualità, praticamente inesistenti come la sua cultura, lo rende a suo vedere degno di considerazione e stima. Mario, per buon cuore, non si era sentito di recidere quel rapporto e anzi lo aveva preso sotto tutela, con una punta di ingenuità. Gli aveva trovato un lavoretto come facchino e lavapiatti in un albergo affinché potesse passare la giornata in città. La scarsa attitudine al lavoro costringe Mario a sopportare paziente le lamentele dell'albergatore, continuando a intercedere per lui.

Sabato 10 agosto 1918, Samara

Compatangelo ha rotto gli indugi: si parte. La testa diceva di restare, ma il cuore aveva ceduto al fascino per l'avventura.

Chiede a Oreste di contattare a Kazan un suo uomo. Un triestino, ingegnere navale che presta servizio volontario presso il porto. Con questo avrebbe ingaggiato gli italiani desiderosi di libertà e si sarebbe presentato dal direttore della filiale della Banca statale per accordarsi sulle modalità del trasporto del tesoro zarista.

"Ah, l'amico Mario. Abbiamo passato lunghe, ma piacevoli, ore a chiacchierare nel campo di prigionia di Kirsànov. Mi fa piacere, abbiamo interessi comuni: parleremo di Trieste e di pittura. È una persona seria, precisa, forse pignola, gran lavoratrice. Gli sta molto a cuore la causa irredentistica".

Colpo di fortuna vuole che Oreste sapesse dell'imminente partenza del battello del birrificio con destinazione Kazan. Approfitta quindi del passaggio accordato dal gentile birraio.

Lunedì 12 agosto, Kazan

Pesavento si avvia di buon passo verso il molo. Pensa al breve testo telegrafato da Samara: il capitano gli chiede, con cordiale autorevolezza, se può avere la cortesia di parlare con il direttore della filiale kazana della banca statale Petr Maryin che lo aspetta negli uffici portuali. Sarebbe andato con il tenente Dal Bon, che stava arrivando.

Come scende dal vapore, Oreste viene riconosciuto e, dopo i calorosi saluti, mette Mario al corrente dell'importante operazione che alla fine potrebbe consentire il rientro in Italia.

Oreste riassume gli ultimi avvenimenti.

"Sta nascendo un piccolo gruppo militare che seguirà la legione ceca al porto di Vladivostok. La aiuterà nel trasporto e consegna delle riserve auree ex zariste al nuovo legittimo governo e nel mantenimento dell'ordine lungo la ferrovia. Il commerciante Compatangelo diviene capitano di un battaglione, denominato

Savoia, di ex prigionieri irredenti. Finalmente qualcosa per toglierci dall'abulia della prigionia. Ne sono entusiasta. E tu che dici?"

"Finalmente ci si muove. Cosa è quest'oro da trasportare?"

"Oh, niente, una cosuccia. Ce l'hanno chiesto i cechi, praticamente in cambio dell'accoglimento nella loro legione".

"D'accordo, capisco. Ma come avverrà il viaggio? Con che tempi? E, soprattutto, a me cosa viene richiesto esattamente?"

"A te si richiede di fare in modo che l'oro salpi sui battelli senza intralci qui a Kazan con destinazione Samara. Il comandante dell'esercito bianco Kappel ha ordinato che ciò avvenga in tempi brevi, prima di un contrattacco da parte dei bolscevichi. Il carico è enorme. Ne ho avuto notizia dal dottore del reggimento cecoslovacco, lo scrittore Frantisek Langer. Frequento qualche amico ceco, parlandone la lingua, e in una occasione mi sono trovato con questo dottore. Insomma dice di aver strabuzzato gli occhi di fronte alle casse di quercia piene di lingotti d'oro, argento, platino, gioielli e monete ammassate nei sotterranei della banca statale di Kazan".

"Non mi pare una cosuccia. È un bell'impegno".

"Vuoi partire, sì o no?"

Dopo averlo ragguagliato sull'incontro con Pavlu, lo informa che i volontari son diventati circa 150, a cui bisogna aggiungere quelli individuati da Mario. Avranno un treno a disposizione, non dovendo viaggiare mescolati alle truppe ceche. La scorta a una minima parte delle ricchezze zariste è puramente formale. Ora tocca a Mario, grazie alla sua conoscenza della città e del porto, partecipare all'organizzazione con russi e cechi delle operazioni di carico e scortare con italiani parte del tesoro fino a Samara.

Nell'ufficio tecnico amministrativo, dominante le banchine fluviali, avviene l'incontro con il bancario Petr Maryin e con il luogotenente, comandante della flottiglia bianca del Volga, il ventiduenne George Henry Meyrer. Si decide che il prezioso carico venga trasportato su chiatte condotte da battelli a vapore a partire dal 16 fino al 19 agosto. Su ogni naviglio ci sarà personale della banca per il controllo contabile e legionari cechi. I militari italiani saliranno sull'ultimo piroscafo.

"Domani finiremo di trasportare il contenuto del caveau. I cechi assicurano la scorta al percorso del tram". Il direttore.

"Usate il tram per portarlo?" Stupitissimo Oreste.

"Sapete le tonnellate da trasportare? Non abbiamo mezzi a sufficienza e la linea tramviaria al centro della strada è facilmente sorvegliabile dai cechi posti ai lati. D'altronde non è un'idea nostra; avevano già iniziato ad attuarla i sovietici, poi interrotti dall'arrivo delle nostre truppe".

Avendo ben programmato tutto, salutati i russi, Pesavento e Dal Bon commentano soddisfatti e timorosi la costituzione, riconosciuta ormai sul territorio, di un manipolo di militari italiani al centro del vasto impero russo.

"In Manciuria si trova anche la colonia italiana, la Concessione di Tien Tsin. So che lì sono confluiti alcuni ex prigionieri che il capitano Cosma Manera ha portati ancora nel febbraio di quest'anno dal campo di raccolta di Kirsànov". Oreste.

Mario ha ben presente la situazione. "A Tien Tsin nel giugno appena trascorso si sono arruolati duemilacinquecento di questi, dopo aver prestato giuramento all'Italia. Hanno costituito così la legione Redenta della Siberia, battaglioni con mostrine rosse, che nella parata di luglio ha sfilato di fronte alle legazioni straniere".

"Ma stiamo parlando di posti lontani all'estremo est, vicino ai porti. Qui nella Russia centrale ci siamo solo noi in mezzo a questa guerra fratricida".

"Noi e i cechi, che i francesi vogliono trasportare in Francia per farli combattere contro i tedeschi". Mario riconosce lo stesso progetto espresso dall'ufficiale giunto a Kirsànov: schierare i prigionieri dei campi russi sui fronti europei contro le Potenze Centrali.

"Dobbiamo attraversare migliaia di chilometri fino ai primi distaccamenti di forze amiche intorno a Vladivostock".

"Come faremo a passare per militari se non abbiamo né divisa né armi?" Mario.

"Ci penserà il capitano". Risponde Dal Bon.

"Combatteremo quindi a fianco della legione ceca e a favore degli Alleati".

Mario non è del tutto convinto di questa scelta di campo.

"Si. Contro i comunisti". Oreste determinato

"Non nutro simpatia verso i sovietici. I loro eccessi sono nati dalle idee dell'anarchico Bakunin piuttosto che di Marx. Son estremisti che vogliono instaurare una dittatura".

Mario è uno che vive del proprio mestiere, aspira a un mondo di maggior dignità per i lavoratori, ma, essendo di provenienza piccolo borghese, è un moderato. "Al contempo mi seduce la prospettiva del mondo libero dalle oppressioni, idealizzato dalla rivoluzione. Sono sempre stato di idee socialiste e posso condividere molti dei loro propositi. Perché dovrei combatterli?"

"Alcune loro idee non sono male. Quella del libero amore ..." Oreste.

"Sei un po' riduttivo. Difendono i diritti dei lavoratori e delle donne, sono per l'autodeterminazione dei popoli, per l'istruzione di massa. Vogliono democratizzare e modernizzare lo stato e il paese, intenti che apprezzo".

"Oh, abbiamo un compagno comunista!"

"Abbiamo avuto modo di conoscerci quando eravamo al campo e ho avuto modo di dirti cosa penso. Sono un lavoratore e nella mia famiglia ci si è sempre guadagnato il pane col lavoro. Pur considerandomi di sinistra non mi piace però la dittatura del proletariato. Non amo nessuna dittatura".

"E quindi?" Oreste

"Qualsiasi cosa pensiamo il nostro Governo decide per noi. L'esercito regio italiano è schierato a fianco delle forze dell'Intesa contro i Rossi".

"E noi diventiamo parte di questo esercito".

"Ma solo per tornare in patria, per non assistere alla violenza distruttiva di questa rivoluzione che tutto brucia. Non condivido questa guerra, nessuna guerra. Voglio, come tutti credo, un futuro migliore ma non costruito sul sangue". Conclude Pesavento.

Si dirige verso l'ufficio telegrafico per comunicare all'ambasciata di Pietrogrado che si sta delineando un'operazione di rimpatrio. Purtroppo le linee verso le zone controllate dal Soviet sono interrotte. Non se ne cruccia. Cosa potrebbero fare per loro dall'ambasciata? Il viaggio si farà in totale autonomia. Per quanto lo riguarda, ha fatto quanto gli era stato chiesto dall'ufficiale italiano a Kirsànov: contattare possibili prigionieri desiderosi di lasciare la Russia e mettere le basi per la loro partenza. Ha contattato il commerciante Compatangelo, che, certo per merito non suo, ma spinto da ben altre forze politiche, ha deciso di assumersene la responsabilità. Prima o poi le autorità italiane ne verranno a conoscenza e renderanno merito al battaglione Savoia.

Mercoledì 14 agosto 1918, Samara

Mattina intensa per Compatangelo che intraprende le trattative per la collaborazione con Stanislav Čeček il comandante delle truppe ceche. L'incontro avviene negli uffici della stazione dei treni, dato che i cechi si sono impadroniti praticamente di tutta la linea ferroviaria che porta a est.

In febbraio i bolscevichi avevano autorizzato i cechi, a condizione di rimanere neutrali e con poco armamento, a intraprendere il viaggio verso Vladivostok, da dove sarebbero salpati verso la Francia per combattere contro i tedeschi.

Ma nel maggio a Cheliabinsk da un treno con prigionieri di guerra un ungherese lanciava un oggetto di ferro contro i cecoslovacchi, ferendone uno. Il lanciatore veniva preso e linciato. Il governo bolscevico locale arrestava una decina di cechi, i cui commilitoni assaltavano quindi la stazione ferroviaria, liberavano i prigionieri e occupavano l'intera città. Lo scontro tra ungheresi, che sono una delle due nazioni titolari dell'impero austro ungarico, e cecoslovacchi, minoranza slava, dà una svolta decisiva alla guerra tra bolscevichi e controrivoluzionari. I magiari, che supporteranno i rossi, e i cechi, che faranno lo stesso con i bianchi, non fanno prigionieri ma si uccidono vicendevolmente nella guerra in corso.

Lev Trotsky, commissario del popolo per gli affari militari, il 25 maggio emette l'ordine per cui i legionari siano disarmati e quelli, che non vogliano cedere le armi, giustiziati sul posto. I legionari, riunitisi a Chelyabinsk, decidono di dirigersi a Vladivostok e di combattere i bolscevichi. Il sospetto, che Compatangelo tende a dissipare colpevolizzando gli inglesi, è che l'incidente sia stato montato ad arte dai francesi.

I cechi ben armati e addestrati, nell'estate prendono il controllo dell'intera ferrovia transiberiana in un'area di novemila chilometri, impadronendosi di molte delle località in cui il governo di Lenin li aveva dislocati, dalla città di Penza, attraverso il Volga, gli Urali, la Siberia fino a Vladivostok e di numerosi grandi centri nella regione del Volga. Sostituiscono i soviet locali con amministrazioni antisovietiche. Sono divisi in diversi gruppi di battaglia di 10-15 mila soldati ciascuno, raggiungendo un totale di oltre sessantamila unità combattenti.

Non tutti i cechi sono controrivoluzionari: a Samara esiste il *dipartimento militare ceco per la formazione di unità cecoslovacche sotto l'Armata Rossa*. Il governo del Komuch, che riconosce la legalità di tutti i partiti, tollera che abbia sede nell'hotel San Remo in via Dvoryanskaya al numero civico 106.

La stazione è sotto il controllo dei legionari cechi, che si raccolgono a gruppi nei pressi dei binari. Ogni treno in transito, ogni vagone, viene ispezionato. Se il comportamento di qualche passeggero risulta sospetto, questo viene immediatamente fermato e deve esibire documenti di identificazione e giustificazioni sul motivo del viaggio.

In perfetta stiratissima divisa, coperta di medaglie, il comandante ha un viso ovale, paffuto, con un paio di curatissimi baffetti. L'espressione è però granitica, attenta, l'eloquio secco, deciso, di chi abitualmente dà ordini senza perder tempo in giri di parole. Un discorso franco, comunque, e conciso.

"Allora, capitano, è deciso. Alcuni vostri militari scorteranno l'ultimo carico dalla banca di Kazan. In questo, come nei precedenti, la mia truppa svolgerà effettivo servizio di protezione".

Riassume il comandante ceco.

"Nei prossimi giorni vi aspetto per la consegna di parte dell'oro e del treno, con cui intraprenderete il viaggio per Vladivostok. Sia noi che voi italiani siamo desiderosi di tornare in patria. Per farlo dovremo combattere i bolscevichi. Giusto?"

"Perfettamente. La mia missione è ricongiungermi con le truppe del Regio Esercito Italiano, permettendo agli uomini di tornare in patria per combattere come italiani. Voi sapete che non sono militare, anche se mi fate l'onore di chiamarmi capitano, e quindi francamente non mi importa della possibilità di tornare a combattere gli austriaci e i tedeschi".

"Benissimo. Ah! Dimenticavo. Al vostro treno sono stati aggiunti due vagoni attrezzati a infermeria con una piccola saletta per interventi chirurgici. Spero abbiate qualcuno in grado di gestire questi vagoni ospedale. Un dottore, qualche infermiere?"

Compatangelo ci pensa un po' su. Scorre mentalmente la lista degli italiani in loco.

"Si, certo. Un dottore ce l'ho: un'ottima persona che segue con cura e competenza i commilitoni del campo di prigionia".

Gli viene in mente che dal Bon aveva accennato alla richiesta di un'infermiera di dirigersi a est in un contesto sicuro. "E disporrà del servizio professionale di una infermiera".

Pensa che in un convoglio di soli uomini è meglio che questa abbia la compagnia di un'altra donna, una infermiera con cui già lavora. *Speriamo possa convincere un'amica.*

"Anzi due infermiere. Un ospedale al seguito è una generosa offerta".

"Se voi siete autonomi per la cura dei feriti e malati è meglio per tutti. D'altronde quando le forze rivoluzionarie riprenderanno la città non vogliamo lasciare nulla di utile. E prima o poi la riprenderanno. Noi siamo destinati a lasciarla e il Komuch non ha forze proprie sufficienti. Per questo stiamo asportando attrezzature e materiale sanitario vario dagli ospedali. Quello montato nello spiazzo del birrificio viene smantellato".

Lancia uno sguardo distratto fuori della finestra, verso il via vai dei passeggeri sorvegliati dai militari. Continua. "I francesi auspicano la stesura di un accordo per la formazione di un battaglione italiano. Pare che lei abbia un notevole credito dopo che ha tolto dai pasticci il loro viceconsole e un capitano dello spionaggio a Kazan. Stabiliremo una prima fornitura di armi, denaro e vettovagliamento con relativo finanziamento. Gli italiani svolgeranno anche compiti di polizia oltre la vigilanza sul trasporto delle riserve auree".

Mercoledì 14 agosto 1918, Vladivostock

La legione non è sostenuta dai soli francesi ma dall'intero Comando Supremo Alleato a cui sono sottoposti i corpi di spedizione italiani, francesi, canadesi.

A questi si aggiungono le truppe americane che cominciano le operazioni di sbarco. Son venuti per combattere la rivoluzione ma anche per controbilanciare l'influenza giapponese. I soldati del Sol Levante, che hanno cominciato a sbarcare dal 5 aprile, avrebbero dovuto essere non più di settemila secondo gli accordi con gli americani. Son già sessantamila e continuano ad arrivare. Fin da subito hanno fornito all'atamano Semënov non solo assistenza materiale e politica, ma anche truppe.

IL BATTAGLIONE "SAVOIA"

Giovedì 15 agosto 1918, Kazan

Nel primo pomeriggio una pattuglia ceca si presenta alla porta di Pesavento e gli consegna dieci fucili con relativa baionetta, due pistole, dodici giberne in cuoio modello austroungarico piene di cartucce oltre ad alcune divise, due con i gradi di ufficiale. All'esterrefatto tenente dicono che così è stato loro ordinato dal loro comandante. Anche Dal Bon non ne sa niente. Il tutto viene chiarito con la lettera che accompagna la consegna.

Pesavento la legge e mette Dal Bon al corrente del contenuto.

"Compatangelo ha preso alla fine l'impegno direttamente col comandante ceco per la costituzione di un battaglione, chiamato Savoia. Ora deve prendere contatto con gli irredenti in zona: oltre all'ottantina con cui già tiene rapporti di fiducia, se ne sono aggiunti altrettanti. Bisogna che firmino un contratto di arruolamento: Gressan e Re sono già all'opera al campo di prigionia di Samara. Un gruppo di neo arruolati deve scortare fra due giorni almeno parte del tesoro sul Volga da Kazan sino a Samara e consegnarlo al direttore di banca Ershov: è compito mio e tuo. Guideremo il gruppo armato. Questo spiega la consegna delle armi e delle divise".

"Tu disponi di uomini?" Oreste.

"Ne conosco almeno una ventina che vorrebbero venire. Come ha fatto con le divise?" Chiede Pesavento "Vedo che sono conformi più o meno all'uniforme dell'esercito reale italiano".

"Compatangelo ha adattato quelle austroungariche di colore grigio cenere, di cui siamo forniti, immergendole in una tintura verde".

"Contraccambiamo quello che ho sentito dire. Per la scarsità di materie prime l'esercito austriaco quest'anno ha utilizzato il panno italiano grigio verde catturato dopo la disfatta di Caporetto".

"Ripagati con la stessa moneta! Ecco", continua Dal Bon indicando le mostrine, "il capitano ha fatto cucire sul bavero le mostrine rosse, per distinguersi dagli Arditi che le portano nere. Aggiunge anche che ha avuto in dono dal comandante Čeček, a suggello della collaborazione, un cinturone in pelle, con fondina e rivoltella".

"Scrivendolo fa capire che il dono gli ha fatto piacere. Manca il copricapo con visiera così da completare l'uniforme da ufficiale. Ne troverà sicuramente uno. Ormai il commerciante è diventato comandante". Ironizza Mario.

"Festeggiamo questa coraggiosa avventura in cui ci guida il capitano". Oreste.

Mario, pur conscio delle difficoltà, si fa prendere dall'entusiasmo. "E coraggio bisogna averne per affrontare la taiga siberiana in inverno combattendo per farci strada, manipolo di cui l'Italia ignora perfino l'esistenza. Comunque hai ragione Oreste. Bisogna festeggiare".

"Ci facciamo portare una bottiglia di buona piccola acqua, l'immancabile vodka, a 50 gradi o una più leggera a 35?" Dal Bon.

"Qui nel retro del locale hanno un distillato di barbabietola da 70 gradi che chiamano *samogòn*".

"Occasione eccezionale richiede brindisi eccezionale. Vada per il samogòn. Quando arriveranno i rossi non si potrà più bere alcol, stando ai loro provvedimenti proibizionisti. La legge secca prevede diversi anni di lavoro e la confisca di ogni proprietà per chi vende e consuma alcolici".

"Cerchiamo di non farci sorprendere dai sovietici. Con questa vodka bisogna mettere in pancia qualcosa di solido. Se permetti offro io un buon piatto di *pel'meni* ripieni di carne di manzo, maiale e, in questo ristorante, anche di salmone". Propone Mario stuzzicato dalla variante col pesce.

"Per me con l'aggiunta di rafano piccante. Mi ricorda il cren che mangiavo a Trieste: mi piace il suo sapore pungente. Da qualche parte ho letto che il rafano con miele e latte è considerato un potente afrodisiaco". Oreste.

"Ora pel'meni e samogòn per ben iniziare. Evviva al battaglione Savoia".

Il samogòn brucia al primo sorso, ma poi risulta un ottimo abbinamento al cibo.

Giovedì 15 agosto 1918, Samara

Presta ininterrottamente servizio dalle nove di mattina. Ora sono quasi le due del pomeriggio e a parte un bicchier d'acqua, non ha ancora preso nulla.

Si sente girare la testa, ma deve tenere duro. Il reparto è affidato a lei. Passa e ripassa tra le corsie, controllando la temperatura e lo stato dei degenti, chi ferito, chi ammalato. Rimbocca le coperte, scambia volentieri una parola con chi abbisogna di conforto, porta un bicchiere d'acqua agli assetati. L'infermiera Svetlana Kolobukhina non sta mai ferma.

Così le hanno insegnato alla Congregazione di Infermiere Kaufmanskaia, una delle migliori di Pietrogrado. Qui si formavano le infermiere professionali, provenienti da tutte le classi sociali, dalle granduchesse alle più semplici borghesi, rendendole pronte al servizio in tempi normali e anche in quelli di guerra.

Per carattere è propositiva, non si lascia abbattere ed è conscia della responsabilità che ha nei confronti di tutti quelli che patiscono per la guerra civile. Può dare un contributo e non si sarebbe mai tirata indietro: il suo dovere è quello. Lo farà sul suolo russo come lo farà su quello canadese, quando si ricongiungerà alla sorella. Quella stessa sera scriverà all'amica Tàta Boullevje per ringraziarla del suo interessamento per aiutarla nel lasciare la città e per avere novità.

"Cara amica, Tàta, solo ora trovo il tempo e le forze per scrivere queste due righe. Innanzitutto dimmi come stai. Calcare le scene non deve essere facile, ma la tua bravura, la tua intelligenza possono tutto. Il teatro di Samara è bello, con due ordini di palchi e personale eccellente, ma chissà in quali altri hai espresso la tua arte, in che condizioni, non sempre ottimali, anzi. E il tuo bel tenente? Il tuo amico dallo sguardo fascinoso? La mia è una curiosità interessata. Desidero così ardentemente poter lasciare il suolo russo, poter trovare un mezzo per andarmene. Ecco quindi la domanda che mi sta a cuore: potrò trovare un piccolo posto nel suo convoglio? Non sarò affatto di disturbo, anzi cercherò, con le mie modeste doti, di essere d'aiuto. La mia esperienza di infermiera potrebbe essere di conforto e sostegno ai malati. So che perorerai al meglio la mia causa. Sei la mia àncora di salvezza. Un caro saluto dalla tua amica.
Sveta Aleksàndrovna"

Lunedì 19 agosto 1918, sul Volga tra Kazan e Samara

Sul ponte del battello si assicurano che i dieci soldati del battaglione, in uniforme e coi fucili a baionetta innestata, prestino attentamente servizio. Il placido Volga attraversa numerose città e paesaggi, offrendo una vista spettacolare e pittoresca, caratterizzata da una serie di colline e valli. Lungo le rive la vegetazione è particolarmente verde e rigogliosa, la componente arborea costituita da alberi di betulla, ontano e pioppo. Si stendono a perdita d'occhio i campi coltivati e le praterie. Le acque bluastre e riflettenti scorrono indifferenti alle alterne sorti di guerra.

Pesavento e Dal Bon godono della brezza del fiume, che mitiga la sensazione di caldo umido, e della vista di numerosi villaggi con chiese, monasteri e begli edifici. Mario in piedi volge lo sguardo alle sponde. Ma la posizione lo stanca e dopo un po' siede anche lui di fronte a Oreste, che già seduto fuma una sigaretta. Sanno che il loro è più che altro un incarico formale, basta la presenza in divisa. Ma ecco, preavvisato dal rumore di un motore scoppiettante, nel cielo un puntino che, provenendo da Kazan, ingrandisce velocemente. Si rivela un biplano.

Scattano in piedi, sorpresi ma anche timorosi. Che sia un aereo nemico? Lo osservano passare, virare e tornare indietro, come se il pilota volesse sincerarsi di aver ben chiara la situazione. I nasi di tutti, cechi, italiani, marinai russi sono rivolti all'insù, qualche esclamazione ansiosa, qualche altra più rilassata quando l'aereo riprende la direzione per Samara, sparendo in lontananza. Chiede allora Pesavento al comandante che sta uscendo dalla cabina di pilotaggio, il luogotenente Meyrer, impeccabile nella giacca bianca di ordinanza, se conosce il velivolo.

"Certo! Appartiene al 33° Corpo Hussita della Squadra cecoslovacca. All'aeroporto di Samara, i cechi hanno trovato diversi aerei. Dato che ci sono pochi aviatori cechi in Russia, sono stati invitati i volontari russi a prestare servizio nello squadrone di ricognizione del corpo cecoslovacco. Uno dei piloti russi più esperti e spericolati è il sottotenente Vasilskij. Ed è Vasilskij che, avendo promesso di coprire il nostro trasporto con la ricognizione, è quello che ci ha sorvolati".

Il comandante dimostra di aver sotto controllo tutta l'operazione, ben programmata nei dettagli. Il viaggio quindi prosegue senza patemi nonostante le forze dei rossi stiano riorganizzandosi per riprendere Kazan e Samara.

Mercoledì 21 agosto 1918, Samara

Scaricano sulla riva della banchina portuale sotto vigilanza dei legionari cechi. Fanno fatica ad allontanare quelli venuti a curiosare, tra cui alcuni desiderosi di arraffare qualcosa dalle casse e dalle borse con croci d'oro e di argento.

Tra la piccola folla è presente Evghenia Pironicesko, addetta alle pulizie e all'aiuto in cucina presso casa Ershov. È a conoscenza del trasporto avendo origliato, come al solito, dietro le porte della casa padronale. Ha condotto con sé anche le figlie. Le due giovani donne, dalla bella figura messa in risalto dai leggeri abiti estivi, riescono a distrarre alcuni legionari, soprattutto Vera, la maggiore che lavora saltuariamente come modella. La distrazione permette alla madre di trafugare due croci doro e d'argento, e un mazzo di banconote.

Venerdì 23 agosto 1918, Samara

Oreste, in casa dell'amica Natasha, fa conoscenza di Svetlana ricevendone un'ottima impressione: colta, intelligente, spiritosa. Resta incantato dal bel viso, dal portamento sicuro e al contempo flessuoso, ma quello che lo colpisce di più è la personalità aperta e cordiale, l'atteggiamento positivo. Una persona autentica e sincera. Oreste aveva ricevuto preventivamente carta bianca per accettare l'infermiera sul treno con destinazione Vladivostok, se giudicata idonea. E così fa appena Natasha finisce di riassumere il caso dell'amica e avanza la sua richiesta. L'espressione di sollievo della giovane donna, accompagnato dal luccichio degli occhi mentre sorride, ripaga l'uomo più dei ringraziamenti proferiti.

Sabato 24 agosto 1918, Samara

In serata Oreste, in compagnia dell'attrice Natasha e della sua amica Svetlana, scende dalla Russo-Balt in via Voskresenskaya davanti a una lussuosa casa in stile Liberty. L'auto, prodotta in Russia e che piaceva allo Zar, è stata messa a sua disposizione con servizio di autista dal direttore di banca Ershov.

La casa ha la facciata rivestita con piastrelle rettangolari blu chiaro e marrone, bassorilievi raffiguranti il dio Mercurio, ornamenti floreali, spighe di grano con falce, la parte inferiore della facciata è in pietra calcarea delle vicine montagne Zhiguli. Sull'uscio sono attesi da Andrea e dal comandante Čeček con un suo ufficiale.

L'invito a cena è pervenuto al capitano italiano e al comandante ceco per ringraziare del servizio di sorveglianza nel trasporto del tesoro zarista e per comunicare che questo si trova ormai al sicuro nei forzieri della banca. Compatangelo lo aveva esteso a Oreste, che aveva suggerito di farsi accompagnare da due dame, e a Mario, che aveva cortesemente declinato per la stanchezza.

Il padrone di casa è il commerciante Vasily Mikhailovich Suroshnikov, dalla fronte spaziosa e baffi spioventi, filantropo, milionario, sostenitore del Komuch, impegnato nella fornitura di cibo all'esercito bianco. Uno dei fondatori e il primo membro del Consiglio della Banca Mercantile di Samara, essendo di questa anche il maggiore azionista.

Si dimostra subito persona attenta e disponibile. Con Ershov presenta gli italiani con le signore e i cecoslovacchi alle rispettive mogli. Le signore Ershova e Suroshnikova rappresentano egregiamente il tipo delle ricche signore borghesi, con forme arrotondate, volto senza ombra di preoccupazione, impettite, sicure del proprio benessere sociale. È presente la cugina della moglie di Mikhailovich, Irina Conchovna Locked, vedova da un anno, ex insegnante. Ha un aspetto delicato che un'abbronzatura appena accennata impreziosisce, alta con fianchi e petto contenuti, corti capelli, gonna tagliata di sbieco al ginocchio e una camicetta color crema. Una trentenne che dimostra sensibile attenzione verso gli ospiti, un atteggiamento composto, non irrigidito.

Spicca per l'abbigliamento austero e la riservatezza nel comportamento, ai limiti della freddezza, un'altra ospite che viene dalla città di Ekaterimburg, la baronessa Theodora de Luteville, dama di compagnia della zarina Romanova.

"Le truppe bianche di Kappel e della legione cecoslovacca sono arrivate troppo tardi. Ancora qualche giorno e avrebbero salvato la famiglia Romanov. Prego per le loro anime ogni sera".

Dice agli italiani e ai cechi, quasi con una nota di rimprovero per il ritardo nella conquista di Ekaterimburg.

L'arredamento della sala da pranzo è, come l'edificio, ispirato all'Art Nouveau, dalle linee sinuose. I mobili lavorati a intarsio hanno colori accostati con gusto e armonia, che compongono motivi floreali, con spighe di grano come nella facciata, a cui si richiama la tappezzeria della sala da pranzo dai tenui colori blu-chiaro e marron.

Ormai hanno finito i primi piatti di entrata e stanno passando al tradizionale *telnoe*, la carne di pesce schiacciata nei mortai fino a diventare come una pasta, a cui vengono aggiunti cipolle e zafferano, bollita e poi arrostita. È preparata su suggerimento della baronessa che così vuole ricordare la cena consumata dalla famiglia imperiale nel giorno in cui le fu consegnata la parure nascosta negli avanzi.

Entra scusandosi del ritardo l'ultimo ospite, il sottotenente Alexander Vasilskij, lo stesso che ha sorvolato il convoglio sul Volga. Si toglie la giubba di volo mostrando il corpo snello e muscoloso che viene messo in risalto dalla bianca camicia tipica russa, la *kosovorotka* con l'obliquo colletto rialzato, ricamato in oro. I folti capelli biondi pettinati all'indietro danno una sensazione di vitalità richiamata dai lineamenti regolari del viso aperto, cordiale. Mascella squadrata e zigomi alti ne danno un'impressione virile.

Mentre Suroshnikov l'accoglie cordialmente e inizia le presentazioni, Compatangelo nota il viso corrugato di Natasha e l'imbarazzo palese di Svetlana.

Guardando quest'ultima e rivolgendosi al padrone di casa, l'aviatore dice che aveva già avuto il piacere di conoscere la signorina. La cena continua, piacevolmente scorrevole, pur incentrata sui temi della guerra, dei rifornimenti, delle tristi condizioni di vita delle popolazioni.

Svetlana parla pochissimo, al contrario di Natasha che pare prendere gusto nell'interrompere l'aviatore per esporre idee e argomentazioni sempre contrarie alle sue.

Il bel sottotenente non dà segno di prestarvi attenzione e continua la conversazione rivolgendosi cortesemente a Natasha e a Svetlana, come pure alle altre signore a cui destina la stessa imparziale attenzione. Le due matrone sono lusingate dai modi affabili del militare noto per il coraggio in battaglia, come pure ne apprezzano il sorriso ammaliante e il fascino indiscusso.

Solo Sveta pare non penderne dalle labbra, preferendo rivolgersi alle due signore e soprattutto alla padrona di casa lodando la ricchezza delle suppellettili in cui predomina l'argento, il peltro, la porcellana. Irina, in un primo momento schiva, si apre man mano con gli ospiti, partecipando attivamente alla conversazione. La baronessa, forte della sua vita a corte, racconta episodi autoreferenziali e pretenziosi che non suscitano alcun interesse.

Oreste osserva le due amiche. Come Natasha esibisce una complicata acconciatura che fa risaltare i boccoli biondi, un abito da gran soirée, labbra con un piccolo eccesso di colore, mani grandi ma molto curate dalle lunghe unghie, così Svetlana mostra unghie corte da lavoratrice, ha raccolto i folti capelli neri in una semplice treccia, con una acconciatura tradizionale: la lucente treccia solitaria indica la sua condizione di nubile. Il comportamento riservato non le impedisce di intervenire, poche volte ma con intelligenza dimostrando comprensione degli argomenti e un eloquio accurato.

Per dessert sono servite, secondo l'uso dei cosacchi del Don, delle crepes sulle quali è versato il nardek, puro succo d'anguria, ridotto fino a ottenere una consistenza simile a quella del miele. Mentre la tavola viene sparecchiata, gli uomini si dedicano al tabacco.

I russi fumano sempre tutti e dovunque: al lavoro, a casa, nei caffè e nei ristoranti. Fumano gli uomini, anche le donne le più emancipate, i militari, gli studenti, gli operai, lo zar appena deposto.

Il sottotenente russo tira fuori dalla tasca un pacchetto, marca Allegro, di sigarette papirosa, tipica sigaretta russa con il cartoncino tubolare come filtro molto più lungo della parte contenente il tabacco, praticamente in rapporto di tre a due.

Nel *fumoir* il comandante cecoslovacco Stanislav Čeček spiega a Compatangelo la ragione della presenza della de Luteville.

"È la dama di compagnia della zarina e ha trascorso con la famiglia Romanov gran parte della sua vita condividendo momenti belli e brutti fino agli ultimi giorni di prigionia a Ekaterimburg".

"La baronessa ha avuto modo più volte stasera di sottolineare la sua vicinanza alla casa imperiale. È di una petulanza insopportabile. Una brava donna, per carità, degna della fiducia che la moglie dello Zar ha riposto in lei". Andrea.

"Caro capitano concordo con lei: non è di una simpatia traboccante. Comunque è testimone di un periodo storico e custode di una preziosa parure di zaffiri appartenente alla famiglia imperiale. Vi chiedo un favore: permettere alla baronessa di accompagnarvi nel viaggio fino alla consegna del prezioso nelle mani della vecchia zarina Maria o di un rappresentante del governo lealista bianco".

"Per dovere, come comandante del battaglione che l'ha accolta, e per riguardo verso il gentil sesso, mi prenderò cura della baronessa e le userò rispetto e cortesia, non vedendo l'ora di affidarla a qualche esponente governativo".

Appartati, si sono espressi a bassa voce in francese, per essere sicuri che quel che dicono resti riservato alle loro orecchie. Non hanno tenuto conto invece di quelle, lunghe come si suol dire, dell'aviatore che mentre fuma e parla con gli altri, fingendosi distratto, ha ascoltato e capito quanto detto, sfruttando la sua discreta conoscenza del francese. Oreste preferisce rimirare i quadri, da buon intenditore dell'arte visiva e della sua storia, valutando pregi e difetti della composizione e della tecnica utilizzata.

Trovano le signore impegnate in una appassionata discussione sul grande e fastoso ballo in maschera dell'11 febbraio del 1903, nel palazzo d'Inverno, a cui parteciparono i membri della dinastia Romanov e l'intera élite nobiliare con abiti d'epoca del XVII secolo, sfoggiando gioielli di famiglia dal valore inestimabile. Gioielli e vestiti lussuosi dai tessuti sfarzosi, costumi copiati da vecchi ritratti dei propri antenati: quale miglior argomento per le signore. Per altri, non solo per i rivoluzionari, esibizione di lusso smodato.

Le signore chiedono a Ershov la gentilezza di suonare il piano. Lui si schernisce e sua moglie lo incita. "Suvvia, Alexander, non privarci del piacere di ascoltare della buona musica".

Appoggia la richiesta la padrona di casa. "Alexander Konstantinovich, in qualità di tesoriere del ramo di Samara della Società Musicale Imperiale Russa, dovrebbe impegnarsi nel proporre buona musica appena ne ha occasione. Lei è un ottimo interprete di Listz. Non si faccia pregare".

Di fronte all'insistenza delle signore, per non apparire scortese, alla fine cede e si avvia al piano, uno Steinway & Sons.

"Mi fate arrossire per i complimenti. Permettetemi di tralasciare i classici questa sera. Per onorare gli ufficiali qui presenti, vi suonerò un una nuova canzone del tenente Nikolai Arnold scritta per gli operai delle fabbriche di Izhevsk e Votkinsk che si sono scontrati con i bolscevichi in questo stesso mese".

Le mani corrono esperte sulla tastiera traendone voluminose sonorità. Con voce ferma intona i versi.

Le catene della sanguinosa oppressione sono state spezzate,
il popolo unito ha annientato il nemico,
e il lavoro è stato ripreso con frenesia,
l'operaio ha preso forza e la fabbrica ha preso vigore.

Suroshnikov considera: "Certo non tutti i lavoratori sono dalla parte del soviet". Ershov chiude la ribaltina e si gira sullo sgabello.

"Mio caro Vasily Mikhailovich, i bolscevichi considerano la rivoluzione un neonato che solo loro possono allattare. Chi non ne condivide le idee, lavoratore o contadino, menscevico o cadetto, va combattuto".

L'enunciato trova tutti d'accordo, in particolar modo l'aviatore. Gli esempi, che i commensali riportano sulla ferrea volontà di supremazia dei leninisti, segnano la fine della cena.

Gli italiani accompagnano in macchina le due signore alla dimora di Natasha. Svetlana scende anch'essa insieme all'amica dicendo di abitare poco lontano e che avrebbe fatto due passi da sola. Oreste ne aveva notato il progressivo calo d'umore durante la cena.

Domenica 25 agosto 1918, Samara

Coniugando il piacere di pranzare con una bella donna al desiderio di ricevere commento della serata, Oreste invita Natascha al ristorante dell'Evropeiskaya.

"Ho notato un cambiamento di umore della gentile tua amica con cui passammo una piacevole serata in casa Suroshnikov. Anche tu non hai avuto il tuo solito leggiadro garbo. Direi che forse ti infastidiva qualcosa di quel Vasilskij. Sbaglio?"

Tralasciando il menù esposto, ha insistito perché l'attrice assaggi la pizza, che il capitano ha tentato di insegnare al cuoco del ristorante. D'altronde le classiche torte salate russe possono averne qualche similitudine. Compatangelo esalta l'utilizzo dei pomodori, facili da trovare, e, studiandoci sopra con il cuoco, provando e riprovando, il piatto alla fine aveva avuto l'approvazione degli assaggiatori russi, soprattutto nella variante con salsiccia.

"No, non sbagli". Risponde Natascha. "È un individuo odioso. Tanto bello, quanto infame".

"A me è parso oltremodo civile. Ha ottime referenze. Si distingue sui campi, devo dire sui cieli, di battaglia. Sa stare in società. Quasi mi suscitò un moto di simpatia. Mi son lasciato ingannare?"

"Ti ho accennato al fatto che Sveta usciva da una situazione sentimentale che l'aveva molto provata. Il mascalzone che l'ha mollata senza spiegazioni, da un giorno all'altro, è il bell'aviatore. E ti dico che lei si era molto compromessa. Non aveva vissuto con lui, ma si era esposta pubblicamente. Anche se ormai queste cose succedono spesso. Ah! maledetta rivoluzione, maledetta guerra! Aveva rinunciato a un partito molto facoltoso, un uomo che l'adorava. Ma lei niente, era pazzamente innamorata. La spudorataggine di quell'uomo non ha limiti. Le ha fatto capire, non si è dato cruccio di nasconderlo, che aveva altre donne e che aveva cominciato una relazione con lei solo per essere introdotto nell'alta società borghese. Sai, Sveta non è nobile, ma di buona condizione lo stesso; suo padre era un possidente terriero. Con la sua morte, le condizioni economiche sono peggiorate anche per le difficoltà di guerra. Sveta non ha un gran reddito, presta la sua opera in ospedale perché è dotata di un animo compassionevole, ma le fanno anche comodo i soldi, pochi, che percepisce".

"Ho capito. Un uomo da prendere con le pinze".

Oreste continua tuttavia a non condividere in cuor suo quel giudizio. Al suo animo futurista il coraggio e l'ardimento del pilota sono virtù che esaltano la vita. Il mezzo che pilota, l'aereo, simboleggia i concetti di energia, dinamismo e velocità che proiettano nel futuro. Il noto futurista, anzi cubofuturista come lui stesso si definisce, Kamenskij, era intenzionato a imparare *l'arte futurista del pilotaggio*

E lui, come pittore, ha il dovere di dimenticare il passato ed essere l'artista di avanguardia, testimone dell'intreccio tra vita e arte, perfettamente calata nell'epoca moderna, originale, tecnologica. Si sente quindi affine al tanto disprezzato Vasilskij. Ambedue con sguardo rivolto al futuro, immemori del passato. E se Svetlana per l'aviatore rappresenta il passato, non è così per lui.

Martedì 27 agosto 1918, Samara

Evghenia accoglie le figlie ancor più irritata del solito.
"Ancora, altri abiti?"
"Eravamo stanche di quelli vecchi e fuori moda che avevamo!"
Risponde piccata la figlia maggiore, Vera.
"Ma cosa avete in testa? La gente penserà che con quello che guadagno, io sola

perché voi siete due fannullone, non posso certamente permettere questa frenesia spendereccia".

"Che ce ne importa?" La figlia minore.

"Con i furti avvenuti al porto, dove siamo state viste, faranno due più due: spendiamo il ricavato del furto". Evghenia.

Vanno avanti ancora per un bel po', con le solite recriminazioni: "fannullone", "taccagna", "se ci fosse qui papà", "quello vi ha abbandonate per bersi i soldi con le puttane", "anche tu bevi come una spugna". Un quadretto di deliziosa vita famigliare.

Le banconote sono state in buona parte spese. Convengono che le croci, di un notevole peso, non vanno vendute, ma tenute da parte come investimento per il futuro.

Giovedì 29 agosto 1918, Samara

Mario si è trasferito in una piccola stanza in uno stabile modesto ma decoroso. I militi che partiranno si stanno raccogliendo in città, in previsione della partenza.

"Caro zio Piero, spero che tu stia in salute, come pure zia Anita. Giunse notizia del volo su Vienna del Poeta, che lanciò volantini, non bombe, inneggianti all'Italia. Quando potrò tornare, spero presto, sarà sul suolo natio ormai italiano. Ti informo quindi che i primi passi per tornare li sto già facendo. Lascerò questo posto di prigionia come militare italiano. Ebbene sì, mi sono arruolato in un battaglione di irredenti comandato dal capitano Compatangelo. Servirò sotto la bandiera e il re italiano, difatti il battaglione si chiama Savoia. Tra non molto inizieremo il viaggio verso il porto di Vladivostok e di là proseguiremo verso casa. Spero che la censura non cancelli queste righe. D'altronde non vi sono informazioni di carattere militare. Le incognite sono molte, il viaggio attraverso terre fredde e desolate, esposto sempre ad attacchi dei bolscevichi o comunque di bande armate. Pel momento mi godo l'estate russa. Salutami la cara zia. Un abbraccio.
Mario"

Ultimi giorni di agosto 1918, Samara

Compatangelo guida un drappello di militari del battaglione in giro per la città. Bisogna farsi conoscere. Gli abitanti di Samara, che hanno viste le più svariate milizie con le relative uniformi, si abituano in breve a vedere anche la truppa italiana. Quasi a voler emulare l'immagine dei cavalieri della steppa, noleggiati i cavalli, Mario e Oreste caracollano in divisa per le vie del centro, con sguardo fiero.

Spesso escono anche con Massimo Tattini, medico del campo di prigionia, egli stesso ufficiale austroungarico. Il buon uomo presta inoltre servizio nel sanatorio di Bogdanovka, il primo in Russia, per la terapia del latte acido di giovenca nel trattamento di pazienti con tubercolosi polmonare.

È diventato amico di Mario con cui condivide le ispirazioni irredentistiche, facendo parte del Gruppo Pro Patria e della Lega Nazionale, associazioni che tutelano i trentini italiani.

"Non ne potevo più di parlare in tedesco in gioventù. Per seguire gli studi universitari, dopo il liceo a Rovereto, ho dovuto frequentare le università di medicina di Innsbruck, Vienna e Graz, in un ambiente che ho sempre percepito ostile".

Quarantacinquenne, con una pancia prominente e una leggera calvizie, sicuramente non dispone del fisico guerriero, ma è competente nel suo campo, sempre disponibile, uno spirito allegro, che vede sempre il lato positivo delle cose. Un pizzetto con qualche striatura di bianco si congiunge ai baffi neri che non coprono completamente il labbro superiore. Tedia purtroppo i nuovi amici con ricordi della moglie lasciata a Rovereto e del figlio che studia a Vienna.

Continua l'opera di reclutamento. Da paesi limitrofi arrivano quelli che sono al lavoro nelle fattorie o in qualche industria. Nel campo di prigionia, appena fuori delle mura cittadine, molti sono gli entusiasti, altri sono restii a impegnarsi. Perché far parte di un battaglione italiano se sono austroungarici? Soprattutto potranno tornare a casa o dovranno combattere per l'Italia?

A fine mese il battaglione può tuttavia contare su circa trecento unità. Il quartier generale è dislocato presso l'hotel Evropeiskaya. Compatangelo, Gressan, Re, si occupano di tutti i problemi attinenti alla partenza. Spesso ne discutono passeggiando per l'ampia piazza Alekseevsakaya inframezzata da aiuole curate, dove si affacciano molti hotel, negozi, uffici pubblici.

Compatangelo, traendo esperienza dal suo rapporto con l'*Avvenire!* come corrispondente estero, trova anche il tempo di scrivere qualche articolo sul giornale cittadino il *Vestnik Komucha* per magnificare la presenza in città del battaglione italiano.

Il dottore Tattini ha l'incarico di predisporre il settore ospedaliero, dal reclutamento del personale alla verifica dell'attrezzatura sanitaria e della struttura sui due vagoni.

Mercoledì 11 settembre 1918, Samara

Nel mezzo dello sterminato impero russo, tra Arkangelsk a ovest e Vladivostok a est, sorge un lembo di italianità. Viene ufficialmente firmato un *accordo per la costituzione di un battaglione italiano nell'ambito dell'Esercito della Repubblica Ceca in Russia*.

Nella stessa giornata gli ex prigionieri, schierati in formazione nella sconfinata piazza del teatro, recitano il giuramento di fedeltà all'Italia. Gressan sovrintende alla giusta esecuzione del protocollo. La folla applade e acclama, valorizzando l'impegno che i militari hanno appena espresso. Gli uomini del Savoia iniziano con lo svolgere attività di polizia.

Domenica 15 settembre 1918, Samara

Oreste propone a Svetlana di incontrarsi per stabilire i dettagli per la partenza, con lo scopo non secondario di godere della presenza della giovane. Ha noleggiato un calesse e propone di girare per il parco urbano centrale di Samara, il giardino Strukovsky, ombreggiato da alberi e alti arbusti. Non ci sono nuvole, ma quando arrivano, compaiono all'improvviso portate da venti che non trovano ostacoli. Se provenienti da nord in poco tempo la temperatura può abbassarsi di una decina di gradi. Ora invece un vento caldo e secco del sud rende piacevole lo stare all'aperto. Il clima è mite, il cielo azzurro.

Niente panciotto, si presenta in divisa, è un incontro in veste ufficiale, quasi. Lei porta con grazia sopra un leggera camicetta bianca una giacca di velluto senza maniche rifinita con pelliccia e con una fodera interna, una gonna beige.

Dopo un breve giro, doppiano la fontana con la scultura bronzea del ragazzo e della ragazza: secondo la versione popolare rappresentano i figli annegati di un mercante che, finanziando il monumento, ha voluto così ricordarli. Oreste si rivela un esperto cocchiere e non si lascia distrarre nella guida dal passeggio che anima il giardino, anche se l'attenzione è rivolta alla giovane donna seduta con fare composto e schiena diritta al suo fianco.

Luccica al sole la nera treccia, il volto di pesca è rilassato, le labbra dalla linea sensuale fanno intravedere la bianca perfetta dentatura quando il sorriso si trasforma in riso. Gli occhi nocciola, in cui non si stanca di perdersi, cambiano tonalità dal marrone chiaro al verde-oro scuro, dal colore ambrato vicino alla pupilla. Lei ricambia tranquilla lo sguardo. Il suo è un accompagnatore piacevole, la fa sentire a proprio agio pur definendo i preparativi di un viaggio dalle modalità e tempi incerti.

Ormai in confidenza Svetlana si fa coraggio e chiede maggiori dettagli:

"Che itinerario seguiremo? Quando si partirà?"

"Naturalmente per la transiberiana, finché è sotto controllo dei bianchi, o più esattamente dei cechi".

"Certo. Ma lungo la rotta nord per Vladivostok, che si trova completamente sul suolo russo, o attraversando la Manciuria passando per Harbin con un percorso che riduce drasticamente la distanza? La legione sarà sempre presente? Posso chiedere come ulteriore favore di portare una compagna che lavora in ospedale con me, cara amica che potrebbe essere di valido aiuto per assolvere le funzioni infermieristiche? Mi sentirei più a mio agio in compagnia di un'altra donna, con cui scambiare due chiacchiere".

"Capisco benissimo. E penso che il capitano sarà ben lieto di avere un servizio infermieristico rafforzato e una persona in più non è affatto un peso su un treno di qualche centinaio di persone. Abbiamo anche un dottore e abbondanza di attrezza-

ture. Purtroppo non posso darti risposta certa sulla data di partenza. Potrebbe essere entro la metà di ottobre, o forse prima, seguendo una rotta da definirsi di volta in volta a seconda degli ostacoli che troveremo davanti, attacchi, epidemie, guasti del convoglio, attentati, defezioni. Comunque stai tranquilla: le potenze alleate ci attendono a Vladivostock. Americani, inglesi, francesi, italiani, canadesi, nella parte finale del viaggio forniranno ulteriore protezione".

Non dovranno transitare per lo Stato fantoccio in Transbajkalia dell'atamano Grigorij Michajlovič Semënov, sotto la tutela e protezione dei giapponesi, che qualche giorno prima con i cosacchi dell'atamano Ivan Pavlovich Kalmykov avevano catturato Khabarovsk. Nell'importante base bolscevica dell'Amur Flottiglia, 650 km. a nord di Vladivostok, le navi vengono trasferite ai giapponesi.

L'atamano Kalmykov, messo a capo della città in accordo con gli americani e le altre potenze alleate, subito aveva dato inizio alla purga degli avversari politici. Il generale William Graves, comandante delle forze americane in Siberia, scrive dei due atamani: Kalmykov è un famoso assassino, ladro e delinquente. *Dove Semënov ha ordinato ad altri di uccidere, Kalmykov ha ucciso con la sua stessa mano e questa è la differenza tra loro.*

Sveta è perplessa. Rimugina sull'ultima notizia: appena dieci giorni prima a Khabarovsk erano stati fucilati tutti i componenti magiari della banda musicale che aveva suonato per i sovietici. I cadaveri gettati da una rupe avevano accresciuto il mucchio di altre centinaia di giustiziati. *Pare un viaggio di piacere. Ma dicono ben altro le voci che girano.*

Oreste volutamente tralascia che nel territorio da attraversare è in piena crisi l'approvvigionamento di derrate alimentari alle città. A causa della penuria di carbone e di elettricità le aziende spesso sono costrette a chiudere. Soprattutto sono le requisizioni, le mobilitazioni, i distaccamenti punitivi a rendere la vita precaria. Gli omicidi sono all'ordine del giorno. Cambia quindi discorso.

"Posso invitare questa bella signorina a prendere una bibita al ristorante del giardino? Il nuovo gestore, oltre a curare il parco e organizzarvi eventi musicali, offre un'ampia scelta di piatti, stuzzichini, dolci. Potremmo prendere una fetta di dolce".

Sveta sceglie invece il gelato al limone. Oltre a questo Oreste ordina due sherry e, tra una rassicurazione, un sorriso e una galanteria, distorce la realtà del viaggio abbellendola. Sarà un modo per godere delle bellezze del panorama e scoprire luoghi sconosciuti. Loro due viandanti cortesi, desiderosi di approfondire la reciproca conoscenza e quella del mondo.

L'albero, che li protegge dal sole, ospita un uccellino che si produce in un sottofondo musicale. Alterna una nota alta e una bassa. Non riesce a vederlo, ma Sveta spiega essere il luì piccolo dal piumaggio bruno-oliva e giallo-limone che lo mimetizza tra le fronde. Oreste pensa che la vivacità e allegria del canto ben si accordano allo stato d'animo gioioso e spensierato che Sveta gli ispira con la sua schietta cordialità. In Oreste questo inizio di conoscenza si abbevera alla piacevole sensazione di avere accanto una bella donna, arguta e intelligente. Spera vivamente che possa nascere una bella amicizia. Un'amica, per il momento.

Venerdì 27 settembre 1918, Syzran'

In via Bolshaya, nella sede della Società di assicurazioni russa, ha posto un proprio ufficio la *Čeka*, contrazione di *VeČeka*, *Commissione straordinaria di tutte le Russie per combattere la controrivoluzione e il sabotaggio*, la temuta polizia politica. Prime ore pomeridiane.

"Entra, compagno Vasilskij".

"Compagno commissario, protesto formalmente. Sono stato prelevato da questi due energumeni", indica i due cekisti, sguardo passivo, giacca in pelle, che lo costringono ai lati, "e portato qui senza una spiegazione. Forse non sapete chi sono".

"Il comitato centrale ci ha informato. Sei stato arruolato nel servizio di spionaggio e ora dipendi da questa sezione. Hai il compito di infiltrarti tra le file dei controrivoluzionari e combatterli in tutti i modi. Sappiamo di poter contare su di te. Hai fatto un ottimo lavoro facendo arrestare molti terroristi della Società per la Difesa della Madrepatria e della Libertà".

Con un gesto svogliato della mano il commissario N. K. Berjenin allontana i due subordinati. Restano soli.

"Putrtroppo il loro capo, Savinkov, è riuscito a scappare, protetto da francesi e inglesi."

"Infiltrazione e sabotaggio. Continua così. La tua squadriglia viene spesso elogiata dai controrivoluzionari bianchi. Un ottimo lasciapassare per entrare in ogni ambiente e ottenere informazioni".

"Faccio quel che richiede il Soviet".

"Ora hai un nuovo incarico. Seguire l'oro dello zar. Le riserve statali sono state trafugate dai maledetti cechi a Kazan e portate a Samara. La città tra non molto cadrà nelle nostre mani. L'Armata rossa è passata al contrattacco e sta riconquistando tutti i territori perduti. Ci hanno colti impreparati, ma ci siamo riorganizzati. Temiamo però che quando entreremo nella banca di Samara oro e gioielli saranno scomparsi. Probabilmente i cechi se li porteranno dietro nella fuga a est. Tu devi individuare dove è il tesoro, in quale treno, in che vagoni, in che modo recuperarlo se possibile. Ti forniremo di denaro, in modo tu possa comprare l'aiuto che ti serve".

"Ho capito. Sarà fatto. Approfitterò della conoscenza del direttore della banca per ottenere le sue confidenze".

"Un'altra cosa Vasilskij. Passa nella stanza a fianco. Ti aspetta il dottore Vekhterev. Viene dal Dipartimento Sanitario ed Epidemiologico di Mosca".

Il dottore Lubim Yevgenievich Vekhterev spiega subito il motivo dell'incontro.

"Nell'inverno appena trascorso, milioni di soldati dell'esercito russo, che stava crollando, sono tornati dal fronte alle loro case, diffondendo infezioni in tutto il paese. Le epidemie di tifo petecchiale scoppiano principalmente d'inverno, quando la gente si lava meno, o a seguito dei periodi di carestia".

"Lo so. Ho avuto parecchi compagni contagiati e molti di loro sono morti".

"L'epidemia di tifo sta provocando migliaia di morti sia nell'armata rossa sia negli eserciti bianchi. Le condizioni della guerra diffondono il tifo, chiamato anche febbre di guerra. È favorito dal sovraffollamento negli ambienti chiusi e dalla mancanza di igiene. Povertà, migrazioni di massa, abitazioni inadeguate e malnutrizione fanno il resto. Ci consideriamo gli allievi di Pasteur e di Koch, che hanno inaugurato e approfondito gli studi microbiologici e immunitari, permettendo di affrontare le malattie in modo mirato. Con lo scopo di combattere le malattie trasmesse dagli insetti come i pidocchi per il tifo e le zanzare per la malaria, il soviet sta allestendo il Dipartimento, le cui attività di ricerca, oltre a trovare i vaccini, potrebbero essere utilizzate in una guerra batteriologica. Ecco dunque la missione secondaria da perseguire, accanto a quella che ti è stata affidata dal commissario: diffondere oltre le linee nemiche il morbo. Ti verranno consegnati dei contenitori di un'arma biologica rudimentale. Si sta sperimentando che può essere provocata una reazione tossica se si mescola una combinazione di elementi tenuti per dieci giorni in un ambiente buio. Alcuni medici del dipartimento, io fra questi, hanno individuato quattro fasi: le larve di pidocchio vengono nutrite da sangue umano, estratto da donatori volontari le cui cosce e polpacci vengono succhiati dai voraci insetti per dodici giorni; nei pidocchi sani si inietta il batterio del tifo, ottenuto da pidocchi infetti; si lasciano crescere per altri cinque giorni; si omogeneizzano e si centrifugano quindi gli intestini dei pidocchi infettati, colmi del sangue umano".

"Ma è ripugnante. Chi mai ospiterebbe volontariamente i pidocchi per farsi succhiare il sangue?"

Il dottore dall'aria stanca per le molte ore passate in laboratorio, maneggiando sostanze pericolose o immonde, fa una pausa. Si toglie gli occhialetti tondi per pulirli con un lembo del camice, tira un sospiro e confessa:

"Oh, sottotenente, tu non sai, ma abbiamo ricevuto informazioni che nella nostra armata alcuni soldati comprano i pidocchi, considerando una buona vacanza riposare in infermeria per due mesi con il tifo".

"Quando avrò queste provette? Ora?"

"Le stiamo preparando e comunque pensiamo che sia meglio attendere l'arrivo del freddo. Si farà vivo qualcuno dei nostri, che ti consegnerà il preparato e ti dirà con che modalità diffonderlo. È tutto. Auguri compagno".

Un assistente, rimasto alle sue spalle in silenzio finché parlava, gli porge alcune provette. Il sottotenente ne guarda il contenuto marrone e, pur non sapendo di cosa si tratti, lo associa a quanto appena sentito provando ribrezzo. Esce con la voglia di sciacquarsi la bocca con una vodka.

Venerdì 27 settembre 1918, Samara

Compatangelo ha invitato al ristorante del proprio albergo Gressan, Dal Bon, Pesavento, Re e Tattini, per festeggiare la presa in consegna del treno blindato. Sa che l'arredamento elegante e tradizionale, con tavoli di legno massello e sedie imbottite, piace agli amici. Il ristorante vanta, nella locandina promozionale, una cantina dotata di vini locali ed esteri di qualità. La proposta di Tattini di estendere l'invito anche al suo personale infermieristico è stata accolta con entusiasmo. Partecipano alla lieta serata anche Svetlana Aleksàndrovna e Idertuya, comunemente chiamata Idree, l'amica e collega, dai lineamenti asiatici caratterizzati dai tipici occhi a mandorla. La trentenne è una buriata occidentale con mentalità aperta e carattere determinato, che l'avevano aiutata a svincolarsi dai dettami della società tradizionale. Aveva potuto così coronare le sue aspirazioni e seguire gli studi.

Mettono alla prova la veridicità della locandina ordinando parecchie bottiglie di varie tipologie di vino, trovandolo sempre di qualità. Purtroppo le proposte del capocameriere paiono essere inesauribili e si trovano in breve leggermente alticci. Si ride con maggior frequenza, i visi incominciano ad arrossarsi, gli occhi si fanno più lucidi, i discorsi meno sorvegliati. All'ennesimo brindisi, Oreste non si trattiene e, alzatosi, attacca l'aria verdiana. Sì, proiettato al futuro come impone il suo estro futurista, dimenticando il passato obsoleto, ma con una predilezione per la vecchia opera.

Libiamo, libiamo ne' lieti calici che la bellezza infiora.
E la fuggevol, fuggevol ora s'inebrii a voluttà.
Libiamo ne' dolci fremiti
Che suscita l'amore,
Poiché quell'occhio al core
Onnipotente va.
Libiamo, amore, amore fra i calici,
Più caldi baci avrà.

E mentre *amore, dolci fremiti, baci* gli escono dalla bocca, si volge verso Sveta e ne cerca gli occhi. Occhi belli, splendenti, in cui ci si può perdere, lui si era già perso, che forse ricambiano timidamente il sentimento nascente nel cuore del cantante.

Il momento è particolarmente euforico, ci si lascia andare. Questo per tutti i commensali, ma per i due c'è un che di particolare, un intendimento che li unisce, una quasi promessa scambiata, un balenio visionario e dolce di una possibile condivisione sentimentale.

Svetlana dopo Alexander non aveva più osato guardare a un uomo come a un ipotetico compagno, ne vedeva solo provenire terribili disillusioni e patimenti. Si azzarda ora ad allentare la resistenza, inconsciamente pronta a riprendere una vita amorosa, facendosi ragione che non tutti gli uomini sono dei mostri.

Mentre continua il dialogo di sguardi tra i due giovani, il buon dottore quasi si commuove.

"Mentre son qui confortato dalla vostra amicizia, non più nella condizione di prigioniero, la mia adorata Antonietta langue solitaria in Trentino, senza nemmeno la compagnia del figlio. Volle lei mandarlo a studiare nel collegio viennese!".

"Orsù Massimo. Basta con queste storie. Abbiamo lasciato tutti degli affetti. Ci mancano, ma dobbiamo reagire. Non possiamo stare inerti a lamentarci e qualcosa stiamo facendo. Più di qualcosa, una missione militare di grande impegno per la patria". Lo esorta Re.

"Avete ragione. Su, allora. Versatemi ancora di quella vodka. Ormai mi piace. Pare di bere la mia grappa".

Sabato 28 settembre 1918, Samara

Nella stanza scrive vicino a una finestra che offre la vista di un lungo viale alberato. Il pavimento è costituito da larghe assi grezze di larice siberiano, stesso legno che corre lungo le pareti in una boiserie alta circa un metro. Una lampada da tavolo in ottone e vetro verde illumina il foglio.

"Gentile sig.na Olga, dolce amica, in questo periodo tumultuoso, il mio pensiero corre instancabile a Lei. Spero che la guerra non La angusti. Siamo alla fine, non è vero? La Sua famiglia, le care sorelle, come stanno? Qui ci si prepara alla partenza. Confidando nella mia precisione e serietà, il capitano mi ha nominato addetto alle scorte alimentari. Seguo l'approvvigionamento e l'immagazzinaggio. Alcuni tra gli abitanti, a causa del collasso del sistema monetario e dei rifornimenti di viveri destinati ai centri urbani, si recano nelle campagne per acquistare cibo per sé stessi o per altri in cambio di beni materiali, spesso di loro produzione. Li chiamano i mešočniki, ossia uomini con il sacco: son diventato, credo, uno di questi. Parto all'alba con alcuni camerati su un vecchio camion, giro per le campagne comprando i generi alimentari a un buon prezzo. Devo dire peraltro che i magazzini cittadini non sono sforniti. Alla sera controllo lo scarico e ne prendo nota. Non sono portato per le discussioni, Lei mia cara lo sa. A volte intervengono i militari che mi accompagnano facendo la voce grossa e devo richiamarli, soprattutto uno che fa il prepotente. Mi è affezionato come un cane e quando lo richiamo, continuando la metafora, mette la coda tra le zampe. A me piace il lavoro organizzativo, le cose ben ordinate, metter in fila su un registro le entrate e le uscite. Dicono ci voglia al massimo un mese di viaggio su ferrovia. Anche partendo per metà ottobre dovremo arrivare in porto a metà novembre e con dicembre magari trovare una nave che ci riporti in Italia, alla Sua compagnia che tanto mi manca. Le auguro ogni bene.

Mi saluti i genitori e le sorelle.
  Con sincero affetto, Suo
  Mario".

Nello stesso pomeriggio, nella stanza d'albergo attrezzata a piccolo studio troneggia il cavalletto con la tela dove le prime pennellate cominciano a essere stese. Oreste usa colori a olio, procurati con fatica, al contrario di quelli usuali, fatti in casa con pentolini, colino, mortaio. Utilizza allora fiori, foglie e frutti trovati nei giardini pubblici, in qualche orto o durante una escursione fuori porta: bucce di cipolla gialla, mirtilli, more, foglie di ortica, papaveri, dalie, barbabietole. Ma questa sessione pittorica merita colori e tela di qualità. Guarda a lungo la sua modella, seduta su un alto sgabello, prende le misure, si sofferma con piacere, forse un inizio di desiderio, sul corpo asciutto, tonico, sul seno, più che accennato ma non prorompente, sui fianchi stretti, le cosce ben tornite. Il rossore della pudicizia viene accentuato nella parte esposta alla luce.

Le si avvicina e le scosta leggermente il velo che la copre. Compare tra le pieghe un seno dal capezzolo scuro. Soddisfatto ritorna al cavalletto per stendere qualche veloce pennellata.

Lei tranquilla, con un sorriso accennato, lo guarda fisso. Un piccolo brivido la scuote.

Accorgendosene: "Hai freddo?" Le chiede.

"No. forse un piccolo tremore di emozione".

"Bene, perché quel velo disturba. Bisogna dare risalto alla tua figura. Sei così bella!"

Il fine tessuto, abbandonato sulla sedia, ormai non copre più le perfette forme. La luce pomeridiana entra dalla finestra tagliando obliquamente il dipinto. Colpisce il corpo, reso con colori provocatoriamente marcati, ed esalta la nudità del seno e del fianco, disperdendosi nell'ombra di spatolate dalle varie tonalità di blu.

Oreste vive la lontananza da casa immerso in un mondo estraneo e un po' selvaggio, distante dalle convenzioni della società italiana. Le donne, sempre conosciute e amate, diventano in terra russa misteriose nella loro sensualità.

La nudità di Sveta gli pare un sogno in cui perdersi. Penetra in questa dimensione magica, erotica. La fa distendere sul letto, ricreando *Olympia* di Manet, la parte intima esposta al suo sguardo. Le sussurra tenere e calde parole, la attira nel gioco d'amore, dove entrambi si perdono.

Lunedì 30 settembre 1918, Trieste

La maestra torna stanca a casa per aiutare la madre a preparare la cena. Nella settimana appena cominciata il comitato di assistenza, di cui fa parte, organizza la questua per l'acquisto di regali da inviare ai soldati. Anche quest'anno ha coinvolto i bambini delle elementari nella confezione degli scaldarancio. Per i bimbi è un gioco tagliare la carta e arrotolarla in cilindretti che la maestra poi immerge nella paraffina per diverse ore fino a impregnarsi. Accesi, vengono usati dai soldati al fronte per scaldare il rancio.

Dopo cena, Olga si dedica a finire di scrivere alcune lettere da inviare a figli, mariti, fidanzati al fronte da parte di donne analfabete e semianalfabete. Le si gonfia il cuore al pensiero che la lettura di quanto scritto avrebbe arrecato ai combattenti conforto e lenimento della dura vita di trincea. Sente che questo suo impegno è un segno di italianità anche se indirizzato a chi veste l'uniforme austroungarica. Ma sono comunque uomini che soffrono, che hanno lasciato il focolare non sapendo se sarebbero tornati e a casa sono attesi con trepidazione da donne, austriache o italiane, travolte dalla insensatezza della guerra. Far fronte alle difficoltà del fronte interno è per lei una questione di responsabilità civile, di dovere verso i suoi concittadini, le sue concittadine.

Scritte le lettere per procura si sarebbe dedicata a quella per Mario, lungamente pensata tra le incombenze degli ultimi giorni e appunto per questo tanto più agognata. Quanto aveva da dirgli! In modo affettuoso e aperto, ovviamente, ma composto, senza velature troppo romantiche, senza sdilinquimenti. *Non siamo mica sposati!* Né fidanzati ufficialmente. Il suo interesse, la vicinanza emotiva, l'attesa del ritorno, non è opportuno gridarle, vanno sussurrate nei canoni del corretto comportamento che ci si aspetta da una brava signorina. Quando la famiglia avesse accolto quel giovane serio come futuro sposo allora sì avrebbe esposto a lui il cuore e al mondo il loro legame. Al padre sarebbe piaciuto. Già i due uomini avevano scambiato alcune parole, con una medesima condivisione di idee che mettevano al primo posto i lavoratori. Non erano tuttavia iscritti al Partito Socialista Italiano, partito di classe, che proponeva la lotta civile per un governo più giusto ed equo, dissociandosi dall'anarchismo insurrezionale. Alla fine sarebbe piaciuto pure alla madre, una conservatrice imbevuta di valori e pensieri borghesi, che per adesso parteggiava per un giovane avvocato col padre titolare di uno studio avviato.

Martedì 1 ottobre 1918, Samara

Il treno è pronto, blindato con lastre di acciaio, armato con cannoni e mitragliatrici, con una carrozza vuota agganciata davanti con la funzione di far brillare eventuali mine occultate sui binari. Comprende vagoni ospedale, mensa, dispensa, lavanderia. Sul tetto di ogni vagone sono montate delle mitragliatrici protette da parabordi e sacchetti di sabbia. I serventi ai pezzi sono così riparati dal fuoco nemico e dal freddo, altrettanto pericoloso.

Anche gli interni sono comodamente attrezzati. Compatangelo con Pesavento è riuscito a mettere le mani su alcuni pezzi d'arredo di quel lussuoso palazzo ambulante chiamato Transiberiana, alcune sedie e due tavoli. Anche delle appliques Art Nouveau che Oreste nota stupito, indicandole a Mario.

"Non me lo aspettavo su un vagone militare. Bravi a trovarle, avete abbinato qualità e bellezza. Penso che lo stile Liberty trovi nella lavorazione del vetro libera e grandiosa forma espressiva. Riesce a dare valore estetico anche a semplici lampade".

"Oh, sotto la divisa arde un cuore da esteta". Esclama bonariamente Compatangelo e precisa: "Non credere siano dappertutto, sono solo in questo vagone. L'ho destinato per gli ufficiali. Comunque in tutto il convoglio ci sono lampade a incandescenza alimentate da una dinamo e batterie".

"Così potremo leggere qualche libro e fare qualche partita la sera. Ho portato la scacchiera". Oreste.

"Niente a confronto del treno del comandante ceco: quello ha installata una rete telefonica per la comunicazione tra tutte le vetture". Mario.

Il capitano, con spirito di rivalsa, esalta le doti tecniche e difensive del proprio treno.

"Disponiamo di due locomotive corazzate che, posizionate in testa e in coda, consentono una velocità di 60 chilometri orari. Ho fatto attrezzare un vagone con una rampa mobile che consenta la salita discesa delle due automobili".

"Quali automobili?" Chiede Oreste.

"Il commerciante Vasily Mikhailovich Suroshnikov ha chiesto di potersi accodare al battaglione, con la moglie, la cugina di questa e un po' di beni, almeno fino a Irkutsk. Si è compromesso fornendo aiuto al Komuch e teme ripercussioni una volta tornati i rivoluzionari. Offre in contraccambio dell'ospitalità due automobili Russo-Balt, di cui una corazzata". Risponde Andrea.

Gli uomini ormai si sono trasferiti nei vagoni, sorvegliati quindi notte e giorno. Come da accordi viene consegnata parte dell'oro e dei gioielli zaristi per la custodia.

Anche la baronessa de Luteville prende posto sul treno e con poche accorate parole affida lo scrigno coi preziosi nelle mani del comandante che lo mette al sicuro assieme all'oro in uno scompartimento guardato a vista.

Riservata, di carattere chiuso, trova difficoltà a esternare sentimenti ed emozioni. Solo il servizio a corte sembra averla appassionata, in un ambiente regolato dall'etichetta che l'ha difesa dalle asprezze della vita. Si chiude agli altri per non soffrire, per la paura di mettersi a nudo sembrando debole. Affronta il viaggio rassicurata che nel convoglio vige la disciplina militare, in cui i rapporti sono regolati da norme chiare. Deve svolgere una missione, l'ha promesso alla Romanova, farsi forza e confidare in Dio.

Il dottor Tattini controlla ancora le attrezzature portate dall'ospedale, ora smantellato, del birrificio. Generosamente il proprietario del birrificio, von Wakano, fa accompagnare le casse del materiale sanitario da casse di birra.

Il vagone dispone anche di dieci letti per i feriti e gli ammalati. Il materiale sanitario è completo e abbondante. Le infermiere sembrano competenti e volonterose, hanno carattere cordiale e il dottore ha subito stabilito con loro un buon rapporto. Anche la siberiana Idertuya, con la professionalità subito dimostrata supera i pregiudizi del dottore.

La baronessa gira tra i soldati distribuendo piccole immagini dei santi con brevi frasi in cirillico che gli italiani capiscono solo in parte. Lei si sforza di superare le barriere linguistiche con le poche parole di italiano imparate, facendosi aiutare da qualche interprete improvvisato. I più, cortesemente, fanno finta di apprezzare.

Venerdì 4 ottobre 1918, Samara

Vigilia della partenza. Ormai i rossi sono alle porte.

Ci sono gli ultimi saluti, gli ultimi baci delle donne che avevano aperto il cuore ai prigionieri italiani, l'ultimo giro per la città che li aveva ben accolti. Per questo Compatangelo ha voluto accomiatarsi ringraziando la cittadinanza con una lettera al redattore pubblicata sul giornale locale *Vestnik Komuch*.

Oreste prende congedo da Natasha, dispiaciuto certo, ma senz'altro elettrizzato dall'inizio dell'avventura.

"Lo sapevo. Non mi hai mai nascosto che saresti partito. Così, anzi, ho approfittato per affidarti una cara amica. Trattala bene. Ma forse la stai già trattando bene. Un uccellino mi ha confidato che c'è del tenero tra voi. Ne sono contenta. Tu potrai farle dimenticare quell'animale di aviatore".

"Certo. Mi curerò di lei. Sta tranquilla. E tu..."

"...E io mi asciugherò una lacrimuccia per la tua partenza. La mia vita è sul palcoscenico e ho ancora qualche ammiratore. Su, ora, vai. Fa buon viaggio. Pensami qualche volta".

Un lungo bacio e poi via. Deve ancora salutare la nobildonna Elsa Petrovna e la cameriera Tamara, l'unica da cui dispiace distaccarsi.

Non tutti gli italiani se la sono sentita di intraprendere il viaggio, di ridiventare truppa combattente, forse si aspettano al ritorno di trovare situazioni infelici. O peggiori di quelle qui trovate. Vanno a salutare in stazione i commilitoni.

Sabato 5 ottobre 1918, tra Samara e Ufa

Nella sala ritrovo della carrozza riservata agli ufficiali, il capitano ha un colloquio riservato con Pesavento.

"Non hai avuto nessun problema col reperimento e magazzinaggio viveri. Hai preso nota di entrate e uscite, tutto perfettamente registrato. Io, da contabile, non avrei saputo fare di meglio".

"Grazie Andrea. Mi hai accordato fiducia e ho cercato di meritarla".

"Tra quanto abbiamo stivato, c'è però qualcosa di segreto. Sai a cosa mi riferisco".

Fa il gesto di offrire una tazza a Mario.

"Un sorso di *sveroboj*?"

"Per carità. Se bevo ancora questo liquore amaro, anche se distillato da un'erba salutare, devo andare in branda e non mi vedi fino a stasera. Ti riferisci al carico che abbiamo ricevuto e controllato solo noi ufficiali".

"Non tutti. Solo noi, quelli con cui ho festeggiato all'Evropeiskaya".

"Avere un carico di 2200 libbre d'oro, oltre a preziosi e, per quel che valgono, contanti, non è cosa da sbandierare".

"Appunto, Mario. È una cosa da gestire in pochi. Praticamente io e te".

"Ovvero?"

"Gressan e Re mi supportano nella responsabilità militare, debbono vigilare sulla disciplina, controllare l'efficienza dell'armamento. Gli uomini fanno riferimento a loro, tra militari si capiscono, seguono procedure definite. Io ero l'uomo giusto al posto giusto, conosciuto, ho catalizzato una serie di eventi favorevoli, ma non so nulla dell'esercito. Comunque a loro non posso chiedere di più. Il dottore fa il dottore. Oreste ha inventiva, lampi di genialità, ma il lavoro metodico, di registrazioni e controlli, non fa per lui. Resti tu. Ti affiderò copia delle chiavi del vagone forziere. Ti terrai in contatto con Nikolai Stanislavovich Kazanovsky, responsabile senior dell'ufficio a Samara della Banca statale, e con il suo vice, il contabile Mikhail Akimovich Gaysky. Viaggiano in uno dei treni cecoslovacchi e ci aspettano a Ufa".

Mario non ha nulla da obiettare. Si fa versare lo *sveroboj* a consolazione e decide di rilassarsi scambiando due parole col dottore. Il pacato galantuomo dagli occhi tranquilli nel viso serafico e dalla struttura arrotondata, con una pancetta plasmata in tempo di pace con anni di buon cibo e non eliminata né da guerra né da prigionia, tranquillizza con pacati modi Mario, preso dall'affanno per la consegna delle chiavi.

"Dottore, fatto il primo passo sulla strada di casa, già sogno il momento dell'imbarco e dell'arrivo nella mia Trieste. Spero che, dati gli esiti di guerra, possa viverci da cittadino italiano".

"Caro Mario lo stesso desiderio è il mio. In Trentino l'arciduca Eugenio e i militari sanno che la comunità italiana è in prevalenza irredentista e vedono in ogni italiano un cittadino potenzialmente ostile all'impero. Per questo ci hanno trattato come carne da cannone mandandoci a combattere sul fronte orientale o hanno imprigionato i soggetti ritenuti politicamente inaffidabili. Ti confesso che la polizia di Trento aveva avviato un'inchiesta sulla società degli Alpinisti Tridentini, a cui appartenevo, perché nota per l'irredentismo e per questo sciolta nel 1915. Guarda caso, in quel momento fui precettato e mandato al fronte".

Tattini ci rimugina su. Mostrando un mezzo sigaro fa un gesto come per chiedere permesso.

"Scusa. Me ne concedo uno raramente".

"Certo, fai pure".

Continua Mario. "Anche nei territori dell'Istria e della Dalmazia le autorità austriache da tempo favoriscono l'elemento croato nella gestione dell'amministrazione. Non solo. Hanno avviato un'alleanza in funzione anti-italiana con gli slavi, accentuando la tensione, che c'era anche prima della guerra".

"In ogni caso il governo austriaco si pone come obiettivo la snazionalizzazione delle nostre regioni e la germanizzazione in Trentino".

"Forse le cose ora cambieranno. L'imperatore Carlo I è sensibile alle istanze di autonomia dei popoli che formano l'impero. Anche se mi pare non riesca a fare molto". Mario.

Continuano a ricordare le loro terre e a sognarne la liberazione e annessione all'Italia. Immancabilmente Massimo parla della moglie austriacante e del figlio che, indottrinato dalla madre, ha scelto di valicare le Alpi e istruirsi a Vienna. Mario confida il suo forte sentimento per Olga.

La taiga scorre offrendo la vista di interminabili foreste di conifere, il cui colore verde scuro intervalla quello giallo e rosso delle betulle e degli ontani. Si vedono a volte volpi e cervi, molte specie di uccelli, e si sentono ululare i lupi.

Il dondolio della carrozza e il monotono rumore del treno portano Sveta a uno stato di torpore, nel quale si cancella l'ansia indotta dai preparativi della partenza. La grigia giornata, con l'unico movimento delle nuvole scure che galoppano nel cielo dal chiarore diffuso, le fa socchiudere le palpebre.

Poco distante Idertuya fissa immobile l'armadietto dei medicinali, non un muscolo si muove, la respirazione rallentata. Ha svuotato la mente mantenendola vigile ed entrando in uno stato di meditazione che le permette di ricaricare le energie.

Così le trova il dottor Tattini entrando nel vagone sanitario. Sono partiti che era ancor notte, con un vento freddo che preannunciava il gelido inverno. La fatica del trasporto degli ultimi bagagli, la sistemazione delle proprie cose e il riassetto dei locali sanitari, gli ultimi controlli, la monotonia del viaggio, giustificano pienamente il rilassamento e la concentrazione. Se ne ritorna quindi silenzioso nel secondo vagone dell'ospedale mobile a lui affidato.

Vuole scrivere alla moglie Antonietta, che gli rimprovera di averla lasciata in una situazione economica non adeguata per una signora, circondata dai familiari di lui, giudicati grezzi montanari italiani. Lei invece avrebbe ambito, così era stata abituata, a salotti più raffinati. Era riuscita a fargli intendere la giusta scelta per l'istruzione di suo figlio Karl: un collegio a Vienna per giovani della medio alta borghesia. Lui il figlio lo chiama Carlo e prova fastidio per il sussiego dei predetti salotti. Nel piccolo portadocumenti in pelle porta sempre con sé insieme alla *identitätskarte* la foto della moglie con Carlo. Risorgendo dai ricordi familiari, si commuove un po'. Intinge il pennino nel calamaio. Si china sul foglio, emettendo un profondo sospiro, e comincia:

"Cara Antonietta..."

Mentre il settore ospedaliero gode di momenti di tranquillità, Compatangelo, Gressan, Dal Bon, Re e Pesavento vanno avanti e indietro dal primo all'ultimo vagone per controllare che tutto e ognuno siano al giusto posto per respingere eventuali assalti. Spesso i treni vengono fatti deragliare e poi attaccati. Anche le stazioni e le piccole postazioni militari non sono sicure e vengono sorprese da distaccamenti rossi o da bande di furfanti, di disertori, o da chiunque sia in grado di imporre con la forza il proprio desiderio di fare bottino. Nella vasta pianura, come le nuvole possono arrivare all'improvviso portando violente bufere, così possono comparire dal nulla bande armate portando morte e distruzione. Quindi sempre attenti! Vigilanza continua, armi vicine e pronte a sparare, mitraglieri ai loro posti.

Costretti ad attendere un segnale di via libera che assicuri l'assenza di ostacoli fino alla stazione di Ufa, a treno fermo, le cucine sfornano il primo pasto caldo: una zuppa di barbabietole dal caratteristico colore bordeaux, il *borshch*, con fagioli, peperoncino e pesce persico. Molti scendono, godendosi l'aria fredda dopo il greve odore di chiuso e di corpi che pervade i vagoni, assaporano il profumo che viene dalle foreste intorno. Seduti o semisdraiati, col piatto fumante in mano, un lieve brusio, un vociare sommesso di uomini tranquilli.

Il vigile occhio delle sentinelle.

Oreste approfitta per andare a salutare la sua bella. Lei, appena lo vede, lascia il vagone dove si trova la collega Idree e lo conduce in quello accanto, vuoto. Subito le bocche si congiungono in un prolungato bacio. Le mani di lui sostengono la snella schiena femminile, che si arcua per permettere ai bacini di congiungersi, poi corrono lungo i fianchi. I visi si allontanano consentendo di bearsi nel riflesso dell'amato, occhi negli occhi per avere conferma del reciproco sentimento.

"Oreste, ti prego, ora basta. Potrebbe entrare il dottore o qualsiasi altro per una urgenza".

"Che urgenza? Non siamo mica sotto il fuoco nemico. Non ci saranno feriti. Il dottore sta scrivendo. L'ho visto, passando, nella carrozza riservata agli ufficiali".

"Non possiamo. Vorrei anch'io".

"E allora?"

"Pensa alla mia reputazione. Vuoi che ci sorprendano in atteggiamenti intimi? Cosa potrebbero pensare? Mi affibbierebbero subito la nomea di una poco di buono".

"Ormai i tempi sono cambiati. Questa disgraziata rivoluzione sta portando cambiamenti anche nel modo di concepire il rapporto uomo donna. Il governo bolscevico ha liberalizzato il divorzio e l'aborto, equiparando in tutto le donne agli uomini. Ho sentito che la figlia di un generale ha lasciato marito e figli per vivere una storia d'amore con un marinaio. Una propagandista dell'amore libero".

"La Kollontaj, sì, conosco. Però sognava la donna razionale liberata dai sentimenti e quindi svincolata da legami formali. E Lenin alla fine l'ha costretta a sposare il marinaio, che ora da sottufficiale di marina è diventato generale dei rossi. A parole tutti applaudono all'amore libero, ma alla fine ci si sposa. E i tuoi camerati italiani, a quanto so, non sono da meno, non credono molto alle teorie dell'emancipazione femminile".

"Hai ragione. Non voglio assolutamente che tu patisca il benché minimo discredito e che io ne possa essere la causa. Saremo cauti. Troveremo il modo di essere soli, potrò baciare le tue labbra, ogni parte di te".

Arrossisce Sveta e dolcemente, a malincuore, lo respinge. Oreste le prende la mano ponendovi sopra le labbra, poi raggiunge la testa del convoglio. Ci si sta muovendo.

Nonostante l'andatura del treno, il dottore cerca di evitare una scrittura tremolante.

"Cara Antonietta, siamo in viaggio. Chissà tra quanto potrò rivederti, ma non dispero, ho fatto il primo passo verso l'amato focolare. Come stai? Come sta Carlo? Non mi scrive e me ne rammarico. Non vorrei che la vita viennese lo portasse a vergognarsi delle sue origini transalpine. Riconosco che la popolazione di lingua italiana è lontana dalla cultura e dalla mentalità austriaca, ma non deve per questo essere considerata grezza e indolente. Confortami tu che non è così, che il nostro Karl, così lo chiami all'austriaca, porta ancora rispetto e considerazione per suo padre, che soffre la prigionia per aver combattuto nell'esercito imperiale. A me piace, lo sai, la tua cultura, la tua lingua, che parlo anch'io, anche se mi rimproveri l'accento. Mi dici che molti, di cui ho cercato di curare i mali, chiedono di me. Questo mi conforta. E il nostro piccolo orto? E il giardino a cui sempre dedichi tante cure? Mi dici che la banca continua a erogarti quel credito mensile, di cui mi accordai col direttore poco prima di partire. Per qualsiasi cosa fa riferimento alla mia famiglia, che ti ha da subito accolta a braccia aperte e che non ti farà mancare niente. Salutami la tua signora madre. Un caro abbraccio.

Il tuo sposo, Massimo".

L'idealizzazione dell'ambiente viennese aveva sempre portato la consorte a una sorta di frustrazione, non percepita razionalmente, ma vissuta quotidianamente nel ménage offertole dal marito, buon uomo, dalla solida socialità valligiana ma certo non un frequentatore di salotti mondani.

Neanche un misantropo privo di interessi. Amava la buona musica, come Antonietta d'altronde, e le buone letture; in misura moderata il teatro, mentre era incuriosito dalla nuova arte cinematografica. In alcune occasioni la coppia aveva goduto della visione di un film nella sala del cinema Eden a Trento nella piazza intitolata a Silvio Pellico nel 1913.

Gli piaceva quella piazza dedicata all'italianità di Trento e quell'edificio Eden Maffei che, oltre al cinema, in un grande salone ospitava una birreria e uno spazio per conferenze e balli. Il cinema diventava talvolta anche *café chantant*, ma in questo, anche se più volta invitata, la moglie non aveva mai voluto entrare.

Lunedì 7 ottobre 1918, Samara

Verso le cinque di sera la città è conquistata dalla divisione dell'Armata Rossa di Guy. Non conoscono perdono, arrestando e giustiziando chiunque abbia manifestato simpatie controrivoluzionarie. Gli ultimi difensori komucheviti e cecoslovacchi abbandonano i paesi vicini. Smantellano e portano con sé le attrezzature industriali. Gli operai che si oppongono vengono passati per le armi.

DONNE DI PIACERE

Lunedì 7 ottobre 1918, Ufa

Entra nell'umida cantina, tirandosi la sciarpa a difesa dei condotti del naso e della bocca nel tentativo di frapporre una barriera protettiva all'aria mefitica. Le chiavi sono state consegnate da un emissario che in due parole gli ricorda la procedura e si dilegua. I vasetti sono stati seminascosti in un angolo, al buio da una decina di giorni. All'interno una specie di muffa bianco grigiastra attesta l'evolversi del preparato tifoideo ideato dall'epidemiologo sovietico. Dopo un subdolo incontro con il direttore Ershov, l'aviatore ha ottenuto le informazioni che cercava. Sa in quali vagoni l'oro viene trasportato, sorvegliatissimo dai cechi. Anche il convoglio dei talianskji ne trasporta e si trova in stazione. Sveta è a bordo e, cosa che gli da un notevole fastidio, c'è anche quel cascamorto di pittore. Gli ha visto farle gli occhi dolci in casa del filantropo Suroshnikov.

Deve cominciare dove ci sono raggruppamenti di militari in ambienti chiusi che possano, una volta infettati, diffondere rapidamente il contagio. Quale migliore posto di un treno militare e quale migliore occasione per cominciare se non da quello del battaglione di cui già conosce il comandante?

Va quindi a trovarlo, con la scusa di un saluto, una visita di cortesia, che spera si traduca in un focolaio di malattia. E, se fosse stato colto dal male anche quel bellimbusto di pseudo artista, tanto meglio. Avrebbe avuto via libera per una campagna di riconquista del cuore dell'infermiera, che aveva, sì, abbandonato per essere libero nei traffici amorosi, guerreschi e ora di sabotaggio, ma che, tra tante, gli ha lasciato un ricordo che riaffiora spesso voglioso.

Qualche ora dopo si presenta al picchetto di guardia del vagone, in testa al treno, chiedendo del comandante. Verificata l'identità e avuta l'autorizzazione, un militare l'accompagna dal capitano.

"Buongiorno capitano".

"Buongiorno sottotenente. Qual buon vento? E il vento per un aviatore è necessario averlo favorevole, *n'est pas?*"

"*Oui bien sûr!* Certamente!"

Un po' di francese forse lo sa, pensa il capitano. *Che abbia afferrato la conversazione avuta col comandante ceco? E anche se fosse?* Combattono dalla stessa parte e sapere che trasportano una preziosa parure non può certo interessargli. Ha un curriculum di servizio impeccabile. *No, no. Cosa mi salta in mente?* Continua ad ascoltare tranquillo.

"Tutta la mia squadriglia svolge per servizio la ricognizione lungo la linea della transiberiana. Vi precediamo, osserviamo, torniamo a riferire. Su e giù, come si dice. Magari avremo occasione di vederci ancora. Se la cosa non la disturba".

"Che dice? Lei è sempre ben accetto. Posso offrirle un po' di vino dolce e dei biscotti ancora caldi con zucchero a velo? I biscotti palla di neve, giusto? Il nostro cuoco li fa benissimo, peccato che mi si sbriciolino sempre tra le mani".

"Grazie, sarà per un'altra volta. Scappo via. Non volevo rubarle tempo. Però un saluto veloce vorrei darlo anche al tenente che era in sua compagnia a casa Suroshnikov. Non ricordo il nome, si dilettava di pittura".

"Il tenente Oreste Dal Bon. La faccio accompagnare. Al momento è in infermeria, in coda al treno. Torni quando vuole. Arrivederci".

"Arrivederci, a presto, speriamo".

Non giunge fino a Oreste, chiede di una latrina. Entrato, estrae dal tascapane un vasetto, si copre bocca e naso con un fazzoletto, apre quel piccolo vaso di Pandora che contiene i germi del morbo. Ne spalma bene il contenuto su oggetti, maniglie, sporgenze, dappertutto una mano possa posarsi.

Qualche vagone più avanti, lamentando forti dolori allo stomaco, fa la stessa operazione in un'altra latrina, e uscendone dichiara di non sentirsi bene e di rinunciare, comprensibilmente, a vedere l'ufficiale italiano.

Si è ben cominciato. Ora bisogna dirigersi a qualche bordello, ritrovo per eccellenza della truppa. Luogo tra i migliori per diffondere la malattia: andirivieni e promiscuità di soldati che a loro volta andranno a raggiungere i commilitoni, condizioni igieniche che anche con tutte le precauzioni sono molto carenti, facilità di passare inosservato. La missione continua.

In un campo vicino alla stazione soldati di varie nazionalità si sfidano al gioco del *lapta*, molto simile al cricket e al baseball. Da una parte la squadra formata da italiani del Savoia e da cechi serve la palla con una mazza di legno piatta, dall'altra parte la squadra formata da russi tenta di afferrarla e al tempo stesso di acchiappare i membri della squadra avversaria.

È un gioco tradizionale e, nel proporlo, il capitano della squadra russa dice con orgoglio citando lo scrittore Kuprin: *Richiede ingegno, una respirazione profon-*

da, spirito di squadra, un atteggiamento vigile, inventiva, velocità, accuratezza, fermezza nel tiro e una profonda fiducia nella vittoria. Non è un gioco per perdigiorno né per codardi.

Con orgoglio prosegue un giocatore russo: "Per queste caratteristiche viene praticato nell'esercito russo come forma di esercizio fisico!"

Si sono radunati alcuni spettatori ad assistere.

Dopo un po' giungono delle voci.

"Ehi, ehi, italiani! Italiani!"

Alcuni giocatori si fermano e cercano con lo sguardo chi ha chiamato.

"Qui. Qui. Siamo italiani anche noi".

Alcune mani si levano, attirando l'attenzione e salutando.

Il gioco si interrompe, a nessuno manca il tempo. Una sosta è accettata di buon grado anche dagli altri partecipanti. Si incontrano al bordo del campo, giocatori e spettatori.

Saluti, presentazioni, motivo della presenza in quel luogo.

"Come voi siamo prigionieri austroungarici. Abbiamo sentito che un battaglione di italiani viaggiava armato su un treno collaborando con la legione ceca. Siete diretti al porto di Vladivostok?"

"Il nostro comandante ci porterà fino al ricongiungimento col regio esercito italiano. Poi si vedrà. In ogni modo non più austriaci ma italiani".

"Ci chiedevamo se il vostro comandante potesse accettare nuove reclute. Non vogliamo aspettare la fine della guerra qui non sapendo quando potremo poi tornare".

"Certo possiamo chiedere al capitano Se ci autorizza, vi porteremo da lui. Appuntamento domani, stesso posto, stessa ora, per la risposta".

La partita riprende.

La sera del giorno successivo il battaglione avrebbe accolto la trentina di italiani che avevano fatto domanda, provvedendo all'alloggiamento e armandoli.

Oreste si crogiola nel pensiero della bella serata che lo attende. Si è informato su un ristorante in centro, che propone una cucina di buon livello, e su un albergo alla periferia, che garantisce discrezione e riservatezza. Aspetta che Sveta finisca il turno. Le avrebbe fatto una sorpresa. Gentilmente il capitano gli ha concesso l'utilizzo della Russo-Balt.

Lei appare alla fine con un cappello scuro di raso, dalla larga balza, un foulard azzurro elettrico rilucente sopra un corto giubbetto di zibellino. Ondeggia a ogni suo passo una gonna dello stesso tessuto e colore del cappello. Magnifica, con un sorriso enigmatico e gli occhi luccicanti, ciglia ravvivate dal rimmel. Oreste si sente trasalire percorso da un brivido per il fascino suscitato. Che donna! E quel sorriso è solo per lui. *Qualcosa di buono devo aver fatto per meritare questa ricompensa!* Le apre la portiera della macchina. Oh, la deliziosa espressione di sorpresa compiaciuta di lei nel vedere il lussuoso mezzo. Attende che si sistemi la gonna e a sua volta si siede prendendo possesso del volante.

La cena squisita passa tra sguardi innamorati, mani che si intrecciano, sorrisi e una euforica conversazione prologo agli amplessi notturni. Il buon vino aiuta scaldando, anche se non v'è bisogno, i corpi. Escono abbracciati accompagnati dal sorriso beneaugurante del portiere.

Allontanandosi dal centro e ormai in prossimità dell'albergo, Sveta accarezza la corta barba, facendosi vicina col corpo. Resiste Oreste, ma non troppo, fermando la macchina spaziosa, dai morbidi sedili, nella via deserta e l'abbraccia dolcemente. I capelli, soffici e freschi, sanno di buono e gli sfiorano il volto. La pelle del collo invece è straordinariamente calda e lui la percorre lentamente con una mano, mentre l'altra si insinua sotto le vesti. Lei per un attimo lo scosta per guardarlo bene: il bel viso ovale, il naso diritto, l'occhio chiaro ora un po' acquoso, i capelli scomposti. Offre il collo ai baci, carezzando il petto sotto la giacca sbottonata. Scende poi con finta ingenuità verso quella parte palpitante di mascolinità. Lui facilmente aveva trovato la strada per *L'origine del mondo* come l'aveva definita Gustave Courbet nel suo quadro. Si fermano per la paura dell'arresto per atti contrastanti il pubblico pudore. Riavviata la macchina, si affrettano al luogo deputato per portare a compimento quanto interrotto.

Martedì 8 ottobre 1918, Samara

Dopo la conquista, tolti i cadaveri dalle strade, i Rossi vengono salutati con entusiasmo dagli operai. Colonne di manifestanti marciano lungo via Sovietskaya verso piazza Alekseevskaya. Il Comitato provinciale di Samara presto istituito assolve il compito di ripristinare la vita pacifica in città e nell'intera provincia. Elimina tutte le conseguenze dell'occupazione della città da parte del corpo cecoslovacco e del governo del Komuch.

L'ex direttore Ershov, dopo qualche giorno di carcere e pressanti interrogatori, può riprendere il lavoro assicurando così la continuità dei servizi bancari. Viene tenuto conto della sua attività a favore degli alunni del Palazzo dei Pionieri, essendo tesoriere della Società per l'Incoraggiamento dell'Educazione. Nella nuova mansione di semplice impiegato deve lasciare il suo bell'ufficio, essere sottoposto al controllo del direttore nominato dal soviet e rinunciare a una bella fetta di stipendio. Per l'esperienza di lunga data gli viene assegnato il mantenimento dei contatti con gli operatori bancari e finanziari operanti lungo la transiberiana.

Viene relegato con la moglie in una stanza del primo piano della sua bella abitazione, di cui viene espropriato, in via Nikolaevskaya. Le altre stanze sono redistribuite fra la popolazione. Al pianterreno opera l'*Ispettorato dei lavoratori e dei contadini delle ferrovie Samara-Zlatoust e Troitsk*. Alla sua dipendente Evghenia Pironicesko, diventata coinquilina, vengono assegnate due stanze come premio per aver svelato che parte delle riserve auree rimaste in città erano state sepolte nel giardino della banca. Informazione dovuta allo spionaggio domestico ai danni del datore di lavoro.

"Te lo dicevo che non mi era mai piaciuta. Dovevi licenziarla. Una lavativa e incapace come poche! È lei che mi ha tradito. Due stanze le hanno dato!" Ruggisce Alexander Konstantinovich Ershov.

Purtroppo è costretto alla convivenza, se vuole un tetto sulla testa.

Tamara continua il suo lavoro nell'albergo sotto la direzione di un comitato di gestione, che adotta la giornata lavorativa di otto ore secondo le decisioni del Soviet. Rispetto al precedente contratto, paga uguale con sei ore settimanali di lavoro in meno!

Martedì 8 ottobre 1918, Ufa

Avrebbero dovuto partire quella notte.

Nel binario a fianco sosta un treno propaganda appena catturato, uno dei tanti sovietici, di 16 vagoni imbandierati e vivacemente colorati, su cui spiccano slogan politici. Deve essere riconvertito per svolgere la sua funzione a favore dei bianchi. Per questo scopo l'Ufficio informazioni e propaganda ha inviato qui un editore giornalista, esperto conoscitore della propaganda bolscevica.

Sulla banchina sta guardando con apprezzamento come sono strutturati i messaggi per ottenere il sostegno della popolazione nella guerra contro i bianchi e pensa a sostituirli con altri contrastanti di altrettanto valore. Parla fittamente col militare al suo fianco.

Cerca un riparo dall'aria e guardandosi intorno scorge due persone che commentano animatamente il manifesto vignettistico sulla fiancata di un vagone, che incita all'arruolamento. Ne stanno sottolineando la forza di suggestione. Sentiti i commenti, si avvicina intavolando una conversazione. Non si sa mai che possa nascere qualche spunto di lavoro parlando con quelli che, come ha capito, hanno buone conoscenze artistiche.

"Buongiorno signori. Permettete che mi presenti. Sono Valery Mikhailovich Levitsky, editore e giornalista del quotidiano *Velikaya Rossiya*. Qui inviato dal governo data l'importanza del legame tra propaganda ed educazione culturale della popolazione e dei soldati dell'Armata Bianca. Mi accompagna il caporal maggiore Kowalsky".

Questi sbatte i tacchi mettendosi sull'attenti. Vengono ricambiate le presentazioni.

"Stavamo lamentandoci che purtroppo tra le forze controrivoluzionarie vi sono pochi artisti mentre molti sono attratti dal potere comunista".

"Ne conosciamo di fama alcuni tra questi: Kandinsky per esempio. E Chagall".

Mario ama il pittore ebreo per le atmosfere di sogno dai colori dell'amore. In particolare lo ha colpito l'*Autoritratto con sette dita*, sentendo un'affinità con l'autore che a Parigi ricorda la patria lontana.

"E anche Malevich". Stranamente il futurista Oreste apprezza l'esponente dell'avanguardia russa ed europea che si era sbarazzato del futurismo.

Illustra la situazione Valery Mikhailovich.

"Lo stato sovietico è nato e si è sviluppato su un'organizzazione di propaganda e agitazione politica. Tutto il lavoro dei comunisti sul suolo russo è disseminazione continua di idee e informazioni con lo scopo di manipolare le masse. Questo è ragg iunto con un successo, confessiamo, pieno e immediato. Ha una dimensione senza precedenti".

"Stanno tappezzando di manifesti treni, case, staccionate, stazioni, edifici pubblici". Dice Oreste.

Mario precisa: "Il manifesto è facile da leggere, anche da una persona non troppo istruita, e da realizzare. Guardi questo soldato dell'Armata rossa che invita i lavoratori all'arruolamento. È immediato, semplice e imperativo, con uno stile spezzettato, dinamico, dalle figure angolose".

L'editore è ben conscio dello strapotere propagandistico dei bolscevichi. Il ruolo importante dell'informazione è testimoniato dal fatto che viene stampata la scritta: *È severamente vietato stracciare e staccare il manifesto - i colpevoli saranno assicurati alla giustizia* e anche *Chiunque strappi questo manifesto sta commettendo un'azione controrivoluzionaria.*

"Noi bianchi siamo indietro su questo. Il nostro punto debole è la mancanza di un apparato ben organizzato e ramificato per la diffusione delle informazioni per far conoscere le nostre idee. La maggior parte dei giornali siberiani si limita a esporre valori liberali in opposizione al bolscevismo".

Kowalsky vuole rivendicare un maggior ruolo all'Ufficio da cui dipende. Ognuno tira acqua al suo mulino.

"Se permettete, vorrei precisare che al momento il ruolo dell'Ufficio Informazioni del governo è di raccogliere e sistematizzare le informazioni e di telegrafarle ai giornali. Ma quanto prima sarà avviato un potente motore organizzativo che farà girare la macchina della propaganda".

"In tal senso mi è stato chiesto di collaborare in qualità di editore. I rossi sanno ben usare i mezzi a disposizione e ne inventano di nuovi. All'inizio per esempio incollavano i manifesti sui vagoni, ma vento, pioggia, sole li distruggevano. Così hanno cominciato a dipingere direttamente i vagoni". Non riesce a nascondere il fascino esercitato dall'opera del nemico.

Oreste incalza, anche lui apprezzando il lavoro culturale della parte avversa. "So che anche stampano libri e giornali. Hanno allestito su rotaia cinematografi e teatri mobili. Cercano di alfabetizzare e portare la cultura al popolo. Prospettano un futuro migliore, al contrario dei bianchi che giocano sulla paura del comunismo".

"Ha ragione. Devo riconoscere che non lasciano nulla di intentato. Hanno creato persino battelli a vapore per l'agitazione. E carri e tram per girare in città". Levitsky.

Esclama Kowalsky. "Bisogna lottare per attirare l'attenzione e le simpatie della maggior parte della popolazione!"

"Intanto vedo di cosa dispone questo treno. Mi sembrate conoscitori delle nuove tendenze artistiche. Se mi volete accompagnare, siete bene accetti. Chissà che non abbiate qualche suggerimento".

Chiude la discussione l'editore e si rivolge al caporal maggiore. "Abbia la cortesia di farci strada".

I due soldati di guardia all'entrata del vagone si mettono sull'attenti.

A bordo, oltre a una sala di proiezione cinematografica, vi sono macchine da stampa per la produzione di volantini e manifesti. Gli stampatori rossi sono morti in combattimento e si attendono gli operai che faranno funzionare le macchine da stampa. Nemmeno si dispone del testo da stampare. Le macchine offset sono ferme. Passando l'editore le accarezza quasi con tenerezza.

"Belle macchine", dice con apprezzamento, "purtroppo, pur conoscendole, non so farle funzionare. Bisognerà attendere gli operai stampatori".

Oreste comincia a girarci intorno e, conoscendole un po' avendo seguito da vicino la stampa di qualche propria opera, si mette a disposizione.

Si espone abbandonando l'imparzialità tra le parti in guerra. Il desiderio di espressione artistica non gli fa ben discernere la responsabilità assunta con la discesa in campo. D'altronde è un pittore abituato a lavorare su commissione, un committente vale l'altro.

"Se ci dà una mano magari riusciamo ad accorciare i tempi e potremmo distribuire il materiale per la città. I nostri agitatori hanno già cominciato i loro comizi. Manca però il materiale da distribuire e affiggere sui muri".

Oreste si mette subito all'opera e, seguendo le indicazioni e suggerimenti di Levitsky, abbozza anche dei disegni. Vengono subito accettati, rifiniti, colorati, dati alle stampe. E anche nelle varie fasi della stampa sa portare un valido aiuto.

Mario non si sente coinvolto. Partecipa, per nulla convinto, per aiutare l'amico.

Invece Oreste è arso dal fuoco dell'ispirazione e dalla frenesia del fare, gli occhi arrossati dalla stanchezza e dal fumo delle sigarette. Le porta Sveta, al succo di prugne, insieme a tè e *blini*, soffici frittelle lievitate con patate e lardo.

"Amore, riposa. Sembri un pazzo. Che frenesia ti ha preso?"

Oreste non la sente neanche.

Il tempo passa, sta arrivando il momento di raggiungere i compagni sul treno, pronto alla partenza. Ma questa viene ritardata a causa dell'ordine del comando militare consegnato alla direzione ferroviaria dal caporal maggiore. Oreste rimanga fino alla conclusione del lavoro.

Vengono dipinti alcuni bozzetti dell'artista italiano sulle fiancate dei vagoni. Arte applicata. Gli artisti propagandisti rossi Majakovskij e Malevich hanno ora chi li bilancia in campo bianco.

Giovedì 10 ottobre 1918, Ufa

Gli agitatori bianchi raccolgono la popolazione accanto al treno, con i vagoni dipinti con immagini dai colori netti, forti, dove sventolano le bandiere controrivoluzionarie con il tricolore di tre linee orizzontali di bianco, blu e rosso o con l'aquila bicipite zarista. Tengono comizi e distribuiscono il materiale di propaganda fresco di stampa. Un fonografo spande le note di canzoni popolari.

La città viene tappezzata in breve da manifesti, dove le istanze realiste si mescolano con temi presi dalle fiabe russe.

Sveta, compiaciuta del successo del suo amato, anche se restia a riconoscerlo apertamente, è ricondotta al passato da un biglietto consegnatole a mano.

"Gentile Sveta, so di non meritare il tuo perdono. Mi sono comportato abominevolmente. Ma avevo dei motivi e vorrei portarli a mia discolpa. Non ne sono degno, ma conto sulla tua infinita generosità e comprensione. Ti chiedo quindi umilmente, genuflesso, la fronte nella polvere della riprovazione, di poterci incontrare. Presto servizio lungo la linea ferroviaria. Se pensi di potermi vedere, fammi sapere dove, in che città, e quando. Il mio attendente starà presso la carrozza sanitaria fino alla partenza del convoglio. Lo stesso alla successiva stazione di Čeljabinsk e poi quella di Omsk, e poi di seguito le altre.

Bacio i tuoi piedi. Saša".

Alexander firma col diminutivo del nome proprio usato da amici e conoscenti e soprattutto da ex innamorati.

Inqualificabile, spudorato, manigoldo. Con che coraggio? Mai e poi mai. Solo leggere quelle poche frasi, la fa star male, le scombussola lo stomaco, le provoca un'agitazione inaudita. Ha un sistema nervoso così fragile? Aveva cancellato il ricordo di quell'uomo, che sembrava un angelo e si era rivelato un demonio.

Non lo avrebbe degnato di una risposta.

Però, avendolo davanti, poteva maledirlo, insultarlo, augurargli ogni male.

Forse poteva anche ascoltare quello che aveva da dire per giustificarsi e poi andarsene senza una parola, dignitosa e fiera.

Che fare? Che dilemma!

L'attendente, i baffi imbevuti di umidità, le mani sprofondate nel cappottone, al freddo, aspetta accanto al vagone una risposta che non viene.

Butta le braccia al collo del suo bell'italiano. È andata nella carrozza di Oreste sapendo che gli altri ufficiali avrebbero passato la serata in città. Oreste le ha dato garanzia che non sarebbero tornati tanto presto. Hanno un programma articolato, che prevede cibo, donne, vodka in compagnia di ufficiali francesi e cechi. Avrebbero gareggiato a chi beveva di più, si sa come vanno queste cose.

Oreste ha profumato la stanza con incensi accesi in più punti, riconoscendo che l'odore del soldato medio, e qui si tratta di più soldati nello stesso vagone, non è piacevole. Ha pure velato le fredde luci con delle sciarpe dal fine tessuto colorato, e messo a bollire l'acqua nel samovar per il tè al cardamomo che piace a Sveta. *Che pensieri gentili!* Commossa da quelle attenzioni, parla svelta raccontando piccoli avvenimenti della giornata, della simpatia che le ispira quel bonaccione del dottore, dell'amicizia sempre più profonda che la lega a Idree. Crede che abbia doti particolari.

Così dicendo, lieta, si toglie la bianca divisa; la giacca, la camicia. Interviene in aiuto Oreste, finisce lui di sbottonare gli ultimi bottoni, la sorregge mentre lei sfila la gonna, se la siede in grembo, avendo la camicia già aperta. È lei ora a finire di toglierla, come pure la maglia, sfiora con le dita la rada peluria del petto, che copre di baci. Lui la carezza sensualmente, la palpeggia, ne segue le curve piene, le mani e la lingua la esplorano per ogni dove, lei si alza allora all'improvviso e si inginocchia tra le gambe aperte baciando gli addominali. Gli slaccia la cintura, esponendo la schiena e la rotondità delle forme alla vista di lui.

Sabato 12 ottobre 1918, quasi 200 km. a ovest di Omsk

Il treno è costretto a fermarsi, bloccato da alcuni tronchi messi di traverso sui binari. Hanno la conferma che si tratti di un'imboscata quando, tentando di fare retromarcia, scoprono che nel frattempo dietro al convoglio è stato fatto rotolare un masso.

Vengono bersagliati da un fuoco incrociato proveniente da due nidi di mitragliatrici ai lati dei binari. Esce allo scoperto un piccolo carro armato, fino a quel momento seminascosto tra gli alberi di una fitta selva che i binari dividono da una pianura stepposa. Spara a ripetizione contro una fiancata del treno mentre dall'altro lato si avvicina al galoppo una carica di cavalieri: presi tra due fuochi! Occorre sangue freddo e competenza militare. Pur non avendola, Compatangelo sa quel che serve e ordina di concentrare il fuoco di gran parte dei cannoni sul carro armato, mentre mitraglieri e fucilieri rispondono alle armi leggere. Vengono colpiti due vagoni dai proiettili sparati dal carro sovietico, ferendo parecchi militari.

"Maledizione! Fate tacere quel carro!" Ordina il capitano. "È piccolo ma spara in continuazione. Dove li tiene tutti quei proiettili?!"

"È un Renault FT-17. Ha 240 colpi in dotazione. È piccolo ma pericoloso". Dice Gressan, conoscitore di armi e mezzi militari. Altri colpi distruggono mezzo vagone. La situazione è seria. Cominciano a non contarsi più i feriti e purtroppo ci sono i primi morti.

Quand'ecco una cinquantina di cavalieri dell'esercito siberiano arrivare dalla pianura alle spalle degli aggressori. Le spalline nere dai profili bianchi portano uno stemma a forma di teschio con ossa incrociate e un piccolo numero 16.

Chi ha teso l'agguato subisce in breve tempo considerevoli perdite e attua una veloce ritirata. Il carro FT fa rapida retromarcia e scompare nel fitto degli alberi. Quelli che sono catturati sono impiccati ai pali del telegrafo, i feriti giustiziati sommariamente.

Il comandante dello squadrone bianco, accompagnato da un ufficiale, si presenta a Compatangelo, in un italiano comprensibile, come il colonnello Nikolay Nikolaevich Kazagrandi. Spiega che la sua famiglia, Casagrandi, si era stabilita in Russia ai tempi di Caterina la Grande e nella sua infanzia in casa si parlava italiano. Prosegue dicendo di aver partecipato a capo del 16° Reggimento Ishim a feroci battaglie sopraffacendo le truppe sovietiche e di averle inseguite fin lì. Viste le bandiere italiane in testa alla locomotiva, è intervenuto a difesa degli alleati. Seguono ringraziamenti e invito a pranzo nella mensa ufficiali; in compagnia della famiglia Suroshnikov. I militi del Savoia fraternizzano con quelli russi davanti a un piatto di spezzatino di cavallo.

"La ringrazio comandante per aver salvaguardato la vita e l'onore della mia famiglia. Non si è mai sicuri quando si viaggia con due donne al seguito in mezzo ai combattimenti. Chi risulta vincitore non sempre tratta con dignità le donne, e con questi rossi..." La paura per lo scampato pericolo traspare tra i ringraziamenti del commerciante russo. La stessa cosa fanno anche le signore. Oltre a tutto il loro salvatore è anche un bell'uomo.

Kazagrandi accetta gli elogi per la vittoria condividendoli con i suoi cavalieri.

"Diceva lo stratega e filosofo cinese Sun Tzu che la vittoria si ottiene quando i superiori e gli inferiori sono animati dallo stesso spirito. I miei uomini sono disciplinati e motivati; non posso chiedere di meglio".

Gli occhi del tenente colonnello si posano con insistenza sulla signora Irina Locked, che, pur non potendo fare a meno di notare quello sguardo magnetico, si mantiene sulle sue, con un comportamento riservato.

Nikolay Nikolaevich discute volentieri di politica e faccende militari con gli ufficiali italiani, si tira le punte dei baffi neri, cita qualche autore russo e non solo, attirando, ora sì, l'attenzione dell'ex insegnante, persona colta e curiosa. Mette in chiaro che non fa parte della Divisione Asiatica agli ordini di Roman von Ungern, di cui disprezza la crudeltà inumana.

"Ci odiamo cordialmente. Combattiamo sotto la stessa bandiera, ma siamo nemici".

Gli altri commensali parlano dell'intervento alleato e di spie tedesche. Ha fatto sensazionale scalpore la condanna a morte l'anno precedente della danzatrice e spia olandese Mata Hari, al soldo degli Imperi centrali. Loro parlano di libri, poeti, teatro.

Arriva il momento di salutarsi, i binari sono stati sgomberati. Saluti, ancora ringraziamenti, auguri di buon viaggio.

"Chissà non ci si riveda!" Augura il comandante dei fucilieri, più a Irina che ad altri, stringendole la mano e accennando a un inchino.

"Pensiamo di fermarci a Irkutsk. Se ha occasione venga a trovarci". Invita il commerciante.

I cavalieri spronano i cavalli. Sventolano gli stendardi, bianchi come le distese di neve e verdi come la taiga, con croce gialla, sul retro il volto di San Nicola Taumaturgo e le parole *Dio è con noi*.

Li guardano allontanarsi. Tatiana Suroshnikova legge il motto dello stendardo. "Dio è con noi. E lo ha dimostrato mandando il comandante Kazagrandi a salvarci. La volontà divina si è concretizzata nel soccorso umano".

Il reggimento siberiano passa sotto i cadaveri penzolanti dei partigiani bolscevichi. Gli uomini intonano la *Marcia dei fucilieri siberiani* con le parole dello scrittore Vladimir Gilyarovsky:

Furono allevati severamente
dalla taiga silenziosa,
dalle terribili tempeste del Baikal
e dalle nevi siberiane.
Nessuna fatica, nessuna paura;
Combatti notte e giorno combatti.

Lunedì 14 ottobre 1918, articolo su *Omsk Telegraph*, Omsk

Sono stati dispersi i partigiani bolscevichi che tesero un'imboscata al convoglio italiano Savoia in avvicinamento a questa città. Pur disponendo di forze superiori e facendo affidamento sul subdolo agguato hanno lasciato sul terreno gran numero di morti. Il nostro corrispondente ne calcola non meno di una ventina e altrettanti giustiziati grazie all'intervento delle forze governative, il sedicesimo Reggimento di fucilieri siberiano Ishim, sotto il comando del famoso colonnello Kazagrandi, della quarta divisione di fanteria. Disciplina e coraggio al servizio della giusta causa hanno disperso le truppe senza Dio dei rossi. Ricordiamo che il reggimento combatte sotto lo stendardo di San Nicola Taumaturgo, fatto dalle suore del convento di Verkhoturye Pokrovsky, per decisione dello zemstvo e dei cittadini di Verkhoturye, in segno di gratitudine per la liberazione della città dai bolscevichi.

Lunedì 14 ottobre 1918, Omsk

La signora Irina Locked da un giorno soffre di dolori intestinali, mal di testa e febbre leggera, nausea e vomito. Tattini capisce subito i sintomi e diagnostica: gastroenterite. Le fa mettere a disposizione un letto nell'infermeria per prestarle meglio attenzione e assicurarle la tranquillità necessaria. Prega Idertuya di farla bere molto per reintegrare liquidi e sali persi, di prepararle pasti piccoli e frequenti. Sa che i sintomi della banale malattia scompariranno nel giro di alcuni giorni, ma vuole usare tutte le precauzioni possibili: l'infermeria è vuota, gli fa piacere usare una cortesia.

Il commerciante Suroshnikov, tranquillizzato dalle cure riservate all'ammalata, può andare a trovare alcuni rappresentanti del Direttorio, creato a Ufa nella Conferenza di Stato tenutasi a settembre e qui trasferito, avendo sostituito il Komuch.

Quando torna a sera, trova Irina serena e sfebbrata nel suo vagone, visto che i letti nell'infermeria sono stati occupati da militari che presentano i sintomi del tifo. Le fa compagnia Tatiana, mentre l'infermiera mormora qualcosa, una nenia sommessa, percuotendo ritmicamente un piccolo tamburo. Idertuya, con un abito tipico buriato dai colori vivaci, si interrompe per dire a mezza voce al commerciante che il suono, o meglio la vibrazione sonora, si allinea coi battiti del cuore della malata e riequilibra lo stato di salute. Suroshnikov annuisce. Ha già sentito di queste forme taumaturgiche usate dagli sciamani; pensava però che fossero solo gli uomini a praticarle.

Va a parlarne col dottore.

"Sì, può essere considerata una forma di musicoterapia che, ben nota per la cura di malattie nervose ma poco considerata, trova scarsa applicazione. Confesso che io stesso l'avrei prescritta in alcune occasioni ma ho avuto timore del ridicolo, di non essere preso sul serio. Sa, nella vallata da dove vengo, in Italia, queste cose non verrebbero capite e probabilmente avrei avuto problemi con l'ordine dei medici. Ma son contento che la mia infermiera abbia applicato la terapia che io non mi sarei permesso di prescrivere".

Bussano alla porta dello scomparto ed entra Theodora.

"Son passata a recitare alcune preghiere di conforto all'ammalata. L'infermiera mi ha detto che con un po' di riposo tra qualche giorno non si ricorderà neanche di questa indisposizione. Francamente ero un po' preoccupata. Con tutti questi casi di tifo, anche sul nostro treno. Per fortuna, dottore, che c'è lei e la sua equipe infermieristica. A proposito, sa che l'infermiera cantava una nenia e batteva un tamburo. È una nuova forma di cura?"

Tattini guarda di sottecchi Suroshnikov e risponde.

"Certo. Ho prescritto questa nuova cura che prende spunto dalla psicologia applicata. Si lavora sui profondi recettori metapsichici dell'individuo".

"Ne avevo sentito parlare. Lei, dottore, si mantiene aggiornato. In tutti i campi. Avevo sentito che curava nel sanatorio di Samara i pazienti con tubercolosi polmonare, ora scopro che cura anche la psiche".

Sorride il buon Massimo.

"Non mi attribuisca meriti che non ho. A volte una buona parola, una preghiera come fa lei, sussurrata all'orecchio, una dolce nenia, come fa Idertuya, possono aiutare la guarigione tranquillizzando il malato. Ora però vi prego di scusarmi. Come mi ha ricordato la baronessa, devo controllare gli ammalati di tifo che sono in isolamento".

"Ce ne sono molti?"

Chiede il commerciante.

"Quasi una decina. L'eruzione di piccole macchie al tronco e agli arti, apparsa qualche giorno fa aveva un aspetto emorragico. I militari si lamentavano di perdita di forza e di appetito, nausea e brividi leggeri. Non fosse stato per le macchie avrei detto che la signora Irina e i militari avessero la stessa malattia. Ma con loro temevo il rialzo improvviso della temperatura, preceduta da un tremendo brivido. Così è successo oggi: la temperatura di due di questi è salita fino 39-40 gradi, producendo un turbamento cerebrale con pensieri sconnessi e incubi. La pelle si è arrossata, è diventata secca, con dolori gli arti e alle articolazioni. Il mal di testa è lancinante, anche la respirazione è difficoltosa. Non ne sono sorpreso: molti sono i soldati che vengono attaccati dai pidocchi, veicolo di diverse malattie, come il tifo".

Che fosse stata conseguenza dell'operato dell'aviatore cekista o un accidente così frequente a quei tempi, chi poteva dirlo?

Continua.

"Ho prescritto l'accurata igiene dei pazienti infetti, la disinfezione e la sanificazione dei vagoni, dei locali cucina e mensa, dei bagni, della lavanderia. Possiamo stare tranquilli.".

Saluta e lascia il commerciante a raccontare alla baronessa le ultime novità saputе in città, purtroppo riportando l'esito infelice della ricerca dell'ex primo ministro Lvov. Il grande prestigio di cui godeva il principe aveva spinto il governo siberiano provvisorio, guidato da P. Vologodsky, ad assegnargli una missione negli Stati Uniti per perorare la causa controrivoluzionaria presso il presidente Wilson.

La dama de Luteville sperava di avere ulteriore protezione dal noto personaggio politico, di cui si considera quasi amica, o almeno conoscente stretta, dopo la fuga insieme da Ekaterimburg. Si sarebbe accontentata anche di scambiare qualche parola con quell'uomo che, ferreo organizzatore e fine statista, non nascondeva un'anima dalla profonda religiosità russa.

Anche Mario passa a salutare la signora Irina per portare auguri e un piccolo mazzetto di fiori. Non si ferma molto per non affaticare l'ammalata, ma ne scopre con piacere l'interesse per la pittura. Parlano dei nuovi artisti che la rivoluzione ha fatto emergere.

Martedì 15 ottobre 1918, Omsk

Nikolai Stanislavovich Kazanovsky, responsabile contabile, comunica alla filiale cittadina della Banca di Stato che la riserva d'oro rimane custodita sui treni dei cechi. Questa verrà consegnata solo a Vladivostock essendo garanzia del salvacondotto che garantisce ai cechi il diritto di transito attraverso la Siberia.

È stato appena formato in città un distaccamento speciale, con l'uniforme di panno verde scuro delle vecchie guardie di frontiera, ormai disciolte, dai compiti anche doganali. Questo è il colore dipartimentale del Ministero delle finanze dell'Impero russo. Il distaccamento, non subordinato al dipartimento militare, ma al ministero delle Finanze, ha il compito di sorvegliare le riserve auree, che viaggiano sui treni cecoslovacchi.

Ma anche su quello italiano. Si presenta quindi Mikhail Akimovich Gaysky in compagnia di due guardie di frontiera per controllare il carico appartenente al governo bianco.

Risulta tutto in ordine, pertanto esaurito il compito se ne vanno, avvertendo della possibilità di ulteriori controlli. Lasciano Mario e Andrea impelagati in una discussione sulla convenienza o meno della consegna immediata del deposito.

"Mario, sei sicuro che non sia meglio consegnare quelle due migliaia di libbre d'oro al distaccamento del Ministero delle Finanze, appena costituito? O direttamente alla filiale locale della banca di Stato? Così abbiamo rispettato i patti, abbiamo vigilato sul trasporto e consegnato quanto caricato su questo treno. Ce ne laviamo le mani e stiamo tranquilli".

"Propongo di mantenere la linea concordata con Kazanovsky. Lo consegneremo alla fine del viaggio, come fanno i cechi. L'oro viene controllato, verificata l'esatta integrità, confermata la regolarità del trasporto al sicuro sui treni. Come fossimo una cassaforte a cui con le giuste chiavi politiche il Direttorio può accedere. Tra l'altro il Direttorio si è appena trasferito qui da Ufa appena sei giorni fa per scappare dai rossi. Mi sembra un governo ballerino. Che garanzie abbiamo che l'oro consegnato qui non venga subito riconquistato dai rossi". In effetti i cechi lo portano con sé verso est.

"Parli di garanzie. Ma chi ha verificato? Chi garantisce che il trasporto sia integro? Noi possiamo garantire per quello sul nostro convoglio. Girano voci che una parte sia già stata trafugata. Possiamo essere chiamati a rendere conto di quello che manca". Andrea.

"Voci? Che voci? I cechi sorvegliano costantemente il tesoro".

"Non so quanto ci sia di vero, ma pare che un vagone sia stato svuotato del suo prezioso carico. Una buca è stata scavata da 30 uomini sotto la supervisione di otto ufficiali cechi vicino al villaggio cosacco di Zakhlamino, e lì è stato sepolto il tesoro. Poi gli ufficiali hanno ucciso gli uomini, eliminando ogni possibile testimonianza, e sepolte le loro armi sono tornati in caserma. Chissà quanto conteneva il vagone".

Mario sbianca. "Se fosse vero, sarebbe tremendo".

"L'occasione fa l'uomo ladro e assassino. E questa è un'occasione ghiotta".

"E allora Andrea, che facciamo?"

"Forse hai ragione tu. Seguiamo la linea di comportamento indicata dal responsabile contabile. Teniamocelo e consideriamolo una forma di assicurazione il cui premio stiamo pagando in termini di custodia e vigilanza. Siamo in pochi a sapere dell'oro a bordo, e solo io e te ad avere le chiavi.".

I cechi consegneranno l'oro dopo migliaia di chilometri e loro sono incerti se riconsegnarlo dopo qualche centinaio. *No. Finché comando il battaglione, me lo tengo. Siamo meno dei cechi?* Pensa Andrea con un pizzico di orgoglio.

Giovedì 17 ottobre 1918, Tien Tsin

Giunge nella colonia italiana il tenente colonnello Edoardo Fassini Camossi a capo del Corpo di Spedizione Italiano in Estremo Oriente, composto da una sezione di Reali Carabinieri, una batteria d'artiglieria da montagna, una sezione di mitragliatrici Fiat, gruppo industriale che porta un contributo decisivo alla guerra. È il primo in Italia a produrre mitragliatrici ed esplosivi, campo dove consegue una forte specializzazione, ottenendo buoni profitti.

Alle tre compagnie di fanteria, con mostrine nere, si aggiunge la legione Redenta, con mostrine rosse, qui stanziata. Il governo italiano, volendo partecipare all'intervento per prestigio, non poteva inviare gran numero di militari che erano necessari sul fronte alpino. Nei campi di prigionia russi già si trovavano gli irredenti. Per questo aveva messo in atto l'operazione di recupero spingendoli con blandizie e minacce all'arruolamento. "Vedremo chi è veramente italiano, vedremo chi si arruola". Dicevano i reclutatori nelle caserme di Tsien Tsin e di Vladivostock.

Il Comando delle Forze Alleate assegna agli italiani la protezione della zona di Krasnoiarsk. Vengono inquadrati nell'esercito bianco agli ordini del generale Sergey Nikolaevich Rozanov, capo di stato maggiore di tutte le forze armate del Direttorio di Ufa. Hanno sede operativa a Vladivostok in una vecchia caserma sulla baia di Gornostay.

Sabato 19 ottobre 1918, Omsk

"Gent.le sig.na Olga, dai begli occhi, come sta? Grazie della bella cartolina Trento e Trieste incoronano l'Esercito Italiano liberatore. Ho appreso con piacere che Suo padre gode di una buona reputazione professionale e gli sono stati commissionati parecchi mobili. La situazione economica, pur sempre molto dignitosa, permetterà ora con maggior tranquillità gli studi della piccola sorellina Noemi. Studi superiori, costi superiori. Mi dice che vuole, come Lei, intraprendere la strada dell'insegnamento. A proposito, la Sua classe com'è? I fanciulli dimostrano volontà d'apprendere? Ai miei occhi Lei è la persona più idonea a instillare nelle giovani menti i primi saperi. Son convinto che anche i discepoli vedano in Lei la maestra più brava e dolce del mondo. Il viaggio procede tranquillo. Nella taiga, così viene chiamata questa pianura con sconfinate foreste, pare già profondo inverno, cade la neve, ma all'interno dei vagoni la temperatura è confortevole. Non ci sono problemi di cibo. Come Le dicevo, sono addetto al vettovagliamento, che non ho difficoltà a reperire, anche perché paghiamo il giusto, senza far valere la forza delle armi come

sono soliti fare i soldati russi: la normalità è la requisizione. Ci troviamo nelle terre fertili dell'ormai passato impero, poiché lo zar aveva incentivato lo sviluppo della Siberia destinandola all'agricoltura, essendo le zone rurali della Russia Centrale sovraffollate e il terreno troppo sfruttato. Dei trenta governatorati in mano ai rossi, soltanto cinque o sei sono zone con una notevole produzione.

Passo molto tempo a verificare lo stato della dispensa, a controllare il rancio per avere sempre aggiornata la situazione dei consumi alimentari e provvedere al reintegro delle scorte. Lavoro noioso, dirà. Per niente. Il mio carattere, che riconosco pignolo più che preciso, amante dell'ordine, mi fa apprezzare questa mansione, di responsabilità e di prestigio. Non voglio vantarmi, ma riscuoto quotidiani apprezzamenti; arrossisco mentre lo scrivo. Il comandante è uomo giusto, volitivo, dotato di un buon senso e risolve qualsiasi problema. E ce ne sono! Mi trovo assai bene coi cinque ufficiali di cui Le ho scritto. Sapesse che lunghe chiacchierate! E qualche volta allegre risate. Quindi non si preoccupi per me. La penso intensamente e sogno di tornare presto, non prima però di alcuni mesi.

Un affettuoso saluto. Mario"

Lunedì 21 ottobre 1918, Krasnojarsk

Appena arrivato in città, l'aviatore visita alcuni bordelli legali. Ve ne sono di costosi e alla moda, dove si possono soddisfare i più diversi capricci, e di basso rango per la soldataglia e i criminali. Cerca donne che l'aiutino nell'opera di diffusione del contagio, anche quelle di strada, nuove arrivate che fuggono da una vita miserabile o professiniste esperte.

Nei casini deve fare attenzione. La prostituzione è una delle industrie criminali più organizzate e protette dalla polizia, che usa i tenutari come informatori, anche se una percentuale significativa è inaffidabile. Li tratta con condiscendenza, purché non ci siano rapine e omicidi. Non ci tiene a essere denunciato da qualche ruffiano.

La prima che recluta, pagando qualche soldo, è una ragazza di strada. L'aveva vista appoggiata a uno stipite di porta, in attesa. Il vecchio soprabito è sdrucito, le scarpe sformate, i capelli arruffati, un ricciolo biondo le copre parte della fronte, sfuggendo da un pesante scialle di lana. Donna di piacere, nonostante la giovane età, il viso dai tratti regolari senza rughe, l'occhio ceruleo vivo, pronto ad accalappiare potenziali clienti. Si avvicina, le sorride, intavola una breve conversazione e, raggiunto un accordo, si avviano verso una stanza d'albergo.

Gli confida che prima di vendersi ha cercato di lavorare come cameriera, ma dipendendo dai capricci di clienti e proprietari, aveva più volte perso il lavoro e l'alloggio.

Nonostante la scarsa istruzione, la giovane ha un bel modo di parlare, non sguaiato, anche con qualche termine ricercato. Nel breve tratto di strada riesce a esprimersi con proprietà, lasciando trasparire anche una certa ironia dovuta a un occhio disincantato sul mondo.

"Come ti chiami?"

"Mia mamma mi fece battezzare col nome Alyona, ma qui mi chiamano Godiva".

"Un nome già sentito, forse di una regina dell'antichità".

"Di una nobile di mille anni fa che cavalcò nuda per le vie della città. Una sera, ero arrivata da poco e ancora mi vergognavo a esercitare il mestiere, alcuni ufficiali ubriachi mi fecero cavalcare nuda uno di loro, mentre gli altri lo incitavano".

Le trema la voce nel raccontare l'episodio.

Le dimostra comprensione e la tratta con umanità. Questo e i soldi la convincono a manipolare quegli immondi vasi e a far in modo che abiti e superficie cutanea dei suoi occasionali clienti vengano a contatto del contenuto. Gli passerà informazioni di cui dovesse venire in possesso. Si sa che nella rilassatezza seguente gli amplessi ci si lascia andare rivelando cose che andrebbero tenute per sé.

Non è affatto stupida. Alexander sa valutare le persone, può diventare un pezzo importante nella partita da giocare, reclutare altre colleghe. Le dà appuntamento alla stazione successiva, pagandole il biglietto e dandole un piccolo anticipo per i futuri servizi.

Mercoledì 23 ottobre 1918, Omsk

La città, diventata sede del governo del Direttorio, cerca di darsi un'aria elegante e cosmopolita. Vedendo l'edificio caratteristico siberiano in legno in Chernavinsky Prospekt, la via principale, non ci si sarebbe aspettati la raffinatezza del servizio interno. Il tè viene servito col samovar e tazze di porcellana Lomonosov, storica fabbrica di porcellane degli Zar.

Oreste contrappone un infuso di *sveroboj*, l'erba di san Giovanni, al tè da ordinato Sveta. Gli piace il gusto amaro del distillato alcolico spesso offerto dal capitano. I cioccolatini e pan pepato che accompagnano le bevande restano intonsi. Lei beve il tè bollente tenendo in bocca una zolletta di zucchero, alla russa.

A un tavolo, poco distante, un gruppo di ufficiali francesi e cecoslovacchi sono in compagnia di giovani donne su cui vogliono far colpo, tenendo una conversazione un po' troppo alta, condita da risate rumorose. Soprattutto un ufficiale vuole impressionare i compagni, esibendo come cosa sua la bellezza della donna che gli sta a fianco, sorridente, imbarazzata, compiaciuta e al contempo infastidita da quell'attenzione sopra le righe, che presuppone l'orgoglio maschile del possesso.

Oreste si fa beffe della bassa galanteria dell'ufficiale, lo porta a esempio di comportamento scorretto in rapporto all'altro sesso. Mai e poi mai lui si metterebbe nella condizione di vantarsi della conquista. Ne ridono insieme.

Lunedì 28 ottobre 1918, tra Celiabinsk e Novonikolaevsk

Avendo in testa come sottofondo il trasporto aureo, Oreste è tuttavia immerso in ben altro pensiero assolutamente più dolce. Guardando dal finestrino canticchia un'aria pucciniana:

Mi son messo in cammino
attratto sol dal fascino dell'oro...
È questo il solo che non m'ha ingannato.
Or per un bacio tuo getto un tesoro!

Da un po' avverte un fastidioso sussulto dalla ritmica frequenza associato a uno stridio che gli fa nascere il sospetto di un guasto. In effetti un vagone malandato sta rallentando la velocità sino a costringere il treno su un tratto di binario morto. Inutile tentare di aggiustarlo: servono attrezzi e personale competente. Viene fatta scendere l'autoblindo. Vi sale Mario con quattro militari e parte per la città più vicina. Il convoglio è fermo in mezzo alla taiga.

Le sconfinate foreste assicurano il legno per la costruzione dei vagoni. Il ferro viene estratto in abbondanza: si è nel mezzo di una regione mineraria, per cui la costruzione di treni non è un problema. La comunicazione ferroviaria è una questione di primaria importanza per attraversare quelle distese sterminate e per distribuire merci, cibo e materie prime.

Gli ufficiali chiacchierano nell'attesa che il treno venga riparato e riprenda la corsa.

"È una guerra di treni, che nelle sterminate lande russe rappresentano un metodo veloce per muovere grandi quantità di truppe in poco tempo". Dice Compatangelo.

"Lev Trockij, il Commissario del popolo per gli affari militari e navali, dispone di un treno corazzato personale fatto costruire nell'agosto appena trascorso. Le armate rosse e bianche utilizzano treni come armi offensive montando mitragliatrici, cannoni e lanciarazzi".

"Per amore del vero anche nel nostro esercito imperiale l'Hauptmann Schobernel già nel 1914 aveva improvvisato un *panzerzug*, treno corazzato, in Galizia. E altri ne son seguiti costruiti appositamente". Afferma Da Re.

"Oh, anche la regia marina italiana ne ha fatti costruire una dozzina. Non credere che li abbia solo Carletto". Replica Mario chiamando con il soprannome popolare l'imperatore d'Austria Carlo I, subentrato alla guida dell'impero dopo la morte, avvenuta due anni prima, del vecchio Francesco Giuseppe.

Continua Gressan. "L'Armata Rossa comunque è stata la prima a utilizzare in modo innovativo i treni come trasporti militari che dispongono di grande potenza di fuoco. Si controlla così la ferrovia da stazione a stazione e si risolvono autonomamente le missioni di combattimento. Non è più solo un mezzo per il trasporto".

"I cechi ne hanno ben capito l'importanza. Oltre al controllo, eseguono anche la manutenzione della transiberiana con i loro ferrovieri e artigiani. Rotaie, strutture di ponti, pezzi di ricambio di locomotive, telefoni, accumulatori e altri componenti sono fabbricati in continuazione. Sono padroni di centinaia di convogli. A Simbirsk hanno catturato il temibile treno di guerra Zaamurets, con due caratteristiche cupole d'acciaio, e lo hanno ribattezzato Orlik". Andrea Compatangelo ha avuto occasione di vederlo e ne è rimasto impressionato: una fortezza d'acciaio su rotaie.

Dice Gressan: "L'intera ferrovia transiberiana è in mano di questi e per conto loro nelle mani delle potenze straniere alleate col quartier generale a Vladivostok. In Transbaikalia, l'atamano Semënov dispone delle ferrovie supportato da unità giapponesi".

Ancora una volta studiano il percorso: dove sostare, per quanto tempo, quali tratti meno sicuri, se sia migliore la deviazione per la Manciuria. Qualcuno ricorda che la ferrovia dell'Amur è sotto controllo congiunto giapponese e americano e piccole tratte della transmongolica sono sorvegliate da truppe cinesi.

È importante sapere come sono le vie di comunicazione e trasporto, in quali condizioni, e chi ne ha il controllo, amici o nemici. Gli ufficiali cercano di avere informazioni dettagliate e ne parlano spesso.

Martedì 5 novembre 1918, Novonikolaevsk

Breve sosta in città solo per far rifornimento e permettere agli uomini di sgranchirsi le gambe, riprendendo fiato dopo il combattimento.

Il convoglio è stato oggetto di un attacco da parte di una banda di partigiani che hanno mimetizzato due postazioni di fucilieri ai lati dei binari col supporto di un cannoncino. Questo è colpito e messo fuori combattimento quasi subito grazie a un colpo preciso del cannoniere Scipio Poret, che dimostra di essere un tiratore eccezionale.

Senza il supporto della postazione fissa, i fucilieri sospendono il fuoco. Conclusa la breve scaramuccia, dopo aver visitato i pochi feriti, Compatangelo encomia Poret, complimentandosi per la mira.

L'encomiato vanta le sue virtù militari.

"Signor comandante, sapesse quanti uccellini ho preso con la fionda da giovane!"

Interviene Pesavento con un pizzico di ironia. "Signor comandante propongo una gratifica per il nostro cannoniere passato dalla fionda ad armi più letali con immutata bravura". Massimo lo guarda aggrottando la fronte mentre Oreste gli sussurra: "Un cacciatore coraggioso! Uccidere uccellini per divertimento! Piacerebbe a me impallinare questo tanghero". Non è la prima volta che l'appoggio a Poret comporti una seccatura per Mario. Non sarà neanche l'ultima.

La gratifica consiste in un pacchetto di sigarette e in una mezza bottiglia di vodka.

Massimo e Mario hanno invitato Tatiana e Idree a una sala da tè. Sarà occasione per vedere il centro cittadino.

Piacevolmente rilassati nella calda atmosfera della sala, fuori il freddo umido è insopportabile, chiacchierano con cordialità. Anche Mario nota, come anche il dottore, che un sottile filo lega le tre donne, creando una rete di solidarietà e comprensione.

Di ritorno in stazione, l'attenzione di Mario è attratta da una ragazzina che nei pressi dei binari vende focacce e tè ai viaggiatori. Non ce ne sono molti e lei attende al freddo nella speranza di raggranellare qualche copeco prima di sera.

Il soldato italiano lascia il gruppo di amici e si avvicina al misero banco di vendita, comprando infine una ciambella con un pagamento assai generoso.

"Vieni con me". Dice alla venditrice che lo segue timorosa fino al vagone delle cucine. "Bepi, ti è avanzato qualcosa?" Chiede al cuoco indicando chi l'accompagna. "Qualcosa si trova sempre".

Incomincia così la consuetudine di servire il cibo avanzato, fatto appositamente in abbondanza, ai bambini poveri.

Martedì 12 novembre 1918, in avvicinamento a Krasnojarsk

Fa sempre più freddo. I soldati si lamentano non di questo ma del rumore, il cui costante assommarsi di ogni rumore porta commozioni e stordimenti; a molti viene a mancare l'udito.

Alcuni vagoni, per gli ammalati e gli ufficiali, sono più confortevoli di altri.

Già dai primi di ottobre aveva cominciato a cadere la neve, ammantando il paesaggio di bianco. Qualche notte, a treno fermo, si sentono ululare i lupi. Si resta piacevolmente nel tepore dei vagoni, il riscaldamento non è un problema; sono circondati da legna. Fuori dalle stazioni, gli uomini scendono solo per segare gli alberi, un'occasione per sgranchirsi le gambe e respirare aria pulita, frizzante, muovere i muscoli spingendo le slitte cariche di legna.

Massimo, entrando nello scompartimento della famiglia Suroshnikov, viene colto da un piacevole profumo di incenso di resina di pino siberiano. Sale la fumigazione da un piccolo braciere con incisi raggi solari.

Sia per dovere di medico sia per pura cortesia va a trovare la signora Irina, che ormai è ristabilita. Le fa compagnia Idertuya. Le due donne stanno confabulando. Il dottore ha già avuto modo di notare come l'infermiera sappia mettere a proprio agio le persone.

Quella siberiana è brava e sa trattare con le persone, una fortuna averla di supporto.

"Prego dottore si accomodi. Non stia sulla porta". Lo invita Irina.

"Solo un attimo. Per vedere come sta".

"Sto bene. Grazie a lei e alla sua infermiera. Devo essere grata all'indisposizione che mi ha permesso di approfondire la vostra conoscenza. Ci fa compagnia con una tazza di infuso di erbe?"

"Aggiungo subito una tazza. Ha ragione la signora Irina: ci farà piacere averla ospite". Si dispone Idree ad apparecchiare.

"Grazie. Ma non volevo rovinare quest'atmosfera che, mi pareva, fosse quella di una riunione tra amiche".

"È vero. Idree non è solo una brava infermiera ma è anche una terapeuta che mi fa scoprire dei lati del mio carattere a cui non prestavo attenzione. Stiamo diventando amiche. Non è vero, mia cara?" Irina

"Amiche sì. Ci prendiamo cura di noi stesse. Per poterci prendere cura anche degli altri". Spiega Idree: "Un uomo pensa a sé per primo".

Tattini conviene amaramente tra sé che spesso gli uomini ragionano e agiscono in base ai messaggi ormonali provenienti dai testicoli. *Minori dosi di testoterone non avrebbero suscitato il folle entusiasmo per l'entrata in guerra.*

Conchovna Locked continua. "Noi donne rispondiamo sempre alle richieste che riceviamo. Cerchiamo di far fronte al compito, che ci è stato dato, con le nostre forze e il sostegno reciproco".

"Mia madre diceva che, quando sarei diventata vecchia, non sarei stata aiutata da figli o mariti ma da altre donne". Idree.

Talvolta appare nei discorsi dell'infermiera siberiana il ricordo affettuoso della madre, depositaria di magici segreti che trasmetteva alla bimba insieme all'amore. Per lei aveva combattuto le tradizioni che la volevano dedicata ai lavori domestici e l'aveva spronata agli studi.

"Idree mi sta indicando una via. Mi son sempre rammaricata di essere preda dell'ansia, spesso della sfiducia in me, vedendo solo mancanze e difetti che cerco di nascondere. Ma così facendo mi allontano dalla mia vera essenza. Con la mia nuova amica sento che posso imparare ad accettarli".

"Avevo già notato questa dote nella mia infermiera. Gli ammalati a lei affidati si rasserenano e convogliano le loro energie verso la guarigione. Direi che io curo il corpo e lei la mente. Aggiungiamo poi a quella di Idre", le si rivolge sorridendo, "la professionalità e l'intelligente capacità di Svetlana e abbiamo un'ottima equipe medica. Mi scuso dell'immodestia".

Dopo un breve scambio di frasi Massimo si accomiata. Desiderando capire l'atmosfera che la buriata dalla pelle color cannella riesce a creare intorno a sé, chiede lumi a Sveta.

"Ha voluto seguire una scuola infermieristica proprio per arginare con lo studio la propria natura sensitiva, capendo che questi due poli possono coesistere e completarsi. Mi ha confidato che a questa comprensione è arrivata aiutata dalle fasi del ciclo femminile".

"Sono confuso. Nella fase mestruale attinge a una energia maggiore?" Azzarda Tattini.

"In quel periodo, legato alle fasi lunari, è più facilitata nel congiungersi con le altre dimensioni. Percepisce la sacralità del proprio corpo, perché in grado di creare la vita".

"Quello, che nella nostra società civilizzata è un momento di intrattabilità femminile, diventa un momento di maggiore realizzazione energetica?"

Il buon dottore, pur sforzandosi di capire come comportarsi quando Antonietta aveva la menorrea, non è riuscito mai a individuare la giusta modalità, riuscendo solo a infastidire la consorte. Il più delle volte allora lei gli si rivolgeva in tedesco.

Spiega Sveta. "No, ma la consapevolezza di sé, che questo ciclo comporta, le permette di aiutare altre donne e di creare un equilibrio costruttivo. Guardiamo Irina: trova in lei una fonte di serenità che la sua natura nervosa difficilmente le permette. I fiumi di energia femminile delle due, peraltro molto dissimili, sfociano in un mare dove le onde si placano".

Di tutti questi discorsi il buon dottore capisce solo che Idree è molto diversa da Antonietta.

Martedì 12 novembre 1918, Rovereto

Antonietta ha cominciato la settimana con la ferma convinzione di doversene andare da quei luoghi passati agli italiani. Non sopporta quella lingua diventata ufficiale, i canti dei soldati boriosi, dover passare la vita in un paese diventato straniero. Nel pomeriggio del tre del mese in corso era entrata a Trento la cavalleria italiana e da allora l'italianità era dilagata nella valle. Abituata ai fasti della Vienna imperiale, si trovava nella triste condizione di ospite in un paese vincitore, pur danneggiato dalla guerra nel paesaggio e nell'economia.

Aveva quindi scritto ai familiari viennesi se potevano trovarle sistemazione nella sua città natale. Si sarebbe così ricongiunta al figlio, oltre a ritrovare le conoscenze e amicizie della giovinezza. Avrebbe atteso che il passaggio della frontiera risultasse normalizzato e poi avrebbe preso il treno. Magari uno austriaco che le ferrovie italiane gestivano avendolo avuto come indennizzo e riparazione per i danni di guerra.

Il marito avrebbe capito e, adeguandosi come sempre alle sue decisioni, l'avrebbe raggiunta nella capitale austriaca una volta tornato dalla prigionia russa.

Un dottore non avrebbe faticato a trovare dignitoso sbocco professionale nel tessuto cosmopolita viennese e alla fine ne avrebbe tratto vantaggio. Le sarebbe stato grato per questo trasferimento.

Giovedì 14 novembre 1918, Krasnojarsk

Da qualche tempo Mario ha deciso di riprendere a dipingere, trovandone l'occasione. *Basta disegni!* Gli è da sprone l'amico pittore, dedito in particolare modo al quadro dove l'amata espone la sua nudità. Il tempo a bordo del convoglio non manca per dar libero sfogo all'estro artistico.

Appena giunto in città riesce a scovare un negozietto che gli fornisce tele, oli vegetali e resine naturali, pennelli e tavolozza.

Trova il riposo dell'anima nel dipingere paesaggi, magari spazzati dal vento, la sua terra giuliana carezzata con vigore dalla bora, il vento del nord est, o nei busti con sfondi appena accennati. La piattezza bianca che caratterizza la natura siberiana d'intorno non lo sollecita.

Vorrebbe dedicarsi a una figura. Cerca una modella. La signorilità dell'incarnato, la sobrietà elegante nel vestire, lo sguardo profondo rendono Irina il soggetto ideale per un suo quadro

Passano piacevolmente il tempo insieme parlando di letteratura e arte visiva. Non è da lui, ma, dimenticando la naturale timidezza, la invita a prendere un tè.

Nella pasticceria Varshavskaya konditerskaya di Zelmanovich all'angolo tra via Gostinskaya e via Pokrovsky, davanti alle fumanti bevande appena versate dal samovar posto sul tavolo, lei accenna alla poesia di Anna Achmatova: *"Lascio la casa bianca e il muto giardino..."*.

Prosegue Mario. *"Nessuna donna saprà cullarti come io ti celebro nei miei versi"*.

Irina: "Vedo che conosci la mia poetessa preferita".

Scoprono con piacere un'affinità di interessi e letture. Mario si accorge che riesce a farla ridere. Proponendosi in modo schietto ed empatico affiora il suo spirito ironico, in contrasto con il formale e schivo comportamento usuale.

In Mario questa affinità elettiva crea un leggero senso di colpa nei confronti della fidanzata lontana. L'ingegnere è impastato da una rigida moralità, non puritana ma ispirata a principi borghesi di correttezza e onorabilità. Non vuole mettere nessuna della due donne in una situazione non lecita, solo per un appagamento dei sensi. Sarebbe una fonte di dispiacere per lui essere invischiato in storie di amorazzi e fornicazioni.

Venerdì 15 novembre 1918, Krasnojarsk

Due giorni prima una consistente nevicata ha lasciato cumuli di neve ai lati delle strade cittadine e una spessa coltre sulle campagne. Le ruote delle macchine facilmente slittano, mentre i trasporti su pattini sono più sicuri e più veloci.

Il Savoia ha l'incarico di vigilare sulla città e gli uomini sono divisi in turni di pattuglia. Oreste chiede agli amici se possono coprire un suo turno, cosa che ricambierà quanto prima. Noleggia una troika su pattini per portare Sveta a visitare un monastero fuori città, finalmente soli per una giornata.

Partenza in tarda mattina di una giornata tersa, spazzata da un freddo vento che taglia le dita e condensa il respiro. Oreste porta per ambedue il *malica*, mantello maschile quadrangolare con una apertura nel centro per la testa. È una pelliccia cucita con pelle conciata di renna; il cuoio all'esterno e la pelliccia rivolta all'interno, Molti commilitoni lo indossano sopra l'uniforme ed è stato facile procurarne uno anche per la compagna.

Ben coperti seduti sul pianale dietro al conducente, non sentono freddo. Forse sono gli abiti pesanti, forse il cuore che galoppa veloce come i tre cavalli.

Quello centrale scandisce il tempo con un trotto agile, imponendolo agli altri, pronto a scattare al galoppo. Le campanelle che adornano l'arco tutto intagliato, sopra il cavallo, allontanano gli spiriti maligni e le bestie.

"Sai che, secondo la versione popolare, l'idea del tiro a tre cavalli è stata presa dalla storia del profeta Elia rapito in cielo su un carro di fuoco". Sveta.

"Mia cara, questa troika non sarà di fuoco ma senz'altro è illuminata dalla luce dei tuoi occhi, che mi incendiano".

La bacia.

"Adulatore! Sai come trattare una povera donna perché caschi ai tuoi piedi".

Con un sorriso ironico ma anche di apprezzamento per il complimento.

"Ma tu non sei una povera donna, e nemmeno una nobile, non sei una snob. Sei forte, e indipendente. Affronti intrepida questo viaggio. Sei una donna futurista, come l'ha descritta quel grand'uomo di Marinetti nel libro *Come si seducono le donne*, che per me è un vademecum".

Continuano a coccolarsi con baci e carezze.

La quasi trentina di miglia che li porta a destinazione viene percorsa in un'ora abbondante che ai due innamorati paiono pochi minuti. Il paesaggio innevato scorre accanto, il biancore reso accecante dal riflesso solare, diviene, giunti a destinazione, più opaco. Pranzano in una locanda nei pressi del sacro edificio: zuppa di cavolo con carne condita con panna acida e una torta di pasta non zuccherata con ripieno di pesce. Una bottiglia di vodka viene mezzo svuotata.

"Mio bene, mi sa che si è fatto tardi. Il monastero a quest'ora non riceve più visitatori e il cielo si è incupito. Sarà bene sistemarsi comodamente sulla troika e tornare in città". Dice Oreste prima di avviarsi a saldare il conto.

"Mi dispiace che non siamo riusciti a visitare quello per cui eravamo venuti".

Al sentire questo la locandiera propone di fermarsi.

"Abbiamo delle ottime stanze. Tutte con letti a molla. Lenzuola e asciugamani di lino che io stessa ho adornato di ricami. Passerete una notte confortevole e domani, riposati, potrete visitare il monastero".

Uno sguardo complice e promettente una notte d'amore, li fa subito accettare. Il conducente viene licenziato fino all'indomani. La locandiera li precede al piano superiore facendo luce con un lume a petrolio. Va troppo lentamente per loro che vorrebbero fare le scale di corsa per gettarsi sul letto.

Nel piacevole tepore della stanza dove un abat-jour diffonde una luce rosata l'incantevole donna prende l'iniziativa.

Placati i sensi, svuotati d'energia, cadono in un sonno ristoratore, da cui si sveglia per primo Oreste. Guarda la sua bella accanto, scosta leggermente la trapunta e il lenzuolo per guardare la sinuosa linea del corpo, ancora desiderabile, nonostante la notte infuocata. Lei socchiude gli occhi, mezza addormentata, languida, stende gli arti intorpiditi per sgranchirli e poggia una mano sotto la testa, esibisce la nudità, la offre al suo amante. Lui, seduto ai bordi del letto in mutandoni e *malica,* si lascia sedurre.

Domenica 17 novembre 1918, Krasnojarsk

Le ronzano in testa le parole di Oreste. Lei è così? Si era sentita orgogliosa di portare conforto ai malati, ai feriti, anteponendo gli altri a sé stessa. Consapevole del suo ruolo nel mondo.

Già in famiglia non era in subordine a nessuno. Ricorda come suo padre disse alla madre che la riprendeva per un atteggiamento poco remissivo di fronte all'autorità paterna:

"Non rimproverarla. È una persona intelligente e autonoma che lavora. Non deve sottostare a nessuno".

Una figlia che fa parte attiva della famiglia come fa parte attiva della vita dello Stato.

Non si sente nemmeno di interpretare l'eroina positiva delle fiabe russe. Si sente così normale, giustamente semplicemente normale nella sua femminilità. Tutto il blaterare dei comunisti sull'emancipazione femminile, sulle conquiste delle donne all'interno dell'ideologia marxista, le sembra irrilevante. Considera il femminismo una naturale evoluzione della società che non deve collegarsi all'ideologia bolscevica

Lunedì 18 novembre 1918, Omsk

Gran movimento di truppe per le strade. Si odono spari. Qualcuno si chiude in casa, altri formano capannelli per commentare gli avvenimenti. Ognuno dice la sua.

Si vede passare al galoppo un distaccamento di cosacchi guidati dall'atamano Krasilnikov, diretti alla sede del governo. Qui arrestano i membri del Partito Socialista Rivoluzionario, i cui membri vengono chiamati *esery* dalla sigla SR.

I rivoluzionari di sinistra vengono giustiziati a centinaia. I rimanenti membri del governo si riuniscono e nominano il ministro della guerra, Kolčak, capo di Stato con poteri dittatoriali, Sovrano Supremo. Il titolo era precedentemente assegnato ai membri anziani della famiglia imperiale. Altri *esery* però non accettano la sovranità dell'ammiraglio e passano al servizio della Čeka operando dietro le linee bianche.

Kolčak per i francesi è divenuto un reazionario dai metodi brutali, che combatte per restaurare lo zarismo e, per giunta, esprime interessi britannici. L'oro zarista è diventato dell'ammiraglio Kolčak.

Una signora legge all'amica, sedute al tavolo di un caffè, l'articolo apparso su *Siberia Libera* a firma di Svetlana Aleksàndrovna Kolobukhina.

L'articolo nega la necessità del bolscevismo per rivendicare le giuste aspirazioni delle donne. La loro autodeterminazione prescinde dagli ideali rivoluzionari. Cita le mogli dei decabristi, che raggiunsero i mariti esiliati in Siberia. Furono loro a portare una ventata di civiltà, una mentalità più aperta e costumi europei in quella terra deserta ai confini del mondo. Quei villaggi divennero delle città. Čita e Irkutsk sono considerate le città dei decabristi, ma sono le città delle loro mogli.

Il suffragio femminile universale era l'obiettivo di Poliksena Nesterovna, la prima donna a essersi diplomata in ginecologia in tutta la Russia, nel 1910. Negli ultimi anni del secolo passato la Russia aveva più medici, avvocati e insegnanti donne di quasi tutti i paesi europei. Le donne avevano avuto accesso a professioni qualificanti, seminando il germe dell'emancipazione già sotto lo zar senza dover attendere la spinta ideologica dei bolscevichi. Insoddisfatta da questi proprio nell'anno in corso aveva lasciato la Russia la Breškovskaja, la cosiddetta nonna della rivoluzione, una dei leader del partito Socialista Rivoluzionario.

La rivendicazione del diritto di voto, il giusto perseguimento dell'emancipazione non è una limitante aspirazione borghese se non è legata alla lotta di classe.

Nella sede di *Siberia Libera*, giornale politico, economico e letterario, in via Padalkin, Sveta incontra Fyodor Fedorovich Filimonov, editore e autore di feuilletons sotto lo pseudonimo di Nonno Fadey. Sono in una stanza angusta, piena di libri e copie di giornali. Sulle pareti si trova una grande bacheca in legno, contenente diversi appunti, e la prima edizione stampata. Si siede su una vecchia e comoda sedia dal rivestimento in cuoio della seduta e dello schienale, lontana dal rumore delle macchine da stampa.

"Cara signorina, non mi ringrazi. È stato un piacere pubblicare il suo testo nella sezione Corrispondenza".

"Leggo sempre nonno Fadey, dove ridicolizza i comportamenti meschini degli uomini: codardi, ipocriti, crudeli, avidi. Temi sempre trattati con intelligente sarcasmo. Mi complimento con lei e mi onoro della sua conoscenza".

"Suvvia, sono ben poca cosa e, nonostante questo, non immagina quanti grattacapi mi procurano con le autorità. Tutte le autorità. Ho scritto barzellette e scene comiche su Lenin e Trotsky, ma ho anche criticato Kolčak, Kerensky, i socialisti. Ci sono due temi a me cari: il rifiuto di tutto ciò che sopprime l'essenza umana e il ridicolo degli aspetti negativi della vita. Ma occorre intelligenza per capire la satira. Guardi cosa è capitato a Bim-Bom a marzo".

"Conosco il duo comico: uno vestito da clown e uno con un elegante smoking con un enorme crisantemo all'occhiello. Cosa è successo?"

"Alcuni cekisti, presenti a una delle solite scenette in cui Bim-Bom mascheravano con la satira la critica al regime sovietico, sono saliti sul palco per arrestarli sparando in aria. Bom, l'attore Stanevsky, credendo mirassero a lui, è scappato. Riacciuffato è stato portato in prigione con l'attore Radunsky, Bim, ancora in abiti da scena. Bisogna stare attenti a come ci si esprime. Parlare come a bambini. Polemizzare con ironia, comicità, sarcasmo, è pericoloso".

"Ma qui si è liberi di esprimersi": Svetlana.

"L'attuale governo lascia una libertà apparente. Sono pur sempre ex generali zaristi imbevuti di idee autoritarie in cui il popolo non ha diritti e a cui non si devono spiegazioni. Il compito dello scrittore e del giornalista è ubbidire e pubblicare le comunicazioni ufficiose inviate dal legittimo governo instaurato a Omsk. I giornali servono a raccogliere i consensi della popolazione e favorire il reclutamento militare".

"Sotto il governo del sovrano Kolčak sono pubblicati molti giornali di diverso orientamento politico". Svetlana.

"Sì, ma tutti devono essenzialmente fomentare odio e paura nei confronti dei comunisti. Quantomeno gli articoli, di qualsiasi argomento e tono, devono enfatizzarne gli errori e gli orrori: allora sono bene accetti e immediatamente pubblicati. Pensi che avevo cominciato la stesura di un libro, *Bolscevichi*, che presenta questi non come belve sanguinarie ma come gente energica e tenace. Ho distrutto il manoscritto per paura di cadere in disgrazia sotto Kolčak".

"Ma lei è molto conosciuto e letto, i bianchi la lascerebbero tranquillo. E anche nei territori controllati da Mosca forse non avrebbe guai con la Čeka se scrivesse un libro in cui i bianchi sono brave persone". Sveta sottostima, anche per non demoralizzare l'editore, l'azzardo che deriva dal prendere posizione politica sia in un campo che nell'altro.

"Se arrivano i rossi me la passerò male comunque. Sia per appartenere al Partito della Libertà Popolare e sia per la causticità dei feuilletons contro il potere sovietico. Mi sono assunto il compito di irridere la stupidità dei potenti. Non posso tirarmi indietro per paura".

Il pensiero corre ai due figli che vede già orfani a causa dei suoi articoli caustici. Distratto dalle questioni politiche, si rende conto che è tardi.

"Mi perdoni ma i giornalisti hanno già inviato le matrici alla tipografia e gli addetti stampatori hanno preparato le rotative. Tutti aspettano che dia il consenso definitivo prima della stampa".

Dopo alcune frasi di cortesia, si salutano amichevolmente.

Giovedì 21 novembre 1918, Krasnojarsk

Giunge una forza militare italiana trasportata da tre convogli ferroviari, di 40 carri ciascuno. Il Comando supremo interalleato ha assegnato questi compiti: appoggiare le forze bianche controrivoluzionarie concentrate a Omsk, supportare la legione ceca impegnata nel garantire la sicurezza dei trasporti lungo la transiberiana, mantenere l'ordine cittadino, custodire i prigionieri austroungarici. Vengono acquartierati nella caserma di piazza Parata.

Il comandante, capitano di fanteria Emilio Fano, arrivato passando da Harbin e Irkusk, è stato avvisato che ci sono delle forze italiane non appartenenti al Regio esercito.

Si fa subito accompagnare dal comandante di queste. L'incontro tra i due non risulta piacevole. Compatangelo aveva permesso gli fosse attribuito il grado di capitano. Il lodevole intento di portare in patria tanti uomini, che sarebbero diventati italiani dopo il giuramento ufficiale di fronte a rappresentanti ufficiali dell'Italia, non basta a giustificare questa vanteria.

"In effetti la dovrei far arrestare e consegnare a un tribunale militare". Fano non usa mezzi termini.

"Lei faccia quello che crede. Io chiederò il riconoscimento di quanto fatto, mettendo a repentaglio la vita, trascurando i miei interessi, per puro spirito patriottico. Offro al re un battaglione che porta il suo nome e che si è distinto nei compiti presi ufficialmente, tramite una convenzione firmata, con cechi e francesi".

"Certo. Credo nella sua buona fede. Però lei non è un militare e ha firmato una convenzione coi cecoslovacchi senza averne delega istituzionale. Ora in presenza di un legittimo rappresentante del Governo deve sciogliere il battaglione e io mi occuperò di reclutare quelli che vorranno proseguire a combattere. Come cittadini italiani, naturalmente".

"Questi uomini hanno creduto in me. Mi hanno considerato il loro comandante, hanno ubbidito ai miei ordini. Ho provveduto a loro. Come faccio a lasciarli così? E i tenenti Gressan e Re? Loro sono militari di carriera".

"Loro continueranno la carriera. Si sono ben comportati in territorio straniero. Il loro operato non è in discussione".

Alla fine i due uomini arrivano a un accordo. Compatangelo avrebbe terminato l'opera intrapresa e avrebbe guidato il Battaglione Savoia fino a Vladivostok consegnandolo nel quartier generale. Gli uomini poi avrebbero scelto se arruolarsi lì o raggiungere la colonia italiana di Tsien Tsin. Fano non precisa il trattamento riservato a Compatangelo.

IL QUADRO

Lunedì 25 novembre 1918, Krasnojarsk

La città ormai è sottoposta al controllo dei militari comandati dal capitano Fano. I suoi uomini pattugliano le strade e adempiono ai compiti affidati dal Comando alleato. Tra questi l'attività di vigilanza delle migliaia di prigionieri austroungarici, tedeschi e turchi rinchiusi nel campo di concentramento e dei detenuti per reati politici e comuni nel carcere governativo. Anche loro, non volendo essere da meno del Savoia, distribuiscono sempre ai bambini poveri il resto del rancio. Hanno buoni rapporti con la popolazione, a cui hanno promesso di lasciare l'ospedale militare quando se ne andranno.

Si possono vedere anche ronde del battaglione Savoia, in uniformi meno regolari con mostrine rosse, che fuoriescono dal mantello di pelliccia, *il malica*. Contribuiscono al mantenimento dell'ordine cittadino, ben contenti di non dover sorvegliare i prigionieri ex camerati, che il generale Rozanov ha stabilito siano considerati ostaggi e quindi passibili di fucilazione per rappresaglia. Partecipano invece ad azioni di guerra nella difesa del territorio circostante. Hanno democraticamente deciso di coadiuvare gli uomini di Fano, per non dare l'impressione di scappare con l'arrivo di forze regolari e per onorare la firma sulla convenzione con i cechi, con i quali continuano ad avere rapporti. Si ritrovano nelle taverne con i militari francesi e cechi, qualche americano. Si beve, si fuma, si parla, soprattutto di donne la cui mancanza è molto sentita.

Hanno un discreto successo gli albi illustrati, le cartoline o le fotografie oscene. Qualcuno si azzarda a chiedere a Oreste qualche disegno piccante e viene da questo cacciato in modo offeso, lamentandosene successivamente con Sveta e gli amici.

"Per chi mi hanno preso? Per un pornografo?"

In alcune di queste foto di nudo compare la figlia della Pironicesko. Vera insegue la pienezza dell'espressione artistica, purtroppo resa con scatti di natura grossolana, in cui di artistico c'è molto poco. C'è solo la mancanza degli abiti. Crede di interpretare il personaggio di una storia, dove il suo corpo non è mai volgare. Invece non riesce a trasmettere nessuna emozione, suscitando solo bassi istinti. Il fotografo, credendosi un rivoluzionario, ha la velleità di provocare e superare i moralismi borghesi. Interpreta le fantasie erotiche maschili con scatti dozzinali di quadri viventi il cui fine è la pubblicazione su riviste lascive.

Martedì 26 novembre 1918, Samara

"Quanto ti ha dato il fotografo?"
Chiede Evghenia alla figlia maggiore che rincasa.
"Questa volta nulla. Ha detto che mi inserisce in un album di foto artistiche dove non è previsto pagamento. È un modo per mettermi in vista, per aprirmi delle strade".
"Al momento solo per mostrarti nuda agli occhi di qualche bavoso". La madre.
"I bolscevichi affermano che la nudità è un metodo per combattere i resti del vecchio potere: la borghesia e il dominio della chiesa". Vera.
Anche la figlia più giovane difende la nuova moralità rivoluzionaria. "I vestiti sono orpelli che i borghesi sfruttano per trarne profitto. Non sarai mica contro-rivoluzionaria, mamma?"
La maggiore mette l'accento sulla tecnica.
"Sono fotografie di scena in studio o all'aperto, quadri viventi di grande effetto pittorico, scattate con obiettivi con la caratteristica di produrre immagini nitide, stampate con sofisticate tecniche. In altre ho modo di risaltare per le mie doti naturali senza ricorrere a scenografie, ben stagliata sul resto della fotografia, che gioca col chiaroscuro.
"State attente che dalle foto cosiddette artistiche alla prostituzione il passo è breve e sapete che questa non è tollerata dal Soviet". La madre.
"La prostituzione non esiste più". Dice la piccola.
"Il popolo rivoluzionario soddisfa i propri bisogni sessuali in modo semplice e naturale come bere un bicchiere d'acqua. Non ha bisogno di puttane". La grande.
"Lo stesso Lenin ha definito i sostenitori del bicchiere d'acqua come giovani pazzi". Evghenia.
La discussione si risolve dopo un po' con la netta vittoria delle figlie. La maggiore, oltre a mostrare il corpo all'obiettivo, presenterà anche la sorellina al fotografo per le foto osé. La madre ottiene che siano solo dietro compenso, adeguato alla giovane età della modella. Finalmente la famiglia riunita attorno a saldi principi.

Martedì 26 novembre 1918, Krasnojarsk

Alle donne eroticizzate fanno da contrappunto le donne nel ruolo di madre, sorella, moglie. Alla famiglia e alla casa rimandano i giornali di trincea, nati per risollevare lo spirito dei combattenti. Scritti in Italia da militari e stampati presso i locali comandi, possono avere articoli colti di scrittori e artisti, quali Giuseppe Ungaretti, Gabriele d'Annunzio, Giorgio de Chirico, o, per chi è fornito di scarsa istruzione, popolari con disegni e vignette. Diventati strumenti di propaganda dall'inizio del 1918, si mantengono entro le linee guida diramate dall'Ufficio presso il Comando Supremo, il servizio P. I testi e le immagini, foto e illustrazioni, possono tenere alto l'umore delle truppe e creare una propaganda efficace, secondo codici narrativi semplici e accattivanti.

Oreste, che si asteneva dalla lettura di quelli austriaci tra cui il settimanale umoristico *Die Muskete*, entrato in contatto con la truppa di Fano, scopre *La Tradotta* stampato dalla IIIª Armata, con le illustrazioni liberty di Umberto Brunelleschi, e *Il Montello* dell'VIIIª Armata con quelle futuriste e delle correnti artistiche d'avanguardia. Molti altri sono in circolazione e oggetto di scambio.

Sventola da distante un giornale di trincea raggiungendo Mario.

"Novità?" Chiede questo vedendo l'eccitazione dell'amico.

"Cercavo le illustrazioni di de Chirico e Sironi". Oreste. "Un soldato di Fano mi ha gentilmente dato questo che parla dello sbarco degli italiani a Trieste".

Si fanno intorno alcuni commilitoni per sentire del passaggio di Trento e Trieste all'Italia a seguito dell'armistizio che sancisce la fine della guerra. La notizia sensazionale si era già diffusa da molti giorni, ma possono ora disporre dei dettagli.

"Ecco qui. Ora vi leggo. Scrive che il 3 novembre alle 16.30 il cacciatorpediniere Audace, con altri tre cacciatorpediniere, ha attraccato al molo San Carlo, di fronte a Piazza Francesco Giuseppe d'Austria a Trieste. Il governatore austro-ungarico se ne era andato già da due giorni".

Continua a leggere Oreste a voce alta per quei soldati che si sono avvicinati curiosi di sentire.

"Sono sbarcati migliaia di uomini, agli ordini del generale Carlo Petitti di Roreto, salutati da una folla esultante. Orsù signori, è la volta buona. Si torna da italiani!"

Mario non esulta.

"L'armistizio sottoscritto il 3 novembre, a Villa Giusti, a Padova, dal comando militare austriaco e da quello italiano prevedeva che i combattimenti dovessero cessare 24 ore dopo la firma, appunto nel pomeriggio del 4 novembre. Invece l'occupazione italiana è stata anticipata al tre. Mi sembra una mossa precipitosa".

È uno dei pochissimi a essere dubbioso, la totalità dei commilitoni esulta per la pace, conseguita dopo tre anni di grandi lutti e sacrifici, premessa della ripresa della vita normale. Alcuni avrebbero continuato volentieri a essere sottoposti al governo austriaco; si son dichiarati irredenti solo per tornare a casa.

Esultano per la vittoria i veri irredenti, pronti alla convivenza con altre etnie. Certuni invece covano un antico antislavismo, combattenti che non sanno pacificarsi. Tra questi Scipio Poret epigono del nazionalismo che sta avvelenando i territori italiani appena liberati.

"Fiume e Trieste agli italiani. Via gli austriaci e via anche i croati. Capiranno a suon di bastonate. Gliela faremo vedere noi a questi slavi, ignoranti e violenti!"

Si dimentica di saper a malapena scrivere e di essere già finito in gattabuia per rissa. Ha avuto notizia che cortei di giovani avevano sfilato sventolando il tricolore a fine del precedente mese reclamando Fiume italiana. Lo attornia un gruppetto che gli dà ragione, inveendo contro slavi e austriaci e quei mollaccioni di socialisti internazionalisti. Sbandierano il sacrificio dei morti in battaglia per i propri fini.

Mario e Oreste, dopo essersi un attimo guardati, giudicano non sia il caso di intervenire richiamando all'ordine il poveretto; così lo chiamano storpiando il cognome Poret in *poaret*, poveretto in dialetto.

"Mi fa un po' pena". Mario a voce bassa.

"Sta zitto, che lo giustifichi sempre". Dice insofferente Oreste.

Massimo si unisce alla generale soddisfazione, dopo aver letto una breve nota che riporta l'alzabandiera del tricolore sulla Torre d'Augusto del Castello del Buonconsiglio a Trento. Il suo sogno trova coronamento: il Trentino redento.

Il terzo giorno del penultimo mese del 1918 è una data che però agita con sentimenti contrastanti gli animi della coppia trentina. Da una parte l'entusiasmo di Massimo, dall'altra il rifiuto della nuova realtà da parte di Antonietta. L'incertezza maschile per la possibile frustrazione della sposa, la sicurezza femminile che lo sposo la seguirà a Vienna. Partito da soldato dell'impero asburgico torna da cittadino italiano vincitore. Cittadina austroungarica si trova sconfitta tra i vincitori in una regione teatro di guerra per tutta la durata del conflitto, sottoposta ora a un Governatorato militare provvisorio.

Massimo sa che i primi tempi saranno duri, ma confida nel buon carattere di Antonietta, che sotto la ruvida scorza ha sempre dimostrato buon senso e amore per la famiglia. Tornare al di là delle Alpi è un capriccio passeggero. Passerà, appunto.

Oreste, al di sopra di qualsiasi tipo di preoccupazione, tenta di dissipare quelle di Mario

"Dai, Mario. Sei il solito guastafeste. Dobbiamo essere tutti orgogliosi e soprattutto sereni. L'occasione merita un brindisi".

Un attimo di silenzio accoglie queste parole. La guerra è finita, ma la vittoria riportata e la pace sancita non portano sicura stabilità e serenità. L'ostilità del presidente americano e le rivendicazioni croate sono foriere di tempi agitati. In campo italiano ci si prepara a reagire a eventuali azioni internazionali che possano lasciare campo libero alla parte croata.

Anche il beneventano Compatangelo, lontano da aspirazioni irredentistiche, cerca di rasserenare l'atmosfera appoggiando il suggerimento di Oreste e facendo comparire una bottiglia di vodka e una di *sveroboj*. "Brindiamo alla prossima epoca di pace. Al ritorno alle nostre famiglie!"

Tattini, atteso dalla moglie, farà ritorno alla sua Rovereto, Oreste è un giramondo, Gressan e Re avranno le destinazioni comandate dalla carriera militare, il capitano andrà a godersi il sole del sud italiano.

Mario, triestino, esterna i dubbi su una serena pacificazione delle genti di confine agitate da conflitti etnici.

"L'Italia rivendica Trento e Trieste da decenni ma ha sbagliato a occuparle in anticipo".

"Guarda che a essere pessimisti viene la depressione. La fine della guerra è una cosa positiva o no?"

Scherzosamente insofferente Oreste.

I calici tintinnano e finalmente si beve inneggiando alla pace. Viene letto anche un giornale locale, con le notizie del fronte russo. Il comando supremo preso da Kolčak, favorito da americani e inglesi, non viene visto come un fatto positivo. Le forze bianche possono contare su un uomo onesto, di grande fama, con ottime esperienze marinaresche, ma senza esperienza di guerra terrestre, né di governo.

"Kolčak è un tecnico militare che non sa nulla della gestione politica del governo, non è adatto a governare. È un uomo di mare che non capisce la guerra di terra". Espone una critica ampiamente condivisa Compatangelo.

"Da Londra Winston Churchill dimostra grande stima al neo dittatore, lo chiama onesto, incorruttibile, intelligente e patriota. Il New York Times plaude l'instaurazione di un governo stabile e rappresentativo". Dice Re.

Mario confuta questa ultima frase: "Rappresentativo neanche tanto. Si è trattato di un vero e proprio colpo di stato, con centinaia di esecuzioni".

"Questa stima, questi elogi, si portano dietro anche soldi. Non è un mistero che Kolčak sia finanziato e rifornito di armi e munizioni dalle nazioni alleate. Soprattutto dagli inglesi. Un generale inglese non teme di sbandierare l'aiuto fornito ai siberiani". Prosegue Re.

Effettivamente il generale inglese Alfred Knox quantifica queste forniture in centinaia di migliaia di fucili, centinaia di milioni di cartucce, centinaia di migliaia di uniformi e di giberne. Vanta il fatto che ogni pallottola sparata dai soldati controrivoluzionari è stata fabbricata in Inghilterra da operai britannici con materiale britannico e spedito a Vladivostok su navi britanniche.

I nostri non prendono posizione. Son militari disillusi dalla guerra, valutano freddamente i dati e le notizie, le decisioni dei governi, le strategie dei comandi, la vita grama ed esposta al pericolo dei fanti. Molti nei vari eserciti avevano indossato la divisa condividendo il clima di euforia e di ingenua fiducia in un mondo che sarebbe migliorato dopo una breve guerra. La Gloria avrebbe premiato il coraggio dimostrato sul campo di battaglia. Le morti e il sangue avevano ormai del tutto spento l'entusiasmo.

Non hanno intenzione di impelagarsi in analisi politico militari. Massimo, Oreste e Mario prendono congedo, dicendo di voler fare due passi. Andranno a mangiare una zuppa in qualche taverna.

Per strada, Mario, molto attento agli affari di Austria e Ungheria e quindi anche della Germania, però vuole puntualizzare e concludere la precedente discussione.

"Per Carlo sono gli inglesi che appoggiano l'ammiraglio bianco, ma non bisogna credere che i finanziamenti siano solo per una parte belligerante. I tedeschi continuano a sovvenzionare i rossi".

Il dottore: "E i giapponesi foraggiano lo Stato cosacco di Transbajkalia e la Divisione Asiatica di cavalleria comandata da Roman von Ungern Sternberg, il barone nero".

Continua Mario. "Ci sono troppe divisioni tra i controrivoluzionari. Kolčak non riconosce la Transbajkalia; non volendo secessioni dall'Impero russo. Semënov e Ungern, pur essendo cacciatori feroci di comunisti, non riconoscono l'autorità di Kolčak. Gli americani diffidano dei giapponesi. I francesi e gli inglesi non si sopportano. L'esercito cosacco è diviso. Non tutti i cecoslovacchi guerreggiano per i bianchi".

"Basta ora con questi discorsi. Potevate restare a parlare con gli altri ufficiali pavoneggiandovi delle vostre conoscenze approfondite di politica. Cerchiamo una taverna accogliente". Per niente politicizzato, Oreste dimostra insofferenza per i discorsi seriosi degli amici. Preferisce parlare di pittura e belle donne.

Così parlando d'altro, arrivano al ristorante, sulla porta del quale un cameriere scaccia un ragazzino cencioso che chiede l'elemosina. La guerra ha reso orfani molti bambini.

Vivono per strada e l'inverno siberiano non perdona. Si arrangiano in qualche modo, lavoretti, carità, furti. Le ragazze subiscono spesso attenzioni sgradevoli. Il piccolo mendicante rabbrividisce dal freddo, il viso sporco, smunto, lo sguardo inquieto.

Si guardano un attimo, poi Massimo gli circonda la magra spalla con un braccio e lo conduce con loro all'interno del locale. Sgrana il moccioso gli occhi di fronte alla gentilezza dimostrata e assapora il piacevole tepore che si diffonde nel corpo, pare voglia assorbirlo tutto, farne una piccola riserva da usare una volta in strada. Affonda affamato il cucchiaio nella ciotola di zuppa e ingurgita grossi pezzi di carne del piatto successivo.

Mentre il ragazzo mangia, Tattini esprime la sua soddisfazione per la vittoria sugli Imperi centrali, che però incrina la serenità familiare. Fa partecipi gli amici della preoccupazione.

"So che mia moglie non sarà entusiasta. La sua famiglia di provenienza è viennese e lei non perde occasione per sottolineare la diversità culturale delle nostre etnie".

Ma è la madre di suo figlio, la donna che ha scelto e che continua ad amare. Non vuole metterla in cattiva luce.

"È una donna meravigliosa peraltro. Faticherà ad adattarsi alla nuova amministrazione italiana, ma io le sarò vicino e son sicuro che la nostra unione non ne risentirà".

Guardano l'espressione seria contrastante con le parole di speranza, lo rassicurano sulla comprensione della moglie, sul ritorno in seno a una famiglia felice. Anche il figlio Carlo per l'occasione si farà trovare ad attenderlo. Riprenderà la sua vita circondato da affetti e proseguirà la sua attività professionale nella valle dove è stimato da tutti. In cuor loro gli amici hanno invece forti dubbi.

Quando escono, Oreste dà i suoi guanti e Mario il berretto di pelo al piccolo, che ringrazia e si allontana veloce per raccontare ai compagni, altri poveri sfortunati, l'incredibile fortuna capitata.

Giovedì 28 novembre 1918, Krasnojarsk

Mario scrive una lettera.

"Caro zio, finalmente! La guerra è conclusa vittoriosamente. Una guerra dolorosa come tutte le guerre che per noi ha visto il fratello contro il fratello. Ho appreso delle navi italiane approdate a Trieste. I primi tempi saranno delicati. Bisogna instaurare un rapporto di fiduciosa collaborazione con gli slavi che da sempre l'Austria ha favorita a nostro discapito.

Solo il governo veneziano della Serenissima è riuscito ad avere un rapporto stabile e di reciproca utilità con i popoli slavi, serbi e croati, che abitavano le coste e l'entroterra dell'Adriatico orientale, la Schiavonia. Questi fornirono alcuni dei soldati più valorosi e fedeli: gli Schiavoni o Oltremarini, nati come corpi di fanteria di marina. Riusciranno gli italiani a instaurare la stessa fiduciosa convivenza?

Speriamo non ci siano colpi di testa. D'Annunzio, a cui guardavo come a un eroe, ora mi preoccupa con quel suo avventurismo. Purtroppo mi confermi che all'interno dell'irredentismo vi è un profondo dissidio tra massoni, che, promossero manifestazioni interventiste scoppiata la guerra, e socialisti di idee progressiste e tendenzialmente anti-clericali. Ora questi ultimi vengono accusati dai liberal nazionali di appoggiare i progetti di espansione dei serbo croati a danno degli italiani. Tienimi informato. Della famiglia innanzitutto, poi delle cose del paese. Tra non molto potremmo raccontarci i travagli passati. Ti confermo che mi dirigo a est. Faccio parte del battaglione Savoia, mentre vi sono degli italiani a Murmansk, nella Russia dell'ovest, dove opera la colonna Savoia. Non ingannarti. Battaglione e Colonna ambedue con lo stesso nome. Ci si può confondere, l'inventiva non è stata molta.

Un abbraccio a te e alla zia.

Mario".

Di ben altro tenore la lettera che il dottore scrive alla consorte.

"Amata Antonietta. Apprendo dalla tua ultima che stai bene. Questo mi riempie di immenso piacere. Mi riferisci così anche di Carlo, che continua a non scrivermi. Mi dici anche che ti senti più tranquilla presso la tua famiglia e con nostro figlio a Vienna. Certo passare dal governo imperiale austriaco a quello regio italiano implica sicuramente una modifica di abitudini e di stili di vita. Ma non è la fine del mondo. Buona parte dei nostri vicini era ed è italofona e così anche buona parte delle tue amiche, non tutte certo. Ti prego di ripensare a quanto affermi di aver deciso. Quando tornerò spero di trovarti ad accogliermi nella nostra casa di Rovereto. Avrei difficoltà a capire perché dovrei seguirti in un altro paese, tra l'altro sconfitto in guerra e con conseguenti maggiori problemi. Spero in una tua risposta rassicurante su questo. Io sto bene e il viaggio continua. Sto scoprendo le arti magiche della nostra infermiera, che predispone alla guarigione con cantilene e tamburelli. Cose inimmaginabili per noi. Eppure sortiscono risultati! Sono in una buona compagnia di amici. Dì a Carlo che mi scriva, per favore, ci terrei molto. Ti auguro ogni bene.

Sempre tuo
Massimo".

A Tattini vengono portati sempre più frequentemente malati, sia militari sia civili, con sintomi tifoidei. Aperte le camicie spesso il petto è disseminato di piccole punture rossastre: riconosce immediatamente i segni lasciati dai pidocchi. Molti medici sono stati reclutati negli eserciti e ce ne sono sempre meno a disposizione della cittadinanza. Lui non si tira indietro.

I malati che può curare sono pochi, a confronto dei molti che ne sono colpiti. Spesso si vedono soldati deliranti per la febbre girovagare per le strade. La sua giornata lavorativa è lunghissima. Infaticabile offre il suo servizio professionale anche al di fuori del treno. Viene portato in strutture pubbliche o private dove sono stati stipati gli ammalati. Qualche volta lo accompagnano gli amici.

Anche la sifilide colpisce molti. Un giorno, uscendo dalla stanza di un ammalato di sifilide, dice a Oreste che l'aveva accompagnato nel giro di visite e l'aspettava fuori dell'uscio:

"Una notte con Venere, una vita con Mercurio".

"Che vuoi dire?"

"Dico che la sifilide, chiamata mal napoletano dai francesi oppure mal francese dagli italiani e dai russi, era curata a base di sali e composti di mercurio, arsenico e bismuto".

"Mi sembra che la cura sia peggio del male".

"Pensa che fino a non molto tempo fa, oltre a pennellare di mercurio direttamente le parti malate, mettevano il luetico in una botte dove veniva scaldato il mercurio e il poveretto veniva avvolto da fumi mercuriali. Per fortuna dispongo del Salvarsan, un chemioterapico innovativo, un composto organico dell'arsenico".

"Immagino che anche questo rimedio, efficace nella cura della sifilide, abbia effetti collaterali".

Timore ben fondato quello di Oreste, e Massimo ha modo nel tragitto di ritorno di spiegare i danni dovuti all'arsenico.

Visita, prescrive e mette a disposizione le scorte di medicine, cercando di rinnovarle reperendole anche al mercato nero. Rischia il contagio e quando torna crolla dalla stanchezza.

Una mattina che lo vedono restio ad alzarsi, rintronato di stanchezza nonostante le ore di sonno, gli amici gli impongono una sosta: pomeriggio libero e sera al ristorante. Non ci sono scuse per il dottore, si faccia trovare pronto per metà pomeriggio. Andranno a provare il buffet del Metropol, dove vengono serviti vodka e piccoli antipasti. Il dottore avrebbe trovato il suo dessert preferito, il *sambuk* un dolce schiumoso a base di albumi. Il destino non vuole. Dovranno rimandare a causa di uno sciopero.

Giovedì 28 novembre 1918, articolo su *Siberia Libera*

Da Krasnojarsk.
Purtroppo anche nella bianca Siberia i proclami dei soviet corrompono le menti dei lavoratori. Anche qui il personale ha indetto uno sciopero facendo chiudere ristoranti, mense, sale da tè, caffetterie e trattorie. Cosa chiedono? Come già a Mosca e a Pietrogrado pretendono di non pagare per poter lavorare. Dove è finita la riconoscenza per aver ottenuto un posto di lavoro che permetta il giusto guadagno con le mance? Oltre all'abolizione del prezzo d'ingaggio a carico dei lavoratori stessi, alcuni parlano di un minimo di salario. Non pensano a quanti, non solo i ricchi ma tantissimi altri lavoratori, per colpa di questo sciopero insano non potranno godere di un pasto nella ristorazione pubblica. Abbiamo visto code lunghissime davanti a molti ristoranti. A questo portano le idee sovversive moscovite.

Martedì 3 dicembre 1918, Krasnojarsk

In una bettola Alexander parla animatamente con alcuni soldati anticomunisti. Offre da bere e si lamenta di come vanno le cose: scarsa attenzione dei comandi per le truppe, poca paga, collusione con le forze straniere occupanti il sacro suolo. Getta ami per vedere se abbocca qualche pesce, qualcuno da mettere sul libro paga dello spionaggio rosso.

Poco distante a un altro tavolo Joseph, il suo attendente, tracanna bicchieri di vodka cercando anche lui di carpire informazioni, che, anche dovessero arrivare, non è in grado di afferrare perché ubriaco. Questo vecchio vizio lo aveva cacciato in una rissa da osteria in cui aveva perso un dente, ma evitato una coltellata per il pronto intervento di Alexander. Da allora lo aveva seguito svolgendo le funzioni di attendente inserviente, anche se di solito tale incarico poteva essere svolto solo a favore di un ufficiale superiore. La pulizia dell'uniforme, degli stivali e la cura del bagaglio dell'ufficiale erano diventati punti fermi della sua giornata dedicata a eseguire ogni ordine impartito.

Il sottotenente si mantiene sobrio. Qualcuno dimostra interesse, qualche altro si lascia sfuggire un mugugno. *Bene, bene. Qualche altro bicchiere e poi potrò allettarli con la promessa di soldi.*

Molti fumano, l'ambiente surriscaldato è avvolto da una nube, inquinato dal vociare, dalla puzza di abiti sporchi e di sudore. Le uniche donne sono quelle che si accompagnano coi soldati per svolgere il più vecchio mestiere del mondo.

Con la coda dell'occhio vede una giovane bruna, solitaria, che lo fissa stando in piedi. Ha un bel viso regolare e una graziosa figura dalla statura media.. Indossa un completo da uomo, cioè pantaloni e stivali da soldato, un maglione, che fa intravvedere un seno sodo. Continua a parlare, ma scruta di tanto in tanto nella sua direzione. Nota che si avvicina, approfittando di un momento in cui hanno appena servito da bere. I soldati si impadroniscono dei bicchieri e tracannano i primi sorsi, distratti.

"Salve *tovarish*!" Mormora all'orecchio del sottotenente.

Sussulta, veloce si gira.

"Sono un ufficiale dell'esercito kolčakista. Come osi chiamarmi compagno. Non sono un bolscevico, io li combatto".

"In via Prechistenka al numero 35 mi hanno detto di rivolgermi a te. Ti aspetto fuori".

Si avvia veloce all'uscita seguita dallo sguardo curioso e velato dall'alcol dei presenti. Nessuno ha avuto modo di sentire lo scambio di bisbigli.

Termina frettolosamente la conversazione, paga e la raggiunge al di fuori.

Anche a lui gli ordini arrivano dall'organo centrale di spionaggio militare della Russia sovietica situato a Pietrogrado in via Prechistenka, negli edifici ai numeri 35, 37 e 39.

"Chi sei? Sei ben spudorata a rivolgerti a un ufficiale bianco in mezzo ai suoi camerati chiamandolo compagno".

"A Pietrogrado ritengono necessario affiancarti un aiuto. Passa il tempo e non hai combinato molto. Qualche informazione sull'oro che anche i bambini sanno. Il tifo sta imperversando è vero, ma probabilmente avrebbe colpito anche senza la tua opera".

Alexander reprime un moto di stizza. In effetti anche nell'ultimo rapporto, non è riuscito a portare alcun fatto concreto, nessun passo avanti nella sua missione. Sta tessendo una rete, segue e studia i movimenti del nemico, ma per il momento nessun successo.

Aveva ideato un ottimo piano, su cui contava molto per riscuotere l'apprezzamento dei superiori. Con un altro compare, vestiti con la divisa verde scuro delle guardie di frontiera, si sarebbe introdotto su un treno ceco. Avrebbe eliminato gli uomini di guardia gettando poi fuori dal treno in corsa lingotti e preziosi. Le informazioni sulla loro posizione e quantità, sulla consistenza della sorveglianza, sui tempi, erano stati forniti da Alyona, che si sarebbe gettata nel fuoco per il bel sottotenente, unico che l'avesse trattata con umanità e rispetto.

"Oh, questa uniforme ti dona moltissimo. Con la sciabola al fianco hai un aspetto così virile!" Gli aveva detto Alyona, baciandolo sull'uscio.

Un reparto di cavalleria rossa avrebbe seguito il treno per l'operazione di recupero dei lanci e la messa in salvo dei due falsi doganieri.

Purtroppo erano stati scoperti ancor prima di effettuare il primo lancio, quando avevano già ucciso alcuni sorveglianti. Uno di questi però era riuscito a colpire il complice con un fendente dall'alto verso il basso e aveva impegnato Vasilskij in un duello di sciabole dando al contempo l'allarme. L'avversario disponeva di tecnica migliore. Alexander, messo subito in difficoltà, si era rammaricato di non aver seguito con maggiore attenzione le lezioni di scherma impartite secondo lo stile italiano nella Sala di Scherma e Ginnastica degli Ufficiali di Pietrogrado. La guardia sfoggiava un perfetto stile inglese, adatto per la battaglia. Avrebbe avuto la meglio in breve se Alexander, proprio facendosi forte dello stile sportivo, non avesse fatto ricorso a finte rapide ed efficaci. Si era disimpegnato con difficoltà ritirandosi passo dopo passo nello spazio ristretto lasciato tra le casse. Da una di queste aveva afferrato con la sinistra un candelabro d'argento e se ne era servito per difesa. Si avvicinavano le voci di altre guardie. Non restava che abbandonare il duello e il treno. Così aveva fatto: avvicinatosi a una porta e scagliato il candelabro contro l'avversario, aveva approfittato del momento in cui questo si scansava per saltare giù dal vagone, abbandonando il compagno ormai agonizzante. Con le pallottole che fischiavano intorno, era montato sul cavallo al seguito del reparto di cavalleggeri e allontanato. Il rapporto alla Čeka del comandante del reparto aveva sottolineato che per questo piano mal ideato e mal attuato aveva distratto forze combattenti dai campi di battaglia.

Deve riscattarsi. Con un treno sorvegliato da ex prigionieri che probabilmente hanno esaurito lo spirito guerresco. Il Savoia è l'ideale. Ha ideato un piano da attuarsi a Irkutsk e forse l'aiuto di una bella donna non guasta. Estrae un pacchetto di papirosa dalla tasca.

"Come ti chiami, compagna?"

"Anna".

"Vuoi una sigaretta Allegro? Son le migliori".

"No. Odio il tabacco Lo considero antirivoluzionario. Le persone possono sopportare la mancanza di carne e burro, ma si scannerebbero per una sigaretta, pronti a vendere il paese per un pacchetto. E anche dall'alcool me ne guardo".

Lo sguardo fermo degli occhi ambrati di lei conferma la sicurezza delle convinzioni mentre lui, percependone il forte carattere, è incuriosito dai begli occhi che lo fissano e dal loro colore pieno, in cui si fondono giallo oro e rame rossastro.

Occhi da lupa, dev'essere una tipa tosta.

"Una vera rivoluzionaria! Dimmi, Anna, perché dovrei crederti? Potresti essere del controspionaggio bianco. Vuoi tendermi una trappola? Non ti conviene. Potrei ucciderti e far perdere le mie tracce".

Anna sfila da sotto il giubbotto di pelle una lettera, gliela porge.

"È firmata da Georgy Ivanovich. Lo conosci, vero?"

Legge.

"Una lettera di presentazione e lasciapassare firmata dal capitano Georgy Ivanovich Theodor. Caspita! Riconosco senz'altro la firma: è stato il mio istruttore al corso per l'intelligence e il controspionaggio sotto copertura. Molto bene. Cosa devi dirmi?"

"Per prima cosa ti porto dei soldi. Nel tuo ultimo rapporto avevi scritto che ne avevi bisogno per corrompere personale ferroviario e pagare qualche complice. Ho visto come li spendi in alcolici per la felicità di quattro inebetiti". Con una lieve nota di scherno.

"Sto cercando di recuperarli alla causa".

"Sì, certo. Secondariamente sarò il tuo collegamento con la sede centrale. Poi una donna può sempre essere utile laddove non arriva un uomo".

"In effetti mi sarebbe utile. Ho un piano per sottrarre il carico agli italiani. Qui ne è arrivato un altro contingente, la città è più sorvegliata. Entreremo in azione a Irkutsk dove devono passare per forza. Dove sei alloggiata?"

"Ho preso alloggio nel tuo stesso albergo".

"Ora è bene non farci vedere insieme. Ma verrò stasera a trovarti in camera per definire i dettagli dell'operazione".

"Per parlare della nostra opera rivoluzionaria, va bene bell'ufficiale. Ma non per altro. Non metterti grilli per la testa. Il libero amore sbandierato dalla Kollontaj non funziona per i rapporti di lavoro".

Le sorride, soppesandola con lo sguardo: determinata, seria, collaborativa. Si sofferma sornione sulla figura procace. A lei non piace quell'occhiata sensuale che giudica inopportuna. Corruga la fronte, sta per dire qualcosa.

La anticipa: "Ne riparleremo. Non è appunto parte della missione. Salutiamoci da buoni amici. Ciao Anna".

"A presto ... *tovarich*".

La notte l'inghiotte.

Ci sono diverse donne entrate nello spionaggio per vari motivi, molte per il fascino dell'avventura. Certe, con un passato di emarginazione, per rivalersi su chi le sottostimava o le usava. Altre, con un passato di prostituzione, per continuare il mestiere non credendolo diverso dallo spionaggio. Alcune al contrario, ritenendo inadatta la camera da letto alle attività spionistiche, per svolgere un lavoro impiegatizio negli uffici e archivi dei servizi segreti. Se certe sono crudeli paranoiche, altre cercano di mantenersi estranee agli eccessi di violenza che purtroppo sono la prassi ordinaria della Čeka per eliminare fisicamente l'opposizione. Ben lo illustrano le parole del čekista Martyn Lacis: *Noi non conduciamo una guerra contro singole persone. Noi sterminiamo la borghesia come classe.*

Le persecuzioni degli oppositori al tempo della guerra civile sono efferate. La tortura viene largamente impiegata: i carnefici picchiano le loro vittime e le innaffiano d'acqua fredda al gelo, strappano unghie, tagliano nasi, orecchie e genitali, cavano occhi, a volte bruciano vivi i prigionieri. Nelle strutture repressive accanto a fanatici rivoluzionari lavorano veri e propri sadici e criminali di professione, che derubano le loro vittime.

Non è così per Anna, proveniente da un'agiata famiglia borghese, mossa da sincero patriottismo, che si basa sull'adesione ideologica come per molti dei seguaci della rivoluzione. Ha rigidi principi. Non fuma, non beve alcolici, mangia senza straviziare, poca carne, attività fisica e buone letture. Una muscolatura tonica, i fianchi stretti e l'essenzialità dei movimenti, danno l'impressione di un corpo agile e resistente. Questo e lo spirito devono essere temprati per adempiere alla missione comunista e far trionfare la causa.

Non secondariamente percepisce una paga più che doppia di quella di un soldato celibe e molto superiore a quella dei coniugati. Chi l'ha arruolata ne aveva apprezzato il portamento e la bella voce, tutte doti che possono incantare gli uomini rendendoli inclini alle confidenze, oltre al fatto che parlasse correttamente quattro lingue tra cui il cinese.

Alexander confidava nella nascita di una nuova società, più giusta, in cui gli uomini fossero liberi e uguali, forgiati dalla rivoluzione. Ognuno doveva portare il proprio contributo alla costruzione del nuovo mondo e per questo si era arruolato nei servizi segreti. Nel profondo dell'animo cominciava però a nutrire qualche dubbio. Temeva che la nuova persona idealizzata dal comunismo sarebbe stata un'unità di lavoro abile e disciplinata secondo il piano lungimirante e determinato del partito. Il Soviet! Una macchina nei cui ingranaggi l'individuo veniva stritolato in nome di un bene superiore. La dittatura del proletariato imponeva l'annullamento dell'individualità a favore della collettività. Ma chi stabiliva il bene superiore? Aveva visto troppi ordini stupidi e crudeli, del tutto insensati. Lui eroe romantico pronto al bel gesto, non all'obbedienza cieca. Troppo individualista. E poi, tutta quella furia selvaggia che macinava intere famiglie, paesi, tutta la Russia. Il livello di crudeltà e di violenza aveva raggiunto picchi senza precedenti. Era quella la strada giusta per cambiare il mondo? La nebbia del dubbio stava oscurando la luce della rivoluzione.

Venerdì 13 dicembre 1918, Krasnojarsk

Nel tardo pomeriggio, vengono date le ultime pennellate, non serve la modella, Oreste dipinge a memoria, ritocca qualche particolare, guarda da distante il quadro finito. Ne è abbastanza soddisfatto, è riuscito a rendere dinamica la bellezza di Sveta, con una serie di linee di colore rese vive da una luce che, obliqua, accarezza il corpo e lo penetra rendendolo plastico, immerso nell'atmosfera sospesa della luce crepuscolare. L'arte ha accompagnato la scoperta dell'amore da parte dell'artista. La nudità della modella campeggia in un ambiente appena abbozzato che fa risaltare l'essenzialità della forma.

Sabato 14 dicembre 1918, Krasnojarsk

Soddisfatto della resa stilistica, non esita a mostrare agli amici il quadro, illustrandone lo stile, i pittori a cui si è ispirato, descrivendo come ha tentato di rendere la luce secondo la tecnica divisionista. Tace il nome della modella. Non pienamente attenti alle spiegazioni gli amici capiscono solo che è l'immagine di Svetlana quella che il cuore e la mano dell'artista hanno rappresentato. Lui nega, ma ormai si è tradito.

Ha accennato solo ai commenti favorevoli, ma Sveta capisce da mezze parole, espressioni facciali, bonarie llusioni, che il nudo dipinto è stato individuato come il suo.

"Oreste!! Come hai potuto? Non so come definirti. Ingenuo? Disattento? Irriguardoso? Senz'altro hai agito con leggerezza. Adesso, ogni volta che mi guardano, i tuoi amici mi immagineranno nuda, resa disponibile agli occhi altrui, pennellata su pennellata, per vanagloria. Per brama di esibire la tua arte o di esibire la tua fiamma?"

"È assolutamente impossibile ravvisarti in quel quadro. Forse, sapendo che tra noi c'è del tenero, qualcuno può averti collegato alla modella, fatto un rimando scherzoso. Un'ipotesi, come un'altra".

"Non vuoi capire. Mi sento offesa! Offesa e tradita da te. Volevi sbandierare la tua nuova conquista. Le prendi, le dipingi e di ognuna resta un quadro".

"No. Che dici? Io..."

"E hai messo in ridicolo, perché questo si meritava, quell'ufficialetto francese che faceva la ruota come un pavone per la sua conquista amorosa!"

"Stai ingigantendo una quisquilia, traendo conclusioni sbagliate".

"Ti eri indignato all'idea di offrire disegni licenziosi. *Non sono un pornografo*, hai detto. E questo cos'è? Potevi farmi una foto, ecco! Riempirne di copie il treno, la città, magari scrivendoci sotto il mio nome. E il tuo. L'artista e la modella. Un po' di pubblicità non guasta".

Oreste tenta di ribattere razionalmente.

"Sei sempre in tempo a fare le foto di quello stupido quadro ed esibirle. Così divento una frivola cocotte o, peggio, una puttana".

Impossibile arginare la lava di rabbia che fuoriesce dalla bocca vulcanica della donna.

Lui balbetta qualcosa, lei strepita. Il discorso muore, trafitto dalla spada dell'amore femminile offeso. Se ne vanno da parti opposte.

Si chiude nello scomparto che divide con l'amica infermiera e scrive di getto un biglietto.

"Fatti trovare domani, domenica, alla porta della stazione a mezzogiorno. Non aspetterò.

Svetlana Aleksàndrovna".

Le sentinelle ormai conoscono Joseph, l'attendente di Vasilskij, un uomo tarchiato dai baffoni spioventi, forse nella speranza di coprire il vuoto di un dente mancante. Lo vedono passare lunghe ore d'attesa accanto al vagone e scambiano parole e sigarette. Questa volta Sveta ha un messaggio da consegnare e Joseph, ricevutolo, si allontana in fretta.

Domenica 15 dicembre 1918, Krasnojarsk

Lui è là, nella sua impeccabile uniforme.

"Almeno sei puntuale. Portami via subito da qui. Non voglio che ci vedano insieme".

Le lunghe ore passate a rimuginare sulla storia sentimentale con l'aviatore e sul doloroso epilogo non l'hanno preparata al comportamento da tenere con lui, che a sua volta pone grandi aspettative in quell'incontro ma del cui esito però è incerto. Col cuore e la mente in subbuglio percorrono in macchina il tratto dalla stazione alla sala da tè in centro città.

Sveta pare di una tranquillità distaccata, non lasciando trasparire quale sarebbe stata la sua reazione alle parole dell'uomo: il primo passo tocca a lui.

"Ho tanto desiderato averti davanti per poterti spiegare. Tanto quanto ho temuto questo momento per la tua possibile reazione. Di odio? Di disprezzo? Di comprensione? Ma gli eventi della vita portano a fare cose che a volte non si vorrebbe". Alexander.

"Non ho ancora deciso quale sarà la mia reazione. Continua".

"Ebbene io sono un soldato. Devo ubbidire e andare dove mi si ordina, affrontare situazioni rischiose, finanche la morte. Come si può lasciare una persona amata in ambasce? Si deve essere sempre pronti alla chiamata, che arriva all'improvviso, non sapendo quando e soprattutto se si torna. Son tempi cupi, non si fanno prigionieri. Presi, si viene uccisi in modo orribile. Se non si è innamorati, con una donna di passaggio, che importa? Ma io ti avevo, ti ho cara".

"Mi stai dicendo che mi hai lasciato, in modo repentino, per amor mio?"

"Mi si è spaccato il cuore. Ho fatto una scelta dolorosa per me, ma con il convincimento che fosse quella meno dolorosa per te. E da allora non passa giorno senza che io ti pensi. A volte, quando sono in volo, mi appare il tuo viso e io lo ravviso simile a quello di una Madonna protettrice. Allora sono sicuro di poter tornare incolume a terra. A volte, nella oscurità della camera da solo o in qualche camerata, penso a come ci cercavamo con passione. La mancanza dei tuoi baci mi opprime il petto, mi serra lo stomaco".

"Sì, il petto, lo stomaco e poi ancora scendendo cosa succede?"

Ammicca maliziosa, facendo pensare a una cosa, ma dicendone un'altra.

"Ti tremano le gambe?"

Alexander, dal cuore impavido e dalle molteplici esperienze, si sente tuttavia avvampare. Le prende la mano, guardandola negli occhi, fieri, ma non più rabbuiati. Vi scorge un inizio di comprensione, di possibile riavvicinamento. La perlustrazione terminata, sabotati i punti nevralgici, aperta una breccia nella difesa, il territorio poteva essere riconquistato, il nemico vinto. Gongola e umilmente chiede di poterla riaccompagnare. Avutone il permesso, si spinge più oltre, la invita a uno spettacolo teatrale di cui ha i biglietti per la sera successiva.

Nello stesso momento, sul treno Savoia.

"Signori, non ne posso più". Esplode Compatangelo, dopo un lungo momento di silenzio.

"Quel capitano Fano col suo formalismo da quattro soldi è insopportabile. Ogni volta che mi vede, gli traspare un mezzo sorriso di sufficienza, o almeno io lo interpreto così. I suoi militari pattugliano la città su mandato del Comando alleato. Quindi: che ci stiamo a fare noi qui?"

"Hai ragione. Non serviamo a niente". Dal Bon.

"Meglio ricongiungerci con le truppe italiane di stanza a Vladivostok. Oppure potremmo raggiungere la colonia italiana in Cina. Presentiamoci a Manera. Dicono che sia uomo retto, capirà la situazione e si prenderà cura dei nostri uomini".

Gressan, da buon militare, preferisce affidarsi all'ufficiale superiore dei carabinieri piuttosto che ai comandanti coi gradi più alti. Mentre la colonia italiana in Cina è territorio italiano a tutti gli effetti, la sede del comando operativo è a Vladivostok.

"Vladivostok o Tsien Tsin, possiamo deciderlo una volta arrivati a Irkutsk. Io propenderei per andare a Čita, poi attraversare l'interno della Manciuria via Harbin per giungere a Vladivostok. Là le nostre autorità proporranno agli uomini se diventare cittadini italiani ed entrare nel regio esercito o restare prigionieri austroungarici. E anch'io vedrò cosa hanno intenzione di offrirmi. Magari un bel soggiorno in galera". Compatangelo.

"Che dici?! Ti dovrebbero dare una medaglia e integrarti sul serio nell'esercito col grado, pienamente meritato, di capitano". Dice un ufficiale.

"Al nostro capitano. Brindiamo". Dice un altro.

Mario vuole scrollarsi di dosso il peso della responsabilità per il trasporto dell'oro. Oltre a Compatangelo solo lui ha le chiavi dei forzieri e brama di poter consegnare i forzieri con l'oro e lo scrigno con i preziosi al legittimo proprietario, il governo dell'ammiraglio Kolčak. Se la baronessa de Luteville vuole allungare il viaggio per riconsegnare la parure alla regina vedova, libera di farlo.

"Se lasciamo la città al capitano Fano, il nostro compito è finito e possiamo consegnare l'oro affidatoci". Sussurra all'orecchio del comandante.

"Certo, Mario. Ma finché siamo sul suolo russo io mantengo i patti con i cechi e mi tengo l'oro. Lo consegneremo all'ultimo momento".

Andrea, data la nube che incombe sui suoi rapporti col Comando italiano, comincia a considerare l'oro una garanzia da non trascurare.

PARTE II

IL FURTO

Venerdì 20 dicembre 1918, Krasnojarsk

Oreste capisce di aver commesso un tremendo errore e che il rapporto con Sveta si è incrinato irrimediabilmente. Negli ultimi giorni lei evita la sua presenza e, se costretta a rivolgersi a lui per qualche necessità di servizio, lo fa in modo freddo, impersonale, per dovere professionale. L'occhio però lascia intendere che sotto quel velo di freddezza arde una fiamma rancorosa, un animo ferito che reagisce con rabbia.

Inutili sono le profferte di pace. Le ha fatto recapitare un mazzo di fiori che poco dopo nota a terra a fianco del vagone, ancora avvolto nella carta stropicciata. Mario e Massimo tentano di consolarlo, ma Oreste non si trova scuse. È stato proprio un ingenuo superficiale, avrebbe dovuto sospettare, considerare quel quadro un pegno d'amore non un'opera d'artista. Uno va gelosamente custodito, l'altra può essere esposta. Mario si offre di fare da paciere. No, dice Oreste, servirebbe solo a irritarla di più, una terza persona messa dentro a una storia che riguardava solo loro due.

"Ma no, dai! Sveta è ancora innamorata pazzamente. Questa sua rabbia manifesta il suo attaccamento per te, nonostante l'offesa che pensa tu le abbia arrecata. Se non le importassi, avrebbe troncato con un'alzata di spalle e amici come prima". Rincuora Mario.

"Guarda, posso fare meglio. Ne parlo con Idree, cara ragazza di grande delicatezza. È molto amica di Sveta. Porterà le tue ottime ragioni, le tue scuse sconfinate, la tua richiesta di perdono. Sveta non potrà restare insensibile".

Il binomio medicina occidentale e terapia orientale produce ottimi effetti. Massimo passa molto tempo a osservare come l'approccio personalissimo di Idree al malato aiuti quest'ultimo a ritrovare le proprie energie e a tramutarle in benessere. Lui interviene con le medicine e gli strumenti messi a disposizione dalla scienza medica. Si completano e senza bisogno di dirlo integrano il sistema di cura. Massimo ha molta stima della "collega" e spesso fa riferimento a lei, anche in altri campi. Come in questo caso.

Mario, che non è un seduttore, dichiara la propria incomprensione del mondo femminile. "Non sono in grado di fornire consigli. Freud confessa che in trent'anni di ricerca continua a domandarsi cosa voglia una donna. Figurarsi se riesco io a dare risposta. Prima di partire ho conosciuto una ragazza triestina. Non siamo riusciti a fidanzarci perché son stato chiamato alle armi. Ma, credetemi, non son per niente sicuro del suo amore. Dimostra attenzione per me, ma non sento un sentimento forte. Forse è solo questione di timidezza. Però è sicura di sé e convinta dei suoi ragionamenti, che porta avanti con determinazione. Pur bella, non usa la sua femminilità come tattica per primeggiare. È molto cara, condivide molte mie idee, ma non mi ha mai chiamato con vezzeggiativi amorosi. Pensate che ci diamo ancora del lei! La tua Sveta, che ti ha travolto col suo amore e con la sua passione, è imperscrutabile come Olga. Ma non vuol dire che non ti ami più. La vostra storia bellissima non può finire. Vedrai, passata la rabbia, tornerà".

Oreste non risponde, per niente rassicurato, resta con l'animo in pena. Apprezza i tentavi degli amici, ma cosa ne sanno loro del tormento che lo brucia. Uno ha alle spalle un tranquillo ménage famigliare, l'altro un fidanzamento epistolare.

Nelle stesse ore Sveta si sta facendo bella per uscire. Ultimo colpo di spazzola, un fazzoletto profumato da passare sul collo, si rimira allo specchio ed esce nell'oscurità. Fuori dalla stazione l'attende una macchina. Al posto di guida in abiti civili, col bavero ben alzato a riparo del freddo ma anche per non farsi riconoscere, Alexander.

Al teatro danno l'opera *I pagliacci* di Leoncavallo. A Sveta l'arte drammatica piace, non per nulla la sua grande amica Natasha è un'attrice. Le piace pure l'opera lirica italiana, e talvolta Oreste, povero sciocco, le cantava qualche aria. Ora invece le è vicino il suo ex amante, una vicinanza conturbante, erotizzata dai ricordi. Ne avverte l'aura pregna di sessualità contenuta. Sta al gioco, scherza, commenta lo spettacolo, mostra di apprezzare i complimenti, un po' stuzzica l'uomo. E lui, abituato alle battaglie, valuta la strategia d'attacco:

Quale la migliore? Quelle deboli difese mostrate preludono forse a inganni? Cautela: esporsi ma non troppo. Bisognerà, finita l'opera, fare una sosta in qualche graziosa taverna per carburare l'assalto con generose dosi di alcol. Intanto godiamoci lo spettacolo e inspiriamo questa fragrante presenza femminile. Che stupido ad averla lasciata! È diventata ancora più bella. Quel maledetto italiano ha fatto sbocciare un fiore ancora più profumato. E questo spettacolo, partorito da mente ed estro italiano, parla di tradimento: questo Silvio, che godrà delle grazie della bella, posso essere io.

Vanno in un albergo con annesso ristorante nei pressi del teatro, dove prima brindano con la piccola acqua, la vodka, più volte, poi, leggermente malfermi sulle gambe, prendono una stanza e vi trascorrono la notte.

Il sottotenente Vasilskij continua ad avere la possibilità, opportunamente agevolata da ordini falsi e supporti logistici forniti dalla Čeka, di spostarsi lungo le retrovie bianche, intessendo le sue losche trame. Quella su cui aveva maggiormente contato, forzando la sorveglianza delle Guardie di frontiera, era sfociata in un netto fallimento. Dispone di altre frecce nella faretra. Continua a dedicarsi alla diffusione del contagio contenuto negli immondi vasetti, di cui viene continuamente rifornito. Ha intessuto una rete di agenti, tra cui molte donne di malaffare e molti poveracci che pur di vedere il luccichio dei soldi avrebbero compiuto qualsiasi nefandezza. Le strutture sanitarie bianche stanno già cedendo sotto il peso dei feriti in battaglia, della diffusione del tifo e di altri contagi. Si cominciano vedere i cadaveri dei morti di tifo accatastati vicino alle stazioni.

Nella notte, stremato nel fisico e rinvigorito nello spirito dall'attività sessuale con Sveta, confida di aver trovato in lei una preziosa pietra splendente in mezzo al fango di cui si era circondato. Nella camera d'albergo, diventata un sacrario d'amore, la gemma aveva brillato di luce propria con un rapporto libero e intenso. Aveva avuto conferma di quanto gli aveva confidato, quando erano in rapporti amichevoli, quella vanitosa dell'attrice Tàta, tessendo le lodi dell'amica: il cognome Kolobukhina caratterizza una persona emotiva dalla grande capacità di amare. *Sciocchezza di mente suggestionabile*, aveva pensato. *Solite astruserie astrologiche.*

Almeno il progetto amoroso procedeva con piena soddisfazione al contrario di quello spionistico che arrancava.

Lunedì 23 dicembre 1918, Krasnojarsk

Sul treno si parla della situazione politico militare. È risaputo il dissidio profondo che corre tra Kolčak e Semënov. L'atamano ha inviato un telegramma all'ammiraglio, quando questo si è auto investito del titolo di Sovrano Supremo di Russia, in cui rifiuta di riconoscere quel titolo e lo esorta a passare il potere del comando ai generali Denikin o Horvat. Dato che questo non si degna di rispondere, l'atamano taglia la linea telegrafica tra l'Estremo Oriente e Omsk. Requisisce pure i convogli con le forniture militari diretti a ovest di Čita, città eretta a capitale della Transbajkalia, convinto che Kolčak sia una pedina di Londra e di Washington.

"Incomprensioni dividono pure i militari russi da quelli alleati. I bianchi hanno dovuto fare affidamento sull'aiuto delle potenze alleate, ma al contempo devono accettare la presenza di truppe straniere sul patrio suolo". Dice Compatangelo.

"Oh, gli inglesi poi considerano i russi inaffidabili, oziosi, superficiali e inclini al furto e all'alcolismo. Non è infrequente che gli ufficiali e i soldati americani trattino i russi in base a pregiudizi". Gressan.

"Su qualcosa vanno d'accordo i russi e gli americani. Con inglesi e francesi, hanno allestito carceri in cui imprigionano indistintamente i combattenti rossi ma anche la popolazione. I villaggi non apertamente dalla parte dei bianchi vengono sottoposti a sorveglianza e vessazioni dagli alleati". Dice Compatangelo e, attento per professione agli scambi commerciali, prosegue.

"Certo che gli alleati, soprattutto gli americani e gli inglesi, danno l'impressione di essere intervenuti solo per fare affari. Esportano legname, pellicce e oro. Certamente. Il governo di Kolčak ha autorizzato l'esportazione di beni da parte delle aziende americane in cambio di prestiti dalle loro banche".

"Soldi o non soldi le incomprensioni rimangono. Anche chi comanda il Corpo di Spedizione Italiano non ha ben compreso quello che abbiamo fatto e il prestigio che abbiamo procurato all'Italia".

Il capitano fa trasparire il rammarico che ormai lo angustia quotidianamente

"Dovevamo lasciare la città prima o poi. Direi che è giunto il momento. Il convoglio è sempre rifornito di scorte, vero Mario?" Chiede Compatangelo.

"Pronti a partire in qualsiasi momento". Conferma Pesavento.

"Allora dopo Natale si parte: destinazione Irkutsk". Ordina il comandante.

Mercoledì 25 dicembre 1918, Krasnojarsk

Un ben triste Natale viene festeggiato.

Sveta da giorni non si fa vedere e Oreste patisce ogni attimo di sua assenza. Pensieri cupi lo avvolgono, si maledice per la superficialità dimostrata, ormai convinto di aver perso l' amata.

Mario non riesce a pensare a un futuro politicamente tranquillo per la sua città, troppe trame, vecchi rancori, inadeguatezze politiche. Rimugina scoraggiato sulla piega che sta prendendo la restituzione dei territori del nord est all'Italia.

Massimo si sente abbandonato dalla famiglia che preferisce una vita austriaca a Vienna, mentre prima conducevano una vita austriaca a Rovereto.

Andrea è amareggiato dal trattamento irriconoscente dell'Italia.

Molti uomini del battaglione festeggiano in città fraternizzando con i militari di Fano.

Theodora trova conforto nella fede, fonte di sicura speranza nel mare delle avversità. Riesce a trascinare con sé alla messa di Natale anche Mario, che sarebbe stato volentieri nella carrozza ferroviaria con gli amici, ma a cui dispiace lasciarla sola. Vanno alla cattedrale dove la pia donna prega davanti l'icona del trono della

Natività del Santissimo donata dalla famiglia imperiale.

Il triestino, non molto credente, viene colpito dalla profonda religiosità dei russi. Si lascia prendere da un senso di pace e di comunione con gli altri fedeli.

Torna al treno convinto di non trovare gli amici. Invece lo avevano aspettato per festeggiare con i *pryaniki*, biscotti russi tipici delle feste, ricchi di spezie e miele con glassa di zucchero, particolarmente apprezzati da Massimo.

La preparazione aveva visto espresse le doti culinarie di Andrea che ha voluto santificare la ricorrenza. Oreste, sostenendo che l'alcol di grano buono ha un sapore fruttato, perfettamente abbinabile al dolce speziato, beve vodka in quantità da cosacco. Mario versa l'amaro *sveroboj*, leggermente piccante a base di erbe, come correzione nel tè preso in compagnia di Irina, Idree e Theodora. Si domandano dove sia l'infermiera Kolobukhina. Auguri reciproci, abbracci e a letto.

Giovedì 26 dicembre 1918, Krasnojarsk

Si rivedono nello stesso albergo. Lui è un impeccabile amante, ha un modo rude di condurre l'operazione sessuale, pare attento a non discostarsi dalla strategia precedentemente studiata.

Godono momenti di rilassatezza sotto le pesanti coperte. Alexander si sporge dal letto per prendere il pacchetto delle sigarette. Piega il lungo bocchino per farne un'ansa filtrante, accende e, dopo aver aspirato la prima boccata, chiede:

"Allora quando parte il convoglio? Te lo chiedo perché devo sapere dove e quando raggiungerti. Penso a Irkutsk. Si trova sulla strada per Vladivostok".

"Il prossimo lunedì. Abbiamo più di mille chilometri da percorrere. Se tutto va bene, nessuna tormenta, nessun attacco, nessun guasto, potremmo arrivare per l'ultimo giorno dell'anno. Passami dell'acqua, grazie".

Le va a prendere un bicchiere. Sveta si mette in posizione seduta appoggiandosi contro il voluminoso cuscino. Anche Alexander le si siede accanto.

"Cara Sveta. Il mio destino dipende da te. A Irkutsk gli italiani prenderanno la strada di casa andando nella colonia di Tien Tsin o raggiungeranno il comando militare di Vladivostok. So che il capitano Compatangelo non gode delle simpatie del regio esercito italiano. Sarà esonerato dal comando, alcuni dicono arrestato, e il battaglione Savoia si sfalderà. Tu che farai allora? Il tuo Oreste, l'artistoide, non è in grado di determinare il suo destino: o sceglie di fare il militare italiano o di fare il prigioniero austriaco. Tu sarai da sola. Ecco allora cosa ti propongo: vieni via con me. Ho degli amici che mi stimano in Transbajkalia, nel regno del cosacco Semënov e di quel pazzo di Ungern. Mi hanno assicurato il loro appoggio. Se volessi potrei entrare con il grado di ufficiale nella Divisione di Cavalleria Asiatica, con una retribuzione dignitosa che mi garantirebbe una buona sistemazione per me e per chi mi accompagna. Ma ci voglio pensare".

"Dovrai dimetterti dal servizio agli ordini dell'ammiraglio!"

"Senz'altro! Non voglio più continuare a combattere per lui: è un burattino nelle mani delle potenze straniere che occupano il suolo russo".

"E Semënov è manovrato dai giapponesi".

"Appunto, ci devo pensare. Non posso seguire le bandiere di questi due".

"Vuoi seguire quelle rosse?"

Azzarda un'ipotesi che sembra incredibile. Lui non risponde, le prende le mani e sospira.

"Sveta voglio solo te. Qui non mi sento di restare. Se verrai con me, sarai al sicuro e quando i tempi si calmeranno, se ancora lo vorrai, potrai ricongiungerti con tua sorella. Mi renderesti l'uomo più felice del mondo".

È sul punto di rivelarle la sua copertura, di essere in effetti agli ordini dei soviet, pensa però che sia una mossa prematura. Come pure tace sul fatto che in Transbajkalia bande di predoni, formalmente agli ordini dell'atamano Semënov, con la copertura dei giapponesi saccheggiano le campagne. Il colonnello Morrow, comandante delle truppe statunitensi nel settore transbaicalico, aveva riportato che in un villaggio occupato dalle truppe di Semënov erano stati assassinati tutti gli abitanti: uomini, donne, bambini. La maggioranza degli abitanti, riferiva il colonnello, erano stati uccisi come conigli mentre fuggivano dalle loro case. Gli uomini erano stati bruciati vivi, trascinati in fiamme dai cavalli al galoppo.

Sapeva peraltro che anche il 27° Reggimento americano dello stesso Charles Morrow si lasciava andare a comportamenti crudeli contro la popolazione locale.

Imperava il terrore. Al Teatro Mariinskij di Čita nello stesso mese di dicembre il socialista rivoluzionario Nerris aveva lanciato una bomba, nascosta in un mazzo di fiori, nel palco di Semënov ferendolo alle gambe e uccidendo due suoi ufficiali. All'attentatore era stata tagliata la parte superiore della calotta cranica così da farlo morire lentamente tra dolori indicibili.

"Devo dire che avevo già pensato a quali possibilità avrei avuto una volta che il battaglione avesse esaurito il suo compito. Nel porto orientale russo o nella colonia italiana in Cina potrei prestare servizio in qualche ospedale. Parlo un po' il cinese e anche l'italiano grazie a Oreste. Stavamo bene insieme e invece ha rovinato tutto. Sono ancora arrabbiata con lui, anche se in effetti per una sciocchezza non si butta un amore. Ma era amore? Non so".

"Un sempliciotto. Non ti meritava!"

"Mah, è andata così. Pensavo anche di potermi sistemare a Irkutsk almeno temporaneamente. Il signor Suroshnikov mi ha proposto di aiutarlo nella sua attività commerciale nella nuova sede che intende aprire in città. Ha ottimi agganci là e non intende lasciare la Russia. La tua proposta non mi sorprende. Sai essere divertente, sei un militare che ben conosce le tattiche del letto, sei russo in mezzo a tutti questi italiani, cechi, francesi, mongoli, cosacchi, ucraini, inglesi, americani. Per fortuna i giapponesi stanno a nord e ancora non li ho visti. Fammici pensare. Ti darò risposta col nuovo anno".

Sabato 28 dicembre 1918, Krasnojarsk

Il locale comando militare chiede se il battaglione Savoia può scortare il colonnello Danijl Alexandrivich Wulkorov fino a Irkutsk.

"Lo attenderà un tribunale militare". Ipotizza Oreste.

"Non è così". Ribatte Andrea. "Si tratta di un eroico combattente proposto per il nastro di San Giorgio e nomina a generale. L'ufficiale, che mi ha consegnato la lettera di richiesta, me ne ha parlato come del bel Danilo, il conte fascinoso. Sarà un giovane *tombeur de femmes*".

"Oreste, dovresti farti consigliare su qualche strategia per riconquistare la tua bella". Butta lì scherzosamente Mario.

In giornata l'ufficiale di picchetto annuncia che il colonnello Danijl Alexandrovich Wulkorov attende il permesso di presentarsi al comandante. Sotto il lungo cappotto a doppio petto dai bottoni dorati porta la giacca bianca, che oltre a contrapporsi al rosso bolscevico si associa profondamente alla corona, essendo l'imperatore russo chiamato anche zar bianco. Tuttavia nel corso della presentazione trova modo di definirsi un nazionalista che lotta per la Russia unita, non di fede monarchica, né tantomeno un reazionario.

Bianchi sono i baffi folti e la barba squadrata, grigi i capelli corti. Il viso è segnato da qualche ruga, ma il portamento è da soldato, sempre sull'attenti. La schiena dritta, il petto all'infuori e il passo deciso non fanno pensare agli acciacchi della vecchiaia. Agli ufficiali italiani, che gli attribuiscono una sessantina d'anni, chiarisce l'origine del soprannome.

"Da giovane ho passato un periodo a Parigi, in cui ho ottenuto un discreto successo tra le signore, e che, quando fu rappresentata in Russia l'operetta *La vedova allegra,* mi ha fatto guadagnare l'epiteto di conte Danilo, personaggio tenorile dall'indiscusso fascino seduttivo".

Confessa di avere un'anima poetica e di conoscere qualche parola di italiano e di francese. Nel suo desiderio di scoperta e conoscenza del mondo femminile si meraviglia ancora delle infinite declinazioni della femminilità che rispetta e apprezza da cortese uomo di mondo.

Per certi versi Oreste si riconosce un po' in lui. *Forse Mario non ha torto. Potrei chiedere qualche consiglio su come rapportarmi con Sveta, una strategia di riavvicinamento.*

Il colonnello si carica con calma la pipa dal lungo bocchino, risponde affabile alle domande, lisciandosi talvolta i baffoni, a suo agio, con le gambe accavallate. Un personaggio che sa accattivarsi le simpatie, colto e dall'eloquio forbito. Racconta una serie di episodi interessanti riguardanti la guerra, disponendo di informazioni di prima mano e conoscendo personalmente molti alti gradi nell'esercito, sia bianchi che rossi. Intercala qualche sapido episodio di vita civile, dove le donne sono spesso in primo piano.

Bah! I tempi sono cambiati. Quando lui era giovane l'amore era influenzato dalla Belle Epoque: splendore e fiducia nel futuro. No, niente consigli. Ormai l'ho perduta! Rassegnato, Oreste ascolta con interesse quanto il bel Danilo va raccontando, provandone simpatia.

Come al solito si fanno una serie di brindisi che si protraggono fino a tarda ora.

Mercoledì 1 gennaio 1919, duecento chilometri a est da Krasnojarsk

Sono fermi in una piccola stazione di rifornimento. Un altro treno è fermo su un binario morto, circondato da una piccola folla di militari e di civili venuti dai villaggi circostanti.

Vi è una chiesa mobile allestita su una carrozza e si attende che cominci la messa. La baronessa esprime il desiderio di assistere e viene così accompagnata da alcuni ufficiali e soldati. Il pope durante la funzione ricorda i Romanov soffermandosi su ciascuno di essi e riportandone le doti e le virtù. Non chiede perdono per gli assassini della famiglia imperiale, scudo della cristianità russa, ma anzi ne stigmatizza la crudeltà.

"Sì, assassini con le mani lorde di sangue. Non si creda a quanto vanno dicendo, che lo zar con la famiglia è tenuto prigioniero, al sicuro, in qualche località segreta. Sono stati massacrati senza pietà".

Si odono tra i fedeli mormorii, gli uomini con lo sguardo fisso a terra, le donne coi fazzoletti in mano per asciugare le lacrime.

"Hanno fatto solo del bene". Continua l'officiante.

"Quanti istituti scolastici, case famiglia, orfanotrofi per bambini svantaggiati e indifesi, ospizi di carità comprendeva il Dipartimento delle Istituzioni diretto dall'imperatrice vedova Maria Feodorovna? Era una madre molto premurosa e ha cresciuto i figli con cura nell'amore di Cristo. Curava la loro istruzione così come voleva che tutto il popolo fosse istruito. Si è impegnata per migliorare il sistema educativo, facendo sorgere in tutto l'impero una rete di scuole urbane femminili per ragazze a basso reddito. E quante opere di bene ha fatto la stessa zarina Aleksandra? Quanto grande il sostegno dato alla Santa Chiesa?"

Theodora si lascia sfuggire un singhiozzo, cerca di trattenerlo, ma altri la scuotono, finché scoppia in un pianto irrefrenabile, a sentir parlare della persona che negli ultimi giorni a Ekaterimburg si è affidata a lei. Viene accompagnata fuori e, dopo aver ripreso fiato, decide che avrebbe chiesto al pope la benedizione per sé e per la parure, affinché possa portarla in salvo.

Finita la commemorazione, il prete, dalla folta barba nera e dal volto severo su cui spicca una piccola cicatrice che taglia il sopracciglio destro, lo sguardo acuto, la riceve all'interno del vagone. Si presenta come Vladimir Ofaniel e la invita a sedere. La baronessa si apre completamente all'uomo di chiesa, rivelando, con un senso liberatorio, la propria missione e il timore di non essere in grado di portarla a termine.

"Ti proteggerà Dio! Non devi temere".

Alzandosi in piedi Ofaniel prende la croce di semplice fattura che porta appesa al petto e la alza a richiamare la protezione divina. La baronessa si inginocchia e si fa il segno della croce a tre dita.

Il pope dopo qualche istante la invita a risollevarsi, prendendola per un gomito. "Abbi fiducia. Consegnerai sicuramente il simbolo della schiavitù imperiale a Dio e alla Sacra Russia nelle mani della zarina vedova. Dio illumina la tua strada e su questa strada, per quel poco che è in mio potere, farò in modo che vigilino su di te alcuni confratelli di sicura fiducia".

"Non son degna di tanta attenzione. Mi basta la sua benedizione, padre".

"Ti è stata affidata una preziosa reliquia, simbolo degli zar. E questa merita tutta l'attenzione dei credenti russi. A Ekaterinburg è nata tra i membri del clero una organizzazione antisovietica. Da questa deriva una più grande, che incorpora vari *oblast'*, quasi tutte le provincie siberiane, e a questa appartengo. Non vogliamo restare inermi di fronte alle efferatezze sovietiche. A Volgograd ho combattuto nel Reggimento di Cristo Salvatore, composto esclusivamente da sacerdoti, ma poi ho giudicato più utile prestare la mia opera nella propaganda e nell'organizzazione".

Continua il pope con incoraggianti parole che sortiscono l'effetto di rassicurare la donna. Uomo di fede, ma anche di azione, riesce a trasmettere parte dell'energia che lo anima, assicurando che la protezione divina e l'intervento umano concorreranno al buon esito di quanto promesso alla zarina Aleksandra.

Nel frattempo a Oreste si presenta, sempre accompagnato dal caporal maggiore Kowalsky con un rotolo di manifesti sotto il braccio, Valery Mikhailovich Levitsky, il giornalista propagandista, completamente vestito di scuro, con una lunga palandrana quasi provenisse da un funerale. In effetti nel treno vicino si sta celebrando una messa di suffragio per i Romanov.

"Che sorpresa! Buongiorno. Prego, accomodatevi".

"Viaggio con la chiesa su rotaie. Ho visto il convoglio Savoia e mi sono premurato di venirla a salutare". Levitsky

"Ed io ho condiviso il piacere". Si affretta a aggiungere Kowalsky.

"Avete fatto benissimo. Gradite qualcosa? Nel frattempo mi racconti, Mikhailovich, cosa ci fa su un treno religioso?"

"Grazie, non prendo nulla". Valery.

"Se ha della vodka, accetto volentieri. Fa un po' freddo in questo vagone". Kowalsky.

Levati in alto, i bicchierini vengono svuotati in un sol sorso, come vuole l'usanza. Valery Mikhailovich stempera l'osservazione negativa del caporal maggiore sul vagone lodandone l'arredamento.

"Carrozza peraltro raffinata. Non posso fare a meno di notare quelle deliziose lampade liberty, molto originali su un treno militare".

Un attimo di pausa per guardarsi intorno dimostrando apprezzamento, poi riprende.

"Non mi fermo molto. Finita la messa il treno riparte. Rispondo alla sua domanda: è logico che sia qui, anche la religione è una forma di propaganda a favore dei bianchi contro gli atei bolscevichi. Cerchiamo di reagire ai sovietici che hanno istituito un dipartimento di propaganda antireligiosa. Ovviamente il clero, i cui rappresentanti vengono uccisi o incarcerati e i beni espropriati, è nostro alleato e prende parte attiva nella lotta ai miscredenti".

Interviene Kowalsky. "Qui in Siberia gli eserciti bianchi hanno nelle proprie file unità religiose come il Reggimento di Gesù, il Reggimento di Elia il Profeta, il Reggimento della Vergine, e perfino un distaccamento formato esclusivamente da sacerdoti".

Lo dice orgoglioso sia per la capacità organizzativa dei comandi bianchi sia per la sicura convinzione di avere Dio, o almeno i suoi rappresentanti, dalla propria parte.

Oreste però ha sentito anche le altre campane (parlando di preti e chiese) e non può fare a meno di dire: "Girano voci che per identificare i simpatizzanti dei bolscevichi, molti sacerdoti hanno violato il segreto della confessione passando informazioni al vostro controspionaggio".

Risponde con tono deciso il caporal maggiore. "Fa parte dei loro compiti!"

Allo sguardo stupito di Oreste, l'editore si affretta a chiarire.

"Fino al 1917 la chiesa non era separata dallo Stato, quindi anche il parroco era un funzionario pubblico. Oltre a tenere i registri parrocchiali, doveva leggere dal pulpito i decreti e le risoluzioni dello stato. E, a volte, doveva violare il segreto della confessione se veniva a conoscenza di una cospirazione contro lo stato".

Interviene Kowalsky. "Siamo in guerra. Una guerra tra verità e falsità, tra religione e ateismo, tra spiritualità e bestialità, tra gli eserciti bianchi della fede e rossi del caos primordiale. Non si possono avere né remore né scrupoli".

Smussa i toni Levitsky: "Comunque oggi ho raccomandato al pope Ofaniel di far leva sulla compassione cristiana per i Romanov, tessendone le lodi. È intelligente e con belle parole sa toccare i cuori. Farà un ottimo lavoro. Un pugno sullo stomaco dei sovietici!"

"Capisco. Ma una volta istruito il pope, lei ha concluso il suo compito".

"Non proprio. Debbo recarmi a Vladivostok presso la casa editrice Svobodnaya Rossiya che si adopera nel campo della propaganda della Guardia Bianca. Ho ancora un lungo viaggio davanti. Approfitto delle tappe per fare opera propagandistica a bordo della chiesa viaggiante. Costruita nel 1896 in onore di S. Olga è un simbolo zarista come lo è tutta la ferrovia transiberiana. Lo aveva ben capito Fabergé".

"Quello delle preziose uova pasquali?" Oreste conosce e apprezza le arti applicate russe.

"Esattamente. Peter Carl Fabergé celebrò la costruzione di questa linea ferroviaria su cui ci troviamo con la realizzazione dell'uovo detto Treno siberiano, per il quale ricevette il Gran Premio all'Esposizione di Parigi nel 1900. L'opera, dell'altezza di 275 mm, è d'argento con coperchio di smalto verde a intarsio e coronato da un'aquila bicipite con corona imperiale"

"E all'interno si trova un piccolo treno in oro perfettamente funzionante!" Conclude la frase Kowalsky, ansioso di esibire la sua cultura.

"Adesso capisco cosa intendeva il comandante Čeček quando diceva di custodire un treno d'oro dentro al suo treno!" Esclama Oreste.

Kowalsky: "Ormai è di pubblico dominio che i cechi trasportano i tesori sequestrati a Kazan per conto del nostro governo".

Levitsky: "Tra questi il treno del noto orefice. L'ultimo dei vagoni è il sant'Olga copia di quello che vedete lì fuori. La locomotiva è con lanterna di rubino e fari diamantati e cinque vagoni con finestrini in cristallo di rocca e iscrizioni leggibili con una lente d'ingrandimento".

"Il nostro beneamato imperatore aveva molto a cuore la costruzione della Grande Ferrovia Siberiana".

Quasi si commuove Kowalsky al pensiero del buon governo del detronizzato zar.

"Ha ragione caporal maggiore. Il collegamento ferroviario delle parti europee e asiatiche ha permesso la nascita di nuove città nella taiga selvaggia e l'offerta di lavoro a milioni di contadini russi che la colonizzarono. Una grande impresa segno di lungimiranza". Levitsky

"Nell'uovo è incisa su argento una mappa dell'Impero russo con la Transiberiana e la scritta *La Grande Ferrovia Siberiana del 1900*". L'orgoglio per la grande impresa viene dall'altro russo mescolato alla commozione per il passato regime imperiale.

"Il treno d'oro, dentro l'uovo d'argento, dentro a un vagone di legno e ferro viaggia verso est sulla linea ferroviaria che intende glorificare. Ora invece, per ironia della sorte, la transiberiana è la via di fuga dai rossi che incalzano".

Il silenzio accoglie le parole di Oreste. I lineamenti dei russi si sono leggermente induriti. Prosegue quindi con finta gioviale curiosità.

"Mi piacerebbe vederlo. Dev'essere una gioia per gli occhi. Congratulazioni! Lei viaggia sulla transiberiana con sant'Olga che la protegge. Il suo lavoro immagino le darà molte soddisfazioni".

"Al contrario, gli alleati mi considerano un germanofilo. Poiché sostengo Kolčak, i socialisti credono sia un agitatore monarchico e i cosacchi che voglia limitare la loro indipendenza. Avendo elogiato il massone Kerensky i bianchi sospettano che sia iscritto a quache loggia. Se va bene mi viene detto che non sto combinando niente. A volte mi chiedo chi me lo fa fare".

"Dio, la Patria e il legittimo governo del Sovrano Supremo lo vogliono". Con molta retorica, si accende Kowalsky.

Un amareggiato Levitsky e un inossidabile Kowalski si accomiatano da Oreste.

Sabato 4 gennaio 1919, Irkutsk

Il percorso di più di mille chilometri da Krasnojarsk avviene senza incidenti. L'avanzata non viene ostacolata dalla neve, che solo in qualche occasione i militari devono spalare aprendo un corridoio davanti al convoglio. E sì che il vagone in testa possiede uno sperone d'acciaio, il vomere, che libera le rotaie.

Il capitano espone le proprie intenzioni ai suoi fidi.

"Condurrò il battaglione a Vladivostok, dove ha sede la Missione Militare in Siberia, a capo del tenente colonnello Filippi di Baldissero. Ho saputo che lì, al Centro di mobilitazione, opera il maggiore Manera per proseguire l'operazione di ricerca degli italiani dispersi".

"Vero. L'hanno promosso maggiore riconoscendo i meriti. Lo chiamano il *papà degli irredenti*". Gressan: "Dico subito che io e Re, essendo militari di carriera, ci ricongiungeremo al regio esercito continuando a combattere, se ci verrà ordinato, in terra russa".

Fa eco Re: "Magari ci rispediscono a Krasnojark agli ordini del capitano Fano".

"Per noi è indifferente, ubbidiamo agli ordini".

Compatangelo prosegue. "Vi capisco. Io mi sento moralmente impegnato a portare a termine quanto promesso. Le mie prospettive però non sono per nulla buone. Ho compiuto una missione senza esserne obbligato, non aspettandomi nulla in cambio. Non importa sarà fatto quello che deve essere fatto".

Emette un sospiro.

"Non desidero tuttavia partire subito. Anche per gli uomini Irkutsk può considerarsi un momento di tregua prima del balzo verso la destinazione finale. Comunicherò ai cechi che per me cessa ufficialmente il compito sottoscritto con loro e con l'amministrazione finanziaria russa. Qui saranno consegnati oro e gioielli a Nikolai Stanislavovich Kazanovsky, responsabile bancario che giungerà tra pochi giorni o al suo vice Mikhail Gaysky".

In giornata Suroshnikov, la moglie Tatiana e Irina, si accomiatano dal battaglione, salutano e ringraziano il capitano. Promettono agli amici di continuare a vedersi finché resteranno in città. Il commerciante, approfittando della sua vasta rete commerciale, ha trovato casa e sta attuando un progetto che lo vedrà presto riaprire la sua attività.

Irkutsk è sempre stata una città mercantile. Attraverso di essa passano tutte le importanti rotte commerciali dalla Cina, zucchero, tè, tessuti, pellicce, seta. Le donne più povere di Irkutsk indossano la seta, perché è molto più economica di cotone e lino. Un mercante può fare buoni affari.

Normalmente la guerra porta rovina economica, povertà e fioritura della speculazione. In Siberia la perdita del potere dei sovietici nel maggio - giugno 1918 aveva invece permesso l'abolizione delle restrizioni al libero commercio, comportando conseguentemente un aumento della fornitura di prodotti ai bazar cittadini e alla riduzione dei prezzi. Molti si dedicano all'imprenditoria e al commercio. I mercati sono pieni di ogni genere di prodotti. Sul *Novy Altai Luch* è descritto il mercato rurale nel villaggio di Legostaevo: la piazza il giorno del mercato è piena di venditori di chintz, pelletteria, filati, camicie, biancheria intima, soprabiti.

Lasciati soli, la baronessa ribadisce il suo proposito a Compatangelo. Non creda il capitano che gli italiani senza gli amici russi possano disattendere gli impegni presi.

Talvolta viene trafitta da un pensiero, come un lampo a ciel sereno, che anche se le forniscono ospitalità e protezione in fin dei conti sono ex prigionieri in fuga che mirano a raggiungere i compatrioti nel porto orientale, trascurando se conveniente altri compiti e impegni.

"Ho studiato un percorso che mi porterà dalla regina madre, Marija Fëdorovna, nata principessa Dagmar di Danimarca. Voci dicono che sia in Crimea in attesa di lasciare il Paese. Sicuramente tornerà in Danimarca e là voglio onorare l'impegno consegnando la parure. Per cui chiedo di essere accompagnata fino a un porto per imbarcarmi per l'Italia. Da Trieste non sarà difficile arrivare in Danimarca".

"Da Vladivostock o dalla nostra colonia in Cina credo che le autorità italiane non abbiano nessuna preclusione nel portarla a Trieste. Ma questo non dipende da me".

"Mi fido di lei capitano. Farà il possibile".

Quest'uomo dal colorito olivastro, nero di baffi e capelli, con lo sguardo serio, soppesa le persone e valuta i fatti per prendere decisioni di cui si assume piena responsabilità. Infonde sicurezza. Per questo quattrocento uomini si sono affidati a lui e quindi anche lei gli si affida con rinnovato convincimento. Da subito aveva scartato l'idea di chiedere direttamente protezione ai cechi. Aveva visto come i legionari, induriti dalle battaglie e dalla prigionia, dalla superiore capacità di combattimento e cieca obbedienza ai superiori, non usassero mezze misure verso il nemico. Consegnata la parure a loro, non era detto che ne sarebbe rientrata in possesso.

Il viaggio in compagnia della famiglia Suroshnikov è stato rassicurante. Erano persone colte con cui si può scambiare una parola. Anche con alcuni ufficiali italiani è possibile trascorrere qualche momento di tranquillità. Deve moderare l'ansia, affrontare con animo sereno le difficoltà che incontra sul cammino. Forse vedere il centro della città potrà sollevarla dal peso della responsabilità per l'impegno preso.

L'accompagna Mario, uomo con il sacco, sempre alla ricerca di diversificare le scorte del convoglio. Riesce a scovare delle bustine di sigarette italiane, dette spagnolette, le *Macedonia*. La qualità è superiore a quella delle sigarette austriache, che l'esercito imperiale distribuisce ai combattenti e in cui il tabacco è miscelato a gran parte di foglie di faggio fermentate. Vengono subito accese le prime delle poche consegnate a ciascuno.

Mentre le sta distribuendo, arrivano Idertuya e Massimo.

"Oh, ma qui si diffonde il vizio!" Idree.

"Non dovrei dirlo, da dottore, ma una sigaretta o un buon sigaro aiutano a rilassarsi. Raramente anch'io mi concedo un buon sigaro. Mi accontento di questi", estrae dalla tasca della giacca due sigari stropicciati, "della città di Pogar del sud della Russia. Non sono per niente male".

"Io non fumo. Faccio quello che vogliono gli alti comandi: fornire bevande alcoliche, grappa in Italia e qui vodka, e sigarette per aiutare i soldati a superare paura, noia, depressione, e stimolarli all'azione". Pare giustificarsi Mario.

"Danne una anche a me, allora. Chissà che mi tolga questa apatia, questa pesantezza d'umore che mi ha preso da giorni". Interviene Oreste, seduto lì vicino con aria cupa e fino a quel momento silenzioso.

"Non credere che sia una panacea per tutti i mali. Ancora molti pensano che curi mal di denti e coliche. Certi produttori affermano che possa curare l'asma e alleviare altri problemi respiratori. Invece, per quel che so, produce solo danni". Con un ripensamento dettato dall'etica professionale Tattini, medico e fumatore occasionale.

"L'unica cura per te, mio caro, sarebbe la riappacificazione con la tua bella". Vede giusto Idree e tocca dolcemente un braccio a Oreste per manifestare la propria comprensione.

Una signora lì vicino, che si sta intrattenendo con i soldati, interviene.

"Se non altro il fumo soffoca certi odori sgradevoli che i soldati esalano. L'igiene personale è scarsa, dato che i lavaggi del corpo non sono frequenti".

Ride dicendolo, da donna esperta, e ridono i vicini, riconoscendo una parte di verità.

Domenica 5 gennaio 1919, Irkutsk

La pesantezza d'animo che grava il cuore di Oreste viene rincarata da Sveta che comunica la fine del legame amoroso. Usa parole definitive, amare non più rabbiose. Il comune passato resta sempre bello, ma la fiducia è stata tradita dalla leggerezza di carattere di Oreste. Superficiale e avventato. Lei invece ha bisogno di solidità, di sicurezza.

"Ho ripreso a vedermi con il mio vecchio innamorato. Sì lui, Alexander".

"Da quando?"

"La prima volta a teatro per l'opera italiana *I pagliacci*. Tu mi avevi indispettita e provavo una sorta di rifiuto nei tuoi confronti. Mi hai allontanato e io mi sentivo libera. Lui è stato molto corretto. Mi ha accompagnato senza nulla pretendere. Ma ho capito che potevo dargli una seconda possibilità. Lascerò il treno e noi non ci vedremo più".

"Come vuoi. Hai già deciso e vedo che non potrò farti cambiare idea. Ho sbagliato molto". Continua a mezza voce: "Soprattutto ho sbagliato nell'innamorarmi di te".

Lei se ne va e lui non ha la forza di reagire, avendo temuto questo momento da tempo.

Si aggiunge poi, in un tentativo disperato di consolazione, dall'alto della lunga esperienza, anche il bel Danilo: essere lasciati dall'amata è un'esperienza struggente, toglie il sonno, l'appetito, perfino la voglia di vivere, ma poi col tempo tutto sfuma, ci si rende conto che la vita continua, che sono possibili altri amori.

"Guardati intorno. Ci sono molte belle signore che vorrebbero consolare un giovane soldato, anzi un giovane artista, come te. Sapessi quante mi hanno lasciato, e quante ne lasciai io, lasciandomi un rimpianto poi subito fugato dall'arrivo di un'altra".

Niente da fare, resta inconsolabile. L'umore nero non viene rallegrato dalla bella giornata di festa. Splende il sole nel cielo azzurro e invita a uscire. Le strade sono animate.

Ne approfitta un giovane con una lunga sciarpa bianca che ne impaccia i movimenti. Si dà un gran daffare con la macchina da presa poggiata su un treppiede. Ha sparso la voce di essere un regista di film artistici dalla valenza ideologica. Uno sperimentatore del montaggio, coinvolto nella scrittura della sceneggiatura, nella ricerca delle scenografie e soprattutto dei finanziamenti. Si lamenta con lo sparuto gruppo di attori del peso, tutto sulle sue spalle, della produzione cinematografica. Riprende luoghi e persone, famiglie, coppie, soldati soprattutto. Si arrabatta dietro la macchina da presa, girando la manovella.

Chiede a un gruppo di militari italiani se sono disposti a farsi riprendere, solo qualche inquadratura. Questi, sollecitati, assumono truci pose guerresche. Scipio Poret, tra questi, interpreta benissimo il personaggio del fante spavaldo con un ghigno crudele che non promette pietà per i vinti.

Si crede già un divo del cinema. Commenta tra sé Mario.

Il divo lo chiama: "Venga anche lei tenente. Ci guidi all'attacco!"

Si nega, resiste, alla fine viene cooptato controvoglia tra gli attori. Se ne discosta subito, ma ormai il regista dispone della interpretazione di gruppo e di un suo lungo primo piano.

Lunedì 6 gennaio1919, Irkutsk

Sveta lascia il treno. Un breve giro in città la porta davanti un piccolo negozio fornito però di ogni cosa.

Il negoziante è Hóng Tāo, appartenente alla florida comunità cinese, che già dal 1864 aveva ricevuto i documenti sul diritto di commercio dal commissario di frontiera.

Con la guerra civile la Cina appoggia ufficialmente l'intervento straniero e tra giugno e agosto 1918 invia quasi quattromila soldati in Siberia. Invece la stragrande maggioranza dei cinesi residenti in Russia simpatizza con il regime sovietico che li considera fratelli proletari. Addirittura alcune centinaia di volontari cinesi, di fanatica adesione alla rivoluzione, riescono a entrare nella Čeka dove sono utilizzati per l'arresto e l'esecuzione di soldati antisovietici.

Oltre a generi alimentari, bevande alcoliche, merci tra le più disparate, sono esposti tessuti e capi di vestiario, maglieria maschile e femminile, tuniche, camicie, biancheria.

Ricorda i suggerimenti dell'amica attrice: *sono comparsi i primi reggiseni, anche di tessuti trasparenti e leggeri. Butta mutandoni e busti. Sarai più seducente e metterai in risalto le linee più nascoste del tuo corpo.*

Rivolge quindi la sua attenzione alla biancheria intima in seta, di cui il proprietario magnifica la qualità e convenienza. Ne rimane subito affascinata. Alla fine compra quanto serve a renderla ancora più seducente.

La sera Sveta è nella stanza d'albergo in compagnia di Alexander. Sollevata dall'aver risolto con un chiaro discorso la relazione con l'italiano, accoglie l'amante.

Dopo la soddisfazione delle voglie sessuali, Alexander riporta il discorso sul tema che gli preme..

"Mia cara, abbiamo cominciato questo 1919 sotto le ali protettrici di Venere. Ti ringrazio con tutta l'anima di essere qui con me. E io non ti voglio perdere. Hai deciso cosa vuoi fare?"

"Mi hai ringraziata con i tuoi amplessi, mio caro".

China lo sguardo, lo rialza decisa e appassionata. Poi risponde: "Sì. Ci ho pensato a lungo, per tutto il viaggio fin qui. Il dondolio del treno pareva mi dicesse: vai con lui, vai con lui, vai".

Col dito carezzevole gli percorre il viso.

"Continuando con il Savoia non so che possibilità avrei".

Lui la bacia ancora e ancora, in una sorta di muta adorazione. Si stacca quindi, malvolentieri, per fare quel discorso a cui pensa da lungo tempo.

"Verrai con me. Io lascio la mia compagnia. Raggiungeremo Čita, fuori della giurisdizione del Sovrano Supremo. Per qualche tempo dovremo arrangiarci e avremo bisogno di soldi. Sul tuo treno ce ne sono parecchi".

Lo guarda stupita, un dubbio le si affaccia nella mente. "Non vorrai che rubi i soldi del Savoia?"

Il solo pensiero di poter essere creduta una possibile ladra la fa arrossire.

"Dopo che mi hanno accolta e dato un possibile futuro! Una serpe in seno!"

Lo sguardo furente di lei lo trapassa. Si immaginava una reazione simile e quindi continua imperterrito.

"No assolutamente. Non ti chiederei mai questo. I loro soldi! Un furto! Conosco la tua rettitudine. Ma il capitano trasporta valori non suoi secondo un impegno preso coi cechi".

"Lo so. Non è un mistero che un vagone strettamente sorvegliato trasporta dei beni governativi".

"Mia cara, quei beni, quell'oro non appartengono al governo bianco, ma a quello legittimo rosso sorto dalla rivoluzione, al popolo che si è liberato dal giogo zarista, dall'oppressione di ricchi che vivono sul lavoro altrui!"

"Sembrano le parole di un bolscevico!"

Alexander si rivela. "Mi chiedesti se volevo seguire la rossa bandiera rivoluzionaria. Ebbene sì, te lo confesso: sono un agente dello spionaggio sovietico. Credo al potere dato al popolo secondo gli ideali leninisti, credo nella nazionalizzazione di tutti i mezzi di produzione e delle banche".

Recita come leggesse un testo devozionale. Una preghiera a Lenin con tono ispirato, forse per riconfermare quello in cui lui stesso crede sempre meno.

Sveta ammutolisce dallo stupore. Lei, che propende per il legittimo governo kolčakista, che ripudia le sfrenate brutalità bolsceviche, articolista che minimizza la loro valenza ideologica, lei innamorata di un rosso! Non si capacita di non essersene accorta prima. Si allontana da lui, che tenta una carezza, si siede sul bordo del letto mostrando le spalle. Indossato un maglione maschile che la copre a malapena, si alza dal letto quasi volesse frapporre una distanza da quanto appreso.

"Hai finto di essere quello che non sei. Allora forse anche con me…"

"Sappi, che mentre inganno questi tirapiedi degli stranieri, fantocci del passato zarismo, il mio amore per te è genuino, puro".

"Come posso crederti?"

Si insinua il dubbio di aver riposto, per la seconda volta, vane aspettative in quell'uomo. Valuta però che agisce per degli ideali, che confessa, mettendo la sua copertura, la sua vita nelle mani di una persona di cui si fida, che ama. Spericolato e bello, circonfuso da un alone di avventura e di mistero. *Ma chi è veramente? Cosa vuole?*

Lui risponde subito, quasi leggendo nei suoi pensieri.

"Io voglio te! Ti amo e la mia vita non può continuare se tu mi lasci. Una vita piena d'amore ma non miserabile. L'oro che trasportano gli italiani non è di loro proprietà. Lo devo riconsegnare a chi detiene il legittimo potere, ai Soviet. E poi non mi fido degli italiani, son tutti come quel tuo Oreste, estrosi, parolai, fantasiosi incapaci di darsi una direttiva. Potrebbero persino impadronirsi dell'oro o di una parte di esso. No, va loro sottratto. Ci penserò io. So in che vagone si trova, lo so da tempo. In questo aiutato dal mio attendente che è entrato in confidenza coi militari italiani nelle lunghe ore in cui aspettava tue missive".

Sveta arrossisce al ricordo di Oreste.

Alexander: "Ho controllato ed è l'ufficiale Pesavento il consegnatario delle chiavi. L'ho visto andare spesso a controllare il vagone vicino a quello ospedaliero, dove sempre stazionano due sentinelle. Ho in mente un piano in cui tu non sei parte attiva. A te non chiedo niente, se non fuggire con me".

"Non so se voglio darti ascolto. Sei un esperto in tradimenti. A te daranno la caccia e io sarò la donna di un disertore".

"Tu sarai la mia dea dell'amore".

"Confondi l'amore con la passione. Mi hai turbata con le tue rivelazioni e francamente non so che pensare. Non mi interessano le tue trame spionistiche e non sarò tua complice nel furto. Che futuro mi proponi: fuggire con una spia comunista?".

Si dirige alla finestra.

"Non voglio coinvolgerti. Andremo a Čita dove consegnerò l'oro alla resistenza rossa. Compiuta la missione, sarò libero e potremmo condurre una vita felice".

"Di una coppia di poveracci in fuga, vorrai dire".

"Devo vendere un oggetto", pensa alla parure, "che a loro non spetta e la cui vendita ci permetterà una buona rendita. Ma questa è un'altra storia; non farmi dire di più che porta male". Alexander.

"Non voglio sapere dei tuoi traffici".

Si avvicina a lui, restando in piedi. Ha superato lo stupore iniziale ma ancora non è pronta a concedere fiducia.

"Ti assicuro che non avrai a pentirtene. Che ci stai a fare con gli italiani? Senza di loro, lontana da casa, io ti posso essere d'aiuto. Io ti amo!" L'aviatore, così dicendo, tenta di afferrarla per un braccio e attirarla a sé.

Lo sfugge pensierosa: *seguirlo in questa avventura? Di ritornare con Oreste non se ne parla, ho ancora un po' di dignità.* Prova a immaginarsi in Transbajkalia. È una possibilità da non trascurare.

Lui percepisce l'incertezza. Ma gli basta che l'abbia ascoltato, argomentando le inevitabili obiezioni. Confida di riuscire a convincerla. Soprattutto quando le mostrerà quegli zaffiri imperiali che illumineranno con la loro vendita la loro storia d'amore. Già da quando aveva carpito il segreto della baronessa de Luteville a Samara a casa del banchiere Suroshnikov, aveva accarezzato il progetto di impadronirsi dei preziosi. Ora questi, se non l'amore, spingeranno Sveta a non denunciarlo e a fuggire insieme.

Racconta di una precedente visita a Čita, ospite nel palazzo Shumovsky dei mercanti e minatori d'oro, i fratelli Shumov. Nel palazzo, il cui progetto nel 1911 ricevette il *Gran Premio* di Parigi, premio ricevuto anche da Gustave Eiffel, conobbe l'attrice del teatro locale e poetessa Zinaida Alexsàndrovna, moglie del generale Nikolai Natsvalov. Vanta le conoscenze altolocate che avrebbero loro permesso una raffinata vita di società, lì giunti ben muniti di denaro.

Ignora che non troverà nella capitale della Transabajkalia il suo amico Vasily

Shumov e la poetessa Zinaida Natsvalova. Sono misteriosamente scomparsi.

Martedì 7 gennaio 1919, Irkutsk

Nella casa all'angolo tra le vie Lyubarsky e Perfilyevsky, la cameriera, dal colorito scuro delle genti del centro Asia, musulmana come il suo datore di lavoro, serve il tè con le foglie di camenerio lasciate in immersione. Davanti ai bicchierini di cristallo con un manico intarsiato in filigrana di argento che fa anche da fondo per il bicchiere, i due mercanti parlano di affari. Le rispettive consorti con Irina sono nella stanza a fianco ad aggiornarsi sugli ultimi avvenimenti.

"Caro Shaikhulla, ti ringrazio di quanto hai fatto da vero amico. Hai trovato un'ottima sistemazione per la mia famiglia. La casa, in posizione centrale è bellissima. Soprattutto hai predisposto perché possa riprendere la mia attività commerciale. Posso qui ricominciare una nuova vita sotto i migliori auspici". Dice Vasily Mikhailovich Suroshnikov.

"Non devi ringraziarmi. È stato un piacere. Credimi, anche se i mongoli dicono che trovare la verità in un mercante è come trovare un serpente con le gambe. Se non ci si aiuta tra noi mercanti, dove si va a finire? Da quando mi hai telegrafato, mi son subito dato da fare". Risponde con cordialità il mercante Shaikhulla Shafigullin, eletto due volte nella Duma della città e ben introdotto nel mondo degli affari locali.

"So che hai un cuore grande. Non per nulla hai fatto costruire la moschea sul terreno dove c'era una tua casa. Grazie ai tuoi soldi ora c'è una *madrasa* nella moschea e la scuola per ragazze di cui sei amministratore onorario".

Un po' di convenevoli tra commercianti sono obbligatori.

"Non mettermi in imbarazzo. Ho fatto ben poca cosa per te e come musulmano ho adempiuto ai miei doveri verso la comunità. A qualche ragazza riesco anche a trovare un lavoro. Amina, per esempio, che ci ha appena servito il tè, viene dalla *madrasa*, lì accolta dopo che la sua famiglia è stata sterminata in Turkmenistan dalle truppe dalla stella rossa".

"Ne ammiravo il comportamento sicuro, seppur modesto, con quegli occhi incredibilmente azzurri per una persona dal colorito bruno. Forse avrò bisogno anch'io di un aiuto domestico".

"Non sperare che ti lasci Amina. È qui da noi da qualche mese, ma è diventata insostituibile, mia moglie non potrebbe farne a meno. E vedessi quando torna a trovare le amiche nella *madrasa*, quando si lasciano andare alla danza, a una in particolare dove le ragazze imitano i movimenti del cigno. Amina muove le mani in modo lento e aggraziato e con lo sguardo rivolto leggermente verso il basso, sembra un vero cigno. È la danza preferita ai matrimoni, ballata a coppie, dove gli uomini, le aquile, devono conquistare i propri cigni grazie a una esibizione di eleganza e forza".

"Bene. Non voglio sottrarti Amina, ma ti chiedo di trovarmi un'altra ragazza brava e modesta, per badare alle faccende di casa".

"Senz'altro. Ho già in mente qualcuna".

"Permettimi allora di approfittare ancora delle tue conoscenze, non per me, ma per il mio amico dottore che sta cercando casa per abitarvi e aprire uno studio medico".

Spiega che il dottore del battaglione Savoia, appena giunto in città, pensa di aprire uno studio con la sua infermiera. Lui stesso ha avuto modo di sperimentare la professionalità del dottore italiano e, anche per un debito di riconoscenza oltre che per un segno di stima, avrebbe piacere di trovargli una sistemazione.

Mentre si pongono le basi per la sistemazione di Massimo, Oreste porta avanti con metodo un'alcolica dissoluzione in cui annegare lo sconforto. Gli amici lo trovano in *valenki*, le calzature invernali tradizionali russe il cui nome significa letteralmente *fatti di feltro di lana*, e mutandoni, camicia semi sbottonata, i capelli arruffati, occhi arrossati. In testa la musica del tradimento, canta con la bocca impastata dalla vodka:

Bah! sei tu forse un uom?
Tu se' Pagliaccio!
 Vesti la giubba e la faccia infarina.
La gente paga, e rider vuole qua...
Ridi, Pagliaccio, sul tuo amore infranto!
Ridi del duol che t'avvelena il cor!

Massimo da una parte, Mario dall'altra lo sostengono sotto le ascelle portandolo in bagno, lo fanno vomitare, gli mettono la testa sotto l'acqua, e lo costringono a bere una tisana depurativa di erbe, preparata appositamente da Idree. Infine lo mettono a letto facendogli la guardia accanto. La bottiglia di vodka la finiscono loro.

Alexander illustra il piano ad Anna e all'attendente Joseph, a cui offre una papirosa Allegro. La stanza si riempie presto di fumo. Stende sul tavolo un disegno sommario della stazione e del treno su cui è segnato il vagone contenente l'oro.

Il convoglio è su un binario morto molto distante dalla stazione, perché questa è perennemente trafficata da gente, giorno e notte.

Gli imprenditori utilizzano la posta e le ferrovie per consegnare merci da una città all'altra. Vicino all'edificio dell'ufficio postale ogni mattina è possibile osservare una fila di persone che deve inviare pacchi in diverse città della Siberia occidentale. Molti hanno eluso il divieto di spedire più di un pacchetto al giorno per persona assumendo degli aiutanti. È necessario fare la fila dalla sera fino all'apertura mattutina dell'ufficio. Anche il freddo non spaventa i mittenti e molti si guadagnano una vita dignitosa vendendo un posto in coda.

I residenti si procurano merci in Transbaikalia, Manciuria e Cina che poi vendono spedendole con il treno o trasportandole personalmente. Si cercano allora i vagoni riscaldati che vengono presi d'assalto, dopo aver pagato una bustarella ai conduttori e ai facchini affinché procurino un posto.

Il piano del sottotenente doppiogiochista è frutto di attento studio.

"Vedete segnato il vagone che dobbiamo forzare. Per compiere l'operazione aspetteremo l'arrivo di una nevicata, magari una vera tormenta di neve, che in questo periodo sono frequenti. Vi sono due turni notturni da quattro ore nel vagone per due sentinelle. Saltuariamente può passare una pattuglia all'esterno, ma con la neve fuori non ci sarà nessuno. Arriveremo con due carri da carico con pattini, così non faremo rumore, poco dopo l'inizio del turno che comincia alle ventidue. Già da stasera Anna porterà un tè caldo alla coppia di militari di guardia alla porta dello scomparto. Dirà che è offerto dalla direzione della stazione, ".

Guarda i complici per vedere se ne viene qualche domanda. Tutti zitti, anche Anna sebbene con espressione corrucciata.

"Passati due o tre giorni sarà diventata una consuetudine e, quando sarà il giorno designato, il tè sarà corretto con un potente sonnifero. Lo berranno finché caldo e dopo dieci minuti saranno addormentati. Io avrò le chiavi che l'ufficiale Pesavento porta con sé; mi dicono che la sera generalmente si ritira presto. Posso attenderlo e stordirlo. Razzieremo quanto potremo caricare. Joseph con altri due conducenti penserà al carico e al trasporto. Ho affittato un magazzino nei pressi. Domande?"

Mandano lampi gialli gli occhi da lupo di Anna.

"L'unica che rischia di essere riconosciuta sono io. Se qualcosa va male, son io quella che verrebbero a cercare".

"Filerà tutto liscio, non preoccuparti".

"Se le guardie per qualche ragione non dovessero bere il tè?"

"Nel caso sfortunato, per loro, vanno eliminate. Ci penserò io".

"Devo avvisare la Čeka?" Chiede Anna.

"No. Avviseremo quando l'oro sarà in nostre mani".

Rimasti soli, l'attendente conferma che l'ambulanza, rubata davanti la casa del console americano, è rifornita di carburante e pronta a partire. "Mi raccomando: Anna non deve esserne a conoscenza". L'aviatore.

Il colonnello Danijl Alexandrovich Wulkorov, il bel Danilo, non ha intenzione di presentarsi al comando per essere insignito dell'onorificenza e poi essere rimandato al fronte, anche se passato al grado di generale. Ne ha viste tante, ha combattuto sempre con onore, considera di aver ampiamente adempiuto al suo dovere di difesa della patria: largo ai giovani. Da un pezzo ha passato i sessant'anni. Ha comunicato che per il momento resta acquartierato coi militari del Savoia, proponendo di essere considerato ufficiale di collegamento tra russi e forze alleate, loro traduttore e consigliere strategico. Ovviamente Andrea accetta subito la proposta, essendo il conte Danilo diventato parte integrante del convoglio, e ne fa espressa richiesta al comando russo.

Nella sua camera Anna nutre dei dubbi sulla lealtà di Alexander. Sa che è preso dalla passione per una donna, una bella donna, lo riconosce anche lei che l'ha vista, frequentando entrambe lo stesso uomo per motivi diversi. Con l'oro a sua disposizione potrebbe farsi venire l'idea di tenerselo e goderselo con la nuova fiamma. Deve stare attenta. È compito suo sorvegliarlo dietro le linee nemiche. Segnala al comando il piano per impadronirsi del tesoro custodito sul convoglio italiano, usando il cifrario in cui la data della presa del Palazzo d'Inverno è usata come chiave.

Mercoledì 8 gennaio 1919, Irkutsk

L'atmosfera è tranquilla e rilassata, gli amici cercano di dimenticare i problemi che ognuno ha. La temperatura fuori è a meno 20°, il cielo uniformemente grigio, il futuro problematico, ma almeno per uno di loro le prospettive sono rosee.

"Dottore, ci tenevi nascosto il tuo programma. Ho sentito che ci lasci. Ti trasferisci in città, anzi vi trasferite, tu e Idertuya". Scherzosamente Compatangelo.

"Andrea non te l'ho detto perché non ero sicuro nemmeno io di averne il coraggio. E poi dovevo aspettare l'occasione. Il nostro amico, il buon commerciante Vasily, si è adoperato per noi e ha trovato tramite le sue conoscenze un alloggio spazioso che potrebbe essere destinato a studio oltre che ad abitazione. Allora mi son deciso. Cioè, ci siamo consultati e abbiamo deciso". Si vede che Tattini, dicendolo, è entusiasta dell'idea.

"Camere separate, suppongo". Butta lì Mario, sorprendendo un po' i presenti: non è da lui fare riferimenti sessuali. Ma tant'è, la frequentazione con Irina forse ha smussato i rigidi angoli della piccola moralità del triestino.

Interviene l'altro triestino Oreste, sempre nelle brume della malinconia.

"Bravo Massimo. Scelta giustissima. Avere una donna accanto fa bene al cuore... salvo poi distruggerlo quando se ne va".

"Amici, che dite? Il nostro è un rapporto professionale. Lavoriamo bene insieme. Idree è un'infermiera validissima e qui c'è un gran bisogno di uno studio medico che guarisca il corpo e porti serenità alla mente. A Rovereto ero un medico *condotto*, dipendente dal comune: su e giù tutto il giorno a prestare servizio gratuito ai poveri e agli altri secondo un tariffario non adeguato. Mi sono reso conto che aveva ragione chi diceva: *arte più misera, arte più rotta / non c'è del medico che va in condotta*. Irkutsk è bella, chiamata la Parigi della Siberia per la vitalità culturale e sociale. Inoltre è famosa per il suo commercio con la Mongolia e la Cina. Non per nulla la stazione è sempre intasata di genti e merci. E tutta questa gente avrà ben bisogno di assistenza medica".

"Confermo".

Interviene Danijl Alexandrovich inspirando una boccata dalla inseparabile pipa d'argilla *churchwarden* dal lungo stelo, emblema degli Ussari. Sostiene che la lunghezza del bocchino abbia il vantaggio di mantenere il viso lontano dal calore e dai fumi provenienti dal braciere.

"Già alcuni amici, che abitano qui, mi hanno chiesto informazioni sul dottore. Ovviamente ne ho detto ogni bene".

"E a quando il trasferimento?" S'informa Gressan.

"La casa è ammobiliata, con gusto che peraltro condivido. Lo studio non è pronto. Manca l'attrezzatura sanitaria, a cui sta provvedendo Vasily, che mi assicura delle ottime possibilità e si fa garante per me presso la banca. L'idea mi elettrizza ma non vorrei fare il passo più lungo della gamba".

Vengono riempiti i bicchieri. Se non si brinda quando un amico avvia una nuova attività e ci lascia, quando si deve brindare?

"Ma che roba è questa?" Esclama Tattini, guardando la scarna e semi scolorita etichetta in caratteri cinesi su un bottiglione.

"Una vodka di grano. L'ho trovata nel negozio dove ero andato per rinnovare la scorta di mutandoni e di viveri. Un intero settore era dedicato alla vendita di alcol". Dice Mario.

"Il colore è torbido", annusa il dottore, "l'odore pungente. Non male, però questo gusto particolare. Ero curioso di assaggiare una vodka fatta da cinesi".

"Non è cosa strana. In Russia bisogna pagare una tassa, esclusi i cinesi, per il diritto al commercio della vodka. La vendita della produzione cinese risulta quindi più economica. In Manciuria sono sorte diverse fabbriche per la produzione di alcol per i russi". Spiega Danijl.

"La strada inversa fa l'oppio dalla Russia alla Cina: la sua produzione in Russia non è vietata e viene prodotto anche a scapito della produzione di grano". Compatangelo.

Continua Danijl. "Data l'ubriachezza dilagante in Estremo Oriente le autorità hanno dichiarato la vodka e gli alcolici in genere dannosi e ne hanno vietata la produzione. Ma in Cina la vodka è prodotta in quantità illimitate e poi introdotta clandestinamente in Russia. Le guardie di frontiera chiudono volentieri un occhio o vengono distratte da false denunce e allarmi in parti lontane del confine. Grandi carichi di contrabbando con carri transitano sotto la copertura armata dei cosacchi coinvolti nel commercio."

"Tutti sanno che i cosacchi bevono smoderatamente. Immagino che usino tutti i mezzi per averne in quantità". Oreste, che in tema di abuso alcolico nell'ultimo mese è diventato un esperto.

"Se gran parte dei russi di frontiera collaborano con i contrabbandieri, i cosacchi ne sono parte attiva e fronteggiano con violenza i doganieri". Danijl ha notizia di ispettori in divisa verde bastonati o uccisi.

"Comunque erano in vendita dieci bottiglioni di questo *hanshin* cinese, fortemente alcolico. Li ho comprati in moneta sonante senza approfondire se merce legale o meno. Ho fatto male? Devo riportarli in negozio?" Domanda ironico Mario.

Chiamano Idertuya e Re, così riescono a scolare il bottiglione da due litri, mentre Danijl, al contrario degli altri a cui la lingua appesantita stava diventando un ostacolo alla conversazione, inesauribile racconta una serie divertente di aneddoti.

Mercoledì 8 gennaio 1919, Rovereto

La casa di campagna ha un bel giardino curato dove nella parte anteriore zampilla una fontanella, mentre in quella posteriore si trovano un piccolo orto e una vite. In basso la valle, sullo sfondo le montagne ammantate di bianco. Nel salotto una signora legge in piedi, vicino alla finestra, la lettera appena recapitata.

"Gentile consorte, compagna mia,

hai fermamente deciso di non restare più in Trentino, ovvero nel posto che ha visto sbocciare il nostro amore, che ci ha accolto da sposi e ha visto nascere e crescere Carlo. Non posso credere che tutto questo rappresenti per te il passato, mentre per me sulla strada del ritorno rappresentava il nostro futuro, condiviso e felice. Mi metti di fronte a una ben ardua scelta. Insieme a Vienna, non più capitale imperiale, con una vita da ricostruire sia socialmente che professionalmente o da solo a Rovereto, dai cari ricordi natii? Sul piatto della bilancia gravano tantissimo i legami famigliari. Sai quanto affetto e stima nutra per te, quanto Carlo mi riempia di amore paterno. Mi sento oppresso dal peso di immaginare un futuro senza voi. Ma anche un futuro viennese per me è impossibile. Non devo prendere decisioni affrettate che sarebbero sbagliate. Approfitto, quindi, di un periodo di tempo in cui svolgerò la mia missione medica qui a Irkutsk. Sto aprendo uno studio, aiutato da quel buon amico commerciante di cui ti ho scritto nelle precedenti lettere. Mi sarà d'aiuto l'infermiera siberiana, che conosce le genti e le usanze. Spero nel profondo del cuore che tu possa agevolare la mia decisione. Se mi scrivessi che potresti attendermi nella nostra casa circondata dai monti amati, dal nostro Pasubio, dal monte Zugna, volerei da te. Per il momento posso condurre un'esistenza più piena in questi gelidi posti che dimezzata a Vienna dove vivrei da estraneo.

Con sempre immutato affetto,

Massimo".

Ancora una volta cita di sfuggita la vicinanza dell'infermiera. Involontariamente o per far nascere un minimo di gelosia che spinga la moglie a rivedere i suoi intenti? La donna, dalla natura coriacea, non si fa scalfire. *Buon per lui! Ha trovato una selvaggia che si adatta meglio ai suoi gusti.*

Giovedì 9 gennaio 1919, Irkutsk

Gli amici, senza Oreste che vuole finire un bozzetto, accettano l'invito di Danijl a vedere la residenza del mercante Sibiryakov. "Progettata da un vostro connazionale, l'architetto italiano Quarenghi".

Ne precisa l'importanza storica e architettonica. Come molti russi, ama l'architettura, la musica, il teatro, il patrimonio artistico italiano e si compiace di mostrarne agli amici le molte tracce in Russia.

Mario ricorda che molti altri italiani hanno lasciato opere di incomparabile bellezza in Russia. Cita Francesco Bartolomeo Rastrelli, capo architetto degli zar, o meglio delle zarine, dell'imperatrice Anna I di Russia e poi di Elisabetta, noto per il Palazzo d'Inverno e il Convento Smolny, e altri, diventando esponente del tardo barocco europeo.

Mentre il conte sottolinea come la cultura russa e italiana hanno profonde affinità e risultano legati da un fitto intreccio di scambi, la sua attenzione viene catturata dal cartellone teatrale che pubblicizza l'opera musicale di Pushkin *La giovane signora, la contadina*, con una trama umoristica.

Spiega: "Fa riferimento ironico alla tragedia degli amanti italiani, Romeo e Giulietta, amata da Pushkin. Potremmo andarla a vedere. Sicuramente conoscete l'opera del bardo e farete i paragoni con l'adattamento russo. Sarà interessante poiché, come lo stesso Pushkin diceva, tutti i generi sono buoni, tranne il noioso".

Lo spettacolo inizia dopo poco. Insiste per noleggiare un palchetto, magnificando l'acustica.

"Io non apprezzo questo tono giocoso che giustifica amori e libertinaggi vari. Si insegna alle ragazze a ingannare i giovani quando iniziano una relazione con loro. Quindi vi lascio augurandovi buon divertimento. Torno a casa". Irremovibile Theodora, nonostante i tentativi degli amici di convincerla a godersi l'opera, li lascia.

Mario e Irina all'uscita commentano l'opera e le arie musicali ascoltate, divagano parlando un po' di arte e pochissimo della propria vita privata. Irina tuttavia coglie l'incertezza di Mario sull'essere ricambiato dalla giovane Olga per il sentimento tranquillo che lui cova sotto la cenere della guerra, reso incerto dalla lontananza. Gli amici compiacenti li guardano, continuando la loro conversazione.

In serata, un domestico avvisa che la sua padrona ospita il giovane artista Oreste in stato di torpore alcolico in un palazzo del centro. Chiede se, per favore, possono venirlo a prendere. Sarebbe più opportuno che metterlo in strada ubriaco.

Operazione di recupero attivata. Lo vanno a prendere nell'elegante edificio, si scusano con la signora, più divertita che infastidita.

Tenendolo sotto il braccio, Massimo: "Oreste, che combini? Chi è questa donna che ti caccia di casa?"

"Oh, splendida creatura. Ohh! Sveta mia ... non più mia... piena di passione... e che corpo ...", un singulto e riprende farfugliando, "avviati bene, carezze... baci, il resto... lo potete immaginare".

Altro singulto.

"Poi abbiamo brindato a champagne, ne aveva una scorta. Una stanza bellissima che ha cominciato a girare, lei vicina, non ricordo che diceva ..."

"Avrà detto di ricomporti e di andartene". Continua Mario, sorreggendolo sotto l'altro braccio. Rivolto al dottore: "Ma che ci parlo a fare?! Portiamolo in cuccetta e domani ci dirà cosa è successo".

"C'è poco da dire. Il nostro Don Giovanni ha colpito ancora". Il dottore.

"Parla di questa donna e invoca Sveta. É completamente partito. Deve finirla con queste sbronze. Domani gli faremo una paternale". Mario.

"Lascia perdere".

Tattini sa come curare il male fisico, ma ha occhio anche per le pene d'amore e sulle possibili terapie.

"Sta curando la spossatezza dell'animo con pillole erotiche rinvigorenti".

Venerdì 10 gennaio 1919, Irkutsk

La colonnina di mercurio stabile sui meno 20°C sta ora scendendo velocemente. Le acque sulla superficie del grande lago Bajkal sono ghiacciate. Un vento gelido proveniente dall'Artico porta una forte nevicata. Spazza le strade e raffredda più rapidamente il corpo. Chi esce fatica a vedere e a procedere, a causa della neve che si insinua dappertutto e rende difficile la visibilità. Ma sono in pochi a uscire. Approfitta di questo e decide che è il momento di agire. Invia Joseph con due uomini a prendere le due slitte da carico. Si raccomanda di attaccarle ai cavalli con robusti finimenti, e di portarle per vie traverse alla stazione.

Poco dopo le ventidue, Anna porta le calde tisane soporifere. La visita è ben accetta dal corpo di guardia:

"Ci voleva! Ringrazia il capostazione".

"Se vuoi, facci compagnia".

Alexander, che l'ha accompagnata e sostenuta nella neve alta, si avvia a sua volta alla carrozza di Pesavento. Controlla che gli ufficiali siano, come al solito in quelle ore di fine giornata, nello scomparto di ritrovo. Stando esposto al nevischio li ha osservati chiacchierare al caldo e giocare a carte. Il dottore scrive, Dal Bon in disparte fissa il bicchiere che ha in mano, ecco Pesavento che si alza dalla panca dove leggeva un libro. Lo aspetterà vicino alla cuccetta e lo tramortirà.

Mentre l'italiano prende congedo dal gruppo, Alexander si precipita ad attenderlo nel vagone. Con una botta alla testa lo mette fuori combattimento e lo perquisisce. Trovate le chiavi, raggiunge Anna e Joseph che vegliano le due sentinelle addormentate. Vengono chiamati i due complici in attesa.

È questione di pochi istanti aprire la porta a due serrature dello scompartimento, entrare e cominciare ad asportare le casse. Individua il piccolo forziere, delle cui chiavi dispone, contenente alcune spille con pietre preziose, banconote e, avvolta in un panno nero, la parure che da tempo splende nelle sue fantasticherie. Come ora splende illuminata dalla torcia con filamento di tungsteno rimandando lampi azzurri.

Svuota il forziere con l'intenzione di non condividere il contenuto con la complice Anna. Il Soviet non deve metterci naso.

I quattro uomini non impiegano molto a caricare le casse sulle slitte accostate al vagone. Tuttavia Anna sollecita la fine dell'operazione. Sente delle voci, forse la pattuglia in avvicinamento. Alexander decide che può bastare quanto sottratto, dieci casse di lingotti, più di un terzo di tonnellata. Scompaiono sotto la fitta nevicata.

Poco dopo la pattuglia italiana, che in effetti stava sopraggiungendo, trova sprofondate nel sonno le sentinelle, la porta dello scompartimento aperta ma non forzata. Avvisano di corsa l'ufficiale di picchetto, che a sua volta avvisa il comandante.

Compatangelo cerca Pesavento con lo sguardo, ricordandosi al contempo che aveva già lasciato la compagnia per andare nella sua cuccetta. Si fa seguire dal suo vice, Gressan, e da due militari. Giunti al vagone vedono Pesavento che sta arrivando tenendosi la nuca. Il comandante si sincera che non sia ferito gravemente e, constatato che si tratta di un colpo che causerà un forte mal di testa e un bernoccolo ma non lascerà traccia, controlla il carico. Accerta la sparizione di parte di esso. Tra i due il più dispiaciuto è Mario che aveva la diretta responsabilità del tesoro. *Ah! Non averlo consegnato a Krasnojark, che mossa incauta!* Ma è inutile piangere sul latte versato, bisogna ricostruire l'accaduto, cercare i colpevoli e rientrare in possesso di quanto rubato.

Sabato 11 gennaio 1919, Irkutsk

L'indagine si è conclusa facilmente. L'effetto soporifero è stato causato dalla bevanda che negli ultimi giorni veniva portata da una ragazza. Tutte le sentinelle sono state interrogate.

"Era così gentile!" Dice uno.

"Come si fa a rifiutare un tè caldo quando si ha freddo?" Dice l'altro.

"L'aveva bevuto anche il turno precedente". Un altro ancora, tentando di scaricare la colpa.

"E voi non controllate! Un bel faccino di donna basta a farvi cadere nell'inganno! Dovevate rifiutare e avvisarmi". Il comandante è visibilmente incollerito.

Tutti i militari coinvolti vengono puniti per la leggerezza dimostrata.

Da parte di Mario si hanno ancor meno informazioni: non ha visto chi lo colpiva.

Viene rinforzata la vigilanza fino a quando non arrivi il responsabile della banca. Da un rapido inventario Mario può comunicare al capitano che sono state sottratte 800 libbre, corrispondenti a 362 chilogrammi. Con i contanti e la piccola gioielleria è stata sottratta la parure di incalcolabile valore appartenuta alla zarina. I ladri non devono essere stati più di quattro o cinque. In molti, italiani sul treno, cechi e kolčakisti in stazione, sono stati beffati da pochi.

La baronessa è disperata.

Ho tradito la fiducia riposta, dovevo vigilare maggiormente. Ah! Questi italiani si son fatti derubare con troppa facilità. Avevo fiducia in loro. Qualcuno li avrà aiutati dall'interno? Che fare? Pregare, ecco. Chiederò la grazia al Signore di far ritrovare quanto mi è più prezioso. Vado subito nella chiesa più vicina. Speriamo che gli italiani si facciano aiutare dai nostri russi, più concreti e risoluti.

Anna ha appuntamento con Alexander al magazzino dove avevano trasportato la refurtiva. I due uomini assoldati per l'occasione sono stati liquidati, così ha detto Joseph e Anna è rimasta col dubbio che la liquidazione sia avvenuta con le loro uccisioni. Prima di lasciare l'albergo nella mattinata le è stato recapitato un telegramma.

Seguire costantemente transazione commerciale. Accompagnare compratore nelle fasi acquisto. Controllare immagazzinaggio. Tradotto: deve diffidare del pilota e assicurarsi che il carico non sparisca.

Un crampo l'attanaglia lo stomaco, con il cruccio di essersi concessa poche ore di sonno. Dopo la notte faticosa e adrenalinica si era accontentata di aspettare l'ora fissata per l'incontro. Aveva una brutta sensazione, già si immaginava le spiegazioni che avrebbe dovuto dare ai superiori se si fosse lasciata ingannare dal complice. Ma no, non può essere! Lui così dedito alla causa. Era lui che, infiltrato nell'organizzazione dell'unione controrivoluzionaria di Boris Viktorovič Savinkov per la difesa della patria e della libertà, nel maggio passato ne ha fatto arrestare gran parte dei membri.

Scopre invece di essere stata presa in giro! Il magazzino è vuoto, nessuna traccia delle casse d'oro né tanto meno dell'ideatore del colpo. E ora la colpa è sua che nonostante l'ordine della Čeka non ha vigilato a sufficienza.

Deve ritrovarlo, senza ricorrere alla rete spionistica sovietica, perché non vuole rivelare di essere stata raggirata. Peggio ancora, potrebbe essere considerata complice.

Si presenta a Hóng Tāo, il negoziante.

Nella semioscurità del retro del negozio sono seduti su bassi sgabelli davanti a un tavolino su cui posa un vassoio cesellato di rame con teiera e tazzine di té fumante.

"Credo di poter contare su di voi. Le forze sovietiche considerano voi cinesi in Russia come potenziali sostenitori, mentre il regime kolčakista ha un atteggiamento diffidente nei vostri confronti.".

"In effetti molti di noi sostengono attivamente l'Armata Rossa. Non ci sono formazioni cinesi nell'esercito bianco, a eccezione di una inviata dal governo di Pechino. Inoltre sono ostili ai giapponesi che controllano la Transbajkalia.".

"I russi bianchi vi disprezzano e si servono di voi per lavori umili e faticosi. Mentre i rossi vi considerano degni di combattere al loro fianco. Siamo dalla stessa parte e ho bisogno del vostro aiuto".

Hóng Tāo si accarezza e tira la rada barbetta caprina che gli arriva al petto, soppesando la proposta. È a capo di una estesa famiglia dai molteplici vincoli con le comunità cinesi siberiane, Manciuria e ovviamente Cina. Dispone di informazioni e di uomini. Sia per tornaconto economico sia per avversione ai bianchi, fornisce l'aiuto richiesto per individuare il nascondiglio del fuggiasco.

"Fuggiaschi!" Precisa Anna, convinta sia stata la bella infermiera a spingere al tradimento.

"Ti affido al mio uomo di fiducia. Con lui sei in buone mani". *E farà quello che dico io, non quello che vuoi tu.*

In quello stesso momento una vecchia ambulanza americana, con alla guida il fido attendente Joseph, porta verso Čita la coppia di amanti con il carico d'oro. La strada ha la neve calpestata dagli zoccoli delle truppe a cavallo e Joseph, attento a non scivolare sul ghiaccio, riesce a mantenere una buona velocità. A un'ambulanza si lascia la strada libera. Qualsiasi occhiata nella cabina di guida può confermare la presenza di una infermiera.

Svetlana si domanda dove è finita la fiera sostenitrice dell'autodeterminazione delle donne. Lei che rivendica il diritto di voto, lei che vuole sconfiggere la mentalità tradizionalista che guarda alla donna come proprietà maschile, lei che irride allo smielato romanticismo, lei che si considera liberata dai lacci della schiavitù patriarcale, lei donna libera e padrona della propria vita, che fa? Interpreta il ruolo dell'eroina di basso romanzetto rosa e scappa verso l'avventura con l'amante, abbandonando la strada sicura che l'avrebbe portata a ricongiungersi con la sorella. Tradendo chi l'aveva posta nelle condizioni sicure e amorose di quel viaggio. Certo la storia con il giovane artista era destinata a finire con lo scioglimento del battaglione Savoia e col di lui rientro nei ranghi dell'esercito italiano. Ma così!

Complice di una ruberia, a fianco di un disertore dell'esercito kolčakista, transfughi nella Transbajkalia dove dettano legge bande armate. Però, bisogna guardare anche le cose buone, a giustificazione di una scelta non proprio assennata. *Il mio Alexander è un amante appassionato, e come pegno d'amore mi ha offerto una parure appartenuta alla zarina. Non potrò purtroppo mai indossarla Ma che gesto commovente! Come non vedere che la sua generosità e dedizione sono manifestazioni di amore! La vendita comunque mi spalanca prospettive di una vita ricca e libera. Lui non mi chiede nessun impegno, nessuna promessa d'amore eterno. Ebbene, avanti allora. Se devo bruciarmi che la fiamma sia di luce radiosa.*

Viene distolta dai sogni a occhi aperti da soldati che in mezzo alla strada bloccano il mezzo a braccia alzate. Chiedono se il dottore può curare due commilitoni feriti. Per etica infermieristica e parimenti per non suscitare sospetti, assicura che il dottore che si trova all'interno provvederà senz'altro. Portati all'interno in stato di semi incoscienza per il sangue perso, capisce subito che le ferite da arma da fuoco, benché sanguinose, non sono letali. Con la giusta dotazione chirurgica, di cui sono forniti, lei stessa può estrarre le pallottole. Così fa, mentre Alexander finge di operare da gran chirurgo. I feriti curati e medicati vengono portati a terra tra i ringraziamenti dei commilitoni.

Martedì 14 gennaio 1919, Čita

Dopo aver costeggiato la distesa ghiacciata del lago Bajkal ed esser passati per Verchneudinsk, arrivano senza problemi a Čita dopo tre giorni, nonostante le frequenti nevicate. Nelle larghe strade fanno mostra di sé alcuni grandi edifici, impreziositi da motivi Art Nouveau. Alexander desidera passare a visitare, pur nella stanchezza del viaggio, la cattedrale in muratura dalla struttura massiccia neobizantina, completata appena dieci anni prima e dedicata a sant'Alexander Nevsky. Il santo, famoso per le sue epiche gesta militari e considerato eroe nazionale russo, rappresenta l'ideale principe soldato in cui Alexander si identifica.

Lasciano Joseph di guardia nella casetta in periferia affittata da un conoscente. La *troika,* messa a disposizione, permette di andare a ristorarsi in città. Cenano in un piccolo ristorante del centro. Vengono riconosciuti da alcuni soldati, commilitoni di quelli operati dal finto dottore, che insistono per offrire da bere. La serata prosegue in allegria tra canti e suoni. È un buon inizio, che scioglie le incertezze di Sveta per la nuova vita in Transbajkalia.

Tornando a casa immaginano un roseo futuro. Ingenuamente pensano di non aver lasciato tracce, sconosciuti in un mondo che con i soldi della vendita dei gioielli sarà ai loro piedi. Già l'indomani Alexander venderà i primi pezzi.

Quella sera brindano a champagne. È costato ad Alexander una fortuna. Che importa! Il giorno dopo disporrà dei proventi della vendita. Hanno invitato anche l'attendente, che però dopo il brindisi viene prontamente congedato.

Sveta adorna solo della collana, che rifrange le tremolanti luci delle candele e diffonde la luce azzurra per tutta la stanza, gli si offre. Le guance imporporate dal fuoco, che arde all'interno, contrastano con il blu della collana di zaffiri. Lui gode la visione del corpo femminile, del volto trasfigurato dall'estasi dell'amplesso, della massa di scuri capelli che fluttuano. Fuori il cielo è sereno, la tormenta passata, il gelo attanaglia la pianura, dentro la temperatura è altissima.

DRAGO CIRCONDATO DA NUVOLE PROPIZIE

Martedì 14 gennaio 1919, Irkutsk

Compatangelo consegna a Nikolai Stanislavovich Kazanovsky, il responsabile bancario, il carico rimasto. Si è fatto accompagnare, approfittando della sua funzione di ufficiale di collegamento e per il prestigio che viene attribuito al colonnello, da Wulkorov.

"Stiamo inseguendo i responsabili del furto. Vedrà: quanto prima potrò consegnare anche quanto sottrattomi".

Wulkorov è stato messo a parte dell'incarico fiduciario di custodia e quindi può intervenire con cognizione di causa. "L'accordo con la legione ceca prevede un finanziamento. Parte di questo può essere considerato l'oro mancante. Il comandante qui presente ha comunque intenzionedi recuperarlo: nel qual caso sarà a voi consegnato".

"In effetti si può vedere così: una modalità del finanziamento previsto. Il Comando militare, che sta per onorarvi con il nastro di San Giorgio, concesso a quei *figli fedeli della patria che si fossero distinti con zelo e lucentezza di coraggio*, sicuramente sarà d'accordo con quello che dite. Avete dalla vostra parte san Giorgio. Dovrò comunque denunciare il furto al comando della legione". Conclude Stanislavovich con un sorriso rassegnato, mentre firma la ricevuta per quanto ricevuto

Deve comunque acconsentire, non può fare diversamente. D'altronde l'oro preso a Kazan in parte serve per pagare le spese militari del governo, tra cui il fondamentale contributo della legione e di altre formazioni .

Per risollevarsi il morale vanno a far visita al dottore. Lo trovano indaffaratissimo che bada alla sistemazione dello studio medico e della *banja*, aiutato da Mario.

"Idree mi ha fatto provare questo bagno di vapore, praticamente dentro alla stufa. Si può trovare solo nella Russia profonda, qui in mezzo alla taiga". Massimo.

"Essenziale è far macerare fasci di rametti di betulla, con i quali praticare una fustigazione, come fosse un massaggio. Poi esci e ti rotoli nella neve". Danijl.

"In alternativa ho installato una vasca con acqua fredda. È un'esperienza di estatica felicità". Massimo.

Appena pronta vuole che vadano a provarla.

"Caro Massimo, noi partiamo a breve. Non posso tenere gli uomini qui a lungo, anche se in questa città crocevia di razze e commerci ci stiamo con piacere". Dice il capitano e, dopo qualche augurio per la nuova attività e per la scelta di vita, se ne va.

Solo allora Massimo si permette di esprimere un dubbio. Esita e, facendolo, si accarezza il pizzo.

"Francamente non capisco la smania di Andrea di andarsi a consegnare in mano ai militari. Non è neanche un soldato, al contrario di Carlo e Mario. Io ci son capitato in mezzo alla guerra, ma non avrei mai scelto la carriera del soldato".

"Purtroppo abbiamo avuto un movimento popolare favorevole alla guerra. A Trieste pareva l'unica strada per liberare i nostri territori dall'Austria". Risponde Mario che aveva guardato con simpatia l'Associazione nazionale Trento-Trieste e sia lui che Massimo, sebbene non iscritti, ne avevano apprezzato l'iniziale irredentismo senza intento bellicoso nei confronti dell'Austria-Ungheria.

Riprende. "Purtroppo anche l'associazione Trento-Trieste è passata al servizio dell'interventismo. Mi scrive mio zio Piero che questa ha fatto propaganda di sostegno alla guerra per tutta la sua durata. Temo che questi atteggiamenti non portino nulla di buono nella convivenza coi croati".

Se Mario non vede un futuro roseo per l'Istria solo apparentemente pacificata, Danijl Alexandrovich teme che in Russia, finita la guerra civile, resteranno solo cumuli di macerie e milioni di morti. "I soviet vogliono sovvertire il mondo, ma lo fanno sulle punte delle baionette".

"Speriamo in un periodo di pace. Io, il mio angoletto di serenità me lo sto costruendo qua, nonostante i neri presagi del conte. E a te auguro di sistemarti nella tua Trieste pacificata con Olga. A proposito, hai sue notizie?" La serenità del dottore, che ha trovato sistemazione in città e instaurato un caldo rapporto con Idree, fa da argine alle fosche previsioni di Mario e di Danijl.

"Si, mi tiene informato della sua famiglia, degli avvenimenti quotidiani. Dice che mi aspetta. Non percepisco però un sentimento forte per me. Forse non riesce a rendere nello scritto quello che prova".

"Non la conosco, ma potrebbe essere uno di quei caratteri che covano la brace sotto la cenere e quando tornerai farà brillare la fiamma". Assicura il conte incoraggiante.

Venerdì 17 gennaio 1919, Irkutsk

Qualcuno informa il negoziante cinese di aver visto qualche giorno prima sfrecciare senza scorta un'ambulanza sulla strada per Čita. Solitamente i trasporti di rifornimenti e quelli sanitari sono scortati da forze armate.

Pare che il mezzo sia simile a quello rubato davanti la sede del consolato americano un po' di tempo prima. La comunità cinese di Čita conferma che un'infermiera e un medico, che non erano al seguito di nessun corpo militare, erano stati visti in un locale brindare con i soldati. Alcuni di questi, interrogati, avevano confermato di aver conosciuto i due sulla strada da Irkutsk. Ora alloggiano in una *dača* fuori città dove all'esterno staziona un'ambulanza militare. Le notizie arrivano da più fonti e sembrano collimare. Il negoziante cinese può informare la spia Nikitin che i due fuggiaschi hanno preso stanza nella capitale transbajkalica.

Venerdì 17 gennaio 1919, Čita

Alexander si prepara per uscire; andrà a trovare l'amico Vasily figlio di uno dei fratelli Shumov mercanti d'oro.

"Vado a vedere una torta nuziale".

Sbigottita Sveta: "Non ti pare un po' presto e comunque azzardato parlare di matrimonio".

Ride l'amante.

"Oh, certo, hai ragione. Mi riferivo alla combinazione di colori del palazzo del mio amico in via Bolshoy con le pareti di un delicato colore rosa e la modanatura in stucco realizzata in bianco".

Nel palazzo barocco e classicista apprende la notizia che il giovane Vasily è scomparso insieme a un carico d'oro. Nonostante la disperazione, il padre Konstantin lo riceve nel vasto salone in cui troneggia il lampadario ordinato dai fratelli nel 1912 a Venezia.

"Le autorità non si muovono. Con queste non siamo in buoni rapporti. Secondo me sicuramente vogliono nascondere le informazioni di cui sono in possesso".

Non è il momento né il caso di chiedere al padre affranto un aiuto per la vendita dei preziosi. Lo consola augurandogli di rivedere presto il figlio. Ma ha un brutto presentimento. *Qualcuno ha rubato l'oro e ucciso il mio amico.* Dispiaciuto non si perde d'animo.

Si indirizza verso una delle tante botteghe di gioiellieri ebrei. A Čita vi è la più grande organizzazione ebraica, con un mezzo migliaio di membri, che si sono dedicati all'imprenditorialità e all'attività commerciale.

Il sorriso si spegne sulle labbra di Alexander. Il commerciante spiega.

"Non posso, e nessuno dei miei correligionari può, acquistare i lingotti con lo stemma zarista. Tanto meno la collana, già esibita dalla zarina vedova, Maria Feodorovna: un pezzo molto elaborato di grande raffinatezza. Guardi questi zaffiri di varie dimensioni e forme. I diamanti tutti incastonati in una cornice d'oro. Come non riconoscere lo zaffiro più grande dal peso di 159,25 carati? C'è un quadro della zarina madre dove la collana fa bella mostra di sé. Si possono vendere a parte i 15 zaffiri con un peso di 150 carati e i 414 diamanti del peso complessivo di 204 carati, ma nessun gioielliere ebreo si azzarderebbe a fare tale lavoro. Il diadema, il bracciale e gli orecchini sono parimenti riconoscibilissimi. Guardi il giornale".

Gli mostra il quotidiano *Zabaykalskaya Nov* di quattro giorni prima con un breve articolo sull'attentato del 20 dicembre al Teatro Mariinsky con due bombe lanciate nel palco dell'atamano: *Come abbiamo sentito, i veri criminali che hanno attentato alla vita dell'Atamano Semënov sono stati trovati, detenuti e assicurati alla giustizia.*

"So dell'attentato. E con questo?" Non vede il nesso Alexander.

"La polizia sta cercando uno degli attentatori, l'ebreo Matvey Berenboim Nerris, noto nell'organizzazione partigiana col nome di Vasya. Ci hanno chiesto di consegnarlo e noi non possiamo non sapendo dove si nasconde. Non credendoci, ci sorvegliano. Temiamo ripercussioni e non abbiamo intenzione di farci sorprendere a commerciare oro zarista con ufficiali dell'esercito kolčakista. Già tra i cosacchi prevale un forte antisemitismo a causa della partecipazione di molti di noi alla rivoluzione bolscevica".

"Qualche suo amico gioielliere?"

"Posso consigliare di rivolgersi a qualche gioielliere ebreo a Harbin o a Irkutsk, dove si stanno raccogliendo fondi per preparare l'emigrazione degli ebrei in Palestina. Giusto in questi giorni si sta svolgendo il Congresso di delegati ebraici siberiani, rappresentanti del movimento sionista. Lì tra tanti forse troverà qualcuno disposto all'acquisto".

Tornare dove hanno compiuto il furto è rischioso.

"Meglio in Cina, fuori dalla giurisdizione russa".

"Ha ragione. Posso consigliarle a chi rivolgersi. Un gioielliere fidato, un buon amico che con mia presentazione farà sicuramente il possibile. Temo smembrando la collana".

"Non importa. Che sia pure venduta a pezzi. Immagino ne verrà un buon utile lo stesso".

Riesce a convincere il gioielliere a comprare qualche spilla:

"Oh, le riconosco. Le spille erano i gioielli preferiti di Elisabetta, la sorella maggiore dalla zarina. Le aveva divise secondo l'uso: per le acconciature, per i cappelli, per gli scialli, per il corpetto, per le gonne. Molto eleganti, molto vendibili. Posso prendere queste quattro, anzi anche questa a forma di mazzo di fiori".

Con la vendita dei monili almeno avrà denaro per vivere bene per parecchi mesi.

Con Sveta decide quel giorno stesso: partirà con la collana per Harbin, sperando di eludere la sorveglianza di Aleksey Pavlovich Budberg, vecchio ufficiale di carriera dell'esercito zarista al servizio di Kolčák in quella città. Sveta custodisce il resto della parure, che smembrata attirerà forse meno attenzione. Lo venderanno poi in un secondo momento.

Non c'è fretta per consegnare al Soviet l'oro. Una parte può sempre essere venduta ai mercanti Shumov, come Alexander è sempre più propenso a fare.

Nello stesso pomeriggio alcuni uomini della banda di Talach Lenkov irrompono nella gioielleria dell'ebreo e arraffano quanto trovano. Il gioielliere viene tramortito con un colpo alla testa e derubato della mercanzia esposta, tra cui le spille appena acquistate.

Al suo risveglio si consola della fortuna capitata: in genere le rapine si concludono con l'uccisione del rapinato. Resta tuttavia desolato al pensiero di quanto avrebbe fruttato la spilla a mazzo di fiori realizzata nello stile Art Nouveau. Aveva riconosciuto la tecnica dello smalto a vetro colorato tipica dei famosi Grachev, fornitori della Corte Imperiale fino al 1917. Immessa nel circuito dei beni di oscura provenienza chissà in che mani finirà!

È inarrestabile la dispersione in mille rivoli dei tesori zaristi.

Domenica 19 gennaio 1919, Harbin

Alexander scende dal treno con la testa che comincia a girare, un piccolo brivido lo scuote. Desidera un letto caldo al più presto, ma prima passa dal negoziante ebreo.

"Impossibile. Ho un commercio ben avviato, un certo prestigio. Non vado a rovinare tutto per un traffico illecito. Non sto a chiederle come l'ha avuta, ma questa è senz'altro frutto di un furto. Lei viene a nome di un amico e penso quindi che sia una persona onesta. La riprenda pure".

"Non posso portarmela addosso per una città sconosciuta. E devo aver tempo per cercare un acquirente".

"Guardi, se vuole, proprio per accontentare lei e il comune amico, posso tenerla in custodia a un prezzo irrisorio".

Così si accordano, vuole solo infilarsi in una stanza riscaldata, bere un brodo caldo per poi sprofondare nel sonno. S'infila nella prima stamberga che trova. S'informa se c'è un buon riscaldamento: deve cacciare il freddo che si è annidato nelle ossa.

Lunedì 20 gennaio 1919, Irkutsk

Il pope Ofaniel, collaboratore dell'editore Levitsky, chiede di conferire con lui. Oreste lo fa subito accomodare.

Il prete, dopo i convenevoli di rito, si dichiara a conoscenza del furto e di disporre di alcune informazioni che indicano che la refurtiva si trovi a Čita. I confratelli di lì guardano sempre con attenzione quel che succede nella comunità ebraica e hanno avuto sentore del tentativo di vendita di famosi zaffiri a un gioielliere. Avevano quindi indagato. Era il caso che il comandante Compatangelo fosse messo a parte delle risultanze dell'indagine.

Fissano l'appuntamento. Ofaniel impartisce una benedizione, non richiesta, e si accomiata.

Mercoledì 22 gennaio 1919, Irkutsk

Oreste ha già informato il capitano dell'oggetto dell'incontro e quindi il pope si sente autorizzato a entrare subito nel vivo del discorso.

"Capitano, sarò franco con Lei. Ho avuto occasione di conoscere la dama di compagnia della zarina e di essere messo discretamente a parte dell'importante missione che le è stata affidata: la consegna di una reliquia zarista simbolo della sottomissione dell'imperatrice a Dio e alla terra russa. Questa missione è diventata anche la mia. Sono giunto in possesso di una notizia che vorrei fornirle. So che è stato derubato di parte di quello che aveva in consegna, senza che sia stato ancora individuato l'autore del furto né tantomeno recuperato il maltolto".

"È vero. Con grande disappunto solo qualche giorno fa ho consegnato al rappresentante della banca di Stato russa la parte rimasta".

"L'autore del furto è un cekista che lei ben conosce".

"Chi?"

"Il sottotenente Alexander Vasilskij, fingendo amicizia, studiava il modo migliore per derubarvi. Aveva una complice, certa Anna Nikitin. Il cekista ora è a Čita dove sta tentando di vendere oro e preziosi".

"Non era un eroico aviatore del governo bianco?" Oreste.

"Le mie informazioni sono sicure. È un sabotatore dei rossi e ha rubato l'oro. Per quello che so, deve ancora consegnarlo ai suoi superiori, se mai lo farà".

"Maledetto traditore". Andrea.

"Ha tradito lei come ha tradito l'ammiraglio e forse i suoi compagni cekisti. Inoltre aveva una persona che lo informava dall'interno". Guarda prima Andrea e poi si sofferma a guardare Oreste, in attesa della sua reazione a quanto sta per svelare.

"Non mi dica che conosco pure questa". Andrea.

"L'infermiera Svetlana Aleksàndrovna Kolobukhina, che lo ha seguito in Transbajkalia".

"E l'oggetto del furto?" Svia il discorso Andrea.

"Si può recuperare. Ecco perché son qui. Per il momento l'atamano Semёnov e i suoi cosacchi sono all'oscuro di quanto successo.Quando lo verranno a sapere, vorranno impadronirsi della refurtiva, ma prima possono intervenire i militari del suo battaglione. Basta un piccolo gruppo che si muova con rapidità per recuperare l'oro e arrestare il cekista. Consegnate tesoro e traditore al governo. Della signorina Svetlana, farete quello che deciderete più opportuno. La baronessa torna in possesso degli zaffiri."

"In effetti così il battaglione Savoia concluderebbe con successo un'operazione militare. Sanerei l'onta del furto". Compatangelo.

"Voi non siete nemici dell'atamano. I cosacchi non dovrebbero dare noia a un manipolo di alleati in perlustrazione. È comunque senz'altro meglio evitarli. I ladri saranno facilmente sopraffatti. Mi hanno segnalato dove sorprenderli".

"Ci devo pensare. Indubbiamente quel che proponete è allettante. Purtroppo ho l'impegno di consegnare i miei uomini alle autorità patrie. Temo di impelagarmi in una rogna di cui può soffrire il battaglione".

"Può passare la conduzione di questa faccenda a qualche suo ufficiale che poi si ricongiungerà con voi".

Sta per continuare, ma viene interrotto da Oreste.

"Io mi offro senz'altro. Oltre a lavare l'onta del Savoia devo lavare anche la mia. Sono stato tradito due volte!"

"Va bene. Ti offro l'incarico. Ma devi trovare qualche uomo. Prova a sentire Mario; so che siete buoni amici".

"Io potrei..."

Inizia Oreste, ma viene interrotto dal pope che non desidera essere coinvolto in affari interni del battaglione.

"Bene. Vi lascio. Quel che potevo fare l'ho fatto. Dirò una preghiera per il buon esito dell'operazione e per voi, signori. Che l'occhio benevolo di Dio vi segua e protegga".

"Grazie, padre". Andrea.

Oreste accompagna il pope alla porta.

Compatangelo convoca i suoi ufficiali più fidati c li mette al corrente di quanto appreso. Volutamente non guarda Oreste, che invece sbotta:

"Misera imbrogliona. E io che ingenuo".

Dopo un breve attonito silenzio, ecco levarsi un brusio di voci discordanti che infine pongono la domanda: che fare? Il capitano li zittisce.

"Ho promesso al capitano Fano che avrei consegnato il battaglione al regio esercito e così farò. Non voglio però trascurare l'opportunità di rientrare nel possesso della refurtiva. Un piccolo gruppo di volontari composto da due graduati, Dal Bon e Pesavento, e quattro soldati partirà domani due ore prima dell'alba. Ora è sera, inutile e pericoloso mettersi in viaggio. Verrà utilizzata la Russo-Balt blindata e l'altra macchina, che basteranno per il trasporto del carico nel ritorno. Tornati e consegnati i valori in banca, partiremo subito dopo. Il tragitto, concordato con gli alleati, passerà per la Mongolia sulla tratta sotto controllo cinese".

Si gira verso Wulkorov.

"Scusa Danijl. Avevi manifestato il desiderio di accompagnare Mario e Oreste, ma ti preferisco con me per appianare eventuali intoppi militari e burocratici".

Il conte: "Considerandomi ormai parte del battaglione, ti accompagno volentieri. Ho già comunicato ai miei superiori che non desidero partecipare attivamente alla guerra. Data l'età, ho chiesto di essere esonerato dal servizio".

"Senz'altro il generale con nastro di San Giorgio è accettato con onore".

"Veramente, con la mia richiesta di pensionamento, penso che non sarò insignito del nastro né promosso generale". Un velo di amarezza gli copre il volto.

Prosegue.

"Un consiglio però mi sento di darlo. Cercate di non incappare nella divisione di cavalleria asiatica del barone von Ungern Sternberg. Una formazione piuttosto eterogenea, tra cui mongoli, cinesi, giapponesi, russi, buriati, tatari, baschiri, emigranti polacchi e molti altri".

Conferma e ricorda Compatangelo: "Ne conosco la terribile fama, riconfermata anche dal comandante del 16° Reggimento fucilieri, Nikolai Kazagrandi, che abbiamo avuto il piacere di conoscere. Il barone insegue il sogno folle di una restaurazione teocratica dell'impero mongolo e della riscossa contro l'orda dei bolscevichi senza Dio".

Mario ricordava la descrizione fisica del terribile comandante fornita da Kazagrandi, esortato dalla curiosità delle signore: non alto ma di larghe spalle aveva un viso magro con occhi spiritati e freddi. Molti di quelli portati al suo cospetto hanno perso la vita.

Wulkorov ben conosce le nefandezze del barone. La città dove comanda è un girone infernale.

"A Dauria, stazione ferroviaria strategicamente importante, che si trova a sud-est del Lago Baikal, viene fatto il lavoro sporco, per il quale Semënov non vuole assumersi la responsabilità. Un centro di tortura dove i rossi catturati e gli oppositori vengono torturati ed eliminati dai feroci cavalieri asiatici. Quindi massima attenzione, non è una scampagnata".

L'agente Anna Nikitin, che sorveglia il Savoia, ha visto il pope Ofaniel incontrarsi col comandante Compatangelo. Che il pope sia venuto a conoscenza di informazioni relative al furto e le abbia trasmesse agli italiani? È stata convocata immediatamente una riunione degli ufficiali. Ne è emersa la decisione di approntare due macchine per la partenza del giorno dopo. Un drappello sarebbe dunque partito all'inseguimento dei ladri? La destinazione pensa di saperla: Čita, come le ha comunicato Hóng Tāo. Deve rischiare e battere gli italiani sul tempo, arrivare prima e impossessarsi dell'oro.

Deve segnalare ai suoi capi il trafugamento dell'oro. *O forse è meglio comunicarlo solo quando ne rientrerò in possesso? Sì, farò così.*

Indossa un lungo pastrano militare a cui ha applicato un bavero bianco di lapin, si calca in testa un colbacco della stessa pelliccia, esce afferrata subito da un vortice di vento. *Alexander dovrà decidere da che parte stare, con il Soviet o con Svetlana.*

Il servizio di Alexander nello spionaggio è stato sempre improntato alla dedizione verso il Partito. *Chi poteva immaginare questo suo tradimento?! Quale la causa? Bramosia di denaro o la passione per Svetlana? Quella donna l'ha stregato. Ha cancellato la sua volontà.*

Paga l'anticipo a Hóng Tāo con una mazzetta di rubli. Un piccolo gruppo di uomini è agli ordini di Lupo, un giovane tozzo e basso, dalle larghe spalle. Sono già su un camion dal motore potente e dalle ruote massicce prodotto su licenza della ditta FIAT. Precederanno gli italiani utilizzando un mezzo progettato in Italia. Nella capitale transbajkalica sono attesi da chi continua a sorvegliare i ladri.

Giovedì 23 gennaio 1919, Irkutsk

La baronessa alloggia in una cameretta ai bordi del vecchio quartiere di Kvartal.

Va a pregare per le anime dei Romanov e per la sua nella Chiesa del Salvatore, a pochi passi dalla Cattedrale dell'Epifania, più bella coi suoi rinomati affreschi ma molto più frequentata.

In chiesa viene avvicinata dal pope Ofaniel, che le dice senza preamboli:

"So già del furto e ho notizia di dove trovare i ladri. Persone tra l'altro che lei conosce. Ma non voglio dire altro. Sappia che l'ho comunicato agli italiani che si stanno attivando per il recupero. Non sia triste. Preghiamo la Divina Provvidenza".

Pur nella preghiera Theodora si pone una domanda: *ma il pope non doveva svolgere opera di propaganda sui treni?*

Non ha l'occasione di chiederlo; Ofaniel si alza silenzioso e se ne va, salutandola con un cenno del capo.

Venerdì 24 gennaio 1919, Irkutsk

Tatiana e Irina spesso si recano allo studio del dottor Tattini. Non è ancora ufficialmente aperto, ma ci vanno per usufruire della *banja* appena installata e stare in un luogo di rilassamento, salute e benessere, e per socializzare fra donne.

Trovano piacere nello stare nude nella nube di vapore e Theodora, forse per questo, non partecipa.

La temperatura esterna si aggira da giorni tra i -15°C e i -25°C. Nella stanza a vapore, la *parilka*, con una temperatura mai inferiore ai 70°, le due donne e Idree si stendono sulle panchine in legno per permettere al calore di distribuirsi su tutto il corpo, poi si immergono nella vasca di acqua fredda. Tonificato il corpo nella stanza del rilassamento e delle confidenze femminili bevono il tè, scegliendone uno diverso ogni volta.

Dice Tatiana: "Sento da mio marito che gli ufficiali del battaglione sono sottosopra per il furto subito. In particolare il comandante e Oreste".

Continua Irina. "Un duro colpo essere stati raggirati da quell'aviatore che credevano leale. Ti ricordi che aveva fatto anche a noi buona impressione quando era stato invitato a casa tua e presentato proprio agli italiani?"

Tatiana: "E invece! Mi sento in colpa per averlo introdotto nella cerchia nostra e del battaglione".

Idree doppiamente dispiaciuta, per l'ulteriore scorno di Oreste e per la sbandata di Sveta. Se ne fa una colpa. "E io che mi ero rallegrata per Svetlana, per la sua storia con Oreste. Come ci è rimasto male, poverino".

"Oreste non è smaliziato, aveva creduto di aver trovato l'amore puro e l'aveva abbellito con la fantasia di artista. È stato brutalmente riportato con i piedi per terra". Tatiana.

Prosegue Irina: "Sì, anche Mario mi dice che dal giorno del furto è ancora più abbattuto. È convinto che tutto sia successo per colpa di quel quadro osé. Una sciocchezza! Un amore non finisce per una cosa da poco".

Si infervora Tatiana: "Colpa dei bolscevichi che hanno voluto cambiare il ruolo della donna all'interno della società russa, portando lo sconquasso nelle famiglie e nei rapporti tra i sessi. Hanno sovvertito i concetti di lecito e non lecito, hanno annullato i confini con il pudore".

Osserva Irina a cui certe idee dei soviet sulla condizione femminile non dispacciono: "È un'evoluzione. Il comune senso del pudore ha esteso i suoi limiti. Se ne ha una nuova concezione, meno oppressiva nei confronti della donna e bisogna riconoscere che il governo bolscevico si fa interprete di queste istanze. Per primo al mondo sta liberalizzando il divorzio e l'aborto. Equiparando in tutto i due sessi ribadisce il principio della libertà nell'uso del proprio corpo da parte della donna".

Le gote si imporporano a Tatiana nel prosieguo della discussione. "Questa storia del libero amore mi fa inorridire. Lenin si tiene come amante la francese Inessa Armand con il beneplacito della moglie Nadezhda Krupskaja. È questa l'emancipazione?"

Afferma, guardando realisticamente alle cose, Irina: "Bisogna considerare che questi sono tempi speciali. Migliaia di famiglie vengono travolte dalla guerra da un giorno all'altro. Gli uomini sono al fronte e non si sa se ritorneranno. Molte donne si affidano al primo uomo che assicura loro protezione e cibo. I valori tradizionali sono superati".

"Io vedo che i comunisti considerano la famiglia un'istituzione da combattere come lo zar e i capitalisti". Tatiana.

"Però pensa anche all'educazione pubblica dei bambini e dei ragazzi e la legalizzazione dell'aborto entro il terzo mese. E ciò per combattere il fenomeno dell'aborto clandestino". Idree appoggia Irina nella valutazione positiva della rivoluzione nei costumi sessuali contro il principio d'autorità maschile, di cui anche lei come siberiana ha sofferto. Se fosse stata presente anche Theodora, avrebbero trovato una fiera oppositrice alle idee di libertà ed emancipazione femminile.

Lo sanno e pensando a lei dice Irina: "Povera Theodora è molto abbattuta per la fine della famiglia imperiale, molto preoccupata per la possibile vittoria degli atei bolscevichi, molto in colpa per non aver custodito personalmente la collana. Insomma, mi fa pena. Non mi ispira questa gran simpatia, ha idee che non condivido, ma è una brava persona che soffre".

"Si". Continua Tatiana. "È molto sola. Ha lontani parenti in Francia, ma credo che gli unici con cui può scambiare qualche parola qui in Russia siamo noi. Theodora vuol dire dono di Dio ma lei non ha avuto gran doni dalla vita".

Idree fa da padrona di casa, servendo lo *sbiten* caldo, una bevanda tradizionale a base di miele, con erbe medicinali, acqua e cannella, pepe e zenzero.

Lo servirà entro pochi giorni anche alle pazienti del dottore come medicina anti influenzale magnificandone i poteri curativi anti-infiammatori. Per queste sarà disponibile anche la *banja*.

Venerdì 24 gennaio 1919, Čita

Da più di sei ore ha fatto buio e i fari delle Russo-Balt cercano di fenderlo, ma la visibilità rimane scarsa, mentre alto è il rischio di far slittare le macchine sul fondo gelato. Raggiungono la casetta situata fuori città di cui hanno l'indirizzo: è isolata, non difesa se non dai tre occupanti. Il comandante, diffidando del coinvolgimento emotivo di Oreste, ha affidato il comando a Mario, che fa fermare le macchine col muso puntato alla *dača*, illuminata dai fari. Silenzio, nessuna reazione. Scendono guardinghi con le armi in pugno e si avvicinano cauti. La porta è stata forzata, i locali vuoti.

Anna Nikitin, partendo di notte, ha avuto quattro ore di vantaggio. Sono stati facilmente sopraffatti e interrogati l'infermiera e l'attendente. Viene requisita la parure, priva della collana, e caricato l'oro sul camion. Vi vengono rudemente sospinti anche i due prigionieri. Portata a compimento l'incursione, ora si dirigono verso Harbin, territorio cinese dove russi bianchi e Alleati hanno limitata capacità di intervento.

Gli italiani notano le orme di molte persone e le tracce di grossi pneumatici, quelli di un camion. I tre ladri sono scappati, perché informati da qualcuno? Oppure qualcuno è arrivato prima di loro e li ha catturati? *Sicuramente non eravamo i soli a sapere del nascondiglio*, si rattrista Mario.

Non resta altro che attizzare il fuoco e rifocillarsi. Gli uomini si dispongono a qualche ora di sonno. Mario e Oreste commentano l'esito l'accaduto.

Mario: "Che figuraccia davanti al capitano che aveva riposto fiducia in noi e di fronte agli altri ufficiali! In banca attenderanno invano l'oro mancante".

Oreste: "Con che faccia ritorniamo? Non ci siamo comportati da professionisti. Son sicuro che Gressan e Re avrebbero fatto meglio. Poi, scusa, ma per me è un dolore aggiuntivo, sapere che Sveta ha preferito quel manigoldo. Per diventarne complice in un furto!"

"Ti capisco, ma non so se hai ragione. Siamo stati preceduti da chi ne sapeva più di noi o l'ha saputo prima. Gressan e Re non avrebbero potuto far meglio, anche se sono ufficiali di carriera con più esperienza militare. Non vedi come son contenti di rientrare nei ranghi dell'esercito regio. In quanto a Sveta, può aver ceduto a un momento di debolezza, tra l'altro nato da una incomprensione tra voi".

Brontola qualcosa Oreste su "tradimenti", "ore d'amore passate", "donne russe".

Mario riporta il discorso sugli esiti del furto. "Oltre all'oro ci siamo fatti sottrarre sotto il naso i preziosi. Di un valore inestimabile".

Sbadiglia.

Il calore proveniente dalla enorme stufa russa in maiolica, rende piacevole la temperatura, la stanchezza vince sulla tristezza dei due amici, le palpebre si fanno pesanti. Non c'è altro da fare che augurarsi la buona notte.

Mentre Mario e Oreste si rigirano nei giacigli in preda al malessere della sconfitta, i cinesi passano la frontiera carichi d'oro. Concluso il compito saranno pagati secondo quanto stabilito con la spia russa e torneranno ad Irkutsk. Non prima di aver portato a termine quanto ordinato da Hóng Tāo.

Sabato 25 gennaio 1919, Irkutsk

Due posti di blocco li hanno lasciati passare, dopo aver controllato i documenti. In uno sono riconosciuti: "Ah! Gli italiani del battaglione Samara". Scoprono così che il *Savoia* ha anche un altro nome.

A sera vengono accolti dai camerati felici di rivederli. Almeno non hanno avuto intoppi durante il viaggio. Si aggiornano sugli ultimi avvenimenti e ognuno esprime la propria opinione. Tutti concordano che le forze in gioco sono troppe. Buona parte della truppa non è a conoscenza del trasporto del tesoro zarista e a quei pochi, che sanno qualcosa, non importa. Vogliono solo raggiungere il suolo italiano. Per gli ufficiali è un'altra cosa, un incarico da svolgere al meglio. Ma tra altri incarichi: contrastare le armate rivoluzionarie, mantenere l'ordine tra la popolazione, condurre gli uomini in territorio amico.

"Qua non c'è più nulla da fare. Proseguiamo per Harbin". Dice realistico Compatangelo.

Il viso tondeggiante di Idree riflette la luce tremula delle candele. Lo sguardo di Massimo è fisso su quei tratti asiatici decisi e dolci insieme, su quello sguardo di fiducia e abbandono. Molto diverso da quello della sua, se può ancora dire sua, Antonietta, severo e distante. La signora, di nobili origini, spesso lasciava trapelare l'insoddisfazione per la vita al fianco di un medico condotto della val d'Adige, rozzo montanaro italiano. Con la siberiana il dottore trova sé stesso, il giovane studente universitario con tanti sogni. In quella fredda terra dagli orizzonti sconfinati può intraprendere una nuova attività, da vero professionista, da imprenditore sanitario, avendo vicino chi l'apprezza, lo stima, lo ama.

Massimo è travolto dalla femminilità che emana da quella creatura bella e strana, con gli occhi a mandorla e dalle fluide movenze, dalla spiritualità profonda. Lo fa sognare. Lui non è un bell'uomo, lo sa, con la pancia, l'incipiente calvizie, l'andatura pesante. Ma con lei tutto questo non ha importanza, riacquista la baldanza giovanile. Gli piace passare il tempo con lei, ha bisogno di averla vicina, il solo pensarla lo solleva dagli affanni, lo rende sereno e buono. Si domanda se in tanti anni di vita con Antonietta gli sia mai capitato di provare questo, un vuoto interiore quando non sono insieme.

Mercoledì 29 gennaio 1919, Irkutsk

Ormai si apre lo studio. La voce si è sparsa, sono arrivate le amiche e le parenti delle due signore e della moglie del mercante Shaikhulla Shafigullin. Il dottore è ben contento di questo gineceo, poiché alcune partecipanti cominciano a pagare. L'avvio dell'attività sta andando bene dato che si sta spargendo in città la voce dell'arrivo di un buon medico. Decide che può perfezionare gli studi universitari e frequenta da uditore le lezioni presso il dipartimento medico dell'Università statale di Irkutsk, inaugurata ufficialmente cinque mesi prima.

Massimo e Idree fanno parte già del tessuto sociale della città e ne frequentano da coppia fissa gli eventi più importanti. Si possono vedere, felici della reciproca presenza, in ristoranti, a teatro, nel poco passeggio che si può fare sulle strade perennemente coperte di neve. Spesso vanno nel giardino circostante la Cattedrale della Santa Croce, una delle prime strutture in mattoni della Siberia, a vedere piccole sculture in ghiaccio, per poi girare nel quartiere storico di Kvartal, che ospita varie case costruite con i tronchi di legno, dove si trovano negozi, caffè e ristoranti.

Talvolta Massimo non resiste al vizio del fumo e allora percorrono via Pesterevskaya fino ad arrivare nel negozio di Sumkin per acquistare qualche sigaro cubano. Spesso nelle loro passeggiate invitano anche Theodora. Lei volentieri accetta, se non impegnata in opere di carità. Spesso va a trovare le suore del convento Znamensky, aiutandole nei lavori del laboratorio di cucito e ricamo.

Lunedì 3 febbraio 1919, Harbin

È arrivata nella Shanghai del Nord, dove prende alloggio nella parte vecchia, giudicando più facile nascondervisi piuttosto che nella nuova, nel distretto commerciale, industriale e artigianale, centro nevralgico della CER, la ferrovia orientale cinese.

Per prima cosa, Anna spedisce un messaggio criptato che assicura il coronamento dell'operazione quanto prima. Tace sul fatto che manca un notevolissimo gioiello zarista. Sicuramente i suoi superiori nulla sanno di questo. Firma a nome suo e dell'aviatore, ma questo dove si starà nascondendo? Qui in città, ha confessato Sveta.

Poi, nell'attesa di ordini, fa custodire i lingotti in un magazzino, mentre Sveta e Joseph sono reclusi nella stanza d'albergo sorvegliata da due uomini.

Deposita nella Banca Russo Cinese il diadema, con bracciale e orecchini, cosa che non può certo fare con le casse d'oro. Deve muoversi con circospezione

Il barone Aleksey Pavlovich Budberg, che non nasconde le sue simpatie monarchiche, è al servizio di Kolčak e vigila in città. Da un anno si è stabilito a Harbin e ha una rete di informatori. Ha il vezzo, pericoloso per una spia, di tenere il *Diario della Guardia Bianca* dove annota operazioni, movimenti finanziari, possibili amici e nemici. Anna non desidera che il suo nome vi figuri.

Ma ancora maggiormente deve temere i giapponesi, non tanto il console generale quanto il capo della missione militare, il tenente colonnello Hitoshi Kurosawa, capo degli organi di informazione dell'esercito giapponese a Čita, rappresentante dello stato maggiore. Disprezzano i cinesi e si lasciano andare ad azioni di forza. Se fosse scoperta significherebbe il sequestro del carico, che sua e, per quel che le importa, dei prigionieri.

Martedì 4 febbraio 1919, Syzran'

Nel proprio ufficio, il commissario N. K. Berjenin, vestito con l'usuale giaccone in pelle, solleva il capo dalle carte.

"Prego, dottore, volevi parlarmi?"

Il dottore Lubim Yevgenievich è ancora in camice bianco. Ha lasciato il laboratorio dove deve tornare per stilare una rendicontazione per la sezione sanitario epidemiologica del dipartimento medico.

"Mi viene detto che non sono state effettuate le ultime consegne al sottotenente, che deve diffondere il morbo tifoideo tra le file dei bianchi. Costui risulta introvabile. È inutile che continui un lavoro che non viene portato a termine. Pertanto chiedo di sospendere la preparazione delle provette per la contaminazione".

Dice il dottore.

"Sta portando avanti una più importante operazione con ordine prioritario. Hai ragione, compagno dottore. Interrompi pure la produzione. Le truppe bianche sono già preda del tifo, a cui, voglio sperare, abbiamo un po' contribuito anche noi, e anche di questa influenza letale chiamata spagnola".

"Purtroppo ne siamo preda anche noi, come tutto il mondo. Ho parecchie persone infettate: soffocano, lo stomaco fa male, la temperatura è molto alta, hanno emorragie intrapolmonari. E noi medici possiamo fare ben poco se non consigliare riposo a letto e prescrivere aspirina. Ora però devo dedicarmi al tifo: l'ultimo decreto del 28 gennaio scorso mi impone di relazionare sui procedimenti messi in atto. Ecco perché ti chiedo di revocare questo incarico".

"Certo, certo, compagno. Ti lascio al tuo lavoro".

Anche N. K. ha urgenza di tornare ai suoi gravosi compiti. L'Armata rossa degli operai e dei contadini sta subendo la pressione degli eserciti bianchi. Non ci devono essere cedimenti nel morale delle truppe, si deve vigilare affinché non emergano sentimenti disfattistici e, qualora fosse, eliminare ogni elemento sospetto.

Tutte le unità militari hanno un ufficiale politico, un commissario, che non rientra nella normale catena di comando militare, con lo scopo di effettuare propaganda politica. Questi opera perché le decisioni del Partito siano rispettate garantendo la lealtà di soldati e comandanti. I commissari non dipendono dal comando militare ma direttamente dal partito e N. K. rappresenta il Partito.

Martedì 4 febbraio 1919, Harbin '

La banda cinese vuole tornare a Irkutsk, avendo assolto il compito pattuito e gli ordini del negoziante di Irkutsk. Lupo le concede ancora qualche giorno al massimo.

Deve rimpiazzarlo con qualcuno del posto.

Si trova nella regione dove comanda il signore della guerra Zhang Zuolin che ha il completo controllo sulla Manciuria avendo assorbito nel suo esercito un numero considerevole di milizie locali. Ed è proprio a qualcuna di queste che pensa per proteggere sé stessa e il carico d'oro, trovare Alexander con la collana. È l'ultimo pezzo mancante e quando l'avrà recuperata potrà consegnare tutto allo spionaggio sovietico.

Solo lei sa del deposito in banca, non certo i due sotto sorveglianza nello suo stesso albergo. Si era presa una piccola soddisfazione umiliando con un interrogatorio sarcastico quella semplicietta di infermiera. Dagli italiani non teme nulla: brancolano nel buio. Che facce avranno fatto trovando la *dača* già vuota! L'unico problema è trovare Alexander, istruito nei travestimenti e depistaggi, che si nasconde tra i centomila, di cui quarantamila russi, abitanti della città .

Ha appuntamento nel ristorante occidentale del Madell Hotel con un ufficiale di Zhang Zuolin.

Il giovane comandante di un *phai*, plotone, Wang Lòng, è imparentato con Hóng Tào. Indossa la nera divisa invernale con sovrimpresso un drago circondato da nuvole propizie e draghi dorati ricamati come asole sul davanti della giacca. Mantiene l'acconciatura manciù: fronte rasata e capelli lunghi dietro, raccolti in una treccia. La disponibilità a collaborare con i sovietici dipende dalla simpatia personale, non condivisa dal governo, verso i portatori di idee rivoluzionarie e dalla possibilità di ottenerne un ritorno economico per lui e secondariamente per gli uomini al suo comando. D'altronde i 110 *liang* d'argento al mese che percepisce come comandante di plotone non soddisfano le sue esigenze. Comodamente seduto ascolta attento quanto gli viene proposto, mentre in piedi al suo fianco resta il vicecomandante, un giovane dai lineamenti morbidi e le lunghe ciglia. Non porta la coda di capelli, tagliati invece all'occidentale. Cerca di darsi un'aria militaresca.

"Il mio onorevole parente, mi ha scritto di fidarmi di lei e aiutarla se possibile". Dice il capo plotone, proponendo poi di continuare la conversazione al ristorante.

A un tavolo separato il vice li guarda sospettoso, con un misto di preoccupazione e curiosità. Anna indossa una corta giacchina sopra una gonna vaporosa, i capelli ben curati sono ora più lunghi, le accarezzano le spalle. Vuole raggiungere il suo obiettivo prima che arrivi a Harbin il convoglio degli italiani. Questi non potrebbero molto, anche se in numero maggiore, contro un'unità dell'esercito del Signore della guerra.

Espone il piano a Wang che, assaporando il pasto offerto dalla spia, presenta i suoi uomini.

"I miei uomini mi ubbidiscono ciecamente. Ho arruolato personalmente le reclute più competenti e fisicamente forti dai 20 ai 25 anni, nessuno è un fumatore d'oppio. Sappiamo entrambi che la dipendenza da oppio in Cina ha ancora proporzioni rilevanti, dai poveri ai principi di sangue imperiale".

"E lui?" Anna usa la direzione dello sguardo per indicare il vice.

"Il mio vice, Zhōu Yan Yan, ci guarda curioso di sapere cosa una bella donna come lei possa volere, magari distraendomi dai miei doveri e dall'attenzione che dedico al mio plotone". Fa trasparire un sorriso divertito.

In effetti il vice li fissa incupito comparando le bontà gastronomiche, che il suo capo mangia con gusto e metodo, al brodo grasso che gli deve bastare fino a sera.

"Non è rischioso farlo partecipare a questo incontro?"

"Oltre a essere uomo elegante, gentile e bello, come il nome YanYan indica, è anche fidatissimo, possiamo contare sul suo silenzio e collaborazione. Pertanto garantisco che presto le porterò il suo collega con la collana. Se fosse stata venduta, cercherò di recuperarla. Nel frattempo, sarà sotto la mia protezione e il carico d'oro con lei. Per me e i miei uomini chiedo il pagamento di sei mesi di stipendio".

"Piuttosto mi rivolgo ad altri. Lei è troppo caro".

"A chi si rivolgerà? Agli ebrei, probabili compratori? Non hanno forza armata. Ai musulmani, trafficanti d'oppio? Ai russi bianchi, da cui sta fuggendo?"

"Due mesi di stipendio".

Si accordano per 300 liang d'argento.

Quando Anna se ne va. Wang raggiunge il suo vice al tavolo mettendolo a parte della proposta, ribassata per lasciare margine al suo tornaconto.

"Con poca fatica intascheremo 180 liang, il massimo che son riuscito a ottenere, e faremo a metà. Nulla agli uomini, devono ubbidire senza chiedere".

Yan Yan lo guarda perplesso e, toccandogli di sfuggita la mano, gli chiede se sia sicuro che ne valga la pena. Viene blandito e rassicurato. Si avviano spalla a spalla verso la caserma.

Venerdì 7 febbraio 1919, Harbin

Finalmente arrivano dopo il lungo viaggio di 1400 chilometri avendo attraversato il confine mancese a Lubin.

Trovano ad aspettarli in stazione l'attendente di Budberg, il barone monarchico, che li invita a un incontro per notizie riguardanti il furto d'oro.

Mentre la truppa mangia a bordo, Dal Bon, Pesavento e Compatngelo si fanno servire un piatto di maiale mooshu servito con cetrioli e funghi porcini, l'immancabile riso e un formaggio tofu di soia nel ristorante a buffet dell'Assemblea ferroviaria della stazione.

Il proprietario, l'armeno Tadeos Mkrtychevich Siruyants, tenta di rifilare come resto obbligazioni cartacee in rubli da lui emesse, giustificando che sono più accettate di quelle della Siberia sovietica e dei soldi di Nicola II e del governo provvisorio di Alexander Kerensky.

Non insiste molto. Avendo voglia di comunicare e la curiosità di conoscere gli italiani siede al loro tavolo. Avvia una piacevole conversazione e si fa ascoltare volentieri.

Confessa. "Sono un chiacchierone. Tanti si fermano a scambiare due parole. Alcuni, di passaggio, sapendo di non rivedermi mai più, mi rivelano cose che ad altri non direbbero. Mi confidano le loro pene. Non avete idea di quanti innamorati ho consolato!"

A Oreste viene il sospetto di aver detto qualcosa che ha rivelato la sua appartenenza alla categoria degli innamorati lasciati.

Il ristoratore offre dei pasticcini della pasticceria armena Aspetyan. Dice con orgoglio: "La comunità armena è qui molto attiva."

Loro ricambiano offrendo da bere. La cosa andrebbe per le lunghe se Andrea non si alzasse con Mario, facendo alzare anche il compagno che stava iniziando a raccontare la sua disavventura amorosa.

"Venite a trovarmi prima di partire".

"Ben volentieri". Assicurano e si alzano veloci dal tavolo.

Budberg li accoglie con un preambolo pessimista riguardante l'oro zarista confiscato dai bianchi a Kazan. Prima o poi sarebbe confluito nelle casse dei soviet: il comandante della legione ceca ha sottoscritto un patto di restituzione del tesoro ai sovietici ottenendo in cambio il lasciapassare per Vladivostok. Senonché nel frattempo centinaia di rivoli si stanno dipartendo dall'alveo principale. Ruberie e appropriazioni indebite sono continue.

Per ordine del generale giapponese Ōtani il 2 ottobre 1918, il maggiore Khasabe ha sequestrato ai cosacchi 56 libbre d'oro, fornite dal loro atamano, il cosacco Semënov. Lo stesso Kolčak come Sovrano Supremo riesce a spedire in Giappone parte dell'oro come deposito in cambio della fornitura di armi.

Il furto ai loro danni fa parte di questa dispersione: nulla di nuovo.

Arriva al dunque e li mette al corrente di quanto comunicatogli dai servizi segreti: gli autori del furto, col bottino, sono in città e si stanno appoggiando a una piccola squadra dell'esercito mancese, ma non è detto che vi rimangano a lungo.

Anche troppo conciso. Faticano a cavargli altri dettagli. Finché concede l'informazione cercata.

"Pare ci sia di mezzo una spia sovietica, certa Anna Nikitin".

Detto questo, pensa di aver assolto al proprio compito. Lascia capire il fastidio procurato dalla presenza nelle fila degli eserciti bianchi di giovani instabili, malati di emozioni e rivoluzione, desiderosi di salvare la Russia, confusionari e senza esperienza. È circondato da gente incapace che gli rende particolarmente difficile seguire con cura tutte le importanti faccende di cui è gravato. A molte non può dedicare tempo e attenzione. Dichiara quindi che non può intervenire, non dispone di uomini né mezzi, qualsiasi mossa sarebbe politicamente azzardata, non vuole rischiare incidenti con i cinesi. È molto dispiaciuto, però bisogna capire che il tempo a disposizione sta scadendo.

Stanno per accomiatarsi, avendo constatato l'inutilità dell'incontro, quando il barone suggerisce che si rivolgano ai giapponesi.

"Il tenente colonnello giapponese Hitoshi Kurosawa, distaccato a Čita come capo del controspionaggio, segue con molto interesse il trasporto del carico aureo da parte della legione ceca. Credo che il tenente colonnello sarebbe lieto di darvi una mano a recuperare l'oro".

"Ma questo Kurosawa non si trova a Čita?" Domanda Mario.

"Si trova qui per consegnare sessantatré casse d'oro alla filiale della banca Chosen Ginko".

"Del nostro oro che gli importa?" Stavolta il curioso è Andrea.

"L'oro a voi dato in custodia serve a coprire le spese militari di Kolčak e di Semënov nei confronti del Sol Levante. Recuperarlo significa disponibilità di ulteriori pagamenti".

Pur avendo dichiarato di avere il tempo contato, si lascia andare al ricordo di un lungo soggiorno in Giappone e a un panegirico di quella cultura, della efficace organizzazione, dell'arte calligrafica, del modo di vivere ascetico e premuroso. Riescono, educatamente, a interromperlo per farsi assicurare la sua intermediazione col comando militare giapponese.

Ottengono un appuntamento per il giorno successivo con Kurosawa, preventivamente avvisato dal barone.

Zhōu Yan Yan trova Alexander febbricitante in una misera pensioncina. Lo consegna al suo comandante e ad Anna. Della collana nessuna traccia e non si può interrogare il malato poiché delirante.

Finalmente riuniti, Sveta può assistere al capezzale il malato di tifo. Si erano rotti due vasetti tifoidei nella sacca con gli effetti personali del soldato. Prontamente pulita la sacca e gli abiti, Alexander era tuttavia rimasto contagiato dal morbo. Già appena sceso dal treno la temperatura era aumentata, con un forte mal di testa persistente. È tuttavia rimasto in piedi finché, uscito dalla gioielleria ebraica, si era trascinato fino alla stanza dove Zhōu l'ha scovato. La temperatura corporea aumenta, portando con sé terribili incubi. Sovraeccitato impartisce ordini incoerenti e ripete all'infinito poche parole. La sollecita e amorevole infermiera si preoccupa di somministrargli spesso delle soluzioni glucosate e saline per trattare la disidratazione, gli deterge il copioso sudore, lo tranquillizza negli accessi deliranti. In queste condizioni è impossibile per il comandante cinese ottenere informazioni sulla collana.

Domenica 9 febbraio 1919, Irkutsk

Appena rientrato da Harbin, Lupo si presenta al suo capo, il negoziante Hóng Tāo.
"Tutto a posto signore. Tuo nipote, l'ufficiale Lòng, ha preso sotto protezione la spia russa e il carico d'oro".
Ridono entrambi perché l'oro è falso.

Lunedì 10 febbraio 1919, Harbin

Uno dei giovani instabili e confusionari, che lavora al servizio di Budberg, ha informato Wang Lòng, dietro piccolo compenso, che i militari italiani stanno assicurandosi l'appoggio dei giapponesi per il recupero del maltolto. *Se quelli mi prendono non mi consegnano alla giustizia, ma mi passano a fil di spada.* Conosce l'orribile fama dell'esercito giapponese. Non può certo riferire al signore supremo della Manciuria, Zhang, dell'operazione illecita che sta perseguendo per fini personali. L'unica soluzione è condurre fuori dalla città un distacco di 16 persone, un *phyn*, che si porti dietro i russi e il carico.

Anna non pensa sia cosa saggia affidare sé stessa ai cinesi in pieno deserto. Preferisce stare nella città dove i bolscevichi hanno arruolato molti lavoratori e simpatizzanti a cui Lòng dovrebbe rendere conto se le succedesse qualcosa. Concordano di rimanere in città a sorvegliarsi reciprocamente, mentre il vice guiderà il *phyn,* che significa letteralmente una tenda. Questo esprime un deciso disaccordo una volta rimasto solo col suo comandante.

"Sei pazzo? Per i begli occhi di quella mi mandi allo sbaraglio. Ma dove ci stai

175

trascinando? Pensa ai tuoi uomini, pensa a me". Il vice.

"Non fare scenate. Considerala una normale operazione di pattugliamento della ferrovia. Sai quanto mi sei caro. Non rischierei mai la tua incolumità". Il comandante.

Il controllo della CER è uno dei compiti dell'esercito e Wang con i tre distacchi, di cui è composto il plotone, svolge spesso servizio di pattugliamento lungo i binari.

"Da quando è comparsa quella donna, non capisci più niente. Vedo come la guardi desideroso. Pendi dalle sue labbra". Zhōu Yan Yan.

Una vera scenata di gelosia! A cui tenta di far fronte Wang Lòng: "Vuoi che i suoi compagni rossi vengano qui a spararci? O che ci massacrino i giapponesi con gli italiani. Dobbiamo nasconderci: tu nel deserto e io in città. Ormai è deciso. Se non temessi vendette dai rossi, potrei eliminarla".

Cerca di nascondere il fastidio che gli procurano le parole del commilitone, anche perché forse hanno colpito nel segno. Quando parla a quella donna, si perde nei suoi occhi ambrati.

Si libera di Joseph, peso inutile a cui viene dato un bicchiere con un'infusione di oppio, un narcotico che lo sprofonda nel mondo onirico. Si sarebbe svegliato abbandonato, senza soldi, in una città di cui non conosce la lingua.

UNA PRIMA ALL'OPERA

Venerdì 14 febbraio 1919, Harbin

Andrea comunica agli altri ufficiali l'incontro con il colonnello giapponese. Lascia Mario a relazionare.

"Veniamo dalla sede della missione militare giapponese dove il tenente colonnello Kurosawa ha accettato la nostra richiesta di collaborazione. Ci informa che una banda cinese, al comando della spia sovietica, Anna Nikitin, ha prelevato l'oro e i ladri, il sottotenente Vasilskij e l'infermiera Kolobukhina".

Il tenente dal Bon ha un colpo di tosse nervosa nel sentire il nome della ex amante. Prende la parola "Sappiamo finalmente chi ci ha preceduto a Čita. La spia ora ha agli ordini degli altri cinesi, militari in servizio lungo la ferrovia".

Esclama un ufficiale. "Caspita! Il servizio giapponese dispone di una buona rete di informatori. Non fosse per loro, ora brancoleremmo nel buio".

Dice un altro. "In Transbajkalia la fanno da padroni. Vuoi che non sappiano quel che succede sul loro territorio?"

Continua Pesavento. "A Čita comandano con l'atamano, ma anche qui hanno possibilità di intervenire. Tuttavia un loro diretto intervento contro militari cinesi sarebbe fortemente criticato dal Comando alleato".

Compatangelo non desidera rallentare il viaggio dei suoi uomini verso le rappresentanze italiane.

"Anche noi non abbiamo bisogno di un incidente internazionale. Questa volta vengono ad arrestarmi. Mi immagino Fano pronto con le manette e un sorriso perfido stampato in viso. La data di partenza per Vladivostok è già fissata e conviene proseguire".

"Quindi non interveniamo?" Chiede qualcuno.

"Dobbiamo lasciar perdere?" Un altro.

"No. Voi partite e vi ricongiungete all'esercito italiano. Noi restiamo e portiamo a termine quanto intrapreso a Čita facendoci aiutare dai giapponesi". Dice Pesavento indicando se stesso e Dal Bon.

"Mi fermo anch'io". Si offre Danijl". Non mi interessa arrivare al capolinea della transiberiana e a voi fa comodo una persona che conosca l'ambiente".

Prosegue la discussione per decidere sul da farsi. Valutano le possibilità di intervento. Prendono in esame quanto suggerito dal colonnello Kurosawa.

"Chi sono esattamente questi cinesi? E quanti sono?" Chiede qualcuno.

Risponde Oreste. "Si tratta di un plotone agli ordini del Signore della guerra Zuolin, un vecchio brigante ora padrone della Manciuria. Probabilmente agiscono per proprio conto".

Continua Mario. "Il colonnello giapponese ci ha aggiornati. Una squadra di sedici uomini è uscita ufficialmente per pattugliare la ferrovia, in pratica per tenere sotto controllo prigionieri e carico. Il colonnello dispone di una sua scorta personale di motociclisti. Ci mette a disposizione tre moto con carrozzetta fornite di mitragliatrici, ma non vuole comparire ufficialmente. Dobbiamo essere noi italiani a condurre l'operazione".

"Potete usare la nostra blindata Russo-Balt. Al battaglione non serve più. Con questa e le moto giapponesi, contando sull'effetto sorpresa, dovreste bastare voi tre".

Compatangelo da un lato non desidera impegnare il battaglione in un'avventura al di fuori delle finalità di ingaggio, rischiando magari delle vite, dall'altro giudica onorevole l'iniziativa di sanare un danno. Quindi appoggia i volontari mettendo a disposizione il mezzo blindato. D'altronde non ha nessuna intenzione di consegnare al barone Camossi altro che gli uomini, essendo i mezzi e le dotazioni un regalo che il regio esercito probabilmente non saprebbe apprezzare.

"Vorrei però considerare un'altra soluzione". Interviene Oreste. "Quella di non impegnarci in inseguimenti e combattimenti. Chi ce lo fa fare? Ormai quello che avevamo lo abbiamo consegnato. Cechi, francesi, russi, non aspettano ulteriori versamenti. Noi invece abbiamo il desiderio di tornare. Io sono stanco di questa guerra, della prigionia, delle illusioni".

Non si capisce se tra le illusioni ci sono anche quelle d'amore.

Mario non è d'accordo. "È nostro dovere proseguire portando a termine quello che non siamo riusciti a fare in Transbajkalia. Ti ricordi come ne siamo rimasti male? Ora possiamo rimediare. A Tien Tsin o a Vladivostok c'è bisogno di soldati e ufficiali, il Savoia è giusto che prosegua. Ma noi possiamo ben dedicare il nostro tempo a questo tentativo. Inoltre abbiamo un debito personale con la baronessa. Quante volte gliel'abbiamo promesso in questi mesi?"

"Gli uomini vogliono proseguire. Se qualcuno però vuole interrompere il viaggio, vuoi per recuperare quanto trafugato o per qualsiasi altro motivo, ha la mia comprensione e autorizzazione". Dice il capitano, sempre meno militare man mano che si avvicina il momento dell'arrivo a destinazione, ma sempre con la responsabilità di condurre i suoi uomini.

Nessun altro si fa avanti.

Mario vorrebbe non essere più in divisa ma a Trieste dalla sua Olga, tuttavia una piccola deviazione dal tragitto si può recuperare in breve tempo, raggiungendo poi i commilitoni. Si sente impegnato come responsabile tesoriere e pregusta la breve libertà fuori dai ranghi del battaglione. Conferma la sua decisione di inseguire i cinesi, decisione condivisa da Danijl e con meno impeto da Oreste, a cui dei soldi non importa e a Sveta non vuole far del male. Bastano loro tre.

"Bene, dunque". Mario, stranamente preso da un dinamismo battagliero, prende in pugno la situazione. Pare che il capitano gli abbia passato le insegne del comando. "Diremo al giapponese che accettiamo la sua offerta".

Oreste: "Appena arriveranno i motociclisti, ci muoveremo. I giapponesi sono sei, conducente e mitragliere per ogni mezzo".

Andrea: "Anche se siete solo in tre con l'automobile corazzata non dovreste avere problemi. Inoltre potete contare sulle mitragliatrici e sulla mobilità delle motocarrozzette giapponesi".

"Son proprio curioso di conoscere questa Anna Nikitin, agente russo che muove le fila dei cinesi". Borbotta tra sé e sé Danijl.

Mario approfitta dell'attesa per portare avanti un ritratto che aveva in mente da tempo. Avendo accompagnato Theodora al monastero Znamensky, era rimasto colpito dalla serena atmosfera di raccoglimento e vi era tornato più volte. Anche per osservare la paziente opera di ricamo delle suore nel laboratorio: qui vengono cuciti, oltre agli abiti religiosi, quelli per le spose e coperte artistiche. Spesso scambia due parole con suor Anna Mitrofanovna Sukhodolskaya, nota come Eustolia. La guarda coperta dal bianco velo claustrale e inspira forte un vago odore di cera e incenso, rasserenando l'animo.

A memoria aveva abbozzato il ritratto di suor Eustolia e ora aveva il tempo per finire il disegno, un busto con il volto di profilo concentrato nella preghiera. Gliene avrebbe fatto dono pur covando il segreto timore che questa, per non cadere nella tentazione dell'autocompiacimento, l'avrebbe relegato in un angolo scuro di un locale poco frequentato. Andava in ogni modo bene così: non lo faceva per le lodi del mondo.

Venerdì 14 febbraio 1919, deserto nei pressi di Harbin

Lungo i binari della Transmongolica, in una tenda sbrindellata, attorniata dalla desolazione di un paesaggio brullo e ingrigito dal freddo, avviluppata da uno scialle, costringe le mani intirizzite alla scrittura.

"Cara Tàta, da tempo non ti do notizie. Sapessi quali traversie ho passato e sto passando! Mi avevi vista felice salire su un treno con il mio innamorato, diretta a un'esistenza fuori della Russia. In Canada con mia sorella o in Italia con Oreste. Quanto lo speravo! E invece ora sono in fuga da lui, dagli italiani, considerata una ladra e una traditrice. E forse è vero. Me ne dolgo dandone la colpa a me e ad Alexander, a cui non ho saputo dire di no. Tutto per un banale screzio con Oreste. Che stupida! Ma così ha voluto il destino. Ora sono prigioniera di una banda cinese, militari sì, ma al soldo di una spia bolscevica. A uno dei miei carcerieri consegnerò questa lettera, sperando te la recapiti. Ti diranno prima o poi che ho rubato l'oro degli zar. Non è vero, ma non l'ho impedito. Ora Alexander è in preda al terribile tifo e io lo assisto. Credo di amarlo, nonostante tutto. Mi ammalerò anch'io? Ne morirò? Sarebbe la giusta punizione. Compatiscimi. Tua Sveta".

A volte la mano trema un po' per il freddo, un po' per l'emozione. Scrive con un mozzicone di matita indelebile. Ne aveva sempre una con sé: non ha bisogno di inchiostro, può essere tranquillamente affilata e il segno è persistente, poiché il colorante penetra facilmente nella carta. Con quella era solita prendere appunti per le medicine da somministrare in corsia. Succedeva nella vita precedente, quando aveva un lavoro che svolgeva disciplinata, come disciplinata era la sua vita.

Lunedì 17 febbraio 1919, Irkutsk

All'onorevole Tenente Colonnello, barone Edoardo Fassini Camossi, comandante del Regio Corpo di Spedizione Italiano in Estremo Oriente. Sede di Tsien Tsin.

Molto onorevole barone, mi rivolgo a Lei in qualità di comandante del Corpo di Spedizione Italiano per segnalare che Vostre truppe, ed esattamente il battaglione Savoia, stanno braccando regolari forze militari cinesi che svolgono servizio di pattuglia sulla transmongolica nei pressi di Harbin. Non posso credere che sul proprio territorio nazionale le truppe possano essere osteggiate da forze alleate, ovviamente al di fuori del Vostro controllo. Prima che il Governo cinese chieda spiegazioni ufficiali, giungendo a un increscioso incidente internazionale, è necessario il Suo autorevole ordine per fermare il battaglione e por termine alla predetta situazione.

Nell'attesa che vengano impediti scopi personali e illegali, mi inchino nel porgerLe i più riguardosi ossequi.

Hóng Tāo, stimato mercante di Irkutsk

Il mercante, informato dal nipote che con l'appoggio giapponese il Savoia gli stava col fiato sul collo, allerta le gerarchie militari.

Martedì 18 febbraio 1919, Tsien Tsin

Dal Comando italiano parte un dispaccio urgente.
Al comando del cosiddetto battaglione Savoia, stazione di Harbin.

Avvisati di un'azione ostile che codesto battaglione ha intrapreso di propria iniziativa su territorio amico contro forze locali, ordiniamo che tale azione cessi immediatamente e che ci si diriga a questo Comando per fornire le necessarie spiegazioni.

Il comandante, cosiddetto capitano, provveda a dare esecuzione immediata a questo ordine.

Firmato: Tenente Colonnello Edoardo Fassini Camossi, comandante del Regio Corpo di Spedizione Italiano in Estremo Oriente.

Mercoledì 19 febbraio 1919, Syzran'

Studia la mappa preoccupato dell'offensiva degli eserciti bianchi che stanno mettendo in difficoltà la V^a e la II^a Armata. Stacca con fatica il pensiero dai combattimenti e si concede attimi di pausa in cui il pensiero va alla madre e alla casa natia. Ma anche in questi rari e preziosi momenti si insinua un piccolo tarlo.

Da quando il dottore Vekhterev ha chiesto di essere sollevato dall'onere della produzione batteriologica tifoidea, N. K. considera sospetta la mancanza di notizie da parte del sottotenente Vasilskij. La Nikitin comunica che stanno attuando i piani stabiliti. Ma gli son giunte notizie che fanno presupporre che qualcuno si sia già impadronito dell'oro trasportato dagli italiani. Che i suoi agenti siano così stolti da pensare di restare impuniti compiendo il furto e tenendosi il malloppo? È un fallimento personale aver concesso malamente fiducia per lui che, per professione, deve diffidare di tutti. Il Partito gliene potrebbe chiedere conto.

Ora ha cose più importanti da seguire. Oltre a fermare i bianchi deve reprimere una rivolta di contadini, sobillati da qualche testa calda di studente. Qualche fucilazione li avrebbe calmati.

Per estirpare la mala erba della controrivoluzione avrebbe fatto fucilare anche quella suora che inneggia all'ammiraglio e l'arciprete Nikolai Nikolaevich Vasiliev, esponenti della Chiesa legata al passato governo.

Ma Vasilskij e Nikitin non vanno dimenticati. Se ritarderanno ancora nel portare risultati dovrà intervenire.

Giovedì 20 febbraio 1919, Harbin

In una sera priva di nubi, il chiarore lunare scende sulla carrozza dove Andrea ha voluto presenti tutti gli ufficiali. Legge il telegramma del comandante del Corpo di Spedizione Italiano.

"Ebbene che ne dite?"

Il silenzio accoglie le sue parole.

Riprende allora. "Delle parole di Fassini me ne infischio! Si rivolge al comando del battaglione, definito cosiddetto perché per lui non siamo la forza militare che ha combattuto a fianco dei cechi, che ha vigilato per il buon ordine delle città.

Siamo un'accozzaglia di sbandati messi insieme alla meno peggio da un esaltato, io, cosiddetto capitano!"

Alza la voce nel concludere la frase, rosso in viso.

"Dai, Andrea, non prendertela. Sai come sono i militari". Oreste.

"I militari pensano da militari". Ribatte Gressan, sentendosi chiamato in causa. "Posso capire che il Comando debba avere sotto controllo italiani armati che combattono in nome della Casa regnante".

"Sì, sì. Certo. Non volevo sminuire le Forze Armate Italiane". Dal Bon.

"Allora, capitano, che facciamo?" Pesavento.

"Il Savoia verrà condotto a Vladivostok con questo treno. Questo è l'obiettivo che mi ero posto e così farò a prescindere dai cosiddetti ordini superiori".

Il termine "cosiddetti" gli è proprio rimasto sullo stomaco. Riprende.

"Chi vuole, però, è libero di inseguire i cinesi".

"Io e Oreste ci offriamo volontari come abbiamo fatto in Transabajkalia. Siamo quelli più coinvolti e meno desiderosi di vestire l'uniforme grigio verde. E con grande spirito di amicizia il conte si unisce a noi".

"Certamente!" Assicura il conte. "Inoltre non desidero privarmi dell'ebbrezza di questa caccia all'oro. Non si sa mai che magari riusciamo a mettere le mani anche sugli zaffiri della zarina, a cui come soldato dei Romanov tengo quasi come la baronessa Theodora".

Oreste è più dubbioso. Propone di riflettere se sia il caso di mettersi sulle tracce dei ladri: non sono mica poliziotti. Viene interrotto da un determinato Mario. "Dai Oreste, non vorrai tirarti indietro proprio adesso". Aggiunge: "Siamo un bel terzetto. Non servono altri volontari. Questa partita ce la giochiamo da soli".

Venerdì 21 febbraio 1919, Harbin

Puntuali arrivano i sidecars. Il caporale al comando consegna un foglio sigillato con l'ubicazione dell'accampamento cinese. Mario illustra il piano di intervento. Partono appena calata l'oscurità, ovvero nel pomeriggio.

Sabato 22 febbraio 1919, da qualche parte lungo la CER nei pressi di Harbin

Il sole ancora non è sorto quando giungono nei pressi del campo avversario.

Perché non vengano sentiti i motori, Danijl suggerisce che si fermino a debita distanza: il paesaggio è piatto, non presenta ostacoli alla vista né al propagarsi del suono. Vanno a piedi in avanscoperta Oreste e Danijl.

Aspettano e alle prime luci dell'alba sparano alle sentinelle più vicine, dando così il segnale d'attacco. I sidecars giapponesi, balzano in avanti dirigendosi ai lati del campo in una manovra di accerchiamento. Mario arriva rombando con la Russo-Balt e, fatti salire i due esploratori, si dirige invece al centro. Yan Yan ordina di mettersi al riparo nelle postazioni. È rabbioso: sapeva che sarebbe finita male. *Stupido Lòn che si è lasciato abbindolare.* Nonostante la confusione nel campo sia altissima, i cinesi rispondono disordinatamente al fuoco.

Sveta, in una tenda, aiuta il febbricitante Alexander a distendersi a terra per sfuggire ai proiettili e si distende pure lei. Strisciando guarda fuori per capire che succede.

Un'autoblindo crea lo scompiglio attraversando il campo refrattaria ai proiettili, ma lei ne è lontana. Invece molto vicina spunta una moto con carrozzetta da dove il mitragliere la sta prendendo di mira. Cerca di strisciare all'indietro, sapendo che non riuscirà a sfuggire ai colpi, chiude gli occhi. Non vede il motociclista venire colpito e perdere il controllo. La moto sbanda, piroetta su sé stessa, sbatte su un masso sbalzando fuori gli occupanti. Pensa che sia l'occasione propizia per fuggire sia ai cinesi sia agli attaccanti.

"Sai guidarla?" Chiede ad Alexander conducendolo fuori dalla tenda e indicando il mezzo vicino.

Barcollando lui annuisce capendo che è il solo modo per scappare. Bisogna farsi forza. Si mette a cavalcioni del mezzo e riesce a farlo partire al primo colpo. Per fortuna. Le forze non sono molte, appena sufficienti per guidare con Sveta che gli indica la strada, per lui ammantata di nebbia. La zona è brulla, guida nella direzione che gli indica il dito della compagna. Dopo un po' si fermano, ormai sono distanti dal campo, nessuno li insegue, si affloscia sul manubrio. Pazienza per l'oro, resta la collana che l'aviatore ha nascosto a Harbin. La città non è distante possono farcela.

All'accampamento ci sono i primi feriti. Il vicecomandante giudica impossibile proseguire lo scontro e si arrende. Gli sconfitti, sommariamente legati, guardano allontanarsi il convoglio dei vincitori. I sidecars precedono l'auto blindata e il camion del *phyn* su cui sitrovano le armi sequestrate e l'oro. L'obiettivo primario è stato raggiunto; fallito quello secondario di catturare i russi, purtroppo scappati. Il prezzo della vittoria viene pagato dai giapponesi con un ferito, caricato sul camion, e la perdita di un mezzo.

Yan Yan, nell'avvilimento della sconfitta, prova un'intima soddisfazione a immaginare quando potrà riferire al suo capo la disavventura aggiungendo: "Te l'avevo detto!"

Sicuramente Lòng nel rapporto al comando non farà comparire il tentativo di trarre benefici personali, ma addurrà a giustificazione e vanto l'espletamento del servizio contro una banda non meglio identificata. Potrebbe perfino averne un encomio.

Il rapporto tra camerati si è incrinato. L'ha messo da parte per una donna non pensando alle conseguenze o, pur pensandoci, ha prevalso la smania per il genere femminile. Tanti giorni e notti insieme, condividendo dolci momenti, fatiche, sogni, paure, non hanno contato niente. O ma si rifarà! *Sì, non resteranno impuniti né lui né quella sgualdrina che l'ha sedotto.*

Lunedì 24 febbraio 1919, Harbin

Articolo su *Notizie del lontano est.*
Nella mattinata di sabato un reparto dell'esercito italiano, il battaglione Samara, di supporto alle Potenze alleate ha impegnato in combattimento una banda di ex militari, nutriti di ideali sovietici di rivolta, disertori dell'esercito del Maresciallo Zhang Zuolin. I banditi sono stati messi in fuga prima di poter danneggiare la linea ferroviaria. Ancora una volta il cancro rivoluzionario dilagante dall'ovest è stato fermato. Si ringraziano i fanti italiani.
Firmato, il redattore Yang Kai"
Notizie del lontano est, finanziato dalla Middle East Railway Company controllata dalla Russia zarista, è il giornale dell'Autorità ferroviaria del Medio Oriente. Il direttore generale è il russo Shi Bichen.
Articolo su *Voce del lavoro.*
Una volta in più la prepotenza delle potenze straniere occupanti il suolo russo si è palesata. Questa volta anche in territorio cinese. Mai stanchi di prevaricare il popolo, i fautori della plutocrazia mondiale hanno usato prigionieri austriaci per attaccare senza nessuna giustificazione il plotone cinese del comandante Wang, in regolare servizio a difesa della CER. La volontà aggressiva del Giappone nei confronti del popolo cinese si è manifestata fornendo supporto di uomini e mezzi ai mercenari stranieri.
La *Voce del lavoro*, fondata nell'aprile 1917 dal rappresentante dell'ingegneria sovietica di Harbin, è la prima testata giornalistica che introduce il leninismo in Cina.

Martedì 25 febbraio 1919, Harbin

Fine dell'avventura insieme sotto l'egida del tricolore. Mario e Oreste lasciano il ruolo di combattenti soddisfatti dall'aver portato a termine l'impegno assunto, recuperando l'oro.
Ormai hanno data per persa la parure e irrintracciabili Alexander e Sveta, che d'altronde a nessuno avevano ispirato istinti vendicativi, nemmeno a Oreste che si sentiva solo parzialmente tradito, perché in parte si dava la colpa della fine della storia con Sveta. *Maledetto quadro!*
Danijl: "Io non ho perso la speranza di recuperare anche i gioielli della zarina. San Giorgio non permetterà che il simbolo imperiale resti in mano a dei ladri".
Compatangelo chiede loro di compiere con Danijl l'ultimo incarico: riconsegnare i lingotti a Irkutsk, dove Massimo li aspetta. Forse anche altri aspettano,

tra cui Irina che aveva trovato in Mario un'anima bella. Andranno poi a Vladivostock per trovare un imbarco per Trieste.

Kurosawa offre il trasporto su un treno giapponese in partenza per la stessa destinazione.

"Non vorrete attraversare la frontiera e percorrere quasi millesettecento chilometri con un simile carico!"

In un vagone vengono caricate le due automobili Russo-Balt su cui si trova l'oro..

Il capotreno mostra che nel vagone sono stati portati tre *futon*, i tradizionali letti giapponesi costituiti da materasso e copriletto imbottito, tre cuscini da seduta e un basso tavolino dove sarebbe stato servito il cibo. "Un trattamento speciale da parte del mio comandante". Dice inchinandosi.

"Stasera andiamo a divertirci. Mi hanno dato degli indirizzi di localini veramente invitanti. Offro io naturalmente. Sarà il mio congedo ufficiale". Propone il capitano.

"Ragazzi, niente tristezze. E se qualcuno ci vuole pensare, magari scopre che non è male l'idea di tornare con noi a Irkutsk. Avete proprio tanta voglia di tornare a combattere?" Butta là Oreste.

"No, no. Per noi è deciso. Ne abbiamo parlato, ne parliamo da Samara: andremo a Vladivostok". Gressan.

"Qualsiasi cosa gli uomini scelgano, si sono distinti con onore sul campo di battaglia e anche nel mantenimento dell'ordine pubblico. Verranno apprezzati per questo". Dice Compatangelo.

Carlo Re conferma compiaciuto. "Ve lo ricordate a Irkutsk quell'ufficiale che si congratulava perché durante le nostre operazioni in Siberia nessuna chiesa era stata profanata e saccheggiata? E quei due francesi che abbiamo salvato dalle acque dello Jenissei, quella sparatoria con una banda di cavalleggeri che ci aveva attaccati dopo Krasnojarsk?"

Mario precisa per amor del vero. "Bisogna dire che anche i militari di Fano si stanno comportando bene. Sono stati lodati sulle pagine del *Svobodnaja Sibir* di Krasnojarsk per le cariche compiute alla baionetta insieme ai cechi".

Andrea cambia discorso, il tema Fano non gli piace, e propone: "Mario in attesa della libera uscita e dei localini tira fuori un po' di quell'*hanshin* cinese, se ne è rimasto ancora".

"Avevo tenuto da parte un bottiglione per un'occasione speciale. Direi che questa lo è".

Compatangelo ha già detto che scenderà alla fermata prima di Vladivostok. È incerto se farlo già ora, nulla cambierebbe, e passerà il comando al vice, Gressan, dopo aver salutato i suoi uomini. Non ha detto dove andrà, ma parlava di un conoscente, che gli avrebbe procurato un incarico nella polizia locale a Vladivostok.

Gli amici sanno che gli uomini del battaglione considerano il capitano come un padre e gli hanno comprato un orologio d'oro con una incisione sulla cassa: "al nostro comandante con infinita gratitudine. Gli uomini del Savoia".

Venerdì 28 febbraio 1919, Harbin

L'indecisione di Compatangelo viene risolta dall'invito a pranzo da parte di un italiano, Piero Gibello Socco, o Gibelo-Soko alla cinese, un ingegnere piemontese arrivato in Russia a dirigere i lavori per la costruzione della rete ferroviaria della Siberia meridionale. Ora è ricco, si sta costruendo una villa al centro. Al ristorante scorre una piacevole conversazione tra due italiani che raccontano le reciproche peripezie. Andrea avvisa che non può attardarsi perché è in partenza con il battaglione.

"Non le ruberò molto tempo. Volevo parlarle proprio dell'accoglienza del battaglione Savoia nel Regio Esercito".

"Prego. Mi dica".

"Da due anni sono a Harbin dopo aver concluso il mio incarico a capo dei lavori sulla ferrovia, fatti da operai friulani e trentini peraltro. Ora sono un imprenditore e le cose mi vanno bene. Mi hanno chiesto di diventare console italiano. Probabilmente accetterò e aprirò la sede consolare nella villa che sto costruendo al centro. Per questa mia posizione, si è rivolto a me il Comando militare italiano di Vladivostock".

Il futuro console evidenzia l'imbarazzo del Comando nel trattare le sorti di un corpo militare, quello del Savoia, non ufficialmente inquadrato nei ranghi, non sottoposto alla disciplina e agli ordini delle alte gerarchie, troppo autonomo e avventuristico.

"Sa, quel vostro intervento contro i cinesi ha causato veramente una sfavorevole considerazione".

Fa capire che per gli uomini e per Compatangelo stesso, sarebbe opportuno, per evitare ufficiali reprimende e capi d'accusa formali di fronte a tribunali militari, che il battaglione si sciogliesse all'istante.

"Qui? Che io sappia non c'è nessuna istituzione né civile né militare che possa prendere in carico gli uomini".

"Ci sono io, a cui il Comando militare ha già assegnato questo compito. E lei, tranquillamente, senza nessuna accusa di aver millantato il grado fasullo di capitano, se ne va".

Compatangelo, in un primo momento indispettito dalla proposta, valuta l'effettiva razionalità della soluzione anche per i suoi uomini: come appartenenti a un corpo militare fantasma potrebbero avere noie proseguendo ai suoi ordini. Dopo aver ricevuto le dovute garanzie di degno trattamento per questi ultimi, accetta.

L'ingegnere Piero Gibello Socco cerca di addolcire la pillola, fornendo una notizia.

"La signorina Svetlana, senza il sottotenente Alexander Vasilskij, che è morto di tifo, ha preso soggiorno in un albergo qui in città. Le fornisco l'indirizzo, se vuole".

Accetta. Avrà occasione di verificare se con la ladra c'è anche la parure.

Compatangelo dovrà abituarsi a non farsi più chiamare capitano. Da privato cittadino saluta Gibello dopo aver preso accordi per l'affidamento del Savoia.

Riunisce in stazione gli ufficiali e li mette al corrente che è giunto il momento di sciogliere il battaglione.

Rimasto con Oreste e Mario, li mette a parte anche della notizia riguardante l'infermiera Svetlana.

"Andiamo allora!" Oreste dimostra una determinazione che non ha, al pensiero di trovarsi di fronte a Sveta.

La trovano affranta in un camera buia e stantia di uno squallido albergo.

Interrogata confessa. "Alexander era malato da giorni. A nulla sono servite le mie cure. Il freddo, la fatica degli spostamenti, lo sforzo della fuga inseguito da voi, alla fine hanno vinto la sua pur forte fibra. È morto appena rientrati a Harbin".

"Non ci credo". Compatangelo esprime il convincimento anche degli altri.

Di fronte allo scetticismo dei tre, Svetlana si offre di accompagnarli al cimitero russo dove riposa.

"Più che vedere la tomba, mi piacerebbe avere in mano la parure zarista". Precisa Compatangelo.

Svetlana, ne approfitta per ribattere: "Quella spia sovietica ha l'intera parure. Quella notte a Čita, poco prima che arrivassero i vostri uomini, i cinesi ci hanno sequestrati e portato via tutto. Ora non ho i soldi per mangiare".

Il capitano, in un primo momento propenso a non crederle, resta interdetto. *Potrebbe stare in quella topaia, donna sola, anche avendo un solo gioiello? Non l'avrebbe svenduto per pochi liang pur di andarsene? La città è piena di commercianti pronti ad acquistare qualsiasi refurtiva e rivenderla fuori piazza, magari a qualche ricco americano.*

Svetlana li conduce al cimitero russo dove il custode conferma l'avvenuta tumulazione qualche giorno prima. Lui stesso ha procurato la lastra tombale su cui sono incise le date di nascita e morte di "Alexander Vasilskij, aviatore".

La versione della morte li lascia dubbiosi. D'altronde cosa possono contestarle? Potrebbe essere stata ignara del furto, costretta poi a seguire l'amante.

Consegnarla alla polizia li farebbe tornare in possesso della collana? No.

Mario ha fatto qualche commento e domanda dalla vaga risposta. Oreste, livido in volto, non ha proferito parola. Compatangelo, scrolla le spalle, non ha intenzione di proseguire in una rivalsa che non ha senso ormai. Riconoscendo il merito del servizio prestato sul convoglio prende congedo lasciandola al suo destino.

Lei accenna a una lacrima di disperazione e pentimento. Se aveva messo in conto la magnanimità del comandante, ora ne ha avuto conferma. Se ne va libera, non più fuggitiva. Quanto prima raggiungerà Alexander, più vivo che mai a Čita, dove, tramite un ufficiale semenovita suo amico, è riuscito a proporre la vendita della collana a Maša Semënova, l'atamana. Aveva portato lui stesso al cimitero la bara, riempita di sabbia e sassi, fingendo di essere un amico del defunto.

Gli uomini, sollevati avendo chiuso un capitolo, si dedicano all'ultima incombenza: riconsegnare a Irkutsk i lingotti zaristi.

Mario, Oreste e Danijl, salutati i compagni e l'ex comandante si avviano alla stazione per salire sul treno nipponico. Nella sua sacca Danijl ha ficcato due bottiglie di vodka diffidando del *sake*.

Andrea si ferma fino alla partenza dei suoi uomini, che tra pochi giorni ubbidiranno agli ordini degli ufficiali inviati dal Comando Italiano di Vladivostock.

Mercoledì 5 marzo 1919, Harbin

Compatangelo, ormai libero cittadino, tira un respiro di sollievo nel leggere il telegramma proveniente da Irkutsk in cui gli amici comunicano che l'oro è stato consegnato alle guardie doganali.

Il tenente colonnello Kurosawa lo trova quindi di buon umore. Vuole comunicare un'informazione che pensa gradita. Gli è simpatico, al contrario dei connazionali del Corpo di Spedizione.

"So che ha intenzione di partire fra pochi giorni. Prima di ciò, le voglio prima raccontare la storia di Maša la zingara".

"L'atamana Semënova". Andrea.

"Il giornale di Čita, *L'Oriente Russo*, ha scritto che grazie alla sua bellezza, figlia di un semplice contadino, aveva sposato e poi abbandonato il vicegovernatore di Tambov. Si dice fosse un'ebrea battezzata a Irkutsk e che Semënov l'avesse incontrata a Harbin al cabaret Palermo mentre si esibiva come cantante per un pubblico poco esigente. L'ha portata a Dauria diventandone l'amante, coperta di regali e sposata. L'atamana è una donna bellissima e brillante, ma avida e disposta a tutto. Ama i gioielli e il denaro, sperperandolo a piene mani. Semënov ne è ammaliato e segue i suoi consigli".

"Interessante. Perché mi dice questo?"

"Perché una donna così è disposta a comprare gioielli di inestimabile valore, come quelli a voi sottratti, e a indossarli. I miei informatori da Čita dicono che abbia acquistato una collana di zaffiri appartenente alla zarina. Non è questa che cercate?"

"Potrebbe essere una parte della parure che cerchiamo. Si fa presto a controllare: è raffigurata su un quadro di Konstantin Makowski".

"Già controllato: è questa".

"Ma se ce l'ha questa atamana, penso che sarà difficile che la restituisca sponta-neamente. Io non dispongo di denaro per ricomprarla".

"Semënov ha bisogno continuamente di armi. Chiunque gliele procuri, noi giapponesi per primi, è bene accetto. Lei ha un treno blindato, ben armato, forni-to di attrezzature ospedaliere. Potrebbe aggiungere le due automobili di cui una corazzata. Crede che questo non valga qualche prezioso?"

"Dovrei proporre lo scambio: un treno per una collana?"

"È un'ipotesi come un'altra. Veda lei. L'informazione gliel'ho data. Ne faccia buon uso".

Si salutano cordialmente.

Che strano tipo! Alto grado dell'esercito, capo dello spionaggio a Čita e dello Stato maggiore a Harbin, pare che il suo lavoro sia seguire i traffici di oro e di armi tra il suo Paese e la Russia. Sempre pronto ad azioni di disturbo contro i cinesi. Un gran daffare, però trova il tempo e la voglia di venirmi a segnalare una cosa. Ha ragione quel Budberg sui giapponesi: indifferenti e cortesi allo stesso tempo.

Giovedì 6 marzo 1919, Harbin

Anna cerca di rimediare all'incapacità dei due militari. Sciocca lei a pensare che appoggiarsi a militari mancesi sul loro suolo fosse un vantaggio. Si son fatti fregare come pivelli.

Quei due, con tutte quelle moine tra loro. Dovevo capire che avevano altro per la testa. Quel Yan Yan che carino però! Un viso infantile, anzi femminile, proprio per questo Lòng...Beh, non sono affari miei.

Li licenzia dopo averli derisi e minacciati. Li caccia senza pagarli.

Certo se vuol recuperare un po' di credibilità coi suoi superiori della Čeka, deve entrare in possesso della collana. Per fortuna che diadema, orecchini e brac-ciale sono custoditi in banca a suo nome.

Gira per la città, ricorrendo ai suoi contatti, per avere informazioni, mentre Lòng si presenta ai superiori a relazionare sull'attacco subito.

Yan Yan, geloso ed esacerbato, ha campo libero. Mette in atto una lunga ricerca nella stanza di Anna con pazienza e metodo. Trova così, nello scomparto segreto sul fondo rigido della sacca da viaggio, i documenti che attestano il deposito in banca e le modalità per accedervi: solo la depositaria può farlo, munita di passa-porto e codice di numeri e lettere. Nello scomparto trova anche una mazzetta di rubli e un foglietto con un breve testo. Ne intuisce l'importanza quando trova quello che sembra essere un cifrario nell'imbottitura del colbacco di lapin.

Conosce un falsario calligrafo, esperto anche crittografia. Chiede un passapor-to intestato ad Anna Nikitin con la propria foto e la decifrazione del foglietto. Dopo qualche ora ottiene un nuovo passaporto e i codici bancari decrittati. "Fa-cilissimo". Dice il falsario. "Il solito codice basato su una data, in questo caso quella della presa del palazzo d'Inverno. Che banalità!"

Anna non può sospettare nulla quando rientra alla sera. La stanza è perfettamente in ordine, la sacca di viaggio al suo posto, il cifrario nel colbacco.

Wang Lòng ha tentato di minimizzare l'incidente di fronte al suo diretto superiore. Riporta l'articolo della *Voce del lavoro*, a lui più favorevole dove vengono incolpati "i fautori della plutocrazia mondiale" e i soliti giapponesi, che odiano i cinesi. Il Signore della guerra, da cui dipende, giudica che l'incidente sia di scarsa rilevanza. Non è grave il ferimento di qualche uomo, è più grave la perdita del camion e delle armi. Per questo subirà la punizione: perdita del comando del *phai* e sospensione dal servizio fino a nuovo ordine.

Rimugina mogio l'ex comandante: *In che guaio son finito per colpa di mio zio! Quella donna mi ha portato sfortuna. Anzi colpa mia: non dovevo incontrarla il 4 di febbraio. Il numero 4, lo sa ogni cinese, è un numero che porta male. E speriamo non abbia innescato ulteriori nefasti eventi.*

Giovedì 6 marzo 1919, Irkutsk

Mario, Danijl e Oreste vengono convocati in dogana, dove viene comunicato che l'oro consegnato è falso.

"Non può essere. Ha la punzonatura imperiale". Mario.

"Si può contraffarre. Il metallo non ha superato i normali accertamenti. La densità non corrisponde".

Il doganiere non ha alcun motivo per procedere contro di loro. Sono dei derubati che credevano di consegnare la refurtiva ritrovata. Non mette in dubbio la buona fede dei consegnatari, ma sono stati evidentemente ingannati. Li invita a riprendersi le casse quanto prima.

Lasciano la sede delle guardie di frontiera sconcertati e demoralizzati. Devono avvisare subito Andrea. Chi sarà stato? Dove è finito l'oro?

Chiederanno a Massimo di nascondere quello falso a casa sua.

Venerdì 7 marzo 1919, Harbin

L'ingegnere piemontese Gibello Socco sovrintende in stazione che gli uomini del disciolto battaglione trasbordino le loro cose sul treno inviato dal colonnello Fassini Camossi. Da austriaci son diventati italiani, grazie a Compatangelo e al suo amore, non corrisposto, per la casa Savoia. Gli ufficiali li chiamano leggendo dall'elenco fornito dall'ex comandante, che fumando guarda l'operazione di là di una finestra della sala d'aspetto.

Il convoglio Savoia, con le bandiere italiane che sventolano a mo' di commiato, si svuota lentamente. Resta su un binario morto.

In serata il tenente colonnello Kurosawa fa pervenire a. Compatangelo conferma che il gioiello è stato venduto a Maša la zingara. Non lo ha ancora indossato attendendo un'occasione pubblica per suscitare l'ammirazione di molti e lo stupore di quei pochi che l'avrebbero riconosciuto come uno dei pezzi di valore della gioielleria zarista.

Giovedì 13 marzo 1919, Irkutsk

Leggono la missiva giunta da Harbin, su carta intestata del Madell Hotel.

"Ai Signori Oreste Dal Bon, Mario Pesavento, Massimo Tattini, Danijl Wulkorov presso dottore Massimo Tattini, via Salomatovskaya. Irkutsk.

Signori, desidero informarVi, credo soddisfacendo la Vostra curiosità, che gli ultimi tasselli stanno andando al loro posto. La collana è stata ritrovata e farà bella mostra di sé al collo della moglie dell'atamano Semënov. Non ho informazioni su dove si trovino gli altri pezzi. Forse ha ragione la Kolobukhina: sono in possesso dei cinesi o della cekista. Cerco intanto di rientrare in possesso della collana. Grazie ai buoni uffici dei servizi segreti giapponesi, è stato accettato lo scambio di questa con il nostro treno blindato. Il collier sarà nelle mie mani sabato 22 dopo che l'atamana avrà sfoggiato per l'ultima volta il gioiello alla prima dell'opera Madama Butterfly al Teatro Mariinsky di Čita. Solo allora telegraferò a Harbin autorizzando la consegna del treno ai cosacchi dell'atamano.

Gli uomini dell'ormai disciolto battaglione Savoia sono passati agli ordini di ufficiali provenienti dalla colonia di Tsien Tsin con destinazione Vladivostok. Sono stati raggiunti gli obiettivi della missione che mi ero assunto, ovvero portare dei prigionieri al sicuro verso est e vigilare sui beni zaristi. Resta da riconsegnare quanto affidatomi dalla baronessa.

Dimenticavo. Mi è stato anche detto che la signorina Svetlana, senza l'aviatore morto di tifo e sepolto qui a Harbin, ha lasciato la pensione dove alloggiava e ha fatto perdere le proprie tracce.

Un cordialissimo saluto.

sig. Andrea Compatangelo"

Sabato 15 marzo 1919, Irkutsk

Telegramma al sig. Andrea Compatangelo, Madell Hotel, Harbin
Dottor Tattini riuscito a ottenere biglietti per teatro. Sabato appuntamento al foyer. Mario

Sabato 15 marzo 1919, Harbin

Anna deve comunicare che l'oro prelevato con tanta fatica dal convoglio per essere consegnato al Soviet è purtroppo tornato in mani italiane e quindi a disposizione di Kolčák. Le brucia dover ammettere la sconfitta, ma spera di rifarsi. Non vuole chiedere notizie ai suoi servizi di spionaggio per la collana mancante. Si rivolge a Wang che, messo in congedo per qualche mese a causa dell'incidente coi giapponesi, dispone di tempo. Soprattutto lo tiene legato a lei con i fili dell'attrattiva sessuale.

Il cinese si mette subito all'opera, sperando in concrete ricompense, e ottiene l'informazione. "Un lontano parente, che lavora a Čita, mi informa che l'atamana Maša consegnerà tra una settimana la collana agli italiani al teatro Mariinsky di Čita".

"Ma hai parenti dappertutto!"

"Mio zio Hóng Tāo ha molti, molti nipoti e, sapendo del mio interesse per una collana di zaffiri, ha chiesto un po' in giro".

Va recuperata. Ma come? Wang sicuramente la seguirà. Comandando un plotone, lontano spesso da zone abitate, non è facile godere della vista del gentil sesso. Né tanto meno avere occasioni di accostarvisi. Qualche blandizia, oltre alla corresponsione di un compenso, anche modesto, basterà a spronare l'uomo.

In Transbajkalia dovrà sfruttare alcuni contatti con la resistenza bolscevica attiva contro il governo del cosacco Semënov. Nel partito è nota una certa Nina, la compagna Maroussia, che ha combattuto a fianco del capo militare bolscevico Sergei Lazo. Una vera compagna che l'aiuterà senz'altro.

Esperito quest'ultimo tentativo, dovrà presentarsi al suo superiore, giustificando il tempo dedicato col successo della missione. Sperando di non dover affrontare le conseguenze di un fallimento.

Sabato 22 marzo 1919, Čita

Gli uomini sono in cappotto e smoking, le signore esibiscono pellicce, scarpine e stivaletti con tacco, pizzi, paillettes, gioielli. Viene notata una dama con lungo doppiopetto su cui risalta una spilla, una con ancora lo strass e qualche piuma svolazzante, una non più giovane fasciata da un abito aderente. Una donna giapponese di una certa età, moglie sicuramente di qualche alto ufficiale, indossa un costoso e formale kimono di colore blu scuro in versione abito da sera con motivi floreali nella parte bassa. Altre giapponesi venute a sentire la triste storia della compatriota indossano invece abiti di foggia occidentale. Molti militari in alta uniforme, molti noti rappresentanti della politica e dell'economia.

Il teatro da settecento posti aperto da soli otto anni aveva visto tempi migliori. Dopo le prime rappresentazioni con opere di Tolstoj, Molière, Schiller, e tournée di cantanti e musicisti, nell'ultimo anno necessitava di un buon restauro. I lavori erano ancora in corso ma si era provveduto a rendere speciale la serata con addobbi sfarzosi e soprattutto con la presenza di una famosa cantante ucraina.

Gli ospiti sono accolti in un'entrata dai grandi e spessi tendaggi, proseguendo poi su un tappeto rosso granata steso nella sala fin davanti alla fossa dell'orchestra. Dello stesso colore sono le poltrone di platea, della tappezzeria e delle balaustre dei palchi, di color crema e giallo le varie decorazioni in gesso e legno intagliato. Tutti arrivano con largo anticipo per aver il tempo di affidare i soprabiti al guardaroba, di raggiungere il proprio posto e soprattutto di guardare la passerella dei vecchi e nuovi poteri, essendo la sera della prima sempre una vetrina mondana. L'opera è una delle più famose: tre atti con una prima rappresentazione al Teatro della Scala a Milano nel 1904 diventata un trionfo della lirica.

Compatangelo, vicino al generale giapponese Ōtani Kikudzo suo garante nei confronti dell'atamano, è nella prima fila della platea, discosto dagli amici che occupano posti centrali, trovati grazie al mercante Shaikhulla Shafigullin. Le signore, Irina e Idree, sono in abito da sera, Mario e Oreste in giacca nera e cravatta. Massimo indossa uno smoking con risvolti in seta opaca sopra a una camicia inamidata con bottoni neri su cui spicca un fiocco nero. Danijl è in perfetta uniforme di gala.

Entra il direttore d'orchestra, a cui il pubblico tributa gli applausi di rito. Si affievoliscono le luci, il brusio cessa e inizia sul palco la triste storia d'amore di Cho-Cho-San, la giovane giapponese Butterfly, interpretata dalla soprano Solomiya Krushelnytska. La direzione artistica del Mariinsky era riuscita a ingaggiare la nota cantante lirica ucraina solo per l'intervento di Semënov che desiderava accondiscendere al desiderio della moglie, invaghitasi dell'opera e della cantante.

La potente coppia, alle cui spalle due ufficiali cosacchi offrono protezione, si gode la musica pucciniana dal palco d'onore di fronte al palcoscenico, posizione che permette una maggiore visibilità del governatore da parte degli spettatori e degli attori. I palchi a fianco sono vuoti, in restauri voluti dallo stesso atamano per riportare l'edificio ai passati fasti. I lavoratori del teatro non hanno voluto sospenderli neanche per la rappresentazione tanto attesa. Molti appartengono al sindacato nato con i soviet e passato in clandestinità con la presa di potere dell'atamano. Nel corridoio, sorvegliato dai cosacchi alle estremità, solo porte chiuse. Il palco dell'atamano è isolato.

Maša ha avuto modo di mettere bene in mostra la collana su un'ampia scollatura dell'abito rosso. Gli zaffiri pare brillino di luce propria mentre lasciano riflettere lampi intorno, quasi creando un campo magnetico blu su cui si staglia il rosso del vestito. Semënov gongola sotto i folti baffi. La serata è l'occasione per dimostrare la sicurezza di un governante che ritorna sul luogo del precedente attentato sicuro che il terrore scatenato dalla orribile punizione degli attentatori abbia rimosso ogni velleità di ripetere l'impresa. Esibisce la propria sicurezza e la bellezza della moglie, la volontà del potere supportato dalla forza dei cosacchi. Ma proprio perché eccessivamente sicuro, risulta essere più facilmente esposto.

Il primo atto, molto sostenuto dalla potente voce della soprano, è ben accolto e applaudito. Luci accese, conversazioni, via vai dal foyer, dove si dirige Andrea chiacchierando col comandante giapponese, che gli confida:

"Sa che il baffone cosacco a un certo punto non voleva più accettare lo scambio, assecondando le voglie della moglie? Solo l'intervento di Ungern, che considera la Glebova non meglio di una prostituta e il treno essenziale alla sua Divisione, lo ha costretto a rispettare l'accordo".

Seduto al suo posto, Massimo si rivolge a Idree al suo fianco: "Ma quella non è la cara Svetlana?"

"Sì e in splendida forma! Guarda come sorride al suo accompagnatore, quel distinto signore con gli occhiali che sfoggia una barba rossastra. Sembrerebbe tinta all'*henné* come i capelli".

Idree indica la coppia a Irina, che la guarda bene e poi si volge a Mario. "Quei due là, tre file avanti a noi, sulla destra. Lui con gli occhiali, lei con quell'abito nero di chiffon vaporoso a una sola spallina con un *volant*".

"Ma è Sveta!" Esclama stupefatto Mario, dando di gomito a Oreste, che mette a fuoco, riconosce la vecchia amante e sussulta.

A occhi sgranati esclama: "Ma non doveva essere a Harbin, sola e inconsolabile. E ora qua, spensierata e gaudente".

Cerca Danijl di individuare di chi si parla. "Dove? Dove?"

"E lui chi sarà? Ecco ora si alzano. Che facciamo? La seguiamo? Chiediamo spiegazioni?" Propone Mario.

Risponde Oreste che ha buttato alle spalle la passata relazione. "Con quale autorità? Se Sveta vuole rifarsi una vita è liberissima di farlo. Che velocità però nel rifarsela! Speriamo che l'uomo sia un galantuomo stavolta".

"Guardalo bene. Come si muove, lo stesso modo, la stessa statura. È Vasilskij!" Riconosce Mario.

"Me lo ricordo, ospite a casa di Tatiana. È sempre un gran bell'uomo, anche se le qualità morali lasciano a desiderare. Guarda caso riappare lui e riappare la collana." Irina.

Massimo dice quello che stanno sospettando tutti. "Da quanto capisco, signori miei, ha venduto la collana che ora nel palco l'atamana sfoggia e si gode i proventi della vendita. La tomba di Harbin contiene una cassa vuota".

"Svetlana, bisogna dirlo, dimostra costanza e abnegazione nel seguirlo in ogni avventura". Irina è la più decisa nel giudizio positivo. Normalmente giustifica le eventuali manchevolezze delle persone apprezzandone anche le minime doti.

"Ha fatto la sua scelta. Sveta è sempre stata una donna decisa. Eletto l'aviatore a compagno, non lo lascerà facilmente. È forte e coraggiosa, mi dispiace che non stia più con me, ma ha diritto alla sua vita". Un augurio da parte di Oreste che non nasconde la stima e il rimpianto.

Danijl si fa passare il binocolo da teatro di cui il gruppo è fornito. Guarda verso il palco dell'atamana. "Non vedo però gli altri zaffiri. Dov'è il resto?"

"Forse ha solo quel pezzo, in caso contrario avrebbe indossato anche gli altri. Magari sono ancora in mano di quei due. Dovremmo segnalare la presenza del sottotenente Alexander Vasilskij alla giustizia. È un ladro e una spia dei rossi". Suggerisce il dottore.

"Massimo, non ti riconosco. Tu non sei vendicativo. E a te personalmente che ha fatto? Lasciali al loro destino". Idree al suo dottore, con sguardo tra il rimprovero e il supplichevole.

"Anche a me non interessa che venga punito. Ora ha i soldi per assicurare l'agiatezza di Sveta: buon per loro". Disinteressato Oreste. E anche un po' distratto. Da una signorina a cui lancia sguardi e sorrisi. Viene per questo scherzosamente richiamato da Irina.

"Forse, però, Massimo non ha tutti i torti. Se non segnaliamo l'aviatore alla giustizia, ne diveniamo complici".

Dubbioso Mario.

"Vi propongo un'azione interlocutoria", interviene il conte. "Alla fine dell'opera li seguiamo e vediamo dove soggiornano. Poi penserete a cosa fare".

"Ottima idea. Magari ci facciamo riconoscere e da persone civili chiederemo delle spiegazioni. Poi valuteremo il da farsi". Dice Oreste, che non ha nessuna intenzione di mettere di mezzo la polizia. L'interesse del momento è concentrato sulla giovane donna tanto da far dire questa volta a Idree: "Suvvia Oreste. Degna di un po' di attenzione queste vecchie signore al tuo fianco".

Si giustifica: "Vogliate scusarmi. Ho scambiato due parole con l'anziano signore che l'accompagna. È il padre e mi ha presentato la figlia. Sarebbe indelicato ora, quando per caso volge il capo nella mia direzione, mostrare indifferenza o gelido distacco":

Gli dà un'amichevole pacca sulla spalla Danijl. "Il solito rubacuori! Lascia perdere la ragazza e decidiamo che fare. Allora li seguiamo?"

Così decidono. A opera conclusa, le signore con Massimo attenderanno Compatangelo, andando poi al Select Hotel. Mario, Danijl e Oreste seguiranno la coppia. Tutti soddisfatti dal non dover prendere decisioni immediate.

Si svolge il secondo atto e la Krushelnytska attacca la seducente aria:

Un bel dì, vedremo
Levarsi un fil di fumo.
Sull'estremo confin del mare
Chiamerà Butterfly dalla lontana
Io senza far risposta
Me ne starò nascosta
Un po' per celia,
Un po' per non morire.

Momento di commozione tra il pubblico, più di qualche signora ha gli occhi lustri ed è il momento atteso. Viene a mancare improvvisamente la luce, a causa del contatore generale staccato dalla mano esperta di un lavoratore del sindacato clandestino sovietico.

Da un palco, che doveva esser vuoto e chiuso a chiave, escono nel corridoio deserto veloci e silenziosi, e soprattutto armati, Anna e Wang. Trovano la porta del palco governativo ed entrano. Basta la smorzata luce della torcia per individuare i due ufficiali cosacchi, a cui sparano a bruciapelo. Sotto la minaccia delle armi la *zingara* deve consegnare la collana, venendo poi rinchiusa col marito nel palco. I ladri si involano dietro una porticina di servizio, completamente invisibile nell'oscurità. Dalla platea si odono gli spari, esclamazioni soffocate e l'urlo dell'atamano che lancia l'allarme, gli spettatori si alzano, si spingono cercando di raggiungere l'uscita, urla di donne e di uomini. Nel trambusto generale Compatangelo teme il peggio: gli spari nel palco, un attentato? ancora un altro? O l'obiettivo è la collana?

I cosacchi di guardia agli ingressi del corridoio raggiungono Semënov che ha sfondato la porta e descrive quel poco che è riuscito a vedere degli assalitori, una donna che ha parlato e un uomo, forse un'altra donna con un accento cinese. Urla ordini, si corre per chiudere le uscite.

La pattuglia cosacca di ronda attorno al teatro intercetta due figure in fuga e apre il fuoco. I fuggitivi si dileguano ma lasciano a terra tracce di sangue.

Mentre torna la luce a illuminare il caos della sala, il direttore sul palco rassicura i presenti.

"Gentili signore e distinti signori, vi invito alla calma. La vostra sicurezza è garantita e tra poco lo spettacolo riprenderà. Nel buio le armi di scena, caricate a salve, hanno sparato alcuni colpi. Nessun pericolo quindi".

Un attimo di pausa per ascoltare chi gli bisbiglia nell'orecchio e prosegue.

"Mi viene detto che il nostro governatore, l'atamano Semënov, ci onorerà della sua presenza fino alla fine dell'opera".

Applausi all'indirizzo del governatore.

"Lo ringrazio a nome di tutta la direzione. Mi duole sinceramente che la sua gentile signora abbia accusato un lieve malore di cui si è subito ripresa, ma che l'ha costretta a rincasare. Le auguriamo ogni bene e a voi, gentile pubblico, una buona serata con le melodie italiane".

Applausi.

Domenica 23 marzo 1919, Čita

Riuniti attorno al tavolo delle colazioni al Select Hotel fanno il punto della situazione.

Semënov si era premurato di giustificare la mancata consegna della collana col furto perpetrato da una coppia probabilmente con l'appoggio della resistenza cittadina.

Non possono essere stati materialmente Svetlana e Alexander con loro in platea. Ipotizzano che possano però avere legami con la baraonda in teatro. Forse peccano di cattiva fede, ma per la seconda volta viene rubato qualcosa quando c'è di mezzo l'aviatore.

Andrea, giudicando ormai inutile la sua presenza, decide che è giunto il momento di andarsene. Sperava di portare a compimento quanto promesso alla baronessa de Luteville. Aveva fatto il possibile. È ora di passare il testimone.

Continueranno gli amici a cui augura con commozione buona fortuna. Lascia un regalo. È fermo nella stazione di Harbin il treno corazzato, che doveva essere scambiato con la collana. Su un binario morto è a disposizione dei militari italiani, Dal Bon, Pesavento, Tattini.

"Il generale giapponese Ōtani si era dichiarato pronto a comprarlo, se l'atamana non avesse voluto restituire la collana. Se volete venderlo, siete liberi di fare quel che volete. Mi è stato offerto un lavoro a Vladivostock. Penso che accetterò. Prima voglio fermarmi qualche giorno a Harbin perché il generale Horvat, a capo della CER, mi dia parola che il treno resti in sua custodia finché non lo reclamate. Già che ci sono, magari chiederò al console Gibello Socco che perori la mia causa presso le autorità italiane. Tenetemi informato degli esiti della faccenda".

Un cortese inchino alle signore, una stretta di mano agli amici, poi prende il bagaglio e si avvia.

Andrea deve riprendere in pugno la sua vita, considerare conclusa la pausa di avventura militare in cui si era lasciato trascinare, rispondere delle proprie azioni di fronte a se stesso e non più a quattrocento uomini a lui affidatisi. Il senso di liberazione mitiga l'amarezza per le aspettative insoddisfatte della dama di compagnia zarista. Rallenta, si ferma, poggia la valigia. Fa respirare con calma i polmoni perché il cervello possa riflettere. Rassegnarsi non gli si addice. Non è detto che non possa seguire lo stesso la vicenda. Ha in mente di scambiare due parole con un italiano, commerciante di macchine agricole, uno molto addentro ai servizi di informazione. *Se ben ricordo lavorava tra Vladivostock e il lago Baikal. Devo trovarlo.* Con questo proposito che schiude nuove possibilità, sollevata la valigia, più baldanzoso accelera il passo.

Continua la conversazione nell'albergo posto tra via Aleksandrovskaya e via Nikolaevskaya, nella sala ai cui tavoli sono seduti molti militari giapponesi, che lì hanno preso stanza.

"Dopo tutto quello che ha fatto spassionatamente per altri, meritava qualche soddisfazione e invece …". Oreste.

"… e invece", continua Mario, "resta la nostra amicizia e stima. La distanza non cancella il nostro rapporto".

"Concordo! Ma quest'ultima disavventura non gli ci voleva. Pensavamo di presenziare alla consegna e di dare la bella notizia a Theodora che ci aspetta a Irkutsk". Dice Tattini.

"Oh, povera! Lei ci teneva molto. Non passa giorno senza che parli della famiglia imperiale". Si preoccupa Irina.

"Fortunatamente è restato a farle compagnia il pope Ofaniel. Nessuno migliore di lui per assicurare la protezione divina anche nei peggiori momenti". Mario.

"Certo per lei un gran dolore. Noi, come amici, le staremo vicini, ma in fondo della collana che ci importa?"

A Oreste questa ricerca pare quella del santo Graal, leggendaria e destinata a fallire.

"Per voi italiani è solo un gioiello, per me un simbolo della vecchia Russia. Capisco tuttavia che possiamo fare ben poco. Ieri nella confusione generale abbiamo perso di vista quei due che avrebbero potuto darci qualche informazione. Se non altro della resurrezione del pilota". Rassegnato Danijl.

Con un sorriso che fa trasparire l'affetto, dice Idree: "Non amareggiamoci. Godiamoci la compagnia, restiamo ancora qualche giorno, visitiamo la città e, tornati a Irkutsk, sarete nostri ospiti a cena. Invitiamo anche Theodora e le raccontiamo cosa è accaduto a teatro, anche se sarà un fiero colpo per lei sapere che ancora una volta i preziosi si sono involati".

"Grazie al mercante Shaikhulla, son riuscito a vendere alcuni quadri. Soldi ne abbiamo e possiamo concederci una visita della città". Il pittore.

"Allora ne approfitto e, tra oggi e domani, mi faccio un giretto per gli alberghi a chiedere se alloggia una coppia con un signore dalla barba e capelli rossastri e una bella giovane mora. Così per curiosità e perché ce l'eravamo riproposto". Afferma Pesavento.

"E io ti accompagno". Dal Bon asseconda l'amico in questa proposta, pensando essenzialmente di godersi un giro turistico cittadino. La città pare interessante, di grande animazione nonostante la forte presenza militare di cosacchi e giapponesi.

"Ancora?" Sbotta Irina. "Basta. Non ha senso questa ricerca. Tutto passa, tutto scorre, diceva un filosofo. Lasciate perdere".

"Permettete, ma hanno ragione. È l'ennesimo smacco. Sono tentato di chiedere informazioni a qualche vecchio amico. Ne ho ancora qualcuno tra le fila dell'esercito bianco, e qualcuno anche in quello rosso, perfino tra i servizi segreti giapponesi. Sono stufo di essere menato per il naso. Propongo agli amici italiani di continuare da soli qui in Transbajkalia. Troveremo da soli i due fuggitivi e scopriremo dov'è quella maledetta collana e poi anche il resto della parure". Danijl, da vecchio soldato, non è abituato alla sconfitta. "Se non ci riusciamo torneremo a Irkutsk mettendo la parola fine alla ricerca. Chiaramente parlo per me. Andrò a controllare l'ambiente teatrale. Un russo riuscirà a ottenere più facilmente qualche confidenza perfino dalle maestranze, che si dicono filo rivoluzionarie. Mario e Oreste gireranno gli alberghi".

"Mi pare un'ottima idea. Abbiamo dunque formato una squadra investigativa". Mario.

"Ci vediamo a pranzo?" Chiede Irina, anche per allontanare la conversazione da propositi di caccia. Si alzano i tre segugi, mentre Mario assicura cortesemente:

"Naturalmente! Non vogliamo perdere il piacere della compagnia delle signore. Massimo, te le affidiamo".

L'atamana Maša, detta la zingara, ex cantante di cabaret famosa per la canzone Sharaban, ha convocato Alexander Kammenov colonnello capo della polizia. Rabbiosa lo sollecita in modo autoritario a recuperare quanto prima l'oggetto del furto.

"Depredata davanti a tutta la città. Che figura! Dovrei avere la protezione migliore e invece un qualsiasi ladro si beffa di me e della polizia".

"Signora, il furto è stato perpetrato grazie all'aiuto della resistenza clandestina rossa. Ho già una pista da seguire e alcuni arrestati per accertamenti. E presto recupererò la refurtiva".

"Già col precedente attentato il vostro dipartimento investigativo criminale, guidato da Alexander Vladimirovich Domrachev, ha arrestato degli innocenti che dopo un po' sono stati rilasciati. Volendo far bella figura ha falsificato il caso. Per fortuna è intervenuto il controspionaggio".

"Bravi quelli. Dovrebbero conoscere e tenere sotto controllo gli oppositori, ma arrivano quando il danno è fatto. Hanno informazioni su i partigiani rossi in città che gli abitanti della Transbajkalia trovano leggendo i giornali".

Le mostra la notizia apparsa su *Est Russia* del 6 febbraio relativa all'attentato alla vita dell'atamano.

Dopo il rovesciamento del potere sovietico in Siberia, nella città di Čita si è formata una società segreta di terroristi massimalisti-comunisti. Lo scopo di questa organizzazione era: uccidere l'atamano Semënov; sollevare una rivolta nelle unità militari di Čita e allo stesso tempo eliminare gli ufficiali; rovesciare il sistema statale esistente e stabilire il potere sovietico. L'organizzazione è entrata in rapporti terroristici con gruppi simili nella Siberia occidentale e orientale. Commenta poi: "Finora non hanno combinato niente e la marmaglia comunista dilaga per la città".

"Datevi da fare e finitela di dare le colpe ad altri. È chiaro che c'è l'opposizione, questi sobillatori sono dappertutto. Arrestateli e fucilateli tutti".

Il colonnello Kammenov si accomiata dopo avere assicurato la massima dedizione sua e dei suoi uomini all'operazione investigativa. È un ufficiale competente, su cui pesa la responsabilità della sicurezza di una città invasa da centinaia di criminali, rilasciati dalle prigioni di Nerchinsk, Akatuy, Yakutka e confluiti in città non avendo i mezzi per dirigersi all'ovest. Molte bande, la più pericolosa quella di Lenkov, si dedicano a rapine e omicidi. Erano stati costretti ai lavori forzati nelle miniere per estrarre oro e argento, che ora vanno a rapinare nelle gioiellerie.

Gli era inoltre affidata la sicurezza antincendio. Dall'ufficio in un vecchio edificio in mattoni rossi con un'alta torre per l'osservazione, comanda la polizia e i vigili del fuoco. Ha ben altri compiti da svolgere. Cercherà i colpevoli ma non per soddisfare il desiderio di vendetta dell'atamana.

Affiderà l'indagine a Domrachev, che si sbrighi a trovare i colpevoli, possibilmente quelli veri.

200

ANATRA IMPERIALE

Lunedì 24 marzo 1919, Harbin

Yan Yan ha scovato Joseph mentre stava per essere condotto in prigione essendo stato sorpreso, spinto dalla fame, a rubare in un magazzino. Se lo fa affidare per farsi rivelare che fine abbia fatto il suo ex capo con la bella cekista. Sono spariti da giorni.

Joseph, abbandonato da tutti, non ne sa nulla. Potrebbero essere a Čita dove il sottotenente Vasilskij qualche tempo prima aveva tentato di vendere a qualche amico parte della refurtiva rubata sul convoglio italiano.

Il cinese pensa sia giunto il momento di passare in banca a prelevare.

Martedì 25 marzo 1919, Čita

Il giovane colonnello d'artiglieria Stepanov fuma nervoso sul marciapiede nell'oscurità della sera. Fin dal momento della creazione della divisione di treni blindati ne è il comandante, avendo garantita autonomia e impunità da parte dell'atamano. Per l'importante appuntamento ha lasciato il quartier generale presso la stazione di Adrianovka, nota da più di un anno come luogo di massacri e atrocità.

Si accosta una macchina. Schiaccia il mozzicone di sigaretta col piede e sale accomodandosi sul sedile posteriore accanto alla donna.

"Mia atamana, buonasera".

"Non essere così formale colonnello. Ci conosciamo dai tempi in cui venivi a vedermi ballare a Dauria nel ristorante della stazione".

"Certo Maša. Lo chiamavamo *Charaban* in onore della canzone che spesso cantavi con voce calda. Lì hai accalappiato il nostro comandante atamano,".

"E gli donai gli orecchini, la collana e il braccialetto di zaffiri, azzurri proprio come i miei occhi, per una grande causa, per difendere la Russia. Il mio Grigory voleva portare il suo esercito sotto gli stendardi bianchi, ma non aveva soldi per pagare i cosacchi. Dopo la donazione, il denaro ha preso ad arrivare da finanziatori noti e sconosciuti. I miei zaffiri hanno portato fortuna".

Il viso equino dell'artigliere accenna una smorfia.

"La forza e l'audacia dell'atamano, la determinazione antirivoluzionaria, la sagacia politica, questo determina il suo successo".

Crede nelle doti indubitabili del capo, non nel potere dei talismani.

"Non contraddirmi caro. I miei gioielli ci hanno protetto. Ora sono stata derubata di altri zaffiri. Sento che questo ci porterà sventura. Devi recuperarli per me".

"È compito della polizia".

"Ho già parlato con Kammenov e ho capito che non ne farà niente. Non mi fido di lui. Mentre tu sei legato a me per l'affare Shumov. Ho le prove che sei stato tu a ucciderlo".

"Non ti conviene denunciarmi. È vero: ho fatto eliminare il minatore Vasily Shumov, ma l'oro che stava cercando di portare sulle rive di Harbin è per me e te".

"Per il furto siamo complici. L'omicidio è opera solo tua. Per questo mi accontenterai. Inoltre tutta la città è convinta che abbiamo una tresca per colpa delle voci messe in giro da quella stupida vanitosa della Nastalovna. Provvedi quindi a farmi riavere gli zaffiri e a giustiziare i ladri".

"Farò quanto in mio potere. E l'attrice non parlerà più".

Maša la zingara fa fermare la macchina. Scende scuro in volto Stepanov. Ancora una volta farà quel che vuole quella donna.

Martedì 25 marzo 1919, Harbin

Gli è costata ore la preparazione. Un reggipetto imbottito di carta di giornale appositamente bagnata e plasmata, trucco, rossetto e un grazioso cappellino con veletta per nascondere un po' il viso, abiti e scarpe femminili. Che piacere indossarli! Si pavoneggia davanti lo specchio. I capelli tagliati corti, come l'ultima moda femminile impone. La statura è quasi identica a quella di Anna: son tempi in cui una donna russa eguaglia in altezza un normale maschio cinese, qual è Zhōu Yan Yan.

Attraversa l'atrio della banca ancheggiando e chiede del vicedirettore. Le orecchie del bancario lasciano facilmente entrare le tonalità della vocina flautata. Con un sorriso, che vorrebbe essere seduttivo, tende la mano per prendere ed esaminare con attenzione il passaporto, copia perfetta che non è costata neanche molto. Chiede il codice. Gli viene detto senza esitazione. Controlla e restituisce il passaporto, preso prontamente dalla mano guantata della signorina, e fa strada verso il caveau. *Donna di classe questa!*

"Signorina, quando vuole sono a sua disposizione. Anzi se volesse anche ora, ho delle ottime proposte di investimento". Viene tenuto a bada con grazia.

Esce sul marciapiede con la borsetta stretta al petto e si dirige verso il *risciò,* dove il conducente l'aspetta tra due lunghe sbarre pronto a trainare il mezzo. Solleva leggermente la gonna per salire, attirando l'attenzione compiaciuta di un passante. A casa non si toglie subito gli abiti femminili, si sofferma davanti allo specchio soddisfatto del risultato sia della visita in banca sia del camuffamento: *eh sì, ragazze così carine non se ne vedono molte in giro.*

Si immagina la faccia che faranno l'amato capo e la svergognata russa quando scopriranno di essere senza il tesoretto su cui contavano. Si crogiola nel piacere della rivincita a cui ha dedicato tempo ed energie: la vendetta è un piatto che va servito freddo.

A lui probabilmente verrà assegnato il comando del plotone, posto lasciato libero da Wang, sospeso dal servizio.

Giovedì 27 marzo 1919, Čita

Al tavolo di un bar dove si ritrovano i lavoratori del teatro lì vicino, Danijl, vestendo i panni di ex militare disgustato dal governo bianco, sollecita confidenze. Capisce da smozzichi di discorsi, da mezze parole, che la resistenza annovera tra le sue fila molti lavoratori delle maestranze teatrali. Sicuramente le luci spente, il palco isolato, la fuga facilitata, fanno parte dell'appoggio assicurato dal sindacato dove la maggioranza è rappresentata dai rivoluzionari massimalisti socialisti.

Un avventore si lascia scappare che nella resistenza ha molta influenza la compagna Maroussia, che gira con una pistola. Sta per continuare, ma viene interrotto dal suo vicino con una gomitata:

"Ma cosa dici? Stai zitto. Ti confondi con la canzone *Murka*".

Per avvalorare quel che dice, canta una strofa.

Murka era seduta lì con una giacca di pelle,
e un revolver spuntava da sotto la gonna.

Danijl forse ha un indizio: *mi stava rivelando qualcosa che non doveva.*

Nel frattempo Oreste e Mario, entrati nell'ennesimo albergo e allungata una piccola mancia, individuano dove alloggiano i due ricercati.

In albergo il gruppo fa il punto della situazione. Mario legge ad alta voce un articolo sul giornale locale, *Il Lavoratore della Transbajkalia,* che attribuisce alla resistenza l'incursione alla prima tetarale. L'articolista auspica che la collana sia stata sottratta ai semënoviti per essere consegnata alle forze rivoluzionarie. Potrebbe avere ragione.

Anche il bel Danilo dopo le chiacchiere al bar è sicuro di questo: dei comuni ladri non avrebbero osato derubare il governatore e affrontare i suoi cosacchi. Si domandano se il sottotenente, spia sovietica, avesse potuto contare sull'aiuto dei massimalisti socialisti, magari guidati da quella Maroussia. Ma con quale vantaggio? Ha intascato dall'atamana il prezzo della vendita e può godersi il gruzzolo con l'amante. Perché rischiare un altro furto?

Che sia stata un'azione partigiana su indicazione dei servizi di spionaggio sovietici? Ispiratrice forse quella Nikitin che già si erano trovati sulla strada a Harbin, come aveva suggerito la falsa vedova Svetlana?

Forse l'aviatore non c'entra, ma comunque potrebbe disporre di informazioni. È il caso di fare due chiacchiere con lui.

Venerdì 28 marzo 1919, Čita

Mattina. Alexander Vladimirovich Domrachev interroga la coppia di amanti affiancata da due gendarmi, altri due sono sull'uscio della camera d'albergo.

"Voi e gli italiani qui in città eravate gli unici a sapere che l'atamana possedeva la collana. Oltre al comandante giapponese, che è impensabile sospettare. Gli italiani sono giunti giusto in tempo per andare all'opera. Gli unici che avevano modo e tempo per organizzare il furto siete voi. Quindi ora mi direte tutto.".

"È una supposizione balzana la vostra. Eravamo tra gli spettatori nel momento del furto: molti ci hanno visto". Si difende Alexander, ma sa che essere innocenti a volte non serve, soprattutto quando si vuole trovare a ogni costo un colpevole.

"Potevate aver organizzato e affidato ad altri il furto, procurandovi un alibi che vi permettesse di sviare i sospetti".

"Dimostratelo!" Con voce che le trema, Sveta.

"Per il momento siete sotto sorveglianza, ma sappiate che non potete lasciare la città e quanto prima tornerò con le prove o le testimonianze".

Se ne va lasciandoli a meditare sul fatto che i testimoni si possono anche comprare.

Nel pomeriggio, nella stessa stanza, sibila Svetlana: "Prima la polizia e ora voi. Cosa volete?"

Seduto, apparentemente indifferente, Alexander fuma silenzioso la sua papirosa Allegro.

"Nulla". Risponde serafico Danijl alla compatriota. "Vi consegniamo alla polizia, che vi farà confessare i nomi dei complici e probabilmente poi vi fucilerà".

"La polizia già ci sospetta. Voi ci odiate. Ma alla fine cosa abbiamo fatto? Abbiamo sottratto valori non vostri, che Alexander doveva restituire al Soviet, legittimo proprietario, e che voi ci avete ripreso con la forza".

Si inserisce nel discorso l'aviatore con un'alzata di spalle. "Non potevo presentarmi a mani vuote davanti ai miei superiori. Mi avrebbero accusato di incapacità o tradimento. In cambio avrei portato i soldi della vendita della collana".

Si infervora la donna rivendicando i meriti del suo uomo. "Aver a lungo combattuto nella squadriglia aerea hussita non conta nulla? Certo è un rosso, un nemico dei bianchi, che ha compiuto un'opera di sabotaggio. In guerra è normale. Non ha giustificazione invece la vostra presenza e quella degli Alleati sul suolo russo per combattere una guerra non vostra. I beni sottratti non sono vostri. E in quanto a te Oreste la nostra relazione era finita e non certo per colpa mia".

Oreste la guarda incerto. Sempre bella anche in un'anonima stanza d'albergo. Pareti di legno ruvido, tendaggi grezzi, un samovar acciaccato in un angolo. Forse in cuore cova ancora la brace del vecchio sentimento amoroso. No, ormai è acqua passata, si è già procurato l'indirizzo della bella giovane conosciuta a teatro. Per Sveta restano l'affetto, la stima, i bei ricordi, sicuramente non c'è acrimonia, dispetto, rancore.

Può dire in verità: "Hai ragione contro di te non ho nulla. E nemmeno contro il tuo bello, spione da quattro soldi e ladro. Per me potreste andarvene. Ma parlo a titolo personale".

Prosegue Danijl. "Tuttavia avete compiuto un'azione illegale. A questa va posto rimedio".

Mario: "Il danno a carico del battaglione italiano è evidente, ma non siamo qui per vendetta".

Sbuffa una nuvola di fumo Alexander e propone: "E se invece vi fornissimo indicazioni su chi ha sottratto la collana alla zingara?" Soggiunge a voce bassa: "Restituendo i soldi, quelli che mi sono rimasti".

Interviene Mario, che tiene il conto di quanto mancante. "E le spille? I contanti? Inoltre parlate sempre della collana. E il resto della parure?"

Continua. "Sappiamo comunque chi è stato". Azzarda un'ipotesi, affermandola come cosa certa. "La tua compagna cekista Anna aiutata forse dal militare cinese."

Dà man forte Oreste. " Abbiamo sbagliato a non consegnare il cinese alla polizia a Harbin".

"Ve l'ho detto: sono stata rapinata da quella spia sovietica. Quel cinese, che avete sorpreso nel deserto, ubbidiva al suo comandante. È quest'ultimo a essere agli ordini della donna. Abbiamo venduto alla Semënova l'unico pezzo che avevamo. Ora probabilmente in possesso della resistenza sovietica". Svetlana trascura il fatto che stanno vivendo con i soldi della vendita di oggetti modesti per gli standard zaristi ma comunque di notevole valore. Le spille, tutte con pietre preziose, hanno ben fruttato.

Interviene Alexander a completare quanto asserito dall'amante. "Scusa Sveta, ma non è così sicuro sia stata Anna. Potrebbe essere stata la resistenza rossa metropolitana e io so chi è il capo dell'organizzazione: Nina Lebedeva Kiyashko detta compagna Maroussia, nominata commissario dal partito comunista. Un elemento pericoloso di cui diffidare. Anna però potrebbe aver rischiato ed essersi affidata a lei per portare avanti quanto intrapreso. Pensava così di riabilitarsi agli occhi dei superiori". *Lei sì leale verso il partito*, pensa confrontandola con se stesso. "Voi a Harbin le avete scombinato i piani".

"Allora bisogna cercare questa Maroussia". Danijl, che ha conferma del nome sentito nella bettola.

"Come si fa a trovarla? Che sia in città?" Pone domande concrete Mario.

"Più facile nascondersi nella taiga, dove operano diversi gruppi partigiani. La città è presidiata da cosacchi e giapponesi". Prende una pausa Vasilskij valutando se collaborare. Infine si decide a rivelare le forze partigiane in campo. Dispone di informazioni dettagliate fornite dal servizio cekista e dai comandi dell'aviazione kolčakista. "Nel movimento di guerriglia si distingue il gruppo di Burdinski, operativo dal 1918, uno dei primi nella regione di Zabaikalsky. Ma pare abbiano il fiato dei cosacchi sul collo. Infine le forze più importanti nel fronte contro Semënov sono le squadre guidate da Sergey Lazo, ottimo comandante bolscevico, organizzatore del movimento partigiano che impegna il governo siberiano. Per quel che so, Nina Lebedeva è stata sua vice, messa a capo dei massimalisti socialisti rivoluzionari da questo Lazo con cui ha anche combattuto".

"Quindi pensi che questa Maroussia sia in una squadra sotto il suo comando?" Domanda Massimo.

"Non credo. Troppo autonoma ed estremista per sottostare alla disciplina di Lazo. Secondo il controspionaggio bianco, Maroussia si accompagna a Yakov Tryapitsyn. Sappiate che è feroce e astuta. Gira con una Mauser al fianco che usa spesso e volentieri". Alexander.

Anche il colonnello Wulkorov dispone di informazioni. "Ho sentito infatti che da poco opera una banda guidata dal giovane criminale Tryapitsyn, che si distingue per le atrocità estreme. Hanno ucciso ricchi e poveri, contadini e cittadini, giovani e anziani, massacrato famiglie intere. Vi sono altri distaccamenti partigiani, ma quello di Tryapitsyn è composto da banditi più amanti del denaro e della violenza che della rivoluzione.".

Alexander: "Queste bande, per lo più dedite a uccisioni e ruberie, sfuggono al controllo del Soviet, che ne diffida e le disprezza. Ecco, direi che la Kiyashko dispone delle conoscenze e dell'ascendente per servirsi della resistenza cittadina per compiere un furto spettacolare. Pronta a tradire l'agente Nikitin che ne ha cercato l'appoggio. Probabilmente il controspionaggio ha giuste informazioni: ora si accompagna ad una banda anarchica poiché non riesce a sottostare agli ordini di nessuno, neanche del comandante Lazo".

Mario vuole arrivare al dunque facendo un quadro realistico della situazione "O rientriamo direttamente in possesso della collana noi o facciamo in modo che arrivi nelle mani dell'atamana per poter poi procedere allo scambio col treno. Non mi ci vedo a caccia nella taiga, per cui propongo di fornire ai governativi le conclusioni a cui siamo giunti".

"Chiedo subito a Maria Glebova, Maša, un incontro". Si offre Danijl, confidando nelle sue conoscenze.

"Penso sia opportuno che venga anch'io, in qualità di venditore per rivendicare la mia estraneità al furto. Non vorrei che i semënoviti pensassero che me lo son ripreso. Già ho la polizia alle calcagna". Suggerisce Alexander con legittimo timore.

Si accordano quindi per avere un incontro con la coppia Semënov per riaffermare i termini dello scambio e la volontà di collaborazione, portando nuove informazioni.

L'atteggiamento sulla difensiva di Sveta si ammorbidisce. Cerca giustificazioni. "Sono momenti particolari. Nuovi imperativi morali ci condizionano, nuovi modi di intendere il mondo, nuovi valori. Ho fatto cose che non avrei mai pensato di fare, spinta da un impulso del momento per raggiungere un poco di felicità in questa guerra".

"Anch'io devo dire qualcosa. Ho sempre visto in Sveta una grande professionalità supportata da grande sensibilità e compartecipazione. A volte può succedere che le ottime persone facciano degli sbagli, ma questo non ne cambia la natura". Massimo esprime con calore umano quello che pensa e che forse sentono tutti.

Sono in preda a stati d'animo diversi e contrapposti, desiderio di sanare un torto e umiliazione per averlo subìto, percezione di vuoto per gli affetti traditi. Sono stati delusi nelle aspettative e per la seconda volta. Ma essenzialmente le portano amicizia, rinsaldata dai bei momenti vissuti insieme. Ed è grazie anche a questa che Alexander ha la possibilità di non finire in prigione. Lo sa e tace.

Escono sotto un leggero nevischio, un grigiore totale avvolge tutto, le strade desolate percorse solo da qualche pattuglia, si scivola sulla neve ghiacciata. Un piccolo tassello pare messo a posto ma il mosaico è ancora lontano dall'essere definito, un senso di incompletezza li pervade. Senza chiederselo, si infilano nel caffè Zarembo per bere qualcosa di caldo. Danijl invece ordina per tutti un bicchierino di vodka. Ne bevono più di uno.

È anche la vigilia del rientro a Irkutsk di Massimo, accompagnato da Idree e Irina. Ha dei doveri verso i suoi pazienti, che non possono essere abbandonati per troppo tempo.

"E il treno di Compatangelo?" Chiede Idree.

"Ce l'ha affidato per uno scambio con la collana, che non è avvenuto. Rispettiamo l'intento di Andrea, anche se non ha posto vincoli: lo teniamo per questa finalità".

Risponde Mario con lo spirito pragmatico che lo contraddistingue. Irina, grande lettrice di romanzi, aveva trovato per questo suo compagno di viaggio, serio e attento, la giusta citazione di Robert Louis Stevenson: *siamo tutti viaggiatori nel deserto di questo mondo e il meglio che possiamo trovare nei nostri viaggi è un amico onesto*. Rispettoso degli altri, che ascolta e cerca di capire, dimostra sensibilità e attenzione. Non è un amicone di tutti ma un vero amico di pochi.

Calmo e riflessivo predilige come attività fisica un'escursione a piedi immerso nella natura, una nuotata nell'Adriatico, un giro in bicicletta sulla sua Bianchi, scelta per i due ammortizzatori a compensare la rigidità delle ruote.

La troverà ancora al suo ritorno?

Riuscirà in sella a percorrere ancora le stradine che si inerpicano fino all'altopiano carsico?

Domenica 6 aprile 1919, nella taiga a sud est di Čita

Sergey Georgievich Lazo, comandante del primo fronte in Transbaikalia, conduce azioni offensive contro le truppe di Semënov. I suoi combattenti sono idealisti disinteressati che credono nella causa.

Da questi si discostano le bande comuniste non sottostanti al controllo del soviet che scorrazzano nelle foreste, dedicandosi a rapine, violenze e omicidi. La tattica di guerra consiste in razzie banditesche, che lasciano al loro passaggio villaggi in fiamme e corpi mutilati di uomini, donne e bambini.

Nell'accampamento del comandante Tryapitsyn, appartenente a quest'ultima categoria, Nina Lebedeva Kiyashko finisce di addentare una coscia di coniglio. Una frangia di capelli neri le copre metà della fronte. Occhi grandi nel viso ovale scrutano Anna che porta alla bocca di malavoglia una cucchiaiata di brodaglia dalla gavetta ammaccata.

"No, mia cara. Non posso lasciarti andare. Dove andresti nella taiga, sola con quel tuo ometto? Sei più al sicuro con me". Le lancia un sorriso sarcastico.

Con rabbia trattenuta, Anna. "Al sicuro o prigioniera? L'oggetto sottratto a quella donnaccia dell'atamana mi è stato sequestrato e ve lo state tenendo tu e quell'incosciente del tuo amante".

"Se non fosse stato per l'aiuto dei lavoratori rivoluzionari massimalisti del teatro, non avresti combinato niente. Sarò quindi io a consegnare la collana al Soviet. Pensavo di darla al comandante Lazo che combatte vicino a Vladivostock".

"Vuoi prendermi in giro? È chiaro che vuoi tenertela tu e non ci elimini solo per paura della Čeka".

La compagna Maroussia porta la mano al fianco, sfiorando il calcio della Mauser.

"Senti gallinella, se mi infastidisci, Čeka o non Čeka ci penso io a sistemarti".

La fa allontanare infastidita.

Anna e Lòng girano liberamente sotto la blanda sorveglianza generale. Tanto dove potrebbero andare? Paesi vicini non ce ne sono. Chilometri di taiga gelata intorno. E se fuggissero, che importa? La collana è custodita tra gli effetti personali del capo. Gli autori del furto hanno esaurito il loro compito; ora per la banda rappresentano un peso e potrebbero essere eliminati. La vita non conta molto. La mattina precedente avevano ammazzato un vecchio preso in ostaggio perché i famigliari non erano riusciti a raggranellare quanto richiesto. Gli avevano sparato nella pancia, prendendolo in giro e sghignazzando, lasciandolo poi agonizzante in mezzo alla neve.

Wang, assicurandosi che nessuno lo senta, bisbiglia.

"Compagna, i tuoi amici russi sono dei briganti e assassini".

"Ci sono anche molti tuoi compatrioti. Quegli *honghuz* pronti a tagliare la gola ai viandanti per quattro soldi e a squartare ogni giapponese che incontrano, non per patriottismo ma per il piacere sadico della violenza".

Gli *honghuz* sono dediti a rapine, omicidi, furti di bestiame, contrabbando, estorsioni alla popolazione locale, rapimenti con riscatto. Le bande spesso si uniscono per compiere grandi attacchi.

"Non è che trattino benissimo neanche noi. Praticamente siamo prigionieri e quel maledetto gioiello è nelle mani della compagna Maroussia, che doveva aiutarci. Bella cosa essersi appoggiati alla resistenza rossa! Siamo finiti nelle braccia di questi criminali. Dormiamo al freddo, il vitto è pessimo, come le condizioni igieniche. Mi son beccato quasi subito la dissenteria e la febbre". Wang.

"Quante storie! Sarà un po' di tifo. Stai già meglio a parte questa tosse fastidiosa e comunque Nina Lebedeva mi era stata indicata dal partito". Anna.

"Ma è una pazza violenta. Controlla gli uomini girando a cavallo e frustandoli col *knut*. Interroga i prigionieri e li manda a morte anche per il solo sospetto che non ardano di ideali rivoluzionari. Ora che è la vice e l'amante del capobanda fa il bello e il cattivo tempo. In genere tempo di tempesta". Sbuffa. "E per il tifo e questa influenza chiamata spagnola ne stanno morendo a centinaia di migliaia sia tra i rossi che tra i bianchi. Milioni sono gli infettati. Non è cosa da poco".

A mezza voce, anche perché gli manca data la tosse che lo affligge, sibila: "Un po' di tifo, dici! Perché non te lo sei presa tu?"

Il cinese già da un po' si domanda come possa esser stato così stupido da cacciarsi in quella situazione. Certo i soldi, ma non solo. Quella spia russa gli ha fatto provare sensazioni mai provate con nessun'altra persona, nemmeno con Yan Yan. Non trovando peraltro piena soddisfazione ai suoi desideri carnali. Lei risponde alle effusioni sessuali ma non permette che trovino conclusione.

"Puoi avere ragione. Non possiamo fidarci di questi uomini. E allora cosa possiamo fare?" Concede Anna.

"Stare sempre pronti per approfittare del momento favorevole alla fuga. Durante uno spostamento nei pressi di un centro abitato, durante una scaramuccia, consegnandoci ai bianchi come civili tenuti in ostaggio e scappati ai rossi. Qualsiasi cosa pur di non stare con questi, di non vedere uccisioni continue, di non temere che saremo noi i prossimi a essere eliminati".

"Lasciando la collana?"

"Meglio lasciare la collana che lasciarci la vita". Il cinese.

"Speriamo di avere presto un'occasione".

"Basta non sia uno scontro con i giapponesi. Questi non fanno distinzioni, se hanno la meglio passano per le armi tutti i componenti della banda e tutti gli ostaggi, soprattutto se sono cinesi".

Anna controlla la ferita del compagno, non è infetta e si sta rimarginando. Gli cambia comunque la fasciatura. Il cosacco che gli ha sparato aveva buona mira per colpire nell'oscurità un'ombra in movimento. Lòng avrà una bella cicatrice sul polpaccio a ricordo dell'episodio. Anche se non lo dà a vedere è preoccupata per gli esiti dell'infezione intestinale del compagno. Senza medicine, ha cercato di farlo bere molto per combattere la disidratazione. E, impresa ardua, fargli mangiare cibo adeguato. Ma lo stato generale del giovane ne ha comunque molto risentito. Ciò nonostante, quando la donna si china per le fasciature, il mancese viene percorso da un guizzo di vitalità.

Lunedì 7 aprile 1919, nei pressi di Yalta, Crimea

Una bella ragazza dai capelli rossi sollecita la madre che dalla finestra guarda il parco dell'edificio costruito in stile moresco con torri e spesse mura.

"Mamma, sbrigati. Gli inglesi ci stanno aspettando".

"Se aspettano qualche minuto non è un gran male. Ci hanno fatto aspettare due anni!"

La zarina vedova Maria Feodorovna Romanova non dimentica che nel luglio 1917 re Giorgio V abbandonò suo cugino e alleato in balia dei rivoluzionari. Ora per lenire i sensi colpa ha inviato l'incrociatore HMS Marlborough per recuperare sua zia prima che il territorio, non più difeso dai greci e dai francesi, sia conquistato dai rossi.

Un velo di tristezza l'avvolge sempre. Ormai ha accettato la morte del figlio, per lungo tempo negata tanto da proibire i servizi funebri per Nicola II. Ha abbandonato la speranza che fosse in qualche modo riuscito a sfuggire ai suoi carcerieri.

"Hai ragione ma bisogna far presto. Ormai i comunisti stanno dilagando in Crimea.

"Provo una sensazione opprimente e particolarmente amara per il fatto che devo andarmene da qui in questo modo per colpa di persone malvage! Ho vissuto qui per cinquantuno anni e ho amato sia il paese che la gente. Ma poiché il Signore lo ha permesso, allora posso solo inchinarmi davanti alla Sua volontà e cercare di venire a patti con essa in tutta umiltà".

"Il Signore vuole che ce ne andiamo. I servitori penseranno al bagaglio. Tu prendi il cofanetto".

Lo scrigno contiene oggetti preziosi: collane di perle, diamanti, smeraldi e altre pietre dal valore di milioni di rubli.

"Rinuncerei volentieri a tutte le gioie lì contenute per la mia parure di zaffiri con la collana di schiavitù, regalatami dal mio povero marito per la nascita di Nicola. Chissà che fine ha fatto!"

Gli inglesi hanno accettatto la condizione che potesse portare con sé tutte le persone care. Si imbarca sulla nave da guerra: destinazione l'Inghilterra.

Martedì 22 aprile 1919, Irkutsk

Erano tornati da una decina di giorni per verificare un'ipotesi.

Gli unici che, avendo a disposizione l'oro, avevano avuto il tempo di scambiarlo con quello falso, erano i cinesi del negoziante dalla barba caprina. Anche il giovane comandante mancese era stato ingannato. Dai suoi compatrioti, da suo zio!

Danijl, Mario e Oreste si erano messi a sorvegliare il negozio e i magazzini di Hóng Tāo, a pedinare lui e Lupo. Tenevano sotto controllo uno stabilimento nel distretto di Znamensky dove si fabbricavano e riparavano macchine agricole. Un imprenditore di attrezzature per l'agricoltura, conoscente di Compatangelo, aveva saputo che nella fonderia annessa per due giorni avevano segretamente fuso oro. Versato negli stampi, era stato immagazzinato ed era pronto alla vendita.

Messi al corrente, i doganieri avevano assicurato il loro intervento.

Le guardie irrompono nel magazzino e sequestrano duecento statuette d'oro di draghi porta fortuna.

"Ancora qualche giorno e le avrebbero vendute in Cina". Dice l'ufficiale doganiere agli amici convocati per essere informati dell'esito dell'irruzione. Aggiunge con soddisfazione. "Verrano fuse per tornare lingotti statali".

Rilascia una quietanza con una nota di ringraziamento, che viene fatta incorniciare e appesa in casa di Massimo a testimonianza dell'assolvimento dell'impegno preso con la legione cecoslovacca.

Telegrafato ad Andrea l'esito dell'operazione, partono per Čita. Hanno finalmente ottenuto l'appuntamento col governatore.

Le casse di oro falso rimangono nascoste in cantina.

Lupo, da ubbidiente sottoposto, si assume ogni colpa.

"Lasciatelo a me. Lo farò fustigare per aver infangato il mio buon nome". Finge di adirarsi il suo capo ma paga il magistrato perché la sentenza sia leggera. È un fidato esecutore e gli serve per scoprire che fine ha fatto l'oro falso. *Anche quello ha un costo!*

Che fosse stato consegnato ai doganieri e ormai facesse parte delle riserve auree kolčakiste? Sequestrato come falso dai doganieri, che per questo si erano messi sulle tracce di quello vero? Che gli italiani, accortisi dell'imbroglio, l'avessero venduto a Harbin o a Irkutsk o dove? Che l'avessero immagazzinato o portato con loro verso est?

In cella potevano restare i lavoratori della fonderia ma Lupo gli serviva libero.

Martedì 22 aprile 1919, Trieste

"Che buon odore!"

"Ti ho fatto il lesso e poi una sorpresa".

Piero si avvicina per farle una carezza di saluto e al contempo sbirciare nella pentola.

"Che sorpresa?" Chiede.

"La *pinza* come piace a te, con l'aggiunta di canditi. Ah, è arrivata una lettera da Mario".

Nell'attesa che Anita finisca di apparecchiare, apre la busta e legge. Sbuffa a un certo punto.

"Benedetto ragazzo, non poteva tornare con quel battaglione italiano!"

"E invece?".

"Parla di impegno preso, onore, risolvere una questione. Insomma ha lasciato il convoglio e ora è fermo in Siberia. Pare a Čita".

"Non avrà mica messo incinta una russa?"

"Non credo, conoscendolo. Tornerà da Olga. Ottima famiglia quella".

Pensieroso si gratta il lobo dell'orecchio. Quel nipote gli è caro come il figlio che il Signore non gli ha concesso. Cosa succede in quei posti lontani per distrarlo dal ritorno? Almeno dice che sta bene. Si pone con la moglie una serie di domande che non trovano risposta.

Mercoledì 30 aprile 1919, Čita

Wulkorov, Dal Bon, Pesavento, Vasilskij vengono ricevuti da Semënov nel palazzo, edificato sul lato orientale della sconfinata piazza Aleksandrovskaya. Aspettano nel giardino all'inizio di via Sofiyskaya, in mezzo a pini, ciliegi e meli siberiani, finché la guardia cosacca li accompagna nel salone delle udienze. Trovano, seduta su uno scranno coperto di pelliccia, vicino al marito, Maria Glebova. Più distante in piedi il capo della polizia, il colonnello Alexander Kammenov.

Espongono il dispiacere per il furto,

Wulkorov, col prestigio di vecchio colonnello si è assunto l'onere di capodelegazione. Riepiloga gli eventi: il capitano Compatangelo, comandante del battaglione italiano Savoia, aveva assunto l'impegno di custodire una parure imperiale, di cui è parte la collana, rubata e venduta all'atamana.

Il governatore cosacco lo blocca. "Sappiamo già tutto. Il comandante giapponese Ōtani ci aveva informati." Resta sul generico. Davanti alla moglie non accenna allo scambio già concordato e che gli aveva provocato tempestosi momenti famigliari.

Il conte cerca di mettere in buona luce Alexander. "In base alle informazioni fornite dal sottotenente Vasilskij siamo in grado di fornire indicazioni sugli autori della vile azione che ha visto la signora Semënova depredata del gioiello".

L'atamana non fa una piega.

Interviene Pesavento indicando i massimalisti rivoluzionari come organizzatori dell'azione ladresca, facendo i nomi di Kiyashko, Tryapitsyn, Lazo. Viene pure citata la spia Nikitin.

Arrivano questi e pensano di sapere tutto. Kammenov prende la parola. "Apprezziamo il vostro lavoro informativo, ma anche i servizi di polizia che comando non sono stati inattivi. Da tempo per contrastare il Governo Bianco di Čita, è stato nominato Sergey Lazo e qui inviato per organizzare la resistenza dal Comitato Esecutivo Centrale dei Soviet della Siberia di Irkutsk".

Si volge in direzione dell'atamano che ascolta distratto, al contrario di Maša, le belle labbra serrate. "Già con l'attentato alla vita del nostro governatore avevamo avuto conferma che il collegamento tra Lazo che opera attivamente nella taiga e la resistenza rivoluzionaria metropolitana è la compagna Maroussia, come avete suggerito. I miei informatori concordano anche nel ritenere che ora Nina Lebedeva sia vicecomandante del gruppo di Yakov Tryapitsyn. Ne è anche l'amante. Una coppia di criminali in cui lei si distingue per la rozzezza dei modi. Non mi sorprende che faccia parte di questo gruppo sanguinario composto per metà da banditi cinesi".

L'accento ai cinesi fa sussultare Semënov che interviene con forza.

"Maledetti bolscevichi. Devono dipendere da volontari cinesi, lettoni e magiari. Non hanno il sostegno del popolo russo e devono rafforzare i propri ranghi con mercenari stranieri. Se non fosse che a Mosca contano su una divisione di fucilieri lettoni, sui distaccamenti finlandesi, e su almeno quattro battaglioni di cinesi in Ucraina, Trancaucasia e in Siberia, la rivoluzione sarebbe stata soffocata da un pezzo. Gli ussari ungheresi sono gli unici, con quelle ridicole mantelline blu e i chepì rossi, che possono contrastare la nostra cavalleria cosacca".

Mario pensa, e probabilmente non è il solo, che se non fosse per i giapponesi, l'atamano sarebbe già stato sconfitto dai rossi e in loro mano tutta la Transbajkalia.

"Purtroppo questo Tryapitsyn, con la sua parlantina, ma soprattutto facendo leva sull'odio anti giapponese, è riuscito a convincere una settantina di *honghuz*, a unirsi a lui. Comanda inoltre una marmaglia composta da criminali rilasciati dalle carceri di Irkutsk, Blagoveshchensk, Čita per ordine vostro, governatore". Il poliziotto fa trasparire una nota di rimprovero. "I sovietici ne hanno approfittato arruolandoli con la forza nell'Armata Rossa".

Anche Maša dice la sua. "Ho sentito che ai cinesi sono state promesse le mogli dei giapponesi. È stata organizzata una lotteria con le donne come premio".

Ritorna al punto il colonnello. "Voi suggerite che ci sia una spia ad aver commissionato il furto. Può essere. Abbiamo interrogato gli operai sindacalizzati del teatro e hanno confessato l'aiuto dato a due stranieri per espresso ordine della Kiyashko. Senza la sua autorizzazione non si fa nulla. Se la spia pensava di avere le carte vincenti non ha fatto i conti che le carte vengono date dalla Lebedeva".

"Dite che ha fatto rischiare altri e si è impadronita del bottino?" Chiede Oreste al colonnello.

"A lei dobbiamo dare la caccia nella taiga". Il poliziotto.

L'aviatore chiede della compagna. "La Nikitin?"

"Uccisa. O in ostaggio se la banda teme la vendetta della Čeka".

Alexander considera brevemente due punti. È stato visitato altre due volte, e con lui anche Sveta, dal capo investigativo, Alexander Vladimirovic. Ha capito che se non si trova il colpevole in galera ci finiranno loro.Primo e più importante punto.

Secondariamente viene assalito da un vago senso di colpa nei confronti di Anna, apprezzata per la fervente e totale dedizione al partito, al contrario suo. L'ha sfruttata per fini personali, l'ha trascinata a questo punto, in balia di assassini. I sovietici avevano in un primo momento apprezzato Nina Lebedeva quando organizzava la Croce Rossa per aiutare i feriti ma ora ne diffidavano. Troppo indipendente e feroce, portava discredito alla causa. Girava a cavallo per la città con abiti di pelle e morbidi stivali di pelle di capra, sempre con la pistola Mauser nella fondina e un fucile da cavalleria alla sella. Quella poteva uccidere per molto meno di una collana. E questo bandito con cui si accompagna è peggio del diavolo.

Per allontanare i sospetti e per soccorrere Anna, viene colto dal pensiero di offrire la sua esperienza di aviatore.

Parla mosso da questo pensiero fulmineo, non soppesandone i rischi.

Vi è il terzo punto, caratteriale e determinante: la predisposizione al gesto eroico. *Una bella morte onora tutta la vita!*

"Mi offro per la ricerca di questa banda. Sono un buon aviatore e desidero allontanare i sospetti che ci perseguitano, dimostrando spirito collaborativo. La vostra polizia non si dimostra tenera con noi. La mia compagna, innocente, lo ripeto, vive nella paura di una nuova visita poliziesca". Con la sua offerta cerca di salvaguardare le due donne che ha trascinato in questo gorgo fatale.

Rassicura l'Atamana. "Darò disposizioni perché venga lasciata in pace, anzi che si provveda al suo sostentamento".

Mario, Oreste e Danijl garantiscono per la professionalità dell'aviatore e, dopo un breve conciliabolo col colonnello, l'atamano autorizza la consegna di un aereo. Un pilota esperto è sempre bene accetto.

Il colonnello Alexander Kammenov lo avviserà non appena verificate le disponibilità. Nell'eventuale fallimento dell'operazione la colpa non sarà sua ma del volontario offertosi temerariamente.

Dello stesso parere il conte, che, appena usciti dalla residenza, si rivolge ad Alexander: "Ti sei messo in un bell'impiccio. Se non riporti il *collier* te la faranno pagare".

"Me l'avrebbero fatta pagare comunque."

Il sottotenente racconta di essersi offerto volontario all'amante, che, prima sorpresa poi furibonda, attacca. "Sei pazzo! Metti a repentaglio la vita per chi, per cosa? E se non dovessi tornare cosa succederà di me. Quell'investigatore non vede l'ora di mettermi in gattabuia".

"Anzi, il fatto di offrirmi se non allontana da noi i sospetti almeno ci mette al sicuro dalla polizia. E anche non dovessi tornare, con la mia morte ho saldato il nostro debito. Tu saresti lasciata in pace, l'atamana mi ha assicurato che provvederà a te finché lavorerò per loro. Dovessi morire magari potrebbero darti anche un piccolo risarcimento".

"Si, magari anche un palazzo signorile con personale di servitù".

"Non scherzare. In fin dei conti lo faccio per te. Che alternativa abbiamo? Stare in attesa che, non trovando colpevoli, ci arrestino?"

Gli volge le spalle e si avvolge nel pesante scialle. Cala il silenzio, serve per riordinare le idee. Sveta considera che alla fine può essere l'unico modo per allontanare da loro i sospetti della polizia.

I rischi se li è assunti l'aviatore, uomo pronto ad affrontare situazioni pericolose. Saprà cavarsela. Lei, sorvegliata dalla polizia, aspetterà nella città ostile. Gli rivolge un sorriso preoccupato.

Lunedì 5 maggio 1919, Čita

Viene comunicato che è disponibile un aereo monomotore, biposto e biplano, l'Anatra, detto anche Anasal, adottato dalla aereonautica imperiale. È armato da una mitragliatrice mobile e una fissa.

Oreste, che apprende da Danijl la disponibilità del posto di copilota, entra in uno stato di agitazione euforica. È l'occasione tanto agognata per salire sul mezzo decantato dai futuristi. Marinetti aveva cantato nel Manifesto del 1909 *il volo scivolante degli aeroplani la cui elica garrisce al vento come una bandiera e sembra applaudire come una folla entusiasta.*

E inoltre non si può lasciare solo al russo il merito dell'eventuale individuazione della banda, è opportuno che ci sia anche un italiano. L'aereo è a due posti, sembra richiedere la sua presenza. Danijl fa presente che le condizioni per volare non sono buone in quel periodo dell'anno.

Anche Mario lo ammonisce. "Una decisione avventata. Pensaci!"

Vedendo l'amico desideroso di spiccare il volo, tuttavia desistono. Lo accompagneranno con il pilota a visionare il velivolo all'aerodromo, che non è molto grande e dispone di limitate capacità logistiche, pur essendo un importante centro di addestramento e di operazioni militari. Le basi aeree temporanee che i cosacchi bianchi mantengono in Siberia orientale saranno di appoggio ai voli esplorativi, assicurando un più vasto raggio di azione.

Partiranno la mattina successiva, verificate per l'ultima volta le condizioni metereologiche.

In serata l'investigatore capo Alexander Vladimirovich, in abiti civili, consegna a Sveta una piccola somma di denaro. Giustifica il suo cambiato comportamento: l'atamana stessa ha disposto di sostenerla economicamente per il periodo di servizio volontario del suo compagno.

Mercoledì 7 maggio 1919, Čita

"Gent.ma sig.na Olga, da molto non ho Sue notizie. È vero che mi sono spostato tra Čita, Harbin e Irkutsk, ma l'indirizzo in quest'ultima città è sempre valido

presso il dott. Tattini. L'amico Massimo poi mi gira qui la corrispondenza. Spero che Lei stia bene. Quando potrò finalmente tornare a Trieste Le racconterò tutti gli accadimenti. A raccontarli ci vorranno ore e ore. Tra le prime cose andrò al Duomo a ringraziare il nostro patrono di avermi riportato sano e salvo ai miei cari e a Lei, cui desidero dedicare il maggior tempo possibile. Col Suo permesso ovviamente. Mi è di conforto la nostra cara amicizia di cui continuamente rammento i tanti bei momenti. Mio zio dice di aver avuto notizia di un comitato segreto formato da ufficiali ex-irredenti, come me, che recluta uomini per la causa fiumana e si riunisce nella sede dell'ufficio Informazioni Truppe Operanti, alle dipendenze del comando militare italiano. Da lontano la situazione pare esplosiva e spero sia una mia errata impressione. Tutto il mondo è sottosopra, che anni tremendi! La vittoria comunque dimostra di che tempra sono i soldati italiani, nonostante i generali che li mandano allo sbaraglio. Soldati che non sono mafiosi di Sicilia, briganti di Calabria e mandolinisti di Napoli, come ironizzava un giornale austriaco. Per rasserenarmi penso alle nostre placide passeggiate, alle pacate discussioni, a quel ristorantino dove cominciammo a conoscerci, vincendo la nostra timidezza anche grazie a quel vinello rosso Terrano. Spero di ritornare con Lei da Pepi Sciavo per mangiare il bollito di maiale che ci piaceva tanto. O un gelato al Caffè Tommaseo, dove, non so se si ricorda, vendetti un mio quadretto e Lei mi onorò dei Suoi complimenti. Mi permetterà di farLe un piccolo ritratto? La poca arte dell'artista verrebbe compensata dalla bellezza della modella. Mi scusi se ho osato.

Nell'attesa La saluto caramente. Mario".

Lunedì 12 maggio 1919, Čita

Stepanov incontra segretamente Maša Sharaban. Preferisce non farsi vedere in giro, essendogli stata imputata l'ennesima strage, un'esecuzione sommaria di partigiani e civili, tra cui donne e bambini.

Non è neanche tanto tranquillo sulle intenzioni del suo capo, l'atamano Semënov, che comincia a considerare veritiere le voci di un'amicizia particolare della moglie con lui. *Caduto l'atamano ai suoi piedi a Dauria, quella è stanca dei suoi tempestosi assalti notturni e si consola già con un amante.* Non vuole pagare con una pallottola in testa la colpa di un altro. Meglio usare precauzione nei rapporti con l'atamana.

"Ho buone notizie. So chi ha rubato la collana e dove si trova. Ho dovuto interrogare più di qualche persona". Un lugubre sorriso appare sulla faccia cavallina del comandante dei treni blindati.

"Immagino non ne sia uscita viva". Con un sorriso ironico l'atamana.

"Che importanza ha? Purtroppo i ladri sono prigionieri di una banda di partigiani rossi, che scorrazza nella taiga".

"E allora?"

"Non preoccuparti. Ho incaricato del recupero il mio aiutante Tanin. È un ottimo segugio e implacabile sicario".

"Speriamo non sia un cialtrone.

"Non preoccuparti. Ti ha già liberato di una rivale. Il cadavere di quella Zinaida Aleksandrovna Natsvalova, che sparlava di te e me, è stato trovato con la gola tagliata sulle rive del fiume.

Una garanzia di un lavoro ben fatto. Rassicurata la Semënova congeda l'uomo.

PARTE III

—

IL COMMANDO

Martedì 13 maggio 1919, Čita

Oreste si lascia attrarre dalla bella vista del lago Kenon incorniciato dal verde dei campi. Le acque basse, la cui profondità non supera i sette metri, riflettono argentee i raggi solari. Desidera tuttavia porre termine alle panoramiche della sconfinata taiga e del lago finalmente libero dai ghiacci. Sono ambedue semicongelati nonostante i giacconi e le protezioni di volo. L'atterraggio è avvenuto su una pista inesistente in un campo pieno di buche dell'aerodromo.

L'Anatra ha fatto il suo dovere permettendo, con tre ore e mezza circa di autonomia, una vasta ricognizione. Ritenteranno ancora, approfittando del bel tempo che da giorni li accompagna, in direzione nord est sorvolando foreste sconfinate. Possono contare su un campo mobile di atterraggio per fare rifornimento e spingersi più lontano. Oreste esulta per l'esperienza vissuta in qualità di osservatore mitragliere. Aveva spesso fatto ruotare la mitragliatrice mirando inesistenti velivoli nemici. Ah, ci fosse stato un altro aereo con cui ingaggiare combattimento, avrebbe potuto mostrare coraggio, sangue freddo e spirito guerresco..

Danijl e Mario attendono in aerodromo mentre gli aviatori sistemano l'Anatra nel capannone, si tolgono i giacconi, soprattutto riprendono un po' di calore riacquistando l'utilizzo delle dita. Li invitano al caffè nella casa di Drevnovsky, con un angolo sormontato da una cupola ogivale, tra le strade Aleksandrovskaya e Irkutskaya.

Alexander, non proprio a suo agio con chi aveva derubato, declina l'offerta per ricongiungersi a Sveta. Davanti a due tazze di un amaro pseudo caffè fumante, fatto con radici polverizzate di qualche pianta, Oreste descrive con entusiasmo la sua esperienza di volo. Sembra un bambino felice del suo nuovo gioco. Racconta con dovizia di particolari, menzionando anche la bravura di Alexander, pronto a sfruttare i venti e saldo ai comandi. Quando pare che abbia finito, Danijl sorridendo lo mette a parte della novità.

"Mi aveva chiesto un incontro l'aiutante del generale Ōtani, nella sede del comando giapponese, chiedendo riservatezza. Ci siamo andati temendo qualche seccatura e invece il generale si è dichiarato disponibile all'acquisto del treno nel caso la collana non ricomparisse.

"Come aveva detto Andrea". Mario. "Ha dovuto restituire il treno Orlik sequestrato ai cechi. Desidera quindi altri treni corazzati e il nostro, dotato di infermeria, è molto ambito. Per questo e le due automobili Russo-Balt ha fatto un'offerta, che ci siamo dichiarati disponibili a vagliare".

"Bene a sapersi. Bravi, ci siamo tenuti aperta una via. Francamente non mi fido delle parole dei semënoviti. Anche tornati in possesso della refurtiva, potrebbero tenersela, fregandosene dei patti. Treni ne hanno e Semënov desidera accontentare la moglie". Oreste.

Concordano di dare il treno ai giapponesi se non viene recuperata la collana. Il cui recupero però è prioritario: devono dimostrare di essere in grado di mantenere l'impegno preso con la de Luteville.

"Vedrete, miei cari," presagisce Danijl, "che il governo che erediterà la Russia sarà quello comunista e a questo andrà il tesoro conquistato da Kappel a Kazan, compresa la parte che custodivamo. È la fine di un'epoca, nonostante l'appoggio delle Potenze straniere. Il Sovrano Supremo incontra sempre maggiori difficoltà. I rossi si sono militarmente riorganizzati già dall'altr'anno e godono del favore di proletari e contadini senza terra, che sono il novanta per cento della popolazione. Noi bianchi invece abbiamo creduto che bastasse favorire il restante dieci, di cui ci consideriamo gli epigoni, per garantirci la gestione del governo".

Ottimista per carattere, distante da previsioni inutilmente fosche, pronto a superare le asperità della vita, il conte tuttavia prospetta un mondo nuovo, costruito sulle ceneri del precedente.

"Intanto non è finita, ci troviamo nel mezzo e abbiamo una missione da compiere, noi tre e, nel suo desiderio di provare la sua innocenza e quella di Sveta, anche Alexander. Non è malvagio in fondo ed è un buon aviatore. Ed è ammantato dal fascino dell'avventura. Capisco Sveta che si è invaghita di lui, non di me purtroppo". Oreste.

"Non fare il piagnucoloso che tanto sappiamo che ti stai vedendo con la ventenne conosciuta a teatro". Lo rimprovera scherzosamente Mario.

Continuano a lungo a chiacchierare, stanno bene insieme.

Giovedì 15 maggio 1919, Samara

Nel Dipartimento di Ostetricia e Ginecologia Tamara stringe al seno il bel neonato, che non ha ancora un giorno, coprendolo di baci e sussurrando parole d'amore.

"Vedrai, luce dei miei occhi, cuoricino mio, quando troveremo il tuo papà, quanto amore riverserà su te. È padre e non sa di esserlo".

Entra l'esimio dottore L. L. Okinchits assicurando che va tutto bene e che il maschietto è sanissimo.

"È nato aiutato dalla luna piena. Di giovedì: sarà un giovanotto fortunato".

Le sorride chiudendo la porta.

Quanto aveva desiderato quella nascita, da quando era sparito il ciclo mestruale, provata dalle nausee mattutine e dalla sonnolenza durante tutto il giorno..

Appena fosse cresciuto Kolia, già lo chiamava col vezzeggiativo, l'avrebbe condotto da suo padre e avrebbero formato una famiglia. Si augurava che fosse dotato della capacità di lottare strenuamente al fine di ottenere quello che voleva, di acume e di empatia verso gli altri. Sicuramente sarebbe stato nutrito dall'amore materno.

Sabato 17 maggio 1919, a nord ovest del lago Bajkal

Si abbassano radenti sul campo per verificare il movimento visto dall'alto. Uomini armati, cavalli, carri, camion. Si tratta di una banda di rossi, che al secondo passaggio dell'aereo cominciano a sparare.

Da una tinozza, riparata su tre lati da una tenda, vedono saltar fuori una donna che imbraccia il fucile e lo punta all'aereo. *Caspita! Che temeraria! Pronta a rispondere con le armi, indifferente alla sua nudità. Dev'essere la Maroussia.* Oreste, curioso, si domanda se sia vero il fatto che ami fare il bagno nel latte, come si favoleggia.

È un pensiero fugace, mentre con la mitragliatrice cerca di colpire i camion e i cavalli per danneggiare la capacità di trasporto. Il fuoco dal cielo costringe i rossi a trovare riparo in un caos di urla e imprecazioni. È il momento atteso da Wang e Anna che tentano di correre verso i cavalli, ma due *honghuz* li bloccano.

Altri provano a scappare inseguiti dalle pallottole. Gli aviatori, vedendo i fuggitivi, immaginano siano prigionieri in quanto è frequente la pratica di prendere in ostaggio chiunque, assolutamente innocente, per assicurarsi la fedeltà dei famigliari e degli amici di questo, oltre a un congruo riscatto.

Che ci sia Anna tra quelli? Pensa Alexander e ripassa sopra il campo. Troppo chiede alla fortuna, dal campo infittiscono i colpi di fucile e viene colpito alla coscia. Immediato fuoriesce un fiotto di sangue. Ormai il campo è individuato, un po' di sconquasso l'hanno portato e facilitato la fuga degli ostaggi. Gira il muso dell'Anitra per tornare alla base, riuscendo a tamponare malamente la ferita.

Il rumore del motore svanisce nel cielo, i banditi possono concentrarsi nel por fine alla fuga dei prigionieri che vengono tutti ripresi. Chi aveva opposto particolare resistenza viene eliminato. Wang già debilitato da dolori gastrointestinali e da giornate di febbre, viene colpito alla spalla dal calcio di fucile di un bandito e verrebbe colpito ancora se Anna non si frapponesse a protezione. I prigionieri catturati, messi in fila, vengono fatti inginocchiare. Nina Lebedeva ne uccide uno a caso, subito imitata dal giovane Yakov Ivanovich. Si allontanano ridendo.

Sabato 17 maggio 1919, Čita

Alexander, agonizzante, effettua l'atterraggio a Čita con le ultime forze. Si accascia sui comandi, esalando l'ultimo respiro. Con un balzo Oreste è a terra, chiama aiuti mentre cerca, arrampicatosi sulla carlinga, di issare il corpo senza vita, che con l'aiuto di due avieri viene infine portato in una stanza e lì piantonato. Oreste relaziona al comandante dell'aerodromo che, come in tutti i casi in cui si verifichi un incidente, a maggior ragione mortale, deve aprire un'inchiesta. Segnala la posizione del campo nemico, la consistenza delle forze con ogni particolare visto, la presenza di ostaggi, la bagnante identificata come Nina Lebedeva Kiyashko.

Si assume l'incarico di comunicare la morte in combattimento dell'amante a Svetlana.

Martedì 20 maggio 1919, Čita

Avviene la triste cerimonia dei funerali collettivi dei soldati bianchi uccisi in azione, tra cui anche Alexander. Che scherzo del destino da parte dei bianchi onorare un cekista!

Un drappello di soldati, dopo aver presentato le armi per rendere onore ai caduti, intona un triste canto funebre.

La tristezza silenziosa cresceva nei nostri cuori,
e le labbra sussurravano una preghiera,
e con lo sguardo delle nostre anime scrutavamo in lontananza
verso una nuova gloriosa battaglia.

Le donne e i parenti formano un cerchio attorno alle bare e danno libero sfogo al dolore. Si unisce a questi Sveta affranta dalla perdita dell'amato, per cui aveva cancellato la possibilità di una vita tranquilla accanto all'italiano o in Canada dalla sorella. Terminata la breve funzione, ascoltato il discorso retorico di un ufficiale, si avvicina ognuno alla bara del proprio caro.

Vicino al feretro un'altra donna, dalla figura snella, dimostra inconsolabile dolore, il nero scialle lascia scappare un ricciolo biondo. Sveta pensa che il pianto sia per il morto nella bara vicina e invece no, la giovane donna tocca, accarezza proprio il feretro di Alexander, il fazzoletto bagnato di pianto in mano. Si accosta chiedendole se conosceva il defunto e questa annuisce.

"Come mai?"

"Lavoravo per lui". Resta sul generico Alyona, anche se le lacrime tradiscono il coinvolgimento emozionale che va oltre il rapporto lavorativo.

Domande, risposte abbozzate, ricordi, spiegazioni. Ne nasce una conversazione, da cui alla fine emerge il passato di Alyona e il suo mestiere, sfruttato per fini di sabotaggio.

Una povera creatura che si è lasciata usare in parte per il denaro ma in parte per sentirsi importante. E forse anche per il fascino del reclutatore, il bel sottotenente. Fascino che aveva travolto anche Sveta, che quindi ben comprende la donna. Si danno appuntamento per il giorno successivo per lenire il dolore difficile da sopportare, intessendo una trama di ricordi attorno al morto. Oltre al sentimento nutrito per Alexander, le accomuna l'odio per la banda che l'ha ucciso. Si trovano altre volte diventando pian piano amiche, nonostante caratteri, esperienze, cultura diverse.

Trovano un piccolo appartamento di cui dividere le spese. Per il momento le anticipa Sveta, che ancora dispone di un gruzzoletto dovuto alla vendita della minuta gioielleria zarista. Come si aspettava, erano finiti i pagamenti semënoviti con la morte del pilota esploratore. Fa piacere la sera ritrovarsi insieme condividendo i momenti della giornata. Continuano le confidenze nell'unico letto matrimoniale, poi, serene, spengono la luce.

Mario da un mese ha trovato lavoro all'aerodromo, pur non possedendo conoscenze specifiche. Tuttavia ha le competenze tecniche necessarie per effettuare alcune operazioni di manutenzione sui motori di un biplano, come la sostituzione di alcune parti o il controllo dei livelli di olio. Diventato meccanico, risulta di grande aiuto essendo insufficiente il personale.

Oreste esegue su commissione quadri adottando vari stili a seconda delle richieste del committente. Inserito nei circoli dell'alta borghesia grazie all'innamorata del momento non trova difficoltà a procacciarsi lavori remunerativi.

Anche Danijl dispone di un modesto introito. Insignito del nastro di San Giorgio, a seguire è cominciata l'erogazione della pensione.

Hanno deciso di restare per far sì che la morte del sottotenente non sia inutile, che l'indicazione del campo sia sfruttata, la banda catturata, la collana recuperata.

Fanno spesso compagnia a Sveta e alla sua amica. Aiutano entrambe, disbrigano per loro fastidiose incombenze. Le accompagnano talvolta in una passeggiata, in un caffè o spesso al giardino Zhukovsky, dove le signore amano guardare le bandiere del tempio buddista, chiamate *cavalli del vento* poiché il vento che le agita diffonde un messaggio di pace.

Alyona, che già aveva chiuso con la vecchia professione, trova un onesto lavoro come cameriera di ristorante.

Giovedì 22 maggio 1919, Rovereto

Nello studio con pesanti mobili scuri, una lampada dal paralume ocra spande luce sulla scrivania del notaio. Sulla porta, una bella targa d'ottone annuncia con caratteri svolazzanti che quello è lo studio del notaio Floriano Battistin.

È uno studio importante, tutti i benestanti della zona si rivolgono a lui, che conosce molto di quel che succede nella valle.

"Egregio notaio, caro Floriano, ti do mie notizie dopo tanto tempo. L'ultima volta fu per comunicarti il luogo della mia prigionia, e rassicurarti che stavo bene. Per un insieme di combinazioni ho fatto parte, non più asburgico, di un battaglione italiano combattente per la parte bianca. Già, ancora combattente, io! Chi l'avrebbe immaginato? Ora esercito a Irkutsk. Ti allego sotto l'indirizzo del mio studio medico in caratteri cirillici così potrai rispondermi. Questa mia lettera ha però uno scopo preciso. Desidero che tu come notaio e procuratore venda le mie proprietà, casa, terreno, studio, anche il piccolo appezzamento montano e i titoli in banca, tutto insomma. Il ricavato sia investito per consentire una rendita in parti uguali a me e mio figlio e mia moglie Antonietta. Lei, sai pure tu, proviene da famiglia ricca e le basterà. A Vienna starà bene, poiché non ha intenzione di restare a Rovereto ora italiana. E io che ci torno a fare? Qua ho avviato una discreta attività aiutato da una cara infermiera, parlo ormai il russo discretamente, socializzo con la popolazione. Tienimi, per favore, informato del tuo agire in mia vece, per cui ti accludo delega firmata. Ti auguro ogni bene. Massimo".

Studio Medico dottor Tattini, strada Laninskaya, n. 101. Irkutsk"

Il notaio rilegge la lettera, non avrebbe mai presagito un contenuto del genere.

Si sarebbe aspettato di rivedere l'amico dottore, se non era morto, appena concesso il ritorno dai campi di prigionia. Invece lui ha scelto di rifarsi una vita lontano mille miglia. La cara infermiera forse aveva guidato tale scelta. Buon per lui. La moglie gli era stata sempre cordialmente antipatica.

Lunedì 2 giugno 1919, tra Čita e Blagoveščensk

Sono fuggiti di notte sotto un violento temporale. Non è stato difficile. Tutti i prigionieri erano stati riscattati con denaro o uccisi. Rimanevano solo loro, ormai non sorvegliati. L'umore della banda bolscevica era pessimo: avevano perso molti uomini dopo una serie di scaramucce coi cosacchi governativi. Gli sforzi erano concentrati nello sfuggire all'accerchiamento, trovare un posto sicuro dove riprendere le forze e rinsaldare le fila. Certo la Kiyashko e Tryapitsyn non si preoccupavano di quei due. Avevano la collana e questo era l'importante.

Avvolti dall'oscurità interrotta dai lampi, sotto la pioggia sferzante, restava solo da trovare un rifugio presso qualche contadino. Cosa non facile data la desolazione da cui erano attorniati.

Giovedì 5 giugno 1919 Čita

Passata una ventina di giorni dalla segnalazione del campo e dalla morte del sottotenente Vasilskij, non pare che le autorità abbiano la benché minima intenzione di intercettare la banda partigiana.

Tempestano di richieste di intervento sia il colonnello Kammenov capo della polizia sia il generale Ōtani, ma sembra che cosacchi e giapponesi abbiano altri obiettivi. Viene fatto sapere che forze giapponesi e semënovite erano state impegnate nella caccia della formazione partigiana di Ivan K. Burdinsky. Avevano come ostaggio un esponente della nota famiglia di minatori e commercianti d'oro, gli Starnovsky, per cui era stata richiesta la somma di 50.000 rubli per la liberazione. Purtroppo, sconfitta la banda quattro giorni prima e fucilati tutti i rossi sopravvissuti, tra cui il comandante, dell'ostaggio non si era trovata traccia.

Continuano i contrasti con altre bande partigiane che operano agli ordini di Lazo. L'inseguimento dei criminali feroci di Tryapitsyn è un obiettivo secondario lasciato ai giapponesi, desiderosi di vendetta per l'odio che la componente cinese della banda riserva ai loro compatrioti. La lotteria con le mogli messe a premio aveva molto scaldato gli animi.

Ignorati dalle autorità, girano per la città, innervositi e frustrati, ingegnandosi per trovare una soluzione.

Vengono invitati a un incontro urgente dall'italiano Amleto Vespa addetto al servizio di informazioni alleato, assegnato all'esercito giapponese nella zona costiera e dell'Amur. Ufficialmente è un imprenditore che tratta macchine per l'agricoltura, sposato con una nobile polacca, ma è un agente segreto e ha accesso a molte informazioni.

Si incontrano nel ristorante dove lavora Alyona.

È pomeriggio, non ci sono avventori, comunque Alyona li accompagna a un tavolo d'angolo, lontano da orecchie indiscrete.

"Sono stato contattato dal vostro ex commilitone e amico Andrea Compatangelo, persona che stimo e con cui in passato ho intrattenuto affari. A lui ho passato un'informazione riguardo una certa fonderia di Irkutsk".

Hanno così occasione di conoscere chi li aveva indirizzati verso il recupero dei draghi portafortuna e di ringraziarlo.

Continua Vespa. "Mi ha chiesto se potevo informarmi su una faccenda che vi riguarda".

"Lo sapevo che Andrea non avrebbe mollato facilmente". Mario.

"Sono giunto in possesso di una notizia che circola nei servizi giapponesi. Il colonnello Stepanov, comandante di treni blindati, attrezzati con vagoni per gli interrogatori e le torture, ha inviato un distaccamento di fucilieri lettoni alla caccia del bandito Tryapitsyn e della compagna Maroussia. È stato coinvolto dall'atamana".

"Finalmente!" Svetlana.

"Li accompagnano, ovvero li sorvegliano, due ufficiali semënoviti guidati dal tenente Laskin Tanin, aiutante di Stepanov".

"Ebbene?" Oreste.

"Sono tre assassini che hanno già ucciso la moglie del comandante del V° Corpo dell'Amur, Nikolai Natsvalov. Hanno eliminato anche il marito e inscenato un falso suicidio".

Legge l'articolo pubblicato il 31 maggio sul *Zabaikalskaya Nov.*

A Čita, è stato ricevuto un messaggio che il comandante del V° Corpo dell'Amur, il maggiore generale Natsvalov, si è suicidato a Vladivostok.

Continua.

"La moglie, Zinaida Alexsàndrovna, era un'attrice del teatro locale e poetessa. Voleva primeggiare nell'alta società e presto è entrata in contrasto con l'atamana Glebova. Ha accusato l'atamano di coprire Stepanov per l'uccisione del proprietario di miniere d'oro Shumov".

"In questi posti i padroni di miniere d'oro hanno vita pericolosa". Commenta Oreste. "Ho ben presente la storia di Starnovsky in ostaggio della banda partigiana. Anche quello probabilmente ucciso".

"Son tempi pericolosi per tutti. In particolar modo per chi possiede miniere d'oro della Transbajkalia orientale. Gli Starnovsky, che avete menzionato, gli Shumov e i Novomeysky sono contrari alla rivoluzione dei bolscevichi, ma mal sopportano il governo dell'atamano".

Vespa riconduce l'attenzione al punto. "Comunque, pretendendo che questo Stepanov venisse incarcerato e dicendo ai quattro venti che l'atamano era circondato da una banda di ladri, la Natsvalova ha decretato la sua fine. Stepanov ha sguinzagliato i suoi ufficiali assassini e qualche giorno dopo il cadavere della donna è stato trovato con la gola tagliata. Così si è liberato anche di chi lo additava come l'amante dell'atamana".

"Ora capisco. Alexander aveva cercato gli amici, il giovane Vasily Shumov e Zinaida Alexsàndrovna Natsvalova. Si era stupito della sparizione contemporanea. Credo che contasse su loro per vendere la collana". Capisce Sveta che sono e sono sempre stati in balìa di forze oscure. Ingenui a voler giocare senza conoscere le regole, dove giocatori professionisti e bari avevano già la vincita in tasca.

"Una storia di cui sapevamo qualcosa dai giornali: il suicidio del generale Natsvalov, la scomparsa della moglie. Non vi abbiamo prestato particolare attenzione". Mario.

"Ma ora riguarda anche voi. I fucilieri lettoni facilmente avranno la meglio sulla banda anarchica, ormai provata dalle continue scaramucce e localizzata dalle ricognizioni aeree, tra cui quella del vostro amico Vasilskij. Recuperata la collana, la dovranno consegnare al tenente Tanin che la porterà alla Glebova. Lei non ha nessuna intenzione di restituirla. Voi potete esigere il rispetto dei patti e lo scambio con il treno. Siete dei creditori che vanno eliminati. E anche lei, signorina

Svetlana, non è al sicuro".

Alyona carezza una mano dell'amica per rassicurarla.

"La polizia non vede l'ora di arrestarmi". Sveta.

"Non ce ne sarà bisogno. Maša la zingara non perderà tempo con polizia e tribunali. Si rivolgerà a Stepanov e ai suoi sicari". Gli amici si scambiano uno sguardo preoccupato.Vespa ne approfitta per continuare.

"A lei interessano i gioielli. E i soldi per poterli spendere a piene mani. Probabilmente nella morte del povero minatore Shumov e nella sparizione del suo oro c'è lo zampino della Semënova stessa".

"Facciamo le valigie allora. Si torna a Irkutsk". Oreste.

"Non sareste al sicuro neanche là. L'atamana ha la mano lunga. Guardate il finto suicidio del maggiore generale Natsvalov a Vladivostok. Una coltellata in una strada solitaria può capitare anche a Irkutsk. Però un'idea di come uscirne l'avrei".

Passa a esporla. Bisogna che l'atamana non entri in possesso della collana, venendo così a mancare la motivazione per la loro uccisione. Conosce dei musulmani *basmechi* che odiano Tanin e i suoi scagnozzi.

"Cosa c'entrano i musulmani adesso? Siamo tra cosacchi e giapponesi, abbiamo combattuto con cecoslovacchi, polacchi e francesi, interagiamo con americani, canadesi, inglesi, e poi buriati, cinesi, mongoli, siberiani, lettoni..." Sbotta Mario.

"Quando i tre semënoviti, assassini all'ingrosso, hanno rapito e ucciso l'attrice Zinaida Alexsàndrovna, hanno anche ucciso il maggiordomo che aveva avuto la sventura di aprire loro la porta. Questi era un cugino di un leader dei basmachi, il *kurbashi* Makhkam-Khoja, noto criminale di sofisticata crudeltà, condannato nel 1913 a 12 anni di lavori forzati per rapine e omicidi. Un pugno di uomini sta arrivando per vendicare il cugino del *kurbashi*. Voi volete la collana. Potreste unire le forze". Suggerisce l'agente segreto.

"*Basmachi*? Non sappiamo chi è questa gente. Dobbiamo allearci con sconosciuti?" Mario esprime il dubbio e l'incertezza che serpeggia anche negli altri.

Vespa vuole esser chiaro. "Certo non sono dei santi. I rossi li chiamano basmachi, considerandoli dei banditi, ignoranti e sanguinari. *Basmaco* in uzbeko vuol dire brigante e non hanno tutti i torti. Le bande di Mahkam, Akhundzhan e altri hanno derubato i villaggi uccidendone gli abitanti e dandosi allo sterminio sistematico dei sostenitori del potere sovietico. I popoli islamici in genere sono avversari degli atei bolscevichi".

Non è il solo a conoscerli. Interviene Danijl Wulkorov.

"Noi russi li conosciamo bene. Da tempo l'atamano Dutov sta conducendo negoziati con i *basmachi*, del Turkestan russo, per un attacco simultaneo ai sovietici. A Samara, dove siete stati un bel po', non sapevate che nell'esercito popolare del

Komuch c'erano dieci reggimenti tartari volontari, per un totale di circa 10mila combattenti? Il barone Ungern, che conta molti musulmani nella sua Divisione, tratta con il principe Al-Qadiri, per portare gli arabi dentro una lega che con mongoli, persiani e tibetani, combatta l'Occidente, in questo caso i sovietici".

Consente Vespa. "Già, già. Gli ideali della rivoluzione non hanno fatto presa sui popoli musulmani, kazaki, tagiki, kirghisi, turkmeni, insofferenti, sin dai tempi dello zar, del dominio politico culturale russo. Lenin inoltre a questi popoli ha imposto il governo dei soviet e la guerra al Governo Provvisorio Musulmano del Turkestan Autonomo. Le tribù musulmane asiatiche si sono unite per una guerra ai sovietici spalleggiata dalle armate bianche".

"Ma anche volendo, e ci dovremo pensare, come faremo a intercettare questi *basmachi*?" Mario.

"Presupponendo che vogliano unire le loro alle nostre forze". Danijl.

"Ho già assicurata la disponibilità della comunità musulmana di Irkutsk a farvi incontrare con loro e a fare da intermediatori. Siete lì conosciuti e stimati".

"Ci conoscono?" Si sorprende Oreste.

"Ha ben parlato di voi un commerciante di Irkutsk, Shaikhulla Shafigullin, segreto sostenitore della causa *basmaca*. Lo conoscete?"

Gli amici si guardano stupiti. Chi l'avrebbe detto? Suroshnikov il pacifico mercante, finanziatore della *madrasa* e della scuola per ragazze; lo scoprono collegato alla guerriglia antirussa.

Giovedì 19 giugno 1919, Nizhneudinsk

Lasciato il villaggio dove avevano potuto prendere forze, Wang Lòng e Anna Nikitin arrivano finalmente all'incrocio della ferrovia transiberiana con il fiume Uda, nodo del sistema ferroviario siberiano.

Nelle quasi tre settimane di vita tra i contadini Wang Lòng si era completamente ristabilito dopo l'infezione di tifo. Ben volentieri sono stati ospitati anche perché Anna ha lavorato duramente sui campi, ben accetta visto che la forza lavoro è molto scarsa con tutti gli uomini al fronte. La fatica ricade ora tutta sulle spalle delle donne, ma era già tanta anche con gli uomini a casa ai quali erano completamente subordinate. Almeno ora sono libere e indipendenti.

Anna guarda i loro visi coperti di rughe, i capelli stopposi bruciati dalle intemperie, le mani callose e grandi, le figure rese tozze dal lavoro, e nel confronto perfino la sua pelle, abituata a una vita all'aria aperta, appare liscia e delicata.

Grigiore e monotonia, chiuse nel mondo familiare e contadino, con parti continui che le sformano sempre più, ubbidienti ai voleri dei mariti e ai dettami del pope, questa è la loro sorte. La sua può apparire invece la trama di un romanzo d'appendice.

Per riscattarsi ai loro occhi si getta nel lavoro. Fa vedere che non teme ruvidezza e fatica. Si alza presto, alle tre, quattro del mattino per accendere i fornelli e cucinare il cibo. Lavora sui campi per tutto il giorno.

Vengono ospitati nella casa del pope, dove si è liberata la stanza del diacono arruolato nelle fila della Guardia Bianca. Ovviamente hanno dovuto dire di essere marito e moglie. La casa, di proprietà della parrocchia, è fatta di tronchi, a un solo piano e piena di icone.

Wang, troppo debole per poter faticare sotto il sole, rimane a chiacchierare all'aperto seduto su una panca addossata alla casa con un vecchio sdentato e con il parroco.

È stato adottato dalla sua figlia tredicenne che gli porta da mangiare e, quando finisce i compiti domestici in aiuto alla madre, si fa narrare storie esotiche. Le stesse che racconta la sera quando le donne si riuniscono per cucire e raccontare novità e pettegolezzi.

In alternativa molte vanno ad ascoltare nella piccola chiesa le Sacre Scritture o la vita dei santi.

Giunge il momento di lasciare il villaggio e le infaticabili abitanti. Alcune, e tra queste la ragazzina, li vanno a salutare al fiume. Sono riusciti infatti a trovare un passaggio in barca che risparmia la fatica di lunghi giorni di viaggio.

Anna telegrafa ai superiori che gli italiani hanno recuperato l'oro a Harbin, lei è stata a lungo prigioniera dalla banda di Tryapitsyn e Kiyashko, ha perso i contatti col sottotenente Vasilskij, si pone solitaria alla ricerca di una parure zarista. Resta in attesa di rendere personale relazione. Non sarà facile dissipare i dubbi, che anche minori in altri casi hanno portato all'esecuzione dei sospettati. N. K. è svelto a ordinare le fucilazioni.

Si immagina N. K. che legge il telegramma, tenendolo con le rozze mani, aggrottando la bassa fronte e strizzando gli occhi ravvicinati e incupiti, scontento delle notizie e del suo operato. Attenderà i suoi emissari.

Lòng si rivolgerà ai cinesi del posto per poter tornare ad Harbin dove spera di riottenere il suo grado nell'esercito, non sapendo che il comando è stato passato al suo vice.

Passano la notte insieme. Anna però non permette che il sesso sia consumato interamente perché non vuole che il loro possa essere considerato un rapporto amoroso né sessuale, nonostante abbiano dormito vicini per tutto il periodo della prigionia. Nelle lunghe notti Lòng sentiva sempre più spesso risvegliarsi il desiderio verso il corpo femminile. Dormivano vicino per scaldarsi e le forme della compagna, pur coperte dai rozzi indumenti, riuscivano a trasmettergli sensazioni che lo tenevano sveglio per lungo tempo.

Venerdì 20 giugno 1919, Irkutsk

Massimo si trova in casa del commerciante Shaikhulla Shafigullin. Viene presentato al basmaco Achilbek dal fisico asciutto, folta barba nera e comportamento autoritario. Ha un'espressione che ne fa temere la crudeltà:. Non è un *mullā*, particolarmente esperto sulla teologia dell'Islam, ma un combattente. Spedito a vendicare il cugino del suo *kurbashi*, Makhkam-Khoja, tratta con Massimo. Superano le reciproche diffidenze su come raggiungere insieme obiettivi diversi: uccidere Tanin con i suoi scherani per l'uno e recuperare la collana per l'altro. Si procede nell'ideazione di un piano di intervento congiunto. Garantisce per ambedue e media il commerciante musulmano.

Nota il dottore come Amina, la ragazza turkmena, spesso guardando di sottecchi il barbuto, serva il tè con particolare grazia flessuosa.

Altri quattro turkmeni bevono con calma il tè in giardino, mentre affilano i coltelli ricurvi e controllano le armi. Sono vestiti con tuniche dai colori smorti, seguendo le prescrizioni di Maometto a cui non piace il colore rosso, nemmeno le stoffe riccamente decorate, trovandole fonte di distrazione durante la preghiera. Vengono richiamati da Achilbek che dà ordine di immediata partenza per Čita.

Sabato 21 giugno 1919, Nizhneudinsk

Il governo bianco non ha un pieno controllo della città tanto che nella primavera aveva qui dovuto inviare la VIª compagnia, di 200 uomini, per contrastare la resistenza cittadina e i partigiani nella taiga. A nord est combatte un distaccamento rosso e un altro lungo la linea ferroviaria, che viene spesso disabilitata. Uccidono i dipendenti dell'amministrazione bianca, prendono il controllo di interi territori passandoli sotto il potere sovietico.

Anna non deve aspettare molto quindi. Già in serata viene prelevata da due uomini, senza gli usuali giacconi di cuoio tipici dei cekisti e delle guardie del corpo di Lenin, e condotta in un villino isolato dove affronta coriacea gli interrogatori nelle cantine riadattate a celle. La resistenza è bene organizzata e dispone di vari basi, usate anche come carceri. È costretta a confessare l'esistenza della parure la cui preziosa collana tentava di prendere per il soviet, tentativo portato a buon fine ma vanificato dalla cattura da parte di una banda partigiana. Non dichiara quanto depositato in banca. *Che non pensino che voglia tenerlo per me! Lo consegnerò personalmente in un secondo tempo.* Non sa che Zhōu ha già provveduto al prelievo.

Addossa le colpe al sottotenente Vasilskij ritagliando per sé la veste di eroica servitrice dei soviet, come in effetti è, e stigmatizza il comportamento banditesco della compagna Maroussia. "Quella è un elemento fuori controllo. Ha osato sequestrare me, un agente dello spionaggio! "

"Addossi la colpa all'aviatore perché un morto non può difendersi e a Maroussia perchè nascosta nelle foreste". Dice il suo inquisitore che tuttavia conosce l'anarchismo banditesco di questa.

Anna sopporta la prigionia e pensa che alla fine Alexander, morendo, ha avuto una sorte migliore della sua, reclusa nell'umida cella da cui non sa se potrà mai uscirne viva.

Sul muro qualcuno ha tracciato le parole di una canzone

Ce ne sono per furto, per omicidio,
per falsificazione di banconote,
e in totale qui, signore, ci sono più
persone politiche.

Ripete il ritornello a mezza voce più e più volte come forma di meditazione e di comunione con chi l'ha preceduta. Fissa gli scarabocchi in cui spesso compare la stella a cinque punte ed è citata la cattiveria dei guardiani.

Domenica 22 giugno 1919, Čita

"Ecco qua il nostro esercito!" Esclama soddisfatto Massimo rivolto agli amici, scendendo dal treno e presentando il gruppo basmaco. Pistole e pugnali sono nelle borse. Anche il dottore ha voluto partecipare alla spedizione. I suoi pazienti ne soffriranno la mancanza per qualche giorno.

Ha il viso sereno, sorridente, il fisico più asciutto, il passo più elastico. Il lavoro che lo soddisfa e la vicinanza di Idree ne hanno fatto un uomo nuovo. Apre il borsone contenente le divise del Savoia e due pistole. "La tua Oreste non l'ho trovata":

"Per forza. L'ho venduta. Cosa me ne facevo?"

Se tutto va bene, non dovranno usarle. I compiti sono stabiliti: l'uso della forza è affidato ai basmachi, che lo reclamano per desiderio di vendetta.

"Ho portato documenti di identità italiani. Credo sia meglio girare con questi piuttosto che con una *identitätskarte* asburgica".

"Ma come hai fatto?"

"Un bravo falsario. E già che c'ero, ho fatto fare pure questa".

Mario guarda stupito il certificato di matrimonio con Sveta.

"Non vorrai lasciare qui le donne?" Dice Tattini e spiega. "Un ufficiale con la moglie al seguito dà meno nell'occhio".

Domenica 22 giugno, taiga della Transbajkalia del sud

Una fitta foresta di pini, querce e ontani, interrotta da macchie di larici e tigli, con un sottobosco di ribes e ginepro, li protegge dal sole alto nel cielo. I forti raggi scottano nelle ore più calde anche a quelle latitudini. Benché la temperatura a volte raggiunga e superi i venticinque gradi sono costretti a indossare vestiti dai tessuti consistenti come difesa dalle zanzare e dai moscerini. Nel primo pomeriggio incappano in un acquazzone improvviso, anche se fino a pochi momenti prima il cielo era terso. Gli animali avevano percepito il cambiamento del tempo correndo a rintanarsi nelle tane e nei nidi.

I cavalli accettano volentieri una sosta sulle rive di un corso d'acqua. Gli uomini trovano refrigerio dal caldo e dalle punture nelle fresche acque all'ombra di salici e ontani. Un crociere col piumaggio dal colore rosso mattone, che lo identifica come un maschio adulto, li osserva da un ramo.

Dopo una settimana di inseguimento un plotone del reggimento lettone Imantsky, agli ordini del governo transbajkalico, ha intercettato la banda bolscevica.

"Comandante, i ricognitori hanno raggiunto il campo di Tryapitsyn a poca distanza da qui. Dove ci ha comunicato quel prete".

"Se non fosse stato presentato da una lettera del pope che ha benedetto il nostro reggimento, l'avrei mandato a quel paese. Ci ha invece fornito la precisa localizzazione di questa banda di furfanti".

Fugacemente il comandante va col pensiero all'incontro con il pope dall'atteggiamento deciso, una piccola cicatrice sul sopracciglio. Dava l'impressione di essere un soldato più che un uomo di chiesa. Infatti aveva accennato al suo passato di combattente nel Reggimento di Cristo Salvatore.

Per fortuna aveva voluto credergli. *Chissà che interesse aveva nella faccenda? Che importa! La sua era stata un'indicazione preziosa: giorni di caldo e fatica risparmiati.*

Quasi rispondendo alla domanda inespressa del comandante, il suo vice azzarda.

"Avrà voluto che fosse liberato qualcuno tenuto in ostaggio".

"Stando alle indicazioni, non ce ne sono. Devono averli uccisi tutti. Comunque il pope era interessato alla collana. Anche lui! L'ho rassicurato dicendo che l'avremmo immediatamente data agli ufficiali semënoviti. Probabilmente li aspetta in città per dividere il bottino".

"O per sottrarglielo. Ne avrei piacere. Quei tre ufficiali non mi piacciono per niente. Soprattutto quel Laskin Tanin che li guida".

Quegli uomini venuti dalla capitale sono insopportabili per l'aspetto sinistro e la superbia.

"Quelli ubbidiscono all'atamana per non contrariare il marito. L'ebrea ha molto ascendente su di lui, che si dedica solo a compiacerla. Tanto da averla festeggiata con una cena del costo di 40.00 rubli in occasione del loro fidanzamento. Nonostante piaccia alle donne e loro a lui, ha occhi solo per lei". Dice il comandante.

"E sì che il nostro atamano non mi sembra un gran romanticone!"

"Per nulla. Ma si scioglie come neve al sole con qualche carezza della cantante, che ne approfitta. Ricordati di Salomé e della testa mozzata in cambio della sua danza. Avanti ora. Dividi gli uomini in due squadre. Tu prendi il comando di quella che si posiziona alle spalle dell'accampamento. Incomincerai a sparare solo quando comincerà l'altra squadra da me guidata. E ora avanti e in silenzio".

Le forze sono praticamente pari, ma l'elemento sorpresa determina una rapida vittoria dei lettoni. I capi riescono a fuggire, senza riuscire a portare nulla con sé, ma buona parte della banda è catturata. I banditi cinesi vengono uccisi a colpi di baionetta. I russi subiranno gli interrogatori per poi essere fucilati. Non ci sono ostaggi da liberare, ma questo era un obiettivo secondario. Il primario è la collana, che dopo un accurato setacciamento del campo viene trovata e consegnata a Laskin Tanin e ai due semënoviti.

Costoro restano per assistere agli interrogatori e alle fucilazioni, considerandole divertenti. Vorrebbero partecipare e si avviano decisi con le pistole estratte verso i prigionieri. A un ordine del comandante, si parano innanzi alcuni lettoni con i fucili piantati al loro petto. Il messaggio è chiaro: non spetta a loro somministrare la giustizia. Lasciano quindi il plotone.

Mercoledì 25 giugno 1919, Čita

Arriva il messaggio che aspettavano da Vespa, l'agente italiano al servizio dei giapponesi: Tanin sta tornando in città con la collana e prenderà come sempre alloggio all'Hotel Dauria.

Ora tocca agli italiani la sorveglianza dell'hotel e l'azione.

Mercoledì 25 giugno 1919, Ufa

Il commissario Berjenin si è avvicinato al fronte seguendo le truppe rosse vittoriose, che hanno conquistato la città il giorno 9 del mese. A causa dell'offensiva, i bianchi hanno iniziato una ritirata generale in direzione est su tutto il fronte.

Ora può pensare di congiungersi con il reggimento di cavalleria partigiana agli ordini di Sergey Georgievich Lazo, comandante del fronte transbajkalico: hanno bisogno di un commissario politico. Un lungo viaggio attraverso terre selvagge. Si appoggerà alle formazioni partigiane che le percorrono compiendo azioni di guerriglia. L'ultimo tratto prima di raggiungere la meta, Daursky, è il più pericoloso: dovrà attraversare le linee nemiche.

Le sorvolerà e metterà a frutto il breve corso di paracadutismo, di cui purtroppo non ha sostenuto la prova pratica, il lancio finale. La teoria non associata alla pratica fa sorgere all'attendente il dubbio se non sia eccessiva la fiducia riposta dal suo superiore nelle proprie forze. Dubbi subito fugati con sufficenza da N. K. il quale non prende in considerazione il fatto che non fa molta attività fisica, sempre incollato alla scrivania. Le gambe un po' molli non sono il massimo per quando il suo corpo, anche appesantito, toccherà terra. Ma il dovere chiama.

Giovedì 26 giugno 1919, Čita

Finalmente Laskin si toglie gli stivali, si lava, si concede un'ora di riposo e raggiunge gli altri due tirapiedi per mangiare qualcosa nel ristorante dell'albergo dove sono soliti soggiornare.

"Mi aspetta una nomina a comandante di reggimento. Qualche giorno e sarò il colonnello Laskin Tanin, a capo magari del 1° Reggimento cosacchi Verkhneudinsky di Čita".

"O del 1° Reggimento Nerchinsky". Primo sicario.

"Sia quel che sia, noi saremo i tuoi fedeli aiutanti". Secondo sicario.

"Magari con una licenza premio in Giappone. Mi piacerebbe conoscere da vicino quelle gaise, esperte nell'amore". Primo sicario.

"Piacerebbe anche a me". Non si tira indietro il compare. "E comunque sono prostitute di alto bordo. Non so se si accompagnerebbero con te".

"Non sapete quel che dite". Puntualizza il più informato Laskin: "Non si chiamano gaise, ma *geishe* e sono delle intrattenitrici, conoscitrici ed esperte di musica, canto e danza".

"Una bella bevuta e poi le donne" Inizia il primo.

"Comunque prima di godere del premio, qualunque sia, temo che dovremmo portare a compimento l'incarico. Gli italiani devono sparire". Conclude Laskin.

Continuano immaginare scenari allettanti per il futuro. Insaporiscono la conversazione con battutacce e con amichevoli pacche sulle spalle. Il contatto fisico può essere visto positivamente, ma non così per Tanin che lancia uno sguardo omicida al sottoposto azzardatosi a poggiargli la mano sulla spalla. Ormai è fatta, non temono aguati. I due soldati cosacchi alla porta, con fucile a tracolla e baionetta innestata, sono una scorta formale destinata agli ufficiali per riguardo, non per necessità. Si mettono sull'attenti, quando questi escono e li seguono verso piazza Aleksandrovskaya.

Sull'altro lato della strada, un piccolo camion cinese procede piano nella stessa direzione, al volante Mario. Il piano perfezionato con Vespa ha una precisa scansione temporale. Il largo viale è frequentato come al solito da un rado via vai di passanti.

Il gruppo di cosacchi viene seguito da Oreste e Danijl, poveramente vestiti, che spingono un carretto con grandi casse vuote. Hanno lo scopo di occultare l'azione a chi fosse dietro di loro. I grandi olmi contribuiscono a proteggere da sguardi curiosi con l'ombra del fogliame e i larghi tronchi. Valutato il momento propizio, Mario, sporgendo la mano dal finestrino, dà il via. I basmachi in attesa sul percorso dei cosacchi vanno loro incontro chiacchierando e simulando disinteresse per i passanti.

Una ventina di metri avanti, Alyona si libera del mantello in cui si avvolgeva e lo porge a Sveta. Rivelando la sua nudità, monta a cavallo, fino ad allora tenuto da Massimo per le briglie. Quando si era trattato di trovare un diversivo, che distraesse i cosacchi, era stata lei che aveva proposto quello per cui si era guadagnata il nome d'arte nella professione peripatetica. Quindi novella lady Godiva passa davanti al gruppo di Laskin. Trattiene le redini, dando modo che le sue forme dalla viva sensualità, il seno allegramente sobbalzante, attirino gli sguardi. E così avviene. Il camion si accosta, precludendo la visuale dal lato strada. I cosacchi, distratti dalla visione della nuda cavallerizza, girati verso di lei, trascurano quanto avviene intorno e vengono intrappolati tra il carretto e il gruppo musulmano.

I basmachi li affrontano sparando a bruciapelo. Achilbek con un rapido colpo del pugnale dalla corta lama ricurva taglia la gola a Laskin, dicendo: "Da parte di Mahkam".

Il camion accostato copre la visuale. Vengono perquisiti velocemente i corpi che, trovata la collana, sono trascinati a lato della via. Coperti da un telo non ci vorrà molto a scoprirli, ma è tutto tempo guadagnato. Montano sul camion, anche Alyona, che, tornata indietro, aveva indossato la cappa. L'operazione non ha richiesto più di alcuni minuti, i pochi passanti hanno fatto più attenzione alla donna più che alla salva di spari soffocata tra camion, mura dell'edificio, alberi frondosi. Partono immediatamente, imboccano via Sofiyskaya e passando per la piazza sfilano davanti al palazzo della zingara.

"I nostri saluti atamana. A mai più". Saluta Massimo, tirando finalmente il fiato. Si gira Mario verso il fondo del camion. "Uomini, congratulazioni! Missione compiuta".

"Tutto grazie al mio tesoro". Esclama compiaciuta Sveta. Poi sussurra all'orecchio dell'amica, mentre l'aiuta a cambiarsi tenendole la cappa attorno: "Cara sei stata grande".

La bacia con tenerezza su una guancia.

Nella stessa sera, nell'edificio di mattoni rossi Alexander Vladimirovich Domrachev, capo del dipartimento investigativo criminale, relaziona nervoso sull'omicidio di Laskin Tanin e di altri quattro uomini al capo della polizia Alexander Kammenov, semisdraiato su una seggiola con una gamba poggiata sulla scrivania.

"Mi sono già attivato per assicurare alla giustizia gli assassini. L'agguato non ha avuto testimoni, però i pochi presenti ricordano una bionda donna nuda a cavallo. Certo per distrarre le future vittime".

"Ti sei dunque già fatto un'idea di chi potrebbe essere?"

"È stata sottratta una collana che stava per essere consegnata all'atamana. Gli unici interessati a quell'oggetto sono gli italiani e la signorina Svetlana Aleksàndrovna Kolobukhina".

"A me risulta che si aggirasse per il centro un gruppo di musulmani. E quella donna essere dotata di una folta chioma bruna".

"I capelli si possono tingere".

"Se fossi in te non azzarderei ipotesi. Potresti essere accusato di non aver posto in atto un'accurata sorveglianza di questa donna, già a su tempo sospettata. Vogliamo proprio accusare gli italiani? Potremmo averne delle ripercussioni. Non credo che le forze internazionali di Vladivostock se ne starebbero zitte. Nemmeno il governo bianco per cui gli italiani trasportavano l'oro. Devi essere molto sicuro dei passi che fai per non averne rogne".

"Cosa mi consigli, colonnello? Bisognerà trovare dei colpevoli per l'atamana".

L'investigatore comincia a rilassarsi: ha capito che il superiore non vuole fargli una lavata di capo, non lo sta accusando di negligenza o di passività nel trovare i colpevoli, vuole anzi venirgli in aiuto suggerendogli una comoda via d'uscita.

"Quel Tanin non mi è mai piaciuto. Potrebbe essere stato qualche delinquente della sua risma a farlo fuori. Mi è stato detto che bazzicava la banda di Lenkov. Potrebbe essersi lascito sfuggire qualcosa con qualche elemento della banda".

"Oh! Lascia perdere. Così ci tocca fare l'ennesima retata. I colpevoli sono i soliti bolscevichi. Qualche elemento della banda di Tryapitsyn che ha voluto riprendersi la refurtiva. Le tue indagini certamente porteranno a questo risultato e l'atamana Maria Glebova se ne farà una ragione. Non preoccupiamoci per una cosa da nulla. Non ho intenzione di perdere tempo per trovare chi ha liberato l'umanità da quella feccia di Laskin Tanin. Concordo con te: non era un soldato ma un sicario del colonnello Stepanov, bestia feroce pure quello".

Nessuno dei due fa menzione a gioielli o preziosi. Sono poliziotti scrupolosi, non lacchè dell'atamana che resterà con le sue voglie insoddisfatte.

"Grazie del consiglio colonnello".

Sbatte i tacchi salutando. Sa che avrà l'appoggio del suo capo, quando farà giustiziare alcuni criminali per i crimini compiuti, tra i quali ascriverà anche l'omicidio dei tre sicari. Si indirizza verso le celle al pianterreno per individuare a tal fine una decina di prigionieri. Sollevato, canticchia *Sharaban* la canzone di Maša la zingara, una sorta di canto autoironico dei bianchi in fuga da Samara verso est.

Che notte, che alcol!
Se vuoi bevi, rompi i piatti!
Non mi interessa, non mi interessa.
Hanno rotto le corde della mia chitarra,
quando sono scappato da Samara.

Giovedì 26 giugno 1919, Adrianovka

Il vicecomandante di divisione ha voluto portare personalmente la notizia. Percorsa a tutta velocità la novantina di chilometri, arriva quando il sole è tramontato da poco. Nella stazione il colonnello Stepanov, informato dell'uccisione dei suoi uomini, giura vendetta. E impartisce disposizioni per avviare le indagini, che devono essere condotte con urgenza e in modo spiccio. Per placare la rabbia ordina di uccidere a bastonate un giovane ufficiale e due medici che si erano lamentati delle atrocità a cui assistevano.

Anzi no. Che siano crocefissi sui portelloni dei vagoni.

Sabato 28 giugno 1919, Irkutsk

Si sono allontanati velocemente dalla capitale sul camion che monta due gagliardetti tricolori. Incappati in un posto di blocco, dalla cabina di guida esibiscono documenti identificativi di ufficiali italiani. Uno sposato con una passeggera, come attestato da certificato di matrimonio. Vengono esaminati distrattamente i documenti anche degli altri all'interno: una giovane donna e cinque musulmani, considerati generalmente antisovietici. Fumano tranquilli, portando la sigaretta alla bocca con una mano, essendo l'altra nascosta col dito sul grilletto. Achilbek aveva individuato il militare da eliminare per primo: il mitragliere che puntava l'arma contro di loro. Perfino Mario si preparava a estrarre la pistola pur con un sorriso in faccia. Tensione azzerata quando ottengono il via libera.

Giungono stanchi ed euforici. Una leggiadra figura femminile avvolta in svolazzanti abiti corre loro incontro. Gli italiani la guardano stupiti, ma non è a loro che si indirizza. Corre tra le braccia di Achilbek: è Amina, che abbraccia il suo uomo. Amina, orfana della famiglia massacrata dai rossi, appartenente agli indipendentisti in guerra santa contro l'oppressione sovietica che calpesta le tradizioni dei popoli musulmani.

Le strade si dividono. I mussulmani ripartiranno verso sud ovest. Gli italiani montano sul camion per dirigersi a casa di Massimo, dove Idree e Irina li attendono. Amina agita la mano da lontano abbracciata ad Achilbek.

Mario cerca Theodora sapendo che nell'ora del vespro è solita pregare in qualche chiesa. La trova nella chiesa del Monastero dell'Ascensione. Le propone di uscire per riferirle una questione importante. Percorrono l'ampio viale pavimentato con lastre di pietra che conduce alla Porta Santa nel muro di cinta del vasto giardino. Camminano tra giovani abeti verdi, meli aromatici siberiani e sorbi rossi.

Le racconta dell'avventura che ha permesso di recuperare l'oggetto desiderato. Non l'ha con sé: troppo prezioso. Oreste e Danijl lo custodiscono a casa del dottore. Ora può restituirlo in città a Nikolai Stanislavovich Kazanovsky, legittimo rappresentante del governo continuatore di quello zarista.

Theodora, emozionata, ma risoluta dice:

"Non ci penso nemmeno. Tenterò ogni cosa per consegnare personalmente nelle mani della zarina vedova tutta la parure. E se si tratta di andare in Danimarca, terra d'origine della zarina, ci andrò. Ho fiducia in voi che mi farete avere i pezzi mancanti, vero, caro Mario?"

"Certo. Ma conviene rivolgersi al responsabile contabile. Non c'è sicurezza che la vecchia zarina sia in Danimarca. Ci sono voci che si sia imbarcata in Crimea su una nave inglese. Magari è in Gran Bretagna, dove si trovano altri parenti".

"Se non la trovo in Danimarca andrò in Gran Bretagna. Traversare l'Europa ormai pacificata non sarà un gran problema".

"Ci pensi. Consegni qui i preziosi zaffiri e Kazanovsky li farà recapitare alla zarina".

"No".

"Li consegni al Corpo di Spedizione Italiano a Vladivostok e il Governo provvederà alla consegna. Nel qual caso l'accompagnerò personalmente a Vladivostok".

"Grazie no. Sono tranquilla nell'arrivare fino al porto. Piuttosto, quando otterrò anche i pezzi mancanti, può aiutarmi a trovare un passaggio in nave? Mi basta arrivare a Trieste".

"Se è così risoluta, cercherò di accontentarla. Chiederò aiuto al capitano Compatangelo che ha buoni contatti nella polizia militare internazionale a Vladivostok". *E anche nei servizi segreti. Se non era per quel Vespa, saremmo ancora al palo.*

Bisbiglia Oreste nell'orecchio del conte: "Devo assolutamente scrivere una lettera per spiegare la mia partenza improvvisa".

"Mi immagino a chi. Alla tua ultima conquista, lasciata a Čita. Vai. Resteremo io e Massimo a far compagnia alle signore". Strizza l'occhio Danijl, con fare complice.

Approfittando dell'assenza di Oreste, Sveta con Alyona prende commiato dal gruppo. È angustiata dal fatto di essersi fatta trascinare nel furto che tanto è costato in tempo e pericoli. Spera di essersi riscattata con la partecipazione all'imboscata ai danni dei sicari dell'atamana. La considerano, soprattutto Massimo, un'amica che ha sbagliato. Anche lei ricambia il sentimento di vicinanza. Ma non è possibile pensare di frequentare ancora il gruppo. Oreste fra questi, a maggior ragione, come potrebbe continuare a vederlo, vecchia fiamma abbandonata per un futile motivo all'inseguimento di altri sogni.

Un po' imbarazzata, un po' commossa saluta quindi tutti.

Lei invece è confortata dall'amicizia con Alyona. Hanno intenzione di abbandonare la Russia e trasferirsi almeno momentaneamente a Harbin. Sveta, che nella città cinese dice di conoscere qualcuno che le può aiutare, ha accantonato il progetto di ricongiungersi alla sorella. Non ha bisogno di ali protettrici, è forte, determinata, in grado di badare a sé stessa.

Venerdì 4 luglio 1919, Adrianovka

Portata a termine l'indagine, connotata da una scia di sangue tra torture e uccisioni, lo spietato comandante dei treni blindati ha ormai chiaro l'accaduto: un gruppo di musulmani e italiani coadiuvati da un russo ha posto fine alle vite dissolute dei suoi uomini appropriandosi del collier recuperato dal plotone lettone.

Gli esecutori degli omicidi, i musulmani, tornati nelle loro terre del sud, sono fuori della sua portata. Restano gli italiani appartenenti a quel fantomatico battaglione Savoia ormai disciolto. Il loro capitano, Andrea Compatangelo, si trova a Vladivostock. Il russo, pare un conte, forse a Irkutsk. Bisogna scoprire chi sia. Non sarà difficile. Avrebbero pagato per il crimine commesso e ne avrebbe portate le teste alla *zingara*. Affida le sue smanie di vendetta a due tra i suoi assassini. Gli unici presenti in quel momento.

"Proprio Foma e Yerema?" Si stupisce il vicecomandante.

"I fratelli del folklore russo? Che c'entrano?" Interdetto il comandante.

"Sono talmente stupidi che i compagni non li chiamano con i veri nomi ma con quelli della divertente coppia di perdenti nei racconti tradizionali".

"Son gli unici sottomano. Che partano subito. Assicurati che intendano bene le istruzioni. Voglio il russo e l'italiano qui per divertirmi un po' prima di ucciderli. Un lavoretto semplice che possono fare anche gli imbecilli".

Sente già la mancanza di Laskin Tanin. *Quello sì era un vero professionista. Bisogna poter disporre sempre di uomini disposti a tutto. Darò ordine al mio vice di selezionare qualche elemento valido. Ora devo accontentarmi di queste mezze cartucce.*

Mercoledì 9 luglio 1919, Vladivostok

Sede della IMP, International Military Police. Compatangelo entra nell'ufficio del maggiore Samuel Johnson, nato in Russia come Boris Ignatiev poi diventato cittadino americano, capo della polizia militare che raggruppa soldati, marinai e marines di oltre dodici nazioni.

"Prego Compatangelo, si accomodi. Ovviamente è stato assegnato alla squadra italiana. Il comandante del Corpo di Spedizione Italiano, Fassini Camossi, ha inviato qui alcuni uomini".

"Devo confessarle che non sono in ottimi rapporti con questo signore".

"Lo so. Me l'ha segnalato il signor Vespa, quando mi ha fatto il suo nome per l'arruolamento".

"Ah, Vespa. Abbiamo avuto degli affari in comune". Non molto sorpreso Compatangelo.

"Francamente devo ancora capire per chi lavora effettivamente. Dovrebbe dipendere dal Comando Alleato, ma forse è al servizio dei giapponesi, o dei cinesi, magari anche di voi italiani.".

"Per me resta un bravo venditore di macchinari e di questi tempi per vendere bisogna bazzicare gli ambienti militari. Mi è stato di grande aiuto in una transazione commerciale a Čita".

"Ha detto di lei che sa trattare con gli uomini, intelligente, di buon senso, con spiccate attitudini di comando anche se non è militare. Mi sbaglio?"

"Vero, non provengo dai ranghi effettivi militari. Per le qualità attribuitemi, bontà sua".

Si sottrae ai complimenti Compatangelo.

"Non so per quanto ancora resteranno gli italiani. Credo che il capo della Missione Militare, il tenente colonnello Filippi di Baldissero, stia attendendo dal vostro governo l'ordine di rimpatrio. Poi dovranno trovare l'imbarco, sicuramente passerà dell'altro tempo. Nella colonia di Tsien Tsin è scoppiata un'epidemia di colera e i militari sono in quarantena. Le operazioni di rimpatrio subiranno rallentamenti. Comunque finché ci saranno italiani qui è suo compito vigilare su loro oltre che garantire la sicurezza per la popolazione in genere. Deve sapere che il suo lavoro non sarà facile. Abbiamo i peggiori criminali liberati dalle carceri e campi di prigionia, compresa la colonia penale dell'isola di Sakhalin. Grandi e piccole bande organizzate per omicidi, rapine, contrabbando, terrorizzano gli abitanti della città e i territori limitrofi. Appena assunto il comando ho fatto affiggere dei cartelli dove c'era scritto: *D'ora in poi la polizia militare internazionale sarà responsabile della legge e dell'ordine a Vladivostok. Tutti i crimini e i furti saranno puniti sommariamente.* Nella stessa giornata la maggior parte dei cartelli era stata stracciata. Su altri avevano scritto: *Tornerai a casa in una bara* e anche *Ti sistemiamo noi*".

Il maggiore Johnson disprezza la gentaglia e non teme le minacce.

"Ha dimostrato un gran coraggio, maggiore. Mi è stato riferito che il precedente capo della polizia è stato rapito e ucciso: il cadavere ritrovato con lo stomaco sventrato e riempito dalle braccia tagliate".

Non si lascia intimorire Johnson. Ha vinto ben altre battaglie.

"Ho fatto stilare un elenco di zone pericolose dove consiglio di non avventurarsi ma di pattugliarne le vie di accesso. Particolare attenzione anche al centinaio di bordelli, la più parte sul retro della collina di Kopek sopra la città, e a quelli giapponesi concentrati nelle vicinanze di piazza Semyonovskaya. Sorvegli i militari italiani e niente riguardi per quelli del Savoia!"

"Sicuramente, maggiore. Pugno di ferro con tutti".

"E, quando si è tolta dal braccio la fascia nera con la scritta IMP, continui a prestare molta attenzione. Mi è stato riferito che lei non gode delle simpatie dei semënoviti per via di una collana".

"Oh", con un'alzata di spalle, "le racconterò. È una storia lunga".

Si accomiata.

Giovedì 10 luglio 1919, Irkutsk

A casa di Massimo si incontrano gli amici per raccontare a Idree, Irina, Theodora, l'avventura a Čita, i momenti di paura e affanno, l'aiuto avuto dall'agente segreto italiano e dal gruppo musulmano.

"Mi han fatto maritare con Sveta, senza passare per il fidanzamento". Dice ridendo Mario, riferendosi al camuffamento adottato nei pressi della frontiera transabjkalica. Gli uomini raccontano con enfasi, spinti dai ricordi, rivivendo ogni dettaglio, sezionando e ricomponendo i fatti. I quattro moschettieri hanno riportato la collana, che giungerà nelle mani della regina. La temperatura eccezionalmente calda e gli insetti molesti li fanno stare in casa a bere lo *sbiten* freddo, con molto zenzero.

Persino la dama di compagnia si lascia andare, non del tutto rasserenata. Partecipa alla discussione, qualche lacrima tuttavia le riga il volto, non sa neanche lei se per gioia dell'impegno parzialmente assolto o per la mancanza degli altri preziosi. Deve accettare l'evolversi degli eventi e la constatazione che è giunto il momento di lasciarsi il passato alle spalle e affrontare una vita in un mondo che non riconosce più. Almeno non è stata colpita da lutti famigliari. Quale dolore incommensurabile deve dilaniare l'animo dell'imperatrice vedova Maria Feodorvna! Quale momento terribile nell'avere notizia dell'assassinio del figlio, dei nipoti e della nuora! Deve assolutamente incontrarla per rassicurare che gli ultimi giorni a Ekaterimburg sono stati di serena accettazione del destino, confortati dalla fede.

Gli amici si interrogano sul loro futuro. Massimo è quello che lo vede più chiaro: resterà in Russia a fianco dell'amata Idree.

Passano con piacere e allegria alcuni giorni insieme.

Danijl, raggiunto da una comunicazione, lascia la città avvisandoli senza entrare in dettagli.

Domenica 13 luglio 1919, Ussurijsk

I due scherani, Foma e Yerema, hanno individuato Wulkorov e l'esca per attirarlo nella trappola.

La casa della sua amica, la contessa Nadežda Nemčivskaja, è stata ispezionata da una decina di cosacchi con l'accusa di contrabbando. Vengono sequestrati gli oggetti di valore e imprigionati sul treno i servitori. Accorsa a chiarire le cose, avevano posto agli arresti pure lei. Di fronte alla sua disperazione, avevano suggerito di chiamare il conte Wulkorov. L'intervento di questi avrebbe sicuramente risolto la situazione.

Ora attendono che la chiamata della contessa sortisca effetto e compaia il generale per rapirlo e portarlo al cospetto del loro superiore, il colonnello Stepanov.

Non si aspettano certo che Danijl si faccia accompagnare da una squadra appartenente al 31° Reggimento di fanteria della *American Expeditionary Force*.

William Sydney Graves, comandante dell'AEF, si è fatto facilmente convincere dal conte a intervenire. Non ama i semënoviti transbajkalici e ne è ricambiato, in quanto non contrasta i partigiani rossi. Inoltre della contessa imprigionata è amica la signora Eleanor Prey, molto ben inserita nella comunità americana di Vladivostock. Fa parte della buona società e gli inviti ai suoi ricevimenti sono molto ambiti. Fors'anche temendo di essere escluso da questi se avesse opposto un rifiuto o anche solo tergiversato, Graves fa accompagnare il conte da una squadra dell'AEF per liberare la contessa e la servitù.

Il tenente americano è giovane, ma determinato. Ha disposto i suoi uomini con le mitragliatrici puntate sul treno dove sono tenuti in ostaggio i prigionieri. Secondo l'accordo interalleato, gli americani sono assegnati a proteggere le sezioni della ferrovia transiberiana da Vladivostok a Ussurijsk, quindi sono su un territorio di loro competenza e intendono far valere la loro autorità.

I due cosacchi guardano interdetti i fanti col capellone color kaki. Che fare?

La forza dispiegata dagli americani è risibile in confronto alla potenza di fuoco del treno. Poco distante fermo su un binario un treno corazzato americano sta facendo rifornimento, ma in caso di scontro entrerebbe senz'altro in azione coi suoi cannoni in appoggio e copertura dei fanti del 31°. La situazione sconsiglia di insistere creando un incidente diplomatico o, peggio, scatenando la reazione militare delle potenze alleate.

Con rabbia guardano il vecchio soldato russo al sicuro dietro lo schieramento dell'AEF. Come vorrebbero averlo tra le mani! Pare che rida di loro sotto i baffi. Ma sono invece costretti a liberare la contessa che corre piangente tra le sue braccia. La servitù scarica sulla banchina i beni dissequestrati.

Gli americani restano a guardare il treno scomparire all'orizzonte, col compiacimento dei vincitori, mentre nella carrozza di comando i due cosacchi sono preoccupati, per non dire terrorizzati, per la reazione del comandante della divisione dei treni blindati.

Non devono invece preoccuparsene. Stepanov sta lasciando la Siberia spedito in Giappone dall'atamano in punizione non per aver ucciso il minatore Shumov ma per essersi fatto scoprire. Forse anche per la relazione con Maria Glebova, ex ballerina e cantante.

Lunedì 4 agosto 1919, Harbin

Il macchinista giapponese, raggiunta la giusta pressione, fa partire lentamente il convoglio. Assistono Mario e Oreste, giunti appositamente da Irkutsk, con il capo della missione militare giapponese di Harbin, Hitoshi Kurosawa. Ormai il treno non serve più, anzi era fonte di obbligo nei confronti del generale Horvat che lo teneva in consegna. Venduto con le due automobili ha fruttato una certa somma.

"Potevamo tenerci quella non corazzata". Oreste avrebbe preferito non venderla. La macchina ricordava le effusioni con Sveta avvenute a Ufa su i comodi sedili.

Sulla locomotiva le bandiere italiane sono state sostituite da quelle del Sol levante.

"Abbiamo fatto bene a depositare i soldi presso la filiale della Yokohama Shōkin Ginkō di Tokio". Mario.

"Credo sia azzeccata anche la scelta di tenerci solo un po' di contanti". Oreste accarezza con lo sguardo la borsa che li contiene.

La banca, dove i giapponesi hanno pagato l'importo pattuito, è sicura e affidabile. Hanno stabilito che i soldi andranno a chi ne ha più bisogno. Una parte a Massimo per il suo ospedale e una parte in Italia.

Con sollievo Mario si toglie la responsabilità del treno come prima era stato sollevato da quella della consegna dell'oro.

"Salutiamo i giapponesi ora e andiamo a Irkutsk. Poi finalmente potrò tornare in Italia. Tu volevi fermati in Russia o sbaglio?" Mario.

"Ancora non ho deciso, ci devo pensare. L'ambiente artistico moscovita è molto vivace, di grande stimolo. Mi piacerebbe conoscerlo meglio. Ci sono grandi nomi".

Una pausa, poi confessa. "Ho scritto a Natal'ja Sergeevna Gončarova per manifestarle apprezzamento e stima. Potrei andarla a trovare e vedere se posso dare espressione alla mia vena pittorica".

Mercoledì 6 agosto 1919, Irkutsk

Uno strombazzare insistente costringe alla fine Massimo ad affacciarsi alla finestra dello studio per vedere chi è l'inopportuno disturbatore. Da una brillante automobile di gran turismo gli fa ampi gesti un sorridente Danijl, nella sua uniforme con giacca bianca, che si affretta ad aprire la portiera del passeggero. Scende un'elegante signora ammantata da una lunga sciarpa di seta gialla, intonata al colore della macchina. I corti capelli neri a caschetto seguono la moda del momento. Il portamento è sciolto, sicuro, con passo elastico. Piccole rughe agli angoli degli occhi fanno pensare a una maturità ben portata che contrasta con i lineamenti distesi e armoniosi di un volto ancora giovanile; certo non può avere più di una cinquantina d'anni. La nuova fiamma del conte? Una vecchia amica?

Appena Massimo e Idree si fanno incontro, il bel Danilo la presenta: la contessa Nadežda Nemčivskaja, sua fidanzata.

Seduti a sorseggiare un *chai* alla menta, il conte, rivolgendosi agli amici ma continuando a lanciare sguardi complici alla contessa, racconta.

"Quando sono improvvisamente sparito quasi un mese fa, ero stato avvisato che la mia amica contessa era nei guai a Ussurijsk. Prelevata da una pattuglia cosacca poiché accusata di contrabbando, era prigioniera su un treno blindato".

"Detta così, caro Danijl, sembra che io sia una delinquente a capo di una banda di trafficanti". Finge di adombrarsi Nadežda.

"No, assolutamente. Conosciamo Danijl e sappiamo che ama colorire i racconti. Vuole tenere amabilmente alta l'attenzione. Suvvia Danijl, continua". Lo esorta Idree.

"Certo, certo. La mia adorabile contessa proviene da famiglia nobile e non ha bisogno sicuramente di implementare con azioni losche un patrimonio personale che le permette gli agi della vita".

"Su. Veniamo al sodo". Il dottore, pensando che dopo poco avrebbe avuto dei malati da visitare. Il russo pare invece prendersela con calma, traffica con la pipa dal lungo bocchino.

Interviene Nadežda.

"Insomma, per farla breve, le accuse erano ovviamente infondate e sembravano un pretesto per colpirmi. Inoltre sapevo che in genere le operazioni di polizia vengono svolte dalla milizia formata da volontari. Perché i cosacchi? Barbari e violenti, mi hanno sempre fatto paura. Mi hanno consigliato, se volevo uscirne, di chiamare un amico fidato, il generale qui presente".

Si interrompe per offrire dei cioccolatini da una elegante scatola.

"I cioccolatini di Nadežda sono particolarmente ricchi di gusto". Sorride il conte.

Riprende la contessa passando la scatola perché tutti si possano servire.

"Prendevano ordini da quel colonnello Stepanov, un vero criminale. Autore di massacri indiscriminati. Nel pericolo ho chiamato il fido amico Danijl, sapendo che poteva essere l'unico a salvarmi. Mi ero poi chiesta se non stavo mettendo in pericolo anche la sua vita".

Finalmente Danijl ha riempito il braciere della *churchwarden* con un forte tabacco aromatico e, assicuratosi che la pipa tiri bene, riprende.

"Sapevo che non avrei avuto alcuna possibilità di intesa coi cosacchi. Capiscono solo la forza o l'autorità del loro atamano. Per fortuna ho buoni rapporti, con William Sydney Graves a capo dell'*American Expeditionary Force* in Siberia che alla fine ha mandato una squadra per prendere sotto custodia la signora".

"Sono venuti a prendermi e facendosi strada tra i cosacchi mi hanno scortata fuori dal treno. Lì eravamo al sicuro e ho tirato un respiro di sollievo quando ho visto che c'era il mio salvatore ad attendermi".

"Oh, cara. Sapessi quanto sono stato in pensiero".

"Tutto è bene quel che finisce bene". Idree.

"Per tranquillizzarmi son stata stretta a Danijl non so quanto". Racconta Nadežda sorridendo dello scampato pericolo. "Stavo quasi per baciare anche il tenente americano, ma son stata trattenuta dai suoi orribili baffetti".

Continua Danijl. "Qualche bicchierino di vodka, una dolce parolina, un bacio e ci siamo tranquillizzati ulteriormente. A Vladivostok sono poi andato a ringraziare personalmente William".

Si inserisce la contessa: "Mentre io mi facevo qualche regaluccio. C'era una pelliccia che mi piaceva così tanto".

"E qualche regalino lo ha fatto pure a me". Prosegue Danijl. "Tra questi la bellissima Isotta Fraschini Torpedo che vedete qui fuori. Vi piace? Nadežda ha visto che le facevo gli occhi dolci ..., all'automobile, e ha insistito per prenderla. Ero incerto tra questa e una Bugatti, ma ho preferito l'italiana in onore dei vecchi amici".

Rinviano il brindisi alla sera, quando si riuniranno attorno al tavolo per la cena con Oreste e Mario. Uno dei tanti brindisi è per l'annuncio del fidanzamento ufficiale del conte e della contessa. Pare che tra le non poche a cui girava intorno e accettavano la sua corte Nadežda abbia primeggiato. Ha almeno una quindicina d'anni meno del compagno, è intelligente, spiritosa e, non da ultimo, intestataria di un notevole patrimonio.

Parte della serata è presa dal tentativo di capire la causa dell'interessamento dei cosacchi. L'unica spiegazione è la vendetta da parte dell'atamano o di quel colonnello crudele ai cui ordini era l'assassino Tanin. Il pericolo viene da Čita. Bisognerà guardarsi le spalle e avvisare Compatangelo.

Il quale già dal maggiore Samuel Ignatiev-Johnson aveva capito che la collana era fonte di guai.

La sera, prima di andarsene, Mario e Oreste avvisano Massimo che è beneficiario di un bonifico bancario per parte del ricavato dalla vendita del treno.

Giovedì 28 agosto 1919, Omsk

Nella capitale del governo bianco si hanno cattive notizie dell'andamento della guerra. I territori conquistati tra dicembre e giugno sono persi velocemente nell'estate. L'offensiva di aprile era stata fermata. I rinforzi non compensavano le perdite per il fuoco nemico e per le malattie. L'Armata Rossa all'inizio di giugno aveva lanciato una controffensiva che aveva costretto i kolčakisti a ritirarsi oltre gli Urali.

La popolazione perde ogni fiducia nel governo di Kolčak che continua a voler nascondere o minimizzare le sconfitte. La ritirata dell'esercito dai territori perduti non viene annunciato alla popolazione che evacua le zone nel panico e senza aver tempo di portar con sé nulla.

Il Dipartimento Informativo del Quartier Generale del Comandante Supremo comunicava già dall'inizio di agosto che *lo stato d'animo della popolazione in questi giorni può essere caratterizzato dalle parole: panico e confusione.*

I contadini e i soldati dell'esercito sconfitto, specialmente i riservisti e quelli di guarnigione, nell'estate sono insoddisfatti e sfiduciati per il regime del Sovrano supremo, che non controlla la situazione. Inoltre più che un condottiero viene visto come una pedina degli Alleati, senza i quali sarebbe già sconfitto.

Su di lui pende una taglia di sette milioni di dollari posta dal regime sovietico.

Venerdì 12 settembre 1919, Irkutsk

È una bella giornata di sole e il conte invita la contessa a uscire citando Thomas Jefferson: *Camminare è il miglior esercizio possibile.*

Non hanno meta né fretta, conversano con un tono di voce dolce. Si soffermano a guardare qualche vetrina. Quella di un gioielliere li trattiene più di altre, i pezzi esposti sono raffinati e Nadežda, esperta intenditrice, ne commenta le caratteristiche. Su uno si sofferma in particolar modo, si vede che le piace.

"Guarda quella, caro. Una spilla a forma di mazzo di fiori, nello stile Art Nouveau, lì sulla sinistra".

"Quella smaltata su oro?" Danijl.

"Oh, sì. Molto fine. Lo smalto si abbina perfettamente con i piccoli diamanti e rubini che formano il mazzo".

Si offre il conte di regalare l'oggetto e muove un passo verso l'entrata.

"Non è il caso" Dice lei. "Non importa. Chissà quanto costa".

"Leprottina mia, ho anch'io qualche soldo da parte".

E spalanca la porta, risoluto, cedendole il passo.

Martedì 30 settembre 1919, nella Transbaikalia

Ormai son passati quasi due mesi e mezzo da quando N. K. è atterrato in malo modo nei pressi del campo del comandante Lazlo. Per fortuna erano ad attenderlo, perché, paracadutista inesperto, si era azzoppato. Il corso di paracadutismo, su cui confidava, poggiava su tre precetti:

1. prima del volo controllare che la seta del paracadute sia integra e le molle per l'espulsione di questa oliate e funzionanti;

2. nell'atterraggio serrare i denti e tenere le gambe unite

3. confidare sempre nella forza rivoluzionaria del Partito.

Con la gamba ormai sanata cammina spedito, anzi la vita nel campo partigiano, in movimento e all'aria aperta, gli ha tolto il colorito malsano che si era guadagnato nelle lunghe ore passate nelle sedi cekiste. Esercita il controllo politico sui militari votati alla causa bolscevica. Aveva da subito indagato e al suo fiuto non erano sfuggiti due elementi la cui fede nella rivoluzione era piuttosto tiepida. Avevano vacillato sottoposti a stringenti interrogatori e quindi li aveva fatti fucilare. Ora il reggimento è saldo sotto la bandiera rossa. L'Armata Rossa degli Operai e dei Contadini è lanciata in un'offensiva travolgente su tutti i fronti.

Approfitta di un momento tranquillo per fare il punto su quanto Anna ha rivelato sotto interrogatorio.

L'oro è stato recuperato dagli italiani: i giornali confermano che un drappello italiano si è scontrato con i cinesi nei pressi di Harbin.

Una preziosa parure di zaffiri appartenente all'imperatrice madre era stata affidata a una baronessa russa che ha viaggiato sul convoglio Savoia. Ha controllato e sa esattamente chi viaggiava su quel treno.

Maria Feodorovna amava gli zaffiri. Un quadro la raffigura con una parure. Che si tratti di questa? Si è documentato e ha stilato un elenco scartando i gioielli con pietra singola, come il girocollo con un grande zaffiro e diamanti con quattro file di perle. Scarta anche la famosa pietra dal peso eccezionale di 197,8 carati dalla sfumatura rosata e la spilla dove il corindone è circondato da decine di diamanti con un pendente di perla. Molti aristocratici hanno tentato di preservare le proprie gioie e contrabbandarle all'estero. Lui stesso ha trovato sul fondo di una boccia di inchiostro le pietre preziose sepolte nella paraffina delle candele. Sono beni appartenenti allo Stato e lui non permetterà che escano dalla Russia. Se l'oro ormai è irrecuperabile, non deve accadere la stessa cosa con i gioielli imperiali.

I suoi informatori riportano che una collana di zaffiri, è stata rubata all'atamana a Čita e che sono stati uccisi quelli che stavano per riconsegnarla. In entrambe le occasioni erano presenti in città ufficiali italiani.

L'aviatore Alexander Vasilskij, inquisito per il furto della collana e sulle tracce della stessa per conto della Glebova, è morto in azione, dopo aver individuato il campo di Nina Lebedeva Kiyashko, che secondo la polizia aveva agevolato i ladri.

La baronessa de Luteville ha rifiutato di imbarcarsi a Vladivostok sulla nave pronta a salpare per Trieste il 25 settembre. Perché ritardare se non per aspettare qualcosa di importante?

Ipotizza che quella donna aspetti che gli italiani o la Nikitin le consegnino la collana, forse l'intera parure. Li fa sottoporre tutti a continua sorveglianza.

Mercoledì 8 ottobre 1919, Mosca

Natal'ja Sergeevna Gončarova, pittrice, illustratrice e scenografa, è a conoscenza dell'opera neoprimitiva di Oreste sul treno di propaganda. Fautrice del neo-primitivismo ispirato alle icone e all'arte delle stampe popolari risponde alla lettera e lo invita a Mosca. Pur lavorando stabilmente a Parigi per i *Ballets Russes*, realizzandone i costumi e le scenografie, promette di introdurlo nell'ambiente artistico.

Esibendo la lettera di invito della nota artista e il documento di identità italiano non ha avuto problemi a passare la linea del fronte verso ovest. E neanche particolari difficoltà per la nuova sistemazione. Non è un uomo che resta a lungo solo, estraniato in una città sconosciuta. Il suo carattere non lo permetterebbe.

È ospite nella casa della vecchia amica, l'attrice Natascha Boullevje, con cui spesso va a cenare quando lei termina la rappresentazione in teatro. Sono buoni amici, che si danno reciproco conforto e stanno bene insieme.

Frequenta Kazimir Malevič, pioniere dell'astrattismo geometrico e del suprematismo, che gode, come molti esponenti dell'avanguardia artistica, del sostegno del governo sovietico ottenendone riconoscimenti e incarichi.

Questa conoscenza risulta provvidenziale in una situazione incresciosa che avrebbe potuto facilmente portarlo in galera.

L'atmosfera politica è sempre di enorme pressione ideologica. Il partito comunista tiene continuamente conferenze, congressi, incontri. Le truppe vengono indottrinate. I commissari politici hanno potere e vigilano su ogni riunione e assembramento. Spie e agitatori sono dovunque.

Oreste resta al di fuori di ogni bega politica. Segue le nuove le teorie artistiche, dove imperativo è il rinnovamento formale e ideologico. Resta invariato l'amore per la musica lirica, che però lo mette in un piccolo guaio.

In compagnia di amici e di belle donne non ha resistito a cantare la celebre aria verdiana.

La donna è mobile
Qual piuma al vento,
Muta d'accento - e di pensiero.
Sempre un amabile,
Leggiadro viso,
In pianto o in riso, - è menzognero.
È sempre misero
Chi a lei s'affida,
Chi le confida - mal cauto il core!

Non si sarebbe mai immaginato di essere convocato il giorno seguente dal commissario politico per essere ammonito.

Il commissario non usa l'appellativo di compagno, riservato a chi arde della fede bolscevica. "Cittadino hai cantato un'aria di un'opera dove si pare plaudire alla decadente e dissoluta corte del sovrano di Mantova. Questo fa presupporre da parte tua una difesa del passato regime zarista. Inoltre con le parole del terzo atto, proprio quelle da te cantate, si dipinge il genere femminile come vacuo e imperscrutabile, piuma al vento, visione contraria allo spirito sovietico".

"Anzi Rigoletto, buffone di corte, odia e disprezza la nobiltà. La donna muore per amore: personaggio puro e tragico".

"Inoltre sappiamo che hai combattuto nel battaglione Samara al seguito della legione ceca. Solo questo potrebbe costarti un soggiorno nelle nostre carceri. Ma hai amici influenti. Artisti importanti, personaggi di spicco, che sono intervenuti a tuo favore. Devo lasciarti andare. Ma stai attento. Continuo a tenerti d'occhio".

Appena uscito il cantante operistico, il commissario comunica al collega N. K. che la sorveglianza sull'ex ufficiale austroungarico continua.

Torna verso casa, sollevato per lo scampato pericolo e percorso al contempo da un brivido pensando di esser stato sfiorato dal terrore rosso.

Era stato accusato della stessa arroganza e disprezzo con cui vengono trattate le donne in una canzone da osteria. Non è così per lui. Aveva provato repulsione per lo stupro del potente sulla figlia di Rigoletto. Le donne le apprezza e trova giusto che finalmente un governo, primo al mondo, testimoni concretamente l'uguaglianza dei sessi.

Il regime vigila. Resistono e si oppongono ancora piccoli gruppi anarchici che riescono a compiere azioni dimostrative come quella del 25 settembre, quando è stata fatta esplodere una bomba durante un congresso con i più alti dirigenti bolscevichi: Bukharin, Kamenev, Kollontai, Yaroslavl. Era prevista anche la presenza di Lenin nella vecchia sede del Comitato centrale dei socialisti rivoluzionari di sinistra. Il Partito ordina la fucilazione per rappresaglia di nobili e borghesi.

Mercoledì 8 ottobre 1919, Irkutsk

In città le condizioni di vita diventano difficili da sostenere, essendo l'industria semiparalizzata a causa della scarsità degli operai andati in guerra. La gente non ha un posto dove vivere, sono giunti troppi profughi in fuga. Le merci sono sottoposte a razionamento. I socialisti rivoluzionari preparano segretamente la presa del potere da parte del Centro Politico per *il salvataggio del Paese e delle conquiste rivoluzionarie*. Negoziano con il comitato centrale delle associazioni operaie contadine, con il comitato esecutivo centrale dei sindacati e con i bolscevichi siberiani.

Esce di galera Lupo. Ad accoglierlo il suo capo, in segno di stima e di riconoscimento del ruolo di capro espiatorio. Lo tratta come un vero nipote, gli offre una visita prolungata nella migliore casa di piacere e un sacchetto di pelle contenente rubli d'argento. Poi lo sguinzaglia alla caccia dell'oro falso.

"Caro zio Piero, pare che gli imbarchi per l'Italia avverranno nei primi mesi del prossimo anno. I legionari cechi hanno già cominciato ad abbandonare il suolo russo con partenza da Vladivostok. Se riesco a imbarcarmi a gennaio potrei essere a Trieste per il mese successivo. Attenderò qui la partenza, in casa di amici. Sto bene. E voi? Ma che succede lì? Ho letto che il presidente americano Wilson assegna l'Istria e la Dalmazia alla Jugoslavia. Il 25 aprile a Venezia D'Annunzio ha tenuto un discorso in favore dell'intervento a Fiume. In preparazione di questo a inizio ottobre un grosso carico di armi destinato al porto di Vladivostok per le Armate Bianche è stato invece fatto scaricare a Fiume dal socialista Giuseppe Giulietti, a capo della Federazione della Gente del Mare. E cosa è questo fascio triestino di combattimento? Anche in Istria ad Albona è apparso in aprile il primo di questi fasci, seguito da tanti altri. Chi sono questi fascisti? Cosa vogliono? Mi sembra che accusino lo Stato di inefficienza e rivendichino a se stessi il ruolo di combattenti per il risanamento morale dell'Italia. Mi sembra si rifacciano a vecchi temi interventistici cari alla destra. O forse sbaglio? Tu che ne pensi? Tante domande perché comprendo poco da quei pochi giornali che arrivano con molto ritardo e spesso incompleti. Qualsiasi cosa mi aspetti non mi toglierà i caldi affetti familiari.
Un abbraccio.
Mario".

Sabato 11 ottobre 1919, Harbin

Anna rilasciata su ordine di N. K. e reintegrata nel servizio, attende nuovo incarico. Disponendo pertanto di alcuni giorni liberi, giunge in città dove scopre che il deposito in banca è stato prosciugato da chi si è fatto passare per lei. Sospetta anche chi. Qualcuno che sapeva e che ha mandato una complice. Quel perfido Yan Yan confida, a ragione, che lei non denunci il furto di una cosa rubata.

Rintraccia Wang per metterlo al corrente.

Si trovano ambedue invischiati nella tela ordita dall'uomo elegante, bello e raffinato. Per il momento faranno fronte comune.

Chi la pedina, riferisce a N. K. che la visita in banca ha avuto un esito negativo.

Il commissario politico l'aveva fatta scarcerare proprio perché lo conducesse fino agli zaffiri. *Se non li ha lei, chi li ha?*

Mercoledì 15 ottobre 1919, Irkutsk

Il vecchio soldato con la compagna va a salutare gli amici per l'ultima volta, partiranno qualche giorno dopo. L'hanno sempre visto in divisa, quella zarista dalla giacca bianca. Presentatosi in eleganti abiti civili, li coglie di sorpresa. Ma è sempre un distinto signore dal portamento fiero e al contempo affabile.

"Stiamo partendo per Harbin e non è facile. Le strade sono intasate da gente che scappa, ma per lo più sono su carri e con la nostra Isotta Fraschini riusciremo a farci strada. Via, via subito in Cina, al sicuro. Tra poco qui arriveranno i comunisti. I sostenitori e combattenti bianchi se la passeranno male".

"Per fortuna sono riuscita a tutelarmi depositando qualche valore nella banca di Harbin. Questo ci permetterà di lasciare la Russia in condizioni agiate". Confida la contessa. "E poi ho sempre la mia scatola di cioccolatini".

La guardano perplessi gli amici non capendo.

Spiega ammiccando il conte. "Questa donna astuta e previdente ha pensato bene di far inserire le pietre preziose dei suoi bracciali e collane dentro ai cioccolatini riposti nella scatola da cui non si separa mai. Vi ricordate forse che, quando la conosceste, si presentò offrendo dei cioccolatini. Ebbene gira sempre con due scatole, di cui una è un forziere".

"Ecco il mio segreto". La bocca si atteggia a un sorriso. "Ma siamo tra amici e posso condividerlo".

Anche il conte si sente in vena di confidenze. "Stiamo pensando di andare poi nella vostra colonia a Tien Tsin. Ci stanno andando molti esuli bianchi. Non immaginerete mai chi ci ha consigliato quella città e ci sta introducendo nell'ambiente".

"Non sarà mica qualcuno della Missione militare italiana, magari quel Fano?" Mario stizzito.

"Ho avuto modo di incontrare quel vostro connazionale, Vespa, il commerciante di attrezzature agricole. Sempre molto informato, anche se mi viene detto che non è più in rapporti buoni coi giapponesi.. Sta per trasferirsi anche lui là, nella colonia italiana. Mi ha suggerito di investire nell'apertura della *Chinese Italian Banking Corporation*, frutto dell'unione di quattro vostre importanti banche. Ecco, leggo qui."

Estrae un foglietto, probabilmente un appunto di Vespa.

"Sono la Banca Commerciale Italiana, il Credito Italiano, il Banco di Roma e la Banca Nazionale di Sconto. Mi ha chiesto se volevo partecipare con un piccolo investimento. Ovvero se Nadežda vuole partecipare".

"Caro quel che è mio è tuo e quel che è tuo è mio".

Gli rivolge uno sguardo affettuoso. Quel vecchio gagliardo le ha proprio colpito il cuore. Adora quei piccoli gesti: quando carica sopra pensiero la pipa, quando si liscia i folti baffi tirandoli ora da una parte ora dall'altra, quando sorride sornione.

"Che dispiacere. Non potremo più vederci. Perdiamo tutti i cari amici". Si rattrista Idree.

"Harbin è vicina e anche Tien Tsin è facilmente raggiungibile. Aspettiamo che le acque si calmino e il trambusto di guerra passi, poi potremmo venirvi a trovare. Tu Danijl forse è meglio che in Russia coi Soviet non torni". Massimo non è molto ottimista sulla futura pacificazione.

"E magari ci concediamo anche un viaggio in Italia. Potremmo soggiornare a San Remo, almeno per un po', dove ho lontani parenti". Suggerisce la contessa.

Danijl tossicchia e armeggia con la pipa. Si vede che è intristito. Aveva soggiornato a Parigi dedicandosi ad avventure amorose e in bagordi vari con la spensieratezza della gioventù. Ma ormai la vecchiaia incombe e non ha la speranza di tornare a calpestare il suolo russo.

C'è però la dolce contessa che rende la partenza e la vita meno dura. Il bel Danilo lo sa e ha intrapreso quel percorso per cui comincia a immaginare di poter rinunciare a parti di sé per costruire un nuovo noi. Non darà più ordini ai sottoposti ma comincia a discutere con la compagna, affrontando insieme i primi problemi.

Giovedì 16 ottobre 1919, Trieste

La madre con la figlia maggiore sta apparecchiando la tavola per la cena, in attesa del ritorno del marito dal lavoro. L'arredo è dignitoso, con qualche guizzo di fantasia: piccoli quadri dai colori mossi, forse qualcuno del pittore Pesavento, due piccole ceramiche di contadinelle, una coppia di candelabri d'ottone dalla semplice linea. L'ambiente è sereno. La madre approfitta di un momento di silenzio per tornare su un tema che le sta a cuore.

"Ho visto il giovane De Pretis con sua madre in Piazza Grande".

Viene corretta da Olga. "È da un anno che si chiama Piazza Unità d'Italia. E prima era piazza Francesco Giuseppe. Sei rimasta indietro di qualche anno".

Continua imperterrita la madre. "Hai capito benissimo. Ci siamo fermati a fare due chiacchiere. Che giovane a modo. E si sta facendo un'ottima posizione".

"Mamma, non ricominciare col solito discorso. Lavora nello studio del padre avvocato. Sai che fatica per farsi una posizione! E poi è un esaltato. Aveva sbandierato la volontà di seguire D'Annunzio a Fiume per annetterla all'Italia, intruppato con arditi e volontari giuliani. Alla fine non ha nemmeno avuto il coraggio di andarci".

"Ha uno spirito patriottico e agisce perché all'Italia non tocchi una vittoria mutilata". Tenta di darsi un tono saputo di cose politiche.

"Ti riempi la bocca anche tu dei soliti paroloni. Tutti a dire vittoria mutilata".

"Parli tu che mi hai riempito la testa con la storia dell'irredentismo. Quello era un chiodo fisso del tuo amico pittore". Risponde piccata. "Il giovane avvocato si prodiga per la comunità. Tuo padre mi ha detto che l'ha visto nelle squadre del fascio triestino di combattimento".

"Non credo che papà l'abbia detto a suo favore. Non apprezza questi nazionalisti, che se la intendono con militaristi e gruppi capitalistici interessati".

Molto più attenta della madre, Olga ha ben chiara la situazione politica e anche a lei non piace l'aria fascistoide che tira.

"E poi, per chiuderla qui, quello ha il fiato che puzza e non mi piace".

Mario troverà una fidanzata, non dichiarata, che lo aspetta refrattaria agli insidiosi maneggi della madre.

La sorellina Noemi, giunta in quell'istante al seguito del padre, sente le ultime parole e interviene.

"Se parlate dell'avvocatino, ha ragione Olga. Non piace neanche a me. È borioso. Anche quando parla con quei quattro rintronati con cui si accompagna pare arringare il popolo. Sempre la solita solfa contro gli slavi e i socialisti".

"Taci. Cosa vuoi sapere tu che sei una ragazzina". La genitrice cerca di zittire l'aiuto giunto alla figlia maggiore.

"So perché vedo questa gente violenta ed esaltata che gira sempre più numerosa in città".

Si aggiunge il padre, dopo essersi tolto gli abiti da lavoro e lavato le mani. "La guerra ci ha lasciato una bella eredità: fame e distruzione di tante famiglie per la morte di mariti e padri. E la presenza massiccia dell'esercito non serve a sopire i rancori e i disagi, anzi".

Olga sta per aggiungere qualcos'altro, ma viene distratta dalle incombenze del servizio in tavola. Il discorso, fortunatamente, prende un'altra piega all'arrivo della *jota*, la minestra tradizionale triestina a base di crauti con fagioli, patate e cotenna di maiale.

Lunedì 20 ottobre 1919, Irkutsk

Passa la coppia russa a salutare gli amici, i bagagli già in macchina.
Nota Idertuya e fa notare la spilla che adorna l'abito della contessa.
"Un regaluccio del mio fidanzato!"
Accarezza il volto baffuto del generale.
"Il venditore ci ha assicurato che è opera di Grachev". Con un pizzico di vanità, stemperato subito dalle facce inespressive degli amici. Quindi Nadežda precisa per loro, poverini, che non sanno.
"Il noto gioielliere fornitore della Corte Imperiale fino alla rivoluzione. Ora ha chiuso".
Mario fissa perplesso la raffinata lavorazione.
Quando la coppia ha preso la strada per la Cina, si rivolge a Massimo.
"Ma quella non era una delle spille che ci aveva rubato l'aviatore?"
"Non le ho mai viste. Andrea le ha messe subito sotto chiave, affidate a te".
"Non sono sicuro, non sono state fotografate. Mi ricordo di una spilla liberty che sembra proprio quella di Nadežda".
"E anche fosse? Danijl l'ha comprata da un negoziante ignaro fosse parte di una refurtiva".
Sanno ambedue che son momenti in cui i nobili svendono fortune per scappare o ne vengono alleggeriti da espropri e ruberie.Chi compra lo fa fidandosi del negoziante.
"Certo l'onestà e buona fede di Danijl non sono in discussione. Nemmeno io son sicuro sia quella". Conviene Mario.
Che si godano e sfoggino il loro pegno d'amore. Il possesso dell'oggetto, acquistato in buona fede, si addice meglio a un colonnello russo che ha servito la causa in cui crede che a qualche ricco straniero. Purtroppo il fiume d'oro e preziosi uscito dalle casse zariste sta defluendo al di fuori del territorio russo.

Venerdì 24 ottobre 1919, Samara

Vera se ne è andata, senza neanche salutare. Poco male, se non che ha portato con sé una croce, la più bella.
"Svergognata! Sarà a divertirsi con quel suo regista da strapazzo. Che faccia quello che vuole. Anche ladra! Questo è troppo". Evghenia con rabbia.
"Mamma, ricorda che ti ha rubato quello che avevamo rubato. E poi era sua, per la sua dote. E io ho la mia". La minore dimostra l'usuale solidarietà con la sorella.
"Certo per voi. Io mi sarei accontenta di pochi rubli".
La vecchia arpia aveva pensato invece di tenersi entrambi gli oggetti. *Sono io che ho più bisogno di assicurarmi una vecchiaia decorosa. Loro possono contare sulla gioventù.*
Si battibeccano ancora per un po'. Alla fine risulta una forma di passatempo.

Martedì 28 ottobre 1919, Harbin

Anna ha insistito per bere una tazza di tè in un ambiente elegante e dalla vista piacevole, che si gode dall'interno del bar ristorante costruito sulla riva del fiume Songhua. Fuori l'aria è fredda, il cielo grigio. Un incontro tra vecchi amici, dice, per aggiornarsi su come vanno le reciproche vite.

A un tavolo poco distante, fingendo di leggere il giornale, l'emissario di N. K. li sorveglia.

Ricordando le traversie passate, parlano del più e del meno, delle prospettive future. Inoltre Anna intende verificare in modo indiretto se Lòng è l'artefice della sparizione del deposito in banca. Mangiano qualche pasticcino, scherzano, ben disposti uno nei confronti dell'altra. I rari momenti di silenzio non li imbarazzano. Guardano il ponte ferroviario che si staglia nella bruma in lontananza. Anna si convince dell'estraneità di Lòng. O è un grande attore, ma sembra proprio cadere dalle nuvole quando gli confida l'accaduto.

"Sono convinta che tu non c'entri nulla e, per quanto ti conosco, non ti consideravo capace di tale azione. Volevo esserne sicura vedendoti di persona. Resta Yan Yan, il tuo bell'uomo raffinato, l'unico che aveva modo di sapere dei preziosi che custodivo nella Banca Russo Cinese".

"Oh, quello! Una serpe in seno. Mi ha denunciato ai superiori ottenendo il risultato sperato: io esautorato e lui comandate del mio *phai*".

"Potremmo denunciarlo per l'imbroglio in banca".

"Non ci conviene. Non sai come funziona la giustizia qui. I giudici cinesi sono ignoranti e diffidenti: imparzialmente fanno frustare non solo l'accusato, ma anche il testimone e l'accusatore. Nell'incertezza fanno incarcerare l'imputato, i denuncianti e i testimoni, fino all'emissione della sentenza".

Decidono di cercarlo, unendo le forze. Cooperazione che si estende anche a un altro ambito. Anna ha l'incarico di costituire delle basi informative tra Harbin e Pechino. Avendo bisogno di reclutare per i Servizi qualche persona fidata del posto, perché non l'amico Wang?

Definiscono modalità e obiettivi della futura collaborazione, intervallandoli con ricordi, più grami che felici. Il cinese confida che l'aveva giudicata portatrice di sventura, soprattutto a causa del funesto numero quattro, giorno in cui si erano conosciuti.

"Avevi un modo brusco, maschile. Contrastava con la giacchina alla moda che indossavi. Mi fissavi con quello sguardo freddo. Mi avevi colpito molto, lo dissi subito a Yan Yan":

"E tu! Con il drago sull'uniforme circondato da nuvole che dovevano essere propizie. E ora invece sei qua senza un soldo e senza il tuo *phai*!" Lo prende bonariamente in giro.

"Sì, ma ora ho te".

"Non fare lo svenevole. Andiamo che abbiamo da fare, il soviet ci reclama":

Si avviano, coppia ormai consolidata.

L'uomo piega con calma il giornale e si mette sulla loro scia. Può riferire che qualsiasi cosa fosse depositata in banca è stata prelevata da altri. Ha già perquisito la stanza di Anna. Farà lo stesso con quella del cinese.

Mercoledì 12 novembre 1919, Omsk

L'ammiraglio, nella villa del mercante Batyushkin, viene avvisato che i rossi avanzano inarrestabili. Abbandona la città dirigendosi a Irkutsk con un migliaio di soldati e alti ufficiali su un convoglio di sette treni. Uno di questi è formato da 28 vagoni di oro e gioielli per un valore di 400 milioni di rubli in oro, oltre ad effetti personali dei Romanov.

Mercoledì 12 novembre 1919, Irkutsk

Lupo, dopo aver a lungo investigato anche a Harbin e aver corrotto un doganiere, aveva avuto conferma di quel che da subito immaginava. L'oro falso era nascosto in città, probabillmente a casa del dottore.

Poiché il dottor Tattini è tutto il giorno assorbito dalle cure di malati e feriti di ogni schieramento, è il momento di agire.

Introdottosi in casa con alcuni uomini e immobilizzata Idree, in breve tempo localizza i lingotti murati in cantina sotto uno spesso strato di malta.

"Non mi hanno fatto male". Dice Idree in serata a Massimo quando torna. "Anzi, quando se ne sono andati portandosi via quel maledetto metallo, hanno chiesto a una vicina di venire a liberarmi". Il capo della scorribanda, un giovane cinese tarchiato, aveva fatto in modo di tranquillizzarla.

A parte la cantina sottosopra non ci sono danni.

Massimo immagina chi possa essere stato e trova modo di giustificarlo. A Mario, che alla notizia era accorso, dice: "In fin dei conti era roba del suo capo".

Venerdì 14 novembre 1919, Omsk

Nella notte un reggimento dell'Armata Rossa ha preso possesso della stazione ferroviaria. In mattinata una divisione di fanteria sfila per le vie cittadine mentre vengono occupati i punti nevralgici. Il comando bianco, non solo non è riuscito a organizzare una valida resistenza, ma non ha nemmeno avvisato le proprie truppe della imminente occupazione della città. Tantomeno la cittadinanza che guarda frastornata l'inaspettata apparizione dei soldati.

Gli ufficiali e gli alti gradi dell'esercito bianco, uscendo dai loro alloggi per prestare servizio regolare, vengono arrestati stupefatti "in nome del governo sovietico".

UNIFORME INGLESE, SPALLINA FRANCESE

Venerdì 5 dicembre 1919, Irkutsk

Massimo inforca gli occhiali tondi. Prende la penna stilografica, regalata da Idree. *Basta con pennini e calamai!*
"Caro Oreste, mi scrivi che grazie a forze numericamente superiori, in rapporto di tre a uno, tra cui unità lettoni, estoni e cinesi, i rossi hanno fermato l'offensiva dei bianchi sul fronte sud, ma nonostante ciò a Mosca il clima è sempre di grande apprensione. Qui siamo travolti dai malati. Omsk è stata presa una ventina di giorni fa dall'Armata Rossa che non ha incontrato alcuna seria resistenza, facendo quasi 50.000 prigionieri tra militari e generali, di cui l'80 per cento ammalati di tifo e dando inizio a rappresaglie contro i sostenitori del regime passato. Molti sono scappati verso est, portandosi dietro le famiglie, oltre che una bella epidemia che così trova modo di diffondersi. I cadaveri dei morti a causa di questa e del freddo restano insepolti sul ciglio della strada, perché il terreno è ghiacciato, o ammassati nelle carrozze congelate. Trascuro i miei pazienti e collaboro con la sanità pubblica. Ho offerto i miei servizi e quelli di Idree per far fronte a questa disfatta sanitaria e umana. Ti puoi immaginare quanto lavoro. Corro su e giù tutto il giorno. Per fortuna ho l'aiuto e il conforto della mia cara, altrimenti non saprei come fare. Alla sera, se ci resta un po' di tempo, trascorriamo pochi minuti nella nostra sauna per poi immergerci in una tinozza di acqua gelida. Stare con lei mi addolcisce il cuore.
Mi aiuta molto nella cura dei malati anche Irina, che è rimasta senza la compagnia della cugina. Vasily Mikhailovich Suroshnikov, sostenitore del governo kolčakista, temendo per l'arrivo dei rossi, ha deciso di trasferirsi. Mi aveva ventilata la possibilità di andare a Shangai. Anche l'altro nostro amico mercante, Shaikhulla Shafigullin è scomparso credo per lo stesso motivo. La sua casa rimane chiusa, il personale licenziato, come pure Amina. Te la ricordi la ragazza che prestava servizio a casa del

mercante? Dicono che abbia raggiunto il suo innamorato che combatte sui monti vicino a Kokand. Avevo scritto a te e ad Andrea che Hóng Tāo si era ripreso i suoi falsi lingotti. Sono poi andato da lui con la minaccia, che non avrei attuato, di denunciarlo se non mi rimetteva a posto la cantina. Cosa che ha fatto e ora mi fermo talvolta a farci due chiacchiere. Mi ha detto che suo nipote, il comandante di plotone traviato dalla Nikitin, si è dimesso dall'esercito e si trova forse a Pechino. Pensiamo a voi e alla sera, davanti a una botvinya, la zuppa povera di verdure, e qualche dolcetto, spesso in compagnia di Irina, riandiamo coi ricordi al nostro viaggio avventuroso, ai cechi, all'oro, alla collana. Mario aspetta di imbarcarsi pare col nuovo anno. Chissà che situazione troverà! Le cose non vanno bene in Italia, dove questi nuovi combattenti, i fascisti, stanno prendendo sempre più forza. Il tuo amico Marinetti è stato applaudito a Firenze, all'adunata nazionale dei Fasci dei primi di ottobre, mentre invoca lo svaticanamento di Roma. Peggio di lui D'annunzio, esaltato e dannoso. Speriamo bene per la nostra povera Italia! Tienimi informato della tua carriera artistica.

Un caloroso saluto anche da Idree e da me un forte abbraccio.

Massimo".

Poggiata con cura la penna, beve un sorso del tè ancora caldo portato dall'amata che, seduta accanto, gli carezza la mano parlando piano. Lui è stanco e lei non vuole turbarlo nemmeno con un tono alto della voce, mentre racconta di piccoli episodi della giornata che volge alla fine.

Moltissime sono le persone che soffrono per malattie ed epidemie dilaganti, per la crescente crisi economica e per l'elevato costo dei generi di prima necessità.

I russi bianchi avevano richiesto prestiti alle Potenze alleate per i rifornimenti bellici e alimentari. Ora sono grandemente indebitati verso la Gran Bretagna, Francia, Stati Uniti, Giappone e Italia.

I rappresentanti di tutte le Nazioni, presenti in Siberia in difesa del governo bianco, hanno inoltre il completo controllo delle ferrovie siberiane e cinesi quindi anche dell'intera economia della Siberia orientale. L'economia è caratterizzata da una forte inflazione, con conseguente calo del tenore di vita della popolazione. Il fatto di dover accettare l'aiuto di eserciti stranieri sul territorio patrio non porta alcun vantaggio, anzi. Comincia a circolare una canzone sulla dipendenza straniera di Kolčak: *Uniforme inglese, spallina francese, tabacco giapponese, sovrano di Omsk.*

Questo e le cattive notizie dal fronte fanno perdere al governo dell'ammiraglio ogni sostegno da parte della popolazione e minano il morale dei combattenti.

Martedì 9 dicembre 1919, Irkutsk

Nella sala d'attesa della stazione, vicino al ridotto bagaglio stanno in piedi di fronte, mani nelle mani, Irina e Mario. È l'ora degli addii.

Mario ricorda la prima volta che hanno iniziato a parlare di poesia, giusto un anno prima nella pasticceria Varshavskaya a Krasnojarsk.

Irina cita Anna Achmatova: *"Mi ha detto: Sono un amico fedele! e ha toccato il mio vestito. Com'è diverso da un abbraccio il contatto di queste mani"*.

La citazione pare vestire Mario coi panni delle possibilità inespresse. Hanno passato tanto tempo insieme, scoprendo interessi comuni, il piacere di condividere una poesia, una lettura, la visione di un quadro. Questa vicinanza non ha acceso sentimenti più profondi. Lui è atteso nel nord est d'Italia, legato da una promessa che vuole rispettare. Lei lo sa e lo ha sempre saputo. Il distacco era stato messo in conto da entrambi. Ma quando arriva è velato di tristezza.

Mario le prende la mano e se la accosta, inchinandosi, alle labbra. Irina solleva le mani e, così facendo, alza quelle e la testa di lui.

I due visi sono quasi di fronte, gli occhi che si specchiano negli occhi, si avvicinano ancora e le labbra si congiungono in un casto bacio d'addio. Mario si scosta lentamente, le stringe con più forza le mani affusolate. Prende il bagaglio e si allontana, uscendo dalla sala sulla banchina dove viene avvolto da uno sbuffo di vapore che esce dalla locomotiva.

Venerdì 12 dicembre 1919, Adrianovka

Da alcuni giorni tornato dalla terra del Sol Levante, assolti i più urgenti impegni, Stepanov può dedicarsi a Compatangelo, diventato poliziotto. Ha messo agli arresti i suoi aiutanti Foma e Yerema per essersi fatti scappare il colonnello russo, ora scomparso in Cina. Minacciati di morte se falliscono ancora, usciti di cella vengono inviati a Vladivostok per un semplice omicidio, facile da eseguirsi in una strada buia, un rapido colpo di coltello, un corpo a terra. Le autorità d'occupazione italiane non se ne daranno gran pena dati i cattivi rapporti con l'ex comandante del Savoia. Quando il corpo verrà ritrovato in qualche stradina, l'indagine sarà in breve chiusa nel completo disinteresse.

E con questo Tanin sarà vendicato. Che l'atamana non possa far accompagnare gli zaffiri agli occhi azzurri, che l'hanno resa famosa, non gli interessa. L'addolcirà consegnando la parte spettante dell'oro sottratto a Shumov.

Il vicecomandante ha invece seri dubbi che i due sgherri riescano a eliminare l'italiano, ma meglio loro piuttosto che destinare persone valide di cui c'è bisogno per incarichi più importanti. *Laskin era una serpe. Il comandante ne aveva grande considerazione. Io no. Chi l'ha tolto dalla faccia della terra merita un ringraziamento.*

Domenica 14 dicembre 1919, Vladivostok

Mario incontra l'amico Andrea in via Svetlanskaya, non lontano dal porto, davanti al ristorante Kokinka. Si salutano sotto le lanterne accese all'ingresso ed entrano nella sala affollata.

"Allora Andrea, come stai? Hai notizie dei nostri vecchi camerati? Che fine ha fatto il Savoia?"

"Prima dimmi di te. Mi hai scritto che vuoi partire quanto prima, come tutti del resto. Il governo Nitti già in agosto ha richiamato tutte le missioni militari italiane in Russia. Il primo contingente italiano è partito il 26 novembre, tra l'altro da Tsingtao, non da qui, sul piroscafo Nippon. I più partiranno in febbraio".

"Non sono un militare e dovrò arrangiarmi. Così aspetterò qui. Mi è stato detto che forse potrò trovare un posto ai primi di gennaio".

"Io resto. Non sono più soldato, se mai lo sono stato. Ora lavoro per la *International Military Police*. Grazie al mio lavoro e non perché ho comandato il Savoia, son riuscito a trovare un passaggio per Trieste alla baronessa". Compatangelo.

"Ah, la baronessa. Da tanto non ho più notizie. Allora quando parte? O è già partita"

Mario è l'unico con cui forse Theodora si apriva di più, sempre restando ancorata a un formalismo distaccato.

"Le avevo trovato un passaggio sulla Scotland Maru salpata per Trieste il 25 settembre, però lei non ne ha voluto sapere. Dice che lascerà la Russia solo quando avrà con sé la parure completa. L'ho rassicurata che, anche grazie ai miei contatti di lavoro nella polizia internazionale, cercherò di scoprire che fine ha fatto quel che le manca. Chissà che possa consegnare tutto alla vecchia zarina Maria Feodorovna e magari trovare sistemazione al suo servizio". Andrea

"Il nostro battaglione?" Curioso Mario della sorte dei vecchi camerati.

"Disciolto. Dopo un breve soggiorno a Vladivostok, molti uomini sono stati trasferiti nella colonia di Tien Tsin, riorganizzati nei Battaglioni rossi, per il colore delle mostrine. Non si è voluto tenere il nostro battaglione unito. Che tristezza! A Krasnojarsk Fano mi aveva già preannunciato che l'aver riunito e comandato in battaglia centinaia di uomini senza incarico e senza autorizzazione non mi dà diritto a nessun riconoscimento. Tuttavia non mi arrendo e farò domanda al Ministero della Guerra."

"Se ti può consolare, guarda me. Torno da solo: mi è stato promesso un imbarco con ufficiali e soldati della legione ceca. Arrivo previsto verso la fine di febbraio a Trieste dove la situazione è caotica. Troverò in città un'altra legione".

"Cioè?"

"Son diventati tutti interventisti per l'annessione di Fiume. Molti affluiscono in questi fasci di combattimento, ti sottolineo combattimento. Un certo capitano Giovanni Host-Venturi ha costituito la Legione dei volontari fiumani. Ha alle spalle anche i capitalisti triestini, finanziatori di D'Annunzio, che con un gruppo di legionari è partito da Ronchi per occupare Fiume. Le ultime notizie dicevano che era entrato in città prendendone il comando".

Cerca di consolarlo Andrea. "Lascia perdere la politica. Troverai in cambio e di maggior importanza la tua innamorata, la signorina", cerca di ricordarsi il nome,

"Olga. E sarai nella tua città. Io non ho niente che mi leghi all'Italia, che, nonostante la vittoria, è in preda al disagio sociale. Ogni giorno ci sono notizie di scioperi, tanto che Nitti ha creato la Guardia Regia, per reprimere le agitazioni e i tumulti popolari. Forse, dopo aver finito il servizio di sicurezza del Corpo internazionale qui a Vladivostok, me ne andrò a Shanghai, da un conoscente, dove potrò stare tranquillo lontano da vicende russe e italiane".

"Mah, l'ultima lettera ricevuta da Olga è di quasi sei settimane fa. Era molto corteggiata prima che ci frequentassimo, non vorrei che qualche vecchio pretendente si fosse fatto vivo approfittando della mia lunga assenza".

"L'unica è verificare di persona. Vedrai che ti butterà le braccia al collo. Ora per distrarti ti sfido a una partita a biliardo. La sala si trova al secondo piano. Poi ritorniamo qui in questa sala, decorata con ghirlande di fiori, lampadari e cristalli in questa gran confusione per assaporare un piatto di carne fritta. Ti consiglio anatra con mele, o pollo ripieno di riso e uva passa".

"Solletichi il mio appetito. Vada per la partitina intanto. Ma quanta gente! Che animazione!"

Si guarda intorno, sorpreso, Mario.

"Qui puoi vedere uomini d'affari, trafficanti di valuta, speculatori, rivenditori e commercianti, ufficiali e funzionari civili, impegnati in transazioni commerciali in valuta estera di ogni parte del mondo, vecchi soldi e obbligazioni zariste, azioni di tutti i tipi. Negli uffici commerciali in fondo a questa stessa via si vendono miniere di zinco, stagno e carbone, fabbriche e impianti. Qui altra merce. Guarda quegli uomini". Indica un gruppo gesticolante impegnato a passarsi carte. "Trattano animali. Finora hanno venduto tonnellate di pecore, di pelle di manzo, di lana di cammello. Quello in disparte ha concluso affari per enormi quantità di canfora e cannella. Stanno spogliando questa povera Russia".

"Mi sembra una città in preda a una frenesia di morte. Attendono l'arrivo dei rossi, a causa dei quali molti perderanno la vita e i loro averi, ma intanto approfittano della situazione. Mi confermi l'impressione che qui nascano in un giorno grandi fortune o si possa perdere tutto. E la città è in balia delle forze di occupazione. Vedo pattuglie di tutte le nazionalità".

"Col mio lavoro ci sono dentro fino al collo. Il problema della sicurezza è enorme. E non solo a causa dei delinquenti. Giusto qualche giorno fa in questa via Svetlanskaya una pattuglia americana, ridendo, osservava il pestaggio di un marinaio russo da parte di soldati giapponesi. Quando i passanti indignati sono andati in soccorso, la pattuglia americana lo ha preso in custodia. Ho poi appurato che i salvatori americani gli avevano sparato per resistenza all'arresto".

Dopo la partita, vinta da Compatangelo, si dedicano con entusiasmo alla cena, accompagnata da tè e vodka, servita in modo impeccabile da una cameriera. Il servizio ai tavoli era una professione esclusivamente maschile, regolamentata per legge affinché le cameriere non fornissero clandestinamente un servizio di prostituzione in camera, ma con la guerra le cose sono cambiate.

Andrea paga il conto con una banconota emessa dallo stesso ristorante Kokinka. Lo guarda sorpreso Mario che prende la banconota e se la rigira tra le mani. La circolazione di denaro in Siberia è rallentata e il bisogno di carta moneta viene superato con la stampa di proprie banconote da parte di ogni ristorante, teatro, circolo sportivo, piccola impresa.

"Sta a vedere che l'armeno di Harbin, il ristoratore della stazione, aveva ragione a proporre le sue obbligazioni". Dice Mario.

"Si, anche perché quando hai un certo numero di pseudo banconote, puoi cambiarle con quelle vere a stampa del governo".

Lunedì 15 dicembre 1919, Harbin

Nel ristorante dell'Assemblea ferroviaria della stazione, finito il servizio, Svetlana Aleksàndrovna Kolobukhina chiede al proprietario, l'armeno Tadeos Mkrtychevich Siruyants, un aumento della paga. Si è consultata prima con Alyona, che anch'essa ha trovato lavoro lì. Condividono il posto di lavoro e l'appartamento, piccolo e lontano dal centro, ma tranquillo e ben arredato. Non hanno bisogno di uomini, da cui Alyona è stata sfruttata e umiliata e per cui Sveta ha vissuto storie sofferte. Per il momento condividono le giornate e l'affetto.

"Lei lavora qui senza avermi pagato l'ingaggio. Dovrei essere io a chiederle di pagarmi. E spesso vedo che mangia gli avanzi lasciati dai clienti". Ribatte il padrone.

L'armeno non si impietosisce facilmente. Ma sa fare benissimo il suo tornaconto, avendo occhio a valutare le persone, e Sveta è sprecata a fare la cameriera.

"Però potrebbe darmi una mano in ufficio. Ci sono tante pratiche da sbrigare. Potrebbe fare la cameriera la mattina e l'impiegata il pomeriggio. Oltre a quello che già prende posso concederle la cena, tre piatti dal buffet, nei giorni lavorativi".

"A lei la cena non costa nulla e in cambio dovrei lavorare per due. E poi il lavoro da impiegata deve essere retribuito di più di quello da cameriera".

"Ma che dice? Lo sa che per servire i clienti bisogna aver fatto apprendistato di due anni in cucina, sapere tutti i menù a memoria e soprattutto avere ottime referenze. La professione di cameriere è molto considerata e io le sto facendo un'ottima proposta".

"A lei serve un'impiegata, lo vedo, anche per gestire le obbligazioni emesse. Posso farlo benissimo alle condizioni lavorative fissate per decreto sovietico, che penso si possa prendere come riferimento anche se non siamo in Russia: 8 ore lavorative giornaliere e 48 quelle settimanali. Diritto di pranzo e cena. Per la paga va bene quella da segretaria capo applicata qui in città. L'attuale segretaria cinese capisce poco il russo e non è affidabile sui conti. Credo che la mia proposta le convenga".

L'armeno, in primo tempo basito per il deciso e diretto atteggiamento, che non lascia adito a vaghezza nelle risposte, apprezza poi la giusta valutazione della situazione e la convenienza della proposta.

Accetta quindi e si sofferma a rimirare il bell'incarnato di Svetlana. *Avrò il piacere di un contatto più stretto. Non mi spiace avviare una collaborazione improntata più sulla cordialità e meno sui formalismi.* L'invita a cena per definire meglio l'avvio del nuovo lavoro.

Sveta, pur dicendo di capire la motivazione dell'invito, lo trova inappropriato. Perché non andare all'Orient Cinema, in via Nangang Xinmai, dalla bella architettura classica e dallo stile elegante? Lì, come in tutti i cinema cinesi, ci sono posti separati per uomini e donne secondo quanto prescritto dagli ordinamenti di polizia.

Si accordano per vedere il film *La signorina e il teppista*, di Evgenij I. Slavinskij.

Si presenta all'ingresso del cinema accompagnata dalla sua amica Alyona. Il ristoratore, che forse aveva altre prospettive, fa buon viso a cattivo gioco.

Conosce Alyona, è una brava dipendente, svelta e attenta, persona discreta, che bada solo al proprio lavoro, per cui non si infastidisce dal fatto che ci sia, anche se eventuali piani di corteggiamento vanno in fumo.

Sveta aveva suggerito quel film perché era sceneggiato dal futurista Majakovskij, di cui le aveva tanto parlato Oreste. La proiezione, preceduta da un'esibizione di giocolieri, le piace anche se lo sceneggiatore stesso l'ha definita *una sciocchezza sentimentale scritta su ordinazione.*

"Un mio amico futurista diceva che Majakovskij usa la spregiudicatezza e la provocazione contro il buon senso e il buon gusto della società borghese russa".

Sveta ricorda spesso quanto amava qualsiasi espressione artistica il soldato Oreste, più pittore che soldato.

"Ho letto che vede la cinematografia come un potente mezzo per diffondere gli ideali rivoluzionari". Soggiunge Alyona che ci tiene a tenersi aggiornata, affinando do la sua, pur modesta, cultura.

"Non mi pare che il film rispecchi l'intento sovversivo dello sceneggiatore, che in genere costruisce situazioni paradossali. Il regista forse ha ceduto al gusto del pubblico". Critica Tadeos Mkrtychevich che avrebbe preferito altra rappresentazione, da solo con Sveta in qualche luogo appartato e confortevole.

Le saluta cordialmente quando dicono di dover rientrare.

Alyona pettina i capelli dell'amica, che ora li porta più corti, la treccia sacrificata a un taglio più moderno, e talvolta le carezza la spalla nuda, con qualche efelide. Continuano poi a chiacchierare placidamente mentre Sveta contraccambia con un massaggio profondo sulla schiena fino alle spalle e viceversa, su e giù con giusta pressione carezzevole.

Si alza, e dalla borsa estrae un tubetto di crema Nivea dai colori verde e rosso su sfondo bianco. Dice all'amica: "Guarda cosa mi ha regalato Tadeos".

"Sicuramente avrebbe desiderato qualcosa in cambio". La bionda.

"È un uomo che capisce quando le sue *avances* vengono rifiutate con cortesia. Comunque questa è una novità che viene dalla Germania, un emulsionante che combina acqua e olio, a cui sono stati aggiunti glicerina e acido citrico, profumati con oli di rosa e giglio. Protegge le mani e noi, col lavoro che facciamo, ne abbiamo bisogno. Proviamola".

Si spalmano la crema sulle mani, sugli avambracci, prima da sole e poi reciprocamente. Ridono, scherzano. Hanno trovato un equilibrio nelle loro travagliate esistenze. Gli uomini, esseri ancora desiderabili ma pericolosi, sono tenuti a distanza.

Lunedì 15 dicembre 1919, Syzran'

Sera inoltrata. Alla luce fioca di una nuda lampadina, scrive con mano affaticata il dottore. Sopra il camice tiene un logoro cappotto, la stanza arredata spartanamente è fredda.

"Al compagno dottor Sysin, capo Dipartimento sanitario ed epidemiologico, Commissariato popolare della salute della RSFSR, Mosca

Compagno dottore, ho seguito con attenzione quanto hai scritto per la redazione del Decreto del Consiglio dei Commissari del Popolo Sulle misure per combattere il tifo. Viene previsto il coinvolgimento di tutto il personale medico, il reperimento dei trasporti necessari ai reparti medico sanitari, l'individuazione di caserme e ospedali infettivi. Ti informo quindi che sono stati reclutati tutti i medici, infermieri, paramedici, qui in città e nelle località vicine. Ti segnalo la preziosa collaborazione di un medico italiano qui residente, il dottor Tattini, che si è messo a disposizione con la sua infermiera, lavorando con professionalità e abnegazione, consentendo l'utilizzo dello studio medico suo personale. Aveva peraltro di sua iniziativa già da tempo preso in carico la sistemazione e la cura di quanti più contagiati potesse, sia rossi che bianchi. Ora affrontiamo la situazione con determinazione sovietica grazie anche ai due treni ospedale giunti in questi giorni.

Come ben sai il numero di ammalati è enorme, le forze per affrontarla insufficienti. Sono stati allestiti letti e giacigli dappertutto, nelle scuole, nell'università, negli edifici pubblici. Una massa di soldati, senza futuro, provati dalle dure condizioni della guerra, è portata facilmente ad approfittare della prostituzione dilagante. Così si sommano anche le malattie sessuali, oltre a questa nuova pestifera influenza che proviene dalla Spagna e che si dice stia facendo milioni di morti nel mondo. Tutti stiamo facendo del nostro meglio. Ti saluto e ti invio in allegato la lista del personale in servizio attivo e un elenco dei luoghi di cura con il numero dei ricoverati.

Compagno dottor Lubim Yevgeniy Vekhterev".

Un brivido lo scuote. Nonostante il freddo che lo pervade, la fronte è calda e la testa un po' gli gira. Spera che sia solo stanchezza e non qualche morbo tra i tanti a cui la cura degli ammalati lo espone. Si misura la temperatura: quasi 39°. Si mette a letto con un'aspirina.

Martedì 16 dicembre 1919, Vladivostok

Una segnalazione anonima perviene al comandante della Polizia Internaziona-le Militare. Due sicari semënoviti, di cui viene fornita la descrizione, viaggiando sotto identità fittizia, stanno arrivando in città per attentare alla vita di Compa-tangelo. Il maggiore Johnson lo avvisa immediatamente e lo mette sotto sorve-glianza.

Lo avevano informato gli amici che il colonnello Stepanov poteva avere inten-zione di vendicarsi, ma difficilmente potevano essere in grado di avere notizie più precise. Andrea si domanda chi possa essere l'informatore: *forse l'agente segreto Vespa, o il quasi console Gibello Socco, magari il giapponese Kurosawa.*

Non può immaginare che il capitano francese Joseph Bordes, da lui salvato a Kazan dalla fucilazione insieme al viceconsole, avesse voluto così sdebitarsi. Ap-partenente ai servizi segreti, attivi un anno e mezzo prima per avviare la costitu-zione del Komuch, era giunto in possesso dell'informativa sugli attentatori alla vita di Compatangelo. A distanza di tempo aveva pagato il suo debito.

I militari della MPI individuano Foma e Yerema appena scesi dal treno. Li arre-stano dopo il controllo sommario dei falsi documenti che attestano la professio-ne di commercianti. Si guardano stupiti i due, abituati alla sconfitta, ma questa volta sono stati presi prima ancora di cominciare.

"Ci ha traditi quella donna. Te l'avevo detto di non parlarle!" Foma.

"Sarai stato tu in taverna. Quando bevi non sai quel che dici!" Yerema.

"Sei un maledetto imbecille!"

"Tua madre non doveva metterti al mondo!"

E così via.

Il comandante della M.P.I. si assicura che vengono registrati con nomi di in-venzione per rapina e omicidio. Spariscono nelle carceri cittadine.

A fine giornata, nell'ufficio della polizia militare il maggiore offre un bicchiere di whiskey ad Andrea. "Credo sia giunto il momento di raccontarmi come ci è finito in mezzo":

Giovedì 18 dicembre 1919, Samara

Si fa ritradurre a voce la lettera. Traduzione che scrive poi sotto dettatura. Fi-nalmente qualcuno le ha risposto dalla colonia italiana di Tien Tsin. Tamara ave-va inviato tre richieste di informazioni al comando militare senza averne risposta.

Inaspettata è quindi questa lettera da parte del cappellano militare della truppa lì stanziata. Controlla che Kolia stia dormendo, prima di pesare una a una le parole del prete.

"Il battaglione Savoia ufficialmente non esiste. Non fa parte dell'Esercito Regio Italiano. Quindi il comando, a cui Lei ha scritto, non può dare alcuna informazione su di esso né sull'ufficiale Dal Bon Oreste, che secondo Sue illazioni ne faceva parte.

Tuttavia il comandante di questo Corpo di Spedizione, barone Fassini Camossi, militare ligio al dovere, ma anche uomo di buon cuore, mi ha pregato di comunicarLe in via assolutamente non ufficiale che il cosiddetto capitano Compatangelo Andrea, comandante del cosiddetto battaglione, è l'unico che forse può avere notizie di Dal Bon Oreste. Secondo notizie in nostro possesso, il signor Compatangelo presta servizio presso la Polizia Militare Internazionale di Vladivostock, di cui si allega indirizzo.

Mi rattristo della Sua infelice situazione di madre nubile e auguro quindi a Lei e a Suo figlio di potervi ricongiungere col marito e padre, in seno alla Santa Chiesa con il sacro vincolo del matrimonio".

I preti cattolici sono uguali ai preti ortodossi, spazientita. *Sempre le solite manfrine. Però gentile a scrivermi! Mi ha ridato speranza.*

"Ti ho promesso, Kolia, bimbo mio adorato, che troverò tuo padre e oggi ho fatto un piccolo passo in tale direzione".

Giovedì 18 dicembre 1919, Khabarovsk

I cinque pope sono riuniti nella sagrestia della chiesa, circondati da icone, tra cui spicca una panàgia della Santissima Maria Vergine, arredi liturgici, paramenti sacerdotali.

"L'arcivescovo Silvestro a capo dell'amministrazione provvisoria della Chiesa superiore di Omsk ci invita a intensificare gli sforzi per recare conforto alla popolazione". Dice il primo.

"E menzionare il nome del Sovrano Supremo durante le funzioni religiose ufficiali". Liturgico il secondo.

"Ma non possiamo sottrarci nemmeno all'opera di contrasto della rivoluzione". Combattivo il terzo.

"Kolčák ha avviato una crociata riunendo più di 3.500 sacerdoti ortodossi, di cui 1.500 sacerdoti militari, formando unità combattenti". Ofaniel.

"Mosca sarà liberata dai miscredenti e Sua Santità il Patriarca Tikhon potrà riprenderà le sue funzioni". Visionario il quarto.

"Ne abbiamo già discusso. Credo sia ora di concludere". Sbrigativo il quinto.

Si alzano e rivolgendosi alla panàgia intonano un canto perché interceda per loro presso Dio e li protegga. L'odore di cera delle candele impregna l'aria.

"E tu, fratello Vladimir, cosa ci dici di quella collana che stai cercando?"

Si scambiano le ultime personali novità.

Una pausa prima di rispondere, toccandosi incupito la cicatrice sul sopracciglio.

"Sono preziosi ornamenti zaristi sfuggiti agli anticristi, che massacrarono la famiglia imperiale a Ekaterimburg. Sono reliquie, ve l'ho già detto, di grande importanza simbolica e non possono cadere in mani blasfeme".

Si imporpora leggermente in viso, turbato dal fatto che possano non capire il perché del suo operato. Interviene un altro confratello.

"Padre Giorgij non voleva sminuire la tua missione. Ben comprendiamo cosa rappresenta e, ti assicuro, hai tutto il nostro appoggio".

"Vi ringrazio. Ne ho bisogno. A maggior ragione ora che ho saputo di un commissario della Čeka che si sta dando particolarmente da fare affinché il soviet entri in possesso di tali gioie. Ma io lo impedirò con tutte le mie forze e con l'aiuto della Vergine Santissima Maria. E di Cristo".

Si porta una mano al petto a toccare il crocefisso.

È il momento di sciogliere definitivamente il consesso. Ognuno prende strade diverse.

Venerdì 18 dicembre 1919, Tajšet

Il viaggio di Kolčák è stato costantemente rallentato. Sono fermi in stazione da giorni e ancora non si parla di partire per Nizhneudinsk, dove peraltro è in atto una sollevazione popolare. L'ammiraglio è convinto che alleati e legione cecoslovacca lo abbandoneranno. Vede la proposta del generale francese Janin di consegnare le riserve auree alla tutela internazionale come prezzo da pagare per la propria salvezza.

Confida al suo primo ministro: *"Preferirei lasciare l'oro ai bolscevichi piuttosto che consegnarlo agli alleati"*.

Così ordina di trasferire in assoluta segretezza i valori, oltre alle risultanze dell'investigazione compita da Sokolov sullo sterminio della famiglia Romanov, su un treno della Croce rossa. Affida l'incarico di nasconderli a un giovane sottotenente delle sua scorta personale. Aveva avuto modo di apprezzarne la fedeltà e l'audacia. Questo lascia l'uniforme kaki con spalline marrone dal bordino bianco per vestire il camice da medico. Con una ventina tra i più fidati, camuffati da ferrovieri, infermieri, medici, parte alle prime luci dell'alba utilizzando una vecchia linea ferroviaria che porta in Mongolia. Riferirà l'ubicazione del nascodiglio del tesoro degli zar solo a Aleksandr Vasil'evič Kolčák.

Lunedì 29 dicembre 1919, Vladivostok

La permanenza in città è snervante. Per fortuna Mario ha la compagnia di Andrea che spesso lo invita a mangiare un boccone anche con i colleghi della *Military Police*. Insieme hanno ascoltato un concerto di ottanta orchestrali cecoslovacchi e musica della banda di ottoni americana. Attirati dalla locandina che pubblicizzava il primo "concorso di bellezza" sono andati al cabaret Aquarium, locale di una certa pretesa dall'alto soffitto arrotondato su cui sono raffigurati ninfe e satiri e da cui pendono lampadari di cristallo. *Cosa farei in questa città caotica se non avessi l'amicizia di Andrea? Sarei oppresso dalla noia, passando le giornate a bighellonare per le strade!* Mario era stato tentato di tornare a Irkutsk, ma Oreste era andato a Mosca e Massimo era impegnatissimo a supportare la vacillante sanità cittadina. Rivedere Irina avrebbe comportato un altro doloroso addio.

Stanno ascoltando le nuove sonorità della musica americana nel locale "Capanna", abituale ritrovo dei fanti d'oltre oceano, quando Samuel Ignatiev Johnson li invita a una serata in casa di una dama di società con alcuni suoi ufficiali.

"C'è sempre tanta gente, un'atmosfera cosmopolita. La padrona di casa è una americana, donna di classe che mette a proprio agio gli ospiti. Secondo me ha il recondito scopo di appianare le divergenze e smussare la diffidenza tra i connazionali e i russi, da cui si sente adottata. A volte penso che inviti me, russo naturalizzato americano, per mostrare come le due nazionalità possono convivere".

Conferma a Mario trattarsi di Eleanor Prey, che fa conoscere la città attraverso le fotografie e le lettere scritte a mezzo mondo. *Ah! L'amica di Nadežda.* Si ricorda che grazie al nome della signora il bel Danilo era riuscito a muovere gli americani in soccorso della sua fidanzata.

Si presentano, Andrea in divisa da ufficiale della polizia militare e Mario in quella da ufficiale italiano. Buona parte dei presenti sono ufficiali delle più svariate nazionalità. In un angolo un complesso suona qualche brano ragtime e jazz; il pianista riscalda l'atmosfera con un ritmo sincopato che invita al ballo. La serata procede in un ambiente stimolante.

Mario, scandalizzato, si rivolge ad Andrea per avvisarlo del comportamento maleducato di un ospite. "Quello ha scarabocchiato la tovaglia. Bisogna avvertire madame Prey".

Sorride divertito Andrea. "Non preoccuparti: è usanza che qualche personaggio importante venga invitato a firmare. Poi la signora ricama sopra la firma".

Avvicinatosi al tavolo, Mario constata che la tovaglia è abbellita dei ricami di firme prestigiose. Resta colpito dalla naturalezza con cui la Prey intrattiene gli ospiti con garbo e sensibilità. Ne viene ricambiata da un generale senso di stima e riconoscenza.

Spera il triestino di aver occasione di un altro invito che lo immetta in quel circolo culturale raffinato ma non esclusivo, che madame Eleanor ha raccolto intorno a sé.

Nonostante quella che, a detta di molti, potrebbe sembrare una vita sociale soddisfacente, non vede l'ora di salpare per i patri lidi per riabbracciare lo zio e, con maggior sentimento, la signorina Olga.

Martedì 30 dicembre 1919, Vladivostok

Dopo mesi di stagnazione, le cose si muovono, anzi si accavallano.
Mario ottiene il biglietto di imbarco sulla Hvah-Yih per il 10 gennaio. Verso fine febbraio sarà in Italia.

Massimo gli telegrafa di incontrarsi urgentemente per concludere la lunga ricerca, presso il ristorante della stazione a Harbin. Sarà presente Svetlana.
Sveta!? Ancora?
Non è lontana la città cinese, circa 500 km. Dispone di tempo e se l'amico l'ha pregato di raggiungerlo, sicuramente l'ha fatto spinto da particolari circostanze. *Ha affrontato un viaggio ben più lungo del mio. Il motivo deve essere validissimo.* Per la fiducia riposta nell'amico e per la curiosità, si informa degli orari del treno.

Mercoledì 31 dicembre 1919, Pechino

La vasta sala è riccamente arredata con alte piante da interno in vasi di giada. Wang Lòng, in divisa da cameriere, poggia il vassoio con una bottiglia di champagne e due coppe sul basso tavolino laccato che separa una giovane donna da un aitante ufficiale. Questa porta i capelli corti e un trucco pesante. Sfoggia un attillato vestito di seta rossa con piccoli draghi blu sovrimpressi e un gran spacco laterale che lascia intravedere la coscia perlacea, sulla quale si sofferma annebbiato lo sguardo dell'ufficiale in uniforme blu scuro della Divisione asiatica. È al seguito del barone Ungern, che soggiorna in quello stesso albergo lussuoso, accompagnato dall'inseparabile lama tibetano indovino. Gli spallacci gialli, su cui spicca una svastica, il simbolo di distruzione e rinnovamento, lo indicano come appartenente al reggimento mongolo. Guarda la donna affascinato e pronto a spendere, in quella notte di capodanno, buona parte del suo stipendio per conquistarla. La donna invece lo tratta con distacco, quasi fastidio, soffiandogli in faccia il fumo di una sigaretta innestata in un lungo bocchino. Strano!
Strano perché la donna è Anna, la non fumatrice, ma per servizio si fa tutto, anche farsi portare nella camera dell'ufficiale per trovare documenti importanti.
È un'iniziativa autonoma di Li, così si fa chiamare, per individuare dove il barone pazzo nasconde l'oro e impadronirsene per la causa rivoluzionaria.
Il comandante della Divisione asiatica è stato nominato dall'atamano Semënov a capo delle miniere d'oro del distretto di Nerchinsk, dove c'era la colonia penale. Al posto dei criminali ha fatto lavorare i prigionieri di guerra. Inoltre ha saccheggiato le banche cinesi vicine al confine, in questo vendicando l'intera popolazione mongola, finita in schiavitù per debiti con le banche degli "ebrei dell'est", come venivano chiamati comunemente i cinesi. Depredava pure i passeggeri dei treni che passavano per Dauria verso la Manciuria e si faceva pagare per restituire il saccheggio. Per ulti-

mo aveva depredato quella parte della riserva aurea zarista che viaggiava su un treno Kolčákista diretto a est. Ha raggranellato di conseguenza un considerevole bottino.

Lòng, volgendo le spalle all'uomo, fa un cenno d'intesa. Il programma della serata procede come stabilito e in effetti dopo un po' l'ufficiale, aiutato da una polvere soporifera sciolta nella sua coppa di champagne, crolla addormentato. I due compari lo prendono sottobraccio e lo accompagnano in camera. Non è inusuale che qualche ubriaco si avvii alle camere sorretto da qualcuno. Nel locale notturno annesso all'albergo c'è animazione, l'alcol scorre nelle vene di molti, giovani donne rendono allegra la serata..

Nel corridoio li aspetta un uomo dai baffi spioventi, che non nascondono la lucentezza di un dente di metallo, il vecchio Joseph che Anna ha ereditato da Alexander. Dispone di macchina fotografica Kodak, pubblicizzata negli Stati Uniti come la fotocamera del soldato. Entrati in camera, scaricano l'ufficiale sul letto. Sul tavolo una cartella di pelle nera portadocumenti, con un giornale piegato sopra. Viene memorizzata la posizione esatta di questo, che viene tolto, e del foglio di cui fuoriesce un angolo. Individuati pure i tre capelli neri apparentemente caduti per caso, solo allora frugano tra le carte. Le più interessanti vengono fotografate da Joseph con la luce della stanza e quella diretta di una pila: mappe, ordini di trasporto, bollette di carico, dispacci. Rimettono a posto con precisione millimetrica quanto smosso, anche i capelli.

Mentre risistemano la stanza, non visto, il baffuto attendente sottrae alcuni capi della biancheria intima di seta di cui sono dotati gli ufficiali per l'importanza data non all'estetica ma alla salvaguardia sanitaria. Quel tessuto pare allontani pidocchi e altri parassiti.

Dopo due ore sono di ritorno nella stanza di una misera pensioncina. Missione compiuta: individuato il nascondiglio del tesoro. Ora possono rilassarsi. L'uomo dal dente di metallo si avvia verso la sua stanza per lo sviluppo delle foto. Si raccomandano che non entri nei bar, dove sanno già che finirà per ubriacarsi, e di chiudere bene la porta, ansiosi di stare soli e dedicarsi alle gioie del sesso.

Stanno diventando una coppia affiatata sia nel servizio segreto sia nel letto. Anna ha vinto le ritrosie iniziali che la costringevano nel ruolo di algida eroina. Trova piacere ad accarezzare il corpo tonico e dai muscoli guizzanti della longilinea figura di Wang, i cui capelli sono lunghi come i suoi.

Passano la notte, cancellando nella passione la guerra, i tradimenti, la Čeka, la divisione di Ungern.

Giovedì 1 gennaio 1920, Pechino

Al mattino: "Cosa dici? Tentiamo di catturare il comandante della cavalleria asiatica? Sarà un obiettivo facile, in preda ai fumi dell'oppio e i suoi compagni non sono un ostacolo". Chiede Wang.

Roman Fyodorovich von Ungern-Sternberg, come il suo ufficiale ha confidato con la lingua impastata e l'occhio semichiuso, passa le giornate in una fumeria di oppio in compagnia di una bella cinese e di due ufficiali.

"No, non tentiamo mosse azzardate. Abbiamo fatto quanto dovuto. E ti ricordo che dobbiamo sempre trovare quel maledetto Yan Yan".

"A Harbin non si trova. Dove si sarà nascosto? Ho chiesto a qualcuno dei miei vecchi sottoposti. Gira la voce che abbia abbandonato il servizio agli ordini del signore della guerra Zhang Zuolin. Altri invece dicono che sia stato inviato nella provincia di Fengtian. Potrebbe essere ovunque".

Mentre stanno ipotizzando i possibili nascondigli, bussa alla porta Joseph, smaltiti i postumi della sbornia, e comunica che il barone ha lasciato la città. *Meglio così*. Congedano il vecchio attendente e, quando questi esce, riprendono a fare l'amore. Joseph calcola di avere il tempo per fare una visita al vicino bordello.

Si sveglia l'ufficiale mongolo con un forte mal di testa dovuto al narcotico della sera precedente. *Non mi pareva di aver bevuto molto. Che sia stato drogato?* Controlla subito che i documenti affidatigli siano ancora in suo possesso. Tutto sembrerebbe in ordine; al loro posto il giornale, il foglio, i capelli. Gli viene il sospetto di essere stato derubato di parte della biancheria di seta.

Quella cinesina conturbante? Ha carpito i segreti lì contenuti? No, solo una piccola entraîneuse con il compito di farmi ordinare champagne scadente. Mi son lasciato abbindolare dal bel visino. Speravo di sfilarle quel vestito frusciante e invece mi faceva spendere una fortuna in bevande. Mi preoccupo per niente. Un piccolo tarlo però comincia a rodergli dentro mentre bussa alla porta della stanza adiacente. Gli apre il camerata, ufficiale pagatore, il polacco Gizhitsky.

Insieme si dirigono in banca per fare un deposito significativo a favore della moglie di Ungern, la principessa mancese Ji, parente stretta del generale Zhang Kuiwu, governatore della provincia nord orientale di Heilongjiang.

Era stato un matrimonio politico per il barone Ungern che si tiene a distanza dalle donne. Dopo qualche mese il marito l'aveva rispedita dalla famiglia a Pechino e da allora le versava una rendita. Vincoli di parentela lo legano ora a Kuiwu, di nobile famiglia manciù, che lo ha introdotto nel circolo monarchico cinese di Zhang Zuolin suo diretto superiore.

Sabato 3 gennaio 1920, Harbin

Quando lo vede entrare, Svetlana gli va incontro sorridente a braccia tese e lo accoglie con un abbraccio, fraternamente ricambiato. Lo accompagna a un tavolo, dove attendono Massimo e Tadeus. Alyona lo saluta con un cordiale sorriso mentre porta una bottiglia di brandy, poi si allontana. Tadeus riempie i bicchieri e invita a un brindisi.

"È un brandy della mia terra, l'Armenia. Prodotto con acqua sorgiva e una accurata selezione di uve della piana dell'Ararat".

I vecchi amici si aggiornano su salute e vicende reciproche, finché Mario chiede il motivo del perché Massimo ha sentito la necessità di farli incontrare.

"Per colpa mia". Dice scherzando Tadeus. "Qua in stazione c'è un via vai di persone e capita di ascoltare ogni tipo di discorsi. Anche non volendo si orecchia qualcosa. Ho collegato alcuni fatti alla storia raccontatami da Sveta. Insomma so dove si trova una cosa che vi sta a cuore".

Da qualche confidenza aveva capito che un comandante di recente nomina, certo Zhōu Yan Yan, era scomparso dopo essersi impossessato di un ricco bottino. In questo aveva identificato il carceriere di Sveta nel deserto mancese e nel bottino individuati gli zaffiri.

"Ve l'avevo detto già a Čita: quella sovietica possedeva i pezzi mancanti e questo cinese se ne è impadronito". Sveta.

Il ristoratore armeno: "Mi sono informato e ho scoperto che questo bellimbusto amava frequentare gente di teatro e si accomagnava con un attore che interpreta parti femminili. Qui li chiamano diva maschio, talmente bravi dopo anni di esercizio che assumono atteggiamenti e pensieri femminili, tanto da sembrare vere donne. Sono andato a trovarlo e blandendolo, adulandolo in modo sfacciato, mi ha raccontato che l'amico si vantava di avere dei gioielli sottratti a una russa". L'aver raggirato la donna, che aveva traviato il suo capo, aveva procurato a Yan Yan maggior piacere.

Bastava trovarlo. La diva maschio, indispettito dal fatto di non vederlo da giorni senza averne avuto spiegazione, si era lasciato andare a una confidenza. L'amico desiderava la bella vita della capitale. Siruyants era proprietario anche della società di spedizioni e import – export con filiali in Manciuria, Vladivostok, Shanghai, Kobe, Chita, Irkutsk, Pechino e in quest'ultima città, tramite i suoi contatti, aveva fatto presto a individuare il bordello dove si nascondeva.

Così Sveta aveva scritto a Massimo, che aveva risposto. Se Mario fosse stato d'accordo, loro due sarebbero andati a Pechino. Per questo l'avevano chiamato.

"Io non so il cinese e Massimo nemmeno". Mario.

"Vi farò io da interprete, se volete. Come ho offerto il mio aiuto e quello di Alyona per farvi riprendere la collana così vi aiuterò per il resto della parure. Spero apprezzerete questo tentativo di riscattarmi da quello che vi feci, invaghita di Alexander". Sveta.

"E io dovrò fare a meno della mia direttrice. Ahimè!" Tadeus tenta di accarezzare la mano di Svetlana, che però la ritrae con pacatezza.

PROIETTILE FATALE

Martedì 6 gennaio 1920, Fengtian

Wang e Li, alias Anna, approdano nella capitale della provincia omonima, situata tra Harbin e Pechino. Qui impera Zhang Zuolin, chiamato il Maresciallo. Informazioni ricevute danno Zhōu alloggiato nella zona del mercato vicino al Palazzo Imperiale, in via Sipingjie. Certo! Nella confusione di merci e compratori è più facile nascondersi.

Lui stesso aveva perfino comprato un biglietto per tale destinazione, esibendolo in giro. Ovviamente non era quella la vera destinazione. Si era fatto rimborsare i soldi del biglietto e si era sistemato a Pechino in un bordello cosa che gli assicurava una discreta copertura, grazie all'andirivieni di clienti e alla neutralità dei poliziotti conniventi.

Ha immaginato che la defraudata Anna fosse sulle sue tracce per riavere i preziosi che peraltro non è riuscito a vendere. Aveva pensato persino di consegnarli al governo russo. Quale? Al sovietico naturalmente, ma avrebbe dovuto giustificarne il possesso e probabilmente glieli avrebbero presi con la forza. Sono ben nascosti comunque e prima o dopo frutteranno. Intanto si gode la vita mondana della capitale. Quanti amici, quanti bagordi! Ha abbandonato il plotone, adducendo, a giustificazione dell'assenza, la necessità di lunghe cure per una non ben identificata malattia. Chi lo conosce ha ipotizzato che fosse per curarsi qualche malattia venerea.

Venerdì 9 gennaio 1920, Fengtian

Stanno per abbandonare la ricerca, non potendo perdere tempo ed energie altrimenti da dedicarsi al tesoro di Ungern, quando vengono raggiunti da una missiva. Hóng Tāo, il vecchio commerciante di Irkutsk, ha rintracciato un uomo del plotone del nipote. Riscuotendo un debito di riconoscenza per l'arruolamento che lo ha strappato a una misera vita da agricoltore, è riuscito a farsi indicare dove si trova il ricercato: in una casa di piacere di Pechino.

"Sarebbe un bel colpo per la Čeka avere tuo zio al suo servizio. Dispone di informazioni che lo rendono prezioso. E sa valutare le persone. Non per niente mi ha indirizzata a te". Dice Anna che ha cominciato ad apprezzare le qualità del compagno.

Che stia nascendo un sentimento più profondo? Lui ne sarebbe ben contento, da sempre è infatuato della spia. In rari momenti di follia ha perfino immaginato un futuro con lei. Con il matrimonio, scartato subito da Anna, o la convivenza, più realizzabile. Le amicizie maschili sono un ricordo.

Per il momento si dedicano alla cena, zuppa di funghi e cavolo con fettine di zenzero per lei e torta *Haicheng Niuzhuang* dalla pasta sottile e ripieno di carne per lui, mentre pregustano le effusioni notturne.

Domani partenza per Pechino.

Sabato 10 gennaio 1920, a sud ovest di Khabarovsk

Nell'accampamento sovietico N. K. viene avvisato che il dottor Tattini da Irkutsk e l'ufficiale Pesavento da Vladivostok si sono incontrati nella città di Harbin. Sospetta che si siano ricongiunti per qualcosa di importante, non certo per scambiare due chiacchiere. Gli zaffiri! È ora di muoversi. Deve appostarsi nei pressi dell'alloggio della baronessa a Vladivostok. Lo aspettano strade a malapena tracciate.

In previsione si era accaparrato una moto Harley-Davidson. Non se ne intendeva ma sul mercato andava per la maggiore. La usavano i giapponesi e anche il signore della guerra Zhang Zuolin. Ordina di prepararla e si copre con abiti imbottiti e la malica di pelliccia, guanti, sciarpa spessa fin sul naso e l'*ušanka*, il colbacco, calcato fino agli occhi, con paraorecchie. Così vestito riesce a malapena a montare in sella, si mette gli occhialoni e via, al porto internazionale di Vladivostok.

Sabato 10 gennaio 1920, Pechino

Yan Yan si crede al sicuro, ma alla fine Mario e Massimo, col valente aiuto di Sveta, hanno individuato la casa di appuntamenti. Non sapevano quale, Tadeus non aveva informazioni precise, ma dopo alcuni giorni di investigazione, hanno ottenuto l'informazione giusta, avendo scandagliato gli ambienti teatrali.

Non si fanno distrarre dall'esotico contesto urbano, non sono in gita di piacere, ma non possono fare a meno di ammirare il *Dogsi pailou*, elemento architettonico cinese ad arco, posto all'incrocio di due viali. Era stato segnalato come punto di riferimento. "Non potete sbagliare. Dal *Dogsi* è partito il raid Pechino-Parigi con la musica della banda militare dei francesi che difatti poi vinsero".

"No". Puntualizza Massimo. "Arrivarono primi gli italiani, distaccando i secondi di una ventina di giorni". Che soddisfazione poter sbandierare la propria italianità conquistata dopo tre anni di gerra!

La casa di tolleranza, lì vicino, viene facilmente individuata. Si appostano all'uscita in attesa di vedere Zhōu Yan Yan varcare la soglia. Devono aspettare che esca, non potendolo affrontare in un luogo affollato in cui sarebbe stato spalleggiato.

Eccolo! Lo seguono fino a una catapecchia dall'entrata seminascosta da casse in un vicolo maleodorante. Si inoltrano in un cunicolo che conduce a una piccola corte dove si affacciano alcune porte malandate. Due bimbi vestiti di stracci giocano sotto lo sguardo di una vecchia che vicino a un fuoco mescola il contenuto di una pentola: nessuno presta attenzione agli intrusi che individuano la provenienza di due voci allegre. Si avvicinano a origliare. Sveta non riesce a capire, sembrano due donne, anzi un uomo e una donna. Solo due comunque. Entrano con le pistole in pugno.

Si trovano davanti lo spettacolo di due uomini vestiti da donna. Non sono in atteggiamenti ambigui, si provano gli abiti davanti allo specchio; è per uno spettacolo fa presto a dire il più anziano. Conferma anche Yan Yan, uomo elegante, gentile e bello, tanto da poter sembrare un attore, un maschio diva. Non è imbarazzato dagli abiti femminili, ma stupito. Chi sono questi uomini evidentemente né russi né cinesi? Gli sembra di riconoscere in Mario chi l'ha depredato nel deserto della Manciuria a capo di italiani e giapponesi. *Che sia lui! Una persecuzione!*

Mario, tramite la traduzione di Sveta, spiega il motivo della visita. Di fronte alle proteste dell'interrogato e alle assicurazioni di estraneità a qualsiasi addebito, Massimo, il placido Massimo, il medico curante la salute di tutti, assesta un colpo col calcio della pistola sulla spalla del giovane. Un urlo, mentre l'anziano comincia a singhiozzare. Le cose vanno per le lunghe.

"Hai rubato e ora devi restituire. Non ti porteremo in carcere né ti consegneremo alla spia comunista, ma non ti conviene tacere". Massimo spiega che non se ne andranno senza i gioielli imperiali. Conviene consegnarli prima che sia necessario passare a modi più rudi.

Il dolore e la paura di ulteriori colpi, spingono l'interrogato a rivelare il nascondiglio: in casa dell'amico lì presente.

"Sì, vi porto io, basta che poi ci lasciate andare. Io non ho fatto niente". Balbetta questo, che, affiancato da Sveta e seguito dagli altri tre, percorre il breve tratto di strada che porta a casa sua. Recuperato il malloppo, lo lasciano a riprendersi dallo spavento e accompagnano Yan Yan fino alla porta del casino dove già si stanno accendendo le lanterne rosse con dipinti i nomi delle ragazze: Giada preziosa,

Peonia rosa, Zaffiro splendente.

"Chiuditi in stanza e non uscire. Tanto non puoi andare dalla polizia". Mario minaccioso.

Dolorante, prima di salire in camera si affida alle cure della tenutaria che a vederlo vestito da donna scoppia a ridere.

"Ecco perché non ti degnavi neanche di guardare le mie ragazze".

Continua a prenderlo in giro mentre gli applica una pomata sulla spalla.

Affrettano il passo verso la stazione, euforici per il risultato conseguito. Finalmente! Si immaginano la gioia di Theodora quando le mostreranno il luccichio delle pietre.

Il treno parte alle nove di sera. Hanno tempo per ristorarsi e fanno una sosta dove mangiano spiedini di carne arrostita e semi di cumino e di sesamo, panini cotti al vapore e imbottiti con verdure tritate. Arrivano con largo anticipo per salire in carrozza dove si buttano stanchi sui sedili. Sopraggiunge la stanchezza.

Mario pensa che fra due giorni parte la sua nave. Ce la farà? Intanto guarda i suoi amici, con cui ha condiviso esperienze, patemi e momenti allegri. Li apprezza ed è legato da vincoli di affetto, anche verso Sveta che ha conosciuto come infermiera, come compagna di un amico, come ingenua traditrice. Ha però anche tentato di porre rimedio alle scelte sconsiderate innescando questo avventuroso intervento nella capitale cinese. Stanca, si sta assopendo, il bel viso rilassato.

Chissà che l'armeno la tratti bene. E comunque ha capito che una affettuosa amicizia la lega a quella Alyona. Merita la serenità che Massimo ha trovato a Irkutsk, in compagnia di Idree. E che lui spera di trovare a Trieste accanto a Olga. E sognando la sua Trieste e la sua signorina si addormenta.

Mentre sono nel treno che corre verso il porto alleato, sfreccia in direzione opposta il treno proveniente da Fengtian. A bordo Anna e Lòng.

Lunedì 12 gennaio 1920, Vladivostok

"È in casa?"

"Si compagno commissario".

N. K., congedato l'uomo, si apposta nei pressi della casa di Theodora e quando la vede uscire la segue fino alla stazione della transiberiana, dove sopra l'ingresso resiste il simbolo della potenza dello zar: l'aquila bicipite con corona. Calca i pavimenti dalle lastre giapponesi di argilla, finalmente percependo il calore emanato dalle stufe olandesi in maiolica, pedinandola tra la gran folla. La vede incontrarsi con gli italiani, di cui sa i nomi, e due donne russe. Una è Svetlana Kolobukhina: ha praticamente imparato a memoria il suo dossier. Come pure conosce quello, fornito dagli archivi zaristi, della dama di corte. Parlano animatamente, seduti a un tavolo del caffè, le espressioni contente. Porgono un pacco alla baronessa che lo infila in borsa e lì, nascosto a occhi indiscreti, ne guarda il contenuto. N. K. la vede trascolorare.

"Grazie, grazie. Voi non potete immaginare quanto.... Cioè sì, mi conoscete, sapete quanto per me è fonte di gioia questo momento. E voi siete i miei migliori amici".

Tira fuori un fazzoletto ricamato per asciugarsi le lacrime.

Si profonde in commossi ringraziamenti. Mario si consola della perdita per poche ore dell'imbarco tanto agognato con l'aver contribuito a coronare il sogno di Theodora. Punto d'onore e soddisfazione anche di Massimo e Andrea.

"Ora devo andare immediatamente negli uffici portuali per avere un imbarco: sono attesa dalla principessa Dagmar di Danimarca, imperatrice di Russia!"

Mentre Andrea torna al lavoro, Mario si offre di accompagnarla: non può girare da sola per la città portando quel valore inestimabile. Abbraccia gli amici per l'ultima volta.

Vengono seguiti a distanza da un uomo non alto, intabarrato in una pelliccia che lo rende largo quanto alto. Un colbacco gli scende fin quasi sugli occhi, nascondendo il volto.

Massimo e Sveta attendono i treni che li porteranno rispettivamente a Irkutsk e a Harbin.

Mario tranquillizza la baronessa dispiaciuta per avergli fatto perdere l'imbarco. Molte navi hanno destinazione Trieste e in poco tempo su una di queste troverà un passaggio. L'attesa per trovare un biglietto si prolunga e Theodora congeda Mario: è stato sin troppo gentile ad accompagnarla agli uffici. Tornerà a casa da sola, non abita distante.

Mario prende la strada in salita per ammirare la baia detta Corno d'Oro da una posizione panoramica prima che cali definitivamente il buio. Cerca di non farsi prendere dalla tristezza derivante dagli addii. Magari nei prossimi giorni potrebbe provare con Andrea il ristorante Corno d'Oro all'angolo tra le vie Svetlanskaya e Aleutskaya, frequentato da futuristi. Rivive l'emozione del bel risultato conseguito a Pechino. Guardando dall'alto il traffico del porto, immagina quando salirà la passerella del piroscafo che lo porterà a casa. Lo distraggono i movimenti della persona a fianco che sta posizionando la macchina fotografica sul treppiede. Riconosce madame Pray, che nonostante lavori nel negozio di tessuti del cognato, è un'appassionata fotografa. Realizza un reportage continuo della città, vista con occhi ammaliati.

Mario saluta e timidamente accenna che è stato suo ospite. *Figurati se si ricorda. Uno qualsiasi tra consoli e generali.* Invece madame Eleanor fa mostra di ricordarsi di quel giovane uomo serio e cortese. Intavola una breve conversazione invitandolo ad andarla a trovare. Aveva scritto in una delle sue lettere: *"Occupare gli uomini sigoli è un compito nobile. Qui non hanno casa propria, e se nessuno li invita, cioè non c'è casa aperta per loro, possono capitare in cattive compagnie da un momento all'altro".*

Accomiatatosi, confida a se stesso il desiderio di registrare e catturare le immagini anche con la lente fotografica oltre che con l'occhio da artista. La fotografia gli avrebbe consentito una migliore realizzazione pittorica? Vorrebbe immortalare la signorina Olga, magari a ricordo di qualche evento, e nella quotidianità. Lei è cosi bella che ne verrebbero foto stupende nonostante l'inesperienza del fotografo.

Ecco un'idea per il nostro matrimonio! Fotografato dallo stesso sposo. Con facile entusiasmo, subito frenato dall'obiettiva considerazione dell'inesperienza. *No, per il matrimonio ci vuole un fotografo professionista.*

Theodora de Luteville si affretta verso casa, prima che scenda il buio. Le è stato promesso entro qualche giorno il biglietto con il visto. Desidera solo lasciarsi cadere nella poltrona della sua camera ben riscaldata senza gli stivaletti che le serrano i piedi, in comodi abiti a rimirare lo sfavillio azzurro degli zaffiri.

Assorta nei pensieri, continua a non accorgersi di quella figura che con passo pesante la segue.

N. K. ha con sé un piccolo manganello per stordirla appena aprirà la porta di casa. Si impossesserà allora di quello che non aveva preso l'agente Nikitin, *povera incapace.* La farà imprigionare: è stata un fallimento completo. Viceversa il successo sta per arridergli e ne avrà sicuramente un encomio, magari un piccolo premio. Quanto sarà contenta sua madre quando glielo racconterà.

La donna cammina veloce con la borsa al petto. Lui non si fa distanziare. Dietro un'altra figura in un lungo pastrano nero allunga il passo e lo affianca. N. K. si gira infastidito dalla vicinanza dello sconosciuto nella strada semideserta. Vede la bocca di una pistola. Un lampo di paura e un lampo di fuoco, il proiettile lo centra in un occhio. Stramazza in una pozza di sangue.

L'uomo, con una cicatrice sul sopracciglio, rimette in tasca la mano fasciata insieme alla pistola da più giri di uno straccio per attutire il rumore. Ha usato una Beretta modello 1917, perché quella ha trovato, ma per ironia della sorte un'arma italiana permette il ritorno in legittime mani di quanto trafugato ai danni di italiani.

Si allontana, essendosi assicurato che madame de Luteville non si sia accorta di nulla. Ha commesso un lieve peccato, che nella sua organizzazione è considerato una buona azione, ricompensata nel regno dei cieli dove è appena stato inviato il commissario. Questa sera reciterà una preghiera di pentimento ammettendo di essere un peccatore. La Beretta comunque sarà utile anche per altre future occasioni.

La donna raggiunge il portone ed entra in casa ignara dello scampato pericolo. Non può immaginare che quella pallottola dagli effetti letali l'ha salvata da una forte emicrania e dalla sottrazione di quanto appena avuto, come pure ha salvato dal carcere l'agente Nikitin. Stanca, tiene a bada l'emozione guardando quanto ha appena recuperato. Felice come fosse tornato a casa un figlio.

La madre del commissario invece, preoccupata per la lunga assenza, non avrà notizie del figlio. N. K. viaggiava sotto altro nome, come testimoniato dal falso passaporto che la polizia gli trova nelle tasche. Verrà dichiarato disperso in azione.

Venerdì 16 gennaio 1920, Irkutsk

Finisce di vestirsi il legionario ceco dopo la visita dal dottore.

"Gli unici in grado di tener testa ai bolscevichi siamo stati noi legionari. Anche le forze di occupazione ce ne danno merito e si affidano a noi per tenere l'oro zarista e il controllo della transiberiana".

Puntualizza Tattini infastidito dalla supponenza.

"Le forze non sono di occupazione ma sono alleate. E l'oro non lo tenete a vostro piacimento, lo custodite per conto dei proprietari che ne possono reclamare la consegna in ogni momento".

Continua borioso il ceco.

"Senta qua, dottore. Vi leggo un trafiletto apparso sabato sul nostro giornale".

Dal quotidiano ceco di Irkutsk *Československý Deník* di sabato 10 gennaio.

L'ammiraglio Kolčak portava con sé 28 carri di riserve auree, oggetti di valore statali e altre proprietà statali. Poiché le guardie russe sono fuggite e alcuni elementi locali si sono mobilitati affinché l'oro fosse distribuito tra i poveri contadini locali, e in considerazione del fatto che non si era ancora formato un potere antibolscevico unificato nel territorio della Siberia centrale, il corpo diplomatico decise che le truppe alleate avrebbero dovuto prendere le proprietà di tutto il popolo russo sotto la loro protezione. L'esecuzione fu affidata al generale Janin, comandante dei legionari cecoslovacchi di stanza a Nizhneudinsk.

Continua quindi. "La parte dell'oro trasportata sul treno di Kolčak e reclamata da Janin non si sa che fine abbia fatto. Quella che trasportavamo noi abbiamo deciso di consegnarla ai rossi in cambio della garanzia del cessate il fuoco nei nostri confronti".

"Ma vi era stata affidata dal governo bianco!"

Con un'alzata di spalle il ceco sentenzia. "Il governo bianco ha cessato di esistere".

Il dottore congeda il ceco pensando a una probabilità concreta. I legionari hanno tenuto al sicuro il tesoro dei Romanov. Una parte più al sicuro nelle casseforti della Repubblica Cecoslovacca.

Venerdì 30 gennaio 1920, Tien Tsin

Nadežda ascolta la voce di Danijl che legge l'appello di Kappel morente ai contadini dopo essere caduto nel fiume Kan ghiacciato. Una religiosità profonda pervade le parole pronunciate a Nizhneudinsk quattro giorni prima.

Dopo di noi dall'ovest avanzano le truppe sovietiche, portando con sé comunismo, comitati di povertà e persecuzione della fede di Gesù Cristo. Dove è stabilito il potere sovietico, non ci sarà nessuna proprietà del lavoro contadino, lì in ogni villaggio un piccolo manipolo di fannulloni, avendo formato dei comitati di poveri, avrà il diritto di togliere a tutti quello che vogliono. I bolscevichi respingono Dio e, sostituendo l'amore di Dio con l'odio, si distruggeranno senza pietà a vicenda. I bolscevichi vi portano alleanze di odio per Cristo, un nuovo Vangelo rosso, pubblicato a Pietrogrado dai comunisti nel 1918.

La donna ha una stretta al cuore e si fa il segno della croce alla maniera ortodossa, dall'alto in basso e poi da destra a sinistra, il pollice, l'indice e il medio uniti, a invocare la Trinità.

Continua la lettura: *Per evitare la profanazione da parte dei bolscevichi le truppe in ritirata stanno portando con loro il corpo del generale.*

"Si farà un funerale cristiano?" Chiede Nadežda.

"Né funerale né sepoltura per il momento. Pare che vogliano arrivare fino a Čita per onorarlo in modo degno".

Il generale batte un pugno sul tavolo facendolo sussultare. Cade la pipa, appoggiata pericolosamente vicino al bordo, incrinandosi. È ormai inservibile. La perdita del difensore della chiesa, il cavaliere bianco Kappel, si accompagna alla perdita della *churchwarden*, chiamata così dai guardiani notturni delle chiese quando le chiese non venivano chiuse la notte. I difensori delle chiese con i soviet non hanno fortuna.

"Maledetti cecoslovacchi! Gli hanno negato i treni per spostarsi a est costringendo lui, i suoi soldati e le loro famiglie, a una marcia sul ghiaccio che ha provocato la morte di molti. Vladimir Oskarovich Kappel sei morto da eroe. Sarai sempre nei nostri cuori!" Esclama, quasi mettendosi sull'attenti Danijl Alexandrivich.

"Cuore nobile, quando seppe che i cecoslovacchi avevano fermato il treno di Kolčak a Nizhneudinsk esplose di rabbia e sfidò a duello il comandante dei cechi, Jan Syrovy, senza averne risposta". Sospira la contessa.

L'amarezza, lo sconforto li sovrasta. Restano in silenzio ognuno perso nei propri amari pensieri.

Lunedì 15 marzo 1920, Samara

A Tamara nessuno risponde dal comando della *International Military Police* di Vladivostok.

Ah, maledetti comandi militari. Hanno troppo da fare con le loro guerre"

Che fare? Andare a Vladivostock a cercare di persona? Con Kolia in braccio? O lasciare la sua gioia in città, affidato a chi?

Un uomo può aiutarla. Ci aveva già pensato. Dovrà decidersi a farsi avanti sperando nel suo buon cuore e nelle sue conoscenze. L'aveva riconosciuto alla mensa per lavoratori dove venivano i dipendenti della banca. Oreste le aveva confidato di conoscerlo e sa che ha contatti in varie città, anche se non ricopre più il ruolo importante goduto prima dell'arrivo dei leninisti. A lui sì risponderebbero se chiedesse l'informazione che le preme.

Domani all'ora solita in cui va a pranzare in mensa, gli si avvicinerà e gli dirà: "Compagno Ershov..."

Venerdì 26 marzo 1920, Irkutsk

Finite le scene all'aperto. Ora si può dedicare al montaggio nel suo studio cinematografico, un vecchio magazzino in periferia. L'affitto, come ogni altra spesa di produzione, è stato pagato da Vera Pironicesko con i proventi della vendita del crocefisso

Le scene girate in mattinata sono andate bene. Le esplosioni con i manichini che saltavano in aria avevano raggiunto lo scopo di evidenziare la distruzione, la paura, la morte sul campo di battaglia. Ha scartato l'idea, suggerita da un collega, di usare dei cadaveri, di cui c'è abbondanza. Troppo sensibile lui, troppo macabro l'espediente.

Il vero problema è l'utilizzo delle comparse che costano, per cui taglia scene da altri film per montarli sul suo, dove inserisce anche le inquadrature degli italiani e di Mario. Dispone anche di una lunga sequenza, di provenienza ignota, con gli zuavi francesi in marcia; inserisce anche un pezzo di questa. Così gli autori dell'atto abominevole risultano cechi, italiani francesi, quelli che controllano la transiberiana.

Il finto stupro della sua amante da parte della suddetta soldataglia ha voluto fosse girato dall'aiuto regista, mentre lui interpreta la parte del soldato che strappa le vesti mettendole addosso le manacce: parte che non poteva lasciare ad altri. Della stessa statura di Mario, ha pensato di interpretarlo indossando abiti simili. Mario brilla per l'interpretazione inconsapevole, guidando prima un manipolo di zuavi con i tipici calzoni larghi fermati sotto il ginocchio per essere poi parte di un gruppo di stupratori cechi e italiani.

Il regista ha lavorato molto sul montaggio assemblando le scene più disparate.

La consequenzialità e la coerenza difettano molto ma le didascalie inserite in cartelli fra scena e scena si incaricano di spiegare: *La giovane operaia viene assalita da ignobili soldati.* Sullo schermo scorrono i commenti volti a dimostrare le violenze della soldataglia straniera: *Infangano l'onore delle donne. Una smorfia lasciva compare sul volto dell'ufficiale.* Contrapposti allo spirito indomito del popolo russo, quello che ha abbracciato la rivoluzione: *L'Armata Rossa sconfigge il nemico, anche se più numeroso.*

Le battute dei personaggi sono brevi e facili da leggere per un pubblico con molti semianalfabeti: *Ahimè, sono perduta! Prendetela e tenetela ferma! Maledetti, non la scamperete! Orsù compagni, prendete le falci, prendete i martelli!*

Riluce di eroismo l'attrice nuda resistendo alla violenza sessuale, come il popolo russo resiste alle armate bianche e ai loro complici stranieri. Il nome di Vera Pironicesko avrebbe brillato sui cartelloni pubblicitari a fianco di quello del suo pigmalione. Gli sarebbe stato riconosciuto il giusto riconoscimento, il film avrebbe varcato i confini nazionali, le platee di tutto il mondo l'avrebbero acclamato. E sarebbero arrivati i soldi, finalmente!

Sabato 17 aprile 1920, Trieste

Grazie ai buoni uffici di Andrea, era riuscito a trovare un passaggio nonostante le resistenze dei cechi che non volevano stranieri su una nave occupata quasi esclusivamente da loro.

Ai piedi della passerella di imbarco erano stati nuovamente controllati i documenti. I suoi avevano il timbro del comando italiano che ne accertava l'identità, avendo stracciati quelli falsi serviti per la fuga da Čita.

I legionari, non disponendo di documenti validi, avevano stampato documenti di viaggio legali per tutti con dati e fotografie verificati da loro stessi.

Una strana atmosfera, che mal si addice al rientro in patria, aleggia sulla nave. Qualche coro, qualche bevuta e risata, ma i cechi sembrano ancora in guerra. Vige una ferrea disciplina e ronde armate pattugliano i ponti. Il carico è sorvegliatissimo.

Attracca la nave Sheridan, partita da Vladivostok il 28 febbraio. Tra i 1602 ufficiali e soldati scende Mario Pesavento. Fende la folla radunata sul molo. Ha fretta di raggiungere casa, scrollarsi di dosso il peso di cinquanta giorni di viaggio e, lavato, profumato, ben vestito, passare veloce dagli zii. Poi correre da Olga.

Domenica 25 aprile 1920, Trieste

All'uscita dalla Cattedrale di San Giusto lo salutano alcuni conoscenti che si felicitano del ritorno dalla Siberia. Li investe la gelida bora, il vento che scende impetuoso dai monti del Carso sul Golfo di Trieste e la costa dell'alto Adriatico.

Olga si aggrappa al braccio di lui per non cadere spinta dalla forza delle raffiche di vento, un fazzoletto legato sottogola le trattiene i capelli, il bavero del cappotto sfoggia una rada pelliccia. Sorride timida e al contempo orgogliosa dalla presenza del suo compagno, si gira ad ascoltarlo attenta e tenera mentre lui racconta del lungo periodo lontano.

Gli ultimi avvenimenti di cui ha avuto notizia dai giornali lo colpiscono molto e li riporta alla signorina al suo braccio cercando di spiegarne l'importanza.

Arrivati a casa, Mario prende un vecchio atlante.

"Dopo la presa di Omsk, ecco guarda, è qui", indica un punto sulla carta geografica, "da parte dei rossi, Kolčak viene bloccato dai cechi che sganciano la locomotiva su cui viaggiava diretto a Vladivostok. Nel frattempo Kappel, comandante in capo dell'Armata bianca, si ritira verso est guidando i suoi uomini in una marcia attraverso la Siberia verso Čita: è la Grande marcia sul ghiaccio, dove molti soldati e le loro famiglie periscono".

"Mi avevi detto che, passata Irkutsk sotto il controllo del Centro politico di sinistra, Kolčak è stato dichiarato decaduto".

Conclude Mario: "E giustiziato. Ormai le truppe bianche si arrendono. L'oro viene consegnato ai bolscevichi".

Il nobile metallo è una concausa del tradimento. Il generale Janin, declinando la responsabilità per la sicurezza del viaggio dell'ammiraglio, aveva detto: "*Dopo che gli ho suggerito di trasferire la riserva d'oro sotto la mia responsabilità personale e si è rifiutato di credermi, non posso fare di più*".

E così finiscono in mano sovietica lingotti d'oro, titoli di stato e preziosi, o almeno quel che ne rimane dopo svariate ruberie e prelievi forzati.

Uno dei suoi generali in fuga, il generale Bakič, manda il suo ultimo messaggio al console russo bianco a Urga, in Mongolia: "*Inseguito da ebrei e comunisti, ho attraversato la frontiera!*"

"È finito, a quanto capisco, il regno di un tiranno che parteggiava per la nobiltà e opprimeva il popolo. E finalmente il popolo russo è tornato in possesso del tesoro che gli spettava di diritto". Olga non ha seguito molto il dispiegarsi della guerra divampata in Russia dopo la caduta dei Romanov e cerca di capirne lo svolgersi attraverso le parole di Mario.

"Non era un tiranno. Era un buon soldato, un bravo esploratore artico in passato, un uomo che aveva a cuore il popolo russo. Pur essendo alla testa di un governo sostenuto dagli alleati in funzione antibolscevica era lontano dalla ferocia e dagli eccessi della guerra, tanto che un generale di Ungern definiva i sui ufficiali «ragazze sentimentali del pensionato Kolčak». Alla fine è stato tradito dai cechi e abbandonato dagli alleati. Comunque basta parlare di guerra e di morte, parliamo di vita. Di vita insieme. Tuo padre ha deciso la data delle nozze? Vorrei andare a parlare col frate cappuccino della chiesa a Montuzza, sul colle di san Giusto, magari in compagnia di mio zio che vuole organizzare assolutamente la cerimonia e il ricevimento".

Entrano nei dettagli del matrimonio. Olga ha riconosciuto che l'assistenza al padre malato l'aveva distratta da una più frequente corrispondenza, la testa era divisa tra lui e la famiglia. Dedicava molto tempo al lavoro nella scuola popolare con i piccoli da seguire, bisognosi di aiuto anche per sopperire le condizioni familiari disagiate, al comitato di assistenza, alla sorella più piccola ancora nubile da sistemare.

Hanno trovato un piccolo appartamento, ma con una bella vista, ai bordi di san Giacomo, il quartiere più popolare di Trieste dove vivono gli operai, tra cui molti sloveni che lavorano nei cantieri navali. Sono economicamente tranquilli: Mario, con la sua esperienza, non ha faticato a trovare lavoro.

Venerdì 30 aprile 1920, Trieste

Trafiletto sul quotidiano *Il Piccolo*.
Un generoso filantropo, che ha voluto mantenere l'anonimato, ha fatto pervenire alla sezione socialista e all'associazione per gli orfani di guerra un generoso finanziamento, tramite la banca Yokohama Shōkin Ginkō di Tokio.
Trafiletto sul quotidiano *Il Lavoratore*
L'elevato senso sociale dei lavoratori triestini, che anche ultimamente hanno offerto ospitalità ai figli del proletariato viennese in condizioni miserevoli dopo la sconfitta, è stato riconosciuto e premiato. Un generoso benefattore giapponese ha voluto elargire una notevole somma alla sezione socialista cittadina. Essa conta le maggiori iscrizioni tra quelle nazionali. La causale del versamento lo vincola al sostegno e all'istruzione della gioventù. Pari finanziamento è giunto anche all'associazione orfani di guerra.
Mario informa telegraficamente Oreste che la banca giapponese ha provveduto a effettuare il versamento da loro ordinato per le finalità richieste. Il ricavato della vendita del treno porta aiuti alla popolazione in Italia come l'ha portato agli ammalati in Siberia.

Lunedì 17 maggio 1920, Trieste

Mario si tiene lontano da qualsiasi forma di espressione politica e anche sindacale. Vi sono alcuni marittimi a orientamento rivoluzionario che aderiscono alla Federazione Italiana dei Lavoratori del Mare, guidata dal sindacalista leninista Giuseppe Giulietti. Alcuni di questi, nell'autunno dell'anno precedente avevano dirottato su Fiume, in mano a D'Annunzio, il mercantile *Persia*. Il carico di 1300 tonnellate di armi con destinazione Vladivostock era per i controrivoluzionari bianchi. Non vedono di buon occhio i cechi che continuano ad arrivare in porto per poi proseguire verso Praga. Mario conosce alcuni lavoratori sindacalizzati e di questi uno lo saluta, per portare subito la conversazione su un punto.
"Non mi dica, ingegnere, lei che ha viaggiato sulla Sheridan, che non si è accorto di niente".
"Di cosa avrei dovuto accorgermi?"
"Che su quella nave 750 casse d'oro sono state trasportate fino a qui. Hanno poi proseguito per una ovvia destinazione". Il portuale.
"In effetti le operazioni di carico a Vladivostock sono state sorvegliatissime e la stiva piantonata da militari armati per tutto il viaggio. E quindi dite che poi queste casse sono finite in Cecoslovacchia?"
"Posso dirle anche che sono state nascoste in un treno ambulanza; sotto i letti dei soldati, nella cui diagnosi è stato indicato un disturbo mentale. A Praga sono state messe al sicuro nei sotterranei della banca".

"Ha ragione chi accusa la Legio Bank praghese di dover la sua ricchezza all'oro zarista?" Collega Mario le dicerie già udite con quanto apprende in questo momento.

"Questa banca è stata fondata l'altr'anno allo scopo di gestire i risparmi dei legionari cecoslovacchi, ma secondo noi per poter depositare circa 32 tonnellate di oro sottratto ai russi. Oltre ai proventi delle vendite di rame, legno, cotone e tanto altro".

"In effetti ho visto anch'io sui moli russi molte casse di materiale pronte per l'esportazione".

"Molte, dice? Migliaia! Circa 8800 tonnellate di rame raffinato, 4700 tonnellate di cotone, 330 tonnellate di gomma, 650 tonnellate di prezioso legno duro, e altro ancora".

"Ma voi come potete sapere?" Si stupisce Mario.

"Risulta difficile non notare lo scarico di tutto questo ben di Dio per noi operatori portuali e capitan Giulietti ha molti contatti con i rivoluzionari, ovvero con il legittimo governo russo".

"So che la vostra federazione ha manifestato per il riconoscimento dello Stato sovietico". Mario stuzzica il marinaio: "Sulle navi però niente soviet: i marinai ubbidiscono al comandante".

"Sicuramente. Gli equipaggi devono rispettare l'ordine gerarchico e la disciplina altrimenti la nave va alla deriva. Nessuna confusione di mansioni e ruoli, che darebbe ai padroni motivi per attaccarci".

Parlano ancora un po' della rivoluzione d'ottobre e di quella che molti si aspettano anche in Italia, magari guidata da D'Annunzio, l'unico che secondo Lenin sarebbe stato capace di portarla avanti.

Mario, sbalordito da quanto appreso, abbandona la discussione che stava prendendo una piega troppo politicizzata per incamminarsi verso casa col pensiero rivolto con tenerezza alla sua Olga, persona delicata e sensibile, che può apparire fragile. Invece sotto la coltre della riservatezza il suo carattere è forte e determinato.

Ma pur pensando alla sua amata qualcosa lo disturba, un impercettibile senso di fastidio per qualcosa che non va. Son le parole del marinaio di capitan Giulietti ad averlo indisposto, perché gli hanno fatto nascere un dubbio: sono stati strumenti inconsapevoli della costituzione della ricchezza della Banca della legione? Un raggiro nato a Samara. I Cechi hanno conferito loro un importante incarico per usarli come complici trasportatori? E lui, che con gli amici del Savoia si è dannato per recuperare l'oro e consegnarlo al governo controrivoluzionario, è stato un ingenuo?

Martedì 18 maggio 1920, Vladivostok

Irina imbusta la lettera indirizzata a Mario presso Piero Pesavento, in via Sant'Anastasio.

"Gentile Mario, mi decido a scriverti per comunicarti, se di me un poco ti im-

porta, che sono riuscita ad abbandonare la città, durante il colpo di Stato che nei giorni dello scorso Natale ha portato al potere il Centro Politico di Sinistra. Son riparata a Vladivostok con l'aiuto e la protezione del colonnello Kazagrandi, che già ci salvò nei pressi di Omsk. Negli ultimi mesi dell'anno venne a salutare Vasily Mikhailovich e ho avuto modo di approfondire la sua conoscenza. Si è preso cura della nostra famiglia e nel momento del bisogno lo ha dimostrato. Spero non abbia a pagare i dissidi che, come sento, lo contrappongono a quel criminale sanguinario del barone Ungern. Ora abito non lontano da Vasily che ha intrapreso un'attività commerciale e spesso vado a scambiare qualche chiacchiera con mia cugina Tatiana. Una volta vidi da lontano il capitano Andrea: fa il poliziotto? Stava bene in divisa. A lui non militare l'uniforme dona sempre. A gennaio i partigiani guidati da Sergei Lazo sono entrati a Vladivostok. I comunisti hanno governato per breve tempo. All'inizio di aprile i giapponesi hanno sopraffatto la guarnigione della città, arrestato e ucciso i membri del Consiglio militare del governo, tra cui Lazo. Orrore: pare lo abbiano gettato vivo in una fornace. Il susseguirsi dei cambi di potere lascia inalterata la mia vita. Ho ripreso la mia vecchia professione. Insegno e mi mantengo decorosamente. E tu? Spero ti sia accasato con la signorina Olga. Nel qual caso ti invio, Vi invio, gli auguri affettuosi di ogni bene. Te lo meriti.

Con vivo ricordo. Irina

p.s. Ha detto di ricordarsi di te la signora Eleanor Prey, con la quale sono diventata amica. Che piccolo il mondo, vero?"

È in pace con sé stessa. Il viaggio, che l'ha tolta dalla tranquilla vita di Samara portandola in questa città cosmopolita, l'ha fortificata. Emotivamente salda. Impegnata professionalmente e con dedizione nel lavoro. Insegna a ragazzi che provengono da situazioni difficili, povertà, mancanza di uno o tutti e due i genitori, esperienze di violenze. Deve essere forte per loro e sostenerli nel percorso di crescita individuale: ne verranno uomini nuovi per plasmare un nuovo mondo. Canticchia fra sé la Marcia dei fucilieri siberiani, ricordando la bella voce tenorile di Kazagrandi.

Oh, Siberia, caro paese,
ti difenderemo, porteremo i tuoi saluti alle
onde del Reno e del Danubio!

Martedì 18 maggio 1920, Irkutsk

Gli elogi in casa di amici riconfermano vincente la scelta di vendere la croce per ripianare i debiti contratti dal regista e permettere l'uscita del film nelle sale. Vera vede un futuro cinematografico acclamato dal pubblico e dalla critica. *Diventerò una diva come Theda Bara. Una donna fatale, non come Mary Pickford, la fidanzatina d'America. I soldi della croce son stati ben spesi. Altro che dote! Per un noioso matrimonio? Ho davanti la strada del successo.* La recitazione purtroppo è sorretta più che altro dalla naturale presenza fisica. Un'espressività enfatica e una gestualità esagerata vanno oltre il bisogno di far giungere il messaggio scritto dallo sceneggiatore e inteso dal regista. La sceneggiatura, già carente, viene spesso tradita.

La qualità del film lascia molto a desiderare: si tratta di materiale propagandistico a favore della rivoluzione. Demonizza i nemici, i bianchi e i loro alleati, capaci di brutalità ed efferatezze.

Riesce a piacere a un pubblico di bocca buona, ideologicamente orientato, che non bada molto alla messa in scena. Discretamente applaudito, il film comincia a circolare e a essere conosciuto da un considerevole pubblico, anche casualmente da qualche appartenente alle forze di intervento alleato.

Lunedì 7 giugno 1920, Trieste

Un ufficiale della polizia militare si presenta a Mario. Il carabiniere comunica che il comando italiano, volendo accertare eventuali danni a cose e persone da parte di militari italiani sul suolo russo, ha già avviato un'indagine per stabilire se il signor Pesavento avesse mancato al suo onore di ufficiale. Fino alla conclusione di questa il signor Pesavento è invitato a non allontanarsi dalla sua residenza. Si tratta di violenza su una donna compiuta da soldataglia italiana e di altre nazionalità. Non viene data nessuna altra spiegazione.

Stupefazione, umiliazione e scoramento di Mario non vengono leniti dalle parole consolatrici di Olga, che però propone di rimandare il matrimonio.

"Pensa se durante la cerimonia venisse qualche carabiniere per accertamenti!"

Passa giorni infernali, leso nell'onore dal solo sospetto. Spera che il rapporto cristallino che lo lega a Olga, basato sulla reciproca fiducia, non ne venga incrinato. Una nuvola nera incombe sul suo animo e sul matrimonio.

Martedì 8 giugno 1920, Trieste

Compatangelo da Vladivostock comunica a Mario che la parure è stata posta nelle mani regali.

"La baronessa mi ha scritto che finalmente ha potuto consegnarla. Ha ringraziato me e voi. Ho scritto già a Massimo e Oreste. Non ho l'indirizzo di Danijl. Se hai occasione, informalo tu. Si conclude quindi definitivamente la missione affidata dalla zarina prima di essere uccisa. Pace all'anima sua. Voglio dire che mi avete stupito. Un pacioso dottore, un pragmatico ingegnere, un artista seduttore. Avete portato a compimento un'avventura con determinazione e coraggio. Bravi. Congratulazioni da un finto capitano, qual sono. Un avventuriero? Non so. So che ci siamo comportati con onore. Grazie amici.

Per quanto riguarda l'oro, non affliggerti. Mi scrivevi del dubbio che buona par-

te l'avessero trafugata i cechi. Ti posso dire che altrettanto buona parte è finita nelle banche giapponesi. Il generale russo Rozanov, sotto il cui comando erano anche i nostri fanti, si è accordato con i giapponesi per cedere quella parte della riserva aurea zarista, che era immagazzinata nei sotterranei della filiale di Vladivostok della Banca di Stato della Russia in cambio della evacuazione delle sconfitte truppe bianche. Nella notte tra il 29 e il 30 gennaio, una unità d'assalto giapponese, guidata da Rozanov, vestito con un'uniforme militare giapponese, ha trafugato dalla banca cinquantacinque tonnellate d'oro che sono state caricate sull'incrociatore giapponese Hizen. In febbraio il morfinomane Kalmykov prima di lasciare Khabarovsk, inseguito dai partigiani, aveva sequestrato quasi una tonnellata d'oro dalla filiale cittadina della Banca di Stato e l'aveva consegnata segretamente al comando giapponese. Il 7 febbraio, essendo stato fucilato l'ammiraglio, la legione ceca ha firmato una tregua con il Consiglio dei Commissari del Popolo per procedere con la consegna del tesoro zarista alla stazione di Kujtun una volta fossero passati gli ultimi treni cecoslovacchi. Tutte le avversità patite per preservarlo dai rossi sono state vanificate alla fine. Come vedi siamo stati tutti pedine di un gioco troppo grande per noi.

Un cordiale saluto dal tuo ex capitano.
Andrea Compatangelo".

Anche l'ex capitano è gravato, come Mario, dal sospetto di aver peccato di ingenuità. Vorrebbe avere sicurezza di aver assolto il suo compito nei confronti di Kazanovsky, responsabile della Banca popolare. Il piccolo tarlo continua saltuariamente a rodere: che fine ha fatto l'oro consegnato? Nelle banche cecoslovacche o giapponesi? O in quelle russe, dell'ormai riconosciuto governo sovietico? Proverà ad avere notizie dall'unico in grado di fornirle: Kazanovsky.

Mercoledì 23 giugno 1920, casa di campagna dello Yorkshire

Siede Theodora su una panchina nello spiazzo davanti alla casa, attorniato dal verdeggiante prato dall'ampia veduta che si spinge fino a un lontano boschetto. Sorveglia che un bambino giochi con la barchetta nella fontana senza caderci dentro. Una giovane signora in tuta da giardinaggio, con un cappello di paglia dalla larga tesa a difesa di un pallido sole, si avvicina, recando in mano un mazzo di rose.

"Buongiorno Theodora".

"Buongiorno Milady".

"Sono venuta a prendere il piccolo Albert. Fra poco arrivano gli ospiti e dobbiamo prepararci. Io non sono certo presentabile, così conciata. Il lavoro in giardino mi appassiona da sempre, ma quante energie, quanto tempo dedicato! Guardi queste rose che belle! Ma pericolose, le loro spine mi hanno graffiata".

"Vuole che pensi io al piccolo?"

"No, no. Non si preoccupi. La chiamerò fra un po', intanto si faccia una passeggiata. Mi ha detto che la rasserena".

"È vero. Il parco intorno testimonia come gli inglesi amino il connubio tra architettura e contesto agreste. Quando vengo a passeggiare sul prato dimentico tutte le traversie e patemi passati. Trascorro momenti sereni". In effetti il viso sempre corrucciato si è lasciato andare a un'espressione meno amara, i lineamenti più distesi. Anche la postura è meno contratta, ora che si è sgravata del peso dell'impegno preso a Ekaterimburg.

"Immagino non sia stato facile attraversare la Russia in guerra".

"Fortunatamente sono stata accolta su un treno di militari italiani. Grazie a loro ho lasciato il suolo russo, approdando in Italia. Non avrei potuto altrimenti. Spesso nelle mie preghiere rivolgo un pensiero al comandante italiano e ai suoi uomini".

"Mio marito, lord Henry, mi ha fatto partecipe di un piccolo segreto. Quando l'ha conosciuta nella residenza reale di Sandringham House, lei aveva appena adempiuto a una missione di particolare importanza per la povera zarina Maria, lì di passaggio".

"È vero, anche se non è più un segreto. Mi era stata affidata in Russia dalla zarina Alessandra, prima di venire uccisa, una preziosa parure per consegnarla alla legittima proprietaria la zarina madre Maria Feodorvna, nata Dagmar di Danimarca. Così ho fatto".

"Capisco. Deve essere stato un compito oneroso".

"Mi gravava il cuore. Ero molto affezionata sia alla zarina vedova Maria che alla povera moglie dello zar Nicola. Non ho avuto la soddisfazione di vedere la collana, con bellissimi zaffiri, al collo della proprietaria. Ora è nella casa reale di Londra e tra non molto tornerà in Danimarca. Credo che non vedrò più la zarina nella sua armatura imperiale, come le figlie Ksenia e Olga chiamano l'abito cerimoniale della madre incoronata".

"Mi disse lord Henry che difatti la zarina la onorava di fiducia e stima. Per questo si è risolto a chiederle di venire qui a prestare il suo servizio".

"E di questo vi ringrazio. Non mi aspetta nessuno in Russia. D'altronde non ci tornerei, dopo che quegli atei comunisti hanno preso il potere".

"So che sono stati i cechi a consegnare l'ammiraglio Kolčak ai soviet".

"È successo a gennaio e a febbraio è stato ucciso".

"Ma voi avete salvato una piccola parte di quel tesoro restituendolo alla ex zarina. Oh, ecco mio marito".

Un giovane, magro dal viso abbronzato, vestito in doppiopetto e scarpe lucidissime che tenta di non sporcare con la ghiaia circostante la fontana, si rivolge alla moglie.

"Cara, devi affrettarti. Tra poco arrivano gli ospiti. Buongiorno Theodora".

"Buon giorno milord".

"Ho accennato al vostro incontro nella residenza reale". Dice la donna. Appoggiato il mazzo di fiori e sceltone uno, recide il gambo e infila una piccola rosa nell'occhiello della giacca del marito.

"Cara, non so che farei senza te".

Le manda un bacio soffiando sulle punte delle dita.

Poi, rivolto a Theodora: "Mi ricordo benissimo. Ci siamo visti nel saloon e ho notato subito quanto la zarina Maria confidasse in lei. In quel weekend erano ospiti un eminente statista e qualche letterato e, per il servizio domenicale, un vescovo. La sorella della nostra regina Alessandra, esibiva la parure che lei ha portato dalla Russia. Collana stupenda anche se, a parer mio, un po' sovraccarica. Due tipi di medaglioni usati dal gioielliere e pendenti pesanti aggiunti a essi, due varianti di maglie di collegamento, un motivo molto complesso che incornicia le pietre centrali! Un notevole lavoro e costo. Una bella responsabilità portarla in giro in mezzo a una guerra civile".

Poco dopo la famigliola si allontana avviandosi alla magione. Theodora si inoltra su una traccia di sentiero in mezzo all'erba bassa, respira regolarmente, senza l'ansia che l'ha accompagnata nell'ultimo anno e mezzo. Ha un lavoro, si trova bene coi padroni, spesso va alla chiesetta del paese ad ascoltare la musica d'organo. Il pensiero però corre spesso alla famiglia imperiale.

Si fa forza e interrompe i cupi pensieri. Pensa che andrà a trovare pope Vladimir la prima giornata libera dal servizio.

Ofaniel le aveva scritto chiedendo di incontrarla a York. Così avevano fatto il mese precedente, e avevano trascorso alcune piacevoli ore in compagnia. Bevendo due birre nel pub Mail Coach Inn in St Sampson's Square, il prete le aveva confidato di aver dovuto fuggire dalla Russia perché inseguito dai sicari cekisti.

Avevano rinvangato i vecchi ricordi e s'erano commossi al pensiero della dissoluzione del mondo zarista. La dama di compagnia parla del suo lavoro, il pope della preoccupazione che le idee bolsceviche dei miscredenti facciano proseliti anche sul suolo inglese. Ha una linea asciutta, tonica, sorretto dalla fede nella Bibbia e nella Beretta ben lubrificata, sepolta sotto l'abito talare riposto in un cassetto della sua abitazione.

Venerdì 25 giugno 1920, Vladivostok

"Caro Mario, col mio lavoro alla IMP ho potuto avere conferma di quanto perfino i portuali triestini sanno. I cechi hanno dovuto consegnare l'oro per potersi portare con tutti i treni qui a Vladivostok. Ma non l'hanno consegnato tutto. Una parte è su quel treno ospedale diretto a Praga e il fatto che lì sia nata una banca della legione parrebbe confortare questa ipotesi. Presiede ai traffici tra Giappone e Siberia il comune conoscente Hitoshi Kurosawa, che a marzo è andato personalmente a Čita per prelevare un carico d'oro e spedirlo in 63 casse a Harbin e 80 casse a Changchun. Dispongo di informazioni sicure che mi vengono da Vespa, l'agente segreto italiano al servizio dei servizi alleati. Ti ricordi di lui? Mi ha parlato di un fiume

luccicante d'oro disperso in tanti defluenti dalle destinazioni ignote. Comunque è una storia che a noi non interessa più. Guardiamo ora al futuro. Guardiamo alle giovani coppie che si uniscono davanti a Dio e agli uomini. Quindi ti faccio tanti auguri di una felice vita da sposi a te e a tua moglie.
   Un cameratesco saluto, ciao. Andrea".

Sabato 26 giugno 1920, Samara

Ershov, latore di importanti notizie, le ha dato appuntamento nel tardo pomeriggio a un ballo campestre. Il primo pensiero di Tamara è di non andare. *Incontrarsi a un ballo! Che sciocchezze!* Ma poi accetta data l'importanza della comunicazione attesa, pensando che da molto non usciva e che un po' di innocente svago all'aperto le avrebbe fatto bene. Ma non si sarebbe immaginata di trovare il serio bancario impegnato a far correre le agili dita sulla tastiera di un pianoforte verticale da cui escono le note del tango *El Choclo*. In pista, ovvero sul campo di terra battuta, si muovono sinuose molte coppie, formate anche solo da donne, binomio imposto dalla guerra con gli uomini andati al fronte e molti mai più tornati, e coppie di soli maschi.

Le autorità sovietiche, arbitre di moralità, considerano non necessario per il proletariato il ballo, che può essere permesso con rigide restrizioni. Il tango è proibito per la esplicita sessualità, ma proprio per questo irresistibilmente attraente per molti ballerini e, per aggirare il divieto, chiamato *danza creola*.

Il pianista suona con passione, il sudore gli cola sulla fronte. Tra un tango e un foxtrot, per non aver noie con il Partito, infila l'*Internazionale* e l'inno di marcia dell'Armata Rossa *Andremo coraggiosamente in battaglia* con lo schema in tre parti ereditato dal valzer. Infine lui e i ballerini si prendono una pausa. È tardi ma ancora non v'è accenno che arrivi l'oscurità. Poggia il bicchiere di birra sul piano e si dirige verso la donna in attesa. Finalmente!

Il suo corrispondente di Vladivostock ha personalmente consegnato la lettera alla Polizia Militare Internazionale e ne ha avuto risposta direttamente dall'ispettore Andrea Compatangelo, ex comandante del battaglione Savoia. In modo partecipe, in qualità non solo di superiore, ma di amico, è in grado di comunicare l'indirizzo moscovita dell'ex ufficiale Dal Bon, che sicuramente sarà felice di sapere di essere padre. Augura ogni bene alla mamma e al figlio.

Tamara butta le braccia al collo di Alexander Konstantinovich, lo bacia sulle guance, lo ringrazia profondamente e scappa via per dare la notizia a Kolia, anche se sicuramente il bimbo già dorme. La guarda sorridente il pianista, riprende il bicchiere per un'ultima sorsata prima di attaccare un charleston.

Evghenia, con le palpebre semi abbassate e gli occhi lacrimosi dalla troppa vodka, guarda malevola la scena, rivolgendosi poi alla figlia accaldata dall'ultimo ballo.

"A quel bancario la vita sorride sempre. E sua moglie, là a chiacchierare con le amiche", la indica con un dito ondivago", se lo coccola con lo sguardo come fosse il suo principe. Puah, che svenevolezze!"

"Mamma! Dici sempre di trovarci un marito! Con un portafoglio gonfio".

"Mai parlato di amore, ma di soldi. Quando si ha un marito ricco, si può fare la bella vita".

La figlia, reduce dall'aver baciato uno dei suoi spasimanti, ribatte: "E allora vendi il crocifisso, comprami bei vestiti, noleggia una macchina di lusso, fammi entrare nella buona società. Vedrai che trovo subito chi mi sposa".

"Datti da fare tu, invece di perder tempo con uomini che subito scompaiono".

"Sono apprezzata da molti che io lascio, non loro. Devo trovare l'uomo giusto, ma senza rinunciare al mio futuro. Comincio a guadagnare col mio lavoro di modella. Guarda Vera. Ha avuto la parte di protagonista in un film di guerra, *Gloria dell'Armata Rossa*. Si sta facendo conoscere sugli schermi.".

"Mandasse almeno qualche soldo a casa!"

La madre fa malamente fronte alle spese familiari col modesto stipendio di lavandaia, reso esiguo dalla prolungata malattia di natura imprecisata, che le figlie concordano essere totalmente pretestuosa.

"E a me chi ci pensa? Ci resta un crocefisso che deve garantire un buon matrimonio per te e una vecchiaia decorosa per me". Evghenia non considera immorale aver rubato l'oro imperiale, che deve essere usato per il benessere della popolazione, nel caso specifico le donne Pironicesko.

Lunedì 28 giugno 1920, Mosca

Sul tavolo l'aspetta una lettera proveniente dalla Cina. Oreste legge.

"Gentile Oreste, vorrei dire caro Oreste, se me lo permetti. Ho saputo da Tàta che soggiorni presso di lei: si è decisa a dirmelo, era molto titubante nel farlo e ha aspettato a lungo. Posso quindi raggiungerti con questa mia al suo indirizzo. So che siete buoni amici e volendo bene a entrambi nutro in cuore la piccola speranza che da questa amicizia nasca qualcosa di più. Sarei molto felice di sapervi sentimentalmente legati. Ora nella Russia dei soviet la parola matrimonio è svilita, ma il futuro potrebbe riservarvi di realizzarla insieme. Mi ha detto che sei introdotto con un discreto successo nel mondo artistico moscovita e questo ti regala soddisfazioni e la possibilità economica di condurre una vita decorosa.

Te lo meriti, perché sei bravo come artista. Sono contenta per te. Questo volevo dirti. Se ti importa, io lavoro nell'ufficio del ristoratore e commerciante armeno, forse te lo ricordi, Tadeos Mkrtychevich Siruyants. Hai mangiato nel suo ristorante alla stazione. Mi apprezza, è corretto, mi paga il giusto. Niente uomini per me. Condivido l'alloggio con Alyona che ti saluta. Quindi tutto bene per me. Vivo serena.. Prosegui per la tua strada col mio augurio di ogni bene. Un forte abbraccio. Sveta".

Attende il ritorno dell'amica, compagna di appartamento, per farla partecipe della lettera dove anche lei è citata. Legge con un moto di commozione dovuto ai ricordi. Anche Tàta si lascia coinvolgere emotivamente, avendo affetto sia per il lettore che per la scrittrice. Prima che si inumidiscano totalmente gli occhi, giudicano essere opportuno stappare una bottiglia di champagne riservata per le grandi occasioni. Troppe bollicine vanno smorzate con un po' di vodka e quando l'atmosfera diventa troppo sentimentale a causa dei ricordi, e anche forse dell'alcol, si consolano vicendevolmente avviandosi verso il letto matrimoniale.

Mercoledì 7 luglio 1920, Manciuria, provincia di Heiluqiang

Il generale Zhang Kuiwu, da sempre sostenitore dei bianchi, attende la consegna della cassa della Divisione Asiatica per la custodia. Il monaco guerriero von Ungern-Sternberg, chiamato anche Ungern Khan o Begze il signore della guerra, vuole mettere al sicuro presso il parente acquisito il tesoro prima di assaltare Urga per ottenere l'indipendenza della Mongolia e instaurare una monarchia teocratica.

Nelle operazioni di trasporto si è infiltrata la cinese Li alias la russa Anna. Usando sia il collaudato uso del sonnifero sia l'abilità col coltello dei suoi complici, ha rubato parte del carico e ora fugge alla guida di una decina di cammellieri cinesi.

All'inseguimento sono l'ufficiale mongolo, narcotizzato dalla falsa cinesina, con il responsabile tesoriere il polacco Gizhitsky. Riorganizzate le forze, guida una squadra di cavalieri della divisione dal giallo vessillo con svastica, stesso simbolo che porta sugli spallacci di una tunica rossa.

Rimugina sulla possibilità che i predoni siano al soldo di quella ragazza. Gli pareva si chiamasse Li e gli aveva fatto passare uno dei peggiori capodanni. Se quella notte la donna, inguainata dal frusciante abito con i draghi, avesse carpito le informazioni contenute nei documenti, avrebbe potuto individuare il nascondiglio del tesoro e studiare i modi per impadronirsene. Le attribuisce anche la sparizione, dovuta a Joseph, della biancheria. *Prima mi ruba le mutande e poi i forzieri.* Tra poco li avrebbe raggiunti, ripreso il malloppo e scoperto chi li guidava.

Poteva contare sulla velocità dei suoi cavalli maggiore di quella dei cammelli, ma non sulla loro resistenza. Sulla lunga distanza un cammello resiste meglio di un cavallo. Doveva far presto.

Anche Anna sapeva che la banda che capeggiava, gravata dal peso delle casse trafugate alla Divisione, era più lenta degli inseguitori. Il colpo, dopo una lunga preparazione, era andato a buon fine. La parte più difficile era la fuga per salvaguardare il bottino e la pelle. Lòng, che spronava i cammellieri chiudendo la retroguardia, le aveva raccontato le torture che erano soliti infliggere i mongoli di Ungern. Sono ormai a portata di tiro e infatti sibilano i primi proiettili, uno dei quali azzoppa un cammello, che perde velocità e viene raggiunto. Superandolo l'ufficiale spara senza esitazione alla testa del cammelliere e prosegue la corsa.

Nella foga dell'inseguimento e della fuga, nessuno dei due gruppi si preoccupa di trovare riparo dalla nuvolaglia che avanza velocemente, finché vengono avvolti da una tremenda tempesta di sabbia e polvere. La visibilità si riduce con essa l'andatura, anche a causa dei forti venti che inducono a scendere dalle cavalcature per affrontare lo scontro. Si ode qualche sparo, non si usano molto le armi da fuoco. Mirando a un'ombra, si potrebbe colpire un amico. Più adeguata la lama di un coltello nel combattimento ravvicinato. Riparati alla bell'e meglio il naso e la bocca, gli occhi semichiusi martoriati dal pulviscolo, si fa fatica a respirare, ma questo non ferma i corpo a corpo, si sentono urla e grida soffocate.

Dopo qualche ora, passato l'inferno soffocante diretto verso la Manciuria interna, l'aria sull'altopiano è pulita e scaldata dal sole brillante nel cielo terso. Sul terreno di scontro giacciono cadaveri di uomini e bestie, semisepolti dalla sabbia. In lontananza una carovana si allontana lentamente. Trasporta alcuni feriti e due borse di monete d'oro e preziosi.

Il resto del malloppo è stato sotterrato.

FINISCE DOV'ERA COMINCIATA

Martedì 13 luglio 1920, Trieste

Metà pomeriggio in piazza Unità d'Italia manifestano nazionalisti e fascisti contro gli slavi. Cortei sono stati guidati dai fascisti e alcuni negozi sono stati presi d'assalto. Quattrocento fra soldati, carabinieri e guardie regie presidiano la piazza. Il clima è infuocato.

"Andiamocene. Mario. Ho paura. Questi scalmanati son capaci di qualsiasi cosa". Olga.

"Hai ragione. Affrettiamoci".

Mario indica col dito un oratore, che urla propositi di violenza. "Vedo là in fondo in camicia nera l'avvocato Giunta. La sua presenza non promette nulla di buono".

"E chi sarebbe?"

"L'avvocato toscano Francesco Giunta è un uomo d'azione, mandato da Mussolini. Le sue idee fanno presa sui reduci di guerra e sui piccolo borghesi. Comanda una formazione paramilitare, finanziata da industriali e grandi proprietari. Sta tenendo un comizio. E guarda: questo è il risultato".

"Conosco tipi come quello". Pensa all'avvocatino magnificato dalla madre.

"Senti come sbraitano."

Si interrompe Olga con espressione attonita. "Ma sono spari?"

Si odono dei colpi forse di arma da fuoco. Alcuni uomini in camicia nera guidati dall'avvocato entrano portando delle taniche nell'edificio in Art Nouveau affacciato sulla piazza. Sono lì ospitati l'hotel Balkan, un teatro, una cassa di risparmio, un caffè e la sede sindacale e culturale della minoranza slovena, la Narodnidom.

Tra i fascisti crede di riconoscere Poret. Una figura nera che fuggevole oltrepassa la soglia scomparendo nell'oscurità. Potrebbe benissimo essere il *poveretto*, testa calda, con idee di revanscismo che gli oscurano il già peraltro compromesso ragionamento. Reduce inadatto al reinserimento nella vita normale, d'altronde inadatto anche al lavoro,.

Fugace gli corre il pensiero: *buono quello solo a menar le mani.*

"Via, via. Qua succede il finimondo".

Esorta Mario e, presa saldamente per un braccio Olga, si fa largo tra la folla. Le prime fiamme escono dalle finestre della Narodnidom. Dal tetto partono degli spari mentre il fuoco sta avvolgendo tutto l'edificio.

Martedì 13 luglio, York

Nell'usuale pub, il Mail Coach Inn, Ofaniel riporta la cattiva notizia. Il suo confratello, direttosi a Tobolsk con le credenziali zariste, non aveva potuto incontrare la badessa Maria Druzhinina a cui la zarina aveva affidato parte delle gioie imperiali. Era incarcerata e sotto costante interrogatorio da parte del servizio segreto sovietico. Risultava da una lettera la presentazione della badessa alla famiglia Romanov da parte del monaco Rasputin. La Čeka oltre a cercare i gioielli nascosti sospettava un vasto complotto clericale di cui la badessa facesse parte. Impossibile avvicinarla né tanto meno recuperare i preziosi.

Dopo un attimo di silenzio la de Luteville sospira.

"Non confidavo molto nel recupero. Tutto è andato disperso ormai".

"Non tutto. La fede ..." Viene interrotto il pope.

"Tutta colpa di quel maledetto monaco! Me lo aveva detto il principe Evgenij Lvov. La disgrazia dei Romanov è cominciata con le voci di Rasputin amico della zarina. Fin troppo amico, anche se io non ci ho mai creduto".

Tace Ofaniel ma ben sa della appartenenza di Grigorij Efimovic Novych Rasputin alla setta Khlysty, che prevede la salvezza dell'anima attraverso un percorso di peccati, da cui poi redimersi. Theodora è confusa e amareggiata. Lui non desidera insistere nella definizione di un personaggio così contraddittorio. Un'epoca è finita e le colpe non si possono additare solo a una causa, né tanto meno a una persona.

Vladimir si dedica al suo boccale di birra Stout scura. Ne assapora le note di caffè e cioccolato. Ecco una cosa buona degli inglesi.

"Ho sentito che re Giorgio V ha assegnato alla zarina vedova una rendita annuale di 10mila sterline, raccomandandole di misurare le spese. Consentirà un modesto sostentamento".

"Non ha bisogno di molto. Sicuramente non venderà uno solo dei gioielli che le ricordano anni felici. Mi ha confidato che tiene lo scrigno sotto al letto per aprirlo e guardare le perle, diamanti, rubini, zaffiri e smeraldi quando la prende la malinconia". Theodora.

Beve un lungo sorso, si tocca la cicatrice e, accostandosi, sussurra: "Cara baronessa, le dirò una cosa che sanno in pochi, ma lei ha diritto di sapere. Kolčák aveva previsto il tradimento dei cecoslovacchi e degli alleati, l'indifferenza di Gran

Bretagna e Stati Uniti d'America. Si era premunito di mettere al sicuro la parte rimasta delle riserve auree. Pare che un ufficiale della sua guardia sia riuscito a portarle in America. Da lì partirà la riscossa contro i comunisti. Abbia fiducia e, se riesce a parlarle, tranquillizzi l'imperatrice".

"L'ho vista a Sandringham House e a Londra. Non credo di vederla ancora. Credo sia in attesa di rientrare in Danimarca".

Ofaniel dichiara che porterà personalmente questa buona notizia all'imperatrice.

Mercoledì 14 luglio 1920, Trieste

La città è in fermento. Non si parla d'altro che dell'incendio dell'hotel Balkan I fascisti e i nazionalisti, vedendo negli sloveni e croati i più accaniti avversari dell'italianità, si attivano per far naufragare i tentativi di pacifica convivenza.

Uscendo dai cantieri navali, Mario viene coinvolto nella discussione sull'incendio da alcuni compagni di lavoro. Qualcuno fa notare che vi erano molti reduci degli arditi tra i più scatenati facinorosi.

"Ne ho notato più d'uno anch'io". Dice Mario.

"Si scagliavano con maggior violenza contro i carabinieri".

"Li chiamano spregiativamente gli aeroplani per via del cappello a due punte. Non ha creato buona fama ai carabinieri porsi dietro le truppe nel momento dell'assalto per spingerle in avanti con la forza dei fucili". Dice uno con un gran paio di baffi.

Un altro completa: "E fucilare i disertori e i codardi".

Mario fa notare ai compagni che l'Arma Benemerita ha espletato attività di ordine pubblico, assistenza ai feriti, impiegata anche in prima linea e in operazioni di spionaggio. Conosce alcuni areoplani, che soprannome odioso, e sono tutte persone integre, zelanti.

"Rappresentano e difendono l'Autorità e per questo sono odiati dagli arditi, che in molti stanno diventando fascisti. Mi ricordo il dirottamento a Fiume del piroscafo che partito da Ancona doveva arrivare a Sebenico lo scorso ottobre. Un carabiniere di scorta, che non voleva deporre le armi, è stato freddato da un ardito". Il baffone cita uno dei tanti episodi che vedono contrapposti arditi e carabinieri.

"Messo in carcere stava per essere liberato da un centinaio di compari che assaltarono la prigione". Continua uno.

Mario pensa alla nave Persia di capitan Giulietti: *Ma è diventato un vizio dirottare le navi! L'Alto Adriatico è un posto infestato da pirati che battono bandiera sia rossa che nera*

"Abbiamo chi contrasta questi arditi vicini ai fasci di combattimento. Sono gli arditi del popolo. Sono la difesa armata proletaria contro le violenze fasciste". Asserisce uno con un fazzolettone rosso al collo.

"Sia questi che quelli non rispettano l'autorità, sono insofferenti della disciplina, non temono la morte e sfidano le convenzioni." Più equanime un altro.

"La buona e cattiva erba c'è dappertutto. Di destra o di sinistra sono andati al fronte per amor patrio, senso del dovere, spirito di sacrificio". Conclude Mario, che non ama le generalizzazioni.

Mercoledì 21 luglio 1920, Harbin

Viene recapitato a Sveta presso il ristorante della stazione un pacco da Mosca. Non riconosce la calligrafia della sua amica Tàta, l'unica che poteva scriverle da Mosca, a parte Oreste. Ma questo era impensabile. Apre velocemente il pacco e ne esce un quadretto di circa trenta centimetri per quaranta, una tempera su legno. Un biglietto l'accompagna: *"In ricordo di intensi momenti"*. Nessuna firma.

Al contrario dello stile proprio di Oreste, il quadro richiama una Madonna rinascimentale italiana e ritrae Sveta in una postura seduta, una mano in grembo nella quale un uccellino, un liù piccolo, viene accarezzato dall'altra mano. Sullo sfondo il giardino Strukovsky, con una fontana resa piccola dalla lontananza ma che si fa riconoscere perfettamente per essere quella con il bronzo dei due ragazzi.

Sul vestito rosso dalla scollatura quadrata viene drappeggiato un mantello bianco, forse a significare la contrapposizione delle due armate della guerra civile, o forse il rosso della passione e il bianco della purezza in cui si è trasformato, o forse il rosso estivo del loro primo incontro e il bianco invernale in cui si sono lasciati. Lo sguardo invita alla serenità, alla riconciliazione.

Era un addio da una persona cara che l'aveva amata, una storia chiusa che per un breve periodo li aveva legati, un periodo roseo in tempo di guerra. Segnava l'epilogo della relazione accettato con animo sereno. Un modo per allontanare i ricordi relegandoli nel passato.

"Un quadro da appendere, come da appendere è la storia con la tua vecchia fiamma". Gli aveva detto con un tono da rivalsa infastidita la modella con cui al momento amoreggiava.

La cruda enunciazione aveva un qualcosa di veritiero. Era ora di mettere la parola fine al pensiero di Sveta, omaggiandola del tributo pittorico. Ne era sempre più cosciente Oreste mentre si dedicava alla lunga e accurata preparazione della tavola di quercia, levigandola e imprimendovi la colla.

Giovedì 22 luglio 1920, Sanremo

Arrivano al villino affittato sul mare ligure dopo un lungo tour romantico, culturale e anche religioso. Hanno cominciato col visitare Bari per accontentare Nadežda che ha voluto rendere grazie a san Nicola, di cui è devota. Poi hanno proseguito attraversando il Bel Paese, godendo delle bellezze artistiche di Napoli, Roma, Firenze, Venezia.

Terminano il viaggio a San Remo, dove a cavallo tra Ottocento e Novecento si è costituita una numerosa colonia russa e dove la Nemčivskaja ha degli amici.

Parlano di matrimonio passeggiando per il lungomare, chiamato Corso Imperatrice in onore della zarina Maria Alexsàndrovna che aveva donato le aiuole e i palmizi.

Progettano di sposarsi nella chiesa dedicata a Cristo Salvatore, consacrata appena sette anni prima. Suggellano il voto con un cero davanti l'altare di Santa Caterina martire e con un bacio davanti alla chiesa. Poi la bacia sul collo procurandole con i baffi un piccolo brivido.

"Sarà subito dopo il matrimonio di Mario e Olga. Ho già in mente come sarà il mio abito. Semplice ma di grande effetto".

"Non posso mettere in dubbio l'eleganza delle tue scelte, data la tua natura dai gusti squisiti. Mi domando sempre come fai a stare con uno zoticone come me".

Le sorride mangiandola con gli occhi.

"Non fare il cascamorto con me! Organizza invece il viaggio per Trieste".

Vogliono arrivare qualche giorno prima del matrimonio degli amici.

Venerdì 23 luglio 1920, Mosca

Massimo partecipa a un convegno medico organizzato dalla Facoltà di Medicina dell'Università statale di Mosca, per sentire parlare il primo Commissario popolare per la salute, Nikolai Aleksandrovich Semashko. Lo accompagna Idree, che visita la città quando lui è impegnato. Colgono l'occasione per incontrarsi con Oreste e si dirigono all'appuntamento..

Al caffè, Oreste, appena li vede entrare, si alza e va loro incontro per abbracciarli. Poi li accompagna al tavolo dov'era seduto e dove li aspetta una giovane donna. La presenta: è la sua modella ventenne, attuale musa ispiratrice. Si accavallano le domande e le risposte.

"Come stai?"

"La salute?"

"Novità?".

"Caro Oreste, come già ti accennai per iscritto, la presa di Irkutsk da parte dei bolscevichi non ha comportato per noi cambiamenti negativi: un dottore e un'infermiera sono sempre utili".

"La battaglia è stata tremenda. Noi chiusi in casa per tutta la durata degli scontri, sentivamo il crepitare delle mitragliatrici. Durante gli scontri sono morti non solo i combattenti, ma anche la popolazione civile, il personale medico e persino i bambini". Idree ricorda la paura di quei giorni e pensa agli amici e conoscenti uccisi.

"E i cechi?" Chiede Oreste.

"Se ne sono lavati le mani. Hanno trovato anche il tempo di scontrarsi con le forze semënovite". Il dottore.

"I cechi, per non smentirsi, prima di lasciare la città hanno sventrato la Banca di Stato e trafugato le stampatrici. Hanno poi stampato banconote che venivano spedite sui loro treni verso est".

Dice Idree che, pur non impegnata politicamente, sa valutare le azioni dei contendenti con occhio disincantato. Non perdona alla legione ceca di tornarsene in patria avendo consegnato l'ammiraglio ai rossi.

Prende la parola la giovane modella.

"Nelle città gli operai sono liberi dall'oppressione capitalistica. Credo che anche i contadini siberiani finalmente siano padroni delle loro terre, senza proprietari e *mugiki* che li opprimono".

"Mia cara, i contadini in gran parte si sono schierati con i bolscevichi. Quando però hanno chiesto il rispetto delle promesse e la fine delle requisizioni forzate, il Soviet ha risposto con la repressione. Se ti discosti dalle imposizioni dei vincitori sei un controrivoluzionario e come tale devi essere eliminato". Le risponde Tattini.

Oreste ha notizie degli svolgimenti in Siberia. I proclami di vittoria con notizie dettagliate degli avvenimenti sommergono la città. Si affida all'amico per avere notizie che li riguardano. "Mi scrivevi che anche la nostra storia aveva trovato conclusione".

"Riepilogo. Primo: la baronessa ha raggiunto la sua zarina in Gran Bretagna e le ha consegnato la parure. Ha riacquistato un po' di serenità, ponendo termine al disagio psicofisico, che noi notavamo".

Prosegue Idree, che mette la piccola mano sopra la sua, in un gesto di vicinanza. "E pensare che gli zaffiri sono simbolo di felicità e pace, esprimono la beatitudine celeste e la spiritualità. Hanno portato invece solo affanni e dolori, proprio a causa di brame terrene, che hanno inibito la loro proprietà di elevazione spirituale".

"Dicevo di Theodora. Credo sia al servizio di qualche nobile inglese. Quindi soddisfatta".

Passa al secondo punto: "I rossi, che con Semënov avevano concordato il rastrellamento delle formazioni partigiane anarchiche, ai primi di luglio hanno catturato Trjapicyn e la sua banda con Nina Lebedeva. Li hanno fucilati tutti. Per fortuna avevamo già recuperato la famosa collana".

"Se non altro Alexander è stato vendicato". Oreste, quasi con affetto per l'ex rivale.

"Terzo: ho usato i soldi che mi avevate dato l'altr'anno tu e Mario per acquistare dotazioni sanitarie e sistemare la struttura ospedaliera che aveva bisogno di molta manutenzione. Ora abbiamo un ospedale di buon livello. Devo dire che il nuovo governo tenta di costruire una rete di sanità pubblica unica al mondo. Il convegno che frequento dovrebbe chiarire le linee di sviluppo. Ho dato, abbiamo dato, un piccolo contributo".

"In mani migliori non poteva finire. Operi nel settore epidemiologico?" Oreste.

"Ci occupiamo di ogni infermità. Certo che con tifo, spagnola, colera, vaiolo abbiamo un bel daffare".

"Mi ricordo che collaboravi anche con un dottore sovietico".

"Certo, ti ricordi bene. Il dottor Lubim Yevgenievich Vekhterev, del Dipartimento Epidemiologico. Pensa, l'ho rivisto proprio qui al convegno".

"A proposito di malattie ti chiederò una visita. Un piccolo fastidio mi perseguita e mi fido solo di te".

Essenzialmente Oreste si vergogna di andare da altri medici, perché ha un sospetto di che malattia può trattarsi.

Oreste preferisce che quella visita non avvenga in casa di Natascha. Nel pomeriggio, nella camera d'albergo del dottore, la diagnosi è chiara.

"Sifilide".

"Me lo aspettavo. Ricordo però che c'è una cura. La somministravi ai pazienti".

"Ricordi bene. Era il Salvarsan, una terapia chimica. Meglio ancora ti prescrivo il Neosalvarsan. Per fortuna la malattia è a uno stadio secondario. Ben trattata, ne guarirai. Ma niente rapporti sessuali fino alla completa guarigione. Lascia in pace la tua giovane modella e tutte le altre. Sono i rischi connessi a una condotta, permettimi di dirlo da amico, un po' libertina".

"No, che dici? Ovviamente le donne rendono più piacevole la mia esistenza, ma, credimi, non vado a cercarle. Sono un povero ragazzo ingenuo, che crede nella bellezza delle donne. Loro sono abili pescatrici e mi gettano nella loro nassa".

"Una nassa dove stai benissimo, mi pare. Comunque qualche precauzione in più potresti prenderla".

Continuano scherzosi. Parlano della vita che li aspetta ora che si è conclusa l'avventura che li ha legati. Basta treni, basta guerre, basta oro e preziosi da difendere. Le vite di Oreste, Massimo, Idree, continuano, si spera, su binari di tranquillità in un mondo che i Soviet stanno rimodellando.

"Stando qui apprezzo sempre più il popolo russo, emotivo, generoso, ospitale e amante della musica come quello italiano. Il mandolino e la balalaika non sono forse simili? E le donne? Ah, le donne russe!"

Oreste emette un sospiro perdendosi in piacevoli ricordi.

Ne approfitta il dottore per rifarsi di tutte le volte che l'amico gli accennava arie operistiche e intona quella mozartiana:

"*Non più andrai, farfallone amoroso,*
notte e giorno d'intorno girando;
delle belle turbando il riposo".

Ammicca, con un dito alzato a monito.

"La sifilide non scherza".

Scrive la ricetta. Riprende quindi.

"Certo mi mancherà la mia città, ora italiana, ma tra questa gente sto bene. Ho trovato una cara compagna con cui dividere affanni e gioie, che mi fa vedere il lato buono della vita anche in questi tempi tumultuosi. Ne arriveranno di migliori? Con la pacificazione arriverà anche il mondo nuovo profetizzato dalla rivoluzione? A me pare di sì. Vedremo".

Si salutano con affetto, forse si rivedranno, magari anche con Mario e Danijl, nonostante la distanza che li separa dall'Italia.

Sabato 24 luglio 1920, Trieste

Scorre ancora una volta Mario la lettera di Oreste.

"Caro Mario, in un cinema di Mosca ho visto un film propagandistico in cui pare tu abbia commesso uno stupro con altri soldati italiani, cechi, francesi nei pressi di Irkutsk".

...*Ecco la spiegazione dell'inchiesta a mio carico.*

"Non preoccuparti".

...*Si fa presto a dire.*

"La qualità del film lascia molto a desiderare: si tratta di materiale propagandistico a favore della rivoluzione, fatto per suscitare odio e disprezzo verso i nemici, i bianchi e i loro alleati, capaci di brutalità ed efferatezze. Devo dire però che non era male la sequenza di un idillio con i due protagonisti di profilo mentre dietro tramonta il sole, con un bel controluce".

Cosa mi interessa degli effetti artistici della luce? Poco concreto, come sempre. Mario è insofferente.

Mi son subito attivato nel mio ambiente artistico per sapere se si avevano notizie sul regista. Mi pareva impossibile che tu..."

Continua Oreste spiegando che in una delle scene, che dovevano evidenziare le efferatezze delle truppe in ritirata verso est, quindi ceche e italiane, una giovane attrice, Pironicesko, subiva violenza da queste. Le comparse avevano strappato le vesti femminili dando modo di mostrare abbondantemente le grazie della donna. Nelle scene precedenti si vedeva Mario in primo piano a capo di un gruppo d'assalto italiano. Pareva quindi che l'artefice della violenza fosse proprio lui, girato di spalle ma identificabile dalla divisa e dalla struttura corporea. La stessa Pironicescko compariva senza veli anche dopo la proiezione in oggetto in un film del cosiddetto *genere francese*. Il falso documentario e il filmetto erotico venivano venduti in un unico pacchetto.

Avendo ottenuto l'indirizzo del regista a Irkutsk, aveva chiesto informazioni a un conoscente cecoslovacco, tra gli ultimi che ancora non avevano abbandonato la città. Questo, a difesa del buon nome della propria nazione, non solo aveva indagato, ma coll'usuale interventismo, dopo un colloquio stringente, aveva estorto uno scritto in cui si dichiarava la completa estraneità di forze regolari e dell'ufficiale Pesavento alla ripresa incriminata. Tale dichiarazione era stata subito trasmessa da Oreste al comando italiano.

"Il film è peraltro mediocre, il cui punto forte è il bagno di giovani donne con lunghe inquadrature da più angolazioni".

...*Mi immagino: guerra ed erotismo, un bel binomio per stuzzicare l'interesse. E io ero stato iscritto nell'elenco degli attori!*

"Il regista è un tipo! Crede che per essere considerato come regista basti girare con una sciarpa bianca in qualsiasi stagione. Conoscendo la ruvidezza dei cechi posso immaginare che la sciarpa l'abbiano stretta alquanto al collo per farlo confessare".

Ecco chi è stato! Una scena attraversa in un lampo la mente: a Irkutsk una incongrua sciarpa bianca svolazzante che mancava bellamente il compito di proteggere dal freddo un giovanotto dietro una macchina da presa. Lui, il sapiente montatore delle scene incriminate! *Che sciocco a farmi riprendere! Tutta colpa di Poret che ha insistito a fingermi attore.*

"Ho appreso che lui e l'attrice sono conosciuti. Girano voci che siano amanti e questa per sovvenzionarne l'ultimo film abbia venduto una preziosa croce in argento, proveniente dalla banca di Kazan".

Rasserenato che fosse stata fatta chiarezza sull'episodio, Mario si chiede come potesse disporre di tale oggetto prezioso una sconosciuta attricetta. *Probabilente l'ha arraffata ai rossi in fuga da Kappel.* I beni zaristi e di gran parte della nobiltà russa sono ormai sul mercato, tra cui le spille sottratte dall'aviatore spione. *Almeno la parure siamo riusciti a farla giungere nelle mani della legittima proprietaria. E chissà che l'imperatrice vedova non debba venderla per il mantenimento suo e dei famigliari. Magari alla Casa regnante che la ospita: dai Romanov ai Windsor.*

Pone un freno al divagare. L'importante è che l'onore suo e del Savoia non ne sia stato scalfito. Oreste, pur distante migliaia di chilometri, ha fatto chiarezza. Corre a mostrare la lettera a Olga, chiedendole di fissare una nuova data per il matrimonio ora che il tutto si era chiarito.

"Ma, caro, non ho mai dubitato di te!"

Tuttavia una piccola ombra si dissolve nel cuore di Olga.

Sabato 14 agosto 1920, Mosca

L'attrice si rivolge al pittore.

"Una donna alla porta chiede di te. L'accompagna un piccolino".

Mentre lui si stacca dal cavalletto dove sta abbozzando alcune scenografie, soggiunge: "Non avrai combinato qualcosa?"

"Ma cosa vuoi..." Comincia Oreste.

"Voi uomini siete sempre pronti a lasciare i vostri guai in giro!"

Incuriosito, ma ora anche preoccupato, si dirige alla porta semiaperta per trovarsi davanti Tamara con un bimbo in braccio e una valigia poggiata ai piedi.

"Ma tu sei..."

Farfuglia, cercando di ricordare.

"Sono Tamara. Ti ricordi?" Un momento per prendere coraggio e dire tutto di un fiato: "E questo è tuo figlio Nicola".

Vacilla. La fa accomodare, praticamente ammutolito. Per fortuna che Nata-

scha Boullevje si presenta, la fa sedere cercando di metterla a suo agio, offre da
bere a lei e al piccolo

"Avete fame? Desiderate qualcosa da mangiare?"

Al diniego, porta comunque tè e biscotti, poi li lascia soli.

Passa il tempo: ne hanno di cose da raccontare. Finché Oreste si affaccia alla
camera dell'amica e dice: "Vado a cercare un albergo."

Sta per continuare ma viene interrotto. "Non dire scemenze, Oreste. È chiaro
che resteranno qui, miei ospiti. Con calma troverai una soluzione all'alloggio ma
anche alla tua nuova condizione.

Gli sorride.

"Che effetto fa essere padre?"

Il neopapà sbianca, ancora frastornato, con un groppo in gola. "Io, ecco, veramente, io non sono pronto. Non volevo un figlio. Proprio non ci pensavo".

"Invece devi pensarci ora. E soprattutto trattali bene. Vengo e tranquillizzo
quella povera ragazza. Tu renditi utile e va a prendere qualcosa da mangiare".

Con piglio risoluto va incontro agli ospiti, mentre Oreste esce con mille pensieri.

Venerdì 27 agosto 1920, Irkutsk

Anna si presenta a Massimo, che, basito, non riesce a pronunciar parola. Chiede di potersi sedere. Si vede che è sfinita. Massimo le fa portare da bere e da mangiare, prima di chiedere spiegazioni.

Riassume Anna, tra un boccone un altro, l'avventura in Manciuria a danno
dei cavalieri di Ungern e di come sia stata costretta a sotterrare i forzieri, avendo
perso molti uomini ed essendo lei stessa ferita. Aveva quindi consegnato parte
delle monete d'oro e qualche gioiello al capo della Čeka in Mongolia, Yakov Blumkin, che aveva vanamente chiesto di rivelare il luogo. Era stata ferma nel dire
che avrebbe guidato lei la squadra di recupero.

"Diffidavo e avevo ragione. Mi aveva affibbiato uno per proteggermi, diceva,
ma era con lo scopo di farmi fuori appena individuato il posto. L'ho portato un
po' di qua e di là, finché gli ho sparato quando mi ha minacciata. Sono scappata
sulla sua macchina con il camion dei militari che mi inseguiva. E ora eccomi qua
ricercata dalla Čeka".

Prima N. K. ora Yakov. Non aveva fortuna con i superiori. Tutti volevano eliminarla per i propri fini. Almeno Blumkin, oltre che un assassino, era un poeta,
un mistico e un ideatore di riviste culturali, non come quel macellaio di N. K.
Aveva sparato al Conte von Mirbach, l'ambasciatore tedesco a Mosca, quando ea
un terrorista socialrivoluzionario di sinistra, poi entrato agli ordini della Čeka.

Temeva i vecchi compagni e dormiva per strada, con il suo compagno cinese.
Quando recupererà il tesoro avrà bisogno di una persona fidata che possa venderlo un po' alla volta senza destare sospetti. Se il dottore acconsente, spartiranno

il ricavato.

"Ho avuto modo, dottore, di apprezzare i vostri modi efficaci nel recuperare l'oro zarista".

"L'oro che ci avevi sottratto":

"Faceva parte dei miei incarichi".

"E quello sepolto in Manciuria?"

"Ci penserò in futuro. Potremmo collaborare per questo. Ora devo mettere al sicuro la pelle".

Massimo voleva condurre una vita semplice esercitando la professione, una volta in Trentino e ora in Siberia. Basta pericoli, basta azzardi. Certo che questa nuova possibilità gli aveva fatto provare un brivido. Avrebbe avvisato gli amici di questa strana comparizione. Avrebbero riso della proposta di collaborazione senza considerarla attuabile. Intanto avrebbe ospitato quella donna qualche giorno.

Quella sera Idree, dopo aver accompagnato Anna e Lòng ai loro letti, avrebbe visto una luce diversa negli occhi del compagno, che si stava gingillando con l'idea di nuove avventure.

Venerdì 27 agosto 1920, Trieste

Le partecipazioni, abbellite dalla grafica ideata da Mario, sono state consegnate a tutti gli invitati già da tempo, approntate le bomboniere confezionate a mano, centrini fatti a uncinetto contenenti i confetti, rigorosamente bianchi.

Arrivano Danijl e Nadežda, che si erano preannunciati con qualche giorno di anticipo. Non v'è sorpresa quindi ma solo grande commozione e felicità. Gli sposi, pur nell'estasi e nell'affanno prematrimoniale, gioiscono della presenza degli amici che testimonia il loro affetto.

"Che bene state!"

"Ti trovo dimagrita".

"Tu invece, Mario, hai messo su un po' di pancetta".

Nadežda non porta la spilla liberty a mazzo di fiori. Sfoggia invece una raffinata collana. Danijl traduce per la compagna. "Passando per Milano non si è trattenuta dal passare nel negozio di Mario Buccellati in via Santa Margherita. Sapeva che D'Annunzio, di cui ci hai riempito la testa, è suo amico e ne apprezza i gioielli".

Approfitta Mario del tema toccato per comunicare il recupero degli altri pezzi della parure e della consegna degli stessi alla baronessa. "Finalmente!" Commentano con sollievo.

In regalo hanno portato per Mario un gilet appositamente confezionato, in seta nera con righine verticali blu, con tre bottoncini ricurvi rivestiti dello stesso tessuto. Hanno pensato che un gilet è più portabile nella quotidianità piuttosto di un panciotto, coordinato con un completo.

"Forse sarebbe stato più adatto per Oreste piuttosto che per un serio ingegnere, ma il tessuto ci piaceva così tanto che non abbiamo resistito e abbiamo pensato che anche tu hai un animo artistico".

Danijl ha affinato il suo italiano e si esprime in maniera sufficientemente corretta. Da parte di Massimo e Idree portano una cravatta di seta blu, perfetto completamento del gilet, con un bel fermacravatta e per la sposa una corona, decorata con una corda d'argento.

"Su mia cara, mostra anche a Olga il suo dono". Danijl esorta in russo la contessa, mentre una bellissima vestaglia in seta ricamata di color crema viene dispiegata. Prosegue poi in italiano. "Questo è da parte nostra".

Apre poi un pacco estraendo un copriletto ornato di frange. Vi sono ricamati su fondo bianco motivi floreali su cui campeggia l'albero della vita. "Inoltre questo da suor Sukhodolskaya Anna Mitrofanovna".

"Chi? Che suora?" Mario cade dalle nuvole.

"Forse la conosci come suor Eustolia. Lei invia alla tua futura moglie questo presente. Lo hanno fatto benedire appositamente perché sia latore di una vita serena".

"È la suora a cui hai fatto un dipinto". Chiede Olga al fidanzato.

"Sì".

"Mi ricordo che ne dicevi un gran bene. Le scriverò una lettera di ringraziamento. È stato veramente un caro pensiero. Speriamo che lei e le altre suore di quel convento non abbiano a patire vessazioni dai bolscevichi".

"Non proprio". È costretto a dire Danijl. "Sono state accusate di attività antisovietiche, inoltre un testimone le ha accusate di aver ricamato uno stendardo con San Giorgio il Vittorioso per l'atamano Semënov. I rossi si sono installati in convento, relegando le suore in una piccola ala. Hanno intenzione di sopprimere l'ordine e disperderle. Così mi dice l'amico che ci ha spedito il copriletto".

La Nemčivskaja ha espresso il desiderio di vedere l'abito da sposa. Olga è ben felice di invitare l'ospite in una saletta. Le accompagna la sorellina Noemi che, prima che la neo sposa si involi, vuole stare con lei tutto il tempo possibile.

"Che meraviglia!"

Nel suo italiano stentato, però arricchito dagli atteggiamenti del volto e dalla gestualità, si rallegra per la futura vita da maritata. Non trattiene l'ammirazione per l'abito che segue la moda: linea diritta e informe, piuttosto semplice, in seta ma con velo di pizzo lungo sino alle caviglie che nel giorno fatidico verrà fermato da una coroncina di fiori sulla fronte. Ma Olga ci ripensa e preferisce la corona con cordino d'argento appena avuta in dono.

"Grazie cara Nadezda. Sapessi che gioia averti qui. Testimone in carne e ossa di un periodo in cui Mario, lontano, viveva esperienze inconcepibili per me. Mi racconta di due anni di guerra, sofferenze, avventure, amicizie. Maschili e femminili. Mi ha parlato molto di una certa Irina. Ora arriva un regalo di una suora. Tu conosci un suo lato che io ignoro".

Parla con calma per farsi capire, ma alla fine sono costrette a chiedere l'aiuto di

Danijl come traduttore, mentre Noemi impegna Mario in una discussione sulla distribuzione dei confetti.

La contessa azzarda una battuta: "Per quel che so, è stato anche sposato in Transbajakalia". Vedendo Olga strabuzzare gli occhi, prima che abbia un mancamento, subitanea racconta la fuga dalla capitale con documenti di matrimonio falsi. Ne ridono entrambe e continua.

"Mario l'ho conosciuto solo nell'ultima parte della sua permanenza in Russia. Non so che tipo di rapporti abbia avuto. Ma ti posso assicurare che il tuo fidanzato è una persona affidabile, sempre riguardoso verso gli altri e soprattutto verso te".

Olga riconosce la verità di quelle parole, riandando col pensiero alle lunghe passeggiate, prima che fosse richiamato alle armi, in cui quel giovanotto allampanato, timido, esitava nel dichiarare l'interesse per lei, interesse di cui era sicura nonostante i goffi tentativi di corteggiamento. L'espressione si distende, gli angoli della bocca volgono leggermente verso l'alto abbozzando un sorriso, gli occhi luccicano guardando quelli di Nadezda. Le mani dell'una tengono le mani dell'altra.

Il militare Danijl, considerate terminate le svenevolezze femminili, prende sottobraccio Mario, salvandolo dall'acceso dialogo con la futura cognatina, e propone di bere il vino individuato per il dessert del pranzo di nozze.

"Quel vino passito dal sapore intenso e dal profumo complesso, che mi hai fatto assaggiare".

"Il ramandolo. Sapevo che ti sarebbe piaciuto, con quei sentori di miele e di albicocca. È una produzione locale. Viene dalla zona di Udine, dal paese Ramandolo appunto. Vado subito a prendere una bottiglia".

Deve prenderne più di una, perché si presentano le amiche di Olga per scambiare gli ultimi pettegolezzi e le confidenze di vita maritale, tra queste la prima notte di nozze. Il ramandolo viene servito in piccoli bicchieri, che vengono però spesso riempiti.

Domenica 29 agosto 1920, Trieste

All'arrivo della sposa in chiesa tutti sono rimasti ammaliati. Indossa il bellissimo abito e la corona. Lo sposo porta con disinvoltura un completo a tre pezzi, con il gilet colorato, dono degli amici. Nero, elegante, ma è pensato per essere riutilizzabile in altre occasioni.

La cerimonia è ricca di emozione, si scambiano gli anelli, ancora sorrisi e qualche lacrima di felicità ed è fatta: sposi. Dopo il lancio di riso beneaugurante, si scatta la foto classica davanti alla chiesa e via a festeggiare. Gli invitati nella locanda appena fuori la città sono molti: i parenti, i testimoni, gli amici più cari, quelli d'infanzia, la coppia russa, qualche vicino.

Contando poco la conoscenza linguistica in tali momenti di euforia, la coppia russa partecipa pienamente all'allegria generale. Piero alza il bicchiere, invita all'ennesimo brindisi e canta con bella voce anche se vagamente impastata dal troppo vino. La moglie tenta di farlo star seduto tirandogli la manica della giacca. Impossibile. Attacca una strofaccia da osteria, al che Anita gli tira una pedata, non vista, e intona lei una vecchia canzoncina realistica che testimonia l'emancipazione delle mule, le ragazze triestine:

Fazzo l' amor, xe vero
cossa ghe xe de mal,
volè che a quindese ani
stia là come un cocal?
(Faccio l'amore, è vero,
cosa c'è di male?
Volete che a quindici anni
stia lì come un gabbiano?)

Olga sorride e arrossisce, perché lei ancora non conosce biblicamente uomo. Balla con il neo sposo, lancia il bouquet, distribuisce sorrisi, confetti e ringraziamenti, stando sempre attenta che tutto proceda bene. Mario, a parte il bouquet, fa lo stesso e alla fine della festa entrambi hanno goduto pochissimo del buffet. Quando gli invitati se ne vanno, mangiano velocemente qualche avanzo e si danno coraggio con qualche bicchiere di passito pronti ad affrontare il tanto atteso incontro sotto le lenzuola.

Martedì 31 agosto 1920, Vladivostock

Finisce dov'era cominciata. L'oro zarista viene riportato a Kazan dove le truppe bianche di Kappel l'avevano sottratto meno di due anni prima.

Kazanovsky, nominato capo controllore finanziario del treno con le riserve auree della Repubblica Socialista Federativa Sovietica Russa, informa Andrea che, come parte in causa aveva chiesto ragguagli. Con il suo vice Gaysky aveva fatto approntare il convoglio dell'oro consegnato dalla legione cecoslovacca e comprendente le 2200 libbre consegnate dal battaglione Savoia. Rinnova con l'occasione il ringraziamento per il lavoro svolto.

Sotto il controllo del commissario cekista Alexander Kosukhin e protetto da tre battaglioni del 262° reggimento Krasnoufimsky, il treno era partito da Irkutsk nel pomeriggio del 22 marzo. Ad aprile, la guardia del treno veniva sostituita dal 1° reggimento internazionale comandato dal comunista ungherese Istvan Varga.

I cecoslovacchi hanno portato l'oro verso est e l'ungherese lo riporta ad ovest. Anche in questo cechi e magiari si contrastano.

Il reggimento era vestito con uniformi grigio chiaro polacche, ma stelle rosse indicavano che appartenevano al Soviet. Il corpo delle guardie di frontiera in uniforme verde era stato sciolto.

Nikolai Stanislavovich Kazanovsky riporta la conclusione del viaggio dell'oro avanti e indietro sul suolo russo.

Il 4 maggio all'arrivo alla stazione di Kazan i vagoni erano stati esaminati, i sigilli delle serrature controllati. Nonostante i tentativi di assalto al treno da parte di bande varie il carico era giunto intatto. Era stato finito di scaricare nella sera del 7 maggio.

Martedì 7 settembre 1920, Mosca

Ormai Tamara col figlio ha un nuovo alloggio: una stanza, con uso di bagno e cucina condiviso con altre famiglie. Inoltre Oreste è riuscito a trovare l'asilo nido, cosa facile poiché la politica sovietica prevede gratuità e accessibilità per questo servizio. L'ospitalità di più giorni a casa di Tàta è servita a consolidare l'amicizia tra le due donne. L'attrice svolge il ruolo di zia adottiva.

Oreste passa i giorni a chiedersi se sarà mai un buon marito e padre, uno stato ben lontano dal suo carattere che ha sempre rifiutato ogni responsabilità. Mille dubbi l'affliggono, ma cerca di essere una presenza su cui Tamara possa contare. Per il momento non si sente pronto a fare il grande passo.

Passa gran parte del tempo a giocare con Kolia, mentre le donne socializzano, e a condurre lunghe conversazioni con Tamara. L'apprezza molto, non solo come giovane donna ma anche come madre premurosa e attenta. Riscopre lo star bene con lei, comincia a sentire anzi il bisogno della sua presenza.

Lei l'accoglie sempre con caloroso affetto. La sera la quasi famiglia si riunisce con la quasi zia Tàta per la cena. Son momenti di serenità. Qualche mattina, quando si è fermato per la notte, il papà porta Kolia all'asilo.

Tata spinge perché riconosca il figlio anche se nato fuori del matrimonio. Non deve faticare molto

Oreste, presa la decisione, non vuol indugiare nell'assumersi le responsabilità di padre e marito. Si trasferisce dalla compagna e avvia la pratica per il riconoscimento civile del matrimonio.

Primi di settembre 1920, Trieste

In Italia, la crisi economica dovuta alla guerra appena terminata è sfociata nei disordini sociali, negli scioperi dei lavoratori con le occupazioni delle fabbriche, nei tentativi di autogestione, nelle serrate degli industriali. Gli operai e i contadini oltre alle rivendicazioni economiche e di tutela guardano alla rivoluzione russa, ormai mitizzata, esaltata anche da quotidiani come l'*Avanti!*, espressione del Partito Socialista, facendone propri i contenuti politici. Serpeggia l'idea di dover prendere le armi per portare avanti la rivoluzione anche in Italia.

Per contrastare queste idee e gli uomini che le sostengono, gli industriali e i latifondisti appoggiano e finanziano le squadracce fasciste.

Fin da maggio dell'anno precedente il proletariato triestino ha indetto grandi scioperi, soprattutto i metallurgici, trascinando dalla loro parte anche altre categorie. Mario, pur non iscritto a nessun partito e sindacato, simpatizza per i lavoratori, essendolo lui stesso. Qualche volta, tornando dal lavoro, si ferma a scambiare due chiacchiere con gli amici nell'osteria "Gloria", ritrovo di attivisti socialisti. Non partecipa alle infiammate discussioni, esprime pacatamente il suo pensiero, beve un bicchiere di vino e veloce va a casa.

Martedì 7 settembre 1920, Trieste

Sul lato opposto alla porta di casa, rientrando dal lavoro, nota un gruppetto di tre persone, di cui una gli par di conoscere. Non si sofferma con lo sguardo, muovendo deciso verso l'abitazione. Invece dal gruppo si stacca chi appositamente lo aspettava.

"Buonasera, signor Pesavento".

"Buonasera Poret".

"Come sta? Da molto non ci vediamo".

"Eh ! Non mi lamento. Sebbene si viva in tempi agitati".

"Già e lei frequenta quegli agitatori, quella gente lì, sindacalisti, lavoratori coi grilli in testa".

"Ma cosa ..." Si sta irritando Mario. "Come si permette?"

"Non si scaldi, mi ascolti. Ascolti un consiglio da amico".

"Non siamo mai stati amici Poret". Si muove per oltrepassarlo.

"Ha ragione. Classi sociali differenti. Vero? Tutto questo finirà. Non importa. Lei mi ha sempre trattato bene. Lo riconosco e voglio dirle: domani non si fermi a chiacchierare con la solita gentaglia anarcoide. Vada a casa diritto".

"Farò quel che mi sento di fare. Buona giornata". Fa per andarsene, poi si rigira. "Quella camicia nera non ti sta bene, non fa per te".

Si allontana.

Gli urla dietro Scipio. "Si ricordi: domani a casa, al sicuro".

Fastidioso, importuno. *Ecco cosa ci guadagna ad averlo protetto in più di un'occasione.*

Mercoledì 8 settembre 1920, Trieste

Sono passate da un pezzo le 18,00, orario che segna la fine della giornata lavorativa. Mario si è lasciato convincere a trascorrere un po' di tempo con gli amici all'osteria "Gloria", come al solito piena di avventori.

"Oh, ingegnere, è da tanto che non ti si vede. Siedi qua".

Gli fanno posto al tavolo.

"Cosa volete, amici, le gioie del matrimonio".

Sedendosi si toglie la giacca, restando in maniche di camicia ed esibendo il gilet del matrimonio. Non si parla di matrimoni, ma di condizioni contrattuali imposte dal padronato e prepotenza fascista. Con loro il nonno, vecchio alpino ormai schiavo della grappa, che veniva data per infondere coraggio prima dell'assalto, e dei brutti ricordi: ne ha visti tanti morire. Non è vecchio ma dimostra ben più della sua età: in trincea ha patito freddo, fame, stenti di ogni genere e, soprattutto, costante paura della morte. Ora è un guscio svuotato, l'occhio sbarrato, la bocca tremante, distrutto nel corpo e nell'anima dall'orrore della guerra.

Alcuni sono fuori, godendo del bel tempo e della luce ultima del giorno. Sentono avvicinarsi il rombo dei motori. Due macchine si fermano e scendono degli uomini.

"Son qua i fascisti!"

"Vogliono bruciare l'osteria come hanno fatto coll'hotel Balkan!"

"Fuori tutti compagni. Alle armi!"

Non sono i fascisti, sono Guardie Regie, che affiancano i Carabinieri nei servizi di pubblica sicurezza. Sono in azione di controllo, ma stranamente in uniforme nera da parata. Per questo forse scambiati per fascisti? Con loro, per caso o per volontà di provocare, i veri fascisti. Da ignoti vengono fatti partire dei colpi. Dai fascisti che tanti atti di violenza hanno alle spalle? Dalle Guardie Regie che nel maggio avevano sparato sui minatori sardi in sciopero, causando sette morti? Da estremisti socialisti, che sognano la lotta armata?

Da una parte arrivano altri carabinieri e guardie, infiltrate da squadristi, e dall'altra il popolo lavoratore. Divampa una battaglia dove si spara da ogni dove, dalle strade, dalle finestre e si risponde sparando ad alzo zero e alle finestre.

"Figlia mia, oh, Gesù!" Si accascia una donna vicino alla figlia colpita da un proiettile nella propria cucina.

Un giovane è colpito a morte nel momento di uscire di casa.

"Scappa, Scappa. Vai a casa, presto!" Urla un signore col bastone a un ragazzino; forse un nonno, che non potendo correre invita il nipote a salvarsi.

La gente fugge, cercando riparo. Vengono uccisi civili innocenti di passaggio e nelle loro case.

Gli ultimi avventori sono già scomparsi. Resta tremante il nonno ripetendo:

"Gli austriaci, gli austriaci. I gas! Oh, mamma. I gas!"

Mario torna indietro di qualche passo, lo afferra saldamente per un braccio e lo strascina via.

"Su nonno. Andiamo. Sta tranquillo, ma veloce. Dai!"

Stanno per girare un angolo verso una viuzza riparata quando Mario viene raggiunto da una pallottola. Incespica, cade.

"Vai avanti nonno. Adesso arrivo".

Il vecchio si ferma, vede gente e chiama aiuto. "Son gli austriaci. L'hanno ammazzato!"

Intanto si allarga sul gilet la macchia di sangue. Sono immediatamente evidenti le gravi condizioni. Viene portato con altri feriti al riparo, mentre perde di intensità la sparatoria.

Sposo novello, mai ferito indossando la divisa dell'esercito austroungarico né quella del battaglione italiano, indenne attraversando la Siberia in fiamme, lotta ora tra la vita e la morte in un oscuro androne della sua città. Quella sera Olga l'aspetta invano.

MARIO PESAVENTO

Tra i personaggi Mario Pesavento nato a Pola nel 1896 effettivamente fidanzato e poi sposato con Olga Quarti mia zia.

Non fu prigioniero austroungarico e anche l'età è stata maggiorata per farlo apparire ventinovenne nel 1918.

Trascorse buona parte della vita a Trieste dove morì e dove lavorò come ingegnere navale e commerciante. Espresse il suo talento artistico dipingendo quadri dai colori caldi stesi con sapienti pennellate. Molti di questi sono appesi a casa mia: mi piacciono e raccolgono per lo più l'apprezzamento degli ospiti.

Non l'ho mai conosciuto, ma la zia Olga mi raccontava del suo amore per la città d'adozione, Trieste, e per la pittura, forse un po' imbarazzata dalla nudità delle modelle a cui talvolta ricorreva.

Quei tempi e quei luoghi furono cruciali per la nascita del fascismo da cui si tenne distante. Non fu ispirato dalla corrente futurista oltre che per una diversa visione artistica anche per lo spirito guerrafondaio che la pervadeva.

Esiste un epistolario dei fidanzati, finito su un mercatino nelle mani di un collezionista. Alla proposta di ricomprarlo ne ho avuto un diniego.

Pazienza! Mi restano i bei quadri.

FRANCO CONTON

Franco Conton, classe 1952, nasce e vive a Venezia. Dopo gli studi classici si laurea in Lettere Moderne. Direttore dell'Istituto per le Attività Marinare e poi di quello Alberghiero. Direttore, dalla loro istituzione nel 1992, dei corsi abilitanti per gondolieri. Presidente della associazione culturale "Terra e mare" ha curato eventi culturali. Ama il nuoto in mare, anche in inverno, e le lunghe passeggiate con il cane.

NOTA DELL'AUTORE

Il tema dominante è l'oro, tonnellate d'oro e gioielli degli zar. Si intreccia con la storia delle migliaia di italiani soggetti al dominio austriaco, dalmati, trentini, istriani, che durante la prima guerra mondiale vennero inviati sul fronte orientale. Allo scoppio della Rivoluzione d'Ottobre circa 25mila si trovavano prigionieri nei campi russi. Alcuni gruppi furono portati a est verso il porto di Vladivostock e verso la libertà dal capitano dei carabinieri Cosma Manera e dal commerciante Andrea Compatangelo, che agiva su iniziativa autonoma mai riconosciuta dal governo italiano.

Le notizie, che avevo cercato su questi due avventurosi mi fecero immaginare una storia divenuta il romanzo che avete letto. D'altronde la vicenda, reale, del commerciante che insieme a un'infermiera attraversa la Siberia aveva in sé il germe del romanzo, come già qualcuno aveva subodorato accostandola a quella del Dottor Zivago.

Il periodo storico trattato è di estremo interesse e di sconfinata documentazione, a cui mi sono accostato non da studioso. Questo romanzo non ha la pretesa di essere un saggio storico; ci possono essere inesattezze o errori che spero mi verranno perdonati.

I fatti sono per la gran parte veri.

Il sequestro del tesoro zarista, dopo la conquista di Kazan, contabilizzato da Gaysky e il suo trasporto affidato alla Legione ceca sono la base storica di partenza del romanzo. Alcuni ipotizzano che parte dell'oro sia finito nei forzieri della Legiobank. Certamente una parte venne usata per pagare le forniture di armi alle Potenze alleate e ai giapponesi. Rozanov e Kalmykov depredarono le locali banche di Stato consegnando il frutto delle rapine ai giapponesi. La leggenda vuole che sia stato nascosto in Mongolia o volutamente affondato nel lago Bajkal. Predazioni a privati e comunità vennero effettuate anche da Zapkus e da Ungern nelle modalità riportate nel romanzo mentre immaginario è il furto da parte di Anna ai danni della Divisione di cavalleria asiatica.

A Samara si intrecciano gli antefatti per dare avvio alla storia. Ho ipotizzato che l'accordo per la costituzione del battaglione Savoia fosse stato facilitato dalla fiducia riposta in Compatangelo da parte dei francesi per il salvataggio di due connazionali a Kazan (il capitano Joseph Bordes scrive alla Missione italiana: Ho l'onore di segnalarvi la bella condotta del capitano Compatangelo. Questo ufficiale italiano ha passato a Kazàn il periodo più critico del terrore bolscevico in qualità di corrispondente dell'Avanti, approfittò di questa qualifica per prendere le difese di due militari francesi, Sourys e Morcia, arrestati a Kazàn). A proposito di francesi, è provato il finanziamento dato dall'ambasciatore francese Noulen al terrorista controrivoluzionario Savinkov che nel luglio del 1918 organizzò, un ammutinamento a Yaroslav e nel gennaio 1918 un attentato contro Lenin. In città esistevano al tempo: la sede per il reclutamento dei cecoslovacchi da parte rossa, il parco e la fontana, la casa del mercante Suroshnikov e la casa di Ershov che diventò poi sede dell'Ispettorato dei lavoratori e dei contadini delle ferrovie al pianterreno e appartamenti popolari ai piani superiori, il piroscafo e il birrificio Zhigulevskiy con un piccolo ospedale annesso.

La brutalità imperante in Transabajkalia e il dissidio tra Ungern e Kazagrandi portarono alla morte per bastonatura di quest'ultimo per ordine del barone nero. A Khabarovsk fu giustiziata una banda musicale magiara per essersi rifiutata di suonare una canzone dei bianchi. A Čita gli uomini che attentarono alla vita dell'atamano introdussero a teatro le bombe nascoste in mazzi di fiori. Nella città piena di truppe cosacche e giapponesi, dove era forte la resistenza cittadina, i poliziotti Kammenov e Domrachev erano impegnti nella lotta ai banditi, in gran parte ex detenuti di Nerchinsk, Akatuy, Yakutka. Paurose ma vere le storie di Shumov, derubato e ucciso da Stepanov con complicità dell'atamana, dell'omicidio dell'attrice Nastalova e del suicidio del marito.

In Crimea, storica è la data di partenza da Yalta l'11 aprile della zarina Maria Feodorovna, imbarcata quattro giorni prima a Dyulber sulla nave inglese HMS Marlborough. I rivoluzionari le avevano sequestrato le lettere del figlio Nicola e la Bibbia, ma stranamente non lo scrigno con 369 gioielli dal valore totale di oltre cinque milioni di rubli d'oro. A proposito della dispersione degli ori e gioielli dei Romanov, segnalo che l'elaborata parure di zaffiri con diamanti, che includeva uno zaffiro di 159,25 carati, visibile in un ritratto realizzato da Konstantin Makovsky, fu confiscata dopo la rivoluzione. La collana compare in un fotografia del tavolo con i Tesori imperiali scattata dai bolscevichi. Successivamente scompare, probabilmente smantellata e venduta. Altri gioielli, ben 154 per un valore totale di oltre tre milioni di rubli d'oro, furono dati in custodia alla badessa

Druzhinina del monastero di Tobolsk; anche questi confiscati e poi scomparsi. Il coinvolgimento delle suore di Ekaterimburg nella vicenda è invece frutto della fantasia dell'autore. Stando in tema religioso, sono realmente esistiti i reggimenti formati da preti o dedicati a Gesù e alla Vergine Maria. L'idea dei preziosi nei cioccolatini è mutuata da un articolo secondo cui Francis Meynell inviò in Gran Bretagna perle e diamanti della famiglia reale che aveva ricevuto dai bolscevichi in Svezia. Erano nascosti in involucri di caramelle al cioccolato e inviati per posta. Maynell disse in seguito che tutti questi gioielli alla fine erano tornati in Russia.

Ho cercato di ricostruire fedelmente la Vladivostok dell'epoca in cui erano presenti le forze alleate, tra cui gli americani dell' AEF comandati da Graves, la sede operativa del Regio Esercito Italiano. Nel grande porto orientale vigilava la MPI e nell'alta società regnava madame Prey. Esistito il ristorante Kokin detto Kokinka e l'Aquarium, così descritto, con il primo concorso di bellezza. Nel 1917-1921 a Vladivostok c'erano più di dieci teatri di cabaret. La stazione ferroviaria si presentava con l'aquila bicipite, era abbellita da marmi e riscaldata dalle stufe olandesi. Una versione della morte di Lazo è quella per cui viene gettato vivo in una fornace quando la città viene ripresa dai giapponesi.

L'Italia non è trascurata, viene continuamente ricordata per le opere dei suoi artisti, per le lettere che cercano di rendere il clima politico sfociante a Trieste nei disordini fomentati dai fascisti, nell'incendio del Narodni Dom e nei fatti del 7 settembre. Lì i lavoratori del mare appartenenti alla Federazione con a capo Giulietti, protetto costantemente da guardie del corpo (così mi assicura un suo discendente), dirottarono effettivamente la nave Persia carica di armi per i bianchi; altro dirottamento fu quello del Beker il primo di ottobre 1919, menzionato negli annali dei Carabinieri.

Per quanto riguarda le epidemie, che imperversavanosu tutta la Russia e la Siberia, quella di tifo, che tra il 1918 e il 1922 registrò 6,5 milioni di casi, ha contribuito in buona maniera alla disfatta bianca e alla ritirata da Omsk. L'utilizzo di tecniche di guerra batteriologica è stata ipotizzata ispirandosi alle attività del Dipartimento Sanitario ed Epidemiologico di Mosca e dei vaccini sperimentati durante la Seconda guerra mondiale da Rudolf Stefan. Vero il convegno medico a Mosca in quel periodo, che denota la grande attenzione data dai sovietici alla sanità pubblica, e il reparto di ostetricia a Samara col primario L. L. Okinchits.

Una foto immortala motociclisti giapponesi su motocarrozzette Harley-Davidson con mitragliatrici pesanti davanti all'ex residenza del governatore generale dell'Amur nel 1919-1920: nel romanzo diventano la scorta personale di Kurosawa. Il giovane maresciallo Zhang Zuolin acquistò una Harley-Davidson importata dagli Stati Uniti presso un'azienda straniera a Tien Tsin, prendendosi un forte raffreddore nel guidarla da Tien Tsin a Pehino. Ho giudicata che questa fossa la moto giusta per il commissario N. K. Berjenin. La casa automobilistica Russo-Baltique o Russo-Balt, fornitrice ufficiale dello zar, produceva nella fabbrica baltica di Riga: vince il rally San Pietroburgo- Napoli, arrivando per prima sulla cima del Vesuvio nel 1910. Il camion usato dai cinesi per raggiungere Čita era un FIAT-15ter, di struttura leggera e di motore potente: l'American Expeditionary Force ne ordinò in Italia 4000 veicoli, considerandolo quasi un fuoristrada. Dal 1917 lo stabilimento automobilistico di Mosca (AMO) prevedeva la produzione di autocarri leggeri su licenza della società italiana Fiat.

Le citazioni musicali sono parte integrante dell'opera e sono tutte originali: le canzoni da galera, popolari, funebri, inni, da strada. La canzone controrivoluzionaria Sharaban si basa su un coro gitano divenuto canto di battaglia dell'esercito dei bianchi sul fronte orientale quando a Samara i bolscevichi furono cacciati e fu istituito il Komuch.

Ci sono alcune citazioni particolarmente significative: effettivamente dette come quelle della zarina Maria, lasciando la Crimea col cuore oppresso dalla tristezza, o scritte come l'appello ai cittadini comparso sul quotidiano Izvestija e quello di Kappel morente che preconizza i duri tempi che verranno. Tutti nomi di strade e locali sono veri anche se poi vennero modificati in epoca sovietica. La narrazione è colorita da dettagli architettonici, alcolici, gastronomici, poetici quasi sempre reali.

Molte altre sono le note, dovute a letture appassionanti, che tralascio per non impantanarmi in un elenco puntiglioso che otterrebbe solo lo scopo di annoiare invece che di suscitare la curiosità del lettore. Chi anzi abbia avuta la pazienza di portare a compimento la lettura spero sia punto dal desiderio di avviare un suo personale lavoro di riscontro di fatti e personaggi, di cui fornisco elenco.

MAPPA
- Per aiutare la comprensione i confini riportati sono quelli attuali -

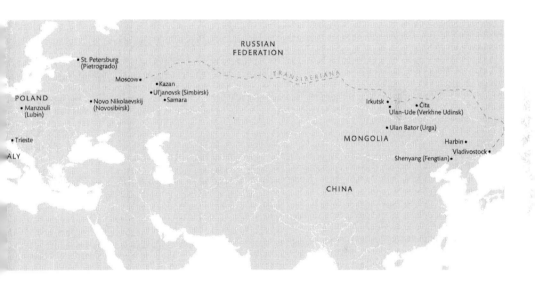

RINGRAZIAMENTI

Ringrazio Giacomo Stipitivich, amico e mentore, per l' aiuto, le osservazioni pertinenti, l'amichevole stimolo a rivedere e correggere, ma soprattutto per il continuo sprone.

Ringrazio il lettore che ha avuto la pazienza di giungere alla fine. Spero di accendere in lui la curiosità per il periodo storico trattato e di essere un amico onesto in questo viaggio storico letterario, secondo le parole di Robert Louis Stevenson: *siamo tutti viaggiatori nel deserto di questo mondo e il meglio che possiamo trovare nei nostri viaggi è un amico onesto.*

Un ringraziamento speciale a mia moglie Daniela e ai miei figli, Sofia, Alvise, Riccardo, per l'incrollabile sostegno. A loro dedico questo libro.

PERSONAGGI

Personaggi immaginari

Achilbek, comandante dei guerriglieri basmachi

Alyona, detta Godiva, prostituta

N. K. Berjenin, commissario della Čeka

Natascha Boullevje, detta Tàta, attrice

Oreste Dal Bon, tenente del battaglione Savoia

Foma e Yerema, sicari semënoviti

Idertuyaa, infermiera comunemente chiamata Idree

Joseph, attendente dell'aviatore Alexander Vasilskji

Svetlana Aleksàndrovna Kolobukhina, detta Sveta, infermiera

Kowalsky, caporal maggiore dell'Ufficio di Informazione

Irina Conchovna Locked, cugina di Tatiana Suroshnikova

Theodora de Luteville, baronessa dama di compagnia

Nadežda Nemčivskaja, contessa fidanzata del conte Danilo

Anna Nikitin, agente segreto sovietico

Vladimir Ofaniel, prete ortodosso

Evghenia Pironicesko, inserviente di casa Ershov e le due figlie

Scipio Poret, fante del "Savoia"

Tatiana Suroshnikova, moglie di Vasily M. Suroshnikov

Hóng Tāo, commerciante cinese di Irkutsk

Tamara, cameriera a Samara

Massimo Tattini, dottore tenente del battaglione Savoia

Alexander Vasilskij, detto Saša, sottotenente aviatore

Lubim Yevgenievich Vekhterev, dottore sovietico del Dipartimento Epidemiologico

Danjil Alexandrivich Wulkorov, colonnello, il bel Danilo

Wang Lòng, comandante di plotone ("phai")

Zhōu Yan Yan, vicecomandante cinese di plotone

Personaggi veri in contesti immaginari

Mario Pesavento, tenente del battaglione Savoia

Olga, fidanzata di Mario

Personaggi veri in contesti reali

Joseph Bordes, capitano francese operante a Kazan nell'estate del 1818, probabile agente segreto. Opera con il falso viceconsole Lucien Jeannot per la costituzione del Komuch e per la requisizione del tesoro zarista.

Alexei Pavlovich von Budberg, barone, capo militare russo. Nel febbraio-aprile 1918 in Giappone. Da aprile 1918 a marzo 1919 ad Harbin. Da agosto a ottobre 1919 - Ministro della Guerra del governo Kolchak. Nell'aprile 1920 Comandante della fortezza di Vladivostok. Nel 1921 emigra in Manciuria, poi in Francia, infine negli USA. Muore a San Francisco nel 1945.

Edoardo Fassini Camossi, barone tenente colonnello, comandante del CSIEO. Torna in Italia con gli ultimi uomini nel febbraio del 1920. A Bagni di Lucca, conobbe Giacomo Puccini, che, ascoltando le musiche di un carillon cinese che il barone gli aveva regalato, trasse lo spunto per alcune arie della "Turandot". Muore nel 1941 a Roma.

Andrea Carlotti di Riparbella, marchese, ambasciatore a Pietrogrado dal febbraio 1913 – al 17 novembre 1917.

Stanislav Ček, comandante delle truppe ceche. Evacuato dalla Russia nel settembre 1920. In Cecoslovacchia diviene vice capo di stato maggiore generale. Riceve il grado di generale di divisione e diventa un capo dell'ufficio militare del presidente. Muore a České Budějovice nel 1930.

Andrea Compatangelo, capitano del battaglione Savoia. Dal governo italiano non gli viene riconosciuta nessuna benemerenza. Apre un'impresa, la Italchina, a Shangai, dove muore nel 1932.

Marija Fëdorovna Dagmar, principessa di Danimarca imperatrice di Russia, moglie di Alessandro III, madre dell'ultimo zar Nicola II. Dopo un periodo a Marlborough House a Londra e a Sandringham House nel Norfolk, ritornò in Danimarca e si stabilì nel palazzo a Hvidøre. Il 13 ottobre 1928 morì all'età di 80 anni. Fu sepolta accanto al marito Alessandro III nella cattedrale dei Santi Pietro e Paolo il 28 settembre 2006.

Alexander Vladimirovich Domrachev, capo del dipartimento investigativo criminale di Čita.

Alexander Konstantinovich Ershov, direttore della filiale a Samara della Banca (prima direttore della filiale di Penza) tesoriere del ramo di Samara della Società Musicale Imperiale Russa e della Società per l'Incoraggiamento dell'Educazione.

Emilio Fano, capitano di fanteria, sindaco di Cuvio e avvocato a Milano. Per un assalto alla baionetta da lui comandato fu elogiato dal Comandate Fassini Camossi e dal Magg. cecoslovacco Bejl. Rientrato in patria fu rieletto sindaco di Cuvio, nel settembre del 1921. Muore nel 1944.

Fyodor Fedorovich Filimonov, editore del giornale Siberia Libera, ed autore di feuilletons, avvocato privato di professione. Arrestato il 4 gennaio 1920, rilasciato il 27 febbraio 1920 senza il diritto di lasciare la città, fu arrestato di nuovo l'8 marzo 1920. Sposato, due figli, viveva nella sua casa in via Blagoveshchenskaya, 46. Paga con la vita il sarcasmo spietato; fucilato nel 1920.

Mikhail Akimovich Gaysky, contabile della banca di stato a Samara.
Nell'agosto del 1920, insieme alla moglie insegnante, entra nella facoltà di
medicina dell'Università statale di Samara. Diventa maggiore del servizio
medico. Medico e insegnante presso la Kasimov Medical School della regione di
Ryazan. Muore a Kasimov nel 1967.

Piero Gibello Socco, o Gibelo-Soko alla cinese, ingegnere piemontese.
Dopo la rivoluzione russa si ritirò a Harbin in una lussuosa residenza e qui fu
soprannominato il nababbo biellese" Muore a Shanghai nel 1943.

Maria Glebova, meglio conosciuta come "Maša la zingara" o "Maša-Sharaban"
(per la canzone Sharaban), ebrea, moglie dell'atamano Semënov da cui si separa
nel 1920. Fugge in Cina. A Parigi, nel 1923 sposa il principe azero George Yuri
Nakhichevan. Nel 1925, dopo il matrimonio, Glebova-Nakhichevanskaya apre
un piccolo ristorante cabaret, il "Golden Ataman". Alla fine degli anni '20,
i Nakhichevansky si trasferiscono nella Siria francese (Libano). Muore il 16
gennaio 1974 al Cairo.

Mario Gressan, tenente del battaglione Savoia.

Samuel Ignatiev-Johnson, capo della International Military Police (IMP) di
Vladivostok. Il 17 marzo 1920 lascia Vladivostok per continuare il suo servizio
nelle Isole Filippine. Il 1 gennaio1921 fu congedato dall'esercito con il grado di
colonnello. Per qualche tempo ha lavorato alla dogana per combattere il traffico
illegale di alcol durante il periodo del "proibizionismo". Ufficiale più decorato
dell'esercito degli Stati Uniti all'epoca, trascorre gli ultimi anni della sua vita a
San Francisco, in California, dove muore il 24 febbraio 1948.

Maurice Janin, generale francese a capo della legione ceca e delle forze francesi
in Siberia. Gli ufficiali cechi, che arrestarono Kolčak, dichiararono di agire su
ordine del generale Janin. Richiamato in patria, fu declassato. Decorato nel
1923 con l'Ordine Militare del Leone Bianco cecoslovacco. Morì nel 1946.

Ivan Pavlovich Kalmykov, atamano comandante cosacco in Khabarovsk.
Il 13 febbraio 1920 lascia Khabarovsk portando via 918 kg d'oro dalla filiale
della banca di Stato. L'8 marzo 1920 a Fuijn, viene arrestato dalle autorità
militari cinesi. Accusato di appropriazione indebita dell'oro, dell'omicidio di
rappresentanti della Croce Rossa, del bombardamento di un distaccamento di
cannoniere cinesi sull'Amur. All'inizio di settembre 1920 a 10 miglia dalla città
di Kalachi (Ilyashi) cerca di scappare, ferisce un ufficiale cinese e viene ucciso
dalle guardie.

Alexander Kammenov, colonnello capo della polizia di Čita.

Nikolai Kazagrandi, o Casagrandi, comandante del 16° reggimento fucilieri. Kazagrandi è nato nel 1886 nella città commerciale di Kyakhta al confine russo-mongolo. Dopo la rivoluzionerimase in Siberia, dove formò un distaccamento partigiano e combatté i bolscevichi. Intelligente, era estraneo alla crudeltà senza pari di Ungern e ne restava indipendente; il suo distaccamento non era incluso nella stessa divisione asiatica. Ungern riuscì a catturarlo il 17 luglio 1921 a 200 km a sud est di Dzain-khure e lo fece giustiziare.

Nikolai Stanislavovich Kazanovsky, responsabile della Banca popolare, nel 1920 con decisione del comitato rivoluzionario provinciale di Irkutsk fu nominato "Capo del treno con le riserve auree della Repubblica". Dopo la fine della guerra civile ha lavorato nelle istituzioni della Banca di Stato a Samara. Ha preso parte attiva alla formazione di giovani specialisti per la Banca di Stato dell'URSS. Gravemente ammalato di tubercolosi negli ultimi anni della sua vita, muore nel giugno del 1949.

Nina Lebedeva Kiyashko"Compagna Maroussia" e Yakov Ivanovich Tryapitsyn, capo della banda irregolare rossa. Entrambi vengono fucilati dai bolscevichi, indignati per la loro disumanità"per i crimini commessi, che minano costantemente la fiducia nel sistema comunista, capace di colpire l'autorità del governo sovietico, ...". Nonostante sia colpito più volte Tryapitsyn, continua ad abbracciare il corpo della Lebedeva. Cade nella fossa, senza lasciarlo andare. Muoiono il 9 luglio 1920 nel villaggio di Kerby.

Aleksandr Vasil'evič Kolčák, ammiraglio, sovrano della Russia Bianca, leader del movimento anti-bolscevico. Fermato a Nižneudinsk, fu tradotto a Irkutsk e consegnato al Centro politico di sinistra. Fu fucilato all'alba del 7 febbraio 1920 e il corpo abbandonato sulle rive dell'Ušakovka.

Hitoshi Kurosawa, capo della missione militare giapponese di Harbin, capo dei servizi di informazione a Čita.

Valery Mikhailovich Levitsky, editore del quotidiano VelikayaRossiya.

Evgenij Vladimirovič Lvov, presidente del governo provvisorio. Dimessosi nel 1917, nel febbraio 1918 fu incarcerato a Ekaterimburg, riuscito a fuggire riparò a Omsk, dove il Direttorio lo inviò in America. Passò in esilio il resto della sua vita. Muore il 7 marzo 1925.

Cosma Manera, maggiore dei carabinieri, comandante della Legione Redenta. Nel febbraio 1920 Manera lasciò Vladivostok. Famoso come "Padre degli Irredenti". Per breve tempo indagò sull'incidente al Polo Nord di Umberto Nobile, ma in seguito le autorità fasciste gli revocarono l'indagine. Nel 1940 fu trasferito nella riserva e promosso a generale di divisione. Scrive articoli per giornali e riviste. Muore a Rivalta di Torino il 25 febbraio 1958, ricevendo i solenni funerali di Stato.

Bohdan Pavlu, ambasciatore cecoslovacco in Russia.

Carlo Re, sottotenente del battaglione Savoia.

Aleksandra Fëdorovna Romanova, , moglie dello zar, con le figlie Marija e Tat'jana. Tutta la famiglia imperiale fu uccisa a Casa Ipat'ev il 17 luglio 1918 dai bolscevichi agli ordini di Jakov Jurovskij, capo della Čeka di Ekaterinburg.

Grigorij Michajlovič Semënov, atamano cosacco dell'Armata Bianca. Con la conquista di Čita da parte dei bolscevichi nell'ottobre 1920, abbandona i resti del suo esercito e fugge in aereo. Riappare a Harbin all'inizio del novembre 1920, ma ormai nessuno più gli obbedisce. Nel 1921 costretto a lasciare la Russia, emigra in Giappone, e poi in Cina. Parte per gli Stati Uniti e il Canada. Con la formazione nel 1932 dello stato di Manchukuo controllato dai giapponesi tenta di nuovo di tornare. I giapponesi gli forniscono una casa a Dairen. Nell'agosto 1945, dopo la sconfitta del Giappone da parte delle truppe sovietiche, viene arrestato in Manciuria e il 30 agosto 1946 giustiziato per impiccagione a Mosca.

Shaikhulla Shafigullin, mercante musulmano di Irkutsk. Il filantropo milionario è stato sorvegliato dalla polizia come la figura più influente della comunità musulmana di Irkutsk. È stato arrestato sotto le nuove autorità. Il mercante, già perseguitato dai gendarmi zaristi, fu accusato di attività controrivoluzionarie sotto i sovietici e nel 1919 fu arrestato. L'ulteriore destino è sconosciuto.

Tadeos Mkrtychevich Siruyants (Taras Nikitich Surinov), proprietario di un ristorante ad Harbin. A metà del 1919 era uno dei più ricchi mercanti armeni in Siberia, Estremo Oriente e Cina. Durante la guerra civile, ha sposato una donna russa, Tamara Romanovna. Nel giugno 1919 si tenne ad Harbin un congresso dei rappresentanti armeni della Siberia e dell'Estremo Oriente. Andato per affari nel 1929 in Mongolia il 4 ottobre fu arrestato e condannato con accusa di spionaggio e di "aiuto alla borghesia internazionale". Non si sa se sia stato fucilato o abbia avuto solo la confisca dei beni. Siruyantsnon è più apparso ad Harbin.

Stepanov, colonnello di artiglieria, comandante della divisione di treni blindati dell'atamano Semënov. Fu arrestato ad Harbin nel 1921 e giustiziato dalle autorità cinesi con l'accusa di aver ucciso il figlio di un noto cercatore d'oro di Chita che trasportava oro in Cina. La colpa è stata aggravata dal fatto che c'erano molti cinesi tra le vittime delle esecuzioni di massa ad Adrianovka.

Anna Mitrofanovna Sukhodolskaya, detta Eustolia, suora aiutante della badessa nel monastero Znamensky. Nel 1923 fu arrestata perché sospettata di mantenere nascosti valori monastici, tra cui lo stendardo di "San Giorgio il Vittorioso", destinato all'atamano Semënov. Il convento Znamensky legalmente cessò di esistere dal 1924. Riabilitata nel 2003 dal procuratore della regione di Irkutsk.

Vasily Mikhailovich Suroshnikov, commerciante. Nel 1918, dopo la cattura di Samara lasciò la città, visse per qualche tempo a Omsk, poi a Vladivostok. Durante questo periodo, come parte del Volga Trade Partnership, è impegnato nella fornitura di cibo dell'Esercito Bianco. Nel 1921 emigra con la sua famiglia a Shanghai. Parte per un lungo e disperato viaggio attraverso le terre ortodosse dei paesi balcanici, in particolare verso le terre dei serbi, croati e sloveni. Muore nel maggio 1923.

Laskin Tanin, tenente, aiutante del colonnello Stepanov, sicario semenovita.

Amleto Vespa, del servizio di informazioni, presso l'esercito giapponese durante la guerra civile. In Manciuria inizia a lavorare per i cinesi. Vive con sua moglie ad Harbin e diventa una sorta di capo dell'intelligence del governatore della Manciuria, il signore della guerra Zhang Zuolin. In quel periodo gestisce l'Atlantic Theater ed è editore di un piccolo giornale russo-cinese. Dal 1924 come cittadino cinese diventa il Comandante Feng. Pur collaborando con i giapponesi, passa informazioni ai cinesi, facendo il doppio gioco. Scoperto si rifugia a Shangai nel 1936. Imprigionato dai giapponesi, viene rasferito nell'Isola di Formosa, e lì giustiziato tra il 1940 e il 1944.

Alfred Filippovich von Wakano, austriaco, proprietario del birrificio a Samara. Nell'ottobre 1918 Wakano ricevette il permesso di lasciare la famiglia all'estero; alla fine di febbraio 1919 partirono per l'Austria. Muore nella città di Türnitz il 24 marzo 1929.

E inoltre i seguenti personaggi storici

Anna Andreevna Achmatova, poeta russa

Yakov Blumkin, cekista terrorista poeta

Ivan Kuzmich Burdinsky, commissario militare e comandante di un gruppo partigiano

Maria Druzhinina badessa del monastero Ioanno-Vvedensky vicino a Tobolsk

Mariano Fortuny pittore, stilista, scenografo e designer

Giuseppe Giulietti sindacalista, capo della Federazione italiana dei lavoratori del mare -FILM

Francesco Giunta avvocato toscano a capo della squadra fascista, che incendia il Balkan a Trieste

Natal'ja Sergeevna Gončarova pittrice, illustratrice e scenografa russa

William Sydney Graves comandante dell'American Expeditionary Force in Siberia (AEF)

Dmitry Leonidovich Horvat generale capo della Chinese Eastern Railway (CER) ad Harbin

Vladimir Kappel colonnello della Guardia Bianca considerato nemico del popolo al pari dell'ammiraglio Kolčak

Alessandr Fëdorovič Kerenskij primo ministro immediatamente prima che i bolscevichi andassero al potere

Ōtani Kikuzō comandante delle forze giapponesi in Estremo Oriente

Ivan Nikolaevich Krasilnikov atamano capo di distaccamento cosacco

Solomiya Krushelnytska soprano ucraina

Ji principessa mancese della dinastia Qing

Frantisek Langer dottore del reggimento ceco, in seguito scrittore, drammaturgo, autore, saggista

Sergey Georgievich Lazo comandante del primo fronte della guerra civile fronte Trans-Baikal

Talach Lenkov a capo di banda di malfattori a Čita

Vladimirovič Majakovskij poeta, scrittore, drammaturgo, regista teatrale, attore, pittore, grafico e giornalista sovietico

Makhkam-Khoja kurbashi basmaco capo musulmano

Kazimir Severinovič Malevič pittore, insegnante e urbanista sovietico, astrattista geometrico

Petr Maryin direttore della banca di Stato di Kazan

George (Henry) Meyrer comandante della flottiglia bianca del Volga

Charles Morrow colonnello delle truppe statunitensi nel settore transbaicalico

Nikolai Natsvalov generale semenovita e sua moglie l'attrice Zinaida Alexsandrovna Natsvalova

Matvey Berenboim Nerris ebreo attentatore noto come Vasya

Ludwig Ludwigovich Okinchits primario del Dipartimento di Ostetricia a Samara

Eleanor Prey a Vladivostok per aiutare nel lavoro suo cognato Charles Smith

Grigorij Efimovic Novych Rasputin monaco consigliere della zarina

Sergei Nikolaevich Rozanov generale bianco comandante in capo della regione dell'Amur

Boris Viktorovič Savinkov, capo della controrivoluzionaria Società per la Difesa della Madrepatria e della Libertà

Vasily Shumov mercante d'oro, A. N. Sysin capo del Dipartimento sanitario ed epidemiologico - Commissariato popolare della salute della RSFSR – Mosca

Georgy Ivanovich Theodori capitano nell'intelligence sovietica

Lev Trotsky commissario del Popolo alla Guerra

Roman Nicolaus von Ungern-Sternberg barone a capo della Divisione di Cavalleria Asiatica, il Barone sanguinario

Nikolai Nikolaevich Vasiliev arciprete di Syzran'

Giovanni (Nino) Host-Venturi capitano della Legione dei volontari fiumani

Mikhail Antonovich Zapkus, comandante del primo distaccamento punitivo navale settentrionale

Zhang Zuolin signore della guerra delle provincie dello Heilongjiang con capitale Harbin e di Jilin, ex bandito

Zhang Kuiwu, comandante delle truppe cinesi del nord sottoposto a Zhang Zuolin.

Made in the USA
Monee, IL
19 October 2023

44806197R00194